中国古代名著全本译注丛书

玉台新咏译注

上

[南朝陈]徐陵 编
张葆全 译注

图书在版编目（CIP）数据

玉台新咏译注/（南朝陈）徐陵编；张葆全译注
.—上海：上海古籍出版社,2021.4
（中国古代名著全本译注丛书）
ISBN 978-7-5325-9921-9

Ⅰ.①玉… Ⅱ.①徐… ②张… Ⅲ.①古典诗歌－诗集－中国②《玉台新咏》－译文③《玉台新咏》－注释 Ⅳ.①I222

中国版本图书馆CIP数据核字（2021）第060797号

中国古代名著全本译注丛书
玉台新咏译注
（全二册）
［南朝陈］徐　陵　编
张葆全　译注
上海古籍出版社出版发行
（上海瑞金二路272号　邮政编码200020）
（1）网址：www.guji.com.cn
（2）E -mail：guji1@guji.com.cn
（3）易文网网址：www.ewen.co
江阴市机关印刷服务有限公司印刷
开本890×1240　1/32　印张31.75　插页10　字数610,000
2021年4月第1版　2021年4月第1次印刷
印数：1—2,100
ISBN 978-7-5325-9921-9

Ⅰ·3548　定价：138.00元
如有质量问题，请与承印公司联系

前　言

《玉台新咏》是公元6世纪编成的一部诗歌选集，按编者徐陵在自序中所说，所选诗歌全为"艳歌"。明胡应麟说："《玉台》但辑闺房一体。""《玉台》所集，于汉魏六朝无所诠择，凡言情则录之。"（《诗薮》外编卷二）清纪容舒说："盖此集所录，皆裙裾脂粉之词，可备艳体之用。其非艳体而见收者，亦必篇中字句有涉闺帏。""按此书之例，非词关闺闼者不收。"（《玉台新咏考异》卷九）事实确是如此，全书绝大部分作品都与女性有关，与情爱有关，而且写得香艳、绮靡。因此可以说，《玉台新咏》是一部关于女性的诗集，一部情爱的宝典，一部唯美的乐章，主要反映女性的生活，表现女性的情思，描绘女性的柔美，吐露女性的心声，自然也表现了男性对女性的欣赏、爱慕，刻画了男女之间的爱恋与相思。"女性"是它的题材，"情"与"爱"是它的主题，"美"是它的追求。把有关女性的诗、情爱的诗、唯美的诗集中起来，编成专集，这在中外古典文学史上是极其罕见的。

《玉台新咏》的流传

《玉台新咏》最早见于史书著录的是《隋书》。《隋书·经籍志》说："《玉台新咏》十卷，徐陵撰。"《旧唐书·经籍志》著录亦同。《新唐书·艺文志》则说："徐陵《六代诗集钞》四卷，又《玉台新咏》十卷。"可见隋唐时代《玉台新咏》已流传于世。

唐代和唐代以前的写本均未流传至今。今日可见的只有收在罗振玉校刻的《鸣沙石室古籍丛残》中的唐写本残叶五十一行。

宋代始有《玉台新咏》刻本。但宋代《玉台新咏》原刻本也未流传至今。今天我们能够看到的是明代翻刻本，主要有赵均小宛堂覆宋本、五云溪馆铜活字本、万历张嗣修巾箱本、嘉靖十九年郑玄抚刻本、嘉靖二十二年张世美刻本、万历七年茅元祯刻本、汲古阁刻本等。

据刘跃进《玉台新咏研究》（中华书局2000年1月版）考证，明代刻本主要有两个来源，同时也就形成两个系统：一是南宋宁宗嘉定年间的陈玉父，其翻刻情况见于明代赵均小宛堂覆宋本之陈玉父跋，上述几种版本前三种属此系统；一是明世宗嘉靖年间的郑玄抚，其翻刻情况则见于明代嘉靖十九年刻本之郑玄抚《刻〈玉台新咏〉后序》，上述几种版本后四种属此系统。刘跃进认为，流传至今的覆宋本，都分别是南宋陈玉父刻本和明代郑玄抚刻本的辗转翻刻。

在这些翻刻本中，较好的是明末崇祯年间的赵均（字灵均）刻本。清人徐釚说，"宋刻原本，不知存亡"，明末寒山赵氏"摹仿宋椠"，刻《玉台新咏》，"当时所印，止百十余本"，吴兆宜即"取此本笺注传世"（见《玉台新咏笺注序》）。

吴兆宜，字显令，是古代第一个也是唯一一个为《玉台新咏》全书作笺注的人。吴兆宜在康熙十四年（1675）亦为《玉台新咏笺注》作了序，他在序中说，徐陵所选诗凡八百七十章，"宋刻不收者一百七十有九"。为保存宋刻本原貌，他把明刻本所增之诗都移于每卷之后，并注明"宋刻不收"。

清乾隆三十九年（1774），长洲程琰（字东冶）复对吴注加以删补并刊行，"只字单辞，必求依据"。版本方面，则"板从赵刻（谓"灵均赵氏仿宋椠板，虞山二冯氏校正之，最为善本"），与徐刻（指"嘉靖间徐学谟海曙楼刻，亦古雅"之本）校对同异"，"其各卷后所增诗，宋椠不载，从显令注本增入者也"。

20世纪80年代，当代学者穆克宏，对清人吴兆宜注、程琰删补的《玉台新咏笺注》进行了认真点校，1985年由中华书局出版，这是迄今最好的点校本。本书译注的原文，即依据吴、程二人的《玉台新咏笺注》本，含附于每卷之后的"宋刻不收"部分。

《玉台新咏》的编者

《隋书》和新旧《唐书》著录《玉台新咏》，均指编撰者为徐陵。明代赵均小宛堂覆宋本《玉台新咏》明标"陈尚书左仆射太子少傅东海徐陵孝穆撰"。

徐陵（507—583），字孝穆，东海郯（今山东郯城西南）人。

其父徐摛（472—549），是梁代著名诗人，曾为晋安王萧纲（后来的梁简文帝）侍读、谘议参军，萧纲立为太子后，转家令，后出任新安太守，官至太子左卫率。他的才学深受梁武帝萧衍赏识，在诗坛上与庾肩吾齐名，两人共同提倡创作艳诗。

徐陵早慧，"八岁能属文，十二通庄老义。既长，博涉史籍，纵横有口辩"（《陈书·徐陵传》）。梁武帝中大通三年（531）萧纲为皇太子时，他任东宫学士。后迁尚书度支郎，出为上虞令，后又任通直散骑侍郎。梁武帝太清二年（548），奉命出使东魏，次年梁朝发生侯景之乱，徐陵滞留邺城不能南归。直至梁元帝承圣三年（554）西魏攻克江陵，梁元帝死，北齐才让他回到建康（今江苏南京），任尚书左丞。绍泰二年（556）再次奉命使齐，返回后任给事黄门侍郎、秘书监。梁太平二年（557），陈霸先（陈武帝）代梁自立，徐陵仕陈，历任五兵尚书、散骑常侍、御史中丞、吏部尚书、尚书左仆射、中书监、左光禄大夫、太子少傅。

对《玉台新咏》编者是否为徐陵，今人或有新说。章培恒在《〈玉台新咏〉为张丽华所"撰录"考》（载《文学评论》2004年第2期）中，通过对徐陵《玉台新咏序》的详细解读，认为《玉台新咏》的编者应是陈后主之妃张丽华。胡大雷在《〈玉台新咏〉为梁元帝徐妃所"撰录"考》（载《文学评论》2005年第2期）中，认为编者应是梁元帝之妃徐瑗（字昭佩）。另一学者谈蓓芳则认为"编成于陈代一位宫中妃子"（见《〈玉台新咏〉版本考——兼论此书的编纂时间和编者问题》，载《复旦学报（社会科学版）》2004年第4期）。

但前述《隋书》和新旧《唐书》著录时均明指"徐陵撰"。此外，唐初欧阳询《艺文类聚》也明指此书为徐陵所撰。南宋晁公武《郡斋读书志》在著录时也说："右徐陵纂。唐李康成云：'昔陵在梁世，父子俱事东朝，特见优遇。时承华好文，雅尚宫体，故采西汉以来词人所著乐府艳诗以备讽览。'"南宋陈振孙《直斋书录解题》著录时也说："陈徐陵孝穆集，且为之序。"可见，古代著名史家和藏书家对徐陵编纂并无异词。

至于《玉台新咏》的成书年代，传统说法是成书于梁代，具体来说是公元549年之前。因为书中对梁简文帝萧纲（549年即帝位）尚称皇太子，对梁元帝萧绎（552年即帝位）也尚称湘东王。但也有人认为，编纂者姓名前冠以"陈尚书左仆射太子少傅"头衔，且卷九收庾信入北（554）之诗《燕歌行》，认为成书当在陈代。可参看刘跃进《玉台新咏研究》。

《玉台新咏》与宫体诗

徐陵为什么要编《玉台新咏》？如按自序所说，当是供给宫中佳丽，后妃诸姬，寂寞多闲之日，时时披览。

但唐代刘肃《大唐新语·公直》却另有所说："梁简文帝为太子，好作艳诗，境内化之，浸以成俗，谓之宫体。晚年改作，追之不及，乃令徐陵撰《玉台集》，以大其体。"

什么是"宫体"？"以大其体"是什么意思？这是我们要弄清的问题。

"宫体"之说，最早见于唐人姚思廉所撰《梁书》。

《梁书·简文帝纪》说，梁简文帝萧纲"好赋诗，其自序云：'七岁有诗癖，长而不倦。'然帝文伤于轻靡，时号'宫体'"。

《梁书·徐摛传》说："摛幼好学，及长，遍览经史，属文好为新变，不拘旧体。""摛文体既别，春坊（按，指太子宫）尽学之。'宫体'之号，自斯而起。"

唐人长孙无忌等所撰《隋书·经籍志·集部总论》则说："简文之

在东宫,亦好篇什。清辞巧制,止乎衽席之间;雕琢蔓藻,思极闺闱之内。后生好事,递相仿习。朝野纷纷,号为'宫体'。流宕不已,讫于丧亡。"

从以上记载及其他有关材料来看,对"宫体"似乎可以得出如下结论:

一、得名:"宫体"之名,显然与梁简文帝萧纲做皇太子(时在梁中大通三年,公元531年)有关,因为皇太子宫名为"东宫"。

二、时间:但宫体诗的出现,当早于此时。梁武帝天监五年(506)萧纲封晋安王,徐摛为侍读,就带来了新的诗风。

三、主要人物:关键人物是徐摛(徐陵之父)。萧纲任晋安王时,徐摛为侍读,萧纲为皇太子时,徐摛"转家令,兼掌管记,寻带领直"。徐摛"属文好为新变","春坊尽学之",在他的影响之下,其子徐陵,庾肩吾及其子庾信,皇太子萧纲,以及张率、刘孝绰、刘遵、刘孝仪、萧子显、刘孝威、鲍至、徐防、江伯瑶等人,纷纷写作此类宫体诗。此外,还有萧纲之弟湘东王萧绎(后来的梁元帝)及追随萧绎左右的徐悱、徐君倩、鲍泉、刘缓诸人也好作宫体诗。

四、题材:十分集中。一般的是"思极闺闱之内",写女子生活和情思以及男女之间的爱恋。极端的是"止乎衽席之间",描写"篝文生玉腕,香汗浸红纱"。后人多认为,这些诗极易使人联想男女床笫之欢,暗含激发情欲之意,所谓"滞色腻情"(《诗镜总论》),因而视之为"色情"。

五、形式与风格:形式上"不拘旧体",也就是受沈约、谢朓以来"永明体"的影响,自觉不自觉地讲究声律、对偶与用典。风格上一是"艳",即香艳秾丽,充满脂粉气;一是"轻靡",即轻柔纤巧,"词尚轻险,情多哀思"(《隋书·文学传序》)。

由于梁、陈朝运均不长,梁55年,陈32年,故后人归咎于宫体,甚至视之为"亡国之音"。如按刘肃《大唐新语》所说,不待后人指责,当时萧纲就已"晚年改作,追之不及","乃令徐陵撰《玉台集》,以大其体"。

怎样"以大其体"？萧纲和徐陵都没有说，但从《玉台新咏》来看，似乎可以窥见其用心。

《玉台新咏》十卷，按宋刻本，收112人，690首诗。吴兆宜说："三、四卷是宫体间见，五、六卷是宫体渐成，七卷是君倡宫体于上，诸王同声，此卷（指卷八）是臣仿宫体于下，妇人同调。"（《玉台新咏笺注》）这就是说，所谓"宫体"诗，主要收在卷五至卷八中。这四卷共45人，260首诗（而且不完全是"宫体"）。可见，仅从数量上看，全书并不以"宫体"诗为主。

从这四卷中称得上是"宫体"诗的诗来看，写男女情欲多是很含蓄的，没有哪一首对男女情欲作大胆直露的描写。有可能那些"直露"之作没有收入，这是否算是"以大其体"的一种努力。

卷一至卷四，所收全为两汉、两晋、宋、齐之古诗、乐府，许多都是古典诗歌的精华。卷九为杂言诗，除三言、六言外，多为七言诗，卷十为古五绝，也多古调古趣。将"宫体"诗与这些诗并列，并大体按时代顺序彰显其源流承续，抬高"宫体"诗的地位，大约也属"以大其体"吧。

王运熙、杨明说："所谓'以大其体'，即张大其体、为宫体张目之意，亦即广收博取汉以来作品，以表明此类诗作向来有之，实有回护其失之意。"（《魏晋南北朝文学批评史》，上海古籍出版社1989年6月版）

由此可见，《玉台新咏》全书所收"宫体"诗只是很小一部分，而且这很小的一部分又是经过精选，已变得比较"洁净""雅致"。而其余大部分又都是汉代以来的古诗精华。因此可以说，《玉台新咏》是上继《诗经》《楚辞》，汇集两汉、魏、晋、南北朝古典诗歌精华的一部优秀诗集。

对此，古人也早有认识，清人许梿在为《玉台新咏序》所写评语中说："是书所录……虽皆绮丽之作，尚不失温柔敦厚之旨，未可概以淫艳斥之。"（见《六朝文絜笺注》，中华书局1962年8月版）

当代学者马积高说："必须指出：宫体决不等于艳体，艳体也非宫体所独有。……当然，这不是说宫体诗没有个别篇章和描写带有色情的成分，更不是说宫体诗赋中没有流露出封建贵族的审美情趣，而是说从总体来看，宫体作者还是以比较庄重的态度把妇女的体态、神情当作一种美来描写的。同后来的某些词曲相比，它的描写庄重得多，其涉于色情之处更要少得多。"(《论宫体与佛教》，载《求索》1990年第6期）这种看法是符合《玉台新咏》的实际的。

除前述刘跃进《玉台新咏研究》外，石观海《宫体诗派研究》（武汉大学出版社2003年8月版）、胡大雷《宫体诗研究》（商务印书馆2004年11月版）均是近年来研究《玉台新咏》和宫体诗的力作，可以参阅。

《玉台新咏》的审美价值

自古以来，不少人将《玉台新咏》等同于"宫体"诗，又将"宫体"诗等同于"淫荡""色情"，这是极不正确的。这种看法一是出于偏见，以封建社会的迂腐观念来读诗，自然会得出上述结论；一是出于误读，没有一首一首认真阅读便人云亦云，随声附和。

今天，对《玉台新咏》的看法需要有新的视角，新的观念。

如果从审美的角度来看，《玉台新咏》可以说是一部唯美的诗集，诗人力图把"人"（主要是女子）的体态和精神纳入审美观照之中。作品多以女性为主要描写对象，描写了女性容颜、体态、衣着、闺室之美，描写了女性爱恋、情思之美。无论是女性诗人的自陈，还是男性诗人的代言，也无论是写男性对女性的爱慕，还是写女性对男性的思念，往往能深入人物的内心世界进行细致的描绘。许多诗作展现了女性所特有的细腻的心理活动，写出了她们在当时社会环境下遭受的痛苦，以及无尽的哀愁与悲怨，也写出了她们对纯真情爱的渴望与追求，并寄予深切的同情。绝大部分作品写得古朴、婉曲、香艳、缠绵，是精美不凡的艺术珍品，反映了人类对人体和人性自身美的新的认识。

对《玉台新咏》及其中的宫体诗，当今不少学者从审美的角度提出了自己的精到的看法。

　　章培恒在论述魏晋南北朝文学的新特色时，曾明确指出，创造美成为当时文学的首要任务。"于是，写自然景色的美、歌舞的美、人体的美等等，就成为一时风尚。遭人诟病的宫体诗，就是这样一种致力于创造美的文学。"（《关于魏晋南北朝文学的评价》，《复旦大学学报》1987年第6期）

　　陈良运说："宫体诗的出现与《玉台新咏》的编选，不但在诗歌史上，而且在美学史上也有重要意义。""破除儒家戒律，对人类自身进行酣畅淋漓的审美观照，应该说是宫体诗的一大功劳。"（《中国诗学批评史》，江西人民出版社1995年7月版）

　　钱志熙也曾明确指出，萧梁宫体诗"是以艺术追求、诗美的更新为出发点。不是爱情诗，也不是色情诗，而是唯美地表现女性形象之美和两性关系意念之美"，这与谢朓、沈约、王融等永明体诗人"由崇尚壮美变为追求优美，由追求典则风格变为崇尚清丽"的审美趣味的追求相一致。"宫体诗的主流是唯美的。"（《谈谈宫体诗》，《文史知识》2003年第3期）

　　石观海所著《宫体诗派研究》第七章"宫体诗的艺术贡献与审美价值"，论之甚详，亦多新意。

《玉台新咏》的文学价值

　　《玉台新咏》有重要的诗歌史料价值。穆克宏说："《玉台新咏》是《诗经》《楚辞》以后最古的一部诗歌总集，它为我们保存了大量的诗歌资料。例如本书选录了较多的乐府诗，这对保存梁朝以前的乐府诗起了一定的作用，像《古诗为焦仲卿妻作》这样的名篇，正是由于本书选录才保存下来的。另外，如曹植的《弃妇诗》、庾信的《七夕》，其本集皆失载，也因被选入本书而免于失传。"（《点校说明》，见《玉台新咏笺注》，中华书局1985年版）"由于《玉台新咏》成书在梁朝，当时编者能够见到的古书，后来有许多已散失了，所以今天我们可以用它来校订其他古籍。"（同上）

《玉台新咏》在古典诗歌发展史上有重要的地位。首先，它推动了唐代律诗的发展。《玉台新咏》所选录的"宫体诗"，本来就与徐摛"属文好为新变"有密切的关系，这些诗比较讲究声律、对偶、用典方面的技巧。周振甫说："宫体诗实是一种新变体，它把沈约的永明体推向律化，把律诗的形成推进了一大步。"（《什么是"宫体诗"》，载《文史知识》1984年第7期）这对唐代格律诗的形成和发展有很大的影响。其次，《玉台新咏》卷九所选多为七言诗，卷十所选全为五言二韵的古绝句，这对后代七言诗的创作和唐代绝句的发展，也有很大的推动作用。

《玉台新咏》在积累诗歌创作经验、提高诗歌艺术表现技巧方面也做出了不朽的贡献。《玉台新咏》编成于《昭明文选》之后，两部选集辉映文坛，同为中古文学园地中两处十分引人注目的奇观。但《玉台新咏》所选，"多萧统《文选》所不载"（陈玉父跋）。《文选》诗和《玉台新咏》诗，除重合的69首之外，两书所选之诗有着很大的不同。"昔昭明之撰《文选》，其所具录，采文而间一缘情。孝穆之撰《玉台》，其所应令，咏新而专精取丽。"（赵均跋）一般说来，《昭明文选》所选诗歌题材广泛，思想意义丰富。《玉台新咏》所选诗歌题材集中，虽多为"艳歌"，但艺术性高，可读性强，在吟咏情性、托物喻志、拓展诗歌意象、创造诗歌意境等方面，有不少新的成就，给后世诗人许多宝贵的启示。

《玉台新咏》的诗歌，与音乐有密切关系。许多作品是"入乐"的，曾被保存在"乐府"里，今天仍见于宋人郭茂倩所编纂的《乐府诗集》。因而有学者说，"《玉台新咏》是部歌辞总集"（刘跃进）。可见，在中国音乐文学发展史上，《玉台新咏》也有重要地位。

张葆全
2021年春于桂林

目 录

前 言 1

卷 一 1

  古诗八首 3
    上山采蘼芜 3
    凛凛岁云暮 5
    冉冉孤生竹 6
    孟冬寒气至 8
    客从远方来 9
    四坐且莫喧 10
    悲与亲友别 11
    穆穆清风至 12

  古乐府诗六首 13
    日出东南隅行 13
    相逢狭路间 17
    陇西行 18
    艳歌行 20
    皑如山上雪 22
    双白鹄 23

  枚乘杂诗九首 24
    西北有高楼 25
    东城高且长 26

行行重行行 ·················· 28
　　涉江采芙蓉 ·················· 29
　　青青河畔草 ·················· 30
　　兰若生春阳 ·················· 32
　　庭前有奇树 ·················· 33
　　迢迢牵牛星 ·················· 34
　　明月何皎皎 ·················· 35

李延年歌诗一首并序 ·················· 36
　　歌诗并序 ·················· 36

苏武留别妻一首 ·················· 37
　　留别妻 ·················· 38

辛延年羽林郎诗一首 ·················· 39
　　羽林郎 ·················· 39

班婕妤怨诗一首并序 ·················· 41
　　怨诗并序 ·················· 41

宋子侯董娇娆诗一首 ·················· 43
　　董娇娆 ·················· 43

汉时童谣歌一首 ·················· 44
　　城中好高髻 ·················· 44

张衡同声歌一首 ·················· 45
　　同声歌 ·················· 46

秦嘉赠妇诗三首 并序 ······ 48
　　人生譬朝露 ······ 48
　　皇灵无私亲 ······ 50
　　肃肃仆夫征 ······ 51

秦嘉妻徐淑答诗一首 ······ 52
　　答诗 ······ 53

蔡邕饮马长城窟行一首 ······ 54
　　饮马长城窟行 ······ 54

陈琳饮马长城窟行一首 ······ 56
　　饮马长城窟行 ······ 56

徐幹室思六首　情诗一首 ······ 58
　　室思六首 ······ 58
　　情诗 ······ 62

繁钦定情诗一首 ······ 63
　　定情诗 ······ 63

无名人古诗为焦仲卿妻作 并序 ······ 66
　　古诗为焦仲卿妻作并序 ······ 66

卷二 ······ 84
魏文帝于清河见挽船士新婚与妻别一首　又清河作一首 ······ 86
　　于清河见挽船士新婚与妻别 ······ 86
　　清河作 ······ 87

甄皇后乐府塘上行一首 ·············· 88
   塘上行 ························· 88

刘勋妻王宋杂诗二首并序 ············ 90
   杂诗二首并序 ··················· 90

曹植杂诗五首　乐府三首　弃妇诗一首 ··· 92
   杂诗五首 ······················· 92
     明月照高楼 ··················· 92
     西北有织妇 ··················· 93
     微阴翳阳景 ··················· 94
     揽衣出中闺 ··················· 96
     南国有佳人 ··················· 97
   乐府三首 ······················· 98
     美女篇 ······················· 98
     种葛篇 ······················ 100
     浮萍篇 ······················ 102
   弃妇诗 ························ 104

魏明帝乐府诗二首 ················· 106
   昭昭素明月 ····················· 106
   种瓜东井上 ····················· 107

阮籍咏怀诗二首 ··················· 108
   二妃游江滨 ····················· 109
   昔日繁华子 ····················· 110

傅玄乐府诗七首　和班氏诗一首 ······ 112
   乐府诗七首 ····················· 112

青青河边草篇 ·········· 112
　　苦相篇　豫章行 ·········· 114
　　有女篇　艳歌行 ·········· 115
　　朝时篇　怨歌行 ·········· 117
　　明月篇 ·········· 119
　　秋兰篇 ·········· 120
　　西长安行 ·········· 121
　和班氏诗 ·········· 122

张华情诗五首　杂诗二首 ·········· 125
　情诗五首 ·········· 125
　　其一 ·········· 125
　　其二 ·········· 126
　　其三 ·········· 127
　　其四 ·········· 128
　　其五 ·········· 129
　杂诗二首 ·········· 130
　　其一 ·········· 130
　　其二 ·········· 131

潘岳内顾诗二首　悼亡诗二首 ·········· 133
　内顾诗二首 ·········· 133
　　其一 ·········· 133
　　其二 ·········· 134
　悼亡诗二首 ·········· 135
　　其一 ·········· 135
　　其二 ·········· 137

石崇王昭君辞一首并序 ················· 139
　　王昭君辞并序 ····················· 139

左思娇女诗一首 ······················· 143
　　娇女诗 ··························· 143

卷　三 ································ 147

陆机拟古七首　为顾彦先赠妇二首
　为周夫人赠车骑一首　乐府三首 ······· 149
　　拟古七首 ························· 149
　　　拟西北有高楼 ··················· 149
　　　拟东城一何高 ··················· 151
　　　拟兰若生春阳 ··················· 152
　　　拟苕苕牵牛星 ··················· 153
　　　拟青青河畔草 ··················· 154
　　　拟庭中有奇树 ··················· 155
　　　拟涉江采芙蓉 ··················· 156
　　为顾彦先赠妇二首 ················· 157
　　为周夫人赠车骑 ··················· 159
　　乐府三首 ························· 160
　　　艳歌行 ························· 160
　　　前缓声歌 ······················· 162
　　　塘上行 ························· 164

陆云为顾彦先赠妇往返四首 ············· 166
　　为顾彦先赠妇往返四首 ············· 166

张协杂诗一首 ························· 170
　　杂诗 ····························· 170

杨方合欢诗五首 ············ 171
合欢诗五首 ············ 171

王鉴七夕观织女一首 ············ 175
七夕观织女 ············ 176

李充嘲友人一首 ············ 178
嘲友人 ············ 178

曹毗夜听捣衣一首 ············ 179
夜听捣衣 ············ 179

陶潜拟古诗一首 ············ 181
拟古诗 ············ 181

荀昶乐府诗二首 ············ 182
拟相逢狭路间 ············ 182
拟青青河边草 ············ 184

王微杂诗二首 ············ 185
其一 ············ 186
其二 ············ 187

谢惠连杂诗三首 ············ 189
七月七日咏牛女 ············ 189
捣衣 ············ 191
代古 ············ 192

刘铄杂诗五首 …………………………………… 194
　代行行重行行 ………………………………… 194
　代明月何皎皎 ………………………………… 196
　代孟冬寒气至 ………………………………… 197
　代青青河畔草 ………………………………… 198
　咏牛女 ………………………………………… 199

陆机拟古二首（宋刻不收）…………………… 200
　拟行行重行行 ………………………………… 200
　拟明月何皎皎 ………………………………… 201

卷 四 …………………………………………… 203

王僧达七夕月下一首 …………………………… 205
　七夕月下 ……………………………………… 205

颜延之为织女赠牵牛一首　秋胡诗一首 …… 206
　为织女赠牵牛 ………………………………… 206
　秋胡诗 ………………………………………… 207

鲍照杂诗九首 …………………………………… 213
　玩月城西门 …………………………………… 213
　代京洛篇 ……………………………………… 215
　拟乐府白头吟 ………………………………… 216
　采桑诗 ………………………………………… 218
　梦还诗 ………………………………………… 221
　拟古 …………………………………………… 222
　咏双燕 ………………………………………… 223
　赠故人二首 …………………………………… 224

王素学阮步兵体一首 ·············· 226
学阮步兵体 ·············· 226

吴迈远拟乐府四首 ·············· 227
飞来双白鹄 ·············· 227
阳春曲 ·············· 229
长别离 ·············· 230
长相思 ·············· 232

鲍令晖杂诗六首 ·············· 234
拟青青河畔草 ·············· 234
拟客从远方来 ·············· 235
题书后寄行人 ·············· 236
古意赠今人 ·············· 237
代葛沙门妻郭小玉诗二首 ·············· 238

丘巨源杂诗二首 ·············· 239
咏七宝扇 ·············· 240
听邻妓 ·············· 241

王融杂诗五首 ·············· 243
古意二首 ·············· 243
咏琵琶 ·············· 245
咏幔 ·············· 245
巫山高 ·············· 246

谢朓杂诗十二首 ·············· 247
赠王主簿二首 ·············· 248
同王主簿怨情 ·············· 249

夜听妓二首 ·········· 250
咏邯郸故才人嫁为厮养卒妇 ·········· 252
秋夜 ·········· 253
杂咏五首 ·········· 254
 灯 ·········· 254
 烛 ·········· 255
 席 ·········· 256
 镜台 ·········· 257
 落梅 ·········· 258

陆厥中山王孺子妾歌一首 ·········· 259
 中山王孺子妾歌 ·········· 259

施荣泰杂诗一首 ·········· 261
 杂诗 ·········· 261

鲍照乐府二首（以下宋刻不收）·········· 262
 朗月行 ·········· 262
 东门行 ·········· 263

王融杂诗三首 ·········· 265
 芳树 ·········· 265
 回文诗 ·········· 266
 萧谘议西上夜集 ·········· 267

谢朓杂诗五首 ·········· 268
 铜雀台妓 ·········· 268
 赠故人 ·········· 269
 别江水曹 ·········· 270

离夜诗 ················· 271
　　咏竹火笼 ··············· 272

陆厥邯郸行一首 ············· 273
　　邯郸行 ················· 273

虞羲自君之出矣一首 ········· 274
　　自君之出矣 ············· 274

卷　五 ······················ 276
江淹古体四首 ··············· 278
　　古离别 ················· 278
　　班婕妤 ················· 279
　　张司空离情 ············· 280
　　休上人怨别 ············· 282

丘迟二首 ··················· 283
　　敬酬柳仆射征怨 ········· 283
　　答徐侍中为人赠妇 ······· 284

沈约二十四首 ··············· 286
　　登高望春 ··············· 286
　　昭君辞 ················· 288
　　少年新婚为之咏 ········· 289
　　杂曲三首 ··············· 292
　　　携手曲 ··············· 292
　　　有所思 ··············· 293
　　　夜夜曲 ··············· 294
　　杂咏五首 ··············· 295

春咏 ………………………………………… 295
　　咏桃 ………………………………………… 296
　　咏月 ………………………………………… 297
　　咏柳 ………………………………………… 298
　　咏篪 ………………………………………… 299
六忆诗四首 …………………………………… 300
十咏二首 ……………………………………… 301
　　领边绣 ……………………………………… 301
　　脚下履 ……………………………………… 302
拟青青河边草 ………………………………… 303
拟三妇 ………………………………………… 304
古意 …………………………………………… 305
梦见美人 ……………………………………… 306
效古 …………………………………………… 307
初春 …………………………………………… 308
悼往 …………………………………………… 309

柳恽九首 ……………………………………… 310
　　捣衣诗 ……………………………………… 310
　　鼓吹曲二首 ………………………………… 313
　　　　独不见 ………………………………… 313
　　　　度关山 ………………………………… 314
　　杂诗 ………………………………………… 315
　　长门怨 ……………………………………… 316
　　江南曲 ……………………………………… 317
　　起夜来 ……………………………………… 318
　　七夕穿针 …………………………………… 319
　　咏席 ………………………………………… 320

江洪四首 ········· 321
  咏歌姬 ········· 321
  咏舞女 ········· 322
  咏红笺 ········· 323
  咏蔷薇 ········· 324

高爽一首 ········· 325
  咏镜 ········· 326

鲍子卿二首 ········· 327
  咏画扇 ········· 327
  咏玉阶 ········· 328

何子朗三首 ········· 329
  学谢体 ········· 329
  和虞记室骞古意 ········· 330
  和缪郎视月 ········· 331

范靖妇四首 ········· 332
  咏步摇花 ········· 332
  戏萧娘 ········· 333
  咏五彩竹火笼 ········· 334
  咏灯 ········· 335

何逊十一首 ········· 336
  日夕望江赠鱼司马 ········· 336
  轻薄篇 ········· 337
  咏照镜 ········· 339
  闺怨 ········· 341

咏七夕 …………………………………………………… 342
　　咏舞妓 …………………………………………………… 343
　　看新妇 …………………………………………………… 344
　　咏倡家 …………………………………………………… 345
　　咏白鸥嘲别者 …………………………………………… 346
　　学青青河边草 …………………………………………… 347
　　嘲刘谘议孝绰 …………………………………………… 348

王枢三首 …………………………………………………… 349
　　古意应萧信武教 ………………………………………… 349
　　至乌林村见采桑者聊以赠之 …………………………… 350
　　徐尚书座赋得可怜 ……………………………………… 351

庾丹二首 …………………………………………………… 352
　　秋闺有望 ………………………………………………… 352
　　夜梦还家 ………………………………………………… 353

范云四首（以下宋刻不收）……………………………… 354
　　巫山高 …………………………………………………… 354
　　望织女 …………………………………………………… 355
　　思归 ……………………………………………………… 356
　　送别 ……………………………………………………… 357

江淹四首 …………………………………………………… 358
　　征怨 ……………………………………………………… 358
　　咏美人春游 ……………………………………………… 359
　　西洲曲 …………………………………………………… 360
　　潘黄门述哀 ……………………………………………… 362

沈约三首 …… 364
- 塘上行 …… 364
- 秋夜 …… 365
- 咏鹤 …… 366

卷 六 …… 368

吴均二十首 …… 370
- 和萧洗马子显古意六首 …… 370
- 与柳恽相赠答六首 …… 373
- 拟古四首 …… 377
  - 陌上桑 …… 377
  - 秦王卷衣 …… 378
  - 采莲 …… 379
  - 携手 …… 379
- 赠杜容成 …… 380
- 春咏 …… 381
- 去妾赠前夫 …… 382
- 咏少年 …… 383

王僧孺十七首 …… 384
- 春怨 …… 385
- 月夜咏陈南康新有所纳 …… 386
- 见贵者初迎盛姬聊为之咏 …… 387
- 与司马治书同闻邻妇夜织 …… 388
- 夜愁 …… 389
- 春闺有怨 …… 390
- 捣衣 …… 391
- 为人述梦 …… 392
- 为人伤近而不见 …… 393

为何库部旧姬拟蘼芜之句 ……………………… 394
　　在王晋安酒席数韵 …………………………… 395
　　为人有赠 ……………………………………… 396
　　何生姬人有怨 ………………………………… 398
　　鼓瑟曲　有所思 ……………………………… 399
　　为人宠妾有怨 ………………………………… 400
　　为姬人自伤 …………………………………… 401
　　秋闺怨 ………………………………………… 402

张率拟乐府三首 …………………………………… 403
　　相逢行 ………………………………………… 403
　　对酒 …………………………………………… 405
　　远期 …………………………………………… 406

徐悱二首 …………………………………………… 407
　　赠内 …………………………………………… 407
　　对房前桃树咏佳期赠内 ……………………… 409

费昶十首 …………………………………………… 410
　　华观省中夜闻城外捣衣 ……………………… 410
　　和萧记室春旦有所思 ………………………… 412
　　春郊望美人 …………………………………… 414
　　咏照镜 ………………………………………… 415
　　和萧洗马画屏风二首 ………………………… 416
　　　　阳春发和气 ……………………………… 416
　　　　秋夜凉风起 ……………………………… 417
　　采菱 …………………………………………… 418
　　长门后怨 ……………………………………… 419
　　鼓吹曲二首 …………………………………… 420

巫山高 ································· 420
　　有所思 ································· 421

姚翻同郭侍郎采桑一首 ················· 422
　　同郭侍郎采桑 ······················· 422

孔翁归奉和湘东王教班婕妤一首 ······ 423
　　奉和湘东王教班婕妤 ··············· 424

徐悱妻刘令娴答外诗二首 ·············· 425
　　答外诗二首 ·························· 425

何思澄三首 ································· 427
　　奉和湘东王教班婕妤 ··············· 427
　　拟古 ··································· 428
　　南苑逢美人 ·························· 429

徐悱妻刘氏答唐娘七夕所穿针一首 ··· 430
　　答唐娘七夕所穿针 ·················· 430

吴均四首（以下宋刻不收）············ 432
　　梅花落 ································ 432
　　闺怨 ··································· 433
　　妾安所居 ····························· 434
　　三妇艳 ································ 435

王僧孺咏歌姬一首 ······················· 436
　　咏歌姬 ································ 436

徐悱妻刘氏听百舌一首 ························· 437
　　听百舌 ································· 437

费昶芳树一首 ································· 438
　　芳树 ··································· 438

徐勉采菱曲一首 ······························· 439
　　采菱曲 ································· 439

杨暾咏舞一首 ································· 440
　　咏舞 ··································· 440

卷　七 ······································· 443
梁武帝十四首 ································· 445
　　捣衣 ··································· 445
　　拟长安有狭邪十韵 ······················· 447
　　拟明月照高楼 ··························· 449
　　拟青青河边草 ··························· 450
　　代苏属国妇 ····························· 451
　　古意二首 ······························· 453
　　芳树 ··································· 454
　　临高台 ································· 455
　　有所思 ································· 456
　　紫兰始萌 ······························· 457
　　织妇 ··································· 458
　　七夕 ··································· 459
　　戏作 ··································· 460

皇太子圣制四十三首 ………………………………… 462
圣制乐府三首 ……………………………………… 462
艳歌篇十八韵 …………………………………… 462
蜀国弦歌篇十韵 ………………………………… 465
妾薄命篇十韵 …………………………………… 467
代乐府三首 ………………………………………… 469
新成安乐宫 ……………………………………… 469
双桐生空井 ……………………………………… 470
楚妃叹 …………………………………………… 471
和湘东王横吹曲三首 ……………………………… 473
洛阳道 …………………………………………… 473
折杨柳 …………………………………………… 474
紫骝马 …………………………………………… 475
雍州十曲抄三首 …………………………………… 476
南湖 ……………………………………………… 476
北渚 ……………………………………………… 477
大堤 ……………………………………………… 478
同庾肩吾四咏二首 ………………………………… 479
莲舟买荷度 ……………………………………… 479
照流看落钗 ……………………………………… 480
和湘东王三韵二首 ………………………………… 481
春宵 ……………………………………………… 481
冬晓 ……………………………………………… 482
戏作谢惠连体十三韵 ……………………………… 482
倡妇怨情十二韵 …………………………………… 484
和徐录事见内人作卧具 …………………………… 486
戏赠丽人 …………………………………………… 488
秋闺夜思 …………………………………………… 489
和湘东王名士悦倾城 ……………………………… 490

从顿暂还城	492
咏人弃妾	493
执笔戏书	494
艳歌曲	495
怨诗	496
拟沈隐侯夜夜曲	497
七夕	498
同刘谘议咏春雪	499
晚景出行	500
赋乐府得大垂手	501
赋乐器名得箜篌	502
咏舞	503
春闺情	504
咏晚闺	505
率尔成咏	505
美人晨妆	507
赋得当垆	508
林下妓	509
拟落日窗中坐	510
咏美人观画	511
娈童	512

邵陵王纶诗三首 … 513
代秋胡妇闺怨	514
车中见美人	515
代旧姬有怨	516

湘东王绎诗七首 … 517
| 登颜园故阁 | 517 |

戏作艳诗 ·········· 518
夜游柏斋 ·········· 519
和刘上黄 ·········· 520
咏晚栖乌 ·········· 520
寒宵三韵 ·········· 521
咏秋夜 ·········· 522

武陵王纪诗四首 ·········· 523
同萧长史看妓 ·········· 523
和湘东王夜梦应令 ·········· 525
晓思 ·········· 525
闺妾寄征人 ·········· 526

昭明太子一首（以下宋刻不收）·········· 527
长相思 ·········· 527

简文帝二十七首 ·········· 528
美女篇 ·········· 528
怨歌行 ·········· 529
独处怨 ·········· 531
伤美人 ·········· 532
鸡鸣高树颠 ·········· 533
春日 ·········· 534
秋夜 ·········· 535
和湘东王阳云台檐柳 ·········· 535
听夜妓 ·········· 536
咏内人昼眠 ·········· 537
咏中妇织流黄 ·········· 538
棹歌行 ·········· 539

和人以妾换马 …… 541
咏舞 …… 542
采莲 …… 543
采桑 …… 544
半路溪 …… 546
小垂手 …… 547
伤别离 …… 548
春夜看妓 …… 549
咏风 …… 550
看摘蔷薇 …… 551
洛阳道 …… 552
折杨柳 …… 553
金乐歌 …… 554
古意 …… 555
春日 …… 556

邵陵王见姬人一首 …… 557
见姬人 …… 557

卷 八 …… 559
萧子显乐府二首 …… 562
日出东南隅行 …… 562
代美女篇 …… 565

王筠和吴主簿六首 …… 566
春月二首 …… 566
秋夜二首 …… 568
游望二首 …… 570

刘孝绰杂诗五首 ………………………………………… 572
遥见邻舟主人投一物,众姬争之,有客请余为咏 ……… 572
淇上戏荡子妇示行事 ……………………………… 573
赋咏得照棋烛刻五分成 …………………………… 575
夜听妓赋得乌夜啼 ………………………………… 576
赋得遗所思 ………………………………………… 577

刘遵杂诗二首 …………………………………………… 578
繁华应令 …………………………………………… 578
从顿还城应令 ……………………………………… 580

王训奉和率尔有咏一首 ………………………………… 581
奉和率尔有咏 ……………………………………… 581

庾肩吾杂诗七首 ………………………………………… 582
咏得有所思 ………………………………………… 583
咏美人自看画应令 ………………………………… 584
赋得横吹曲长安道 ………………………………… 585
南苑还看人 ………………………………………… 586
送别于建兴苑相逢 ………………………………… 587
和湘东王二首 ……………………………………… 588
　　应令春宵 ……………………………………… 588
　　应令冬晓 ……………………………………… 589

刘孝威杂诗三首 ………………………………………… 589
侍宴赋得龙沙宵月明 ……………………………… 590
奉和湘东王应令冬晓 ……………………………… 591
郡县遇见人织率尔寄妇 …………………………… 592

徐君倩杂诗二首 ·· 594
　　共内人夜坐守岁 ·· 595
　　初春携内人行戏 ·· 595

鲍泉杂诗二首 ·· 596
　　南苑看游者 ·· 597
　　落日看还 ·· 597

刘缓杂诗四首 ·· 599
　　敬酬刘长史咏名士悦倾城 ································ 599
　　杂咏和湘东王三首 ······································ 601
　　　寒闺 ·· 601
　　　秋夜 ·· 601
　　　冬宵 ·· 602

邓铿杂诗二首 ·· 603
　　和阴梁州杂怨 ·· 603
　　奉和夜听妓声 ·· 604

甄固奉和世子春情一首 ·· 605
　　奉和世子春情 ·· 605

庾信杂诗三首 ·· 606
　　奉和咏舞 ·· 606
　　七夕 ·· 607
　　仰和何仆射还宅怀故 ···································· 608

刘邈杂诗四首 ·· 610
　　万山见采桑人 ·· 610

见人织聊为之咏 ………………………………… 611
　　秋闺 ……………………………………………… 612
　　鼓吹曲 折杨柳 ………………………………… 613

纪少瑜杂诗三首 …………………………………… 614
　　建兴苑 …………………………………………… 614
　　拟吴均体应教 …………………………………… 615
　　春日 ……………………………………………… 616

闻人倩春日一首 …………………………………… 617
　　春日 ……………………………………………… 617

徐孝穆杂诗四首 …………………………………… 618
　　走笔戏书应令 …………………………………… 618
　　奉和咏舞 ………………………………………… 619
　　和王舍人送客未还闺中有望 …………………… 621
　　为羊兖州家人答饷镜 …………………………… 622

吴孜杂诗一首 ……………………………………… 623
　　春闺怨 …………………………………………… 623

汤僧济杂诗一首 …………………………………… 624
　　咏渫井得金钗 …………………………………… 624

徐悱妻刘氏杂诗一首 ……………………………… 625
　　和婕妤怨 ………………………………………… 625

王叔英妻刘氏杂诗一首 …………………………… 626
　　和昭君怨 ………………………………………… 627

萧子云春思一首（以下宋刻不收）············ 628
　　春思 ······································· 628

萧子晖春宵一首 ······························ 629
　　春宵 ······································· 629

萧子范春望古意一首 ························ 630
　　春望古意 ·································· 630

萧悫秋思一首 ································· 631
　　秋思 ······································· 631

王筠杂诗五首 ································· 632
　　闺情二首 ·································· 632
　　有所思 ···································· 633
　　三妇艳 ···································· 634
　　咏灯擎 ···································· 635

刘孝绰杂诗五首 ······························ 636
　　赠美人 ···································· 636
　　古意 ······································· 637
　　春宵 ······································· 639
　　冬晓 ······································· 639
　　三妇艳 ···································· 640

刘孝仪闺怨一首 ······························ 641
　　闺怨 ······································· 641

刘孝威杂诗三首 ……… 643
奉和逐凉诗 ……… 643
塘上行 苦辛篇 ……… 644
怨 ……… 645

刘遵应令咏舞一首 ……… 647
应令咏舞 ……… 647

王训应令咏舞一首 ……… 648
应令咏舞 ……… 648

庾肩吾杂诗六首 ……… 649
有所思行 ……… 649
陇西行 ……… 650
和徐主簿望月 ……… 651
爱妾换马 ……… 652
咏美人 ……… 653
七夕 ……… 654

庾成师远期篇一首 ……… 655
远期篇 ……… 655

鲍泉杂诗三首 ……… 656
和湘东王春日 ……… 656
咏蔷薇 ……… 657
寒闺诗 ……… 658

邓铿闺中月夜一首 ……… 659
闺中月夜 ……… 659

阴铿杂诗五首 ················· 660
　　侯司空宅咏妓 ············· 660
　　侍宴赋得竹 ··············· 661
　　和樊晋侯伤妾 ············· 662
　　南征闺怨 ················· 663
　　班婕妤怨 ················· 664

朱超道赋得荡子行未归一首 ····· 665
　　赋得荡子行未归 ··········· 665

裴子野咏雪一首 ··············· 666
　　咏雪 ····················· 667

房篆金石乐歌一首 ············· 667
　　金石乐 ··················· 668

陆罩闺怨一首 ················· 669
　　闺怨 ····················· 669

庾信杂诗六首 ················· 670
　　昭君辞 ··················· 670
　　明君辞 ··················· 671
　　结客少年场行 ············· 672
　　对酒 ····················· 673
　　看妓 ····················· 674
　　春日题屏风 ··············· 675

卷 九 ·· 677

歌辞二首 ·· 680
东飞伯劳歌 ································ 680
河中之水歌 ································ 681

越人歌一首并序 ································ 682
越人歌并序 ································ 682

司马相如琴歌二首并序 ························ 684
琴歌二首并序 ······························ 684

乌孙公主歌诗一首并序 ························ 686
歌诗并序 ···································· 686

汉成帝时童谣歌二首并序 ···················· 688
汉成帝时童谣歌二首并序 ·············· 688

汉桓帝时童谣歌二首 ·························· 690
汉桓帝时童谣歌二首 ····················· 690

张衡四愁诗四首并序 ·························· 691
四愁诗四首并序 ··························· 691

秦嘉赠妇诗一首 ································ 696
赠妇诗 ·· 696

魏文帝乐府燕歌行二首 ······················ 697
燕歌行二首 ································· 697

曹植乐府妾薄命行一首 ……………………………… 699
　　妾薄命行 …………………………………………… 699

傅玄杂诗七首 …………………………………………… 702
　　拟北乐府三首 ……………………………………… 702
　　　历九秋篇　董逃行 …………………………… 702
　　　车遥遥篇 ………………………………………… 706
　　　燕人美篇 ………………………………………… 706
　　拟四愁诗四首并序 ………………………………… 707

苏伯玉妻盘中诗一首 …………………………………… 712
　　盘中诗 ……………………………………………… 712

张载拟四愁诗四首 ……………………………………… 714
　　拟四愁诗四首 ……………………………………… 714

晋惠帝时童谣歌一首 …………………………………… 717
　　晋惠帝时童谣歌 …………………………………… 717

陆机乐府燕歌行一首 …………………………………… 718
　　燕歌行 ……………………………………………… 718

鲍照杂诗八首 …………………………………………… 719
　　代淮南王二首 ……………………………………… 719
　　代白纻歌辞二首 …………………………………… 721
　　行路难四首 ………………………………………… 722

释宝月行路难一首 ……………………………………… 725
　　行路难 ……………………………………………… 725

陆厥李夫人及贵人歌一首 ······ 727
 李夫人及贵人歌 ······ 727

沈约八咏二首　白纻曲二首 ······ 728
 八咏二首 ······ 728
  登台望秋月 ······ 728
  会圃临春风 ······ 731
 白纻曲二首 ······ 733
  春日白纻曲 ······ 733
  秋日白纻曲 ······ 734

吴均行路难二首 ······ 735
 行路难二首 ······ 735

张率杂诗四首 ······ 738
 拟乐府长相思二首 ······ 738
 白纻歌辞二首 ······ 740

费昶行路难二首 ······ 741
 行路难二首 ······ 741

皇太子圣制十二首 ······ 743
 乌栖曲四首 ······ 743
 杂句从军行 ······ 745
 和萧侍中子显春别四首 ······ 747
 杂句春情 ······ 748
 拟古 ······ 749
 倡楼怨节 ······ 750

湘东王春别应令四首 ⋯⋯⋯⋯⋯⋯⋯⋯⋯ 751
春别应令四首 ⋯⋯⋯⋯⋯⋯⋯⋯⋯⋯ 751

萧子显杂诗七首 ⋯⋯⋯⋯⋯⋯⋯⋯⋯⋯ 753
春别四首 ⋯⋯⋯⋯⋯⋯⋯⋯⋯⋯⋯ 753
乌栖曲应令二首 ⋯⋯⋯⋯⋯⋯⋯⋯⋯ 754
燕歌行 ⋯⋯⋯⋯⋯⋯⋯⋯⋯⋯⋯⋯ 755

王筠行路难一首 ⋯⋯⋯⋯⋯⋯⋯⋯⋯⋯ 757
行路难 ⋯⋯⋯⋯⋯⋯⋯⋯⋯⋯⋯⋯ 757

刘孝绰元广州景仲座见故姬一首 ⋯⋯⋯ 759
元广州景仲座见故姬 ⋯⋯⋯⋯⋯⋯⋯ 759

刘孝威拟古应教一首 ⋯⋯⋯⋯⋯⋯⋯⋯ 760
拟古应教 ⋯⋯⋯⋯⋯⋯⋯⋯⋯⋯⋯ 760

徐君蒨别义阳郡二首 ⋯⋯⋯⋯⋯⋯⋯⋯ 762
别义阳郡二首 ⋯⋯⋯⋯⋯⋯⋯⋯⋯⋯ 762

王叔英妇赠答一首 ⋯⋯⋯⋯⋯⋯⋯⋯⋯ 763
赠答 ⋯⋯⋯⋯⋯⋯⋯⋯⋯⋯⋯⋯⋯ 763

沈约古诗题六首 ⋯⋯⋯⋯⋯⋯⋯⋯⋯⋯ 764
岁暮愍衰草 ⋯⋯⋯⋯⋯⋯⋯⋯⋯⋯ 764
霜来悲落桐 ⋯⋯⋯⋯⋯⋯⋯⋯⋯⋯ 766
夕行闻夜鹤 ⋯⋯⋯⋯⋯⋯⋯⋯⋯⋯ 769
晨征听晓鸿 ⋯⋯⋯⋯⋯⋯⋯⋯⋯⋯ 771
解珮去朝市 ⋯⋯⋯⋯⋯⋯⋯⋯⋯⋯ 773

披褐守山东 ·············· 776

张衡定情歌（以下宋刻不收） ······ 779
　　定情歌 ················ 779

刘铄白纻曲一首 ············· 780
　　白纻曲 ················ 780

鲍照北风行一首 ············· 781
　　北风行 ················ 781

汤惠休杂诗四首 ············· 783
　　楚明妃曲 ··············· 783
　　白纻歌 ················ 784
　　秋风歌 ················ 785
　　歌思引 ················ 786

梁武帝杂诗七首 ············· 787
　　江南弄 ················ 787
　　龙笛曲 ················ 788
　　采菱曲 ················ 788
　　游女曲 ················ 789
　　朝云曲 ················ 790
　　白纻辞二首 ·············· 791

昭明太子杂曲三首 ············ 792
　　江南曲 ················ 792
　　龙笛曲 ················ 793
　　采莲曲 ················ 794

简文帝东飞伯劳歌二首 ………………………… 794
　　东飞伯劳歌二首 ………………………… 794

元帝杂诗七首 ……………………………………… 796
　　燕歌行 …………………………………… 796
　　乌栖曲四首 ……………………………… 798
　　别诗二首 ………………………………… 800

沈约杂曲三首 ……………………………………… 801
　　赵瑟曲 …………………………………… 801
　　秦筝曲 …………………………………… 802
　　阳春曲 …………………………………… 803

范靖妻沈氏晨风行一首 …………………………… 804
　　晨风行 …………………………………… 804

张率白纻歌辞三首 ………………………………… 805
　　白纻歌辞三首 …………………………… 805

萧子显乌栖曲一首 ………………………………… 807
　　乌栖曲 …………………………………… 807

庾信杂诗四首 ……………………………………… 808
　　燕歌行 …………………………………… 808
　　乌夜啼 …………………………………… 811
　　怨诗 ……………………………………… 812
　　舞媚娘 …………………………………… 813

徐陵杂曲二首 ·············· 814
　　乌栖曲 ················ 814
　　杂曲 ·················· 815

卷　十 ···················· 818

古绝句四首 ················ 820
　　古绝句四首 ············ 820

贾充与妻李夫人连句诗三首 ·· 822
　　与妻李夫人连句诗三首 ·· 822

孙绰情人碧玉歌二首 ········ 823
　　情人碧玉歌二首 ········ 824

王献之诗二首 ·············· 825
　　情人桃叶歌二首 ········ 825

桃叶答王团扇歌三首 ········ 826
　　答王团扇歌三首 ········ 826

谢灵运东阳溪中赠答二首 ···· 828
　　东阳溪中赠答二首 ······ 828

宋孝武帝诗三首 ············ 829
　　丁督护歌二首 ·········· 829
　　拟徐幹诗 ·············· 831

许瑶诗二首 ················ 831
　　咏楠榴枕 ·············· 832

闺妇答邻人 ……………………………………… 832

鲍令晖寄行人一首 …………………………………… 833
　　寄行人 …………………………………………… 833

近代西曲歌五首 ……………………………………… 834
　　石城乐 …………………………………………… 834
　　估客乐 …………………………………………… 835
　　乌夜啼 …………………………………………… 835
　　襄阳乐 …………………………………………… 836
　　杨叛儿 …………………………………………… 837

近代吴歌九首 ………………………………………… 838
　　春歌 ……………………………………………… 838
　　夏歌 ……………………………………………… 839
　　秋歌 ……………………………………………… 840
　　冬歌 ……………………………………………… 840
　　前溪 ……………………………………………… 841
　　上声 ……………………………………………… 842
　　欢闻 ……………………………………………… 842
　　长乐佳 …………………………………………… 843
　　独曲 ……………………………………………… 844

近代杂歌三首 ………………………………………… 845
　　浔阳乐 …………………………………………… 845
　　青阳歌曲 ………………………………………… 846
　　蚕丝歌 …………………………………………… 846

近代杂诗一首 ················· 847
近代杂诗 ················· 847

丹阳孟珠歌一首 ················· 848
丹阳孟珠歌 ················· 848

钱唐苏小歌一首 ················· 849
钱唐苏小歌 ················· 849

王融诗四首 ················· 850
拟古 ················· 850
代徐幹 ················· 851
秋夜 ················· 851
咏火 ················· 852

谢朓诗四首 ················· 853
玉阶怨 ················· 853
金谷聚 ················· 854
王孙游 ················· 854
同王主簿有所思 ················· 855

虞炎有所思一首 ················· 856
有所思 ················· 856

沈约诗三首 ················· 857
襄阳白铜鞮 ················· 857
早行逢故人车中为赠 ················· 858
为邻人有怀不至 ················· 858

施荣泰咏王昭君一首 ……………………………… 859
　　咏王昭君 …………………………………………… 859

高爽诗一首 ……………………………………………… 860
　　咏酌酒人 …………………………………………… 860

吴兴妖神赠谢府君览一首 ……………………… 861
　　赠谢府君览 ………………………………………… 861

江洪诗七首 ……………………………………………… 862
　　采菱二首 …………………………………………… 862
　　渌水曲二首 ………………………………………… 863
　　秋风二首 …………………………………………… 864
　　咏美人治妆 ………………………………………… 865

范靖妇诗三首 ………………………………………… 865
　　王昭君叹二首 ……………………………………… 866
　　映水曲 ……………………………………………… 867

何逊诗五首 ……………………………………………… 867
　　南苑 ………………………………………………… 867
　　闺怨 ………………………………………………… 868
　　为人妾思 …………………………………………… 869
　　咏春风 ……………………………………………… 869
　　秋闺怨 ……………………………………………… 870

吴均杂绝句四首 ……………………………………… 871
　　杂绝句四首 ………………………………………… 871

王僧儒诗二首 ………………………………… 872
- 春思 ………………………………………… 872
- 为徐仆射妓作 ……………………………… 873

徐悱妇诗三首 …………………………………… 874
- 光宅寺 ……………………………………… 874
- 题甘蕉叶示人 ……………………………… 875
- 摘同心支子赠谢娘,因附此诗 …………… 875

姚翻诗三首 ……………………………………… 876
- 代陈庆之美人为咏 ………………………… 876
- 梦见故人 …………………………………… 877
- 有期不至 …………………………………… 878

王环代西丰侯美人一首 ………………………… 878
- 代西丰侯美人 ……………………………… 878

梁武帝诗二十七首 ……………………………… 879
- 边戍诗 ……………………………………… 879
- 咏烛 ………………………………………… 880
- 咏笔 ………………………………………… 880
- 咏笛 ………………………………………… 881
- 咏舞 ………………………………………… 882
- 连句诗 ……………………………………… 883
- 春歌三首 …………………………………… 883
- 夏歌四首 …………………………………… 885
- 秋歌四首 …………………………………… 886
- 子夜歌二首 ………………………………… 887
- 上声歌 ……………………………………… 889

欢闻歌二首 ……………………………… 889
　　团扇歌 …………………………………… 891
　　碧玉歌 …………………………………… 891
　　襄阳白铜鞮歌三首 ……………………… 892

皇太子杂题二十一首 ………………………… 894
　　寒闺 ……………………………………… 894
　　行雨 ……………………………………… 894
　　梁尘 ……………………………………… 895
　　华月 ……………………………………… 896
　　夜夜曲 …………………………………… 896
　　从顿还城南 ……………………………… 897
　　春江曲 …………………………………… 898
　　新燕 ……………………………………… 898
　　弹筝 ……………………………………… 899
　　夜遣内人还后舟 ………………………… 900
　　咏武陵王左右伍嵩传杯 ………………… 900
　　有所伤三首 ……………………………… 901
　　游人 ……………………………………… 902
　　绝句赐丽人 ……………………………… 903
　　遥望 ……………………………………… 903
　　愁闺照镜 ………………………………… 904
　　浮云 ……………………………………… 905
　　寒闺 ……………………………………… 905
　　和人渡水 ………………………………… 906

萧子显诗二首 ………………………………… 907
　　春闺思 …………………………………… 907
　　咏苑中游人 ……………………………… 907

刘孝绰诗二首 ············ 908
　遥见美人采荷 ············ 908
　咏小儿采菱 ············ 909

庾肩吾诗四首 ············ 910
　咏舞曲应令 ············ 910
　咏主人少姬应教 ············ 911
　咏长信宫中草 ············ 911
　石崇金谷妓 ············ 912

王台卿同萧治中十咏二首 ············ 913
　荡妇高楼月 ············ 913
　南浦别佳人 ············ 914

刘孝仪诗二首 ············ 914
　咏织女 ············ 914
　咏石莲 ············ 915

刘孝威初笄一首 ············ 916
　和定襄侯八绝初笄 ············ 916

江伯瑶楚越衫一首 ············ 916
　和定襄侯八绝楚越衫 ············ 917

刘泓咏繁华一首 ············ 917
　咏繁华 ············ 918

何曼才为徐陵伤妾一首 ············ 918
　为徐陵伤妾 ············ 919

萧骧咏祔複一首 ········· 919
　　咏祔複 ················· 920

纪少瑜咏残灯一首 ········· 921
　　咏残灯 ················· 921

王叔英妇暮寒一首 ········· 921
　　暮寒 ··················· 921

戴暠咏欲眠诗一首 ········· 922
　　咏欲眠 ················· 922

刘孝威古体杂意一首　咏佳丽一首 ········· 923
　　古体杂意 ··············· 923
　　咏佳丽 ················· 924

刘义恭诗一首（以下宋刻不收）········· 924
　　自君之出矣 ············· 925

汤惠休杨花曲一首 ········· 926
　　杨花曲 ················· 926

张融别诗一首 ············· 926
　　别诗 ··················· 927

王融诗二首 ··············· 927
　　少年子 ················· 927
　　阳翟新声 ··············· 928

谢朓春游一首 ……………………………………… 929
 春游 ………………………………………………… 929

邢邵思公子一首 …………………………………… 930
 思公子 ……………………………………………… 930

梁武帝诗五首 ……………………………………… 931
 春歌 ………………………………………………… 931
 冬歌四首 …………………………………………… 932

简文帝诗四首 ……………………………………… 933
 采菱歌 ……………………………………………… 933
 夜夜曲 ……………………………………………… 934
 金闺思二首 ………………………………………… 935

武陵王昭君辞一首 ………………………………… 936
 昭君辞 ……………………………………………… 936

范云诗二首 ………………………………………… 937
 别诗 ………………………………………………… 937
 拟自君之出矣 ……………………………………… 937

范靖妇诗二首 ……………………………………… 938
 登楼曲 ……………………………………………… 938
 越城曲 ……………………………………………… 939

萧子显诗五首 ……………………………………… 940
 南征曲 ……………………………………………… 940
 陌上桑二首 ………………………………………… 940

桃花曲 …………………………………………… 941
　　树中草 …………………………………………… 942

　王台卿陌上桑四首 ………………………………… 943
　　陌上桑四首 ……………………………………… 943

附　录 ……………………………………………… 945
　徐陵玉台新咏序 …………………………………… 945
　玉台新咏序 ………………………………………… 945

卷 一

《玉台新咏》是一部"艳情"诗集，全书大体上按照时间先后顺序编辑。从卷一到卷八，可以隐约看到两汉魏晋南北朝"艳诗"发展的轨迹。

两汉魏晋南北朝是五言诗勃兴、七言诗萌发的时代。

中国古代诗歌的语言形式，从原始诗歌的二言体，《诗经》的四言体，《楚辞》的杂言体，到汉代的五言体，魏晋南北朝的七言体，直至唐代的格律诗，经历了一个长期发展和逐渐演变的过程。

卷一所收，主要是汉代五言古诗和乐府诗，作品大都以女性为题材，以男女刻骨相思及男子对女子的爱慕、同情与怜悯为主题。

先秦时代的《诗经》，精华在风雅民歌，而风雅民歌的精华又在情歌。《关雎》《蒹葭》等诗篇脍炙人口。《楚辞》中的《九歌》，如《湘君》《湘夫人》《山鬼》等，也哀怨动人。《玉台新咏》卷一所录诗歌，在内容上可说是上承风骚传统，下启百代华章。

《诗经》以四言为主，《楚辞》以骚体杂言为主。至汉魏古诗乐府，则五言诗勃兴，并迅速成为诗坛主流。

汉代的五言诗，最早出现在乐府诗中。西汉民间乐府诗就有《江南》《鸡鸣》等名作。东汉民间乐府五言诗迅速勃起，艺术上也登上了新的高峰。卷一《古乐府诗六首》正是其中的精华。

汉代的无名人古诗，基本上也属乐府诗，只是它们的乐曲失传，故后人称为"古诗"。最有名的是《昭明文选》所收十九首。《玉台新咏》卷一所收《古诗八首》《枚乘杂诗九首》，其中就有十二首为《古诗十九首》中的佳篇。西汉枚乘这些古诗在《昭明文选》中未提作者之名,而《玉台新咏》却说是枚乘所作,这是古今许多学者不相信的。南朝梁代刘勰曾说,直至西汉末年汉成帝时,"辞人遗翰,莫见五言"(《文心雕龙·明诗》)。当代学者多认为,这些汉代古诗,以及《昭明文选》所载苏武、李陵诗,应出自东汉文人之手,是文人学习民间乐府写作五言诗的重大成果,艺术性极高,被誉为"五言之冠冕"。

西汉武帝时代的李延年曾任乐府协律都尉,他所作《歌诗》显示了他学习民间乐府诗大胆创作五言诗的实绩。只是该诗第五句,一作"宁不知倾城与倾国",故全诗还不是完整的五言诗。但他努力向乐府民歌学习,又写出了这首歌颂绝世佳人倾城倾国之貌的诗篇,在文学发展史上有重要意义。

东汉初年班固《咏史》是最早的文人五言诗,但"质木无文"(钟嵘《诗品序》),《玉台新咏》也未收录。卷一所录东汉(含汉末三国时代)文人(辛延年、班婕妤、宋子侯、张衡、秦嘉夫妇、蔡邕、陈琳、徐幹、繁钦)的作品,与上述古诗、苏李诗一样,应是最早的文人五言诗,弥足珍贵。

卷末《古诗为焦仲卿妻作》(又名《焦仲卿妻》《孔雀东南飞》)是我国第一首长篇五言叙事诗(全为五言句,一千七百多字),它其实是一首民间乐府诗,只因乐曲失传,故称古诗,而且全赖《玉台新咏》收录才得以流传后世。无论从乐府诗、五言诗或叙事诗的角度来看,它都是一座巍峨的山峰。

古诗八首

古诗，魏晋南北朝时期，社会上流传着一些汉代无主名的五言抒情短诗，人们称它们为"古诗"。这些"古诗"，据梁代钟嵘《诗品·古诗》所说，梁代尚存五十九首（今仅存三十多首，见逯钦立《先秦汉魏晋南北朝诗》所辑录）。梁代萧统编《文选》（又称《昭明文选》），选录了十九首，题名《古诗十九首》。这些汉代"古诗"，不同于入乐的汉代乐府诗。但有学者说，有的古诗可能曾经入乐，后来因乐调失传，就成了古诗（徒诗）。因此，汉代古诗和乐府诗实际上并没有多大区别。从内容上看，今存古诗多写游子仕途的失意和游子思妇离别后的相思，有的写弃妇的哀伤。这些诗篇多产生于社会动乱政治黑暗的东汉后期。《玉台新咏》所选的八首，有四首曾被收入《文选》中的《古诗十九首》。这些"古诗"原来都没有题目，题目都是后人所加（用首句作题目）。前人对"古诗"评价很高，梁代刘勰誉之为"五言之冠冕"（《文心雕龙·明诗》），钟嵘说"陆机所拟十四首，文温以丽，意悲而远，惊心动魄，可谓几乎一字千金"（《诗品·古诗》），明人陆时雍说《十九首》深衷浅貌，短语长情"（《古诗镜·总论》），清人王士禛则说"《十九首》之妙，如无缝天衣"（《带经堂诗话》）。

上山采蘼芜

【题解】

这是一首弃妇诗。一位遭遗弃的女子上山去采蘼芜（暗示她资质芳洁），下山时与前夫不期而遇。两人席地而坐，谈起了辛酸的往事。这出家庭悲剧的受害者显然是这位弃妇，她的不幸令人深深同情。这场"婚变"除了男子负心之外，这位男子还有经济利益上的考虑，但他显然失算了。在山中与前妻的意外相逢，他颇为尴尬也充满无奈。这首诗也算是对所有负心男子的一种警告和嘲讽吧。

上山采蘼芜⁽¹⁾，下山逢故夫⁽²⁾。长跪问故夫⁽³⁾："新人复何如⁽⁴⁾？""新人虽言好，未若故人姝⁽⁵⁾。颜色类相似⁽⁶⁾，手爪不相如⁽⁷⁾。""新人从门入，故人从阁去⁽⁸⁾。""新人工织缣⁽⁹⁾，故人工织素⁽¹⁰⁾。织缣日一匹⁽¹¹⁾，织素五丈余。将缣来比素，新人不如故。"

【注释】

〔1〕蘼芜（mí wú）：香草名，又叫江蓠，其叶风干后可做香料。

〔2〕故夫：前夫。

〔3〕长跪：古人席地而坐，两膝着地，臀部贴着足后跟，激动时（或为了表敬意）把腰挺直，便叫"长跪"。

〔4〕新人：指前夫新娶的妻子。

〔5〕姝（shū）：好。

〔6〕颜色：面容，容貌。

〔7〕手爪（zhǎo）：指女子纺织、缝纫等手艺。

〔8〕阁（gé）：旁门，小门。

〔9〕工：善于。　缣（jiān）：黄色绢。

〔10〕素：白色绢。

〔11〕一匹：长四丈。

【今译】

一位遭遗弃的女子上山去采蘼芜，下山时意外地遇到了前夫。两人席地而坐，弃妇挺起身来问前夫："又是怎么样啊你那新娶的媳妇？"（前夫说）"新媳妇虽然长相也很好，但还是比不上旧媳妇美貌秀出。两人容貌大致差不多，但手艺上新媳妇却是大不如。"（弃妇说）"那天你把新媳妇从大门迎进来，我却是从旁门悄悄地离去。"（前夫说）"新媳妇善于织黄绢，旧媳妇善于织白素。织绢每天织一匹，织素每天织成五丈余。把黄绢拿来比白素，新媳妇的确比不上旧媳妇。"

凛凛岁云暮⁽¹⁾

【题解】

这首诗写在家独处的思妇思念在外的丈夫（游子）。这是一首凄婉的歌，梦里梦后，亦真亦幻，缠绵悱恻，痴情一片，道尽了离别相思之苦。

凛凛岁云暮⁽²⁾，蝼蛄多鸣悲⁽³⁾。凉风率已厉⁽⁴⁾，游子寒无衣。锦衾遗洛浦⁽⁵⁾，同袍与我违⁽⁶⁾。独宿累长夜，梦想见容晖⁽⁷⁾。良人惟古欢⁽⁸⁾，枉驾惠前绥⁽⁹⁾。愿得长巧笑⁽¹⁰⁾，携手同车归。既来不须臾⁽¹¹⁾，又不处重闱⁽¹²⁾。谅无晨风翼⁽¹³⁾，焉能凌风飞⁽¹⁴⁾？眄睐以适意⁽¹⁵⁾，引领遥相睎⁽¹⁶⁾。徙倚怀感伤⁽¹⁷⁾，垂涕沾双扉⁽¹⁸⁾。

【注释】

〔1〕凛凛岁云暮：在《文选·古诗十九首》中，这是第十六首。

〔2〕凛凛（lǐn）：寒冷。　云：语气词，无义。　岁暮：年末，年终。

〔3〕蝼蛄（lóu gū）：昆虫名，俗名土狗子，黄褐色，有翅。　多：《文选》作"夕"。

〔4〕率（shuài）：大都。　厉：猛。

〔5〕锦衾（qīn）：锦被。　遗（wèi）：赠送。　洛浦：洛水之滨。暗指洛水神女，丈夫的新欢。

〔6〕袍：长衣，类似今之披风。《诗经·秦风·无衣》："岂曰无衣，与子同袍。"　违：离。既指事实上的离别，也指情感上的隔阂疏远。

〔7〕容晖：仪容风采。

〔8〕良人：古时妻子称丈夫为良人。　惟：思。　古欢：从前的欢爱，女子自指。

〔9〕枉驾：指新婚时丈夫屈尊驾车前来迎娶。　惠：是"惠授"的意思。　绥：登车时可以用手握住以便上车的绳索。

〔10〕巧笑：笑得非常美好的样子。《诗经·卫风·硕人》："巧笑倩兮，美目盼兮。"

〔11〕须臾：迁延。

〔12〕重闱：深闺。

〔13〕谅：诚，信。　鷐（chén）风：鸟名，即鷐。鷐，一作"晨"。

〔14〕能：一作"得"。　凌风：乘风。凌，一作"陵"。

〔15〕眄睐（miǎn lài）：斜视。这里是纵目四顾的意思。　适意：宽心。

〔16〕引领：伸长颈子。　睎（xī）：远望。

〔17〕徙倚：站立，徘徊。

〔18〕涕：泪。　扉：门扇。

【今译】

　　此时已是寒风凛冽的岁末，野外的蝼蛄鸣叫得多么悲凄。秋天的寒风越刮越凄厉，丈夫在外大概缺少御寒的冬衣。难道他的锦被会送给洛水神女，本是同心的丈夫分别后情感上也就有了越来越大的距离。自己独宿度过了一个又一个漫漫的长夜，只希望在梦中能看到他的容颜。丈夫大概会怀念昔日的欢爱，在梦中似乎又看见他亲自驾车来迎娶并把挽绳交到我手里扶我登车。他甚至还说："但愿你永远笑得这样美好，让我们携手同车同回我们的庐舍。"但他来时既不作短暂的停留，也不进入我那幽深的闺房。我的确没有鷐风的翅膀，哪能乘风飞去直抵丈夫的身旁。梦醒之后起来纵目四顾想放宽自己的心意，但伸长颈子远望眼前也只是一片迷茫。在门边站立徘徊心中无限感伤，泪水竟落到了门扇上。

冉冉孤生竹[1]

【题解】

　　这是一首思妇诗，一位女子悲叹新婚别。诗中女子以翠竹喻孤寂清高，以菟丝喻情意缠绵，以蕙兰喻美丽光艳，但天生丽质却不能与丈夫长久厮守，全诗充满顾影自怜之悲与青春不再之叹，动人心弦。从唐代伟大诗人杜甫所创作的名篇《新婚别》中，可以明显看出受此诗影响的痕迹。唐代杜秋娘《金缕衣》道:"劝君莫惜金缕衣,劝君惜取少年时。花开堪折直须折,莫待无花空折枝。"这与"过时而不采,将随秋草萎"同意。

冉冉孤生竹[2],结根泰山阿[3]。与君为新婚,菟丝附女萝[4]。菟丝生有时,夫妇会有宜[5]。千里远结婚,悠悠隔山陂[6]。思君令人老,轩车来何迟[7]?伤彼蕙兰花[8],含英扬光辉[9]。过时而不采,将随秋草萎。君亮执高节[10],贱妾亦何为?

【注释】
〔1〕冉冉孤生竹:在《文选·古诗十九首》中,这是第八首,在《乐府诗集》中收入《杂曲歌辞》,题名"古辞"。
〔2〕冉冉:柔弱下垂的样子。
〔3〕泰山:太山,即大山。　阿(ē):山的凹曲处。
〔4〕菟丝:蔓生草本植物,茎细长。　女萝:即松萝,地衣类植物。
〔5〕会:相会,同居。
〔6〕山陂(bēi):山坡。
〔7〕轩车:有帷幕作屏蔽的车。
〔8〕蕙兰:两种香草名。
〔9〕含英:含苞待放的花。
〔10〕亮:诚,信,的确。　高节:高风亮节,指矢志不渝。

【今译】
　　(我就像)柔弱的翠竹,(孤独地)生长在大山凹。自从与你结为夫妻,就好像菟丝和女萝相互缠绕。菟丝和女萝都有生机旺盛的时候,夫妻同处也要珍惜年轻之时共度良宵。我们远距千里而结成婚姻多么不容易,可是婚后不久却又被无数的山坡分隔千里迢迢。想念你使我日渐衰老,你的车驾为什么迟迟还不来到?我自伤如同那蕙草兰花,此时正是含苞欲放光辉普照。如果过时而不采摘,就会随着秋草一同萎谢枯焦。但我相信你对情爱定会坚守不渝,我也只好耐心等待除此之外做什么都是徒劳。

孟冬寒气至[1]

【题解】

这首诗写一位女子（思妇）冬夜回忆当年曾收到丈夫（游子）托人带回的书信，滋生无限感慨。诗中对思妇长夜难眠和珍藏书信的描写，刻画了她的孤寂和痴情，感人至深。宋代苏轼《水调歌头·明月几时有》中的"人有悲欢离合，月有阴晴圆缺，此事古难全"，也属见月感物伤怀之作。

孟冬寒气至[2]，北风何惨栗[3]。愁多知夜长，仰观众星列。三五明月满[4]，四五蟾兔缺[5]。客从远方来，遗我一书札[6]。上言长相思，下言久离别。置书怀袖中，三岁字不灭[7]。一心抱区区[8]，惧君不识察。

【注释】

〔1〕孟冬寒气至：在《文选·古诗十九首》中，这是第十七首。
〔2〕孟冬：初冬。四季的第一个月称"孟"。
〔3〕惨栗：惨冽，寒冷刺骨。
〔4〕三五：农历每月的十五日，月圆。
〔5〕四五：农历每月的二十日。　蟾（chán）兔：月亮的代称。传说月中有蟾蜍（俗称"癞蛤蟆"）、玉兔。
〔6〕遗（wèi）：赠送，送来。　书札：书信。
〔7〕三岁：三年，也可理解为多年，长久。
〔8〕区区：犹"拳拳"，指对爱情的忠心专一。

【今译】

初冬寒潮按时到来，北风多么凄厉凛冽。离愁深重不能入睡只觉得长夜漫漫，起来仰观满天星斗罗列。只见十五的月儿圆，二十日的月儿又缺。回忆当年有客人从远方到来，带给我丈夫的信我急忙披阅。信的开头诉说"长相思"，结尾长叹"久离别"。我把书信一直珍藏在怀袖之中,历经三年字迹仍然清晰不灭。在我心中对情爱是何等的忠诚专一,只怕丈夫你不能体认察觉。

客从远方来[1]

【题解】

　　这首诗写一位女子自述她意外的惊喜。全诗想象力丰富,情感炽热。女子见到罗绮上的鸳鸯图形,遐想联翩。她将罗绮裁成被子,把热烈的情爱都倾注在这张合欢锦被之中。虽然此时两人仍然"相去万余里",但她对未来美满的夫妻生活却满怀憧憬。

　　客从远方来,遗我一端绮[2]。相去万余里,故人心尚尔[3]。文彩双鸳鸯[4],裁为合欢被[5]。著以长相思[6],缘以结不解[7]。以胶投漆中,谁能别离此。

【注释】

　　[1] 客从远方来:在《文选·古诗十九首》中,这是第十八首。
　　[2] 端:古布帛长度名,半匹(二丈)为一端。　绮(qǐ):有花纹的丝织品。
　　[3] 故人:老朋友,旧相识,指情人。　尚尔:还如此,指如此依恋不舍。
　　[4] 文彩:指绮上的花纹图案。
　　[5] 合欢被:指夫妻共寝之被。
　　[6] 著:充填,指在被的中间装进绵。
　　[7] 缘(yuàn):缘边,指在被的四边缀以丝缕。

【今译】

　　有一位客人从远方到来,带来了故人送给我的两丈罗绮。我同他相距一万多里,在他心中对我仍然思念不已。在罗绮上有一对鸳鸯图案,我把罗绮裁成夫妻合欢的被子。被子中间充绵时充进了我长久的相思,被子四边缘边时缀上了我永远固结不解的情意。我俩的情爱就好像把胶投放入黑漆,有谁能够再让我们彼此分离?

四坐且莫喧

【题解】

　　一位女子在歌唱,她托物喻意,以香炉香风自喻,表达对真挚长久爱情的渴求。这位女子担心不能获得真爱,或者色衰爱弛,她的悲歌令人心酸。

　　四坐且莫喧[1],愿听歌一言。请说铜炉器[2],崔嵬象南山[3]。上枝以松柏[4],下根据铜盘。雕文各异类,离娄自相联[5]。谁能为此器?公输与鲁班[6]。朱火然其中[7],青烟扬其间。从风入君怀,四坐莫不叹[8]。香风难久居,空令蕙草残[9]。

【注释】

　　[1] 喧:喧哗。
　　[2] 铜炉器:烧香之器,即香炉,古人常用来烧香熏衣。
　　[3] 崔嵬(wéi):高耸的样子。
　　[4] 以:一作"似"。
　　[5] 离娄:玲珑,雕镂交错的样子。
　　[6] 公输:公输般(又作"班"),与鲁班都是古代著名的能工巧匠。一说公输班即鲁班。
　　[7] 朱火:红色的火焰。　　然:燃。
　　[8] 莫不叹:一作"且莫欢"。
　　[9] 蕙草:香草名。

【今译】

　　四周座位上的嘉宾且不要喧哗，请听我唱一曲说说我的心里话。请让我唱一唱那青铜制作的香炉，它就像高高耸立的南山。上端雕刻着松柏的枝叶，下面扎根于铜盘。雕刻的花纹有不同的种类，但都活泼玲珑交错纠缠。是谁竟能造出这样的神器？那一定是公输和鲁班。红色的火焰在其中燃起，青烟便从香炉中飘散。香烟随着风投入你的怀抱，四周座位上的嘉宾无不赞叹。但只怕香风在你怀中难以久留，让蕙草徒然被烧残。

悲与亲友别

【题解】

　　这首诗主要写丈夫将远行时妻子的反复叮咛。诗中女子所忧心的，是丈夫的喜新厌旧，爱富嫌贫，这也是古代产生许多婚姻悲剧的原因。

　　悲与亲友别，气结不能言[1]。赠子以自爱，道远会见难。人生无几时，颠沛在其间。念子弃我去，新心有所欢。结志青云上[2]，何时复来还？

【注释】

〔1〕气结：由于心情郁闷而呼吸不畅。
〔2〕青云：比喻高官显爵。

【今译】

　　你与亲友话别让我心中悲酸，我含悲气结几乎说不出话。我将"自爱"二字送给你，你今天离去道路遥远要想再相见定是很难。人生在世还能活多久，其间又有多少颠簸磨难。想想你离我而去，心中定会另有新欢。你立志要获取显爵高官，什么时候才能再回还?

穆穆清风至

【题解】

　　一位女子渴望情人信守承诺,她希望得到的是诚挚的爱。唐代李白《长干行》说"常存抱柱信,岂上望夫台",便表达了古代女性这种普遍的心愿。

　　穆穆清风至[1],吹我罗裳裾[2]。青袍似春草,长条随风舒。朝登津梁上[3],褰裳望所思[4]。安得抱柱信[5],皎日以为期[6]?

【注释】

　　[1] 穆穆:温和。
　　[2] 裳:下身的裙。　　裾(jū):衣服的大襟。
　　[3] 津梁:桥梁。汉代李陵《与苏武诗》:"携手上河梁,游子暮何之?"
　　[4] 褰(qiān):把衣服提起来。《诗经·郑风·褰裳》:"子惠思我,褰裳涉溱。"
　　[5] 抱柱信:指尾生守信的故事。《庄子·盗跖》:"尾生与女子期于梁下,女子不来,水至不去,抱梁柱而死。"
　　[6] 皎(jiǎo):洁白明亮。古人常指日为誓。《诗经·王风·大车》:"谓予不信,有如皦(同皎)日。"

【今译】

　　和暖的春风吹来,吹动了我的裙边。我的裙裾好似春草,长长的叶片随风翩跹。早上我走到桥上,提起裙裾远望我所思念的人多少遍。到哪里去寻找像尾生那样信守承诺的男子,我们指天誓日相爱到永远?

古乐府诗六首

乐府，乐府原指国家设立的音乐官署，早在秦代就已有乐府，只是到了汉武帝时，才扩大了它的规模和职能。乐府除训练乐工、演奏乐曲外，还采集诗歌（包括文人诗歌和民歌），配制乐曲，以备演奏歌唱。所以《汉书·艺文志》说："自孝武立乐府而采歌谣，于是有赵、代之讴，秦、楚之风，皆感于哀乐，缘事而发，亦可以观风俗、知薄厚云。"到了魏晋南北朝，人们把乐府官署所制作和采集的诗歌也叫"乐府"，"乐府"便从官署的名称变成了诗体的名称。乐府诗有的是文人所制作，有的是采集来的民歌，经过乐府官署配制乐曲之后，都可以合乐歌唱。其中，从各地采集来的民歌，是乐府诗的精华。后世文人或按照乐府古题，或模拟乐府民歌，创作了不少乐府诗，其中也有许多优秀的作品。宋人郭茂倩对汉代至宋代的乐府诗进行了全面的收集整理，编成《乐府诗集》一百卷（中华书局1979年11月分为四册出版）。全书将乐府诗分为十二类：（1）郊庙歌辞；（2）燕射歌辞；（3）鼓吹曲辞；（4）横吹曲辞；（5）相和歌辞；（6）清商曲辞；（7）舞曲歌辞；（8）琴曲歌辞；（9）杂曲歌辞；（10）近代曲辞；（11）杂歌谣辞；（12）新乐府辞。这里所选的六首都是汉代乐府"古辞"。

日出东南隅行[1]

【题解】

这是一首叙事诗，叙述一个太守调戏采桑女子而遭到严词拒绝，揭露了上层权贵仗势肆意调戏民间女子的丑恶，歌颂了民间女子罗敷不畏权势、不贪富贵的高贵品质，赞扬了她的纯洁、勇敢和机智。诗的开头用侧面烘托的手法描写罗敷的美貌；接下来描写太守企图霸占民女的严重冲突，其中一问一答，充分展现了太守的卑鄙和罗敷的勇敢无畏；最后罗敷的勇敢机智还表现在她的热情"夸夫"。罗敷是否真有这样一个丈夫已难确考（也许是由于她急中生智临时编造出来以对付太守的话语），但这番话的确起到了震慑作用，使太守不敢轻举妄动，使一出可能出现悲惨结局的悲剧，竟然产生了喜剧的结局和效果。

　　日出东南隅[2]，照我秦氏楼。秦氏有好女，自言名罗敷[3]。罗敷善蚕桑，采桑城南隅。青丝为笼绳[4]，桂枝为笼钩[5]。头上倭堕髻[6]，耳中明月珠。绿绮为下裾[7]，紫绮为上襦[8]。行者见罗敷，下担捋髭鬚[9]。少年见罗敷，脱巾著帩头[10]。耕者忘其耕[11]，锄者忘其锄。来归相喜怒[12]，但坐观罗敷[13]。

【注释】
　　[1] 日出东南隅行：在《乐府诗集》中，这首诗收入《相和歌辞·相和曲》，为《陌上桑》"古辞"，同题《陌上桑》诗共收十一首。题又名《艳歌罗敷行》。行，古诗的一种体裁，行是"歌曲"的意思。
　　[2] 隅（yú）：角，方。
　　[3] 言名：一作"名为"。
　　[4] 笼：篮子。绳：一作"系"。
　　[5] 笼钩：篮子的提柄。
　　[6] 倭（wō）堕髻（jì）：又名"堕马髻"，梳在头部一侧的发结，呈似堕非堕之状。
　　[7] 裾：一作"裳"，一作"裙"。
　　[8] 襦（rú）：短袄。
　　[9] 捋（lǔ）：抚摸。
　　[10] 巾：一作"帽"。　著（zhuó）：戴。　帩（qiào）头：束发的纱巾。
　　[11] 耕：一作"犁"。
　　[12] 喜怒：一作"怒怨"。
　　[13] 坐：因为。

　　使君从南来[1]，五马立峙崛[2]。使君遣吏往，问此谁家姝⁽³⁾？"秦氏有好女，自名为罗敷⁽⁴⁾。""罗敷年几何？""二十尚未满⁽⁵⁾，十五颇有余。"使君谢罗敷⁽⁶⁾："宁可共载不⁽⁷⁾？"罗敷前置辞⁽⁸⁾："使君一何愚⁽⁹⁾！使君自有妇，罗敷自有夫。"

【注释】

〔1〕使君：东汉时对太守、刺史的称呼。
〔2〕五马：汉时太守乘车，用五马。　踟蹰：同"踯躅"，徘徊不前的样子。
〔3〕此：一作"是"。　姝（shū）：美，美女。
〔4〕"秦氏"二句：一作"答云秦氏女，且言名罗敷"。
〔5〕未满：一作"不足"。
〔6〕谢：问。
〔7〕宁可：可以不可以。　不（fǒu）：否。
〔8〕置辞：同"致辞"，即作答，回话。置，一作"致"。
〔9〕一何：为何，多么。

"东方千余骑⁽¹⁾，夫婿居上头⁽²⁾。何以识夫婿⁽³⁾，白马从骊驹⁽⁴⁾。青丝系马尾，黄金络马头。腰间鹿卢剑⁽⁵⁾，可直千万余⁽⁶⁾。十五府小吏⁽⁷⁾，二十朝大夫⁽⁸⁾。三十侍中郎⁽⁹⁾，四十专城居⁽¹⁰⁾。为人洁白皙，鬑鬑颇有须⁽¹¹⁾。盈盈公府步⁽¹²⁾，冉冉府中趋⁽¹³⁾。坐中数千人，皆言夫婿殊⁽¹⁴⁾。"

【注释】

〔1〕骑（jì）：骑士。
〔2〕上头：前列。
〔3〕何以：用什么，凭什么。以，一作"用"。
〔4〕从：后面跟着。　骊驹：深黑色的马。驹，二岁之马。
〔5〕间：一作"中"。　鹿卢剑：剑柄用玉制成辘轳形的宝剑。

〔6〕直：价值。　　余：一作"金"。
〔7〕府小吏：太守府中的小吏。吏，一作"史"。
〔8〕朝大夫：朝廷中的大夫。
〔9〕侍中郎：出入宫禁侍奉天子的侍卫官。
〔10〕专城居：专守一城之主，即太守。
〔11〕髯髯：两颊上胡须稀疏的样子。　　颇有须：略有须。
〔12〕盈盈：踱步缓慢的样子。
〔13〕冉冉：行走沉着的样子。　　趋：快走。
〔14〕殊：特殊，出众。

【今译】

　　太阳从东南方升起，照亮了我们秦家的华屋。秦家有一个美丽的女子，她自己说名叫罗敷。罗敷最擅长养蚕采桑，这一天来到城南采桑处。系篮的绳用的是青丝，提篮是用桂枝来钩住。她的头上梳着倭堕髻，耳环上缀着明月珠。下裙是绿色的花绸，上袄是紫色的盛服。过路的人见她这般美丽，都要放下担子摸摸胡须停下来把她看清楚。年轻人见了罗敷，故意脱巾束发对她注目。耕田的人忘记了耕田，锄地的人也忘记把地锄。他们回家后互相埋怨把正事耽误，只是因为贪看罗敷。

　　太守的车驾从南边过来，走到罗敷身旁五马徘徊踟蹰。太守（也为罗敷的美貌所倾倒）便派人去询问，这是谁家的美姝？（使者回复说）"这是秦家的美女，她自己说名叫罗敷。"太守便问"罗敷年纪有多大"，（使者又答道）"二十还不到，十五却有余。"太守便对罗敷说："你可以不可以与我同车回府？"罗敷上前回答说："太守你是多么愚蠢糊涂！你本来就有妻子，我本来就有丈夫（我怎么可能与你一同乘车回府）。"

　　东方有上千名骑士，我的丈夫一马当先多英武。凭什么认出我的丈夫，他坐在一匹白马上后面跟随着深黑色的马驹。青丝系在马尾上，黄金笼头笼着马的头部。腰间佩着鹿卢宝剑，大约价值千万余。他十五岁做太守府中的小吏，二十岁做朝廷上的大夫。三十岁做侍中郎入侍天子，四十岁就成了专守一城的太守众人仰慕。他作为贵人皮肤洁白，两颊上略略有些胡须。他在府中慢慢地踱步，沉着稳重地行走在太守府。坐席之上数千人，都说我的丈夫超群出众不同流俗。

相逢狭路间[1]

【题解】

这是一首乐府民歌,歌唱的却是富贵人家。这户人家不仅富丽堂皇,而且安详和睦,反映了人们尤其是广大妇女希望过上美好家庭生活的良好愿望。诗歌中对三个媳妇的描写特别引人注目,使人印象深刻,因而后世不少诗人写了《三妇艳诗》《中妇织流黄》,反复咏叹。

相逢狭路间,道隘不容车。如何两少年[2],挟毂问君家[3]。君家诚易知,易知诚难忘[4]。黄金为君门,白玉为君堂。堂上置樽酒,使作邯郸倡[5]。中庭生桂树,华镫何煌煌[6]。兄弟两三人,中子为侍郎[7]。五日一来归,道上自生光。黄金络马头,观者满路傍[8]。入门时左顾[9],但见双鸳鸯[10]。鸳鸯七十二,罗列自成行。音声何噰噰[11],鹤鸣东西厢。大妇织罗绮[12],中妇织流黄[13]。小妇无所作[14],挟瑟上高堂。丈人且安坐[15],调丝未遽央[16]。

【注释】

〔1〕相逢狭路间:在《乐府诗集》中,这首诗收入《相和歌辞·清调曲》,为《相逢行》"古辞",同题诗共收七首。题又名《相逢狭路间行》。

〔2〕如何两少年:一作"不知何年少"。

〔3〕挟毂(gǔ):夹车,隔着马车。挟,一作"夹"。毂,本指车轮中间可以插轴的部分,这里代车。

〔4〕诚:一作"复"。

〔5〕使作:使唤,役使。 邯郸(hán dān):赵国都城。 倡:歌伎,女乐。

〔6〕镫：同"灯"。

〔7〕中子：第二子。　侍郎：官名，郎官的一种，本为宫廷近侍，东汉以后为尚书的属官。

〔8〕满路：一作"盈道"。

〔9〕左顾：指左顾右盼，环顾。

〔10〕双鸳鸯：成双成对的鸳鸯。

〔11〕噰噰（yōng）：象声词，鹤鸣的声音。

〔12〕大妇：大儿媳妇。　罗绮：一作"绮罗"。

〔13〕流黄：指黄色的绢。

〔14〕作：一作"为"。

〔15〕丈人：儿媳对公婆的尊称。

〔16〕调丝：调弄瑟弦，弹奏曲调。　未遽央：未尽，还没有完成。未遽，一作"方未"。

【今译】
　　我们相逢在狭小的道路上，道路狭窄容不下两辆车东来西往。为什么会有两个年轻人，竟会隔着车询问你家在何方。你家的确很容易辨认，既易辨认的确又很难遗忘。因为黄金铸成了你家的大门，白玉砌成了你家的厅堂。厅堂上置办着喜庆的酒宴，宴席上邯郸的歌女又舞又唱。庭院中栽种着芳香的桂树，厅堂上华灯点燃灯火多么辉煌。你们兄弟几个人，二儿子在朝中任侍郎。每五天休假一次回家洗沐，在回家的路上排场讲究多么风光。马笼头用黄金制成，观看的人挤满了路旁。走进家门左右环顾，只见成双成对的鸳鸯。鸳鸯共有七十二只，整齐排列一行一行。忽然又听见噰噰的声音，原来是白鹤鸣叫在东西的厢房。大媳妇在织图案美丽的丝绸，二媳妇在织细绢色泽嫩黄。只有最小的年轻媳妇没有什么事干，夹着瑟来到中间的厅堂。她从容地请公婆暂且安坐，因为她调试瑟弦还没有妥当。

陇　西　行[1]

【题解】
　　这首诗赞扬北方女子刚强能干，胜过男人。全诗"始言妇有容色，能应门持宾。次言善于主馈，终言送迎有礼"(《乐府解题》)，"健妇"形象栩栩如生。

天上何所有？历历种白榆[2]。桂树夹道生[3]，青龙对道隅[4]。凤凰鸣啾啾[5]，一母将九雏[6]。顾视世间人，为乐甚独殊。好妇出迎客，颜色正敷愉[7]。伸腰再拜跪[8]，问客平安不。请客北堂上，坐客毡氍毹[9]。清白各异樽，酒上正华疏[10]。酌酒持与客[11]，客言主人持。却略再拜跪[12]，然后持一杯。谈笑未及竟，左顾敕中厨[13]。促令办粗饭，慎莫使稽留[14]。废礼送客出[15]，盈盈府中趋。送客亦不远，足不过门枢[16]。取妇得如此[17]，齐姜亦不如[18]。健妇持门户[19]，胜一大丈夫[20]。

【注释】

〔1〕陇西行：在《乐府诗集》中，这首诗收入《相和歌辞·瑟调曲》，为《陇西行》"古辞"，同题诗共收十一首。题又名《步出夏门行》。陇西，郡名，战国时代秦国所置，辖地在今甘肃境内。
〔2〕历历：清楚明白的样子。　　白榆：星名。
〔3〕桂树：星名。　　道：指古天文学中的黄道，古人认为它是太阳绕地运行的轨道。
〔4〕青龙：星宿名。古人称东方七宿为青龙。　　隅：边，旁。
〔5〕凤凰：星名，即鹑火。　　啾啾（jiū）：象声词，凤鸣声。
〔6〕将（jiāng）：率领。　　雏（chú）：幼鸟。古人将凤凰星及其尾宿九星说成是"凤将九子"。
〔7〕颜色：脸色。　　敷愉：和颜悦色的样子。
〔8〕伸腰再拜跪：古代妇女所行之礼，两膝齐跪，手至地，但头不下，所以说"伸腰"。
〔9〕坐客：使客坐。　　氍毹（qú shū）：毛毯。
〔10〕上：一作"止"。　　华疏：柄上刻有花纹的勺。疏，指刻勺。

〔11〕持：执，指执杯饮酒或让客饮酒。
〔12〕却略：略微后退。
〔13〕敕（chì）：吩咐。　　中厨：内厨。
〔14〕稽留：久留，滞留。
〔15〕废礼：罢礼，礼毕。
〔16〕门枢（shū）：门上的转轴，这里指门。
〔17〕取妇：娶妻。
〔18〕齐姜：齐国姜姓的女子，古人认为这种女子高贵而美丽。《诗经·陈风·衡门》："岂其取妻，必齐之姜。"
〔19〕健妇：刚强能干的女子。
〔20〕胜一：一作"一胜"。

【今译】
　　天上有什么呢？明明白白地种着白榆。桂树夹着黄道生长，青龙在黄道的另一隅。还有凤凰啾啾地鸣叫，一只雌鸟带着它的九只幼雏。它回头看看世上的人，自己独自为乐觉得与众不同十分特殊。好妇出来接待宾客，和颜悦色神态安详。拜跪客人彬彬有礼，问候客人贵体是否安康。她接引客人来到北堂，让客人坐在毛毯之上。她把酒斟到酒杯里，酒刚及花勺一定的地方。她向客人殷勤劝酒，客人却让主人先尝。她略略后退又行一礼，然后持杯饮酒毫不慌张。谈笑还没有谈完，便回头吩咐内厨准备停当。催促厨房置办普通饭菜待客，千万不要让客人在家中滞留一时半晌。礼毕便送客人出来，步履从容地在府中行走毫不匆忙。送客也不送远，脚步从不跨出门房。娶妻能娶到这样的女子，高贵美丽的齐国姜氏女子哪里比得上。有这样刚强能干的女子持家，完全胜过一个男子汉一点不夸张。

艳 歌 行[1]

【题解】
　　这首诗赞颂了一个热心助人的家庭主妇。这位古道热肠的"贤主人"的形象，是通过几个流荡在外（或游宦，或打工）之人的口描绘出来的。本诗展开的矛盾的确富于喜剧性,丈夫的多疑,主妇的坦然,客居者遭误会后感受到的委屈,均跃然纸上。但最令人印象深刻的则是女主人的热情、大方、沉着和坦然。

翩翩堂前燕⁽²⁾,冬藏夏来见。兄弟两三人,流荡在他县⁽³⁾。故衣谁当补,新衣谁当绽⁽⁴⁾。赖得贤主人,览取为吾绽⁽⁵⁾。夫婿从门来,斜柯西北眄⁽⁶⁾。语卿且勿眄⁽⁷⁾,水清石自见。石见何累累⁽⁸⁾,远行不如归。

【注释】
〔1〕艳歌行:在《乐府诗集》中,这首诗收入《相和歌辞·瑟调曲》,为《艳歌行》"古辞"二首之一,同题诗共收八首。
〔2〕翩翩:轻盈优美地飞来飞去的样子。
〔3〕荡:一作"宕"。 他县:外县。
〔4〕当:一作"为"。 绽(zhàn):裂开,引申为缝补(缝补其裂)。
〔5〕览:同"揽"。
〔6〕斜柯:歪斜。柯,一作"倚"。 眄(miǎn):斜视。
〔7〕卿(qīng):古代君对臣的称呼,或夫妻对称,表敬或表爱。
〔8〕累累:形容连续而来,清楚明白。

【今译】
　　轻盈地飞来飞去的是堂前的飞燕,它们冬天躲藏夏天才相见。我们兄弟两三人,此刻却流荡在他乡异县。旧衣破了有谁来补,又有谁来缝制新衣服。幸赖有贤德的女主人,拿了我们的衣服去缝补。但她的丈夫从外面走进家门来,见此情景便斜站着向西北方斜视心中怨怒。女主人向他说"告诉你暂且不要斜着看,你正眼看看事情会像水清石见那样清清楚楚"。水清石见那是多么的清楚,但远行在外遭人误解还不如早早回家去。

皑如山上雪⑴

【题解】

一位女子听说丈夫变了心，移情别恋，于是写了这首诗，抒发心中的哀怨。旧说这首诗的作者是卓文君，她因司马相如纳妾而十分伤心。这种说法的真实性有待考订，但这确是一首弃妇诗。诗中的男子并不仅仅是移情别恋，大约还因为贪求钱财而另结新欢，反映了当时带有普遍性的一种社会现象。而"愿得一心人，白头不相离"，则道出了普天下受屈辱遭离弃的女子的共同心声。

皑如山上雪⑵，皎若云间月。闻君有两意⑶，故来相诀绝⑷。今日斗酒会，明旦沟水头。躞蹀御沟上⑸，沟水东西流。凄凄复凄凄⑹，嫁娶不须啼⑺。愿得一心人，白头不相离。竹竿何袅袅⑻，鱼尾何簁簁⑼。男儿重意气⑽，何用钱刀为⑾！

【注释】

〔1〕皑如山上雪：在《乐府诗集》中，这首诗收入《相和歌辞·楚调曲》，为《白头吟》"古辞"二首之一，同题诗共收八首。《西京杂记》说："司马相如将聘茂陵人女为妾，卓文君作《白头吟》以自绝，相如乃止。"

〔2〕皑（ái）：白。

〔3〕两意：二心，指爱情不专一。

〔4〕诀绝：声明断绝。诀，一作"决"。

〔5〕躞蹀（xiè dié）：徘徊，小步行走。　御沟：流经或环绕皇宫御苑的沟渠。

〔6〕复：一作"重"。

〔7〕不须：一作"亦不"。

〔8〕袅袅（niǎo）：柔软细长的样子。

〔9〕簁簁（xǐ）：下垂摆动的样子。在中国古代歌谣中，常用钓鱼作求偶的隐语。簁簁，一作"离簁"。

〔10〕重意气：一作"欲相知"。意气，感情，恩义。
〔11〕钱刀：钱币。古时用铜铸成钱币，有铸成马刀形的。　为：疑问语气词。

【今译】

　　我的情爱像山上白雪一样的洁白，像云间明月一样的皎洁。但听说你变了心另有新欢，所以来向你表示决绝。今天还在欢快地饮酒，明早却会在御沟上分手。我独自在御沟上徘徊，只见沟水东西分流永不回头。悲凄啊多么悲凄，男女婚嫁本来不必哭啼。当时只希望能够同用情专一的人永远相伴，白头偕老永不分离。看那钓竿多么柔细，鱼儿尾巴又摆动不已。男子本来应当以情感恩义为重，为什么要去追求金钱而被金钱所驱使！

双　白　鹄 ⁽¹⁾

【题解】

　　这是一首禽言诗，也是一首寓言诗，以"双白鹄"作比兴，表达一对年轻夫妇生离死别的悲哀。伤别之情，催人泪下。

　　飞来双白鹄⁽²⁾，乃从西北来。十十将五五⁽³⁾，罗列行不齐。忽然卒疲病⁽⁴⁾，不能飞相随。五里一反顾，六里一徘徊。吾欲衔汝去，口噤不能开⁽⁵⁾。吾欲负汝去，羽毛日摧颓⁽⁶⁾。乐哉新相知⁽⁷⁾，忧来生别离。峙崛顾群侣⁽⁸⁾，泪落纵横垂。今日乐相乐，延年万岁期。

【注释】

〔1〕双白鹄：在《乐府诗集》中，这首诗收入《相和歌辞·瑟调曲》，为《艳歌何尝行》"古辞"，题又名《飞鹄行》。但文字则据《宋书·乐志》，与《玉台新咏》所载出入较大："飞来双白鹄，乃从西北来。

十十五五,罗列成行。妻卒被病,行不能相随。五里一反顾,六里一徘徊。吾欲衔汝去,口噤不能开;吾欲负汝去,毛羽何摧颓。乐哉新相知,忧来生别离,躇踌顾群侣,泪下不自知。念与君离别,气结不能言,各各重自爱,远道归还难。妾当守空房,闭门下重关。若生当相见,亡者会黄泉。今日乐相乐,延年万岁期。"

〔2〕鹄(hú):天鹅。

〔3〕将:与,共。

〔4〕卒(cù):同"猝",急,暴,忽然。此句主语是一只雌鹄。

〔5〕口噤(jìn):口闭不能开。此句主语是雄鹄。

〔6〕摧颓(tuí):损毁,折断脱落。此句一作"毛羽何摧颓"。

〔7〕"乐哉"二句:《楚辞·九歌·少司命》说:"悲莫悲兮生别离,乐莫乐兮新相知。"

〔8〕跱躇:同"踟蹰",徘徊不前。此句主语是雌鹄。

【今译】

　　天上飞来一对白天鹅,它们是从西北方向飞过来。这群白天鹅或十只或五只,行列并不整齐成排。一只雌鹅忽然感到疲困非常,不能紧紧跟上队列神情倦怠。前面的雄鹅飞出五里回头看看,飞出六里又一阵徘徊。它说:"我想口衔你而去,但口闭却不能开。我想背负你而去,但羽毛又已损毁衰败。"雌鹅说:"最快乐啊莫过于我们当初新相识,最忧伤啊莫过于今天活生生地分开。我缓缓飞行看着我的众伙伴,眼泪纵横滚滚落下来。真希望我们今天相聚的快乐,能够延续千年万载。"

枚乘杂诗九首

　　枚乘(?—前140),西汉著名辞赋家。字叔,淮阴(今属江苏)人。初为吴王刘濞郎中,曾上书谏阻吴王谋反。吴王不纳,他转而投奔梁孝王。汉平定七国之乱后,景帝召拜为弘农都尉,后以病辞官。武帝即位,乘已年老,武帝以安车蒲轮征召,他在入京途中死去。原有集二卷，已散佚，近人辑有《枚叔集》。他的代表作《七发》是汉赋正式形成的标志。这里所录九首杂诗，除《兰若生春阳》外，均在《文选·古诗十九首》之中。《文选》不署作者，而《玉台新咏》却归于枚乘名下，后人不知道有何根据，因而怀疑和否定的意见很多。九首诗均用首句作题目，为后人所加。

西北有高楼⁽¹⁾

【题解】

这首诗写一位男子听曲感心的故事。诗中这位女性弦歌者并未露面，她只存于男性听曲者的想象之中。但透过这位听曲者对弦歌的"解读"，这位遭遇不幸、独处深闺、孤寂无助并深感知音难觅的女性形象已清楚浮现出来。她的苦闷、悲哀和期待，定会激起许多被压抑的女性的共鸣。

西北有高楼，上与浮云齐。交疏结绮窗⁽²⁾，阿阁三重阶⁽³⁾。上有弦歌声⁽⁴⁾，音响一何悲！谁能为此曲？无乃杞梁妻⁽⁵⁾！清商随风发⁽⁶⁾，中曲正徘徊⁽⁷⁾。一弹再三叹⁽⁸⁾，慷慨有余哀⁽⁹⁾。不惜歌者苦⁽¹⁰⁾，但伤知音稀⁽¹¹⁾。愿为双鸿鹄⁽¹²⁾，奋翅起高飞⁽¹³⁾。

【注释】

〔1〕西北有高楼：在《文选·古诗十九首》中，这是第五首。
〔2〕交：交错。　疏：镂刻。　结：悬挂。　绮：有花纹的丝织品，这里指窗帘。
〔3〕阿（ē）阁：四面有曲檐的楼阁。三重阶：指楼阁的台基有三层台阶。
〔4〕弦歌声：弹拨弦乐器（琴、瑟、琵琶之类）发出的乐声。
〔5〕无乃：莫非，大概。　杞梁妻：齐国杞梁的妻子。古乐府《琴

曲》有《杞梁妻叹》。《琴操》说:"《杞梁妻叹》者,齐邑杞梁殖之妻所作也。殖死,妻叹曰:'上无父,中则无夫,下则无子,将何以立吾节?亦死而已!'援琴而鼓之,曲终,遂自投淄水而死。"又据刘向《列女传》、崔豹《古今注》等书所说,杞梁殖战死,其妻在城下痛哭,城墙被她哭崩塌。

〔6〕清商:乐曲名,这种曲调婉转悠扬,适于表达忧愁和哀怨。

〔7〕中曲:曲中。　徘徊:行走不前,这里指曲调的往复萦回。

〔8〕叹:指乐曲中的和声。

〔9〕慷慨:因不得志而生发出的情感。　余哀:不尽的哀伤。

〔10〕惜:痛惜。

〔11〕知音:能够了解乐曲内涵与乐者情感的人。《列子·汤问》说:"伯牙善鼓琴,钟子期善听。伯牙鼓琴,志在登高山,钟子期曰:'善哉!峨峨兮若泰山。'志在流水,钟子期曰:'善哉!洋洋兮若江河。'伯牙所念,钟子期必得之。"

〔12〕鸿鹄:即鹄,天鹅,善飞的大鸟。

〔13〕奋翅:奋力鼓动翅膀。

【今译】

　　西北有一座高楼,楼端高耸与浮云平齐。雕花的窗子悬挂着彩帘,四面曲檐的楼阁有着三重台阶。高楼上传来弦歌之声,声音是多么的伤悲。谁能够制作和弹唱这支曲子?莫不是杞梁殖那苦命的妻。那婉转哀怨的曲调正随风飘散,曲中的愁怨正往复萦回。弹奏时一唱三叹有相应的和声,传达出失意的愁苦和无尽的悲摧。我不是怜惜弦歌者心中的苦楚,只为我们都缺少知音而深感伤悲。但愿我们能像一对美丽的天鹅,奋力鼓翅在空中结伴高飞。

东城高且长[1]

【题解】

　　这首诗写一位男子在极度苦闷而寻求及时行乐之时,忽听到一"佳人"于窗内弹奏清商曲,顿生遐想,将她视为知己,幻想同她双宿双飞，幻想着在真挚的情爱中获得精神上的慰藉，以疗治心灵上的创伤。

东城高且长[2]，逶迤自相属[3]。回风动地起[4]，秋草萋已绿[5]。四时更变化[6]，岁暮一何速！晨风怀苦心[7]，蟋蟀伤局促[8]。荡涤放情志[9]，何为自结束[10]？燕赵多佳人，美者颜如玉。被服罗裳衣[11]，当户理清曲[12]。音响一何悲，弦急知柱促[13]。驰情整中带[14]，沉吟聊踯躅[15]。思为双飞燕，衔泥巢君屋。

【注释】
〔1〕东城高且长：在《文选·古诗十九首》中，这是第十二首。
〔2〕东城：东汉首都洛阳的东城。
〔3〕逶迤：曲折而绵长的样子。　属：连接。
〔4〕回风：旋风。
〔5〕萋：茂盛的样子。　绿：这里指秋草由青绿变黄绿。
〔6〕更（gēng）：更替。
〔7〕晨风：即"晨风"，鸟名，又名鹯，一种鸷鸟。《诗经·秦风·晨风》说："鴥彼晨风，郁彼北林。未见君子，忧心钦钦。"
〔8〕蟋蟀：昆虫名。《诗经·唐风·蟋蟀》说："蟋蟀在堂，岁聿其莫（暮）。今我不乐，岁聿其除。"
〔9〕荡涤：冲洗，扫除。
〔10〕结束：拘束。
〔11〕被服：穿着。
〔12〕清曲：清商曲。
〔13〕柱：弦乐器中架弦的木柱，柱移近则弦紧音高。
〔14〕中带：内衣的带子。中，一作"巾"。
〔15〕聊：且。　踯躅：即"踟蹰"，徘徊不前。

【今译】
　　洛阳东城城墙又高又长，蜿蜒曲折南北相互连属。旋风从地面上盘旋而起，秋草虽然茂盛但已呈现黄绿。四季更迭交替变化，又是年末到来竟是这样急促。《晨风》诗唱出了怀人的苦心,《蟋蟀》诗感伤人生的短促。把这种种烦恼冲洗掉尽情放纵自己的情志,为什么要自寻烦恼作茧自缚。燕赵之地有许多佳丽,美丽的女子容貌如花似玉。她们穿着漂亮的绸衣,面对着窗户弹奏着清商曲。乐曲的声音竟是这样的伤悲,弦音繁急便知弦柱调得多么紧促。我全部感情都在乐曲中翻腾奔驰而不自觉地整了整内衣的带子,一面沉吟一面徘徊踟蹰。我真想同你一道化为一双比翼齐飞的飞燕,共同衔泥筑巢同宿在你的华屋。

行行重行行[1]

【题解】

这首诗写在家的妻子(思妇)对远行在外的丈夫(游子)的思念。诗中的游子为何离家远行?是游宦,还是服役?诗中没有交代,其实也不必交代。在社会动乱的时代,家庭离散的悲剧是十分普遍的,这首诗生动地反映了当时的社会现实。诗中思妇倾诉相思之苦,反复咏叹,令人荡气回肠。最后虽强作宽解,但用情转深,更是催人泪下。

行行重行行[2],与君生别离。相去万余里,各在天一涯。道路阻且长,会面安可知?胡马嘶北风[3],越鸟巢南枝[4]。相去日已远,衣带日已缓[5]。浮云蔽白日,游子不顾反[6]。思君令人老,岁月忽已晚。弃捐勿复道[7],努力加飡饭[8]。

【注释】

〔1〕行行重行行:在《文选·古诗十九首》中,这是第一首。
〔2〕重:又。
〔3〕胡马:胡地的马。古称北方少数民族为胡。　嘶:《文选》

〔4〕越鸟：越地的鸟。越，族名，秦汉之前居于南方，称"百越"。
〔5〕缓：宽松。
〔6〕顾：念。　反：同"返"。
〔7〕弃捐：抛开。
〔8〕飧（sūn）：晚饭，也指简单的饭食。《文选》作"餐"。

【今译】

　　走啊走啊再向前走啊，生人竟作死别我同你就这样活生生地分离。我们分居两地相距一万余里，各在天的一方多么孤凄。道路艰险又漫长，能不能再会面又怎么能知？胡地的马南来后总是向着北方嘶叫，越地的鸟北飞后鸟巢总是筑在朝南的树枝。你离家的日子已一天比一天久远，我因苦苦思念日渐消瘦衣带已一天比一天松宽。是不是有什么东西蒙蔽了你像浮云遮住了太阳，让你这个远游他乡的人不再想回家。思念你使我日渐衰老，时光匆匆过去又到了年末岁终。抛开这些伤心事不要再说，只希望你努力加餐饭多加保重。

涉江采芙蓉[1]

【题解】

　　这首诗写一位异乡漂泊万般失意的人（游子）思念远在故乡的妻子（思妇）。诗中采芳赠远的描写源于《楚辞·九歌》。《湘君》说："采芳洲兮杜若，将以遗兮下女。"《湘夫人》说："搴汀洲兮杜若，将以遗兮远者。"《山鬼》说："被石兰兮带杜衡，折芳馨兮遗所思。"用采芳赠远作比喻和象征，将真诚执着缠绵悱恻的男女情爱表现得十分生动形象。但"同心而离居，忧伤以终老"，这种流落异乡欲归不得的愁苦悲哀，除了给人们带来更为沉重的心情之外，也启发人们对和平美好生活的向往和追求。

　　涉江采芙蓉[2]，兰泽多芳草[3]。采之欲遗谁[4]？所思在远道^{〔5〕}。还顾望旧乡^{〔6〕}，长路漫浩浩^{〔7〕}。同心而离居^{〔8〕}，忧伤以终老。

【注释】
〔1〕涉江采芙蓉：在《文选·古诗十九首》中，这是第六首。
〔2〕芙蓉：莲花。
〔3〕泽：沼泽，低湿之地。　　芳草：即兰草。
〔4〕遗（wèi）：赠送。
〔5〕远道：远方，指远在家乡的妻子。
〔6〕还（xuán）顾：回头看。　　旧乡：故乡。
〔7〕漫浩浩：遥远漫长。
〔8〕同心：指夫妻感情笃厚。《诗经·邶风·谷风》："黾勉同心，不宜有怒。"《楚辞·九歌·湘君》："心不同兮媒劳，恩不甚兮轻绝。"

【今译】
　　我涉水过江去采摘莲花，在长满兰草的沼泽地里我也采摘了许多兰草。采摘这些莲花兰草打算赠送给谁呢？我所思念的人在极远的地方山高路遥。回头远望我的故乡啊，道路又是那么辽远漫长千里迢迢。我俩同心相爱但却分居两地，我们都只能忧愁哀伤而一直到老。

青青河畔草^{〔1〕}

【题解】
　　这首诗是《古诗十九首》中唯一以第三人称叙述的一首，写一个"倡家女"独守空床的孤寂和悲哀。但诗歌着力描写的，却是景色的美丽和女子的艳丽。要求过正常的夫妻生活，享受美满的家庭生活，这是普天下女子的共同愿望。"空床难独守"，也是所有挚爱夫妻在长久分离之后的普遍感受。诗人把它揭示出来，并把它作为普通的人性加以肯定，正是一种人性的觉醒，体现了诗人对女性的人道关怀和同情。诗中对美丽景色和美丽女子的描写，则更加强了

"空床难独守"的感情分量。在描写中，连用六个叠字，极尽形容，而又极其自然，语言运用技巧十分高超。诗中"柳树"的意象含义丰富。"柳"与"留"谐音，古人折柳赠别，希望能挽留对方，表现出一种依依不舍的绵绵情意。人们往往见柳而生发出别离之叹。后来唐代王昌龄《春闺》道："闺中少妇不知愁，春日凝妆上翠楼。忽见陌头杨柳色，悔教夫婿觅封侯。"

青青河畔草[2]，郁郁园中柳[3]。盈盈楼上女[4]，皎皎当窗牖[5]。娥娥红粉妆[6]，纤纤出素手[7]。昔为倡家女[8]，今为荡子妇[9]。荡子行不归，空床难独守。

【注释】
[1] 青青河畔草：在《文选·古诗十九首》中，这是第二首。
[2] 畔（pàn）：边。
[3] 郁郁：茂盛的样子。
[4] 盈盈：即"嬴嬴"，女子仪态美好的样子。
[5] 皎皎（jiǎo）：洁白明亮的样子，既指窗前的明亮，又指女子皮肤的白皙。　窗牖（yǒu）：窗户。
[6] 娥娥：娇美的样子。　红粉妆：用脂粉修饰打扮。
[7] 纤纤：纤细的样子。　素：白。
[8] 倡家女：歌女，乐人，与后世卖身的娼妓有别。
[9] 荡子：指在外游荡不归的丈夫。

【今译】
　　一片青绿这是河边的青草，郁郁葱葱这是园中的垂柳。楼上一位体态轻盈的女子，白皙明艳正对着明亮的窗口。她用脂粉打扮得十分娇美，靠着窗伸出纤细雪白的手。从前她是出入歌舞繁华之地的倡家女子，今天却被在外游荡的丈夫弃置不顾已很久。丈夫游荡远行长久不归，面对空床她是很难独守。

兰若生春阳

【题解】

在晋代陆机十余首拟古诗中,有《拟兰若生春阳》,可见,这是一首古诗,但不属于《文选·古诗十九首》。诗中写一位男子对昔日情侣的狂热爱恋。

兰若生春阳[1],涉冬犹盛滋[2]。愿言追昔爱[3],情款感四时[4]。美人在云端[5],天路隔无期。夜光照玄阴[6],长叹恋所思。谁谓我无忧?积念发狂痴[7]。

【注释】

〔1〕兰若:兰草和杜若,都是香草。
〔2〕涉冬:经冬。　滋:生长。
〔3〕愿:思念。　言:语气词,无义。
〔4〕情款:情意诚挚恳切。
〔5〕云端:比喻相距遥远,下句"天路"义同。
〔6〕夜光:月光。　玄阴:幽暗。
〔7〕狂痴:因痴迷而癫狂。

【今译】

兰草和杜若在春天明媚的阳光下萌生,经过了整整一个冬天还是十分茂盛荣滋。我追思昔日相爱的人,她的款款深情令我一年四季都在思念不止。但美人好像生活在云端,天人永隔相见无期难自持。月光照亮了幽暗的大地,我彻夜长叹深恋着我所怀想的芳姿。谁说我没有忧愁?常年积累下来的思念已经让我变得如此狂痴。

庭前有奇树[1]

【题解】

　　这首诗写一位女子对分别已久的情人的思念。这种思念之情，通过"折芳寄远"来表达。这首诗与上一首《兰若生春阳》同为怀人之作，但上一首是男怀女，情感率直而热烈；这一首是女怀男，情感含蓄而深沉。

　　庭前有奇树[2]，绿叶发华滋[3]。攀条折其荣[4]，将以遗所思。馨香盈怀袖，路远莫致之[5]。此物何足贵？但感别经时。

【注释】

〔1〕庭前有奇树：在《文选·古诗十九首》中，这是第九首。
〔2〕前：一作"中"。　　奇树：嘉树，珍贵的树木。
〔3〕发华滋：花开得很繁盛。华，即"花"。
〔4〕荣：与"华"义同，也是花。
〔5〕致：送达。

【今译】

　　庭院前边有一棵珍奇的树，在一丛丛绿叶中开着繁盛的花。我攀缘枝条摘下花一朵，打算赠送给我日夜思念的他。花朵的馨香在我的怀袖中弥漫，但因路途遥远无法送达。这朵花有什么值得珍贵？只是有感于我们离别已有很久的时间。

迢迢牵牛星⁽¹⁾

【题解】

　　这是一首思妇诗。全诗描绘了一个极其美丽的碧海青天的梦幻世界，借牛郎织女的神话故事，抒写女子离别相思的绵绵情思。最后两句，可谓咫尺天涯，痛苦之深可以想见。这里写的是天上牵牛织女的悲哀，其实是人间情侣的不幸。全诗抒发了离别相思的哀怨，也反映了对纯洁美好爱情生活的追求。诗的境界绚丽优美，织女形象更是美的化身。叠字的运用也极有特色，与《青青河畔草》同臻妙境。后来宋代秦观作《鹊桥仙·七夕》："纤云弄巧，飞星传恨，银汉迢迢暗渡。金风玉露一相逢，便胜却人间无数。　柔情似水，佳期如梦，忍顾鹊桥归路！两情若是久长时，又岂在朝朝暮暮！"虽然用的也是牵牛织女题材，但意境和情思都有所开拓和创新。

　　迢迢牵牛星⁽²⁾，皎皎河汉女⁽³⁾。纤纤擢素手⁽⁴⁾，札札弄机杼⁽⁵⁾。终日不成章⁽⁶⁾，泣涕零如雨⁽⁷⁾。河汉清且浅，相去复几许？盈盈一水间⁽⁸⁾，脉脉不得语⁽⁹⁾。

【注释】

　　〔1〕迢迢牵牛星：在《文选·古诗十九首》中，这是第十首。
　　〔2〕迢迢（tiáo）：遥远的样子。　　牵牛星：俗称牛郎星，在银河之南。
　　〔3〕河汉女：指织女星，在银河之北。河汉，银河。
　　〔4〕纤纤：纤柔细长。　　擢（zhuó）：举起，摆动。　　素：洁白。
　　〔5〕札札（zhá）：象声词，机织声。　　机杼（zhù）：织布机的机梭。
　　〔6〕章：指布帛上的经纬纹理。
　　〔7〕涕：泪。　　零：坠落。
　　〔8〕盈盈：河水清澈的样子。
　　〔9〕脉脉（mò）：即"眽眽"，含情相视的样子。

【今译】

在银河的那一边是相距遥远的牵牛星,这一边的星星则是光辉明亮的织女。织女摆动着她那柔细洁白的手,札札地拨弄机梭织丝缕。可是整日整夜也织不成一匹布啊,她的泪珠滚滚坠落就像直泻的雨。天河的水又清又浅,两人相距能有多少里?但是就因为隔着这么一道清澈的天河水,两人只能脉脉含情地相视而不能相语。

明月何皎皎[1]

【题解】

这首诗写思妇怀人。全诗纯用白描,情真意切,真挚感人。也有人认为,这是一首游子在外久客思归之作,可备一说。唐代李白《静夜思》"床前明月光,疑是地上霜。举头望明月,低头思故乡",意境同样美好。

明月何皎皎,照我罗床帏[2]。忧愁不能寐,览衣起徘徊[3]。行客虽云乐[4],不如早旋归[5]。出户独彷徨[6],愁思当告谁。引领还入房[7],泪下沾裳衣[8]。

【注释】

〔1〕明月何皎皎:在《文选·古诗十九首》中,这是第十九首。
〔2〕罗:轻软有稀孔的丝织品。　　帏:同"帷",帐。
〔3〕览:同"揽",提取。
〔4〕行客:一作"客行",指客游在外。
〔5〕旋归:回归。
〔6〕彷徨:犹"徘徊"。
〔7〕引领:伸长颈子远望。
〔8〕泪下:一作"下泪"。　　裳衣:一作"衣裳"。

【今译】

月光多么皎洁明亮,照亮了我的罗帷锦帐。心中忧愁啊不能入睡,取衣披身在房中来回走动多凄凉。你在外旅行客居虽说十分快乐,总不如早早返回家乡。我走出户外在院子中独自徘徊,愁苦忧思应当向谁倾诉衷肠。伸长颈子远望不见你的踪影我转身仍回到我的闺房,泪珠不禁滚滚而下沾湿了我的衣裳。

李延年歌诗一首 并序

李延年(?—约前87),中山(今河北定州市)人,出身乐人,擅长歌舞,尤善创制新声。汉武帝时,在乐府中任协律都尉。他的妹妹就是受到汉武帝宠爱的李夫人。

歌 诗[1] 并序

【题解】

这首诗的序和歌,基本上是《汉书·外戚传》的记载(文字小有出入),意思是说李延年精通音律,又善歌舞,他每一次替汉武帝用新的曲调谱写新的歌曲,听到的人没有不被感动的。《汉书·外戚传》又说,汉武帝听了这首诗歌后叹息道:世上难道真有这样美丽的佳人吗?这时,武帝的姐姐平阳公主说:有啊,这人就是李延年的妹妹啊。武帝便召见她,见她妙丽善舞,便娶了她,人称"李夫人"。这首歌所说的"倾城""倾国",来源于"女人是祸水"的观念,自然是十分错误的,但也留下了"绝世(代)佳人""倾国之貌"这样的词语,丰富了汉语语汇。

李延年知音[2],善歌舞,每为汉武帝作新歌变曲,闻者莫不感动。延年侍坐上⁽³⁾，起舞，歌曰：

北方有佳人，绝世而独立⁽⁴⁾。一顾倾人城⁽⁵⁾，再顾倾人国。倾城复倾国⁽⁶⁾，佳人难再得！

【注释】
〔1〕歌诗：汉代称入乐的乐府诗为歌诗。在《乐府诗集》中这首诗收入《杂歌谣辞》。
〔2〕知音：了解和精通音律。
〔3〕坐上：一作"上坐"。
〔4〕绝世：犹"绝代"，冠绝当代，举世无双。　独立：突出，超群。
〔5〕顾：视，看。　倾：倾覆，覆亡。
〔6〕倾城复倾国：一作"宁不知倾城与倾国"。

【今译】
（序）李延年精通音律，又善歌舞，他每一次替汉武帝用新的曲调谱写新的歌曲，听到的人没有不被感动的。有一天他陪侍汉武帝，翩翩起舞，边舞边唱道：
北方有一位美丽的女子，她的美丽冠绝当代无人超过。君王看她一眼就会倾覆他的城，再看她一眼就会倾覆他的国。难道不知道女人会倾覆都城倾覆邦国？只是因为佳人难再得绝不能错过。

苏武留别妻一首

苏武（？—前60），字子卿，杜陵（今陕西西安东南）人。汉武帝天汉元年（前100）以中郎将身份出使匈奴，被扣十九年，孤身一人在北海（今贝加尔湖）牧羊，历尽艰辛，守节不辱。汉昭帝时匈奴与汉和亲，方获释回国，官至典属国。《昭明文选》载李陵

《与苏武三首》、苏武《诗四首》,世称"苏李诗"。但不少学者认为,"苏李诗"出自东汉文人,托名苏李。

留 别 妻[1]

【题解】

一位男子即将服役远行,作此诗与妻子告别。诗中这生死诀别的绵绵情语,哀痛欲绝,悲怆感人。

结发为夫妇[2],恩爱两不疑。欢娱在今夕,嬿婉及良时[3]。征夫怀远路[4],起视夜何其[5]。参晨皆已没[6],去去从此辞。行役在战场[7],相见未有期。握手一长叹,泪为别生滋[8]。努力爱春华[9],莫忘欢乐时。生当复来归,死当长相思。

【注释】

〔1〕留别妻:在《昭明文选》苏武《诗四首》中,这是第三首。
〔2〕结发:即束发,表示成年。古代男子二十岁束发加冠,女子十五岁束发加笄,均表示成年。　夫妇:一作"夫妻"。
〔3〕嬿婉:夫妻欢好的样子。
〔4〕征夫:即"征人",远行之人。　远:一作"往"。
〔5〕其(jī):句尾语气词。
〔6〕参(shēn)晨:即"参辰",均为星名,其下落表示天将明。
〔7〕行役:远行服役。行,一作"征"。
〔8〕别生:一作"生别"。　滋:多。
〔9〕春华:即"春花",比喻少壮时期。

【今译】

我们刚成年便结为夫妻,恩恩爱爱互不猜疑。欢乐就在今夜应尽情地欢乐,夫妻欢爱应趁着这最美好的时机。我这远行之人想到即将离家出远门,便起来看看今夜到底还有多长。这时只见参星、晨星都已下沉天将放亮,我将要离去同你就此告别从此天各一方。远行服役拼死在战场,何时能相见不会有定期不会有希望。我握着你的手不断长叹,眼泪由于生离死别而滚滚落下。我只希望你尽力珍惜自己的青春年华,不要忘了我们欢乐的日子和绵绵的情话。如果活着我一定会回家,如果死去我也会永远把你来牵挂。

辛延年羽林郎诗一首

辛延年,东汉人,生平事迹不详。

羽 林 郎[1]

【题解】

这首诗叙述上层权贵调戏民女的故事。历史上的冯子都,是西汉大将军霍光的豪奴,但他未做过执金吾。因此朱乾在《乐府正义》中说,这首诗是借历史题材讽刺东汉和帝时代外戚大将军窦宪兄弟。其弟窦景做过执金吾,他和他的下属对民财民女常常巧取豪夺。本诗可能为某事而作,但却具有普遍的意义。它揭露了旧社会普遍存在的豪门权贵欺压民众强占民女的不法行为,也赞扬了民间女子抗拒强暴的坚贞和勇敢。胡姬所说"男儿爱后妇,女子重前夫",给人留下深刻印象。本诗取材与表现手法近似《陌上桑》,显示了文人学习民歌的实绩。

昔有霍家奴[2],姓冯名子都。依倚将军势,调笑酒家胡[3]。胡姬年十五,春日独当垆[4]。长裾连理带[5],广袖合欢襦[6]。头上蓝田玉[7],耳后大秦珠[8]。两鬟何窈窕[9],一世良所无。一鬟五百万,两鬟千万余。不意金吾子[10],娉婷过我庐[11]。银鞍何昱爚[12],翠盖空跱踞[13]。就我求清酒,丝绳提玉壶。就我求珍肴,金盘脍鲤鱼[14]。贻我青铜镜,结我红罗裾。不惜红罗裂,何论轻贱躯!男儿爱后妇,女子重前夫。人生有新故,贵贱不相逾[15]。多谢金吾子[16],私爱徒区区[17]。

【注释】

〔1〕羽林郎:在《乐府诗集》中,本诗收入《杂曲歌辞》。羽林,汉代皇家的禁卫军。郎,羽林军官名。

〔2〕霍:指霍光,西汉昭帝时为大司马大将军。

〔3〕调笑:调戏。　酒家胡:酒店的胡女。汉朝人称北方和西域外族人为胡。

〔4〕当垆:指卖酒。垆是酒店安放酒坛的地方,用土垒成。

〔5〕裾:衣前襟。　连理带:两条连接前面两边衣襟的带子。

〔6〕广袖:宽大的衣袖。　合欢:一种图案花纹,含有男女和合欢乐之意。　襦:短衣,短袄。

〔7〕蓝田:山名,在今陕西蓝田县东,此山盛产美玉。

〔8〕大秦:即当时的罗马帝国。

〔9〕鬟:环形的发髻。　窈窕:美好的样子。

〔10〕金吾子:即执金吾,羽林军中的高级军官。

〔11〕娉婷(pīng tíng):和颜悦色的样子。

〔12〕昱爚(yù yuè):光辉闪烁耀眼。昱,一作"煜"。

〔13〕翠盖:用翠鸟羽毛装饰的车盖。　跱踞:同"踟蹰",徘徊不前。

〔14〕脍(kuài):把肉切细。

〔15〕逾:逾越。

〔16〕谢:告。

〔17〕私爱:指对方的私心相爱。　徒:徒然。　区区:表爱意,献殷勤。

【今译】

　　从前有一个霍光大将军家的走卒,名字叫作冯子都。他倚仗大将军的权势,在酒店要把卖酒胡女来凌辱。胡姬只有十五岁,春天之时独自一人垆前卖酒正忙碌。她的长襟系着两条大带,衣袖宽大短袄上绣着合欢图。头上插着蓝田玉簪,耳后垂着大秦宝珠。两个鬟髻多么美好,天下无双举世所无。一个鬟髻价值五百多万,两个鬟髻就值千万余。想不到这个执金吾冯子都,装出和气的样子来到我胡姬的华屋。那镶银的马鞍何等耀眼,车盖装饰着翠鸟羽毛的车在屋前踟蹰。他走近我胡姬求沽清酒,用丝线悬挂着玉饰的酒壶。他走近我胡姬求沽佳肴,镶金的菜盘盛着切细的鲤鱼。他送我胡姬一面青铜镜,还动手动脚要把青铜镜在我胡姬的红锦衣襟上结缚。(我胡姬愤怒地拒绝)"我不惜红锦衣襟被撕裂,更不惜微贱的身躯而以死来抗拒。男子总是厌旧而喜新,女子却看重结发的丈夫。人生在世交友有新故但不能以新易故,有贵贱但贵贱不能相越逾。我郑重地告诉你这个执金吾,你再怎样示爱也只是白白献殷勤自取其辱。"

班婕妤怨诗一首　并序

　　班婕妤(约前48—约前6),名不详,楼烦(今山西朔州)人,班固祖姑。汉成帝时被选入宫,立为婕妤,后因赵飞燕得宠进谗而失宠,便退居长信宫侍奉太后。西汉女文学家,原有集一卷,已佚。今存《自悼赋》《捣素赋》《怨歌行》等。

怨　诗[1]　并序

【题解】

　　这首诗以团扇见弃为喻,写妇女遭遗弃的痛苦。洁白的绢喻她的天生丽质，合欢扇喻她的婚姻美满，"出入君怀袖"喻她受到丈夫的宠爱，"凉风夺炎热"喻形势突变丈夫另有新欢，"弃捐箧笥中"喻受冷落被抛弃。诗歌形象鲜明，比喻恰切。作者写的虽然是自己作为妃嫔的遭遇，却反映了旧社会广大妇女普遍的不幸与痛苦。

昔汉成帝班婕妤失宠[2]，供养于长信宫，乃作赋自伤，并为怨诗一首。

新裂齐纨素[3]，鲜洁如霜雪[4]。裁为合欢扇[5]，团团似明月[6]。出入君怀袖，动摇微风发。常恐秋节至，凉风夺炎热[7]。弃捐箧笥中[8]，恩情中道绝。

【注释】

〔1〕怨诗：在《乐府诗集》中，这首诗收入《相和歌辞·楚调曲》。题为《怨歌行》，同题诗共收十首。《昭明文选》收此诗，亦题为《怨歌行》。

〔2〕婕妤（jié yú）：又作"倢伃"，妃嫔的称号。

〔3〕裂：截断。　纨（wán）：细绢。　素：生绢。

〔4〕鲜：一作"皎"。

〔5〕合欢：一种图案花纹，含有男女和合欢乐之意。

〔6〕团团：一作"团圆"。

〔7〕风：一作"飙"。

〔8〕箧笥（qiè sì）：盛衣物的竹箱。

【今译】

（序）从前汉成帝班婕妤失宠，供养在长信宫，于是写了一篇赋自我伤悼，同时写了这首怨诗。

刚从织布机上扯下来的齐国精美丝绢，明丽洁白好像霜雪。把它剪裁成一把合欢扇，圆圆的就像那明月。这把合欢扇常在你的怀袖中出入，挥扇时发出阵阵微风不绝。但常常担心秋凉的季节到来，凉风会夺走炎热。到那时你会把我这把合欢扇丢弃在箱中，我们恩爱之情未能到头便会在中途夭折。

宋子侯董娇娆诗一首

宋子侯，东汉人，生平事迹不详。

董娇娆[1]

【题解】

　　这首诗是一位名叫董娇娆的女子的自述，她以桃花李花作比喻，描绘女子的命运。全诗所悲叹的是女子色衰爱弛，盛年一去即遭捐弃，对女子的命运表示了热切的关注与深切的同情。

　　洛阳城东路，桃李生路傍。花花自相对，叶叶自相当。春风东北起，花叶正低昂。不知谁家子[2]，提笼行采桑。纤手折其枝，花落何飘扬。请谢彼姝子[3]："何为见损伤？""高秋八九月，白露变为霜。终年会飘堕[4]，安得久馨香？""秋时自零落，春月复芬芳。何时盛年去[5]，欢爱永相忘。"吾欲竟此曲[6]，此曲愁人肠。归来酌美酒，挟瑟上高堂。

【注释】

　〔1〕董娇娆：在《乐府诗集》中，这首诗收入《杂曲歌辞》，题为《董娇娆》。

　〔2〕子：女子。

　〔3〕谢：告诉，这里是"问"的意思。　姝（shū）：美丽。

　〔4〕会：定然。

　〔5〕何时：一作"何如"。

　〔6〕竟：终。

【今译】
　　在洛阳城东的路旁,开满了桃花李花多芬芳。花花交相辉映,叶叶交相依傍。春风从东北吹来,花叶正随风起伏低昂。不知谁家的女子,提着竹笼来采桑。她伸出纤细的手攀折枝条,桃花李花纷纷飘扬。请问这位美丽的女子:"你为什么要把我来损伤?"(女子回答说)"深秋八九月,白露变成了霜。到年末花也定会飘落,怎能长久地保留它的芳香?"(我对这位女子说)"桃花李花秋天自会凋谢飘落,但来年春天又会重新开放满园芬芳。只有我们女子青春年华一去,夫妻欢爱也就随之而去我们被永远遗忘。"我打算唱完这支曲子,但这支哀愁的曲子使人伤心断肠。回来喝一杯美酒,拿着瑟到高堂上继续弹唱。

汉时童谣歌一首

　　童谣,指流传于儿童中间的歌谣。童谣往往直指时事,反映民众的爱憎。汉代童谣,多五言句和七言句。

城中好高髻⁽¹⁾

【题解】
　　这首童谣所讥刺的是贵族女子趋赶时髦而影响整个社会风气。《后汉书·马援传》附《马廖传》说:"时皇太后躬履节俭,事从简约,廖(马援子马廖)虑美业难终,上疏长乐宫以劝成德政。"疏中说"夫改政移风,必有其本",并引了这首长安童谣,以表明"上之所好,下必甚焉"之意。

　　城中好高髻⁽²⁾,四方高一尺。城中好大眉⁽³⁾,四方眉半额〔4〕。城中好广袖〔5〕，四方用匹帛〔6〕。

【注释】
〔1〕城中好高髻：题目为选者所加。在《乐府诗集》中，这首童谣收入《杂歌谣辞》，题为《城中谣》。
〔2〕城：指京城，国都，皇室之所在。　　好（hào）：喜好。　　高髻：束得高高的发髻。
〔3〕大眉：宽阔的眉毛。大，一作"广"。
〔4〕眉：一作"皆"。
〔5〕广袖：宽大的衣袖。广，一作"大"。
〔6〕用：一作"全"。　　帛（bó）：丝织品的总称。

【今译】
　　京城皇室中的人喜爱高高的发髻，四方之人的发髻便高达一尺。京城皇室中的人喜爱宽阔的眉毛，四方之人画眉便占了半边额头。京城皇室中的人喜爱宽大的衣袖，四方之人做衣袖就用一匹布帛。

张衡同声歌一首

　　张衡（78—139），字平子，南阳西鄂（今河南南阳）人，历任南阳主簿、太史令、河间相，后征召为尚书，卒。东汉著名科学家、文学家，各种诗体、赋体均有名作传世，代表作有《二京赋》《思玄赋》《归田赋》《四愁诗》《同声歌》等。原有集十二卷，已散佚，明人辑有《张河间集》。郭沫若说："如此全面发展的人物，在世界史上亦所罕见。"（《张衡碑记》）

同 声 歌[1]

【题解】

　　这首诗用女子的口吻来写,一位女子自述在新婚之时对丈夫的深深的爱恋和对性爱的向往。在古代,妇女地位低下,女性往往只是男子泄欲的工具,或成为性虐待的对象。又由于受礼教束缚,女子往往羞言性,耻言性。但在这首诗里,却大胆描写女性对性爱的追求,肯定女性也有性爱的权利,表现了在性爱上的平等思想,反映了人性的新的觉醒,是难能可贵的。诗中描写涉及的房中术,古人多视之为强身健体之术,并无淫荡之意。"思为苑蒻席,在下蔽匡床。愿为罗衾帱,在上卫风霜"的绵绵情语,对后世有很大影响。晋代陶渊明所作《闲情赋》,有"愿在衣而为领""愿在裳而为带""愿在发而为泽""愿在眉而为黛"等句,显然是受了《同声歌》的启发。

　　邂逅承际会[2],得充君后房[3]。情好新交接,恐慄若探汤[4]。不才勉自竭[5],贱妾职所当。绸缪主中馈[6],奉礼助蒸尝[7]。思为苑蒻席[8],在下蔽匡床[9]。愿为罗衾帱[10],在上卫风霜。洒扫清枕席,鞮芬以狄香[11]。重户结金扃[12],高下华灯光。衣解巾粉御[13],列图陈枕张[14]。素女为我师[15],仪态盈万方。众夫所希见[16],天老教轩皇[17]。乐莫斯夜乐,没齿焉可忘[18]。

【注释】

　　[1] 同声歌:在《乐府诗集》中,这首诗收入《杂曲歌辞》。

　　[2] 邂逅(xiè hòu):不期而遇。　　际会:遇合,交接。会,一作"遇"。

　　[3] 后房:姬妾所居的内室。

　　[4] 恐慄:即"恐栗",恐惧,害怕。　　探汤:把手伸进沸水中,

形容十分恐惧。

〔5〕不才：与下句"贱妾"同为自谦之词。　　自竭：竭尽自己之力。

〔6〕绸缪（móu）：殷勤，周密安排。　　中馈（kuì）：主妇在家主持饮食等家务。

〔7〕蒸尝：祭祀。冬祭为"蒸"，秋祭为"尝"。

〔8〕苑蒻：当作"莞蒻"（guān ruò），蒲草，席子草。

〔9〕匡床：方正安适的床。

〔10〕衾（qīn）：被。　　帱（chóu）：帐。

〔11〕鞮（dī）：皮鞋。　　狄香：外国的薰香。

〔12〕扃（jiōng）：从外面关门的闩，后也指从内关门的闩。

〔13〕御（yù）：奉进。

〔14〕图：指有关房中术的画图。　　张：打开。

〔15〕素女：古代精通房中术的人。《隋书·经籍志》著录的《素女经》，记载了黄帝与素女有关房中术的问答。

〔16〕希：同"稀"。

〔17〕天老：相传为黄帝的辅臣。　　轩皇：即黄帝，号轩辕氏。

〔18〕没齿：没世，终身，一辈子。

【今译】

我有幸同你结合，能够成为你的配偶同处闺房。在这情意浓浓的新婚之夜，我却又全身战栗而心怀恐慌。我虽不才但我还是愿意竭尽全力，因为承担家务我是理所应当。努力操办这些烦琐的家务事，还要为助你举办各种礼仪祭祀活动而奔忙。我希望成为一张蒲草席，在下面为你遮住方正安适的床。我愿意成为锦被和罗帐，在上面为你挡住风霜。我打扫房间清理枕席，用狄香将衣履熏香。把重重门户关锁好，把华灯从高处移到下方。脱了衣裙将芳香的玉体呈上，打开画图放在绣枕旁。素女就是我的老师，各种姿势真是千姿百态不一样。这都是众人所罕见，是当年天老传授给黄帝的秘方。快乐啊没有比今夜更快乐的了，这些欢乐让我终生难忘。

秦嘉赠妇诗三首 并序

秦嘉，字士会，陇西（今甘肃临洮东北）人，东汉桓帝时为郡吏，后入京任黄门郎，有《赠妇诗》《述婚诗》《与妻徐淑书》《重报妻书》传世。秦嘉为郡吏，被遣入京上计，行前因妻子徐淑已因病回娘家，不能当面话别，便写了这三首诗，《诗纪》作《留郡赠妇诗》，每首诗的诗题为选者所加，均以首句为题。

秦嘉，字士会，陇西人也，为郡上掾[1]。其妻徐淑，寝疾还家[2]，不获面别，赠诗云尔。

【注释】

〔1〕掾（yuàn）：古代官署属员的通称。一说，当作"计"。汉制，郡国每年都要遣吏入京进呈计簿，称"上计"。
〔2〕寝疾：卧病。

【今译】

秦嘉，字士会，陇西人，将入京进呈计簿。其妻徐淑，因病还住在娘家，不能当面话别，秦嘉便写了这三首诗留赠妻子。

人生譬朝露

【题解】

秦嘉受差遣将要赴京，但妻子徐淑因病还住在娘家，派车去迎接也未能接回，只收到妻子的一封书信。临别之时不能见上一面，秦嘉便写了这三首诗留赠妻子。这是秦嘉《赠妇诗》第一首。

人生譬朝露，居世多屯蹇⁽¹⁾。忧艰常早至，欢会常苦晚。念当奉时役⁽²⁾，去尔日遥远。遣车迎子还⁽³⁾，空往复空返。省书情凄怆⁽⁴⁾，临食不能饭。独坐空房中，谁与相劝勉？长夜不能眠，伏枕独展转⁽⁵⁾。忧来如寻环⁽⁶⁾，匪席不可卷⁽⁷⁾。

【注释】
〔1〕屯蹇（zhūn jiǎn）：都是《周易》的卦名，卦意都是艰难困苦，不顺利。
〔2〕时役：眼前的劳役、差遣。
〔3〕还：一作"归"。
〔4〕省书：仔细阅读书信，了解其内容。
〔5〕展转：同"辗转"。
〔6〕寻环：即"循环"。指循环往复，无穷无尽。
〔7〕匪：同"非"。　席：草席。《诗经·邶风·柏舟》："我心匪席，不可卷也。"

【今译】
　　人生就像是早上的露水，处世多半不能顺利如愿。忧愁艰辛常常过早地到来，而欢聚又常常苦于晚至使人望眼欲穿。想到这次我奉差遣到京城去，离开你便会一天比一天遥远。我便派车去接你回家，但空车去又空车返。我仔细寻绎你的来信感到无比凄怆，临到吃饭之时仍不能下咽。独自一人坐在空房之中，谁来同我互相劝勉？漫漫长夜不能入眠，伏在枕上孤独地反侧辗转。忧伤袭来无穷无尽如连环，我心非席这巨大的忧伤真无法卷起收藏令人心烦。

皇灵无私亲

【题解】

这是秦嘉《赠妇诗》第二首。

皇灵无私亲[1],为善荷天禄[2]。伤我与尔身,少小罹茕独[3]。既得结大义[4],欢乐若不足[5]。念当远离别,思念叙款曲[6]。河广无舟梁,道近隔丘陆。临路怀惆怅,中驾正踯躅[7]。浮云起高山,悲风激深谷。良马不回鞍,轻车不转毂[8]。针药可屡进,愁思难为数[9]。贞士笃终始[10],恩义不可属[11]。

【注释】

〔1〕皇灵:皇天,神灵。
〔2〕荷:承受。 天禄:天赐的福禄。《史记·伯夷列传》:"天道无亲,常与善人。"
〔3〕罹(lí):遭遇,遭受。 茕(qióng)独:孤独无依。
〔4〕结大义:指结为夫妻。《孟子·万章上》:"男女居室,人之大伦也。"
〔5〕若:一作"苦"。
〔6〕款曲:衷情,恳切殷勤的心意。款,诚,恳切。
〔7〕中驾:指驾车走在途中。 踯躅(zhí zhú):同"踟蹰",徘徊。
〔8〕转毂:回车。毂,车轮中空插轴的部件,代车。
〔9〕数:术数,指医术。
〔10〕贞士:指守志不渝的人。 笃(dǔ):忠实,诚信。
〔11〕恩:一作"思"。 属(zhǔ):连接。一作"促"。

【今译】

皇皇神灵并不偏私于某一人,只要为善就能享受上天赐予的福禄。令我感伤的是我和你,从小就无依无靠十分孤独。所幸的是长大后我们能结为夫妻，只是苦于夫妻间的欢乐总觉不足。想到现在即将远行而分离，真希望再面对面地将衷肠倾诉。分别之后河流宽广无舟楫桥梁可通，道路虽近却隔着丘陵莽原无数。临到上路之时心中满怀惆怅，驾车走在途中也会徘徊踟蹰。浮云从高山之上冉冉升起，悲风呼呼响冲向深谷。良马不会掉头返家，轻车也不会回车驶上归途。如果病了针灸药石可以不断施用，但心中的愁思却很难有治疗的医术。坚贞之士在爱情上始终如一，夫妻的恩义如果中断就不能再接续。

肃肃仆夫征

【题解】

这是秦嘉《赠妇诗》第三首。总观秦嘉这三首诗，可知他对妻子的爱是何等的深。这是一对幸福美满的恩爱夫妻，令人羡慕。

肃肃仆夫征[1]，锵锵扬和铃[2]。清晨当引迈[3]，束带待鸡鸣[4]。顾看空室中，仿佛想姿形[5]。一别怀万恨[6]，起坐为不宁。何用叙我心？遗思致款诚[7]。宝钗可耀首[8]，明镜可鉴形[9]。芳香去垢秽[10]，素琴有清声。诗人感木瓜[11]，乃欲答瑶琼[12]。愧彼赠我厚[13]，惭此往物轻。虽知未足报，贵用叙我情。

【注释】

〔1〕肃肃：疾速的样子。　仆夫：车夫。　征：行。
〔2〕锵锵：象声词，铃声。　和铃：系在车前横木上的铃。
〔3〕引迈：启程。
〔4〕待：一作"俟"。
〔5〕仿佛：好像，似乎，看不真切的样子。
〔6〕恨：遗憾。

〔7〕遗思：留下的思念，指书信，秦嘉留下了《重报妻书》。款诚：犹"款曲"，真诚的心意。

〔8〕宝钗：与下面提到的明镜、芳香、素琴等物为秦嘉临行前留赠妻子的礼物。秦嘉在《重报妻书》中说："车还空反，甚失所望，兼叙远别，恨恨之情，顾有怅然。间得此镜，既明且好，形观文彩，世所希有，意甚爱之，故以相与。并致宝钗一双，价值千金，龙虎组履一纳，好香四种各一斤，素琴一张，常所自弹也。明镜可以鉴形，宝钗可以耀首，芳香可以馥身去秽，麝香可以辟恶声，素琴可以娱耳。"可：一作"好"。

〔9〕鉴：照。

〔10〕垢秽（gòu huì）：肮脏。

〔11〕诗人：《诗经》诗篇的作者，这里指《木瓜》诗的作者。《诗经·卫风·木瓜》写男女相爱，互相赠答。首章说："投我以木瓜，报之以琼琚。匪报也，永以为好也。"

〔12〕瑶琼：均为美玉。

〔13〕赠我：一作"持赠"。

【今译】

车夫驾好车很快就要远行，车上也响起了铃声。清晨就要踏上征程，我整衣束带正等待着鸡鸣。回头看看空荡荡的房中，仿佛看到了你的身影。从此分别心中怀着万般遗憾，起居都为之不安宁。用什么来抒发我的心曲？我留下这封信表达我的真诚。我留赠的宝钗可使头面增辉，明镜可以把你的倩影照得分外明。芳香可以去掉污垢，素琴可以弹奏出悠扬清远之声。从前诗人有感于情人赠给自己木瓜，就想用瑶琼美玉来回赠。而我感到十分惭愧的是你馈赠我的非常丰厚，我的回赠却是这样的轻。虽然知道这些回赠不足以回报你的厚恩，但我看重的是用它们来表达我的深情。

秦嘉妻徐淑答诗一首

徐淑，东汉女诗人。与夫秦嘉（见前）有诗相互赠答，情深感人。后秦嘉病卒，她也因过度哀伤而死。原有集一卷，已佚。

答 诗[1]

【题解】

秦嘉奉命赴京，徐淑正在娘家养病，秦嘉派车来接，徐淑因病不能回夫家，便写了这首答夫诗。徐淑的答夫诗，与秦嘉赠妇诗一样，情意缠绵，感人至深。

妾身兮不令[2]，婴疾兮来归[3]。沉滞兮家门[4]，历时兮不差[5]。旷废兮侍觐[6]，情敬兮有违。君今兮奉命，远适兮京师[7]。悠悠兮离别[8]，无因兮叙怀。瞻望兮踊跃[9]，伫立兮徘徊[10]。思君兮感结，梦想兮容辉[11]。君发兮引迈[12]，去我兮日乖[13]。恨无兮羽翼，高飞兮相追。长吟兮永叹，泪下兮沾衣。

【注释】

〔1〕答诗：一作"答夫诗"。这首诗每句都有"兮"字，是骚体诗。
〔2〕令：好。
〔3〕婴疾：患病。婴，接触，缠绕。　归：归宁，指已出嫁的女子回娘家。
〔4〕沉滞：指疾病沉重，时间拖延很久。
〔5〕差：同"瘥"（chài），病愈。
〔6〕旷废：懈怠，废弃。　侍觐（jìn）：指侍奉拜见公婆，晨昏定省。
〔7〕适：往。
〔8〕悠悠：遥远。
〔9〕踊跃：指心中热情激荡。
〔10〕伫（zhù）立：长时间站立。
〔11〕容辉：仪容丰采。
〔12〕引迈：启程。
〔13〕乖（guāi）：背离。

【今译】

　　这都是我的不好，患病回到娘家暂居。病情越来越沉重，拖延了很久还不见痊愈。不能回去侍候公婆，也有违夫妻相敬的情意。你现在奉了上司之命，将要远赴京师都邑。我们将要相距遥远地分离了，再无法当面畅叙情怀。我将会远望京师内心激情澎湃，长久地站立徘徊。思念你啊我的情感似乎已经凝固，在梦中我会见到你的仪容丰采。你很快就要启程，离我而去我们将远远地分开。遗憾的是我没有羽翼，不能高飞追随你获得你的怜爱。我不断地长叹啊，眼泪滚滚而下沾湿了我的衣襟裙带。

蔡邕饮马长城窟行一首

　　蔡邕（133—192），字伯喈，陈留圉（今河南杞县）人。东汉灵帝时召拜为郎中，校书于东观，迁为议郎。曾在碑石上书写《六经》，立于太学门外，这就是有名的"熹平石经"。后因上书议朝政，遭诬陷，被流放。董卓专权时，被迫任侍御史，官至左中郎将。卓被诛后，邕被捕，死于狱中。东汉著名文学家，书法家，原有集二十卷，已散佚，后人辑有《蔡中郎集》。

饮马长城窟行[1]

【题解】

　　杨泉《物理论》说："秦筑长城，死者相属。"郭茂倩《乐府诗集》说："言征戍之客，至于长城而饮其马，妇人思念其勤劳，故作是曲也。"可见，这是一首思妇词。这位女子的哀诉，也就是对沉重劳役兵役造成家庭破碎夫妻生离死别的控诉，震撼人心。

青青河边草⁽²⁾，绵绵思远道⁽³⁾。远道不可思，宿昔梦见之⁽⁴⁾。梦见在我旁，忽觉在他乡⁽⁵⁾。他乡各异县，展转不相见⁽⁶⁾。枯桑知天风⁽⁷⁾，海水知天寒。入门各自媚⁽⁸⁾，谁肯相为言⁽⁹⁾！客从远方来，遗我双鲤鱼⁽¹⁰⁾。呼儿烹鲤鱼⁽¹¹⁾，中有尺素书⁽¹²⁾。长跪读素书⁽¹³⁾，书中竟何如⁽¹⁴⁾？上有加飧食⁽¹⁵⁾，下有长相忆⁽¹⁶⁾。

【注释】

〔1〕饮马长城窟行：又名《饮马行》，在《乐府诗集》中，这首诗收入《相和歌辞·瑟调曲》，署名为"古辞"（同题诗共收十七首），《昭明文选》亦同。后人多同意此说，只有《玉台新咏》将这首诗归于蔡邕名下。窟（kū），洞穴，这里指有水涌出的泉窟。
〔2〕边：一作"畔"。
〔3〕绵绵：延续不断的样子。　远道：远方。
〔4〕宿昔：一作"夙昔"，昨晚。
〔5〕觉：醒。
〔6〕展转：同"辗转"，不定，指行踪不定。
〔7〕"枯桑"二句：意思是说，枯萎无叶的桑树也能感知寒风呼啸，不冻的海水也能感知地冻天寒，难道我不能感知离别相思之苦吗？
〔8〕媚：示爱，取悦于人。
〔9〕为言：指用言语来安慰。
〔10〕遗（wèi）：赠送。　双鲤鱼：指放置书信的木函，用上下两块木板合成，刻成鱼形。
〔11〕烹鲤鱼：语意双关，指打开藏书信的木函。
〔12〕素：生绢。古人在绢上写字。
〔13〕长跪：挺直腰身。古人席地而坐，其姿势是两膝跪地，臀部贴在脚后跟上。激动时便挺直腰身（两膝仍跪着），叫做"长跪"。
〔14〕中：一作"上"。
〔15〕有：一作"言"。　飧（sūn）：晚饭。飧食，一作"餐饭"。
〔16〕有：一作"言"。　忆：一作"思"。

【今译】

　　眼前一片青绿的是河畔的青草,连绵不断的青草把我的思念引向远方的古道。但远方实在太遥远连思念也到不了,只是在昨晚的梦境中又见到了他的容貌。梦见他就在我身旁,忽然醒来才知道他是远在异乡。在异乡分别在不同的县,他行踪不定我们不能相见。无叶的枯桑尚且能感知寒风愁惨,不冻的海水尚且能感知地冻天寒。(难道我就感知不了离别相思之苦吗?)别人家亲人外出归来都能互相表示爱悦,只有我家谁肯传讯给我带来慰安!一位客人从远方到来,送给我一双鲤鱼形的木函。叫小孩打开木函,一封一尺宽的帛书藏在中间。我激动地挺直腰身读这封书信,书信中究竟说了什么?上边说叫我多保重勤加餐,下边说他永远地想念着我情意永不衰减。

陈琳饮马长城窟行一首

　　陈琳(?—217),字孔璋,广陵(今江苏省扬州市)人。初为何进主簿,后依袁绍。为讨伐曹操,作檄文《为袁绍檄豫州》。袁绍败亡后,归附曹操,任司空军谋祭酒,管记室。汉末文学家,"建安七子"之一。原有集十卷,已散佚,明人辑有《陈记室集》。

饮马长城窟行[1]

【题解】

　　这首诗写统治者修筑长城的劳役给民众带来的痛苦,全诗用对话写成,有鲜明的民歌色彩。诗中写夫妻书信的往还,实际上是心灵的沟通。夫妻生离犹死别,双方均悲痛欲绝。

饮马长城窟,水寒伤马骨。往谓长城吏:"慎莫稽留太原卒[2]!""官作自有程[3],举筑谐汝声[4]!""男儿宁当格斗死[5],何能怫郁筑长城[6]!"长城何连连[7],连连三千里。边城多健少,内舍多寡妇[8]。作书与内舍:"便嫁莫留住!善事新姑章[9],时时念我故夫子!"报书往边地:"君今出语一何鄙[10]!""身在祸难中,何为稽留他家子[11]?生男慎莫举[12],生女哺用脯[13]。君独不见长城下,死人骸骨相撑拄。""结发行事君,慊慊心意关[14]。边地苦[15],贱妾何能久自全!"

【注释】

〔1〕饮马长城窟行:为乐府古题。在《乐府诗集》中,陈琳这首诗收入《相和歌辞·瑟调曲》,同题诗共收十七首。

〔2〕稽留:滞留。

〔3〕官作:官府的工程。　　程:期限。

〔4〕筑(zhù):捣土用的杵。　　谐汝声:指同唱夯歌捣土夯地。

〔5〕格斗:搏斗,殴打,指在战场上厮杀。

〔6〕怫郁:忧愁,烦闷。

〔7〕连连:连绵不断的样子。

〔8〕内舍:内地的家中。　　寡妇:指在家中独居的妻子。

〔9〕姑章:即"姑嫜",婆婆和公公。

〔10〕鄙:粗野,浅薄。

〔11〕他家子:别人家的女子,即指自己的妻子。

〔12〕"生男"数句:《水经注·河水》引杨泉《物理论》中的歌谣:"生男慎勿举,生女哺用脯。不见长城下,尸骸相支拄。"举,指养育成人。

〔13〕哺(bǔ):喂食。　　用:一作"其"。　　脯(fǔ):肉干。

〔14〕慊慊(qiàn):怨恨,不满。　　关:关联,牵系。

〔15〕边地苦:一作"明知边地苦"。

【今译】

　　在长城脚下的泉眼中饮马,泉水寒冷冻伤了马骨。快去对长城吏说:"请小心留意千万不要稽留太原来的役卒!"(长城吏说)"官府的工程自有一定的期限,你们还是继续齐唱夯歌举杵夯地吧!"(太原卒说)"男子宁愿在战场上格斗厮杀而死,哪能忧愁烦闷地在这里修筑长城!"长城是这样的长,连绵不断三千里。在这边地筑城的是许多年轻人,而内地的家中便有许多独居的妻子。(役卒便写信回家给妻子说)"你便改嫁去吧不要再留在家里,要好好侍奉你的新公婆,时时想念我这个前夫不要把我忘记!"(妻子给边地回信说)"你在信中所说的怎么这样浅薄简直就是胡言乱语!"役卒回信道:"我自己身陷祸难之中,为什么要滞留别人家的闺女?以后你生了男孩千万小心不要把他养大(养大了也要去服苦役),生了女孩就用肉干来好好哺育。你难道不见长城之下,死人的骸骨互相支撑多得无数。"(妻子回信道)"我成年后便嫁到你家侍奉你,你外出服役夫妻离居的痛苦一直在我心中积聚。我知道边地是多么的苦(难于生还),我哪能长久地保全自己而活下去(也会随你而去)!"

徐幹室思六首　情诗一首

　　徐幹(170—217),字伟长,北海(今山东昌乐县)人。曾为曹操司空军谋祭酒,后为五官中郎将文学。汉末文学家,"建安七子"之一。原有集五卷,已散佚,后人辑有《徐伟长集》。

室思六首[1]

【题解】

　　这首诗用女子的口吻来写,表达她对远出在外的丈夫的思念。

全诗六章，反复咏叹，缠绵悱恻，哀怨感人。诗中有"自君之出矣"一语，后人多以此为题，作诗抒写女子离别相思之苦。《乐府诗集》中的《杂曲歌辞》，就收了历代《自君之出矣》二十首，可见此诗影响之深。宋人朱弁说："诗人胜语，咸得于自然，非资博古。"他盛赞此诗"思君如流水"等句有"自然之妙"(《风月堂诗话》)。

沉阴结愁忧[2]，愁忧为谁兴？念与君相别[3]，各在天一方。良会未有期，中心摧且伤。不聊忧飧食[4]，慊慊常饥空。端坐而无为，仿佛君容光[5]。

峨峨高山首，悠悠万里道。君去日已远[6]，郁结令人老[7]。人生一世间，忽若暮春草。时不可再得，何为自愁恼？每诵昔鸿恩[8]，贱躯焉足保！

浮云何洋洋[9]，愿因通吾辞。飘飘不可寄[10]，徙倚徒相思[11]。人离皆复会，君独无返期。自君之出矣，明镜暗不治[12]。思君如流水，何有穷已时。

惨惨时节尽[13]，兰华凋复零[14]。喟然长叹息[15]，君期慰我情[16]。展转不能寐，长夜何绵绵。蹑履起出户[17]，仰观三星连[18]。自恨志不遂，泣涕如涌泉。

思君见巾栉[19]，以益我劳勤[20]。安得鸿鸾羽，觏此心中人[21]？诚心亮不遂[22]，搔首立悁悁[23]。何言一不见，复会无因缘。故如比目鱼[24]，今隔如参辰[25]。

人靡不有初[26]，想君能终之。别来历年岁，旧恩何可期[27]。重新而忘故，君子所尤讥[28]。寄身虽在远，岂忘君须臾[29]。既厚不为薄，想君时见思。

【注释】

〔1〕室思：指家中妻子的愁思。室，妻室。全诗实为一首，共六章。

〔2〕沉阴：阴暗，形容忧愁的心情。

〔3〕相：一作"生"。

〔4〕不聊：精神无所寄托。

〔5〕仿佛：指在想象中依稀可见。

〔6〕日已：一作"已日"。

〔7〕郁结：忧愁苦闷。

〔8〕鸿恩：大恩。

〔9〕洋洋：舒卷自如的样子。

〔10〕飐：一作"飘"。

〔11〕徙倚：徘徊。

〔12〕不治：不去清理擦拭。

〔13〕惨惨：指秋冬萧瑟肃杀的样子。

〔14〕兰华：兰花。

〔15〕喟（kuì）然：叹气的样子。

〔16〕期：期望。

〔17〕躡（niè）履：趿拉着鞋，穿着鞋但不提后帮。

〔18〕三星：即参（shēn）星，二十八宿之一，又称猎户座，其中有三颗星最为明亮。《诗经·唐风·绸缪》说："绸缪束薪，三星在天。今夕何夕，见此良人？"这是一首描写新婚的诗。

〔19〕巾栉（zhì）：手巾和梳篦，泛指梳洗用具。

〔20〕益：增加，一作"弭"。　劳：忧愁担心。　勤：殷切企盼。

〔21〕觏（gòu）：遇见。

〔22〕亮：诚然，实在。

〔23〕悁悁：忧伤愁闷的样子。

〔24〕故：从前。

〔25〕参辰：即参商，二星名，参在西方，辰在东方，二星不同时出现在天空，因而用以喻永不相见。

〔26〕靡：无。《诗经·大雅·荡》："靡不有初，鲜克有终。"这里化用其意。

〔27〕恩：一作"思"。

〔28〕尤讥：谴责讥笑。

〔29〕须臾：片刻。

【今译】

　　心中多么阴沉忧愁，我的忧愁为什么这样深长？只因为时常想到同你相离别，夫妻各在天的一方。夫妻欢会没有定期，希望破灭心中无比忧伤。精神无所寄托饭也吃不下，分离的愁怨常常填满饥肠。端坐发呆什么事也做不了，依稀恍惚好像又看到了你的仪表容光。

　　高高耸立的是那巍峨的山峰，悠远漫长的是那万里的古道。你离去的日子已越来越远，心中郁结的愁闷已使我日渐衰老。人生在世几十年，时光易逝人就像那暮春的草。美好的时光不能再来，为什么还要自寻烦恼？每当我念诵着从前你的大恩，我微贱的身躯又哪里值得自保！

　　天上的浮云舒卷自如，多么希望通过它来传达信息。但浮云飘浮不定难依托，我左右徘徊也只是徒然相思。别人离别都能再相会，只有你一去却没有回家的日期。自从你走了之后，明镜再也没有擦拭（我已无心梳洗妆扮）。对你的思念像滔滔不尽的流水，哪里会有穷尽的日子。

　　秋冬肃杀的时节已尽，兰花已经凋零。我长久地伤心叹息，多希望你能够安慰我这颗破碎的心。夜来辗转睡不着，漫漫长夜绵绵无尽。我踏着鞋走到户外，抬头又看到了三星相连（想到了我们的新婚之夜）。遗憾的是我希望家庭生活美满的心愿不能实现，眼泪不禁如泉水般飞迸。

　　想念你又想起当时我怎样为你梳妆，这更增加了我的企盼和愁闷。我从哪里可以得到一对大雁的翅膀，能够飞去再见到我苦苦思念的心上人？我这真挚的心愿看来不会实现，搔首而立我只是徒然愁重忧深。为什么说一旦分离，就永无再相会的缘分。从前我们亲密得就像比目鱼，而如今我们却像参与商永远离分。

　　俗话说人常善始而不能善终，但我想你一定能让我们的生活有一个好结局。离别以来已经经历了若干岁月，旧日的恩情怎能期盼再重新经历。但看重新欢而忘掉旧交，这被君子所谴责讥讽。你虽托身于外远在他乡，我岂能片刻把你忘记。我既是对你这般情意深重而不为薄情，想来你也会时常把我记起。

情 诗

【题解】

这是一首以女子口吻写作的情诗,一位女子自诉对远行不返的丈夫的思念。试比较一下《诗经·卫风·伯兮》写妻子怀念久役不归的丈夫:"自伯之东,首如飞蓬,岂无膏沐,谁适为容?"两诗可谓异曲同工。

高殿郁崇崇[1],广厦凄泠泠[2]。微风起闺闼[3],落日照阶庭。跱崿云屋下[4],啸歌倚华楹[5]。君行殊不返[6],我饰为谁荣[7]?垆薰阖不用[8],镜匣上尘生[9]。绮罗失常色,金翠暗无精[10]。嘉肴既忘御[11],旨酒亦常停[12]。顾瞻空寂寂,惟闻燕雀声。忧思连相嘱[13],中心如宿酲[14]。

【注释】

〔1〕郁:富有文采的样子。　崇崇:高峻有气势的样子。
〔2〕泠泠(líng):清凉的样子。
〔3〕闺闼(tà):内室,妇女所居。
〔4〕跱崿:同"踟蹰",徘徊。　云屋:高屋。
〔5〕楹:柱。
〔6〕殊:断然,定然。
〔7〕荣:容光焕发,光彩照人。
〔8〕垆(lú)薰:用炉薰香,薰香炉。　阖:封闭,关上。
〔9〕镜匣(xiá):装铜镜的盒子。
〔10〕金翠:金钗翠翘,均为女子首饰。
〔11〕御:进用。
〔12〕旨酒:美酒。
〔13〕嘱:一作"属"。
〔14〕酲(chéng):酒醉后神志不清的状态。

【今译】

　　高高的殿堂多么华丽高峻，宽广的大厦多么凄凉冷清。微风吹过内室，落日照着院庭。我徘徊在高屋之下，长啸悲歌倚靠着华美的柱楹。你远行在外定然不再归家，我还为谁修饰打扮相逢迎？薰香炉关上不再使用，镜盒上也已生尘。身上的绫罗绸缎失掉了平日的鲜艳，头上的金钗翠翘也阴暗晦暝。佳肴美味已忘了进食，美酒也常停而不饮。四处看看都是那么寂静空荡，听到的只是燕雀之声。忧思相续连绵不断，神志恍惚就像夜来醉酒尚未清醒。

繁钦定情诗一首

　　繁钦（？—218），字休伯，颍川（今河南禹州）人，三国魏文学家，官至丞相主簿。原有集十卷，已佚。

定 情 诗[1]

【题解】

　　这是一首用女子口吻来写的对情人表示爱意的诗。全诗一唱三叹，反复致意，表达了这位女子对爱情的热烈追求，也反映了千百万女性要求把握自身命运的强烈愿望。

　　我出东门游[2]，邂逅承清尘[3]。思君即幽房，侍寝执衣巾。时无桑中契[4]，迫此路侧人[5]。我即媚君姿[6]，君亦悦我颜。何以致拳拳[7]？绾臂双金环[8]。何以致殷勤？约指一双银[9]。何以致区区[10]？耳中双明珠。何以致叩叩[11]，香囊系肘后[12]。何以致契阔[13]？绕腕双跳脱[14]。何以结恩情？佩玉缀罗缨[15]。何以结中心？青缕连双针。何以结相於[16]？金薄画搔头[17]。何以慰别离？耳后玳瑁钗[18]。何以答欢悦？纨素三条裙[19]。何以结愁悲？白绢双中衣[20]。与我期何所[21]？乃期东山隅。日旰兮不至[22]，谷风吹我襦[23]。远望无所见，涕泣起踌躇。与我期何所？乃期山南阳。日中兮不来，凯风吹我裳[24]。逍遥莫谁睹，望君愁我肠。与我期何所？乃期西山侧。日夕兮不来，踯躅长叹息。远望凉风至[25]，俯仰正衣服。与我期何所？乃期山北岑[26]。日暮兮不来，凄风吹我襟[27]。望君不能坐，悲苦愁我心。爱身以何为？惜我华色时[28]。中情既款款[29]，然后克密期[30]。褰衣蹑茂草[31]，谓君不我欺。厕此丑陋质[32]，徙倚无所之[33]。自伤失所欲，泪下如连丝。

【注释】

〔1〕定情诗：在《乐府诗集》中，这首诗收入《杂曲歌辞》。

〔2〕东门：《诗经·郑风》有《东门之墠》《出其东门》，《诗经·陈风》有《东门之枌》《东门之池》《东门之杨》，都是写男女约会的情诗。

〔3〕邂逅（xiè hòu）：不期而遇。　清尘：称高贵的人，表尊敬。

〔4〕桑中：桑间，地名，也指桑树林中。《诗经·鄘风·桑中》写男女相约，在桑中幽会。　契（qì）：约。

〔5〕迫：近。

〔6〕即：一作"既"。　媚：爱悦。

〔7〕拳拳：恳切之意。

〔8〕绾（wǎn）臂：环绕手臂。

〔9〕约指：指环。

〔10〕区区：同"拳拳"。

〔11〕叩叩：殷勤、恳切之意。

〔12〕肘（zhǒu）：上下臂交接处可以弯曲的部位。

〔13〕契（qiè）阔：久别后的情思。

〔14〕跳脱：镯子。
〔15〕罗缨：丝带。
〔16〕相於：两相亲近。
〔17〕金薄：即"金箔（bó）"，金属薄片。　搔头：发簪。
〔18〕玳瑁（dài mào）：一种似龟的爬行动物，甲壳可作饰物。
〔19〕"何以"二句：一作"何以合欢忻？纨素为衫裙"。条裙，长裙。
〔20〕中衣：贴身的衣裤。
〔21〕期：约会。
〔22〕旰（gàn）：晚上。
〔23〕谷风：东风。　襦（rú）：短衣，短袄。
〔24〕凯风：南风。凯，一作"飘"。
〔25〕凉风：北风。
〔26〕岑（cén）：小而高的山。
〔27〕凄风：西南风。　衿（jīn）：衣上代纽扣的带子。
〔28〕华色时：年轻美貌之时。
〔29〕款款：诚恳忠实。
〔30〕克：约定或限定（日期）。
〔31〕褰（qiān）：揭起，撩起。　衣：一作"裳"。　蹑（niè）：踩。　茂：一作"花"。
〔32〕厕：置。
〔33〕徙倚：徘徊。　之：往。

【今译】
　　我走到东门外去游玩，想不到竟遇见了高贵的你。真想同你共处幽室之中，成为侍奉你的亲密伴侣。当时我们并没有桑间濮上的约会，只是在路旁走到了一起。但我爱慕你的英俊，你也喜欢我的美丽容颜。用什么来表达我的恳切之心？一双环绕手臂的金环。用什么来表达我的殷勤之意？一对绕指的银指环。用什么来表达我的恳切之心？一对垂在耳下的明珠。用什么来表达我的殷勤之意？系在肘后的香囊。用什么来表达我久别后的情思？一双环绕手腕的镯子。用什么来固结我们的恩情？系着丝带的珮玉。用什么来固结我们的爱心？白丝连着的双针。用什么来固结我们的亲爱？金箔打造的发簪。用什么来安慰我们别离后的相思？耳后的玳瑁钗。用什么来报答你给我的欢悦？三条白绢缝制的长裙。用什么来沟通我们离别的悲愁？两件白绢缝制的内衣。你与我约会在什么地方？约会在东山下。但到了晚上还不见你来,东风吹动了我的短衣。远远望去什么也看不见,眼泪滚滚而下只好起身徘徊。你与我约会在什么地方?约会在南山下。但到了中午还不见你来,南风吹动了我的衣裳。我逍遥独处谁也看不见,盼望你到来使我愁断肠。你与我约会在什么地方?约会在西山旁。但到了傍晚还不见你来,我在徘徊中长久地叹息惆怅。远远望去北风忽然而至,我上上下下裹紧了衣裳。你与我约会在什么地方?约会在北山之上。但太阳落山了还不见你来,西南风吹动着我的衣带。盼望着你的到来我不能安坐,悲苦使我心中无比忧愁。爱惜自身究竟是为了什么?只是珍惜我年轻美貌的青春。两人既然款款情深,然后就应约定幽会的日期。我将撩起衣裳踩过茂密的草丛去赴约,我以为你定然不会欺骗我。我这样来安排我自身的命运,左右徘徊真不知会走到哪里去。我为失望而无限伤感,泪水夺眶而出像丝线连绵不断。

无名人古诗为焦仲卿妻作 并序

古诗为焦仲卿妻作[1] 并序

【题解】

《古诗为焦仲卿妻作》(又名《孔雀东南飞》)全诗三百五十多句,一千七百多字,是我国古代杰出的长篇叙事诗。原为汉代建安末年流传于民间的歌曲,可能经过后人加工,后来被徐陵收入《玉台新咏》。全诗主要写汉末庐江小吏焦仲卿和他的妻子刘兰芝受焦母和刘兄的压迫而致死的悲剧,歌颂了他们忠于爱情的高贵品质和反抗精神,揭露了封建家长制的罪恶。诗前的序概括介绍了这场悲剧的内容和作诗的缘起,依照悲剧故事的内容,全诗正文可以分为十二段。第一段,写刘兰芝对焦仲卿诉说媳妇难为的痛苦,自请遣归。第二段,是母子的对话,焦仲卿要求阿母不要驱逐媳妇,阿母坚决不许。第三段,是夫妻的对话,焦仲卿向刘兰芝转告母意,表示过些时候再来迎接,刘兰芝则表示不可能再回家团聚。第四段,写刘兰芝辞阿母,别小姑,挥泪登车。第五段,写焦仲卿和刘兰芝分手,两情依依,立誓不相负。第六段,写兰芝回到娘家,亲娘悲哀。第七段,写县令遣媒说婚,兰芝拒绝。第八段,写太守遣媒说婚,刘家许婚,太守筹办婚礼。第九段,写兰芝含悲准备嫁妆,仲卿闻讯赶来相会,两人相约同死。第十段,写府吏回家,辞别阿母,准备自尽。第十一段,写刘兰芝和焦仲卿分别自尽。第十二段,写焦仲卿、刘兰芝死后合葬及歌者的告诫。全诗塑造了刘兰芝、焦仲卿、焦母、刘兄形象,栩栩如生。诗中人物的语言无不符合其身份。清人沈德潜在《古诗源》中说:"淋淋漓漓,反反复复,杂述十数人口中语,而各肖其声音面目,岂非化工之笔!"

汉末建安中[2],庐江府小吏焦仲卿妻刘氏[3],为仲卿母所遣[4],自誓不嫁。其家逼之,乃没水而死。仲卿闻之,亦自缢于庭树。时伤之[5],为诗云尔[6]。

孔雀东南飞[7],五里一徘徊。"十三能织素[8],十四学裁衣。十五弹箜篌[9],十六诵诗书。十七为君妇,心中常苦悲。君既为府吏,守节情不移[10]。贱妾留空房,相见常日稀。鸡鸣入机织,夜夜不得息。三日断五匹[11],大人故嫌迟[12]。非为织作迟,君家妇难为。妾不堪驱使[13],徒留无所施[14]。便可白公姥[15],及时相遣归[16]。"

【注释】
〔1〕古诗为焦仲卿妻作:在《乐府诗集》中,这首诗收入《杂曲歌辞》,题作《焦仲卿妻》,署名"古辞"。郭茂倩说:"《焦仲卿妻》,不知谁

氏之所作也。"后人常用这首诗的首句作为题目，称为《孔雀东南飞》。

〔2〕建安：汉献帝年号，公元196年至220年。

〔3〕庐江：汉郡名，郡治在今安徽潜山。

〔4〕遣：差遣，打发，指女子被夫家赶回娘家。

〔5〕时：一作"时人"，一作"人"。

〔6〕云尔：如此。

〔7〕"孔雀"二句：古乐府诗在写夫妻离别时，常常用双鸟起兴。

〔8〕十三：指刘氏年龄，下同。　素：白色丝绢。

〔9〕箜篌（kōng hóu）：古代拨弦乐器，体曲而长，有二十二（一说"二十三"）弦，弹时抱在怀中，用两手拨弦弹奏。

〔10〕守节：这里指坚守臣节，恪尽职守。

〔11〕断：把织好的布从织布机上截断取下。　匹：量词。《汉书·食货志下》："布帛广二尺二寸为幅，长四丈为匹。"东汉1丈等于今237.5厘米（见《汉语大词典》）。

〔12〕大人：对长辈的称呼，这里是刘氏称婆婆（焦仲卿之母）。故：故意。

〔13〕妾：古代妇女谦卑的自称。　驱使：使唤。

〔14〕施：用。

〔15〕白：禀告。　公姥（mǔ）：公公婆婆。这里是偏义复词，指婆婆（丈夫的母亲）。

〔16〕遣归：指打发回娘家。

　　府吏得闻之[1]，堂上启阿母[2]："儿已薄禄相[3]，幸复得此妇。结发同枕席[4]，黄泉共为友[5]。共事二三年[6]，始尔未为久[7]。女行无偏斜[8]，何意致不厚[9]。"阿母谓府吏："何乃太区区[10]！此妇无礼节，举动自专由[11]。吾意久怀忿[12]，汝岂得自由！东家有贤女，自名秦罗敷[13]。可怜体无比[14]，阿母为汝求。便可速遣之，遣之慎莫留[15]！"府吏长跪答[16]，伏惟启阿母[17]："今若遣此妇，终老不复取[18]！"阿母得闻之，槌床便大怒[19]："小子无所畏，何敢助妇语！吾已失恩义[20]，会不相从许[21]！"

【注释】
〔1〕府吏：指焦仲卿，时为庐江府小吏。
〔2〕启：禀告。　　阿母：指焦仲卿之母。
〔3〕已：一作"以"。　　薄禄相：没有做高官享厚禄的福相。古代相术认为，一个人的相貌可以显示一生的贫富贵贱。
〔4〕结发：束发，表示成年。男子二十岁束发加冠，女子十五岁束发加笄，便算是成年人。　　同枕席：指结为同床共枕的夫妻。
〔5〕黄泉：黄土下的泉水，指人死后安葬之处。这句是说至死都相依为伴。
〔6〕共事：共同生活。　　二三：一作"三二"。
〔7〕尔：如此，这样。
〔8〕行：行为，品行。　　偏斜：不正当。
〔9〕何意：岂料。　　致：招致，使得。　　不厚：不获厚爱。
〔10〕乃：竟。　　区区：指狭隘愚蠢。
〔11〕自专由：自作主张，任意而为。
〔12〕忿（fèn）：愤怒，怨恨。
〔13〕秦罗敷：古代美女的通名。
〔14〕可怜：可爱。　　体：指体态容貌。
〔15〕之：一作"去"。
〔16〕长跪：直身而跪。古人席地而跪坐（两膝着地，臀部贴足跟），激动时或为表恭敬，便直身而跪，称长跪。　　答：一作"告"。
〔17〕伏惟：是下对上的敬辞，是恭敬地想到的意思。
〔18〕取：同"娶"。
〔19〕搥（chuí）床：用拳击床。床，古代坐具，不是卧床。
〔20〕失恩义：断绝情谊。
〔21〕会不：决不。　　从许：依从，允许。

府吏默无声，再拜还入户[1]。举言谓新妇[2]，哽咽不能语[3]："我自不驱卿[4]，逼迫有阿母。卿但暂还家[5]，吾今且报府[6]。不久当归还，还必相迎取。以此下心意[7]，慎勿违吾语。"新妇谓府吏："勿复重纷纭[8]！

往昔初阳岁[9],谢家来贵门[10]。奉事循公姥[11],进止敢自专[12]?昼夜勤作息[13],伶俜萦苦辛[14]。谓言无罪过[15],供养卒大恩[16]。仍更被驱遣,何言复来还?妾有绣腰襦[17],葳蕤自生光[18]。红罗复斗帐[19],四角垂香囊。箱帘六七十[20],绿碧青丝绳。物物各自异,种种在其中。人贱物亦鄙,不足迎后人[21]。留待作遣施[22],于今无会因[23]。时时为安慰,久久莫相忘。"

【注释】

〔1〕再拜:拜了又拜,表示恭敬。　户:指焦仲卿和刘兰芝夫妇的房门。

〔2〕举言:发言,开口说话。　新妇:汉时公婆称子妇为新妇,这里是从阿母的角度说,指刘兰芝。

〔3〕哽咽(gěng yè):悲叹气塞,泣不成声。

〔4〕自:本。　卿(qīng):相当于第二人称代词"你",是古代君对臣、长辈对晚辈的称谓,也是夫妻情人间的爱称。

〔5〕但:只管,尽管。

〔6〕报府:到郡府去办公事。报,赴。

〔7〕以此:为此。　下心意:沉住气,指低声下气,委屈一下。

〔8〕重(chóng):重复,增添。　纷纭:杂乱,麻烦。

〔9〕初阳岁:指冬至以后、立春以前的一段时间,古有冬至阳气初动之说。

〔10〕谢:辞。

〔11〕奉事:侍奉。　循:依顺。

〔12〕进止:进退,指一切举止。

〔13〕作息:劳作和休息。这里是偏义复词,指劳作。

〔14〕伶俜(líng pīng):孤单的样子。　萦(yíng):缠绕。

〔15〕谓言:以为可以说。

〔16〕供养:指侍奉公婆。　卒(zú):终。

〔17〕腰襦:齐腰的短袄。

〔18〕葳蕤(wēi ruí):草木繁茂、枝叶下垂的样子,这里指短袄上的所绣花叶繁茂而美丽。

〔19〕复：双层。　　斗帐：形如覆斗的小帐。
〔20〕帘：同"奁（lián）"，本指梳妆用的镜匣，这里指装东西的小箱。
〔21〕后人：指焦仲卿以后娶的新娘。
〔22〕遗施：布施，施舍。遗，一作"遣"。
〔23〕于今：从此。　　会因：会面的机缘。

鸡鸣外欲曙，新妇起严妆[1]。著我绣袷裙[2]，事事四五通[3]。足下蹑丝履[4]，头上玳瑁光。腰若流纨素[5]，耳著明月珰[6]。指如削葱根[7]，口如含朱丹[8]。纤纤作细步，精妙世无双。上堂拜阿母[9]，母听去不止[10]。"昔作女儿时，生小出野里。本自无教训，兼愧贵家子。受母钱帛多[11]，不堪母驱使[12]。今日还家去，念母劳家里。"却与小姑别[13]，泪落连珠子。"新妇初来时，小姑始扶床。今日被驱遣[14]，小姑如我长。勤心养公姥，好自相扶将[15]。初七及下九[16]，嬉戏莫相忘[17]。"出门登车去，涕落百余行[18]。

【注释】
〔1〕严妆：盛妆。指精心梳妆，打扮得很漂亮。
〔2〕袷裙：有里子的裙子。
〔3〕通：遍。
〔4〕蹑：踏，这里指穿。
〔5〕若：一作"著"。　　纨（wán）素：白色丝绢。
〔6〕明月：珍珠名。　　珰（dāng）：耳饰。
〔7〕削葱根：削尖的葱白。
〔8〕朱丹：一种红色的宝石。
〔9〕拜：一作"谢"。
〔10〕母听去：一作"阿母怒"。　　听去不止：任由她离开而不挽留。

〔11〕钱帛(bó)：金钱布帛，指聘礼。
〔12〕不堪：不能胜任。
〔13〕却：退。　小姑：指丈夫的小妹。
〔14〕"小姑"二句：一无此二句。
〔15〕扶将：扶持。
〔16〕初七：七月初七，七夕，妇女相聚供奉织女乞巧。　下九：每月十九日。古人以每月二十九日为上九，每月九日为中九，每月十九日为下九。妇女常在下九之日聚会，称"阳会"。
〔17〕嬉(xī)戏：游戏。
〔18〕涕：泪。

府吏马在前，新妇车在后。隐隐何甸甸⁽¹⁾，俱会大道口。下马入车中，低头共耳语："誓不相隔卿⁽²⁾，且暂还家去⁽³⁾，吾今且赴府。不久当还归，誓天不相负。"新妇谓府吏："感君区区怀⁽⁴⁾。君既若见录⁽⁵⁾，不久望君来。君当作盘石⁽⁶⁾，妾当作蒲苇⁽⁷⁾。蒲苇纫如丝⁽⁸⁾，盘石无转移。我有亲父兄⁽⁹⁾，性行暴如雷。恐不任我意，逆以煎我怀⁽¹⁰⁾。"举手长劳劳⁽¹¹⁾，二情同依依⁽¹²⁾。

【注释】
〔1〕隐隐：与"甸甸"，同为形容车声的象声词。
〔2〕隔：断绝。
〔3〕还：一作"归"。
〔4〕区区：犹"拳拳"，忠爱的意思。
〔5〕见录：记挂着我。
〔6〕盘石：同"磐石"，大石，喻稳定坚固。
〔7〕蒲苇：均为水草。
〔8〕纫：同"韧"，柔软而结实。一作"纫"。
〔9〕亲父兄：这里是偏义复词，指亲兄。
〔10〕逆：违逆。一说预料。　煎我怀：使我内心受煎熬。

〔11〕劳劳：忧伤的样子。
〔12〕依依：依恋不舍。

　　入门上家堂，进退无颜仪⁽¹⁾。阿母大拊掌⁽²⁾："不图子自归⁽³⁾！十三教汝织，十四能裁衣。十五弹箜篌，十六知礼仪。十七遣汝嫁，谓言无誓违⁽⁴⁾。汝今无罪过，不迎而自归？""兰芝惭阿母⁽⁵⁾，儿实无罪过。"阿母大悲摧⁽⁶⁾。

【注释】
　〔1〕无颜仪：无脸面见人。
　〔2〕拊（fǔ）掌：拍手，这里是表示惊异。
　〔3〕不图：没有想到。　　自归：自己跑回家。古代出嫁的女子，母家要得到婆家的同意，才能把女儿接回来。
　〔4〕誓违：违背誓言。一说，"誓"当作"愆"，与"违"都是过失的意思。
　〔5〕兰芝：刘氏自称其名。
　〔6〕悲摧：哀伤。

　　还家十余日，县令遣媒来。云有第三郎，窈窕世无双。年始十八九，便言多令才⁽¹⁾。阿母谓阿女："汝可去应之。"阿女含泪答⁽²⁾："兰芝初还时，府吏见丁宁⁽³⁾，结誓不别离。今日违情义，恐此事非奇⁽⁴⁾。自可断来信⁽⁵⁾，徐徐更谓之。"阿母白媒人："贫贱有此女，始适还家门⁽⁶⁾，不堪吏人妇，岂合令郎君？幸可广问讯，不得便相许⁽⁷⁾。"

【注释】
　〔1〕便（pián）言：有口才，善于辞令。　　令：美。

〔2〕含：一作"衔"。
〔3〕见丁宁：即"相丁宁"，"丁宁我"。丁宁，同"叮咛"，嘱咐。
〔4〕奇：美，佳。一说当作"宜"。
〔5〕来信：来使，指媒人。
〔6〕适：女子嫁人。
〔7〕得：一作"可"。

媒人去数日，寻遣丞请还[1]。说"有兰家女[2]，承籍有宦官[3]。"云"有第五郎，娇逸未有婚[4]，遣丞为媒人，主簿通语言[5]。"直说"太守家，有此令郎君，既欲结大义，故遣来贵门。"阿母谢媒人："女子先有誓，老姥岂敢言[6]？"阿兄得闻之，怅然心中烦[7]，举言谓阿妹："作计何不量[8]！先嫁得府吏，后嫁得郎君，否泰如天地[9]，足以荣汝身。不嫁义郎体[10]，其往欲何云[11]？"兰芝仰头答："理实如兄言，谢家事夫婿，中道还兄门，处分适兄意[12]，那得自任专？虽与府吏要[13]，渠会永无缘[14]。登即相许和[15]，便可作婚姻。"媒人下床去[16]，诺诺复尔尔[17]。还部白府君[18]："下官奉使命，言谈大有缘。"府君得闻之，心中大欢喜。视历复开书[19]，便利此月内[20]，六合正相应[21]。"良吉三十日，今已二十七，卿可去成婚[22]。"交语速装束[23]，骆驿如浮云[24]。青雀白鹄舫[25]，四角龙子幡[26]。婀娜随风转[27]，金车玉作轮。踯躅青骢马[28]，流苏金镂鞍[29]。赍钱三百万[30]，皆用青丝穿。杂彩三百匹[31]，交广市鲑珍[32]。从人四五百，郁郁登郡门[33]。

【注释】

〔1〕寻：不久，顷刻。　　遣丞请还：指县令差遣县丞（县令属官）因事请命于太守从太守府还县。

〔2〕兰家女：即名为兰芝的女子。

〔3〕籍：仕籍，官吏的名册。

〔4〕娇逸：貌美才高。

〔5〕主簿：官吏名，主管文书档案。

〔6〕老姥（mǔ）：老妇人，兰芝母自称。

〔7〕怅（chàng）然：失意，不痛快的样子。

〔8〕作计：作决定。　　量：思量，思考。

〔9〕否（pǐ）泰：《周易》中的两个卦名，古人常以这两卦表示命运、运气的坏或好，这里"否"指坏运（先嫁），"泰"指好运（后嫁）。

〔10〕义郎：指太守的儿子，"义"是美称。

〔11〕住：一作"往"。　　欲何云：打算怎么办。云，为。

〔12〕适：顺从，依照。

〔13〕要（yāo）：约。

〔14〕渠（qú）会：与他（指仲卿）相会。渠，他。

〔15〕登即：顿时，立即。　　许和（hè）：答应。

〔16〕床：坐席。

〔17〕诺诺：象声词，答应之声。　　尔：如此，就这样。

〔18〕部：太守府，衙门。　　府君：指太守。

〔19〕历：历书。

〔20〕便：就。　　利：宜于。

〔21〕六合：古人挑选日子，以月建与日辰的地支相合为吉日，即子与丑合，寅与亥合，卯与戌合，辰与酉合，巳与申合，午与未合，总称六合。

〔22〕成婚：办成这件婚事。

〔23〕交语：相互传语。　　装束：筹办，打点。

〔24〕骆驿：同"络绎"，连续不断。

〔25〕舫（fǎng）：船。

〔26〕幡（fān）：旗帜。

〔27〕婀娜（ē nuó）：柔弱轻飘的样子。

〔28〕踯躅（zhí zhú）：缓慢不进的样子。　　青骢马：青白杂毛的马。

〔29〕流苏：用五彩羽毛或丝线制成的下垂的缨子，多用在车马和帐幕上作装饰物。　　金缕（lǚ）鞍：用金线织成的马鞍。

〔30〕赍（jī）钱：指聘礼，聘金。赍，赠送。

〔31〕杂彩：各色丝绸。

〔32〕交广：交州、广州，今广西、广东一带。　市：买。　鲑（xié）珍：泛指海味山珍。鲑，鱼类菜肴的总称。

〔33〕郁郁：繁多、热闹的样子。　登郡门：来到太守府前，准备出发去迎亲。

阿母谓阿女："适得府君书[1]，明日来迎汝。何不作衣裳？莫令事不举[2]！"阿女默无声，手巾掩口啼，泪落便如泻。移我琉璃榻[3]，出置前窗下。左手持刀尺，右手执绫罗。朝成绣裌裙，晚成单罗衫。晻晻日欲暝[4]，愁思出门啼。府吏闻此变，因求假暂归。未至二三里，摧藏马悲哀[5]。新妇识马声，蹑履相逢迎。怅然遥相望，知是故人来。举手拍马鞍，嗟叹使心伤。"自君别我后，人事不可量[6]。果不如先愿，又非君所详[7]。我有亲父母，逼迫兼弟兄，以我应他人[8]，君还何所望！"府吏谓新妇："贺卿得高迁！盘石方且厚[9]，可以卒千年[10]。蒲苇一时纫，便作旦夕间[11]。卿当日胜贵[12]，吾独向黄泉。"新妇谓府吏："何意出此言[13]！同是被逼迫，君尔妾亦然。黄泉不相见[14]，勿违今日言！"执手分道去，各各还家门。生人作死别[15]，恨恨那可论！念与世间辞，千万不复全[16]。

【注释】

〔1〕适：刚才。

〔2〕不举：办不成。

〔3〕琉璃榻：即琉璃榻，镶嵌着琉璃的坐具。琉璃，一种用铝和钠的硅酸化合物烧制成的釉料，似玻璃。榻，一作"榻"。榻为坐具，比床

低矮。

〔4〕奄奄（yǎn）：昏暗的样子。　　瞑：日暮。

〔5〕摧藏（cáng）：极度的伤心。

〔6〕量：料。

〔7〕详：详知，完全了解。

〔8〕应：许。

〔9〕可：一作"且"。

〔10〕卒：尽。

〔11〕便作：就在。

〔12〕日：日渐，一天天。　　胜：指生活好。　　贵：指地位高。

〔13〕意：一作"以"。

〔14〕不：一作"下"。

〔15〕生人：一作"人生"。

〔16〕千万：决然，无论如何都要。　　不复全：不再苟全偷生。

府吏还家去，上堂拜阿母："今日大风寒，寒风摧树木，严霜结庭兰。儿今日冥冥(1)，令母在后单(2)。故作不良计(3)，勿复怨鬼神！命如南山石(4)，四体康且直(5)。"阿母得闻之，零泪应声落(6)："汝是大家子，仕宦于台阁(7)。慎勿为妇死，贵贱情何薄(8)？东家有贤女，窈窕艳城郭(9)。阿母为汝求，便复在旦夕。"府吏再拜还，长叹空房中，作计乃尔立(10)，转头向户里，渐见愁煎迫。

【注释】

〔1〕日冥冥：日暮，比喻生命将终结。冥冥，昏暗。

〔2〕单：孤单。

〔3〕故：故意，有意。　　不良计：不好的打算（指自杀）。

〔4〕命如南山石：是寿比南山的意思。

〔5〕四体：四肢，指身体。　　康：康健。　　直：硬朗。

〔6〕零泪：断断续续的泪水。

〔7〕仕宦：为官任职。　　台阁：原指尚书府，这里指大的官府。

〔8〕贵贱：指仲卿家贵，兰芝家贱。　　情何薄：意思是休妻不算

薄情。

〔9〕郭：外城。

〔10〕作计：打算（指自杀）。　乃尔：就这样。　立：定，决定。

其日马牛嘶⁽¹⁾，新妇入青庐⁽²⁾。菴菴黄昏后⁽³⁾，寂寂人定初⁽⁴⁾。"我命绝今日，魂去尸长留。"揽裙脱丝履⁽⁵⁾，举身赴清池⁽⁶⁾。府吏闻此事，心知长别离。徘徊庭树下⁽⁷⁾，自挂东南枝。

【注释】

〔1〕其日：那日，指太守儿子迎娶刘兰芝的那一天。
〔2〕青庐：用青布搭成的帐篷，夫家迎来新妇后在此举行交拜婚礼。
〔3〕菴菴（yǎn）：昏暗的样子。
〔4〕人定：指夜深人静之时。
〔5〕揽：提。　丝：一作"素"。
〔6〕举身：纵身。
〔7〕庭：一作"顾"。

两家求合葬，合葬华山傍⁽¹⁾。东西植松柏，左右种梧桐。枝枝相覆盖，叶叶相交通⁽²⁾。中有双飞鸟，自名为鸳鸯⁽³⁾。仰头相向鸣，夜夜达五更⁽⁴⁾。行人驻足听⁽⁵⁾，寡妇起彷徨⁽⁶⁾。多谢后世人⁽⁷⁾，戒之慎勿忘⁽⁸⁾！

【注释】

〔1〕华山：庐江郡的一座小山。
〔2〕交通：连接。
〔3〕自名：本名。
〔4〕五更：古时将从黄昏至拂晓的一夜间，分为甲、乙、丙、丁、戊五段，叫"五更"，又叫"五鼓"。这里指第五更的时候，即天将明之时。
〔5〕驻足：停下脚步。
〔6〕起：一作"赴"。

〔7〕多谢：郑重地告诉。
〔8〕戒之：以此为鉴戒。

【今译】

（序）东汉末年建安年间，庐江府小吏焦仲卿的妻子刘氏，被仲卿的母亲驱赶回娘家，她发誓不再改嫁。但她娘家的人一直逼着她再嫁，她只好投水自尽。焦仲卿听到妻子的死讯后，也吊死在自己家里庭院的树上。当时的人哀悼他们，便写了这样一首诗。

孔雀朝着东南方向飞去，每飞五里便是一阵徘徊。"我十三岁就能织出白色的丝绢，十四岁就学会了裁衣。十五岁学会弹箜篌，十六岁就能诵读诗书。十七岁做了你的妻子，但心中常常感到痛苦伤悲。你既然已经做了府吏，当然会坚守臣节专心不移。只留下我孤身一人待在空房，我们见面的日子常常是日渐稀疏。每天当鸡叫的时候我就进入机房纺织，天天晚上都不能休息。三天就能在机上截下五匹布，但婆婆还故意嫌我缓慢松弛。不是我纺织缓慢行动松弛，而是你家的媳妇难做公婆难服侍。我已经受不了你家这样的驱使，徒然留下来也没有什么用处无法再驱驰。你这就禀告公公婆婆，及时遣返我送我回娘家去。"

府吏听到这些话，便走到堂上禀告阿母："儿已经没有做高官享厚禄的福相，幸而娶得这样一个好媳妇。刚成年时我们便结成同床共枕的恩爱夫妻，并希望同生共死直到黄泉也相伴为伍。我们共同生活才过了两三年，这种甜美的日子只是开头还不算长久。她的行为没有什么不正当，哪里知道竟会招致你的不满得不到慈爱亲厚。"阿母对府吏说："你怎么这样狭隘固执！这个媳妇不懂得礼节，行动又是那样自专自由。我心中早已怀着愤怒，你哪能自作主张对她迁就。东邻有个贤惠的女子，她本来的名字叫秦罗敷。她可爱的体态没有谁能比得上，我当为你的婚事去恳求。你就应该把兰芝快赶走，把她赶走千万不要让她再停留！"府吏直身长跪作回答，他恭恭敬敬地再向母亲哀求："现在如果赶走这个媳妇，儿到老也不会再娶别的女子！"阿母听了府吏这些话，便敲着坐床大发脾气："你这小子胆子太大毫无畏惧，你怎么敢帮着媳妇胡言乱语。我对她已经断绝了情谊，对你的要求决不会依从允许！"

府吏默默不说话，再拜之后辞别阿母回到自己的房里。开口向媳妇说话，悲痛气结已是哽咽难语："我本来不愿赶你走，但阿母逼迫着要我这样做。但你只不过是暂时回到娘家去，现在我也暂且回到县官府。不久我就要从府中回家来，回来之后一定会去迎接你。你就为这事委屈一下吧，千万不要违背我这番话语。"兰芝对府吏坦陈："不要再这样麻烦反复叮咛！记得那年初阳的时节，我辞别娘家走进你家门。侍奉公婆都顺着他们的心意，一举一动哪里敢自作主张不守本分？日日夜夜勤劳地操持家务，孤身一人周身缠绕着苦辛。自以为可以说是没有什么罪过，能够终身侍奉公婆报答他们的大恩。但仍然还是要被驱赶，哪里还谈得上再转回你家门。我有一件绣花的短袄，绣着光彩美丽的花纹。还有一床红罗做的双层斗形的小帐，四角都垂挂着香囊。大大小小的箱子有六七十个，都是用碧绿的丝线捆扎紧。里面的东西都各不相同，各种各样的东西都收藏其中。人既然低贱东西自然也卑陋，不值得用它们来迎娶后来的新人。你留着等待以后有机会施舍给别人吧，走到今天这一步今后不可能再相会相亲。希望你时时安慰自己，长久记住我不要忘记我这苦命的人。"

　　当公鸡鸣叫窗外天快要放亮，兰芝起身精心地打扮梳妆。她穿上昔日绣花的裙，梳妆打扮时每件事都做了四五遍才算妥当。脚下她穿着丝鞋，头上的玳瑁簪闪闪发光。腰间束着流光的白绸带，耳边挂着明月珠装饰的耳珰。十个手指像尖尖的葱根又细又白嫩，嘴唇涂红像含着朱丹一样。她轻轻地小步行走，艳丽美妙真是举世无双。她走上堂去拜别阿母，阿母听任她离去而不挽留阻止。（她说道）"从前我做女儿的时候，从小就生长在村野乡里。本来就没有受到教管训导，更加惭愧的是又嫁到你家愧对你家的公子。受了阿母许多金钱和财礼，却不能胜任阿母的驱使。今天我就要回到娘家去，还记挂着阿母孤身操劳在家里。"她退下堂来又去向小姑告别，眼泪滚滚落下像一连串的珠子。"我这个新媳妇初嫁过来时，小姑刚学走路始会扶床。今天我被驱赶回娘家，小姑的个子已和我相当。希望你尽心地侍奉我的公婆，好好地扶助他们精心奉养。每当七夕之夜和每月的十九日，玩耍时千万不要把我忘。"她走出家门上车离去，眼泪落下百多行。

　　府吏骑着马走在前头，兰芝坐在车上跟在后面走。车声时而小声隐隐时而大声甸甸，但车和马都一同到达了大道口。府吏下马走进车中，低下头来在兰芝身边低声细语："我发誓不同你断绝，你暂且回到娘家去，我今日也暂且赶赴官府。不久我一定会回来，我向天发誓永远不会辜负你。"兰芝对府吏说："感谢你对我的诚心和关怀。既然承蒙你这样的记着我，不久之后我会殷切地盼望着你来。你应当像一块大石，我必定会像一株蒲苇。蒲苇像丝一样柔软但坚韧结实，大石也不会转移。只是我有一个亲哥哥，性情脾气不好常常暴跳如雷。恐怕不能任凭我的心意由我自主，他一定会违背我的心意使我内心饱受熬煎。"两人忧伤不止地举手告别，双方都依依不舍情意绵绵。

兰芝回到娘家进了大门走上厅堂，进退为难觉得脸面已失去。母亲十分惊异地拍着手说道："想不到没有去接你你自己回到家里。你十三岁我就教你纺织，十四岁你就会裁衣，十五岁会弹箜篌，十六岁懂得礼仪，十七岁时把你嫁出去，总以为你在夫家不会有什么过失。你现在并没有什么罪过，为什么没有去接你你自己回到家里？"（兰芝说）"我十分惭愧面对亲娘，女儿实在没有什么过失。"亲娘听了十分伤悲。

回家才过了十多日，县令便派遣了一个媒人来提亲。说县太爷有个排行第三的公子，身材美好举世无双。年龄只有十八九岁，口才很好文才也比别人强。亲娘便对女儿说："你可以出去答应这门婚事。"兰芝含着眼泪回答说："兰芝当初返家时，府吏一再嘱咐我，发誓永远不分离。今天如果违背了他的情义，这门婚事就大不吉利。你就可以去回绝媒人，以后再慢慢商议。"亲娘出去告诉媒人："我们贫贱人家养育了这个女儿，刚出嫁不久便被赶回家里，不配做小吏的妻子，哪里适合再嫁你们公子为妻？希望你多方面打听打听，我不能就这样答应你。"

媒人去了几天后，那派去郡里请示太守的县丞刚好回来。他说："在郡里曾向太守说起一位名叫兰芝的女子，出生于官宦人家。"又说："太守有个排行第五的儿子，貌美才高还没有娶妻。太守要我做媒人，这番话是由主簿来转达。"县丞来到刘家直接说："在太守家里，有这样一个美好的郎君，既然想要同你家结亲，所以才派遣我来到贵府做媒人。"兰芝的母亲回绝了媒人："女儿早先已有誓言不再嫁，我这个做母亲的怎敢再多说？"兰芝的哥哥听到后，心中不痛快十分烦恼，向其妹兰芝开口说道："做出决定为什么不多想一想！先嫁是嫁给一个小府吏，后嫁却能嫁给太守的贵公子。命运好坏差别就像天和地，改嫁之后足够让你享尽荣华富贵。你不嫁这样好的公子郎君，往后你打算怎么办？"兰芝抬起头来回答说："道理确实像哥哥所说的一样，离开了家出嫁侍奉丈夫，中途又回到哥哥家里，怎么安排都要顺着哥哥的心意，我哪里能够自作主张？虽然同府吏有过誓约，但同他相会永远没有机缘。立即就答应了吧，就可以结为婚姻。"媒人从坐床走下去，连声说好！好！就这样！就这样！他回到太守府禀告太守："下官承奉着大人的使命，商议这桩婚事谈得很投机。"太守听了这话以后，心中非常欢喜。他翻开历书反复查看，吉日就在这个月之内，月建和日辰的地支都相合。"成婚吉日就定在三十日，今天已是二十七日，你可立即去办理迎娶的事。"彼此相互传语快快去筹办，来往的人连续不断像天上的浮云。迎亲的船只上画着青雀和白鹄，船的四角还挂着绣着龙的旗子。旗子随风轻轻地飘动，金色的车配着玉饰的轮。驾上那毛色青白相杂的马缓步前进，马鞍两旁结着金线织成的缨子。送了聘金三百万，全部用青丝串联起。各种花色的绸缎三百匹，还派人到交州广州购来海味和山珍。随从人员共有四五百，热热闹闹地齐集太守府前准备去迎亲。

亲娘对兰芝说："刚才得到太守的信，明天就要来迎娶你。你为什么还不做好衣裳？不要让事情办不成！"兰芝默默不说话，用手巾掩口悲声啼，眼泪坠落就像流水往下泻。移动她那镶着琉璃的坐榻，搬出来放到前窗下。左手拿着剪刀和界尺，右手拿着绫罗和绸缎。早上做成绣裙，傍晚又做成单罗衫。一片昏暗天色已将晚，她满怀忧愁想到明天要出嫁便伤心哭泣。府吏听到这个意外的变故，便告假请求暂且回家去看看。还未走到刘家大约还有二三里，人很伤心马儿也悲鸣。兰芝熟悉那匹马的鸣声，趿拉着鞋急忙走出家门去相迎。心中惆怅远远地望过去，知道是从前的夫婿已来临。她举起手来拍拍马鞍，不断叹气让彼此更伤心。"自从你离开我之后，人事变迁真是无法预测和估量。果然不能满足我们从前的心愿，内中的情由又不是你能了解端详。我有亲生的父母，逼迫我的还有我的亲兄长。把我许配了别的人，你还能有什么希望！"府吏对兰芝说："祝贺你能够高升！大石方正又坚厚，可以千年都不变。蒲苇虽然一时坚韧，但只能坚持很短的时间。你将一天比一天生活安逸地位显贵,只有我独自一人下到黄泉。"兰芝对府吏说:"想不到你会说出这样的话!两人同样是被逼迫,你是这样我也是这样受熬煎。我们在黄泉之下再相见,不要违背今天的誓言!"他们握手告别分道离去,各自都回到自己家里面。活着的人却要做死的离别,心中抱恨哪里能够说得完。他们都想很快地离开人世,无论如何也不愿苟且偷生得保全。

府吏回到自己家,上堂拜见阿母说:"今天风大天又寒,寒风摧折了树木,浓霜冻坏了庭院中的兰花。我今天已是日落西山生命将终结,让母亲独留世间以后的日子孤单。我是有意做出这种不好的打算,请不要再怨恨鬼神施责罚!但愿你的生命像南山石一样的久长,身体强健又安康。"阿母听到了这番话,泪水随着语声往下落:"你是大户人家的子弟,一直做官在官府台阁。千万不要为了一个妇人去寻死,贵贱不同你将她遗弃怎能算情薄?东邻有个好女子,苗条美丽全城称第一。做母亲的为你去求婚,答复就在这早晚之间。"府吏再拜之后转身走回去,在空房中长叹不已。他的决心就这样定下了,把头转向屋子里,心中忧愁煎迫一阵更比一阵紧。

迎亲的那一天牛马嘶叫,新媳妇兰芝被迎娶进入青色帐篷里。天色昏暗已是黄昏后,静悄悄的四周无声息。"我的生命终结就在今天,只有尸体长久留下我的魂魄将要离去。"她挽起裙子脱下丝鞋,纵身一跳投进了清水池。府吏听到了这件事,心里知道这就是永远的别离,于是来到庭院大树下徘徊了一阵,自己吊死在东南边的树枝。

两家要求将他们夫妻二人合葬,结果合葬在华山旁。坟墓东西两边种植着松柏,左右两侧栽种梧桐。各种树枝枝枝相覆盖,各种树叶叶叶相连通。中间又有一对双飞鸟,鸟名本是叫鸳鸯,它们抬起头来相对鸣叫,每晚都要鸣叫一直叫到五更。过路的人都停下脚步仔细听,寡妇惊起更是不安和彷徨。我要郑重地告诉后来的人,以此为鉴戒千万不要把它忘。

卷　二

《玉台新咏》卷二所录，全为三国魏晋（西晋）文人作品。从文学发展史角度看，分别属于汉末"建安文学"、魏代"正始文学"、西晋"太康文学"。

建安时期，作家辈出，他们"慷慨悲歌"，形成了"建安风骨"。建安作家最著名的就是"三曹"（或"三祖陈王"）"七子"。《玉台新咏》卷一的陈琳、徐幹，都属"建安七子"。而卷二所录，则是"三祖陈王"中的曹丕、曹叡和陈思王曹植。

曹丕诗歌的代表作是他的《燕歌行》，为最早的完整的文人七言诗，见《玉台新咏》卷九。而卷二所录两首则为五言诗。建安时代是文学自觉的时代，这两首诗均以代言、拟言形式出现，正是诗人自觉进行文学创作的有力证明。诗人为一位新婚妻子代言，诗歌同样深具建安时代慷慨悲凉的情调。至于他的皇后甄氏，遭谗失宠，幽居后宫，所作《塘上行》自诉心中悲苦，其愁苦悲凄，更为动人。

建安作家中，曹植成就最高。卷二所录《杂诗五首》《乐府三首》《弃妇诗》，可以看到汉代古诗、乐府对他的深刻影响。他的代言、拟言无论是从男子一方还是从女子一方着笔，都表现了对男女双方分离两地刻骨相思的同情，尤其是表现了对女性所遭遇的痛苦的深切关怀与怜悯，富有时代气息。曹植的五言诗相当成熟，无论是从内容看还是从艺术形式看，都是建安时代的一座高峰。

阮籍是与嵇康齐名的魏代"正始文学"的诗人，同属"竹林七贤"。虽然"正始明道，诗杂仙心"(《文心雕龙·明诗》)，"竹林七贤"诗多表现竹林风气、庄子思想，但唯"阮旨遥深"。阮籍代表作为《咏怀诗》八十二首。《玉台新咏》卷二所录二首均在其中。两诗一写神女的感慨忧思，一写男性嬖臣的失宠忧惧，以此寄托诗人的忧愤，但所用题材涉及两性情爱，仍符《玉台新咏》全书主旨。阮籍是建安以来全力写作五言诗的诗人，成就非凡。

本卷中入录的太康作家，各有成就。

傅玄诗刻画了几种不同的妇女形象，代她们抒发了心中的痛苦与不平。尤其是《和班氏诗》，据"秋胡戏妻"的故事传说，写出了秋胡妻的巨大伤痛，也展现了她的刚烈性格。

张华诗一向以"情多"著称。本卷所录数首写的虽是汉代以来游子（或征夫）与思妇之相思，但均写得情深意重，情意缠绵，情真动人。

昭君出塞、昭君和番的故事虽然早已广为流传，但石崇的《王昭君辞》叙事婉曲，心理描绘细腻，对昭君之怨大加点染，将王昭君塑造成一个因婚姻不幸而哀怨万分的女子，因而具有普遍的社会意义。诗人笔下的王昭君是一个成功的文学典型，对后世影响很大。

至于潘岳的《悼亡诗》，左思的《娇女诗》，一写对亡妻的悼念，一写对幼女的爱怜，都成功地塑造了独特类型的女子形象，也属文学史上不朽的典型。

魏文帝于清河见挽船士新婚与妻别一首　又清河作一首

　　魏文帝曹丕（187—226），字子桓，沛国谯（今安徽亳州）人，曹操次子，曾任五官中郎将，汉献帝建安二十二年（217）立为魏太子，汉献帝延康元年（220）代汉即帝位，史称魏文帝。三国魏著名文学家，著有《典论》五卷，《列异传》三卷，文集二十三卷，均已散佚。明人辑有《魏文帝集》。

于清河见挽船士新婚与妻别[1]

【题解】
　　诗人坐船将行，见一位拉纤的士兵与他新婚的妻子告别，深有感触，于是以新妇的口吻写了这首诗。诗用辘轳体（上句的词又出现在下句之中）写成，缠绵悱恻，更好地传达出了新婚夫妻难分难舍之情。

　　与君结新婚，宿昔当别离[2]。凉风动秋草，蟋蟀鸣相随。冽冽寒蝉吟[3]，蝉吟抱枯枝。枯枝时飞扬，身体忽迁移。不悲身迁移，但惜岁月驰。岁月无穷极，会合安可知？愿为双黄鹄[4]，比翼戏清池。

【注释】
　〔1〕于清河见挽船士新婚与妻别：《艺文类聚》作徐幹诗。于清河，一无"于"字。清河，古河名，源出今河南内黄县南。挽船士，拉纤的士兵。
　〔2〕宿昔：即"夙昔"，旦夕，指很短的时间。
　〔3〕冽冽（liè）：寒冷的样子。
　〔4〕黄鹄（hú）：鸟名，形似鹤，色苍黄，也有白色的，又名天鹅。

【今译】

　　我与你新近结为夫妻，旦夕之间夫妻又要别离。北风袭来吹动了秋草，随之传来的是蟋蟀的哀鸣悲泣。寒蝉在凛冽的寒风中长吟，长吟的寒蝉紧紧抱着枯枝。枯枝在寒风中不时地飞扬，寒蝉的身躯也随着迁移。我不悲叹身躯的迁移，只痛惜时光向前飞驰。时光虽然没有穷尽，但哪能知道我们再会在何时？只希望我们能够化作一双黄鹄，比翼双飞一同嬉戏在清清的水池。

清 河 作

【题解】

　　这也是一首以女子口吻写作的情诗。诗末将浓浓的情意化为浪漫的想象，更能表现激情的涌动。

　　方舟戏长水[1]，湛澹自浮沉[2]。弦歌发中流，悲响有余音。音声入君怀，凄怆伤人心。心伤安所念？但愿恩情深。愿为鷐风鸟[3]，双飞翔北林。

【注释】

　　[1] 方舟：两船并在一起。
　　[2] 湛澹：波浪起伏的样子。一作"澹澹"。
　　[3] 鷐风：即"晨风"，鸟名，就是鹯。《诗经·秦风·晨风》："鴥彼晨风，郁彼北林。未见君子，忧心钦钦。如何如何？忘我实多。"

【今译】

　　我坐着小船在河流中嬉戏，任凭小船在起伏的波浪中浮沉。弦歌之声从河中发出，声音悲凉久之还有袅袅余音。悲声传入你的怀抱，凄怆得使人伤心。心伤之时你会思念谁？只希望我们的恩情深深。但愿我们能化作一对晨风鸟，比翼双飞一同翱翔在北边的树林。

甄皇后乐府塘上行一首

甄皇后（182—221），中山无极（今属河北省）人，原为袁绍中子袁熙之妻。汉献帝建安九年（204），曹操击袁绍少子袁尚，攻破邺城，俘甄氏。曹丕时在军中，后承曹操之意，纳甄为夫人。曹丕称帝之后，甄氏为郭皇后所谮，黄初二年（221）被魏文帝曹丕赐死于后宫。后来其子曹叡立为帝，上尊谥曰"文昭皇后"。

塘 上 行(1)

【题解】

甄皇后在遭谮失宠后，幽居深宫，写了这首诗，哭诉心中的冤苦。历史传说中的甄皇后，在婚姻爱情上几经挫折和磨难。据《文选·洛神赋》李善注，她先嫁袁绍之子袁熙，袁绍败亡后，她成了曹操的俘虏。后来曹丕和曹植两兄弟都想娶她，她也属意曹植，但曹操却把她赐给了曹丕。虽受过一时的宠爱，最后却遭谮被赐死。曹丕知道曹植深爱甄氏，便将她的遗物玉缕金带枕送给了曹植。曹植在离京归国途中，在洛水边止宿，梦见甄氏来说："我本托心君王，其心不遂。此枕是我在家时从嫁，前与五官中郎将（指曹丕），今与君王。"梦中两人相聚甚欢。醒后曹植有感于此而作《感甄赋》，曹丕改名《洛神赋》。此赋明写宓妃，暗喻甄氏。唐代诗人李商隐《无题》诗有"贾氏窥帘韩掾少，宓妃留枕魏王才。春心莫共花争发，一寸相思一寸灰"之句。甄氏作《塘上行》，虽是出于自身的遭遇，但却反映了许多受谮害遭遗弃的女性的悲苦，令人深深同情。

蒲生我池中(2)，其叶何离离(3)。傍能行仁义(4)，莫若妾自知(5)。众口铄黄金(6)，使君生别离。念君去我时,独愁常苦悲。想见君颜色,感结伤心脾。念君常苦悲,夜夜不能寐。莫以贤豪故⁽⁷⁾,弃捐素所爱。莫以鱼肉贱⁽⁸⁾,弃捐葱与薤⁽⁹⁾。莫以麻枲贱⁽¹⁰⁾,弃捐菅与蒯⁽¹¹⁾。出亦复苦愁,入亦复苦愁。边地多悲风,树木何修修⁽¹²⁾。从君致独乐⁽¹³⁾,延年寿千秋。

【注释】

〔1〕塘上行:在《乐府诗集》中,这首诗收入《相和歌辞·清调曲》,但作者误题"魏武帝",文字上也有一些不同。同题诗共收五首。

〔2〕蒲:香蒲,多年生草本植物。

〔3〕离离:茂盛的样子。

〔4〕傍(páng):傍妻,旧称妾为"傍妻",这里是自指。　仁义:一作"人仪"。

〔5〕若妾:一作"能缕"。

〔6〕"众口"句:喻人言可畏。谣言传开,众口一词,甚至可熔化金属。铄(shuò),销熔,熔化。

〔7〕贤豪:指进谗得宠之人。

〔8〕鱼肉:喻进谗得宠之人。　贱:一作"贵"。

〔9〕薤(xiè):植物名,俗称藠(jiào)头,多年生宿根草本。这里以葱薤自喻。

〔10〕枲(xǐ):大麻。　贱:一作"贵"。

〔11〕菅(jiān):植物名,多年生草本。　蒯(kuǎi):植物名,多年生草本。《左传·成公九年》:"虽有丝麻,无弃菅蒯。"这里以菅蒯自喻。

〔12〕修修:一作"萧萧",象声词,状风声。

〔13〕从君致独乐:一作"今日乐相乐"。

【今译】

　　蒲草生长在我的池塘中,它的叶子多么的繁盛纷披。作为后妃能不能作表率,只有我自己心知。但是众口铄金我遭到流言谗毁,只好同你活生生地分离。回想起当初你离我而去,我独自一人常常愁苦悲凄。脑海中常常浮现出你的容颜,悲感郁结伤彻心脾。思念你常常觉得痛苦悲伤,夜夜都不能入睡安息。希望你不要因为那些进谗之人，抛弃你平日的所爱。不要看重鱼和肉，就抛弃葱和薤。不要看重麻和枲，就抛弃菅和蒯。我走出室外也是悲苦忧愁，走进室中也是悲苦忧愁。边地经常刮起悲风，树木也常发出悲声嗖嗖。但愿你独享欢乐，延年益寿享年千秋。

刘勋妻王宋杂诗二首 并序

王宋，三国魏平虏将军刘勋之妻，婚后二十多年，因"无子"被遗弃。

杂诗二首 并序[1]

【题解】

这两首诗无论代作还是自作，都反映了遭遗弃的女子悲惨的命运和痛苦的心情。古代丈夫休弃妻子有所谓"七出"之说。七出是指无子、淫佚、不事舅姑（指公婆）、口舌、盗窃、妒忌、恶疾。丈夫可以用其中的任何一条为借口，休弃妻子，把妻子逐回娘家。在封建礼教的束缚之下，妇女所受的痛苦尤为深重，于此诗可见一斑。

王宋者，平虏将军刘勋妻也。入门二十余年。后勋悦山阳司马氏女，以宋无子出之[2]。还于道中，作诗二首。

翩翩床前帐[3]，张以蔽光辉。昔将尔同去[4]，今将尔共归⁽⁵⁾。缄藏箧笥里⁽⁶⁾,当复何时披⁽⁷⁾?

谁言去妇薄⁽⁸⁾,去妇情更重。千里不唾井⁽⁹⁾,况乃昔所奉⁽¹⁰⁾。远望未为遥,峙崛不得往⁽¹¹⁾。

【注释】

〔1〕杂诗二首:第一首《艺文类聚》认为是魏文帝曹丕代作,第二首今人逯钦立认为是曹植代作(见《先秦汉魏晋南北朝诗》)。

〔2〕出:离弃。古代指离弃妻子为"出妻"。

〔3〕翩翩:轻轻飘动的样子。

〔4〕将(jiāng):带着。

〔5〕共:一作"同"。

〔6〕缄(jiān):封,闭。

〔7〕披:打开。

〔8〕去妇:被休弃的女子。

〔9〕"千里"句:是说将一去千里而不再返回,但离去之时也不向井里吐唾沫。因为曾长饮此水,旧情难忘。诗人以此比喻弃妇情义深重。唾(tuò)井,向井里吐唾沫。

〔10〕奉:侍奉。

〔11〕往:一作"并",一作"共"。

【今译】

(序)王宋是平虏将军刘勋的妻子,嫁过来已经二十多年。后来刘勋喜欢上了山阳司马氏的女儿,便以王宋无子为借口把她休了。她在返回娘家的途中,写了这两首诗。

床前轻轻飘动着的锦帐,新婚时张挂起来用以遮蔽烛光。从前带着你一同出嫁,今天又带着你回娘家。把你封存在箱子里,何时才能把你再张开挂起?

谁说弃妇情义薄,弃妇情义更深重。一去千里离去之时不会去唾井,何况这是自己的家从前曾精心照料侍奉。抬头远望夫家路程不能算遥远,但我只能原地徘徊而不能再返回家中。

曹植杂诗五首　乐府三首　弃妇诗一首

曹植（192—232），字子建，沛国谯（今安徽亳州）人，曹操第三子，曾封陈王，死后谥"思"，世称"陈思王"。年轻时很受曹操宠爱，操死后曹丕称帝，丕死后曹睿继帝位，他都受到猜忌和迫害，最后郁郁而死。曹植是三国魏著名文学家，原有集三十卷，已散佚，宋人辑有《曹子建集》。

杂诗五首

明月照高楼[1]

【题解】

这是一首咏叹思妇闺怨的诗篇。开头用第三人称来描叙。接下来，诗中用第一人称写下了这位思妇的哀诉。诗中"明月"、"流光"的环境描写，衬托出了思妇内心的纯洁，"清路尘"、"浊水泥"的比喻和映照，反映了思妇的担心和忧虑，至于"愿为西南风"的浪漫想象，则展示了思妇情爱的真挚和热烈。

明月照高楼，流光正徘徊[2]。上有愁思妇，悲叹有余哀。借问叹者谁，言是客子妻[3]。君行逾十年[4]，孤妾常独栖。君若清路尘[5]，妾若浊水泥[6]。浮沉各异势，会合何时谐？愿为西南风，长逝入君怀[7]。君怀时不开[8]，妾心当何依[9]？

【注释】

〔1〕明月照高楼：为曹植《杂诗五首》中的第一首，今以首句标题，下同。《昭明文选》题为《七哀诗》。在《乐府诗集》中，这首诗收入《相

和歌辞·楚调曲》,题为《怨诗行》,文字有出入。同题诗共收五首。

〔2〕徘徊:指月光缓缓移动。

〔3〕客子:指客居在外的丈夫,即游子。客,一作"宕"。

〔4〕"君行"句:一作"夫行逾十载"。

〔5〕轻路尘:路上飞扬的轻尘,喻丈夫行踪不定,也含富贵高升之意。

〔6〕浊水泥:水底沉积的污泥,喻自己独居家中,也含身在贫贱之意。

〔7〕逝:往。

〔8〕时:一作"良"。

〔9〕妾心:一作"贱妾"。

【今译】

　　明月照亮了高楼,月光在地面上正缓缓徘徊。楼上有一位哀愁忧思的女子,不断叹息似有深重的悲哀。请问悲叹的人是谁,她说是因丈夫出远门而独居家中寂寞难耐。丈夫离去已过了十年,我孤单单地独居家中苦苦等待。丈夫就像路上飞扬的轻尘行踪不定也许已经富贵高升,而我就像水底沉积的污泥固守家中仍身处贫贱痛苦难挨。或浮或沉夫妻之间形势已有所不同,不知何年何月才能再和谐相处永不分开?我真希望化为一阵西南风,离家远去投入你的胸怀。但你的怀抱并没有时常为我敞开,我的心应当托给谁才能彼此永远相爱?

西北有织妇〔1〕

【题解】

　　这首诗写一位独守空闺的织妇思念从军不归的丈夫。同前首一样,开头用第三人称来写。接下来诗人用第一人称写出织妇的悲叹。

　　西北有织妇,绮缟何缤纷〔2〕!明晨秉机杼〔3〕,日昃不成文〔4〕。太息终长夜,悲啸入青云。妾身守空房〔5〕,

良人行从军[6]。自期三年归,今已历九春[7]。孤鸟绕树翔[8],嗷嗷鸣索群[9]。愿为南流景[10],驰光见我君。

【注释】

〔1〕西北有织妇:在《昭明文选》中,这首诗是曹子建《杂诗六首》中的第三首。

〔2〕绮缟(gǎo):有花纹的绢。　缤纷:繁盛的样子,也指交错杂乱的样子。

〔3〕明晨:早晨,清晨。　机杼(zhù):织布机上的梭子。

〔4〕昃(zè):午后,太阳偏西。一作"晏"。

〔5〕空:一作"闺"。

〔6〕良人:丈夫。

〔7〕九春:一岁三春,九春即三年。一说九春为九年。

〔8〕孤:一作"飞"。　树:一作"林"。

〔9〕嗷嗷(jiào):悲哭声,这里指鸟的悲鸣。一作"嗷嗷"。

〔10〕景:日光。

【今译】

　　西北方有一位织妇,绢上的花纹怎么织得这样乱纷纷!她清早就操持着机梭在织绢,但到了日影西斜花纹还未织成。她在漫漫长夜里不断长叹,悲叹的声音直上青云。我夜夜独自一人守在空房,丈夫却到远方去从军。原以为他三年就会回来,但如今三年已过去仍不见他的身影。一只失群的鸟儿在绕着树林飞翔,它发出凄厉的鸣声把它的伴侣追寻。我希望化成向南流泻的日光,驰向南方去会见我的心上人。

微阴翳阳景[1]

【题解】

　　这首诗主要抒发徭役思归之情。一位男子在外服役,久不得归。当他劳累之余,在水边休息之时,他尽情倾诉心中的悲苦。诗中鱼鸟有自由之乐和游子受徭役之羁形成鲜明对照，览物兴怀，更觉悲哀。

微阴翳阳景⁽²⁾，清风飘我衣。游鱼潜绿水⁽³⁾，翔鸟薄天飞⁽⁴⁾。眇眇客行士⁽⁵⁾，遥役不得归⁽⁶⁾。始出严霜结，今来白露晞⁽⁷⁾。游子叹黍离⁽⁸⁾，处者歌式微⁽⁹⁾。慷慨对嘉宾，凄怆内伤悲。

【注释】

〔1〕微阴翳阳景：在《昭明文选》中，这首诗题为《情诗》。
〔2〕翳（yì）：遮蔽。　　阳景：阳光。
〔3〕绿：一作"渌"。
〔4〕薄：迫近。
〔5〕眇眇（miǎo）：同"渺渺"，辽远、高远的样子。
〔6〕遥：一作"徭"。
〔7〕晞：干。《诗经·秦风·蒹葭》是一首怀念"伊人"的情诗，有"蒹葭苍苍，白露为霜"、"蒹葭凄凄，白露未晞"等句。
〔8〕子：一作"者"。　　黍离：《诗经·王风》篇名。《毛诗序》说，东周大夫行役到陕西旧都，见宫室旧址都长了禾黍，一片荒凉，感慨而作此诗。诗的首章说："彼黍离离，彼稷之苗。行迈靡靡，中心摇摇。知我者谓我心忧，不知我者谓我何求。悠悠苍天，此何人哉！"
〔9〕式微：《诗经·邶风》篇名。《毛诗序》说，黎侯寄居在卫国，他的臣属劝他回国而作此诗。诗的首章说："式微，式微，胡不归？微君之故，胡为乎中露？"

【今译】

薄云遮住了阳光，清风吹动了我的衣裳。游鱼自在地潜入清澈的水底，飞鸟随意地傍着高天翱翔。而我这个背井离乡的游子，在外服役却不能自由自在地返回故乡。我刚离家外出时正是严霜凝结，如今几年过去又见白露为霜。我这个行役在外的游子常有《黍离》之叹，在家的妻子却常歌《式微》盼我回乡。我面对嘉宾激情澎湃，心中无比凄怆悲伤。

揽衣出中闺〔1〕

【题解】

一位独处闺中的女子,思念"在远道"的丈夫。这位女子为求得真爱愿意奉献自己的一切,但又担心"人皆弃旧爱"的悲剧重演,内心活动刻画入微。

揽衣出中闺,逍遥步两楹〔2〕。闲房何寂寞〔3〕,绿草被阶庭〔4〕。空室自生风〔5〕,百鸟翔南征〔6〕。春思安可忘,忧戚与我并〔7〕。佳人在远道〔8〕,妾身独单茕〔9〕。欢会难再遇〔10〕,兰芝不重荣〔11〕。人皆弃旧爱,君岂若平生〔12〕?寄松为女萝〔13〕,依水如浮萍〔14〕。束身奉衿带〔15〕,朝夕不堕倾。倘愿终顾盼〔16〕,永副我中情〔17〕。

【注释】

〔1〕揽衣出中闺:诗题又名《闺情》,在本集中为《闺情》二首之一。
〔2〕楹:柱,指堂屋前面的柱子。两柱之间就是户前,堂前。
〔3〕闲房:静寂的房屋。
〔4〕被:覆盖。
〔5〕室:一作"穴"。
〔6〕翔:一作"翩"。
〔7〕我:一作"君"。
〔8〕佳人:指丈夫。
〔9〕独单:一作"单且"。 茕(qióng):孤独。
〔10〕遇:一作"逢"。
〔11〕荣:草木开花,茂盛。
〔12〕平生:指年少时。
〔13〕女萝:植物名,即松萝,常缠绕在树上,下垂如丝。
〔14〕水:一作"生"。
〔15〕束:一作"赍"(jī)。 衿(jīn):同"襟",古代衣服的

交领。

〔16〕倘：如果。　　愿：一作"能"。　　顾盼：一作"盼眄"，看顾。

〔17〕副：符合。

【今译】

　　我提起衣服披在身上走出闺房，在堂前逍遥地漫步徜徉。静静的空房中是多么的寂寥，绿草已经把台阶和庭院完全覆盖上。空荡的屋室中自有一股凉风生起，秋凉之时百鸟也将飞向南方。春日的情思如今怎能忘怀，忧愁悲戚牵动着我俩的心房。我心爱的人正在远方道路上劳碌奔波，而我深感孤单寂寞独守在空房。夫妻欢会的日子很难再遇上，兰花和芝草也不会再开花和茂盛地生长。一般人都会喜结新欢而抛弃旧爱，你难道还能像年轻时那样信守爱的承诺将我怀想？回想新婚时我像女萝一般托身在你这棵松树上，又像浮萍一般依水而生随水漂向四方。为侍奉你的生活起居我献出了全部身心，早晚勤劳丝毫不敢懈怠欺罔。如果你能始终照顾我，也就永远满足了我心中最大的愿望。

南国有佳人〔1〕

【题解】

　　这首诗写一位女子，空有色艺，而不为时俗所重。有学者认为，这首诗有寄托："比喻才高有为的人被安置在闲散之地，恐惧时移岁改，湮没无闻。似乎是自伤之辞，也有人以为是为曹彪而发。"无论是否有寄托，诗中"佳人"的不幸总会引起人们的同情和深思。

　　南国有佳人〔2〕，荣华若桃李。朝游江北岸〔3〕，夕宿湘川沚〔4〕。时俗薄朱颜〔5〕，谁为发皓齿〔6〕？俯仰岁将暮〔7〕，荣耀难久恃〔8〕。

【注释】

〔1〕南国有佳人：在《昭明文选》曹子建《杂诗六首》中，这是第四首。

〔2〕南国：南方，指江南。

〔3〕江：指长江。这里暗示"佳人"如江汉神女。可参看《诗经·周南·汉广》。

〔4〕湘川：一作"潇湘"。潇湘均为水名，在今湖南省。此句李善注《文选》作"日夕宿湘沚"。　沚（zhǐ）：水中的小块陆地。这里暗示"佳人"如湘水女神。可参看《楚辞·九歌》的《湘君》《湘夫人》。

〔5〕薄：轻。　朱颜：红颜，美色。

〔6〕谁为：为谁。　发皓齿：指开口唱歌。皓，白。

〔7〕俯仰：俯仰之间，喻时间短暂。

〔8〕荣耀：花开光艳的样子，比喻女子的青春容颜。　久：一作"永"。　恃：依靠，依凭。

【今译】

　　南方有一位佳人，她的美丽容颜好像鲜花盛开的桃李。她早上在长江北岸漫游，晚上在湘水中的小洲上休息。眼下世俗轻视女子的美貌，她又能为谁开口而唱让人怜惜？转眼之间又到了年末，佳人的美貌终究是难以持久依恃。

乐府三首

美女篇[1]

【题解】

　　这首诗写一位女子难逢佳偶因而盛年不嫁的悲哀。诗人对这位女子的不幸深表同情。有人认为，这首诗有所寄托。郭茂倩在《乐府诗集》中说："美女者，以喻君子。言君子有美行，愿得明君而事之。若不遇时，虽见征求，终不屈也。"如按此说，这首诗表现的是志士怀才不遇的悲哀。

美女妖且闲⁽²⁾，采桑岐路间⁽³⁾。长条纷冉冉⁽⁴⁾，落叶何翩翩⁽⁵⁾！攘袖见素手⁽⁶⁾，皓腕约金环⁽⁷⁾。头上金爵钗⁽⁸⁾，腰佩翠琅玕⁽⁹⁾。明珠交玉体⁽¹⁰⁾，珊瑚间木难⁽¹¹⁾。罗衣何飘飘，轻裾随风还⁽¹²⁾。顾眄遗光彩⁽¹³⁾，长啸气若兰⁽¹⁴⁾。行徒用息驾⁽¹⁵⁾，休者以忘餐。借问女安居⁽¹⁶⁾，乃在城南端。青楼临大路⁽¹⁷⁾，高门结重关⁽¹⁸⁾。容华晖朝日⁽¹⁹⁾，谁不希令颜⁽²⁰⁾！媒氏何所营⁽²¹⁾？玉帛不时安⁽²²⁾。佳人慕高义⁽²³⁾，求贤良独难⁽²⁴⁾。众人徒嗷嗷⁽²⁵⁾，安知彼所欢⁽²⁶⁾？盛年处房室⁽²⁷⁾，中夜起长叹。

【注释】

〔1〕美女篇：这首诗在《昭明文选》曹子建《乐府四首》中为第二首，在《乐府诗集》中，收入《杂曲歌辞·齐瑟行》，同题诗共收七首。

〔2〕妖：容貌艳丽。　闲：同"娴"，举止娴雅。

〔3〕岐：同"歧"。

〔4〕长：一作"柔"。　冉冉：随风摇动的样子。

〔5〕翩翩：随风飞舞的样子。

〔6〕攘（rǎng）袖：捋起袖子。

〔7〕皓：白。　约：缠束，套上。　金环：金手镯。

〔8〕金：一作"三"。　爵：同"雀"。

〔9〕琅玕（láng gān）：一种似珠玉的美石。

〔10〕交：缠绕，点缀。

〔11〕珊瑚：一种海中腔肠动物所分泌的石灰质的东西，形如树枝，有红、白诸色，可做装饰品。　木难：碧色珠，相传为金翅鸟沫变成。

〔12〕裾（jū）：衣服的大襟，也指衣服的前后部分。　还：同"旋"，转，摆动。

〔13〕顾眄（miǎn）：回头看。

〔14〕长啸：撮口发出长而清越的声音，这里指吟咏或歌唱时深深地呼气。

〔15〕用：因。　息驾：停车。

〔16〕安：一作"何"。

〔17〕青楼：涂饰着青漆的楼，为富贵人家女子所居，与后世称妓院为青楼的意思不同。

〔18〕重关：两道门闩。

〔19〕晖：一作"耀"。

〔20〕希：慕。　令颜：美貌。

〔21〕媒氏：媒人。　营：做事。

〔22〕玉帛：圭璋和束帛，古代订婚行聘所用的礼物。　时：及时。安：安置，安排，指下聘礼。

〔23〕高义：高尚的品德。

〔24〕良：诚，的确。

〔25〕徒：一作"何"。　嗷嗷：吵吵嚷嚷。

〔26〕欢：一作"观"。

〔27〕盛年：正当青春年华之时。　房：一作"幽"。

【今译】

　　这位美丽的女子容貌艳丽举止娴雅，她为采桑走到小路边。桑树的柔条随风摇动，采下的桑叶在风中飞舞翩翩。她挽起衣袖露出白嫩的手臂，洁白的手腕上套着金环。头上插着雀形的金钗，腰间佩着碧绿的琅玕。明珠点缀着她的玉体，红白珊瑚和碧绿珍珠相互错杂。丝绸上衣随风飘动，轻盈裙裾也随风飞旋。她顾盼之间留下了迷人的光彩，歌咏之时吐气若兰。过路者看到了她因而停车，劳作者休息之时也因而忘了进餐。请问这位美丽的女子住在什么地方，原来是住在城的南端。一座漆青的高楼临近大路，高高的大门横着两道门闩。她的艳丽容貌像朝阳光辉四射，谁不爱慕她那美丽的容颜！媒人究竟在干什么？至今还不把玉帛聘礼及时送达。原来这位美丽的女子爱慕品德高尚的男士，但寻求贤能之士的确困难。众人只是徒然地吵闹叫嚷，哪里知道她内心对谁喜欢？她正当青春年华却仍独处幽室之中，夜半不寐起身长叹。

种葛篇[1]

【题解】

　　一位女子被丈夫遗弃，非常悲伤。这首弃妇诗所抒发的悲哀和忧愁，的确使人感到无比的沉重。

种葛南山下[2]，葛蔓自成阴[3]。与君初婚时[4]，结发恩义深。欢爱在枕席，宿昔同衣衾。窃慕棠棣篇[5]，好乐和瑟琴[6]。行年将晚暮，佳人怀异心[7]。恩绝旷不接[8]，我情遂抑沉[9]。出门当何顾？徘徊步北林。下有交颈兽，仰见双栖禽。攀枝长叹息，泪下沾罗衿[10]。良鸟知我悲[11]，延颈对我吟[12]。昔为同池鱼，今若商与参[13]。往古皆欢遇，我独困于今。弃置委天命，愁愁安可任[14]。

【注释】
〔1〕种葛篇：在《乐府诗集》中，这首诗收入《杂曲歌辞》。
〔2〕葛：豆科植物，多年生蔓草。
〔3〕蔓：一作"藟"（lěi），就是藤。
〔4〕婚时：一作"定婚"。
〔5〕棠棣：即"常棣"，《诗经·小雅》篇名，诗中有"妻子好合，如鼓瑟琴"之句。
〔6〕和：一作"如"。
〔7〕佳人：指丈夫。
〔8〕绝：一作"纪"，一作"义"。　　旷：久。
〔9〕抑沉：压抑，低沉。
〔10〕衿：一作"襟"。
〔11〕鸟：一作"马"。　　悲：一作"愁"。
〔12〕对：一作"代"。
〔13〕若：一作"为"。　　商与参（shēn）：都是星名，商星（即辰星）与参星此出彼没，不同时出现在天空。
〔14〕愁愁：一作"悠悠"，一作"悲愁"。

【今译】
在南山下种下葛草，葛藤攀缘大树已自成荫。同丈夫刚结婚的时候,我们这对结发夫妻的恩义是何等的深。在枕席上男欢女爱,早晚同被多么温存。心喜《诗经·常棣》篇,希望夫妻好合如鼓瑟琴。但在年岁即将晚暮之时,丈夫却有了异心。夫妻恩义从此断绝,我的心情便十分压抑和低沉。走出门去应当向何方眺望?我只能漫无目的地徘徊在北边的树林。树下有亲密交颈的走兽,抬头又见双宿双飞的鸣禽。我攀住枝条长长地叹息,眼泪滚滚而下沾湿了我的衣襟。聪明的鸟知道我内心的悲伤,伸长颈子对我歌吟。从前与丈夫同为一池中的鱼,如今却好像彼此永不相见的商与参。自古夫妻都能够欢会好合,只有我在今天陷入了婚姻的困境。抛开这些不说任凭天命安排吧,只是这巨大的忧愁我哪能承受终身。

浮 萍 篇 [1]

【题解】

　　一位女子遭丈夫遗弃,但却希望丈夫回心转意,恢复旧日的欢爱。诗中没有交代结局,这位女子是否能重新获得丈夫的爱?看来希望是十分的渺茫。

　　浮萍寄清水[2],随风东西流。结发辞严亲[3],来为君子仇[4]。恪勤在朝夕[5],无端获罪尤[6]。在昔蒙恩惠,和乐如瑟琴[7]。何意今摧颓[8],旷若商与参[9]。茱萸自有芳[10],不若桂与兰。新人虽可爱[11],无若故人欢[12]。行云有返期,君恩傥中还[13]。慊慊仰天叹[14],愁愁将何诉[15]?日月不常处[16],人生忽若寓[17]。悲风来入怀[18]泪下如垂露[19]。发箧造裳衣[20],裁缝纨与素[21]。

【注释】

　　〔1〕浮萍篇:在《乐府诗集》中,这首诗收入《相和歌辞·清调曲》,

题为《蒲生行浮萍篇》。

〔2〕清:一作"绿"。

〔3〕严亲:指父母。

〔4〕仇:匹配,配偶。

〔5〕恪(kè):恭敬,谨慎。

〔6〕"无端"句:一作"中年获愆尤"。　尤:过失。

〔7〕"和乐"句:《诗经·小雅·常棣》:"妻子好合,如鼓瑟琴。"

〔8〕摧颓(tuí):摧毁,废弃。

〔9〕旷:远。

〔10〕茱萸:植物名。

〔11〕"新人"句:一作"佳人虽成列"。

〔12〕无:一作"不"。　人:一作"所"。

〔13〕倘:或许。

〔14〕慊慊(qiàn):遗憾,不满足。

〔15〕愁愁:一作"愁心"。

〔16〕常:一作"恒"。

〔17〕寓:寄居。一作"遇"。

〔18〕怀:一作"帷"。

〔19〕下:一作"落"。

〔20〕裳:一作"新"。

〔21〕纨(wán):细绢。　素:生绢。

【今译】

　　浮萍托身在清水之上,随风或东或西地漂流。我刚成年就告别了双亲,嫁到你家来成为你的配偶。我从早到晚恭敬勤恳地操持家务,却毫无来由地蒙受了罪责怨咎。在过去蒙受你的恩惠,夫妻和睦欢乐好像和鸣的瑟琴。想不到今天却遭到摧残废弃,两人远离好像永不相聚的商参。茱萸虽自有它的芬芳,但总比不上桂与兰。新人虽有她可爱之处,但总比不上和故人相处的乐欢。天空飘浮的云尚且有返回的时候,你的恩情或许会中道回还。真是遗憾啊我不禁仰天长叹,心中的悲愁应向谁去倾诉?光阴易逝不能长驻,人生易老好像逆旅过客匆匆去。悲风袭来进入了我的怀抱,泪水涟涟就如坠露。但我还是要打扮自己,便打开箱子剪裁白绢缝制新衣服。

弃 妇 诗[1]

【题解】
　　一位女子因无子被丈夫休弃,送回娘家,内心充满忧愤不平,这位弃妇用石榴花和桂树作比喻,又通过比喻来说理,对"无子而遭遗弃"的悲惨命运提出了强烈的抗议。

　　石榴植前庭,绿叶摇缥青[2]。丹华灼烈烈[3],帷彩有光荣[4]。光好晔流离[5],可以戏淑灵[6]。有鸟飞来集[7],树翼以悲鸣[8]。悲鸣复何为?丹华实不成[9]。拊心长叹息[10],无子当归宁[11]。有子月经天,无子若流星。天月相终始,流星没无精[12]。栖迟失所宜[13],下与瓦石并。忧怀从中来,叹息通鸡鸣。反侧不能寐[14],逍遥于前庭[15]。踟蹰还入房,肃肃帷幕声。搴帷更摄带,抚节弹素筝[16]。慷慨有余音,要妙悲且清[17]。收泪长叹息,何以负神灵。招摇待霜露[18],何必春夏成?晚获为良实,愿君且安宁。

【注释】
　〔1〕弃妇诗:《诗纪》题为《弃妇篇》。此诗本集不载。
　〔2〕缥(piǎo):淡青色。
　〔3〕丹华:红花。
　〔4〕帷彩:当作"璀彩",即璀璨,形容花的光泽。
　〔5〕好:一作"荣"。　晔(yè):同"烨",火光很盛的样子。流离:即"琉璃",又叫珐琅,一种有光泽的釉料制品。
　〔6〕戏:一作"处"。　淑灵:美好的神物,指下文的飞鸟。
　〔7〕有:一作"翠"。　飞来集:一作"来集树"。　集:栖息。
　〔8〕树:一作"飞"。

〔9〕实：结实，喻生子。
〔10〕拊（fǔ）：拍。
〔11〕归宁：出嫁的女子回娘家看望父母。这里指因无子被休弃回娘家。
〔12〕精：光。
〔13〕栖迟：游息，指日常起居。
〔14〕反侧：翻来覆去。
〔15〕逍遥：徘徊。
〔16〕抚节：按着节拍。
〔17〕要妙：精要微妙。
〔18〕招摇："桂树"的代称。《吕氏春秋·本味》有"和之美者，阳朴之姜，招摇之桂"之句。

【今译】
　　一棵石榴树挺立在前面的院庭，它的青绿色的树叶在风中摇摆不定。鲜红的石榴花红得像烈火，色泽璀璨荣光倍增。流光溢彩又像那琉璃，可以让美好的神物在上面嬉戏居停。果然有一只神鸟飞到树上来栖息，但它扑动着翅膀却发出了悲鸣。它悲鸣究竟是为了什么？原来是因为同情我如鲜红的石榴花果实却结不成。我捶着胸长长地叹息，只因无子便被遗弃送回娘家孤零零。有子的女人就好像明月高挂在天空，无子的女人就好像天边的流星。天空和明月可以相终始，流星却很快就丧失了光辉入幽冥。日常起居已是举止失措，遭遗弃后地位下落只能伴瓦石为生。忧愤从心中涌出，终夜叹息一直到拂晓鸡鸣。整夜辗转反侧不能入睡，起来徘徊在前边的院庭。徘徊之后又回到闺房之中，房中寂静得只听到帷帐飘动的声音。我撩起帷帐穿衣束带，按着节拍弹起了古筝。乐音传达出了我心中强烈的感慨不平，精妙的曲调悲哀而凄清。我不再流泪只是长长地叹息，我为什么会辜负对我深表同情的神灵。要知道桂树要晚至满天霜露的秋季才结实，何必要求它定要像石榴那样在春夏之季把果实结成？很晚才收获的也是好果实，只希望丈夫能够冷静下来而得到安宁。

魏明帝乐府诗二首

魏明帝曹叡(206—239),字元仲,沛国谯(今安徽亳州)人,曹丕之子,公元226年继曹丕为帝,史称魏明帝。三国魏文学家,与曹操、曹丕合称魏之"三祖"。原有集七卷,已散佚。

昭昭素明月⁽¹⁾

【题解】
这首诗的主旨是思妇怀人。

昭昭素明月⁽²⁾,辉光烛我床⁽³⁾。忧人不能寐,耿耿夜何长⁽⁴⁾。微风冲闺闼⁽⁵⁾,罗帏自飘扬。揽衣曳长带⁽⁶⁾,纵履下高堂⁽⁷⁾。东西安所之⁽⁸⁾,徘徊以彷徨。春鸟向南飞⁽⁹⁾,翩翩独翱翔。悲声命俦匹⁽¹⁰⁾,哀鸣伤我肠。感物怀所思,泣涕忽沾裳。伫立吐高吟,舒愤诉穹苍⁽¹¹⁾。

【注释】
〔1〕昭昭素明月:题目为注译者所加。在《乐府诗集》中,这首诗收入《杂曲歌辞》,为侧调曲《伤歌行》"古辞",不注作者姓名。《昭明文选》也题名为《伤歌行》"古辞"。
〔2〕明月:一作"月明"。
〔3〕烛:照。
〔4〕耿耿:心中焦灼不安的样子。《诗经·邶风·柏舟》:"耿耿不寐,如有隐忧。"
〔5〕冲:一作"吹"。　闺闼:内室。
〔6〕曳(yè):牵引,拖着。
〔7〕纵履:不穿鞋。　纵:一作"屣"。
〔8〕之:往。

〔9〕向：一作"翻"。
〔10〕俦（chóu）匹：伴侣。
〔11〕穹（qióng）苍：苍天。

【今译】

一轮明月多皎洁，明月的光辉照亮了我的卧床。我这个万般忧愁的人不能入睡，焦灼不安觉得黑夜是多么漫长。微风吹进了我的内室，锦绣的帷帐随风飘扬。我披衣而起拖着长带，不穿鞋就走出了高堂。但我不知应往东还是往西走，只是在庭院中徘徊内心彷徨。这时一只春鸟向南飞去，翩翩振翅独自翱翔。它用悲凉的鸣声呼唤着伴侣，它的悲鸣使我伤心断肠。我因物候而生出感慨更加怀想我所思念的人，眼泪落下不觉沾湿了衣裳。我久久站立在庭院中高声吟诵，尽情对苍天倾诉我的悲愤忧伤。

种瓜东井上〔1〕

【题解】

这首诗一方面表达了妻子对丈夫的深爱，另一方面也反映了古代妇女常常只能依附丈夫而不能自立，这种人身的依附往往成为妇女各种不幸和痛苦的根源。

种瓜东井上，冉冉自逾垣〔2〕。与君新为婚，瓜葛相结连〔3〕。寄托不肖躯〔4〕，有如倚太山〔5〕。菟丝无根株〔6〕，蔓延自登缘。萍藻托清流〔7〕，常恐身不全。被蒙丘山惠，贱妾执拳拳〔8〕。天日照知之，想君亦俱然。

【注释】

〔1〕种瓜东井上：题目为注译者所加。在《乐府诗集》中，这首诗收入《杂曲歌辞》，置于《乐府·行胡从何方》之后，题为"同前"。

〔2〕冉冉（rǎn）：慢慢地。　　垣（yuán）：矮墙。
〔3〕瓜葛：两种蔓生植物，常用来比喻互相联结缠绕的关系。
〔4〕不肖：自谦之词。
〔5〕太山：即泰山。
〔6〕菟丝：一年生缠绕寄生草本植物。
〔7〕萍藻：偏义复词，指浮萍。
〔8〕拳拳：忠诚、恳切的样子。

【今译】

　　种瓜种在东面井边上，瓜藤慢慢地爬过了矮墙。自从同你结为夫妻，我们就如同瓜葛永远联结相配成双。我把身躯托付给你，就像倚靠在泰山上。菟丝本来就是无根的草，只靠着藤蔓攀缘而上。浮萍也是无根而托身于清清的流水，常恐身躯不得保全失掉依傍。既然你给了我如大山一般的大恩惠，我侍奉你也定会忠诚恳切一如往常。我这拳拳之心天日都能照见，想必你也都清楚明白我的衷肠。

阮籍咏怀诗二首[1]

　　阮籍（210—263），字嗣宗，陈留尉氏（今属河南）人。魏高贵乡公在位时，封关内侯，任散骑常侍。早年本有济世之志，但生活在魏代，司马氏专权，政治黑暗，只得纵酒伴狂，寄情老庄，言谈玄远，以掩饰自己内心的极度痛苦。同时口不臧否人物，以求全身避祸。为"竹林七贤"之一。曾任步兵校尉，世称阮步兵。三国魏著名诗人，主要作品为五言《咏怀》诗八十二首。原有集十卷，已佚。明人辑有《阮步兵集》。

二妃游江滨[2]

【题解】

　　这首诗借用郑交甫江滨遇神女的故事来抒写情怀。但与故事传说不同的是,诗的前半部分从郑交甫着笔,诗的后半部分却转写神女的感慨忧思。诗中的二妃虽是神女,但也如同一般女子那样有对情爱的追求。阮籍写作此诗当有所寄托,他想借神女的故事抒发自己理想破灭的苦闷和悲哀。但诗歌形象却自有其客观的意义,那就是抒发了普天之下多情女子在爱情遭受挫折之时内心的悲伤。

　　二妃游江滨[3],逍遥从风翔[4]。交甫解环珮[5],婉娈有芬芳[6]。猗靡情欢爱[7],千载不相忘。倾城迷下蔡[8],容好结中肠[9]。感激生忧思[10],萱草树兰房[11]。膏沐为谁施[12]?其雨怨朝阳[13]。如何金石交[14],一旦更离伤。

【注释】

　　〔1〕咏怀诗:阮籍共有《咏怀》诗八十二首。唐代李善说:"嗣宗身仕乱朝,常恐罹谤遇祸,因兹发咏,故每有忧生之嗟。虽志在刺讥,而文多隐避,百代之下,难以情测。"(《文选》卷二十三《咏怀》诗注)
　　〔2〕二妃游江滨:这是八十二首《咏怀》诗中的第二首,在《昭明文选》阮籍《咏怀诗十七首》中为第二首,题目为注译者所加。
　　〔3〕二妃:指江妃二女。江妃是扬子江神女。刘向《列仙传》说,江妃二女,游于江滨,逢郑交甫,遂解珮与之,交甫受珮而去,数十步,怀中无珮,女亦不见。
　　〔4〕从:一作"顺"。
　　〔5〕解:一作"怀"。
　　〔6〕婉娈(luán):柔婉美好的样子。
　　〔7〕猗(yǐ)靡:和顺缠绵的样子。

〔8〕倾城：形容女子容貌非常美丽。李延年《歌诗》："北方有佳人，绝世而独立。一顾倾人城，再顾倾人国。" 迷下蔡：也是形容女子容貌非常美丽，使全下蔡人着迷。宋玉《登徒子好色赋》描绘东家女子的美貌时说："东家之子，增之一分则太长，减之一分则太短。著粉则太白，施朱则太赤。眉如翠羽，肌如白雪，腰如束素，齿如含贝。嫣然一笑，惑阳城，迷下蔡。"

〔9〕容：一作"客"。

〔10〕感激：情感激荡。

〔11〕萱草：相传为忘忧草。萱，一作"谖"。《诗经·卫风·伯兮》："焉得谖草，言树之背（北堂阶下）。"其意是忧思难忘，极言忧思之深。 兰房：即香闺，女子所居。

〔12〕膏沐：妇女润发的油脂。《诗经·卫风·伯兮》："自伯之东，首如飞蓬。岂无膏沐，谁适为容。"

〔13〕其雨：盼望下雨。上引《伯兮》诗有"其雨其雨，杲杲出日"之句，意思是说，心中盼望下雨，却出了太阳，事与愿违。

〔14〕金石交：金石一般坚固的交情。石，一作"磐"。

【今译】

　　两位神女在江边游玩，逍遥自在随风飘荡。郑交甫把她们所赠的玉珮藏在怀中，两位神女是那样的柔婉美好怀中玉珮还留着她们的芬芳。她们和顺缠绵表达了欢爱之情，千年万载永不会忘。她们倾城倾国的美貌可以惑阳城迷下蔡，郑交甫对她们的爱慕确是出自衷肠。因交甫的爱慕她们情感激荡而又忧思难忘，甚至想把忘忧的萱草种在闺房。梳妆打扮究竟是为了谁？盼望着下雨却偏偏出了太阳。为什么本应是金石一般坚固的情谊，一旦化成了离别断绝的悲伤。

昔日繁华子[1]

【题解】

　　这首诗写古代两位男性嬖臣向君王邀宠，这种同性之间的爱今日称为"同性恋"。诗中的嬖臣虽有得宠的欢欣，但更多的是担心失宠的忧惧。全诗写的虽是男性嬖臣,但对许多侍奉君王权贵的女子来说,也写出了她们"以色事人者花落则爱衰"的不幸与痛苦。

昔日繁华子[2],安陵与龙阳[3]。夭夭桃李花[4],灼灼有辉光[5]。悦怿若九春[6],磬折似秋霜[7]。流眄发媚姿[8],言笑吐芬芳。携手等欢爱[9],宿昔同衾裳[10]。愿为双飞鸟,比翼共翱翔。丹青著明誓[11],永世不相忘[12]。

【注释】

〔1〕昔日繁华子:这是八十二首《咏怀》诗中的第十二首,在《昭明文选》阮籍《咏怀诗十七首》中为第四首,题目为注译者所加。

〔2〕繁华子:容貌如花的美人,这里指男宠。

〔3〕安陵:春秋时代楚共王的宠臣,《说苑·权谋》说,他以颜色美壮,又表示以后愿为共王殉死,因而深得共王宠爱。 龙阳:战国时魏王的宠臣,《尚友录》说,他曾以前鱼见弃为喻,打动魏王,获得魏王专宠。

〔4〕夭夭:茂盛艳丽的样子。《诗经·周南·桃夭》:"桃之夭夭,灼灼其华。之子于归,宜其室家。"

〔5〕灼灼:鲜明的样子。

〔6〕悦怿(yì):喜爱。 九春:春季九十日,故称。

〔7〕磬(qìng)折:弯腰,表示恭敬驯服。磬,一种石制打击乐器,形如人体弯腰鞠躬。

〔8〕流眄(miǎn):目光流转顾盼。眄,一作"盼"。

〔9〕等:共,同。

〔10〕宿昔:夜晚。

〔11〕丹青:丹砂和青䒷两种可作颜料的矿物,也指中国古代绘画常用的两种颜色。因其不易泯灭,故用来比喻鲜明昭著或坚贞不渝。 明誓:清楚明白的誓言。

〔12〕永世:一作"千载"。

【今译】

从前有两位容貌如花的美男子,这就是楚王嬖臣安陵和魏王嬖臣龙阳。他们像盛开的桃李花,明艳美丽焕发容光。君王的宠爱使他们如春花怒放,而曲意逢迎又像花草遭遇了秋霜。于是他们便美目流盼尽情显示妩媚的姿态,一言一笑口吐芬芳。白天与君王携手同欢爱,夜晚侍寝同被共裳。一心只想与君王一同化为双飞鸟,比翼齐飞共翱翔。用丹青写下清楚明白的誓言,相亲相爱永世不忘。

傅玄乐府诗七首 和班氏诗一首

傅玄(217—278),字休奕,北地泥阳(今陕西耀县东南)人。魏末任安东参军、弘农太守、散骑常侍,封鹑觚男。入晋,进爵为子,历任侍中、御史中丞、司隶校尉。西晋文学家、哲学家。有集十五卷,已散佚,明人辑有《傅鹑觚集》。

乐府诗七首

青青河边草篇[1]

【题解】

与蔡邕、陈琳《饮马长城窟行》主旨相似,这首诗也是写思妇想念久役不归的丈夫。最后的哭诉充满着绝望的悲哀,撼动人心。

青青河边草,悠悠万里道[2]。草生在春时,远道还有期。春至草不生,期尽叹无声[3]。感物怀思心,梦想发中情。梦君如鸳鸯,比翼云间翔。既觉寂无见,旷如参与商[4]。梦君结同心[5],比翼游北林。既觉寂无见,旷如商与参。河洛自用固[6],不如中岳安[7]。回流不及反,浮云往自还。悲风动思心,悠悠谁知者。悬景无停居[8],忽如驰驷马。倾耳怀音响,转目泪双堕。生存无会期,要君黄泉下[9]。

【注释】

〔1〕青青河边草篇:在《乐府诗集》中,这首诗收入《相和歌辞·瑟调曲》,题为《饮马长城窟行》,同题诗共收十七首。
〔2〕悠悠:遥远的样子。
〔3〕期:一作"泣"。
〔4〕旷:空,远。
〔5〕"梦君"句:以下四句,一本无。
〔6〕河洛:黄河和洛水。　自用:自以为。
〔7〕中岳:嵩山,在河南省登封市北。
〔8〕悬景:高悬天空的太阳。
〔9〕要(yāo):同"邀",约。

【今译】

　　河边青草一片青绿,沿着大道绵延万里。青草应当萌生在春天,在万里之外服役的丈夫也应当有归来的日期。但如今春天到了青草却不萌生,归期到了仍不见丈夫归来我也只能无声地叹息。节候的变迁触发了我的相思,在梦中真情流露多么孤凄。梦见我和丈夫好像一对鸳鸯鸟,在云间飞翔比翼相依。醒来之后却空寂无所见,我们相距这般遥远就好像参商分处东西。又梦见我和丈夫誓结同心,比翼畅游在北边的树林里。醒来之后却空寂无所见,我们相距这般遥远就好像商参分处东西。我们的婚姻自以为会像河水和洛水那样的牢固,看来还比不上中岳嵩山的安稳不移。因为流水流去就不会再回来,而山间的浮云还能自在地往还飘逸。悲风吹动了我的相思情,但我深深的忧思有谁能够关切留意。高悬在天空的太阳不会停留,时光流逝快得就像驷马奋蹄。我倾耳细听希望听到丈夫归来的声响,但转眼四顾一无所见两行眼泪滚滚坠地。看来活着不会有相会的日期,我们相约在黄泉之下再双宿双栖。

苦相篇　豫章行[1]

【题解】

　　这是一首为妇女地位卑下鸣不平的诗。傅玄不但是一个文学家，也是一个哲学家。这首诗所写的不是某一个女子的具体遭遇，而是普天下女子的共同命运。妇女问题是一个社会问题，这首诗就是傅玄对这一问题的哲学思考。虽然没有在理论上给出答案，但在当时能够提出这一问题实属难能可贵。

　　苦相身为女[2]，卑陋难再陈[3]。男儿当门户[4]，堕地自生神[5]。雄心志四海，万里望风尘[6]。女育无欣爱，不为家所珍。长大避深室[7]，藏头羞见人。垂泪适他乡[8]，忽如雨绝云。低头和颜色，素齿结朱唇[9]。跪拜无复数，婢妾如严宾。情合同云汉[10]，葵藿仰阳春[11]。心乖甚水火[12]，百恶集其身。玉颜随年变，丈夫多好新。昔为形与影，今为胡与秦[13]。胡秦时相见，一绝逾参辰。

【注释】

　　[1] 苦相篇豫章行：在《乐府诗集》中，这首诗收入《相和歌辞·清调曲》，题为《豫章行苦相篇》。
　　[2] 苦相：痛苦的命相。
　　[3] 卑陋：卑微，低贱。
　　[4] 男儿：一作"儿男"。　　当门户：当家。
　　[5] 堕地：指小儿出生。
　　[6] 风尘：行旅，指在外辛苦奔走。
　　[7] 避：一作"逃"。
　　[8] 垂：一作"无"。　　适：出嫁。
　　[9] 齿：一作"颊"。

〔10〕同云汉：指牛郎织女在银河相会。同，一作"双"。云汉，银河。

〔11〕葵：向日葵。　藿：豆叶。由于葵和豆的花叶倾向太阳，故用来比喻下对上的倾慕和顺从。　仰：仰仗，依赖。

〔12〕乖（guāi）：背离，不和谐，不一致。

〔13〕胡与秦：古时中原汉人称西域和北方少数民族为胡，而西域少数民族称中原汉人为秦。胡地和秦地相距很远，因以为喻。

【今译】

女子生来就命苦，妇女地位低贱卑微难以再直陈。男子由于可当家，生下来自然有精神。他们雄心勃勃志在四海，万里奔波仆仆风尘。女子生下来却无人喜爱，不被家人视为宝珍。长大了躲在深闺之中，藏头遮脸羞于见人。等到她们流着泪嫁到外地去，忽然就像雨离开了云一样永别了家人。来到夫家只能低下头来和颜悦色地顺从，似乎受到拘束不敢轻启素齿朱唇。每天跪拜行礼不知道有多少次，对待夫家的婢妾也要像对待庄严的贵宾。与丈夫情投意合之时就像牛郎织女在银河相会，自己仰赖他也像葵藿仰慕阳春。但夫妻感情一旦破裂便形同水火，众多恶名便集中在自己之身。如玉一般的容颜也就随着年岁而改变，丈夫也多半会厌旧喜新。从前与丈夫形影不离，今天两人就像是分居在胡与秦。但分居在胡地与秦地有时还可能相见，而我们一朝决绝更超过永远不能再相见的参与辰。

有女篇　艳歌行[1]

【题解】

这是一首美女赞。诗中的女子不仅容貌秀美，而且志行高洁。此诗如有寄托，这位美丽女子的形象便是人们理想的化身。

有女怀芬芳，提提步东箱[2]。蛾眉分翠羽[3]，明目发清扬[4]。丹唇翳皓齿，秀色若珪璋。巧笑露权靥[5]，众媚不可详。容仪希世出[6]，无乃古毛嫱[7]。头安金步摇[8]，耳系明月珰[9]。珠环约素腕[10]，翠爵垂鲜光[11]。文袍缀藻黼[12]，玉体映罗裳。容华既以艳[13]，志节拟秋霜[14]。徽音贯青云[15]，声响流四方。妙哉英媛德[16]，宜配侯与王。灵应万世合，日月时相望。媒氏陈束帛[17]，羔雁鸣前堂[18]。百两盈中路[19]，起若鸾凤翔。凡夫徒踊跃，望绝殊参商[20]。

【注释】

〔1〕有女篇艳歌行：在《乐府诗集》中，这首诗收入《相和歌辞·瑟调曲》，题为《艳歌行有女篇》。

〔2〕提提：一作"媞媞"，安详舒缓的样子。　　东箱：即"东厢"。箱，一作"厢"。

〔3〕翠羽：翠色的鸟羽，喻女子之美眉。

〔4〕目：一作"眸"。　　清扬：眉目清秀。《诗经·郑风·野有蔓草》："有美一人，清扬婉兮。"

〔5〕权：通"颧"，面颊。一作"欢"。

〔6〕容：一作"令"。　　希世：世所稀有。

〔7〕无乃：莫非，岂不是。　　毛嫱（qiáng）：与西施齐名，同为古代美女。

〔8〕头安：一作"首戴"。　　步摇：古代妇女的一种首饰，上有垂珠，行走时会摇动。

〔9〕珰（dāng）：妇女戴在耳垂上的装饰品。

〔10〕约：环绕，缠束。

〔11〕爵：通"雀"，指首饰上雕刻的图形。一作"羽"。

〔12〕藻黼（fǔ）：黑白相间的花纹。

〔13〕以：一作"已"。

〔14〕秋霜：喻志节的高洁。

〔15〕徽音：美妙的声音。徽，一作"微"。　　贯：通。

〔16〕英媛：杰出的女子。

〔17〕氏：一作"人"。　　束帛：帛五匹为一束，古代用作聘礼之物。

〔18〕羔雁：羊羔和雁鹅，也是聘礼之物。

〔19〕百两：一百辆车。两，同"辆"。

〔20〕殊：一作"如"。

【今译】

　　有一位女子满怀芬芳，安详舒缓地行走在东厢房。她的蛾眉像翠鸟的毛羽，眉目清秀目光明亮。红红的嘴唇遮住了洁白的牙齿，秀丽的容色如珪似璋。笑起来脸颊上现出两个小酒窝，妩媚之处多得难以说周详。她的容貌仪态举世罕有，难道她就是古代的美女毛嫱。她头上戴着金光闪闪的步摇，明月珠挂在耳垂上。珍珠手镯套着她洁白的手腕，首饰上翠鸟的图形闪烁着明亮的光。衣袍上绣着美丽的花纹，玉体映照着丝绸的衣裳。容颜已是绝世超群，志节更是高洁如同秋霜。她美妙的名声直上青云，名声流向四面八方。美妙啊这样杰出的女子，应当婚配于侯和王。她的神采合于万世的标准，无论何时人们对她都延颈企望。众多的媒人送来束帛做聘礼，羊羔雁鹅纷纷鸣叫在前堂。一百辆车挤在道路中，启动之时就像鸾凤在飞翔。但凡夫俗子只是白白地蠢动，他们要见到这位女子就像参商相会那是毫无希望。

朝时篇　怨歌行[1]

【题解】

　　一位弃妇自剖心迹，哭诉被遗弃的悲哀。诗中这位弃妇虽遭遗弃，但却仍然深爱着自己的丈夫，其内心的痛苦可想而知。

　　昭昭朝时日[2]，皎皎晨明月[3]。十五入君门，一别终华发[4]。同心忽异离，旷如胡与越[5]。胡越有会时，参辰辽且阔。形影无仿佛[6]，音声寂无达。纤弦感促柱[7]，触之哀声发。情思如循环，忧来不可遏[8]。涂山有余恨[9]，诗人咏采葛[10]。蜻蛚吟床下[11]，回风起幽闼[12]。春荣随露落[13]，芙蓉生木末。自伤命不遇，良辰永乖别[14]。已尔可奈何[15]，譬如纨素裂。孤雌翔故巢[16]，星流光景绝。魂神驰万里，甘心要同穴。

【注释】

〔1〕朝时篇怨歌行：在《乐府诗集》中，这首诗收入《相和歌辞·楚调曲》，题为《怨歌行朝时篇》。

〔2〕昭昭：明亮的样子。

〔3〕皎皎：洁白明亮的样子。　晨：一作"最"。

〔4〕华发：花白头发，指年老。

〔5〕旷：远。　如：一作"若"。　胡：古代中原汉人称北方和西域少数民族为胡。　越：古代居于南方的越人。胡越，这里指北方和南方。

〔6〕无：一作"虽"。

〔7〕柱：琴瑟等弦乐器上的码子，一弦一柱，可调节音之高低强弱缓促。

〔8〕遏（è）：止。

〔9〕涂山：指涂山氏之女。《吕氏春秋·音初》说，大禹治水，过涂山，见涂山氏之女后，又往南去，涂山氏之女想念大禹，作歌"候人兮猗"，天天盼望大禹到来。

〔10〕采葛：指《诗经·王风·采葛》，这是一首怀念情人的诗，有"一日不见，如三秋兮"等句。

〔11〕蜻蛚（qīng liè）：蟋蟀。《诗经·豳风·七月》有"十月蟋蟀入我床下"之句，表示天气已经变得十分寒冷。

〔12〕幽闼（tà）：深闺。

〔13〕荣：花。　露：一作"路"。

〔14〕乖别：离别。

〔15〕尔：如此。

〔16〕孤雌：孤单的雌鸟，弃妇自喻。

【今译】

　　我的心十分明亮像朝日，又十分皎洁如拂晓的明月。我十五岁就嫁到你家来，一旦遭遗弃便成满头白发的老年。本是同心忽然分离，两人相距遥远就像那胡与越。胡与越还有会见的时候，参与辰相距辽远就永远不能相见。你的身影我已丝毫看不见，音声也无法传到我身边。将细弦在琴柱上调紧，抚琴弹奏一曲多么凄切。情思随着琴声回旋往复，忧愁袭来不可断绝。我像涂山氏之女那样唱起了"候人"之歌有着深深的遗憾，又像古代诗人那样吟起"一日不见如三秋兮"的《采葛》诗哀叹永别。天气变得寒冷蟋蟀已吟唱在我的床下，北风也在我的深闺中回旋。春花已随着霜露堕落，本该生在水里的荷花却开在高树巅。我自伤命运不好，在美好的日子里却与你永别。已经到了这样的境地真是无可奈何，就好像一幅美丽的丝绸被撕裂。孤单的鸟仍飞回它的故巢，流星划过天空顷刻之间光影灭绝。可是我的魂魄已飞驰到万里之外，我心甘情愿地与你相约生不能同室死也要同穴。

明月篇[1]

【题解】

一位女子担心年老色衰，丈夫喜新厌旧，会将自己抛弃。她在诗中表露了自己的忧心。在古代，妇女只能依附于男子，社会地位低下，不能掌握自己的命运，这首诗所发出的，就是她们痛苦的心声。

皎皎明月光，灼灼朝日晖[2]。昔为春茧丝[3]，今为秋女衣[4]。丹唇列素齿[5]，翠彩发蛾眉[6]。娇子多好言[7]，欢合易为姿。玉颜盛有时，秀色随年衰。常恐新间旧[8]，变故兴细微[9]。浮萍无根本[10]，非水将何依？忧喜更相接，乐极还自悲[11]。

【注释】

〔1〕明月篇：在《乐府诗集》中，这首诗收入《杂曲歌辞》。题目或作《怨诗》，或作《朗月篇》。
〔2〕灼灼：明亮的样子。
〔3〕春茧丝：春茧缫出的新丝，喻女子年轻貌美之时。茧，一作"蚕"。
〔4〕秋女衣：女子的秋衣，随着天气变冷终将被更换，喻女子年长色衰之时。
〔5〕素齿：洁白的牙齿。
〔6〕翠彩：翠鸟彩色的毛羽，形容女子之美眉。

〔7〕娇子：即娇女，娇美的女子，自指。
〔8〕间（jiàn）：离间。
〔9〕兴：起。一作"与"。　　细微：细小的事情。
〔10〕无根本：一作"本无根"。
〔11〕还自：一作"自还"。

【今译】
　　我的心地十分皎洁就像那明月光，十分明亮又像那朝日的光辉。从前我像春丝那样年轻貌美，如今却像秋衣那样担心被更换荒废。从前的我红唇露出洁白的齿，像翠鸟的毛羽一般有着弯弯的蛾眉。娇美的女子总会听到许多好话，欢会之时更容易显露出千姿百媚。但如玉般的容颜也有盛极而衰之时，秀丽的姿色会随着年岁而变得老羸。我常常担心丈夫爱上新人就会抛开我这旧人，这样重大的变故常会发生于细微。我就像浮萍没有根，离开了水还能去依靠谁？眼前忧喜更相接，乐极之时自己却感到忧惧和伤悲。

秋兰篇[1]

【题解】
　　《楚辞·九歌·少司命》说："秋兰兮麋芜，罗生兮堂下。绿叶兮素华，芳菲兮袭予。"郭茂倩解释道："兰，香草，言芳香菲菲，上及于我也。傅玄《秋兰篇》云：'秋兰荫玉池，池水且芳香。'其旨言妇人之托君子，犹秋兰之荫玉池，与《楚辞》同意。"这首诗是一位女子的歌唱，她以"秋兰""玉池"作比兴，表示自己托身于君子，希望获得诚挚而长久的爱情。

　　秋兰荫玉池[2]，池水清且芳[3]。芙蓉随风发[4]，中有双鸳鸯。双鱼自踊跃[5]，两鸟时回翔。君期历九秋[6]，与妾同衣裳[7]。

【注释】

〔1〕秋兰篇：在《乐府诗集》中，这首诗收入《杂曲歌辞》。
〔2〕荫（yìn）：遮盖，庇护。一作"映"。　玉池：美池。
〔3〕清且芳：一作"且芳香"。
〔4〕芙蓉：莲花，也称荷花。　发：生长。
〔5〕踊跃：一作"涌濯"。
〔6〕期：一作"其"。　九秋：指秋季九十天。
〔7〕同衣裳：犹同衾共枕。

【今译】

秋兰庇护着美丽的池沼，池水清澈又芳香。莲花随着微风从水中长出来，池中有一对戏水的鸳鸯。两条鱼儿也在水中涌动，两只鸟儿不时在水面上盘旋飞翔。希望你与我共同度过这美丽的秋季，与我永结同心同衾共枕同衣裳。

西长安行 [1]

【题解】

这首诗写一位女子思念离家外出的丈夫，她听说丈夫有"异心"之后，产生了复杂的心理活动。后四句用比喻形象地表达了自己欲罢不能难分难舍的复杂心态。燃香沉环，语意双关。燃香隐喻燃起昔日的情爱，沉环暗示断绝，但情思如环会越陷越深。

所思兮何在？乃在西长安。何用存问妾 [2]？香橙双珠环 [3]。何用重存问？羽爵翠琅玕 [4]。今我兮闻君 [5]，更有兮异心。香亦不可烧，环亦不可沉。香烧日有歇，环沉日自深。

【注释】

〔1〕西长安行：在《乐府诗集》中，这首诗收入《杂曲歌辞》。
〔2〕何用：用何，用什么。　存问：慰问。
〔3〕香橙（dēng）：能贮香料的毛带。橙，一作"橙"。
〔4〕羽爵：即羽觞，饮酒器，作雀形，有头尾羽翼。　琅玕（láng gān）：像珠子的美石。
〔5〕闻：一作"问"。

【今译】

　　我所思念的人在何处？就在西边的长安。他用什么来慰问我？贮香的毛带和镶嵌双珠的金环。又用什么再来慰问我？饮酒的羽觞和美丽的琅玕。今天忽然听说我的心上人，在外产生了异心。想把香燃烧但香不能烧，想把环沉水但环不能沉。香燃起来总有消歇的时候，而环沉下去就自会越沉越深。

和班氏诗⁽¹⁾

【题解】

　　秋胡戏妻的故事，古书多有记载。西汉刘向之《列女传》载："鲁秋洁妇者，鲁秋胡之妻也。既纳之五日去，而宦于陈，五年乃归。未至其家，见路傍有美妇人，方采桑而说（悦）之。下车谓曰：'力田不如逢丰年，力桑不如见国卿。今吾有金，愿以与夫人。'妇曰：'采桑力作，纺绩织以供衣食，奉二亲养。夫子已矣，不愿人之金。'秋胡遂去。归至家，奉金遗母，使人呼其妇。妇至，乃向采桑者也。妇污其行，去而东走，自投于河而死。"东晋葛洪托名西汉刘歆之《西京杂记》载："鲁人秋胡，娶妻三月，而游宦三年，休还家。其妇采桑于郊。胡至郊而不识其妻也，见而悦之，乃遗黄金一镒。妻曰：'妾有夫，游宦不返。幽闺独处，三年于兹，未有被辱于今日也。'采桑不顾，胡惭而退。至家，问：'妻何在？'曰：'行采桑于郊，未返。'既归还，乃向所挑之妇也，夫妻并惭。妻赴沂水而死。"这首诗便是以诗歌的形式，吟唱这样一个在民间广为流传的秋胡戏妻的故事。诗人对秋胡的负心给予了批评和嘲讽,但对其妻的投河自尽却认为太过分。不过设身处地地想一想,秋胡妻还能怎样做呢?

秋胡纳令室⁽²⁾,三日宦他乡⁽³⁾。皎皎洁妇姿,泠泠守空房⁽⁴⁾。燕婉不终夕⁽⁵⁾,别如参与商。忧来犹四海,易感难可防。人言生日短,愁者苦夜长。百草扬春华,攘腕采柔桑⁽⁶⁾。素手寻繁枝,落叶不盈筐。罗衣翳玉体,回目流彩章⁽⁷⁾。君子倦仕归,车马如龙骧⁽⁸⁾。精诚驰万里,既至两相忘⁽⁹⁾。行人悦令颜⁽¹⁰⁾,请息此树傍⁽¹¹⁾。诱以逢郎喻⁽¹²⁾,遂下黄金装。烈烈贞女忿,言辞厉秋霜。长驱及居室,奉金升北堂⁽¹³⁾。母立呼妇来,欢情乐未央⁽¹⁴⁾。秋胡见此妇,惕然怀探汤⁽¹⁵⁾。负心岂不惭,永誓非所望。清浊必异源⁽¹⁶⁾,鸱凤不并翔⁽¹⁷⁾。引身赴长流,果哉洁妇肠。彼夫既不淑,此妇亦太刚。

【注释】
　〔1〕和班氏诗:在《乐府诗集》中,这首诗收入《相和歌辞·清调曲》,题为《秋胡行》,同题诗共收三十二首。
　〔2〕秋胡:春秋时期鲁人,传说中"秋胡戏妻"故事的主人公。可参看卷四颜延之《秋胡诗》。纳:娶妻。　令室:美丽贤惠的妻子。
　〔3〕宦(huàn):为官。一作"官"。
　〔4〕泠泠(líng):清凉、冷清的样子。一作"冷冷"。
　〔5〕燕婉:同"嬿婉",举止安闲和顺,也指夫妻和好。
　〔6〕攘(rǎng)腕:捋袖露出手腕。
　〔7〕彩章:一作"来车"。
　〔8〕龙骧(xiāng):形容马昂首快跑有如龙昂首腾跃。
　〔9〕至:一作"去"。
　〔10〕行人:指秋胡。　颜:一作"色"。
　〔11〕请:一作"借"。　树:一作"路"。

〔12〕逢郎喻：指秋胡对采桑女说，你如果遇到公卿少年郎，就可脱离采桑力田之劳苦。

〔13〕北堂：房屋北边的居室，主妇所居，后以"北堂"代母亲。

〔14〕央：尽。

〔15〕惕然：戒惧的样子。　　探汤：把手伸进沸水里，喻戒惧。

〔16〕必：一作"自"。

〔17〕凫（fú）：水鸟，俗称"野鸭"。凫，一作"枭"。

【今译】

　　秋胡娶了一位美丽贤惠的妻子，婚后三天他便为官远赴他乡。新妇是这样的纯洁美丽，但却独守冷清的空房。夫妻和好的日子并没有持续多久，一旦分别就不再相见如同参商。忧愁袭来就像四海一样深广，这种怀人的忧思最易感知而又最难防。一般人都说日子过得太快，而满怀愁思的人却苦于黑夜太长。当百草春天开花的时候，新妇捋袖去采摘柔桑。雪白的手攀着繁枝，可是采下的桑叶还不满筐。锦绣衣裳穿在她的玉体上，回眸之时目光流转炯炯有光。这时秋胡厌倦为官辞官而归，驾车的马昂首腾跃气派堂皇。他怀着诚意奔驰万里归来，但走近家乡夫妻双方都已不再记得对方模样。远行归来的人看上了采桑女的容貌，请采桑女允许他停车休息在树旁。他便用"遇上公卿少年郎可脱力田之苦"的话语来引诱采桑女，接着还取下黄金的饰物要赠送对方。刚烈贞洁的采桑女十分愤怒，坚拒的言辞严厉得就像秋霜。秋胡驱车回到了家里，捧着黄金拜见母亲来到北堂。母亲立刻呼唤媳妇前来，此时大家感到欢乐无穷喜气洋洋。可是秋胡一见到这媳妇，心中顿时无比的惊惧恐慌。妻子对他的负心难道不觉得羞惭，对他的长相厮守的誓言又满怀失望。夫妻二人清浊必不同源，野鸭和凤凰哪能一同飞翔。于是抽身跳进长长的河流中，真果断刚强啊这洁妇的心肠。那个做丈夫的既是不好，这个做妻子的似乎也过于烈刚。

张华情诗五首　杂诗二首

张华（232—300），字茂先，范阳方城（今河北固安南）人。魏末，任佐著作郎。入晋，为黄门侍郎、中书令，后以平吴之功，封广武县侯。惠帝时，任太子少傅、右光禄大夫、司空等要职，后因拒绝参与赵王伦和孙秀的篡权活动，被杀害。西晋文学家，原有集十卷，已散佚。明人辑有《张司空集》，另有《博物志》传世。

情诗五首

其 一

【题解】

这是一首思妇诗，一位女子想念久役不归的丈夫。开头四句诗人先用第三人称来描写，接下来又用第一人称来写这位女子的哭诉。

北方有佳人，端坐鼓鸣琴。终晨抚管弦，日夕不成音。忧来结不解，我思存所钦[1]。君子寻时役[2]，幽妾怀苦心[3]。初为三载别，于今久滞淫[4]。昔邪生户牖[5]，庭内自成林[6]。翔鸟鸣翠隅，草虫相和吟。心悲易感激，俯仰泪流衿[7]。愿托晨风翼[8]，束带侍衣衾[9]。

【注释】

〔1〕存：想念。
〔2〕寻：连续不断而至。
〔3〕幽妾：幽居深闺的女子。　　心：一作"辛"。
〔4〕滞淫：长久停留。淫，一作"音"。

〔5〕昔邪（yē）：又名乌韭，生长在屋上的青苔。　户牖：门窗。
〔6〕林：一作"阴"。
〔7〕衿（jīn）：同"襟"，衣襟。
〔8〕晨风：鸟名。
〔9〕束带：整理衣裳，束紧衣带，表示恭敬。　侍：一作"视"。

【今译】

　　北方有一位美丽的女子，正端坐着弹琴。但她整个早上都在抚弄着琴弦，甚至到了晚上都弹不出动听的琴声。（她悲诉道：）忧愁袭来心结打不开，我深深思念着我所钦佩的人。你连续不断地在外服役，我幽居家中深怀苦心。最初只说离别三年，到今天却是长久滞留不能返回家门。青苔爬满了门窗，庭院里野草杂树丛生。飞鸟在青翠的墙角鸣叫，草虫也互相吟唱和鸣。心中悲伤容易为物候所感动，俯仰之间不觉眼泪已沾湿衣襟。真希望借着晨风的翅膀飞去，飞到你的身边侍候你献上我的殷勤。

其　二

【题解】

　　一位男子在月夜苦苦思念远方的情人。这位男子的痴情，通过月下幽景和梦中交合的描写，衬托得更为强烈。

　　明月曜清景(1)，胧光照玄墀(2)。幽人守静夜(3)，回身入空帷。束带俟将朝(4)，廓落晨星稀(5)。寐假交精爽(6)，觌我佳人姿(7)。巧笑媚权靥(8)，联媚眸与眉(9)。寐言增长叹(10)，凄然心独悲。

【注释】

　　〔1〕曜：照耀。
　　〔2〕胧光：月光。胧，月明的样子。
　　〔3〕幽人：幽居孤独的人。

〔4〕俟：等待。一作"侍"。
〔5〕廓落：空旷。
〔6〕寐：一作"寝"。　精：一作"情"。　爽：痛快。
〔7〕觌（dí）：见。
〔8〕权靥（yè）：指面颊。权，通"颧"。一作"欢"。靥，笑时面颊上现出的两个酒窝。
〔9〕媚：一作"娟"。
〔10〕言：语气词，无义。

【今译】
　　明月辉映着清幽的夜景，月光照亮了幽深的台阶。我这个幽居独处的人独自守着寂静的夜，转身仍旧回到空荡荡的帷帐中间。整理一下衣带等待着天放亮，这时寥廓的天空只有稀疏的几颗晨星。夜来在梦中同她欢会是那么的痛快，我又见到了我的心上人娇美的身影。她笑起来脸上现出两个动人的酒窝，一双眉眼也是无比的妩媚迷人。我又睡下只是增添了几声长叹，孤独的我心中无限的悲伤愁闷。

其　三 ⁽¹⁾

【题解】
　　一位女子在月夜苦苦思念远在他乡的丈夫。同上一首一样，这首诗写的也是恋情，但写得稍为含蓄。虽然没有梦中欢会的描写，但"衿怀拥虚景，轻衾覆空床"，同样写出了女子思恋之苦与孤单寂寞的悲凉。

　　清风动帷帘，晨月烛幽房⁽²⁾。佳人处遐远⁽³⁾，兰室无容光⁽⁴⁾。衿怀拥虚景⁽⁵⁾，轻衾覆空床。居欢惜夜促⁽⁶⁾，在戚怨宵长⁽⁷⁾。抚枕独吟叹⁽⁸⁾，绵绵心内伤⁽⁹⁾。

【注释】
〔1〕其三：在《昭明文选》张茂先《情诗二首》中这是第一首。

〔2〕烛：一作"照"。
〔3〕佳人：指丈夫。　遐（xiá）：远。
〔4〕兰室：香闺。
〔5〕衿（jīn）怀：胸怀。衿，同"襟"，一作"襟"。　拥：抱。虚：一作"灵"。　景：同"影"。
〔6〕惜：一作"愒"。
〔7〕宵：夜。
〔8〕抚：一作"拊"。　吟：一作"啸"。
〔9〕绵绵：一作"感慨"。

【今译】

　　凉风轻轻地吹动着帷帐，晓月照进了幽深的闺房。丈夫身处遥远的他乡，香闺里空寂冷漠毫无辉光。胸怀间虚抱着一个空幻的影，那轻柔的锦被覆盖着空床。从前欢会的时候只惜夜短，现在身处忧戚之中便怨夜长。轻拍着玉枕独自悲吟哀叹，心中忧思绵绵无限感伤。

其　四

【题解】

　　一位女子思念远方的丈夫，诗中她委婉地表达自己的心曲。

　　君居北海阳^(1)，妾在南江阴^(2)。悬邈修途远^(3)，山川阻且深。承欢注隆爱^(4)，结分投所钦^(5)。衔恩守笃义^(6)，万里托微心^(7)。

【注释】

〔1〕阳：山之南、水之北为"阳"。
〔2〕南江：一作"江南"。　阴：山之北、水之南为"阴"。
〔3〕悬邈：相距遥远。　修：长，远。
〔4〕注：投入。　隆：重，深。
〔5〕结分：结缘。　所钦：所钦佩深爱之人。

〔6〕衔（xián）：口含，引申为心怀。　　恩：一作"思"。　　守笃：一作"笃守"。

〔7〕微心：微薄的心意，拳拳之心。

【今译】

　　你住在北海的北面，我住在南江南面的江滨。两地相距遥远道路漫长，山丘阻隔河水深深。承蒙你给了我许多的欢爱，我们结缘终身我也深爱着我所钦佩的人。我心怀着你的恩情坚守着夫妻的道义，向万里之外的你奉上我拳拳之心。

其　五 〔1〕

【题解】

　　一位男子身处他乡，一天，来到原野之上，对自己所思慕的女子的怀念之情油然而生。诗中主人公感物兴怀，将思念之情融入眼前美景之中，描绘出情景浑然的优美意境，给人留下了美好的印象。最后四句强调亲身的体味，使抒发的情感显得更为深沉。

　　游目四野外〔2〕，逍遥独延伫〔3〕。兰蕙缘清渠〔4〕，繁华荫绿渚〔5〕。佳人不在兹，取此欲谁与？巢居觉风飘〔6〕，穴处识阴雨〔7〕。未曾远别离〔8〕，安知慕俦侣〔9〕？

【注释】

〔1〕其五：在《昭明文选》张茂先《情诗二首》中这是第二首。

〔2〕游目：放眼，随意观览。目，一作"自"。

〔3〕延伫：久立。

〔4〕兰蕙：两种香草。　　缘清渠：沿着清溪生长。

〔5〕繁华：盛开的花。　　渚（zhǔ）：水中小洲。

〔6〕巢居：指鸟。　　觉风飘：一作"知风寒"。飘，一作"飙"。

〔7〕穴处：指虫、蝼蚁之类，传说蝼蚁穴处将雨之时会将土推出地面。《汉书·翼奉传》："犹巢居知风，穴处知雨。"

〔8〕未:一作"不"。
〔9〕俦(chóu)侣:伴侣。

【今译】
　　放眼随意向四野观览,逍遥自在的我久久站立无语。只见兰草、蕙草沿着清溪生长,茂盛的花草盖满小洲一片碧绿。此时我心爱的女子不在这里,我采摘这些美丽的花朵打算给谁送去?鸟儿巢居预知寒风刮起,蝼蚁穴处先识将至的阴雨。未曾经历过远别离的人,哪里懂得思慕心中的情侣?

杂诗二首

其　一^{〔1〕}

【题解】
　　一位女子在春游时想起了远游不归的情人,发出了深深的叹息。诗中美丽景物的描写,使诗中所抒发的离情别意更为哀艳感人。

　　逍遥游春宫^{〔2〕},容与绿池阿^{〔3〕}。白蘋开素叶^{〔4〕},朱草茂丹花^{〔5〕}。微风摇茝若^{〔6〕},层波动芰荷^{〔7〕}。荣彩曜中林^{〔8〕},流馨入绮罗^{〔9〕}。王孙游不归^{〔10〕},修路邈以遐^{〔11〕}。谁与玩遗芳^{〔12〕},伫立独咨嗟^{〔13〕}。

【注释】
　　〔1〕其一:张华有《杂诗》三首,《昭明文选》选了第一首,《玉台新咏》选的是第二首、第三首,这里分别以"其一"、"其二"标题。
　　〔2〕春宫:春神之宫,东方青帝所居。《楚辞·离骚》:"溘吾游此春宫

〔3〕容与：从容安闲的样子。　　阿（ē）：凹曲的地方。　　绿：一作"缘"。

〔4〕白蘋（pín）：多年水生蕨类植物，茎横卧于浅水泥中，叶四片，呈"田"字形，开白花。　　开：一作"齐"。

〔5〕朱草：红色的瑞草。《春秋繁露·王道》："朱草生，醴泉出。"丹花：红花。

〔6〕茝（chǎi）若：白芷和杜若，都是香草。

〔7〕层：一作"增"。　　芰（jì）：菱，一年生草本植物，生在池沼中，叶呈三角形，开白花，果实叫菱角。

〔8〕荣彩：色彩艳丽的鲜花。　　中林：林中。

〔9〕馨（xīn）：散布很远的香气。

〔10〕王孙：古代贵族子弟的通称。《楚辞·招隐士》："王孙游兮不归，春草生兮萋萋。"

〔11〕修：长。　　遥：远。

〔12〕玩：欣赏。

〔13〕咨嗟（zī jiē）：叹息。

【今译】

　　我逍遥自在地在春神的宫苑中游览，从容安闲地漫步在绿水池畔。池中白蘋张开了素净的叶片，池边瑞草盛开着红色的奇葩。微风摇动着白芷和杜若，微波摇动着菱叶和荷花。色彩艳丽的鲜花在林中互相映照，飘散的馨香透过绮罗的衣裳使我遍体芳香。我那王孙公子啊久游不归，道路漫漫又远又长。谁来同我一道欣赏眼前这一片芬芳，我独自久久站立长吁短叹十分忧伤。

其　二

【题解】

　　这是一首怀念旧日"同好"的诗。

　　荏苒日月运[1]，寒暑忽流易[2]。同好游不存[3]，苕苕远离析[4]。房栊自来风[5]，户庭无行迹。蒹葭生床下[6]，蛛蝥网四壁[7]。怀思岂不隆[8]，感物重郁积[9]。游雁比翼翔，归鸿知接翮[10]。来哉彼君子[11]，无愁徒自隔[12]。

【注释】

〔1〕荏苒（rěn rǎn）：时光推移、流逝。
〔2〕流易：更替、代谢。
〔3〕同好：志趣相投的好友。　游：一作"逝"。
〔4〕苕苕：一作"迢迢"，遥远的样子。　远：一作"久"。　离析：离别，分离。
〔5〕房栊（lóng）：窗户。
〔6〕蒹葭（jiān jiā）：芦苇。
〔7〕蛛蝥（máo）：蜘蛛。
〔8〕隆：重，多。
〔9〕郁积：郁结，重压。
〔10〕接翮（hé）：翅膀相接近，以借助对方风力。翮，一作"翼"。
〔11〕彼：一作"比"。
〔12〕愁：一作"然"。

【今译】

　　时光一天天流逝，寒暑季节交替也是来去匆匆。昔日志趣相投的好友因远游不在身边，千里迢迢相距遥远难重逢。微风从窗外吹进房里，庭院中已不见好友的行踪。芦苇竟然生长在床下，蜘蛛网也挂满了墙壁帘栊。怀念旧友之情难道不深重，有感于物候思念之情又一次郁结积压在心中。远游的大雁尚且知道比翼飞翔，归来的鸿雁也知道翅膀挨着翅膀飞向长空。归来吧你这位君子啊，不要把自己隔绝起来徒然忧愁悲痛。

潘岳内顾诗二首　悼亡诗二首

潘岳（247—300），字安仁，荥阳中牟（今河南中牟）人。历任河阳令、著作郎、散骑侍郎、给事黄门侍郎等职。曾谄事贵戚贾谧，为贾谧"二十四友"之首，后遭赵王伦亲信孙秀陷害被杀。西晋文学家，原有集十卷，已散佚，明人辑有《潘黄门集》。

内顾诗二首

其　一

【题解】

一位千里服役的"远行客"想念家乡美丽的妻子。他在诗中倾诉衷肠。

静居怀所欢[1]，登城望四泽[2]。春草郁青青，桑柘何奕奕[3]。芳林振朱荣[4]，绿水激素石。初征冰未泮[5]，忽焉衿绤纷[6]。漫漫三千里，苕苕远行客[7]。驰情恋朱颜[8]，寸阴过盈尺[9]。夜愁极清晨，朝悲终日夕。山川信悠永[10]，愿言良弗获[11]。引领讯归云[12]，沉思不可释[13]。

【注释】

〔1〕所欢：所喜爱的人，指妻子。
〔2〕泽：水泽，指郊野。
〔3〕柘（zhè）：柘树，其叶可喂蚕。　　奕奕：高大美丽的样子。
〔4〕朱荣：红花。朱，一作"丹"。

〔5〕征：行。　泮（pàn）：融化。
〔6〕袗（zhěn）：单衣。一作"振"，一作"撋"。　絺（chī）：细葛布。　绤（xì）：粗葛布。
〔7〕苕苕：一作"迢迢"，遥远的样子。
〔8〕朱颜：红颜，指妻子。
〔9〕寸阴：一寸光阴。　盈尺：指直径一尺的玉璧，为贵重的宝物。《淮南子·原道训》："故圣人不贵尺之璧，而重寸之阴，时难得而易失也。"是说光阴可贵。
〔10〕信：诚，的确。　悠永：漫长遥远。
〔11〕愿：心愿，希望。　言：语气词，无义。　良：诚然。弗获：不能得到，不能实现。
〔12〕引领：伸长颈子远望。　讯：问。　云：一作"期"。
〔13〕释：解开，放下。

【今译】
　　在寂静的居室中怀念我所深爱的妻子，我登上城楼远望郊野四周的草泽。只见春草繁盛青绿，桑柘是多么的高大独特。芳香的树林盛开着鲜花，碧绿的溪水冲荡着白石。我刚服役远行之时冰雪尚未融化，忽然之间现在穿的竟是单衣夏葛。我走过了漫长的三千里，成了远离家乡的远行客。但因爱恋妻子美丽的容颜我的心早已飞回乡里，要知道短暂的相聚宝贵胜于尺璧。整夜的忧愁一直持续到天明，早上的悲痛又一直持续到天黑。受高山河流阻隔的道路确实是这么的漫长遥远，我归家的心愿也的确不能变成现实。我伸长颈子问苍天何时能归去，沉重的心结始终不能开释。

其　二

【题解】
　　同上首诗一样，这首诗也是写一位男子对妻子的思念。这位男子相信，夫妻间的分离不但不能使他们的感情疏远，反而会使他们的情分更深重，夫妻间的情谊会像松柏一般万古长青。

　　独悲安所慕？人生若朝露。绵邈寄绝域[1]，眷恋想平素⁽²⁾。尔情既来追,我心亦还顾。形体隔不达,精爽交中路⁽³⁾。不见山上松⁽⁴⁾,隆冬不易故。不见陵涧柏⁽⁵⁾,岁寒守一度。无谓希是疏⁽⁶⁾,在远分弥固⁽⁷⁾。

【注释】

〔1〕绵邈:长远。　绝域:极远的地方。
〔2〕想:一作"相"。　平素:平日,往昔。
〔3〕精爽:灵魂。
〔4〕上:一作"下"。
〔5〕陵涧:一作"涧边"。涧,一作"闲"。
〔6〕希:同"稀",稀少。　是:此,"因此"的意思。一作"见"。
〔7〕分(fèn):情分,缘分。　弥:更加。

【今译】

　　独自悲伤究竟在想些什么?我感到人生短促就像早上的白露。我寄身在遥远的他乡,却眷恋着往昔家中的欢聚。你的深情已经追到了我的身旁,我的爱心也回到了你的栖身之处。我俩的形体虽然被分离而不能会合,但我俩的灵魂却已在道路中间彼此慰抚。你难道看不见山上的松树,即使在严冬旧叶仍然不枯。你难道看不见山边涧旁的柏树,即使在年末枝叶仍是寒冬共度。不要说相见的日子稀少感情就疏远,远在他乡缘分反而更加牢固。

悼亡诗二首⁽¹⁾

其 一

【题解】

　　诗人沉痛地悼念亡妻。

荏苒冬春谢[2],寒暑忽流易[3]。之子归穷泉[4],重壤永幽隔[5]。私怀谁克从[6]?淹留亦何益[7]。俛仰恭朝命[8],回心反初役[9]。望庐思其人[10],入室想所历[11]。帏屏无仿佛[12],翰墨有余迹[13]。流芳未及歇[14],遗挂犹在壁[15]。帐幔如或存[16],回遑忡惊惕[17]。如彼翰林鸟[18],双栖一朝只[19]。如彼游川鱼,比目中路析[20]。春风缘隙来[21],晨霤依檐滴[22]。寝息何时忘?沉忧日盈积[23]。庶几有时衰[24],庄缶犹可击[25]。

【注释】

〔1〕悼亡诗二首:《昭明文选》有潘安仁《悼亡诗三首》,这里所选的是第一首和第二首。

〔2〕荏苒(rěn rǎn):时光推移、流逝。　谢:代谢,更替。

〔3〕流易:变换。

〔4〕之子:那人,指妻子。　穷泉:深泉,指地下。

〔5〕重壤:层层的土壤。

〔6〕克:能。　从:随,顺,指开导,安慰。

〔7〕淹留:滞留,久留,指在家不赴任。

〔8〕俛(mǐn)仰:一作"俛俛",勉力,努力从事。　朝命:朝廷的任命。

〔9〕回心:转念。　反:返回。　初役:指妻亡回家之前所任的官职。

〔10〕庐:住宅。

〔11〕室:内室。

〔12〕帏屏:帷帐屏风。　仿佛:形影依稀可见。

〔13〕翰墨:笔墨。

〔14〕流芳:妻子生前的衣服尚有余香。

〔15〕遗挂:妻子生前玩用之物尚挂在墙上。

〔16〕帐幔:一作"怅恍"。怅恍是神情恍惚的样子。

〔17〕回遑:同"回惶",惶恐不安。一作"周皇"。　忡(zhōng):忧虑不安。　惊惕:惊惧。

〔18〕翰林鸟:飞在林中的鸟。翰,本指鸟羽,这里指振翅高飞。

〔19〕栖：一作"飞"。　　只：单只。

〔20〕比目：鱼名。传说比目鱼雌雄各在一侧有眼，需并排才能前游。析：分开。一作"隔"。

〔21〕隙：缝隙，门缝。

〔22〕霤（liù）：顺着屋檐流下来的雨水，也指檐下盛雨水的器具。依：一作"承"。

〔23〕沉忧：深沉的忧愁。

〔24〕庶几（jī）：但愿，也许可以。表示希望。

〔25〕缶（fǒu）：瓦盆，古人歌唱时可击缶以作节拍。《庄子·至乐》说："庄子妻死，惠子吊之，庄子则方箕踞鼓盆而歌。"庄子妻死，他很悲伤，后来想到人的生死不过是"气"的自然变化，于是"鼓盆而歌"，以自作宽解，表现出一种对生死问题的达观态度。

【今译】

　　时光流逝春来冬又去，寒来暑往季节匆匆在推移。妻子亡归黄泉之下，层层土壤把我俩永远分离。心中的怀念能够向谁去倾诉？滞留家中又有何益。只得努力去执行公务，转变心情仍回原地服役。望着旧居就思念其人，走进内室就想起我俩亲身之所历。帷帐中再也看不到她的身影，房中只留下她的墨迹。她生前穿的衣服余香尚未消尽，生前玩用之物仍然挂在墙壁。帷帐之中她仿佛还活着，心中不禁惶恐惊慌。就好像那林中的飞鸟，原来双宿双飞一旦落了单孤苦无依。又好像那水中的比目鱼，原来比目而游中途却被拆散隔离。春风顺着门缝吹进来，屋檐上的水从早上开始就往下滴。寝卧休息何时能把她忘怀？深沉的忧愁层层堆积。但愿我的哀伤有衰减的时候，像庄子妻死鼓盆而歌那样排遣悲凄。

其　二

【题解】

　　诗人沉痛地悼念亡妻。《悼亡诗》是潘岳的代表作。诗人怀念亡妻，望空室而思其人，眅枕席而觉床空，痛惜重壤永隔，哀叹形单影只，情辞恳切，感人肺腑。

皎皎窗中月，照我室南端。清商应秋至[1]，溽暑随节阑[2]。凛凛凉风升[3]，始觉夏衾单。岂曰无重纩[4]，谁与同岁寒。岁寒无与同，朗月何胧胧[5]。展转盼枕席[6]，长簟竟床空[7]。床空委清尘[8]，室虚来悲风。独无李氏灵[9]，仿佛睹尔容。抚衿长叹息[10]，不觉涕沾胸。沾胸安能已，悲怀从中起[11]。寝兴目存形[12]，遗音犹在耳。上惭东门吴[13]，下愧蒙庄子[14]。赋诗欲言志，零落难具纪[15]。命也可奈何[16]？长戚自令鄙[17]。

【注释】
〔1〕清商：清凉的秋风。
〔2〕溽（rù）暑：盛夏潮湿而又闷热的气候。　阑：尽。
〔3〕凛凛：寒冷的样子。
〔4〕重纩（kuàng）：厚棉絮。
〔5〕胧胧：微明的样子。
〔6〕展转：反侧不安。
〔7〕簟（diàn）：竹席。　竟：整。
〔8〕委：舍弃。
〔9〕李氏灵：李夫人的灵魂。《汉书·外戚传》说，汉武帝所宠爱的李夫人死去，武帝哀痛不止。有方士少翁说能致其神。于是夜张灯烛，设帷帐，陈酒肉，让武帝坐在另一帐。武帝远远望去，见帐中有一女子似李夫人，但又不能走近细看，更觉悲伤。
〔10〕衿（jīn）：衣襟，上衣的前面部分。
〔11〕怀：一作"叹"。
〔12〕寝兴：睡下和坐起。
〔13〕东门吴：《列子·力命》："魏人有东门吴者，其子死而不忧。"人问其故，答道："吾常无子，无子之时不忧；今子死，乃与向无子同，臣奚忧焉。"
〔14〕蒙庄子：庄子是战国蒙人，故称。庄子妻死鼓盆而歌的事，见上首诗注。
〔15〕零落：一作"此志"。　难具：一作"具难"。　纪：录。
〔16〕命也：一作"今世"。　可：一作"诗"。

〔17〕自令：一作"令自"。　　鄙（bǐ）：鄙陋，卑微，庸俗。

【今译】

　　皎洁的月光从窗户照进来，一直照到居室的南端。清凉的秋风随着季节而至，湿热的暑气也随之消减。寒凉的秋风越吹越紧，这才觉得夏被太单。难道说是没有厚棉絮，只是谁能同我共度冬寒。冬寒无人能同我共度，明月也变得暗淡朦胧。辗转反侧顾盼着枕席，只有长席铺在整张床上显得更是空。床席已空只好把它舍弃在清尘中，空房又吹进来阵阵寒风。只有我无法让你像李夫人那样显灵，好让我在依稀恍惚中再一睹你的芳容。手抚衣襟长叹息，不觉涕泪落满襟。泪落满襟哪能停止，极度的悲伤又从心中升起。无论睡下还是坐起满眼都是你的身影，你往日的话语仍然回响在我的耳朵里。上惭子死不忧的东门吴，下愧妻亡不悲的蒙庄子。赋诗想要表达我的心意，但破碎的心和破碎的回忆又难以一一记叙。命运啊岂可奈何得了？永久的伤痛使我只能庸碌卑微地活下去。

石崇王昭君辞一首　并序

　　石崇（249—300），字季伦，渤海南皮（今河北南皮）人。初任修武令，后迁散骑常侍、侍中，又曾任荆州刺史，后入为太仆，官至卫尉卿。他富甲一时，穷奢极侈，又曾谄事权贵贾谧，为贾谧"二十四友"之一。后遭赵王伦亲信孙秀陷害被杀。原有集六卷，已佚。

王昭君辞　并序[1]

【题解】

　　汉代刘细君、王昭君远嫁异域，人们同情她们的遭遇，创作了不少歌曲，抒发哀怨之情。这首诗便是依据当时流传的哀怨乐曲创作的歌辞，是以第一人称代王昭君唱出的悲歌。从历史上看，王昭君远嫁匈奴，对于消弭战祸，促进民族和睦，自有其正面的意义。汉代史籍没有她"哀怨"的记载，最早提到她心中不乐的，是汉末蔡邕的《琴操》。文中说："昭君至单于，心思不乐，乃作《怨旷思惟歌》。"《乐府诗集·琴曲歌辞》有汉王嫱《昭君怨》，诗中道："翩翩之燕，远集西羌。高山峨峨，河水泱泱。父兮母兮，道里悠长。呜呼哀哉，忧心恻伤。"据此，其"怨"为远离家乡父母。《乐府解题》说："昭君恨帝始不见遇，乃作怨思之歌。"其"怨"则为不见遇于元帝之不幸。尽管王昭君远嫁出于她的"自愿"，但她终究是一个政治的牺牲品，令人深深同情。这首诗对昭君之怨大加点染，其叙事的婉曲、心理描绘的细腻、语言的明快畅达，使它成为同类诗作中的佼佼者。婚姻的不幸，命运的乖舛，这是古代许多妇女的共同遭遇，经过此诗的大肆渲染，王昭君便成了她们中的一个典型。诗人对红颜薄命的描写和寄予的同情，也就具有普遍的积极的意义。此外，诗中所表达的浓厚的民族感情和乡愁，也十分感人。后世著名诗人，如李白、杜甫、白居易、李商隐、欧阳修、王安石等，都有歌咏王昭君的脍炙人口的诗篇。

　　　　王明君者，本为王昭君[2]。以触文帝讳[3]，故改[4]。匈奴盛，请婚于汉，元帝诏以后宫良家女子明君配焉[5]。昔公主嫁乌孙，令琵琶马上作乐，以慰其道路之思[6]，其送明君亦必尔也。其新造之曲多哀声，故叙之于纸云尔。

　　我本汉家子，将适单于庭[7]。辞决未及终[8]，前驱已抗旌[9]。仆御涕流离[10]，辕马为悲鸣[11]。哀郁伤五内[12]，泣泪沾珠缨[13]。行行日已远，乃造匈奴城[14]。延我于穹庐[15]，加我阏氏名[16]。殊类非所安[17]，虽贵非所荣。父子见凌辱[18]，对之惭且惊。杀身良未易[19]，默默以苟生[20]。苟生亦何聊,积思常愤盈。愿假飞鸿翼,弃之以遐征[21]。飞鸿不我顾,伫立以屏营[22]。昔为匣中玉,今为粪土英。朝华不足欢[23],甘为秋草并[24]。传语后世人,远嫁难为情。

【注释】

〔1〕王昭君辞:在《乐府诗集》中,这首诗收入《相和歌辞·吟叹曲》,题为《王明君》,无自序。《乐府诗集》又收《王昭君》二十九首,《明君词》十三首,《昭君叹》二首。《昭明文选》收此诗,题为《王明君词并序》。

〔2〕本为王:一作"本名"。

〔3〕文帝:晋文帝司马昭。

〔4〕故改:一作"改焉"。

〔5〕"匈奴盛"三句:匈奴为中国古代北方的少数民族,也称为"胡",秦汉之时崛起,与汉时战时和。汉元帝时,匈奴呼韩单于请和亲,元帝便将宫女王昭君等五人赐给他。王昭君,名嫱(字昭君),南郡秭归(今属湖北)人。《后汉书·南匈奴传》说:"昭君入宫数岁,不得见御,积悲怨,乃请掖庭令求行。呼韩邪临辞大会,帝召五女以示之。昭君丰容靓饰,光明汉宫,顾景裴回,竦动左右。帝见大惊,意欲留之,而难于失信,遂与匈奴,生二子。及呼韩邪死,其前阏氏子代立,欲妻之。昭君上书求归。成帝敕令从胡俗,遂复为单于阏氏焉。"

〔6〕"昔公主"三句:《汉书·西域传》说,乌孙为汉时西域的一个小国,汉武帝以江都王刘建女细君为公主,遣嫁乌孙王昆莫。刘细君曾作歌道:"吾家嫁我兮天一方,远托异国兮乌孙王。穹庐为室兮毡为墙,以肉为食兮酪为浆。常思汉土兮心内伤,愿为黄鹄兮归故乡。"本书卷九也收了这首诗。

〔7〕单(chán)于:匈奴称其君主为单于。

〔8〕决:一作"诀",诀别,告别。

〔9〕抗旌:举旗。

〔10〕仆御:仆人、车夫。

〔11〕辕马:套在车辕上的马,即驾车的马。　为悲:一作"悲且"。

〔12〕五内:即五脏,指心、肝、脾、肺、肾。

〔13〕珠缨:用珠串联而成的颈饰。此句一作"泣涕湿朱缨"。

〔14〕乃造:一作"遂入"。造:到,至。

〔15〕延：引进，请。　穹（qióng）庐：毡帐（隆起呈拱形的屋）。
〔16〕阏氏（yān zhī）：匈奴称其君主的正妻为阏氏。
〔17〕殊类：异类，指不同的民族。
〔18〕见：被。此句是指王昭君先嫁呼韩邪单于，呼韩邪死后，按匈奴习俗，又嫁其前妻之子雕陶莫皋。
〔19〕未：一作"不"。
〔20〕苟生：苟且偷生。
〔21〕弃：一作"乘"。　遐征：远飞。
〔22〕屏（bīng）营：彷徨，惶恐。
〔23〕朝：一作"英"。　欢：一作"嘉"。
〔24〕为：一作"与"。

【今译】

（序）王明君，原名王昭君。因为后代为避晋文帝司马昭的名讳，所以改称王明君。汉时匈奴极盛之时，向汉王朝请求结为婚姻，汉元帝便下诏让后宫良家女子王明君下嫁匈奴单于。从前公主刘细君远嫁乌孙，令人用琵琶于马上行军之时奏乐，用以安慰她道路上的乡思，汉元帝时送王明君远嫁想必也是这样。那些新制作的乐曲多悲哀之声，因而我便把这种哀情在纸上铺陈出来。

我本来是汉家的女子，将远嫁到匈奴王庭。辞别的活动尚未结束，前驱已经举旗启行。仆人和车夫涕泪纵横，连驾车的马也悲哀长鸣。我哀伤忧郁已是五脏俱裂，泪水滚滚而下沾湿了珠缨。走啊走啊走得一天比一天远，终于来到了匈奴的都城。他们把我请进了毡帐，封给我阏氏王后的名称。身处异族我的心难安，虽然尊贵但我并不觉得荣耀贵盛。我又受到单于父子两代的凌辱，对此我既惭愧又心惊。想自杀却真不容易做到，只好默默无语苟且偷生。苟且偷生又有什么聊赖，愁思积累常常忧愤迭兴。我多希望借着飞雁的双翼，抛下这一切远远飞升。但飞雁并不理睬我，我只有惶恐久立心不安宁。从前身居汉宫就像匣中的美玉，如今身陷匈奴成了插在粪土之上的红英。即使是早上盛开的鲜花也不值得欢欣，我倒是心甘情愿与秋草一同凋零。寄语后世之人请你们牢记，远嫁殊方异类实在难以如愿称心。

左思娇女诗一首

左思（250—305），字太冲，齐国临淄（今山东淄博）人。出身寒微，貌丑口讷，不好交游，唯喜读书。曾官秘书郎，又曾追随贾谧，为贾谧"二十四友"之一。西晋文学家，曾构思十年，写成《三都赋》，豪贵之家，竞相传抄，洛阳为之纸贵。《咏史》诗八首，是他的代表作。原有集五卷，已散佚，后人辑有《左太冲集》。

娇 女 诗

【题解】

诗人以最大的爱心来描写自己的两个小女儿的活泼可爱。首先描写次女纨素，接着描写长女惠芳，接下来，合起来描写两个女儿。诗中描写的这两个小女孩，幼稚娇美，天真烂漫，童心尽显，活泼可爱。而诗人浓烈的父爱，也真挚感人。

吾家有娇女[1]，皎皎颇白皙[2]。小字为纨素[3]，口齿自清历[4]。鬓发覆广额[5]，双耳似连璧[6]。明朝弄梳台[7]，黛眉类扫迹[8]。浓朱衍丹唇[9]，黄吻澜漫赤[10]。娇语若连琐[11]，忿速乃明㬄[12]。握笔利彤管[13]，篆刻未期益[14]。执书爱绨素[15]，诵习矜所获[16]。

其姊字惠芳，面目粲如画[17]。轻妆喜楼边[18]，临镜忘纺绩[19]。举觯拟京兆[20]，立的成复易[21]。玩弄眉颊间，剧兼机杼役[22]。从容好赵舞，延袖像飞翮[23]。上下弦柱际[24]，文史辄卷襞[25]。顾眄屏风画，如见已指摘[26]。丹青日尘暗[27]，明义为隐赜[28]。

驰骛翔园林[29]，果下皆生摘。红葩掇紫蒂[30]，萍实骤抵掷[31]。贪华风雨中[32]，倏忽数百适[33]。务蹑霜雪戏[34]，重綦常累积[35]。并心注肴馔[36]，端坐理盘槅[37]。翰墨戢闲案[38]，相与数离逖[39]。动为垆钲屈[40]，屣履任之适[41]。止为茶荈据[42]，吹嘘对鼎䥶[43]。脂腻漫白袖，烟熏染阿锡[44]。衣被皆重地[45]，难与沉水碧[46]。任其孺子意[47]，羞受长者责。瞥闻当与杖[48]，掩泪俱向壁[49]。

【注释】

〔1〕娇女：秀美可爱的女儿。左思有二女，长女名惠芳，次女名纨素。

〔2〕皎皎：光洁的样子。　　白皙：皮肤白净。

〔3〕小字：乳名。

〔4〕清历：清楚，分明。

〔5〕广额：宽广的额头，当时习俗以此为美。

〔6〕连璧：双璧，是说两耳白润如璧。

〔7〕明朝：早晨。

〔8〕黛：墨绿色的画眉膏。

〔9〕浓朱：深红的口红。　　衍：敷抹，涂染。

〔10〕黄吻：黄口，小孩的嘴唇。　　澜漫：淋漓的样子。

〔11〕连琐：连环，指说话反复，说个不停。

〔12〕忿速：气恼，气急。　　㤥（huà）：乖戾，撒泼。

〔13〕利：贪，爱。　　彤管：红漆管的笔。

〔14〕篆刻：指儿童习字。刻指刻符，相传为秦代学童习字的八体之一。　　期：希望。　　益：进益，进步。

〔15〕绨（tí）素：用来写字的丝织品。绨是厚实的绢，素是生绢。

〔16〕矜（jīn）：夸耀。

〔17〕面：一作"两"。　　睐：一作"灿"，美好的样子。

〔18〕轻妆：淡妆。　　楼：一作"缕"。

〔19〕纺绩：纺纱绩麻。

〔20〕觯（zhì）：酒器。此字似应作"觚"（gū），通"瓠"，一种木制

的写字工具，这里用来画眉。　　拟京兆：学张敞画眉。汉宣帝时张敞为京兆尹（京城长官），曾为妻画眉，一时传为佳话。

〔21〕的：女子面部的装饰，用朱色点成。

〔22〕剧：剧烈，艰辛。　　兼：倍，超过。

〔23〕延袖：长袖。　　飞翮（hé）：飞鸟张开的翅膀。

〔24〕柱：琴瑟上系弦和调弦的木柱。

〔25〕襞（bì）：折叠。

〔26〕如见：指刚看见尚未看清楚。　　指摘：指点批评。

〔27〕丹青：两种绘画的颜料，这里指屏风上的画。

〔28〕隐赜（zé）：隐晦。

〔29〕驰骛（wù）：乱跑。

〔30〕葩（pā）：花。　　掇（duō）：拾取。　　蒂（dì）：花与枝茎相连处。

〔31〕萍实：传说产于水草中的佳美果实，食之可得福。　　骤：频繁。　　抵掷：投掷。

〔32〕华：花。

〔33〕倏忽：迅疾的样子。　　适：往。

〔34〕蹑（niè）：踏。

〔35〕綦（qí）：鞋带。

〔36〕并心：专心，全神。　　肴馔（yáo zhuàn）：肉食。

〔37〕盘核（hé）：盘果。核，同"核"，指桃、梅、枣、栗等果品。

〔38〕戢（jí）：收藏。　　闲：一作"函"。　　案：几桌。

〔39〕离逖：远离。

〔40〕鑪钲（lú zhēng）：两种乐器，当是门外卖小食者所敲。

〔41〕屣（xǐ）履：趿拉着鞋。

〔42〕荼（tú）：苦菜，可食。　　菽：豆类的总称。　　据：安坐。

〔43〕鼎鬲（lì）：古代煮食物的器物。鬲，同"鬲"。

〔44〕阿（ē）锡：即"阿缎（xī）"，阿是细缯，锡是细布。

〔45〕衣被：衣着，衣服。被，一作"破"。　　地：质地，底子。一作"施"。

〔46〕沉：一作"次"。　　水碧：碧水。

〔47〕孺子：小孩。

〔48〕瞥（piē）：见。

〔49〕掩泪：一作"泪眼"。

【今译】

　　我家有一个秀美可爱的女儿,生得白白净净十分美丽。她的小名叫纨素,说起话来口齿清晰。头发覆盖着宽广的额头,两耳白润像玉璧。早上起来在梳妆台上摆弄,画眉像是用扫帚扫出的痕迹。唇膏涂在红唇上,小嘴儿抹红红得出奇。撒娇时话语像连环说个不停,撒泼起来是因为气愤至极。写字喜欢用红漆管的好笔,但书写并不期望会有什么进益。翻弄书本只是因为喜爱那绢素,读书刚有所得就向人夸耀自己获得的成绩。

　　她的姐姐小名惠芳,她的容貌美好只有画图堪媲。她喜欢斜倚楼边学施淡妆,一走到镜前就忘了纺绩。举起笔来就学画张敞眉,学着点"的"点成又揩去。她在颜面之间妆扮玩弄,比用机杼纺绩还觉得费力而有趣。她又喜欢轻步舒缓的赵舞,舞起来两只长袖像飞鸟张开的两翼。她又喜欢调弄弦柱拨弄琴瑟,而常把文史典籍一一卷起。看了看屏风上的画,还未看清楚就指点不已。这些画日久生尘已经晦暗,画的含义也变得晦涩隐秘。

　　她们喜欢在果园中乱跑,果子未成熟也摘下来嬉戏。摘下的红花还连着茎,又把佳果频繁地抛来抛去。她们爱花担心花被风雨摧残,在风雨交加之时还多次地跑到园林里。又喜欢踏着霜雪玩耍,鞋子拖泥带水常要用几条鞋带才能紧系。进餐时她们专心注视着肉食,端坐着将盘中果品清理。常常把笔墨收起来放在几案上,两人相约一起远离逃逸。又常常被门外敲镙钲卖小食的人所诱惑,鞋未穿好便趿拉着鞋跑了出去。有时会为烹煮茶荈而安坐,还不住地对着炉子吹气。油腻弄脏了她们的白袖,火烟熏黑了她们的新衣。衣服的底色由于油污烟熏而变得五颜六色,很难放到清水中洗净污渍。这两个孩子都任性随意地玩,但又羞于受到大人的责备。当她们看见或听说当受杖责的时候,就都面向墙壁掩面而泣。

卷　三

本卷所录，全为晋（含西晋、东晋）、宋（南朝宋）作家作品。

与卷二潘岳、左思一样，本卷陆机、陆云、张协同属西晋年间的"太康文学"作家。钟嵘说："太康中，三张、二陆、两潘、一左，勃尔复兴，踵武前王，风流未沬，亦文章之中兴也。"（《诗品序》）太康诗人，以陆机为代表，他们直承陈思王曹植大写五言诗，艺术上"务为妍巧"，讲究词藻华丽，对偶工整，对后来齐梁文风的兴起与律诗的形成，有很大影响。本卷所录陆机虽多拟作（或拟汉魏古诗，或依乐府旧题），但抒写游子思妇的离别相思，仍显情感真挚，情意缠绵。

杨方、王鉴、李充、曹毗，则为东晋诗人。本卷所录诗作，也多写男女之情。王鉴《七夕观织女》、曹毗《夜听捣衣》，所用七夕、捣衣题材，颇具典型意义，对后世诗作有深远影响。值得注意的还有杨方的《合欢诗五首》。题为"合欢"，写男女之情，隐含"床笫之欢"之意。无论就题材还是题旨来说，均与后来的"宫体诗"有相通之处。因此前人说："三、四卷是宫体间见。"

陶潜（陶渊明）是人们熟知的田园诗人。他是由晋入宋之人，但在南朝宋只生活了七年，因此应为东晋诗人。本卷所录《拟古诗》，写的是佳人酣歌，抒发青春易逝之感。虽然也有对"美人迟暮"的同情，但更为重要的则是面对生命短促而引起的焦虑，流露出强烈的生命意识。陶潜曾有诗道："盛年不重来，一日难再晨。及时当勉励，岁月不待人。"（《杂诗》）

荀昶、王微、谢惠连、刘铄则是南朝宋诗人。本卷所录诗作，多为古诗、乐府的拟作。从内容上看,多写征夫思妇的离别相思,也在一定程度上反映了社会动荡、战乱频仍的现实。其中谢惠连是谢灵运族弟,人称"小谢"。本卷所录《杂诗三首》,七夕、捣衣等虽属传统题材,但文辞清丽,意境清新,将男女相思之情发挥得淋漓尽致。

陆机拟古七首　为顾彦先赠妇二首
为周夫人赠车骑一首　乐府三首

　　陆机（261—303），字士衡，吴郡吴县华亭（今上海市松江）人。出身世族，少时任吴门牙将。吴亡，十年不仕。太康末，与弟陆云同至洛阳，文才倾动一时，时称"二陆"。在晋历任太子洗马、著作郎、中书郎等职。后成都王荐为平原内史，世称陆平原。太安初，为成都王率兵讨伐长沙王，任后将军、河北大都督。因兵败被成都王杀害。西晋文学家，原有集十四卷，已散佚，宋人辑有《陆士衡集》。

拟古七首[1]

拟西北有高楼[2]

【题解】
　　一位男士听到高楼上传出琴声，不禁浮想联翩。这位男士虽然没有见过楼上的女子，但凭音乐空中传情使他确信找到了知音。这是一颗寂寞的心在寻求抚慰，他是否能如愿我们就不得而知了。

　　高楼一何峻，苕苕峻而安[3]。绮窗出尘冥[4]，飞阶蹑云端[5]。佳人抚琴瑟[6]，纤手清且闲[7]。芳草随风结[8]，哀响馥若兰[9]。玉容谁能顾[10]？倾城在一弹。伫立望日昃[11]，踯躅再三叹。不怨伫立久，但愿歌者欢。思驾归鸿羽，比翼双飞翰[12]。

【注释】

〔1〕拟古七首：拟古，是指模拟、模仿汉代无名氏的五言古诗，在字句、构思、意境上，与所模拟的古诗十分相似，但也有所创新。诗歌中有"拟古"一体，是从陆机开始的。《昭明文选》有陆士衡《拟古诗十二首》，这里的《拟古七首》全在其中。《昭明文选》有佚名之《古诗十九首》，这里的《拟古七首》所拟对象全在其中。本书（《玉台新咏》）卷一有枚乘《杂诗九首》，这里的《拟古七首》所拟对象也全在其中，但不言拟枚乘杂诗，却言拟古，耐人寻味。

〔2〕拟西北有高楼：在《昭明文选》的陆士衡《拟古诗十二首》中，为第十首。

〔3〕苕苕（tiáo）：同"岧岧"，高耸的样子。

〔4〕绮窗：雕饰美丽的窗户。　　尘冥：尘埃昏暗的地方，指大地。

〔5〕阶：一作"陛"。

〔6〕琴：一作"瑶"。

〔7〕闲：同"娴"，文雅，雍容。

〔8〕草：一作"气"。

〔9〕馥（fù）：香气。

〔10〕能：一作"得"。

〔11〕日昃（zè）：太阳偏西。

〔12〕飞翰：飞鸟。

【今译】

　　好一座高楼多么峻峭，它高高耸立稳固如山。雕饰精美的窗户远远超出尘寰，腾起的台阶伸进了云端。楼中有一位佳人正抚弄琴瑟，纤纤素手清纯而娴雅。她吐气若兰歌声随风而凝聚，哀婉的琴声像芳香的兰花在空中飘散。美丽的容貌谁能看上一眼？只弹一曲便令全城之人倾慕震撼。我驻足久立一直望着红日西沉，徘徊楼下再三赞叹。不怨不悔自己站立太久，只希望得到楼上歌者倾心喜欢。想同她一起张开北归大雁的翅膀，像鸟儿一般在蓝天上比翼飞翻。

拟东城一何高〔1〕

【题解】

　　一位男士由于世务牵累深感怅惘之时,忽然听到空中传来哀婉的歌声和悠扬的琴声,被深深打动,产生了共鸣。

　　西山何其峻,层曲郁崔嵬〔2〕。零露弥天坠〔3〕,蕙叶凭林衰。寒暑相因袭,时逝忽如遗〔4〕。三闾结飞辔〔5〕,大耋悲落晖〔6〕。曷为牵世务〔7〕,中心怅有违〔8〕。京洛多妖丽,玉颜侔琼蕤〔9〕。闲夜抚鸣琴,惠音清且悲〔10〕。长歌赴促节,哀响逐高徽〔11〕。一唱万夫欢〔12〕,再唱梁尘飞〔13〕。思为河曲鸟〔14〕,双游丰水湄〔15〕。

【注释】

　　〔1〕拟东城一何高:在《昭明文选》的陆士衡《拟古诗十二首》中,为第九首。题目一作《拟东城高且长》。
　　〔2〕崔嵬(wéi):山高大不平的样子。
　　〔3〕零露:细雨。　弥:满。
　　〔4〕遗:一作"颓"。
　　〔5〕三闾:战国时代楚国屈、景、昭三家王族,屈原曾任三闾大夫。这里的三闾指贵族子弟。　辔(pèi):驾驭牲口的嚼子和缰绳。
　　〔6〕大:一作"太"。　耋(dié):年老,七八十岁。　悲:一作"嗟"。
　　〔7〕曷(hé):同"何"。
　　〔8〕怅:一作"若"。
　　〔9〕侔(móu):相等,齐同。　琼蕤(ruí):玉花。
　　〔10〕惠音:一作"专言"。
　　〔11〕高徽:高声弹奏。徽,系弦之绳,也是音高的标志。
　　〔12〕万夫欢:司马相如《上林赋》:"奏陶唐氏之舞,听葛天氏之歌,千人唱,万人和。"欢,一作"叹"。

〔13〕梁尘飞：《七略》说，汉代鲁人虞公善歌，歌声洪亮，可以振动屋梁，使梁上尘土飞扬。

〔14〕河曲鸟：指鸳鸯。常双游于水中。河曲，河道曲折之处。

〔15〕丰水：水名。丰，一作"澧（lǐ）"。　湄（méi）：水边。

【今译】

西山是多么高峻挺拔，连绵蜿蜒而又高耸雄伟。细雨在漫天飞洒，芳美的树叶顺着树干往下坠。寒来暑往四季相交替，时光飞逝快得就好像遗弃物品难收回。豪门子弟握紧快马的缰辔，白发老人却望着落日而生悲。为什么要被世务所牵累，心中无比怅惘总觉得事与愿违。京城里有许多艳丽的女子，她们的容貌像玉花一般的娇美。不知是谁在幽静的夜晚抚弄着琴弦，悠扬的琴声凄清又伤悲。一曲长歌伴着急促的琴声传出来，哀婉的歌声跟着琴声上扬紧相随。歌罢一曲万众都欢欣，再歌一曲连梁上都振起了尘灰。我真希望同歌者化为一对河曲的鸳鸯鸟，在水草丰美的水滨双游双飞。

拟兰若生春阳 [1]

【题解】

一位男士想念他热恋中的女子，这位男士对待爱情十分执着，他相信寒冬之后必定是阳光明媚的春天。等到冰雪开始融化，他和心上人必能结成美好姻缘。

　　嘉树生朝阳 [2]，凝霜封其条。执心守时信，岁寒不敢雕 [3]。美人何其旷 [4]，灼灼在云霄。隆想弥年时 [5]，长啸入风飘 [6]。引领望天末 [7]，譬彼向阳翘 [8]。

【注释】

〔1〕拟兰若生春阳：在《昭明文选》的陆士衡《拟古诗十二首》中，为第七首。题目一作《朝阳》。

〔2〕嘉树：指梧桐，语出《诗经·大雅·卷阿》："梧桐生矣，于彼

〔3〕岁寒：年终寒冷之时。不敢雕：一作"终不凋"。雕，同"凋"，凋谢，落叶。《论语·子罕》："岁寒，然后知松柏之后雕也。"
〔4〕旷：相距遥远。
〔5〕隆：盛，多。　时：一作"月"。
〔6〕风飘：一作"飞飙"。
〔7〕引领：引长脖子。　天末：天边。
〔8〕譬：譬如，打比方。　翘（qiáo）：翘盼，翘首盼望。

【今译】

一棵高大的梧桐树被初升的太阳照耀，寒冬的霜雪封冻了它的枝条。但它诚守春天必将到来的信念，尽管已是年末岁寒却枝叶不凋。我的心上人与我相距是多么的遥远，她光彩照人却仿佛远在云霄。整年累月我都在殷切地想念，一声声长吁短叹随风远飘。我伸长脖子向天边眺望，就好像那翘首盼望太阳东升的梧桐树枝条。

拟苕苕牵牛星〔1〕

【题解】

这首诗以天上的牵牛织女，喻人间的旷男怨女，对他们分隔两地而不能团聚，表示深深的同情。

昭昭天汉晖〔2〕，粲粲光天步〔3〕。牵牛西北回〔4〕，织女东南顾。华容一何冶〔5〕，挥手如振素〔6〕。怨彼河无梁〔7〕，悲此年岁暮。跂彼无良缘〔8〕，睆焉不得度〔9〕。引领望大川〔10〕，双涕如沾露。

【注释】

〔1〕拟苕苕牵牛星：在《昭明文选》的陆士衡《拟古诗十二首》中，为第三首。苕苕，同"迢迢"，一作"迢迢"。
〔2〕昭昭：一作"炤炤"，明亮的样子。　天汉：天河，银河。天，

一作"清"。

〔3〕粲粲：鲜明的样子。　　步：行。

〔4〕牵牛：与下句"织女"均为星名。

〔5〕华容：花一般美丽的容貌。　　冶（yě）：艳丽。一作"绮"。

〔6〕素：白色的丝绸。

〔7〕河：天河。　　梁：桥梁。

〔8〕跂（qì）：抬起脚后跟（远望）。

〔9〕睆（huǎn）：星光明亮的样子。《诗经·小雅·大东》："睆彼牵牛，不以服箱。"一作"睍"，看。

〔10〕大川：指天河。

【今译】

　　明亮的天河星星无数，明亮的星星在天河里悠悠漫步。牵牛星回头朝织女所在的西北方眺望，织女星深情地向牛郎所在的东南方盼顾。织女如花似玉的容貌是那么的艳丽，挥一挥玉手就如同白练飞舞。但她深怨那天河上没有鹊桥，只能伤悲地等待让年华虚度。她抬起脚跟远望情郎却无缘相会，情郎虽然光辉明亮但却远隔漫漫长路。当她伸长脖子凝望着这浩渺天河，只见她脸颊上挂着白露般的两行泪珠。

拟青青河畔草[1]

【题解】

　　一位女子独守空房，思念久游不归的丈夫。

　　靡靡江蓠草[2]，熠耀生河侧[3]。皎皎彼姝女[4]，阿那当轩织[5]。粲粲妖容姿[6]，灼灼华美色[7]。良人游不归[8]，偏栖独只翼[9]。空房来悲风[10]，中夜起叹息。

【注释】

〔1〕拟青青河畔草：在《昭明文选》的陆士衡《拟古诗十二首》中，

〔2〕靡靡：草起伏相依的样子。　　江蓠：香草名，又名蘼芜。蓠，一作"离"。

〔3〕熠（yì）耀：光彩鲜明的样子。

〔4〕姝（shū）女：美女。

〔5〕阿那：同"婀娜"（ē nuó），姿态柔美的样子。

〔6〕妖：娇媚，艳丽。

〔7〕灼灼：花鲜艳盛开的样子。《诗经·周南·桃夭》："桃之夭夭，灼灼其华。"　　华美：一作"美颜"。

〔8〕良人：指丈夫。

〔9〕偏栖：独宿。　　独：一作"常"。

〔10〕房：一作"室"。

【今译】

芬芳的江蓠紧紧相依，生机盎然地生长在河堤。那个白皙清纯的女子，当窗织布的身影婀娜多姿。她的容貌体态妩媚娇艳，像盛开的桃花鲜美亮丽。怎奈丈夫久游不归，孤身独居像鸟儿只有一只翅翼。空荡荡的深闺中凉风乍起，只听得深更半夜传来声声叹息。

拟庭中有奇树[1]

【题解】

与《庭前有奇树》（见卷一）一样，这也是一首怀念挚友的诗，从诗中采芳寄远来看，也是一位女子想念她朝思暮想的情人。这位女子采芳不能寄远，绝望的悲哀可想而知。

欢友兰时往[2]，迢迢匿音徽[3]。虞渊引绝景[4]，四节游若飞[5]。芳草久已茂，佳人竟不归。踯躅遵林渚[6]，惠风入我怀[7]。感物恋所欢，采此欲贻谁[8]？

【注释】

〔1〕拟庭中有奇树：在《昭明文选》的陆士衡《拟古诗十二首》中，为第十一首。

〔2〕欢友：相交欢乐的朋友。　兰时：良时，指春日。

〔3〕迢迢：一作"苕苕"。　匿（nì）：隐藏，消失。　音徽：音信，消息。

〔4〕虞渊：传说中日落之处，也指黄昏。《淮南子·天文训》："日出旸谷，至于虞渊，是谓黄昏。"　景：同"影"。

〔5〕游：一作"逝"。

〔6〕遵：沿着。　林渚（zhǔ）：林中和水边。

〔7〕惠风：和风。

〔8〕贻：赠送。

【今译】

　　欢聚多时的好友在春光明媚之时竟离我而去，迢迢千里相距遥远失去了他的信息。地平线下又消失了太阳的光影，像飞一般四季在迅速地更替。芳草早已长得十分繁盛，我的心上人却没有归来的消息。我独自沿着林边和水边漫步，和风阵阵投入我的怀抱里。为物候所感更加怀念我的心上人，但采折这些芳草又能向谁远寄？

拟涉江采芙蓉 (1)

【题解】

　　一位男士，想念远在故乡的妻子。

　　上山采琼蕊 (2)，穹谷饶芳兰 (3)。采采不盈掬 (4)，悠悠怀所欢。故乡一何旷 (5)，山川阻且难。沉思钟万里 (6)，踯躅独吟叹。

【注释】

〔1〕拟涉江采芙蓉：在《昭明文选》的陆士衡《拟古诗十二首》中，为第四首。

〔2〕琼蕊（ruǐ）：玉花，珍美的花。

〔3〕穹谷：深谷。穹，一作"穷"。　　饶：多。

〔4〕掬（jū）：用两手捧。

〔5〕旷：远。

〔6〕钟：聚集，这里指钟情。

【今译】

我上山去采摘珍美的鲜花，深谷里长满了芳兰。但采啊采啊许久还采不满一把，我深深思念着我所喜爱的她。远望回归故乡的道路是这样的遥远，山川阻隔归去是多么困难。我默默沉思钟情于万里之外，但如今无奈只能在异乡徘徊独自吟叹。

为顾彦先赠妇二首[1]

【题解】

这两首诗虽然是代作的赠答诗，但由于作者能设身处地地体察人物的心境，依然真实地表达了夫妻之间因远离久别而深切思念之情。第一首是夫赠妇，第二首是妇答夫。

辞家远行游[2]，悠悠三千里。京洛多风尘，素衣化为淄[3]。修身悼忧苦[4]，感念同怀子[5]。隆思乱心曲，沉欢滞不起。欢沉难克兴，心乱谁为理？愿假归鸿翼，翻飞浙江汜[6]。

东南有思妇，长叹充幽闼[7]。借问叹何为？佳人眇天末[8]。游宦久不归[9]，山川修且阔。形影参商乖，音息旷不达。离合非有常，譬彼弦与筈[10]。愿保金石志⁽¹¹⁾，慰妾长饥渴。

【注释】

〔1〕顾彦先：顾荣，字彦先，吴人，曾任尚书郎。按题意，是陆机代顾荣写的赠妇诗，实际上，第一首是夫赠妇，第二首是妇答夫，都是陆机代作。《昭明文选》也收了这两首诗。
〔2〕游：一作"役"。
〔3〕素衣：白衣。　　缁（zī）：黑色。
〔4〕修：一作"循"。
〔5〕同怀：有相同的怀抱。　　子：你，指顾妻。
〔6〕浙：一作"游"。　　汜（sì）：同"涘"，水边。
〔7〕幽闼（tà）：深闺。
〔8〕眇（miǎo）：同"渺"，远。　　天末：天边，极远的地方。
〔9〕游宦：在外地做官。
〔10〕弦：弓弦。　　筈（kuò）：箭的末端，即射箭时搭在弓弦上的部分。
〔11〕志：一作"躯"。

【今译】

　　辞别家人到远方游宦，远离家乡三千里。京城多风沙尘土，白衣变成了黑衣。为修身使我心中万般的愁苦，念家人又令我怀想相同怀抱的你。频繁的思念搅乱了我的思绪，消失了的欢乐一直沉滞不起。欢乐一旦消失就很难再至，心乱如麻有谁来帮我整理？但愿能借到归雁的双翼，振翼高飞飞回浙江江边去。

　　东南有位沉思的女子，长叹之声充满幽深的闺闼。请问为什么会长叹，只因为我所思念的人远在天涯。异乡为宦很久都没有归来，山川阻隔道路遥远难回家。夫妻形影如同参商一般相背离，彼此行踪也久久无消息通达。人生聚散本来就难预知，就好像弓弦与箭刚搭上又分离只是白搭。但愿你长保金石般坚固的心志，以抚慰我对你如饥似渴的牵挂。

为周夫人赠车骑[1]

【题解】

这是为周夫人写给她的丈夫车骑将军的诗。这位周夫人除了想念丈夫之外,还担心丈夫有他心,忧愁而又焦虑,以致茶饭不思,诗中的描写曲尽其意。

碎碎织细练[2],为君作裈襦[3]。君行岂有顾[4],忆君是妾夫。昔者得君书,闻君在高平[5]。今时得君书,闻君在京城。京城华丽所[6],璀璨多异端[7]。男儿多远志,岂知妾念君。昔者与君别,岁聿薄将暮[8]。日月一何速,素秋坠湛露[9]。湛露何冉冉[10],思君随岁晚。对食不能飧[11],临觞不能饭[12]。

【注释】

〔1〕车骑(jì):车骑将军。车骑是将军的名号。
〔2〕碎碎:琐碎。 练:白绢。
〔3〕裈(gōu):单衣。 襦(rú):短衣。此句一作"当为君作襦"。
〔4〕顾:一作"故"。
〔5〕高平:地名,在今山西境内。
〔6〕所:一作"乡"。
〔7〕璀璨:华丽的样子。 异端:不正派的人物和事物。端,一作"人"。
〔8〕聿(yù):助词,无实义。 薄:迫近。
〔9〕素秋:秋季。秋天其色尚白,故称素秋。 湛露:浓重的露。
〔10〕冉冉:缓缓而至,指露珠缓慢下坠。
〔11〕飧(sūn):晚饭,也指吃饭。
〔12〕觞(shāng):盛酒器。

【今译】

　　把白绢织成细块,为你缝制衣服。你远行可曾想念我,我想你因为你是我的丈夫。从前接到你的书信,得知你在高平。今天又接到你的书信,得知你到了京城。京城可是个繁华富丽的地方,灯红酒绿多有不正派的人。男儿本来就多外心,但你难道不知道我无时不在思念着我的夫君。从前与你分别的时候,正靠近年终岁暮。光阴流逝多么的迅速,如今又到了秋天落下了浓浓的露。浓重的露珠坠落这么的缓慢,我对你的思念随着时光的推移从早到晚。面对着饭菜我动不了筷,面对着酒食我吃不下这顿饭。

乐府三首[1]

艳 歌 行[2]

【题解】

　　在阳光明媚的春日,诗人漫步洛水水滨,见到一群美丽的女子在轻歌曼舞,顿感心旷神怡,陶醉其中,如醉如痴,认为这次春游所见,可谓叹为观止,于是写下了这首诗。

　　扶桑升朝晖[3],照此高台端[4]。高台多妖丽[5],洞房出清颜[6]。淑貌曜皎日,惠心清且闲[7]。美目扬玉泽[8],蛾眉象翠翰[9]。鲜肤一何润,彩色若可餐[10]。窈窕多容仪,婉媚巧笑言[11]。暮春春服成,粲粲绮与纨。金雀垂藻翘[12],琼珮结瑶璠[13]。方驾扬清尘[14],濯足洛水澜[15]。蔼蔼风云会[16],佳人一何繁。南崖充罗幕,北渚盈骈轩[17]。清川含藻景[18],高岸被华丹[19]。馥馥芳袖挥[20],泠泠纤指弹。悲歌吐清音[21],雅舞播幽兰[22]。丹唇含九秋[23]，妍迹凌七盘[24]。赴曲迅惊鸿，蹈节如集鸾。绮态随颜变[25]，澄姿无定源[26]。俯仰纷阿那[27]，顾步咸可欢[28]。遗芳结飞飙[29]，浮景映清湍[30]。冶容不足咏，春游良可叹！

【注释】

〔1〕乐府三首：同于《昭明文选》所选陆士衡《乐府十七首》的最后三首。

〔2〕艳歌行：在《乐府诗集》中，这首诗收入《相和歌辞·相和曲》，题作《日出东南隅行》，同题诗共收十首。《昭明文选》题亦作《日出东南隅行》，并说："或曰罗敷艳歌。"

〔3〕扶桑：东方神木名，传说日出其下。《淮南子·天文训》："日出旸谷，浴于咸池，拂于扶桑，是谓晨明。"

〔4〕此：一作"我"。

〔5〕高台：一作"台端"。　妖丽：娇媚美丽。妖，一作"艳"。

〔6〕洞：一作"濬"。　清颜：眉目清秀的容颜。

〔7〕惠心：善良的心。　闲：同"娴"，文雅。

〔8〕玉泽：美玉的光泽，喻眼睛清澈纯净。

〔9〕翠翰：翠羽。

〔10〕彩：一作"秀"。

〔11〕媚：一作"美"。

〔12〕藻翘：多彩的羽毛。翘，鸟尾上的长羽。

〔13〕瑶璠：美玉。

〔14〕方驾：两车并驾。

〔15〕濯足：洗脚。

〔16〕蔼蔼：盛多的样子。

〔17〕軿（píng）轩：有帷幕的车。

〔18〕藻景：在阳光照耀下金光闪闪。景，同"影"。

〔19〕岸：一作"崖"。　被：同"披"。　华丹：红花。

〔20〕馥馥：芳香浓郁。

〔21〕音：一作"响"。

〔22〕舞：一作"韵"。　播：扬。　幽兰：乐曲名。

〔23〕九秋：乐曲名。

〔24〕妍（yán）：美丽。　七盘：楚舞名。

〔25〕绮（qǐ）态：美丽的姿态。
〔26〕澄：一作"沉"。　定：一作"乏"。
〔27〕阿那：同"婀娜"，柔美的样子。
〔28〕咸：都。
〔29〕飞飙（biāo）：暴风。
〔30〕清湍（tuān）：清澈的流水。

【今译】
　　东方日出光辉四射，阳光照到这座高台的顶端。高台上有许多娇媚艳丽的女子，她们眉清目秀纷纷走出闺房步履姗姗。美好的容貌同阳光交相辉映，她们内心善良清纯又娴雅。目光清澈润泽如玉，双眉如同翠羽一般。鲜洁的皮肤多么润滑，使人深感秀色可餐。身材窈窕千姿百态，轻言巧笑柔声婉转。暮春三月春服穿上身，遍身罗绮光辉灿烂。衣上绣着金雀和彩羽，佩戴着美玉瑶璠。两车并驾扬起了清尘，洗足洛水掀起了波澜。风起云涌纷纷来聚会，美女云集多得数不完。南岸紧密排列着一座座罗幕，北岸也是轩车布满。清清的河水在阳光照耀下金光闪闪，高高的河岸上开遍红花。玉袖挥动传出了浓郁的芳香，清越的乐声出自纤指轻弹。悲歌一曲发出清亮的声音，雅舞之时奏起名曲幽兰。轻启红唇吟唱九秋曲，轻展美姿舞起了七盘。依着曲调歌唱像惊鸿迅速飞起，按着节拍起舞又像飞鸾凌空而下。美姿随着容颜而改变，精湛的舞姿可说是千变万化。俯仰之间是那样的婀娜多姿，一顾盼一投足都令人喜欢。她们留下的芳香还凝聚在风中，清澈的流水中留下的倒影也未完全消散。她们美丽的容貌怎样也歌不尽，这一次春游所见所闻真令人赞叹。

前缓声歌[1]

【题解】
　　这是一首游仙诗，描写一次欢乐的神仙聚会。古人游仙，向往美丽的神仙世界，实际上是追求理想，希望摆脱尘世俗务，求得精神上的解脱或慰藉。游仙虽源于屈赋，但汉末曹操才是诗史上大量写作游仙诗的第一人，他有游仙诗《陌上桑》《秋胡行》《气出唱》

《精列》等传世。后来曹植、郭璞、李白等诗人也写过精美的游仙诗,均能"假游仙以寄慨"。

  游仙聚灵族[2],高会层城阿[3]。长风万里举,庆云郁嵯峨[4]。宓妃兴洛浦[5],王韩起泰华[6]。北征瑶台女[7],南要湘川娥[8]。肃肃霄驾动[9],翩翩翠盖罗[10]。羽旗栖琐銮[11],玉衡吐鸣和[12]。太容挥高弦[13],洪崖发清歌[14]。献酬既已周[15],轻轩垂紫霞[16]。总辔扶桑枝[17],濯足旸谷波[18]。清晖溢天门[19],垂庆惠皇家[20]。

【注释】
  [1]前缓声歌:在《乐府诗集》中,这首诗收入《杂曲歌辞》,同题诗共收四首。又收《缓歌行》三首。
  [2]灵族:神灵,神仙。
  [3]层城:即"增城",传说中的地名,神仙所居。《淮南子·地形训》:"掘昆仑虚以下地,中有增城九重,其高万一千里百一十四步二尺六寸。"一作"曾山"。 阿(ē):山的凹曲处。
  [4]庆云:即"卿云",五色云,古人认为是祥瑞之气。 嵯峨(cuó é):山势高峻。
  [5]宓(fú)妃:传说中为伏羲之女,溺死洛水,遂为洛水之神。 洛浦:洛水之滨。
  [6]王韩:指王子晋和韩众,《神仙传》说,二人都在太华山修道成仙。 泰华:华山,又称"太华山"。
  [7]征:征召。 瑶台:古人想象中神仙居住的地方。
  [8]要(yāo):同"邀",约。 湘川娥:即湘夫人娥皇、女英。传说二人均为尧帝之女,同嫁舜帝。舜南巡,死于苍梧之野。二人追至湖南,自投湘水而死,遂为湘水之神。
  [9]霄驾:指神仙所乘凌空而行的车。霄,一作"宵"。
  [10]罗:质地稀疏轻软的丝织品。
  [11]羽旗:用鸟羽装饰的旌旗。 栖:停驻,止息。 琐銮:小铃。琐,一作"琼"。
  [12]衡:车辕前端的横木。 和:车铃。

〔13〕太容：黄帝时的乐师。
〔14〕洪崖：黄帝时的伎人。
〔15〕献酬：饮酒相酬劝。
〔16〕轩乘：一作"举乘"。
〔17〕总：系结，把持。　辔（pèi）：缰绳。　扶桑：东方神木名，传说日出其下。
〔18〕濯足：洗脚。　旸（yáng）谷：传说中日出之地。旸，一作"汤"。
〔19〕天门：传说中天帝所居紫宫门。
〔20〕垂庆：垂降喜庆吉祥，即赐福。

【今译】

　　神仙纷纷来聚会，相会在高高的层城。长风万里来吹送，祥云缭绕在山陵。宓妃动身于洛水，子晋韩众从华山启程。北边召来了瑶台的仙女，南边邀来了湘水的女神。神仙的车驾庄重地启动，锦绣的车盖在风中轻快地舞动飞奔。羽旗上插着小铃，玉质横木上清脆的铃声和鸣。太容挥弦弹起高雅的乐曲，洪崖引吭发出清远的歌声。举杯劝酒众仙都劝到，登上轻车飞乘紫霞又启程。把马缰绳系在扶桑神木的树枝上，在旸谷中洗脚激起层层波纹。太阳的光辉洒满天门，赐福皇家又一次施恩。

塘　上　行[1]

【题解】

　　《乐府解题》说："陆机'江蓠生幽渚'，言妇人衰老失宠，行于塘上而为此歌，与古辞同意。"古辞指甄皇后《塘上行》，见卷二。陆机这首《塘上行》写一位女子以鲜花自喻，担心随着时光的消逝，花落香殒，色衰爱弛。这是一曲女性的悲歌，反映了古代女子常遭遗弃的悲惨命运，唱出了她们心中的哀伤。

　　江蓠生幽渚[2]，微芳不足宣。被蒙风雨会[3]，移君华池边[4]。发藻玉台下[5]，垂影沧浪渊[6]。沾润既已渥⁽⁷⁾，结根奥且坚⁽⁸⁾。四节游不处⁽⁹⁾，繁华难久鲜⁽¹⁰⁾。淑气与时殒⁽¹¹⁾，余芳随风捐。天道有迁易，人理无常全。男欢智倾愚⁽¹²⁾，女爱衰避妍⁽¹³⁾。不惜微躯退，但惧苍蝇前⁽¹⁴⁾。愿君广末光⁽¹⁵⁾，照妾薄暮年⁽¹⁶⁾。

【注释】
〔1〕塘上行：在《乐府诗集》中，这首诗收入《相和歌辞·清调曲》，同题诗共收五首。
〔2〕江蓠：香草名。　渚（zhǔ）：水中小洲，水边。
〔3〕雨：一作"云"。
〔4〕君：一作"居"。
〔5〕发藻：开花。
〔6〕沧浪渊：水色青的清泉。渊，一作"泉"。
〔7〕沾润：承受雨露，吸收水分。　渥（wò）：优厚，充分。
〔8〕奥：深。
〔9〕四节：指春夏秋冬四季。　游：一作"逝"。　处：停留。
〔10〕繁华：开得茂盛的花。一作"华繁"。
〔11〕淑气：美好的气质。　殒（yǔn）：消逝。一作"陨"。
〔12〕倾：倾覆，排挤，压倒。
〔13〕妍（yán）：美丽。
〔14〕苍蝇：喻挑拨离间、颠倒黑白的小人。《诗经·小雅·青蝇》："营营青蝇，止于樊。"郑玄注："蝇之为虫，污白使黑，污黑使白，喻佞人变乱善恶也。"
〔15〕末光：指日月的余晖。
〔16〕薄：迫近。

【今译】
　　江蓠生长在幽静的水边，淡淡的芬芳不值得播扬。有朝一日竟能风云际会，移到了华贵的池边上。她在玉台上绽放花蕊，在清水中映照出娇美的模样。承受雨露已是十分的充足，扎根深深成长茁壮。但四季交替时光不停驻，鲜花不易保持鲜艳难得久长。美好的气质随着时光而消逝，剩余的芳香也随着微风散亡。天道本来就是变动不居，人事也不可能以十全十美为经常。男子在欢爱中总是智者压倒愚者，女子在欢爱中总是色衰者向鲜妍者退让。我不惜自己微贱的身躯退让，只惧怕被奸佞之人造谣中伤。希望你继续释放出你的余辉，照耀着我不要让我晚景凄凉。

陆云为顾彦先赠妇往返四首

陆云（262—303），字士龙，吴郡吴县华亭（今上海市松江）人。少有文才，与兄陆机齐名，世称"二陆"。在晋曾任尚书郎、中书侍郎、清河内史、大将军右司马等职。后陆机被成都王杀害，陆云同时遇害。西晋文学家，原有集十二卷，已散佚，宋人辑有《陆士龙集》。

为顾彦先赠妇往返四首[1]

【题解】

这是陆云为顾荣夫妇写的一组赠答诗，虽是代言，拟言，却也写得情真意切。第一首是夫赠妇，第二首是妇答夫，第三首是夫赠妇，第四首是妇答夫。尽管丈夫一再表示用情专一，但妻子还是认为丈夫定有外遇，看来夫妻间的矛盾与隔阂并未消除。从妻子的两封回信，可以看到古代妇女常常会有的"色衰爱弛"的担忧和悲哀。

我在三川阳[2]，子居五湖阴[3]。山海一何旷[4]，譬彼飞与沉。目想清惠姿[5]，耳存淑媚音。独寐多远念，寤言抚空衿[6]。彼美同怀子[7]，非尔谁为心？

悠悠君行迈[8]，茕茕妾独止[9]。山河安可逾？永隔路万里[10]。京室多妖冶[11],粲粲都人子[12]。雅步袅纤腰[13],巧笑发皓齿[14]。佳丽良可羡[15],衰贱焉足纪[16]。远蒙眷顾言[17],衔恩非望始[18]。

翩翩飞蓬征[19],郁郁寒木荣[20]。游止固殊性[21],浮沉岂一情。隆爱结在昔[22],信誓贯三灵[23]。秉心金石固,岂从时俗倾。美目逝不顾[24],纤腰徒盈盈[25]。何用结中款[26],仰指北辰星[27]。

浮海难为水,游林难为观。容色贵及时,朝华忌日晏[28]。皎皎彼姝子[29],灼灼怀春粲。西城善雅舞[30],总章饶清弹[31]。鸣簧发丹唇[32],朱弦绕素腕[33]。轻裾犹电挥[34],双袂如霞散[35]。华容溢藻幄[36],哀响入云汉[37]。知音世所希[38],非君谁能赞[39]?弃置北辰星[40],问此玄龙焕[41]时暮勿复言[42],华落理必贱[43]。

【注释】

〔1〕顾彦先:顾荣,字彦先,吴人,曾任尚书郎。　往返:指书信往还。这是陆云代顾荣夫妇所作的四首诗,一、三首为夫赠妇,二、四首为妇答夫。《昭明文选》有陆士龙《为顾彦先赠妇二首》,只选了二、四两首,均为妇答夫之辞。

〔2〕三川:指黄河、洛水、伊水,即今河南洛阳一带。　阳:水北。

〔3〕五湖:太湖,在今江苏,也指太湖一带的湖泊。　阴:水南。

〔4〕旷:辽阔。

〔5〕目想:眼前浮现出。

〔6〕寤(wù):睡醒。　言:语助词,无义。　衿(jīn):通"衾"(qīn),被。

〔7〕同怀:有相同的怀抱。　子:你,指顾妻。

〔8〕行迈:远行,越走越远。

〔9〕茕茕(qióng):孤独无依的样子。

〔10〕隔路:一作"路隔"。

〔11〕京室:京城,指洛阳。　妖冶:指娇媚艳丽的女子。

〔12〕粲粲：光彩照人的样子。　都人：美人。　子：指女子。
〔13〕袅（niǎo）纤腰：指女子柔弱纤细的腰。袅，一作"擢"。
〔14〕皓齿：洁白的牙齿。
〔15〕羡：一作"美"。
〔16〕贱：一作"颜"。　纪：记，念。
〔17〕眷（juàn）顾：顾念，爱恋。
〔18〕衔恩：承受恩德。
〔19〕飞蓬：飞扬飘荡的蓬草。　征：行。
〔20〕寒木：指经冬耐寒而不凋的树木。
〔21〕游止：指夫妻二人处境的不同。
〔22〕隆爱：深爱。
〔23〕三灵：日、月、星，一说，指天、地、人。
〔24〕美目：与下句"纤腰"均指美女。　逝：走开。一说，通"誓"。
〔25〕盈盈：仪态轻盈美好的样子。
〔26〕中款：恳切的心情。
〔27〕北辰星：北极星。
〔28〕日晏（yàn）：日暮。
〔29〕姝（shū）子：美女。
〔30〕西城：指金墉城。陆机《洛阳记》："金墉城在宫之西北角，魏故宫人皆在其中。"
〔31〕总章：指总章观，为魏明帝所建。　饶：多。
〔32〕簧：乐器中用以发声的片状振动体，如笙所用的铜片。
〔33〕素腕：白皙的手腕。
〔34〕裾：衣服的前后部分。
〔35〕袂（mèi）：袖子。　霞：一作"雾"。
〔36〕藻榻：饰有文彩的帷榻。
〔37〕响：一作"音"。
〔38〕希：同"稀"。
〔39〕赞：称美。
〔40〕北辰星：回应上文，因其夫指北辰星发誓。
〔41〕玄龙：喻美色。　焕：鲜艳。
〔42〕勿复：一作"复何"。
〔43〕华落：花落，喻年老色衰。

【今译】

　　我滞留在三川的北面，你独居在五湖的南边。两地隔山隔海是多么的辽远，就好像那下沉的地和飞升的天。眼前时常浮现出你清秀的身影，耳畔回响着你的软语轻言。独自睡下时常常思念远方的你，一觉醒来触摸空被愈感悲切。你是一个秀丽姣美而又与我同心的女子，除了你谁还能够永远留在我的心里面？

你离家远去越走越远，留下我独守空房形单影只。无数山川河流怎能越过？永远分离相距万里。京城多有娇媚妖艳的女子，她们光彩照人多么艳丽。步态娴雅腰身柔弱纤细，巧笑妩媚露出洁白的牙齿。这样的佳丽的确值得爱慕，像我这样衰老轻贱哪里值得你挂记。承蒙你从远方捎来了眷念的书信，但受此大恩并非我开始的盼企。

我像飞扬的蓬草飘然而去，你却像寒冬的树木经冬不凋零。远游和居家本来就是不同的处境，轻快和沉重难道会是一种心情。但我们从前就已缔结了深深的情爱，诚恳的誓言贯通天地人。我秉持的良心像金石一般的坚固，怎会跟随时俗而变心。即使是眉清目秀的美女我也走开不去看，纤纤细腰对我来说也只是徒然仪态轻盈。用什么来表达我与你永结同心的忠诚，我可以抬头指着北极星作证。

浮游过大海的人再来欣赏小水流就很难，漫游过森林的人就不以小树木为可观。美丽的容貌贵在及时被人欣赏，早上盛开的鲜花最怕日落天色晚。那些白皙姣好的美女，春花一般光彩照人容光焕发。她们像金墉城的宫女擅长精美的雅舞，像总章官的乐伎多能把琴瑟弹。红唇吹笙吹出动人的声音，乐器上红色的丝弦绕着她们白皙的手腕。她们翩翩起舞衣裙像闪电一般飘动，两只袖子像云霞一般向四处飞散。花容玉貌在装饰华美的帷幕前流光溢彩，哀怨婉转的歌声直冲云汉。世上本来就知音稀少，除了你还有谁能对她们发出赞叹？你不要再提什么北极星，还是去慰问这些美女吧。天色已晚不要再说什么，年老色衰正如鲜花落地势必遭人小看。

张协杂诗一首

张协(？—307),字景阳,安平(今属河北)人。曾任秘书郎、中书侍郎、河间内史,后辞官回乡。永嘉初,征为黄门侍郎,托病不就,卒于家。西晋文学家,原有集四卷,已散佚,明人辑有《张景阳集》。

杂 诗[1]

【题解】
　　这首诗写一位女子思念远在他乡服役的丈夫,这是乱世人们饱受生离死别之苦后从心中唱出的悲歌。

　　秋夜凉风起,清气荡暄浊[2]。蜻蛚吟阶下[3],飞蛾拂明烛。君子从远役,佳人守茕独。离居几何时?钻燧忽改木[4]。房栊无行迹[5],庭草萋已绿[6]。青苔依空墙[7],蜘蛛网四屋。感物多所怀,沉忧结心曲。

【注释】
　〔1〕杂诗:在《昭明文选》所收张景阳《杂诗十首》中,这是第一首。
　〔2〕暄浊:指夏季由于闷热潮湿而滋生的霉烂气味。暄,暖。
　〔3〕蜻蛚:蟋蟀。
　〔4〕钻燧:钻木取火。燧,取火所用之木,古时钻木取火,不同的季节用不同的木。《邹子》说:"春取榆柳之火,夏取枣杏之火,季夏取桑柘之火,秋取柞楢之火,冬取槐檀之火。"改木意味着季节更替,时光流逝。
　〔5〕房栊:房舍。栊,窗户。
　〔6〕萋:草生长茂盛。　　已:一作"以"。
　〔7〕青落:即"青苔"。落,一作"苔"。

【今译】

　　秋夜凉风阵阵吹来,清凉的风洗净了空气中的潮热污浊。蟋蟀在台阶下鸣叫,飞蛾扑向点燃的蜡烛。丈夫远在他乡服役,妻子独守空房深感孤独。分居的日子究竟还会有多久?季节忽又更换钻火已改木。房舍之中早已没有了他的足迹,庭院中杂草丛生一片青绿。青苔沿着空墙往上长,蜘蛛网在房屋四周遍布。有感于物候多所怀思,深深的忧愁郁积心头难消除。

杨方合欢诗五首

　　杨方,字公回,晋代会稽(今浙江绍兴)人,有异才,司徒王导辟为掾。后转东安太守,补高梁太守。以年老辞官归家终老。

合欢诗五首[1]

【题解】

　　这是一组男女赠答诗。男女分处两地,但热烈相爱,希望结成连理,同床共枕,形影不离。题目"合欢"即是此意。第一首是男赠女,第二首是女答男,第三首是男赠女,第四首是女答男。第五首是男赠女。这一对青年男女虽然尚未结合,但他们死去活来的情爱在赠答中已发挥得淋漓尽致。

　　虎啸谷风起[2],龙跃景云浮[3]。同声好相应,同气自相求[4]。我情与子亲,譬如影追躯[5]。食共并根穗[6],饮共连理杯。衣用双丝绢[7],寝共无缝裯[8]。居愿接膝坐,行愿携手趋[9]。子静我不动,子游我无留[10]。齐彼同心鸟，譬此比目鱼。情至断金石，胶漆未为牢。但愿长无别，合形作一躯。生为并身物，死为同棺灰[11]。秦氏自言至[12]，我情不可俦[13]。

磁石招长针[14]，阳燧下炎烟[15]。宫商声相合[16]，心同自相亲。我情与子合，亦如影追身。寝共织成被，絮用同功绵[17]。暑摇比翼扇，寒坐并肩毡。子笑我必哂[18]，子戚我无欢[19]。来与子共迹，去与子同尘。齐彼蛩蛩兽[20]，举动不相捐[21]。惟愿长无别，合形作一身。生有同室好，死成并棺民。徐氏自言至[22]，我情不可陈。

独坐空室中，愁有数千端。悲响答愁叹，哀涕应苦言[23]。彷徨四顾望，白日入西山。不睹佳人来，但见飞鸟还。飞鸟亦何乐？夕宿自作群。

飞黄衔长辔[24]，翼翼回轻轮[25]。俯涉绿水涧，仰过九层山。修途曲且险[26]，秋草生两边。黄华如沓金[27]，白花如散银。青敷罗翠彩[28]，绛葩象赤云[29]。爰有承露枝[30]，紫荣合素芬[31]。扶疏垂清藻[32]，布翘芳且鲜[33]。目为艳彩回，心为奇色旋。抚心悼孤客，俯仰还自怜。跱嵼向壁叹[34]，揽笔作此文。

南邻有奇树[35]，承春挺素华[36]。丰翘被长条[37]，绿叶蔽朱柯[38]。因风吐微音[39]，芳气入紫霞。我心羡此木，愿徙著余家。夕得游其下，朝得弄其葩。尔根深且坚[40]，余宅浅且洿[41]。移植良无期[42]，叹息将如何[43]。

【注释】

〔1〕合欢诗五首：在《乐府诗集》中，这组诗收入《杂曲歌辞》。

〔2〕"虎啸"句：《周易·文言》："云从龙，风从虎，圣人作而万物睹。"《春秋元命苞》："猛虎啸，谷风起。"《淮南子·天文训》："虎啸而谷风至，龙举而景云属。"

〔3〕景云：祥云。

〔4〕"同声"二句：《周易·文言》："同声相应，同气相求。"

〔5〕影：一作"形"。

〔6〕并：一作"同"。

〔7〕用：一作"共"。

〔8〕共：一作"用"。　裯（chóu）：单被。一作"绹"。

〔9〕趋：一作"游"。

〔10〕无：一作"不"。

〔11〕棺：一作"椰"。

〔12〕秦氏：指秦嘉。秦嘉有《赠妇诗》三首，赠其妻徐淑，表达夫妻间的爱恋，见本书卷一。

〔13〕俦（chóu）：伴侣。

〔14〕招：一作"引"。

〔15〕阳燧：向日取火的铜制凹镜，下置艾绒之类，遇光即能燃火。

〔16〕宫商：古代音乐有宫、商、角、徵、羽五声音阶，称"五音"。

〔17〕絮（xù）：丝绵，也指在衣物里铺丝绵。　同功绵：用两蚕共作的茧缲成的丝绵。

〔18〕哂（shěn）：微笑。

〔19〕戚：悲。

〔20〕蛩蛩（qióng）兽：据《尔雅·释地》说，蛩蛩靠蟨觅食，有难则负蟨而走，二兽互相依赖。

〔21〕捐：弃。

〔22〕徐氏：指徐淑，秦嘉之妻。秦嘉有《赠妇诗》三首，徐淑有《答诗》一首，见本书卷一。

〔23〕言：一作"心"。

〔24〕飞黄：又名乘黄，传说中的神马，状如狐，背上有角，寿千岁。辔：马嚼子。

〔25〕翼翼：飞的样子。

〔26〕修途：长途。

〔27〕黄华：黄花。　沓（tà）：多，重复。

〔28〕青敷（fū）：青色敷其上，指大地上长满青草。敷，铺开。

〔29〕绛葩（jiàng pā）：红花。
〔30〕爰：句首语助词，无义。
〔31〕素芬：白花。
〔32〕扶疏：枝叶茂盛分披的样子。
〔33〕布翘（qiáo）：分布茂盛的样子。
〔34〕跱崛：同"踟蹰"。
〔35〕邻：一作"林"。
〔36〕素华：白花。
〔37〕丰翘：茂盛的样子。
〔38〕柯：草木的枝茎。
〔39〕微：一作"徽"。
〔40〕坚：一作"固"。
〔41〕洿（wū）：低洼。
〔42〕良无：一作"无良"。
〔43〕如何：一作"何如"。

【今译】

　　虎啸山风起，龙腾祥云浮。同声正好相应，同气自应相求。我与你相亲相爱，就像影之随形永相守。但愿同食并根的谷穗，同饮连理杯的酒。穿衣同用双丝织成的绢，睡觉同盖无缝的衾裯。居家希望能够并膝而坐，行走希望能够牵手而走。你静下来时我决不会动，你走动时我决不会停留。我们的整齐一致就好像同心的鸳鸯鸟，又好像比目鱼并排而游。我们相爱之深可以折断金石，即使投胶于漆也没有我们爱情这样牢固持久。但愿长久都不分离，将两人合为一个身首。生是一个躯体，死时同棺共柩。秦嘉自言爱妻爱得深，但怎能比得上我对你的真情深厚。

　　磁石必定吸引长针，阳燧之下必能让燃起的火烟飞升。官商之声必能相和，心同自应相亲。我与你情投意合，就好像影之随形。但愿睡觉同盖共织的被，穿衣则将"同功"绵缝制的衣穿在身。暑天共摇比翼扇，寒冬同坐并肩毡不离分。你笑之时我也必定笑，你悲之时我也不会欢欣。你来我与你同来共车迹，你去我与你同去同扬尘。我们整齐一致就好像那蛩蛩与蟨，一举一动都不相离弃恩爱深。只希望长久都不分离，将两人合为一个身。生是同室的情侣，死是同棺的人。徐淑自言爱夫爱得深，但我对你的深情却说也说不尽。

　　我独坐在空室之中，愁绪有几千端。四周的悲响应和着我的愁叹，随着心中的悲苦眼泪滚滚而下。心中彷徨向四处眺望，这时白日已经落入西山。看不见佳人到来，只看见飞鸟归还。飞鸟又有什么快乐？它的快乐就在晚上归巢自有鸟儿做伴。

　　神马飞黄衔着长长的马嚼，拉着车轻快地飞奔回还。它低头驰过绿水涧，昂首跨过九重山。漫长的道路曲折又险峻，秋草生长在道路的两边。黄花好像许多碎落的金，白花如同白银遍地播撒。草地上呈现出青翠的光彩，红花就像红云满天。又有那沾着雨露的树枝，枝上开着紫花和白花共争妍。清秀的绿藻分披下垂，生长茂盛芬芳又新鲜。你的目光会因艳彩而回顾，你的内心会因奇色而回旋。我轻拍着心头为你这位孤客而感到悲哀，俯仰之间又觉得自己十分可怜。我徘徊室中向壁而叹，提起笔来写下这诗篇。

　　南边林子里生长着一棵奇树，春天到来绽放着白花。树上布满长长的枝条，绿叶遮住了红色的枝杈。微风吹来发出动听的声音，芬芳的气息直入空中的紫霞。我的内心十分羡慕这棵树，希望将它移来种在我的家。傍晚能够畅游在树下，清晨能够欣赏它的花。但你的根扎得又深又牢固，我家土地又浅又低洼。移植过来真是遥遥无期，我长吁短叹真不知怎么办。

王鉴七夕观织女一首

　　王鉴，字茂高，堂邑（今江苏六合）人。东晋元帝时为琅玡侍郎，后拜驸马都尉，出补永兴令。大将军王敦请为记室参军，未就而卒。

七夕观织女[1]

【题解】

　　诗人外出为官，七夕之夜仰观织女星，想起家中的妻子，许多幽怨涌上心头。

　　牵牛悲殊馆[2]，织女悼离家[3]。一稔期一霄[4]，此期良可嘉。赫奕玄门开[5]，飞阁郁嵯峨[6]。隐隐驱千乘[7]，阗阗越星河[8]。六龙奋瑶辔，文螭负琼车[9]。火丹秉瑰烛[10]，素女执琼华[11]。绛旗若吐电，朱盖如振霞。云韶何嘈嗷[12]，灵鼓鸣相和[13]。亭轩纡高盼[14]，眷余在岌峨[15]。泽因芳露沾，恩附兰风加[16]。明发相从游[17]，翩翩鸾鹭罗[18]。同游不同观，念子忧怨多。敬因三祝末[19]，以尔属皇娥[20]。

【注释】

　　〔1〕七夕：农历七月初七晚上。在神话传说中，织女星和牵牛星衍化成两个神话人物。织女为天帝孙女，长年织云锦，自嫁与河西牛郎（即牵牛星）后，织乃中断。天帝大怒，责令她与牛郎分居天河（银河）两岸，只准每年七夕相会一次。传说七夕之时，乌鹊在天河上为他们搭桥，名为"鹊桥"。
　　〔2〕殊馆：别馆。
　　〔3〕悼：一作"怨"。
　　〔4〕稔（rěn）：本指庄稼成熟，引申为年。　霄：同"宵"，夜。
　　〔5〕赫奕：显耀堂皇的样子。　玄门：幽深的天门。
　　〔6〕郁：盛。　嵯峨（cuó é）：高峻。
　　〔7〕隐隐：象声词，模拟车声。
　　〔8〕阗阗（tián）：壮盛的样子。　星河：天河，银河。
　　〔9〕文螭（chī）：传说中的无角龙。

〔10〕火丹：仙女名。　　瑰（guī）：珍奇。
〔11〕素女：女神名。　　琼华：玉花。
〔12〕云韶：黄帝乐《云门》和舜乐《九韶》。　　嘈嗷：形容音乐之声嘹亮。
〔13〕灵鼓：古代一种六面鼓。
〔14〕亭：一作"停"。　　纡：一作"伫"。
〔15〕眷：反顾。　　岌峨：高危的样子。
〔16〕兰风：七月的风。古称七月为兰月。
〔17〕明发：明旦，天亮。
〔18〕鸑鷟（zhuó）：紫色的凤。　　罗：分布，排列。
〔19〕三祝：即祝长寿，祝富贵，祝多子，是华封人祝尧之语，语出《庄子·天地》。
〔20〕皇娥：传说中古帝少昊氏之母，常处璇宫而夜织，见《拾遗记》。

【今译】
　　牛郎身处别馆多少悲，织女独居一室眼泪垂。一年只有一晚能相会，这样的日子真可贵。显耀堂皇的天门忽大开，只见许多高峻的亭台楼阁。香车千辆纷纷启动，浩浩荡荡地越过了天河。六匹龙马振起玉辔，美丽的无角龙拉着宝车。仙女火丹举着珍奇的蜡烛，女神素女拿着玉花。绛红旌旗飘舞好似闪闪电光，红色车盖晃动就像摇动云霞。奏起《云门》《九韶》声音多么嘹亮，敲起灵鼓与乐声相应和。我停下车来独自站立往高处望，反观我自己置身朝廷地势巍峨。有幸得沾皇家的雨露恩泽，随着七月秋风到来又加新的恩宠优渥。明早还要随车驾出游，皇室的车驾轻快地连贯而过。但虽是同游却有不同的感受，我思念你忧思愁怨尤其多。只因我还要在朝廷为官敬列末位，只好让你仍然像织女一样独自生活。

李充嘲友人一首

李充,字弘度,东晋江夏(今湖北安陆)人。历任丞相王导掾、剡县令、大著作郎、中书侍郎。原有集二十二卷,已佚。

嘲 友 人

【题解】

"嘲友人"就是同友人开玩笑。诗中将男性友人描写成女性,而且描写成自己朝思暮想的情人,就是这样一个玩笑。虽说是玩笑,但却表达了朋友之间友谊之深厚无间。如果仅从表面所写的男女之情来看,这首诗也可说是写得情真意切。

同好齐欢爱,缠绵一何深。子既识我情,我亦知子心。嬿婉历年岁[1],和乐如瑟琴[2]。良辰不我俱,中阔似商参[3]。尔隔北山阳[4],我分南川阴。嘉会罔克从[5],积思安可任[6]。目想妍丽姿,耳存清媚音。修昼兴永念[7],遥夜独悲吟。逝将寻行役[8],言别涕沾襟。愿尔降玉趾[9],一顾重千金。

【注释】

〔1〕嬿婉:同"燕婉",举止安闲而和顺的样子,也指夫妻和好。
〔2〕瑟琴:比喻夫妻间感情和谐,语出《诗经·小雅·常棣》:"妻子好合,如鼓琴瑟。"
〔3〕商参:二星名,此出彼没,不同时出现在天空。
〔4〕阳:山之南、水之北为阳,山之北、水之南为阴。
〔5〕罔克:不能。
〔6〕任:负,承担。

〔7〕修昼：漫长的白天。

〔8〕逝：往。一说通"誓"。　　寻：旋即，不久。　　行役：外出奔走服役。

〔9〕降玉趾：玉趾降临，即光临。

【今译】

　　我们相交往同欢共爱，情意缠绵相爱多么深。你既了解我的一片真情，我也了解你的心。夫妻和顺已有若干年岁，和乐相处如鼓瑟琴。但好日子并不总是跟着我，我俩一旦远离不再相见就像商与参。你被分隔在北山的南面，我也独处在南川的南边。从此不能再相会，沉重的相思我怎能担承。眼前总是浮现出你的倩影，耳畔不断回响起你清脆娇媚的声音。漫长的白昼心头总会涌起对你的深长的思念，漫长的黑夜独处房中也会发出悲声。不久我将外出服役，一说起离别我的泪水就沾满衣襟。多么希望你能光临寒舍，我们再见一面定是价值千金。

曹毗夜听捣衣一首

　　曹毗（pí），字辅佐，东晋谯国（今安徽亳州）人。曾任著作佐郎、句章令、尚书郎、下邳太守，累迁至光禄勋。原有集十五卷，已佚。

夜听捣衣〔1〕

【题解】

　　寒冷的冬夜，耳畔传来捣衣之声，诗人顿生感慨，写了这首诗抒发情怀。诗中的这位女子因怀念滞留他乡的丈夫而悲愁嗟叹，引起诗人的深切同情。唐代诗人李白有《子夜吴歌》四首，其三道："长安一片月，万户捣衣声。秋风吹不尽，总是玉关情。何日平胡虏，良人罢远征？"

寒兴御纨素[2]，佳人理衣衿[3]。冬夜清且永[4]，皓月照堂阴[5]。纤手叠轻素，朗杵叩鸣砧[6]。清风流繁节，回飙洒微吟[7]。嗟此往运速[8]，悼彼幽滞心[9]。二物感余怀[10]，岂但声与音。

【注释】

〔1〕捣（dǎo）衣：古代洗衣的方法，将衣或衣料浸湿后放在砧（石）上，用杵（棍棒）捶打。古有琴曲《捣衣曲》，抒写妇女为远戍边地的亲人捣洗寒衣时的怀念之情。

〔2〕纨（wán）：细绢。 素：洁白的生绢。

〔3〕衿（jīn）：同"衿"、"襟"，古代指上衣的交领部分或衣下两旁遮掩裳际的地方，后来也泛指衣的前幅。

〔4〕永：长。

〔5〕皓：一作"皎"。

〔6〕杵（chǔ）：捣衣的木棒。 砧（zhēn）：捣衣时垫在下面的石块或木板。

〔7〕回飙（biāo）：旋风。

〔8〕往运速：指时光流逝很快。往，一作"嘉"。

〔9〕幽滞心：指捣衣女潜藏在心中的郁闷悲苦。

〔10〕二物：指时光流逝很快和捣衣女的苦闷悲哀。

【今译】

寒冬到来她拿着素绢，这位年轻美丽的女子要缝制衣裳。冬夜清寒又漫长，明月把堂前照亮。纤细的手叠好轻软的白绢，白晃晃的杵打在石砧上。清风中流动着急促的捣衣节奏，旋风里飘洒着轻微的吟唱。她嗟叹时光流逝太快红颜易老，我为她潜藏在心中的郁闷悲苦而哀伤。两者都使我内心感动，不只是捣衣之声进入我的心房。

陶潜拟古诗一首

陶潜（365—427），字元亮，一字渊明。一说名渊明，入宋名潜。世称靖节先生。浔阳柴桑（今江西九江）人。始任江州祭酒，不久辞官归去。晋安帝隆安年间出任镇军参军、建威参军。后求为彭泽令，但因不愿为五斗米折腰，仅八十余日便辞官归田，躬耕自食，终其身不仕。东晋著名诗人，有《陶渊明集》传世。

拟 古 诗[1]

【题解】
　　这首诗写清凉幽静之夜，美人酣歌，感叹一时之好未必能保持长久。诗人看到月儿不能常圆，花儿不能常开，联想到青春不能永驻，人也不能重返少年，因而借美人酣歌发出深深的感叹，流露出强烈的生命意识。

　　日暮天无云，春风扇微和[2]。佳人美清夜[3]，达曙酣且歌[4]。歌竟长叹息[5]，持此感人多[6]。明明云间月[7]，灼灼叶中华。岂无一时好，不久当如何？

【注释】
〔1〕拟古诗：陶潜有《拟古诗》九首，这是第七首。《昭明文选》也选了这一首。
〔2〕扇：吹。　微和：和暖的微风。
〔3〕美：赞美，喜爱。
〔4〕达曙：直到天亮。
〔5〕竟：完毕。
〔6〕此：指下面四句歌辞。
〔7〕明明：一作"皎皎"。

【今译】

　　夜幕降临天空万里无云，和暖的春风在身边轻轻吹过。美人喜爱这清凉幽静的春夜，通宵达旦且饮且歌。歌罢一曲深深叹息，吟唱下面这首歌感人最多。（歌中唱道）多么皎洁这云中的月儿，多么鲜艳这叶中的花朵。它们岂没有一时的美好，但不能保持长久又将如何？

荀昶乐府诗二首

　　荀昶，字茂祖，颍川颍阴（今河南许昌）人。南朝宋元嘉年间以文义仕至中书侍郎。

拟相逢狭路间[1]

【题解】

　　与古乐府诗《相逢狭路间》相同，这首拟作也是写一个富贵人家，而且也是突出写这户人家的三个儿子和三个媳妇。这首诗写的虽是富贵官宦人家，却反映了广大民众对富裕、欢乐、安宁、祥和的家庭生活的向往。

　　朝发邯郸邑[2]，暮宿井陉间[3]。井陉一何狭，车马不得旋[4]。邂逅相逢值[5]，崎岖交一言[6]。一言不容多，伏轼问君家。君家诚难知[7]，难知复易博[8]。南面平原居[9]，北趣相如阁[10]。飞楼临名都[11]，通门枕华郭[12]。入门无所见，但见双栖鹤。栖鹤数十双，鸳鸯群相追[13]。大兄珥金珰[14]。中兄振缨緌[15]。伏腊一来归[16],邻里生光辉。小弟无所作[17],斗鸡东陌逵[18]。大妇织纨绮,中妇缝罗衣。小妇无所作,挟瑟弄音徽[19]。丈人且却坐[20],梁尘将欲飞[21]。

【注释】

〔1〕拟相逢狭路间:在《乐府诗集》中,这首诗收入《相和歌辞·清调曲》,题为《长安有狭斜行》,同题诗共收十二首。古乐府诗有《相逢狭路间》,见本书卷一。
〔2〕邯郸:在今河北南部。
〔3〕井陉(xíng):在今河北石家庄市西面。
〔4〕旋:转头。
〔5〕邂逅(xiè hòu):不期而遇。　值:遭逢。
〔6〕崎岖:倾斜,指侧身。
〔7〕难:一作"易"。
〔8〕难:一作"易"。　博:当时方言,寻觅之意。
〔9〕平原:平原君赵胜,战国时赵人,曾三任赵相,门下食客三千。
〔10〕趣:同"趋",向。　相如:蔺相如,战国时赵人,曾任赵国上卿。
〔11〕飞楼:凌空的高楼。
〔12〕通门:直通的大门。　华郭:华丽的城郭。
〔13〕追:一作"逐"。
〔14〕珥(ěr):插,这里指插在帽上。　金珰(dāng):冠饰,黄金所制,附蝉为文,貂尾为饰。珰,一作"铛"。
〔15〕缨緌(ruí):冠带和结在下巴下面的下垂部分。　振缨:一作"缨玉蕤"。
〔16〕伏腊:夏天的伏日,冬天的腊日,都是节日。　一:一作"二"。
〔17〕作:一作"为"。
〔18〕陌逵(kuí):道路。
〔19〕弄音徽:指弹琴。徽,乐器上系弦的绳,可作音高的标志。
〔20〕坐:一作"步"。
〔21〕"梁尘"句:《七略》说,汉代鲁人虞公善歌,歌声洪亮,可以振动屋梁,使梁上尘土飞扬。

【今译】

早晨从邯郸城动身，晚上投宿于井陉的街巷。井陉的巷道是多么的狭窄，车马都不能掉头相让。偶然之间见了面，只能侧身相交谈。只问一句不多问，我伏轼恭敬地打听何处是你家。你家的确难打听，虽说难打听但却容易寻觅求索。南面对着平原君的华居，北面向着蔺相如的楼阁。凌空的高楼俯视着著名的都市，直通的大门紧挨着华丽的城郭。进门没有看见什么，只看见成双成对的白鹤。双双对对的白鹤有数十双，又看见成群相追逐的鸳鸯。大儿官帽上插着金珰，二儿官帽上的缨带晃呀晃。伏腊之时一同归来，邻里也觉生荣光。只有小儿无事做，斗鸡为戏来到东街上。大媳妇忙着织丝绢，二媳妇忙着缝制锦绣衣裳。只有三媳妇无事做，挟瑟调弦来到厅堂。她要公婆暂且坐一旁，弹奏一曲声震屋梁，梁上尘土也飞扬。

拟青青河边草[1]

【题解】

这首诗是对乐府诗古辞《饮马长城窟行》（《玉台新咏》认为是蔡邕所作，见卷一）的拟作。用意相同，用语也相近，写的是一位女子对远在他乡的丈夫的思念。

  荧荧山上火[2]。苕苕隔陇左[3]。陇左不可至，精爽通寤寐[4]。寤寐衾裯同[5]，忽觉在他邦。他邦各异邑，相逐不相及。迷墟在望烟，木落知冰坚。升朝各自进，谁肯相攀牵？客从北方来，遗我端弋绨[6]。命仆开弋绨，中有隐起珪[7]。长跪读隐珪[8]，辞苦声亦凄。上言各努力，下言长相怀。

【注释】

〔1〕拟青青河边草：在《乐府诗集》中，这首诗收入《相和歌辞·瑟调曲》，题为《青青河畔草》，同题诗共收五首。

〔2〕荧荧（yíng）：微弱光亮闪烁的样子。

〔3〕苕苕：同"迢迢"，相距遥远的样子。　　陇左：指陇山之东（古以西为右，以东为左），即陇州一带，在今陕西、甘肃交界处。

〔4〕精爽：指夫妻欢会的痛快。　　寤寐：睡觉，睡眠。

〔5〕衾（qīn）：被子。　　帱（chóu）：帐子。帱，一作"帏"。

〔6〕遗（wèi）：送。　　端：古布帛长度名，二丈为一端，二端为一匹。一说六丈为端。　　弋绨（yì tí）：黑色而又光滑厚实的丝织品。

〔7〕隐起珪：刻有文字的玉珪。隐起，凸出，高起。

〔8〕长跪：挺直腰身。古人席地而坐，其姿势是两膝跪地，臀部贴在脚后跟上。激动时便挺直腰身（两膝仍跪着），叫做"长跪"。

【今译】

山上点点火光在闪烁，丈夫远役在陇左。陇左太远我无法到达，但在睡梦中我们夫妻欢聚多快乐。梦里我们相拥在被帐，忽然醒来他却在异域他乡。各在不同的地方，我怎样追逐都追不上。远处只见一片迷茫的炊烟，叶落冰封又到了寒冷的冬天。朝日升起之时各走各的路，有谁肯带着我走到他的身边。一位客人从北方到来，送给我一端光滑厚实的丝绢。叫仆人打开这丝绢，中间玉珪上凸起的文字在眼前展现。我挺直腰身读着珪上的文字，言辞悲苦读出声来更凄切。开头说的是我俩各自当努力，末尾说的是他对我的永久的思念。

王微杂诗二首

王微（415—443），字景玄，琅玡临沂（今属山东）人。少好学，无不通览。年十六，举秀才。曾任司徒祭酒、太子中舍人等职。但他无意为官，有所任命常称疾不就。死后追赠秘书监。南朝宋文学家，原有集十卷，已散佚。

其 一

【题解】
　　这首诗记叙一位遗孀自诉丈夫为国捐躯战死沙场之后自己的悲痛。

　　桑妾独何怀[1]？倾筐未盈把[2]。自言悲苦多，排却不肯舍。妾悲叵陈诉[3]，填忧不销冶[4]。寒雁归所从，半途失凭假[5]。壮情抃驱驰[6]，猛气捍朝社[7]。常怀雪汉惭[8]，常欲复周雅[9]。重名好铭勒[10]，轻躯愿图写[11]。万里度沙漠，悬师蹈朔野[12]。传闻兵失利，不见来归者。奚处埋旍麾[13]？何处丧车马[14]？拊心悼恭人[15]，零泪覆面下[16]。徒谓久别离，不见长孤寡[17]。寂寂掩高门，寥寥空广厦。待君竟不归，收颜今就槚[18]。

【注释】
　　[1]桑妾：采桑的女子。
　　[2]倾筐：满筐，整筐。　　未盈把：抓不满一手。《诗经·周南·卷耳》："采采卷耳，不盈顷筐。嗟我怀人，置彼周行。"顷筐，浅筐。
　　[3]叵（pǒ）：不可。
　　[4]填忧：满怀忧伤。　　销冶：消失，化解。
　　[5]凭假：凭借，依靠，指丈夫。
　　[6]抃（biàn）：鼓掌，表示欢欣。
　　[7]朝社：朝廷社稷。
　　[8]雪汉惭：当作"云汉惭"。《诗经·大雅·云汉》写大旱之时周宣王求神祈雨。云汉惭是指未能为国分忧为民消灾的愧疚。雪，一作"云"。
　　[9]复周雅：恢复周礼之雅正。
　　[10]铭勒：建功立业后，把功绩和姓名刻在金石上，铭指在青铜器等器物上刻铸铭文纪功，勒指在石山上刻字纪功。勒，刻。

〔11〕图写：指将功臣的相貌画在台阁的壁上，供人瞻仰。
〔12〕悬师：深入敌方的孤军。　　朔野：北方的原野。
〔13〕奚处：何处。　　旌麾（jīng huī）：帅旗。旍，同"旌"。
〔14〕丧车马：丢失了车马。《诗经·邶风·击鼓》："爱居爱处，爰丧其马。于以求之，于林之下。"
〔15〕拊（fǔ）：拍。　　恭人：宽和谦恭之人，指丈夫。
〔16〕零：落。
〔17〕孤寡：孤儿寡妇。
〔18〕就槚（jiǎ）：指进入坟墓。槚，树名，即楸，古时常同松树一起种在坟墓前。

【今译】

　　一位采桑的女子独自一人在想什么？筐中的桑叶抓起来还不满一把。她自诉心中有许多悲苦，尽力排遣也驱不散。（她说）我的悲痛很难向人倾诉，心中充满忧伤不能消失融化。寒冬的大雁总要追随它的雁群，我在人生旅途中却失掉了我所依靠的亲密的伙伴。他当初满怀豪情高兴地在疆场上驰骋，气势刚烈去捍卫国家。常常为了未能为国分忧为民除害而愧疚，一心想要反正拨乱。他重视名声追求刻石纪功，他勇于牺牲希望画像能在云台上悬挂。他横渡万里沙漠，孤军深入北方的戈壁滩。忽然传来消息说战事失利，没有见到出征将士有谁归家。什么地方掩埋了帅旗？什么地方丧失了车马？用力捶胸痛悼我的丈夫，眼泪在脸上滚滚落下。平日只是说长久的别离，想不到今日竟是永远的儿孤妇寡。掩上高门一片静寂，只留下这空荡荡的高楼广厦。我多日的等待盼望最后丈夫竟然永不归来，强收泪颜如今就等待着就木吧。

其　二 〔1〕

【题解】

　　这首诗写思妇对征夫的绵绵相思。开头四句用第三人称来叙述，接着用第一人称代思妇说出心中的话语。诗中写景，纯用白描。牛羊入圈，鸟雀归巢，有力地反衬出丈夫不归、思妇独处的孤寂和哀伤。诗的意境显然从《诗经》中的《君子于役》脱胎而来，但凭轩弄弦，哀歌送言，使原来的意境有了新的拓展。

　　思妇临高台，长想凭华轩[2]。弄弦不成曲，哀歌若送言[3]。箕帚留江介[4]，良人处雁门[5]。讵忆无衣苦[6]，但知狐白温[7]。日暗牛羊下[8]，野雀满空园。孟冬寒风起[9]，东壁正中昏[10]。朱火独照人，抱景自愁怨[11]。谁知心曲乱？所思不可论[12]。

【注释】
　　[1]其二：《昭明文选》选了这首诗，题为《杂诗》。
　　[2]轩：栏杆。
　　[3]若送：一作"送若"。
　　[4]箕帚：代指妇女。箕是簸箕，帚是扫帚，是妇女做家务事常用之物，因而用来作妇女的代称。　　江介：江岸，江边。
　　[5]良人：妇女称丈夫为良人。　　雁门：郡名，在今山西北部广武、代县一带，唐代在此置雁门关。
　　[6]讵（jù）：岂，怎。
　　[7]狐白：白狐裘，用狐腋下毛皮制成的裘服。
　　[8]牛羊下：牛羊走下山坡回家。《诗经·王风·君子于役》："日之夕矣，羊牛下来。"
　　[9]孟冬：初冬，夏历十月。
　　[10]东壁：星官名，即二十八宿中的壁宿。室、壁两宿同属北方玄武七宿，因壁宿在东，故又称东壁。
　　[11]"朱火"二句：一作"抱影自愁怨，朱火独照人"。景，同"影"。
　　[12]论：通"伦"，条理，顺序。

【今译】
　　一位怀抱相思的女子独自登临高台，倚靠着华丽的栏杆浮想翩翩。拨弄琴弦却弹不成曲调，哀歌一曲似乎要传送万语千言。我这个弱女子独守在长江边，丈夫远在雁门前线。我怎能了解你没有寒衣的痛苦,只知道自己穿着白狐裘度冬节。黄昏之时牛羊从山坡上走回家,野雀停满了空寂的庭院。孟冬十月寒风刮起,东壁星也已经沉到了西边。红色的烛火只照着我人一个,我只好抱着孤影自艾自怨。谁知道我心里有多乱?我的思绪纷乱再也无法恢复有序而井然。

谢惠连杂诗三首

谢惠连(397或407—433),陈郡阳夏(今河南太康)人,谢灵运族弟,世称"小谢"。南朝宋文帝时曾任司徒彭城王刘义康法曹参军。南朝宋文学家,原有集六卷,已散佚,明人辑有《谢法曹集》。

七月七日咏牛女[1]

【题解】

神话传说中的牛郎织女,每年只能在七夕之夜相会。诗人通过对牛郎织女的咏叹,对普天之下真诚相爱但不能欢聚相亲的青年男女表示了由衷的同情。

落日隐榈楄[2],升月照房栊[3]。团团满叶露,析析振条风[4]。蹀足循广涂[5],瞬目眺层穹[6]。云汉有灵匹[7],弥年阙相从[8]。遐川阻昵爱[9],修渚旷清容[10]。弄杼不成彩[11],耸辔惊前踪[12]。昔离秋已两[13],今聚夕无双[14]。倾河易回幹[15],款颜难久悰[16]。沃若灵驾旋[17]，寂寥云幄空[18]。留情顾华寝，遥心逐奔龙[19]。沉吟为尔感，情深意弥重。

【注释】

〔1〕七月七日咏牛女：《昭明文选》选了这首诗，题为《七月七日夜咏牛女》。

〔2〕楹（yán）：檐下的走廊。一作"檐"。　楹：厅堂前部的柱子。

〔3〕房：一作"帘"。　栊：窗上的木条，也就是窗。

〔4〕淅淅：一作"浙浙"，风吹枝条发出的声音。

〔5〕蹀（dié）足：小步行走。　广涂：大路。涂，同"途"。一作"除"，台阶。

〔6〕瞬目：眨眼。　眄（xǐ）：看视。　层穹（qióng）：天空。

〔7〕云汉：天河，银河。　灵匹：神仙配偶，指牛郎织女。

〔8〕弥（mí）年：整年，终年。弥，一作"终"。　阙（quē）：缺。

〔9〕迢川：长河，指银河。　昵（nì）爱：亲爱。

〔10〕修渚：长洲。　旷：疏远。

〔11〕弄杼：操纵织布机梭子织布。　彩：一作"藻"。

〔12〕耸（sǒng）辔：纵马而行。耸，通"怂"，怂恿。辔，马缰绳。　惊：一作"骛"。

〔13〕秋已两：指过了一年又逢秋天。

〔14〕夕无双：指每年只在七月七日之夜相聚。

〔15〕倾河：倾斜的天河。　回幹（wò）：旋转。银河旋转指时间推移。

〔16〕款：诚恳，诚挚。一作"凝"。　颜：一作"情"。　惊（cóng）：心情，多指欢乐的心情。

〔17〕沃若：隆盛的样子。　旋：回，归。

〔18〕寥：一作"寂"。

〔19〕奔龙：指飞驰而去的车马（灵驾）。

【今译】

　　夕阳已经落在廊檐楹柱之间，新月升起照亮了门窗。晶莹的露珠沾满了叶片，微风摇动枝叶淅淅响。我慢步沿着广阔的道路走去，边眨眼边看视辽阔的天空。天河里有一对神仙伴侣，终年都不能相聚相依从。长长的天河阻隔了他们的相亲相爱，长长的洲渚疏远了他们清瘦的面容。织女穿梭不停却织不成美锦,牛郎纵马而行要去寻找织女的芳踪。去年离别之后又迎来一个秋天,每年只在今夜才能欢聚相拥。倾斜的天河极快地回旋,深情欢聚的时光来也匆匆去也匆匆。牛郎隆盛的车驾又要往回走,只余下织女寂寥的帷幄一片空。情意绵绵再看看华丽的居室,芳心早已飞向远方去追赶飞奔的龙。我沉吟良久为你们而感伤,感伤你们竟是如此的情深义重。

捣 衣[1]

【题解】

为了给远在万里之外的丈夫缝制寒衣,一群女子在月下捣衣。这首诗描绘了一幅月下捣衣的风俗画,意境清新,情深感人。

衡纪无淹度[2],晷运倏如摧[3]。白露滋园菊,秋风落庭槐。肃肃莎鸡羽[4],烈烈寒螀啼[5]。夕阴结空幕,霄月皓中闺[6]。美人戒裳服[7],端饬相招携[8]。簪玉出北房,鸣金步南阶。楹高砧响发[9],楹长杵声哀[10]。微芳起两袖[11],轻汗染双题[12]。纨素既已成,君子行不归[13]。裁用笥中刀[14],缝为万里衣。盈箧自予手[15],幽缄俟君开[16]。腰带准畴昔[17],不知今是非。

【注释】

〔1〕捣衣:《昭明文选》选了这首诗。

〔2〕衡纪:星纪。衡,玉衡,北斗七星中的第五星。不同的季节斗柄有不同的指向,古人根据星象的变化来计时。 淹,停留。

〔3〕晷(guǐ):日影。 倏(shū):速,快。 摧:一作"催"。

〔4〕莎鸡:类似蟋蟀的昆虫,能振翅发声。《诗经·豳风·七月》:"五月斯螽动股,六月莎鸡振羽,七月在野,八月在宇,九月在户,十月蟋蟀

入我床下。"莎,一作"沙"。

〔5〕烈烈:一作"洌洌"。　螿(jiāng):蝉。

〔6〕霄:一作"宵"。

〔7〕戒:备。　裳:一作"常"。

〔8〕饬(chì):整理,修饰。一作"饰"。

〔9〕楣:一作"栏"。　砧:捣衣所用的石或板。

〔10〕杵:捣衣棒。

〔11〕起:一作"发"。

〔12〕题:额。

〔13〕不:一作"未"。

〔14〕笥(sì):盛衣物的竹筐。

〔15〕箧(qiè):箱。一作"筐"。

〔16〕幽缄(jiān):密封,密闭。　俟(sì):一作"候",等候。

〔17〕准:依照。　畴昔:从前。

【今译】

　　斗转星移一刻也不停留,日影西斜快得似相催。白露润湿了园中的菊花,秋风吹得庭院的槐树齐凋萎。莎鸡振动翅膀簌簌作响,寒蝉凄厉的啼声使人掉泪。傍晚阴冷之气凝结在空寂的帘幕中,明亮的夜月照进了深闺。美人们穿好自己的衣裳,梳妆打扮之后邀约女伴同相随。她们戴着玉簪走出北房,金饰轻响走下南阶走出香闺。高高的廊台上发出石砧的清响,长长的楹柱间传来杵声多伤悲。幽微的芬芳出自两袖,轻微的汗渍沾染额旁和双眉。素绢早已经织成,丈夫远行还不见来归。拿起竹筐里的刀为你剪裁,为万里之外的你缝制衣裳。满箱的衣裳都是我亲手缝制,密封送去就等你来开箱。腰身的尺寸仍按你从前的模样,不知道是否符合你现在的身材状况。

代　古 [1]

【题解】

　　这是一首拟古诗,将古诗《客从远方来》和古乐府《饮马

《长城窟行》的相思情意作集中的渲染。诗中描写的客观事物，都染上了主观的强烈的感情色彩，把浓烈的相思之情发挥得淋漓尽致。

客从远方来，赠我鹄文绫[2]。贮以相思箧[3]，缄以同心绳[4]。裁为亲身服，着以俱寝兴[5]。别来经年岁，欢心不可凌[6]。泻酒置井中[7]，谁能辨斗升？合如杯中水，谁能判淄渑[8]？

【注释】
〔1〕代古：即拟古，这首诗是对古诗《客从远方来》（见卷一）的模拟。乐府古辞《饮马长城窟行》（收入《相和歌辞·瑟调曲》，《玉台新咏》题为蔡邕诗，见卷一）中也有"客从远方来，中有双鲤鱼"之句。
〔2〕鹄（hú）：天鹅。　绫（líng）：一种很薄的丝织品。
〔3〕贮：贮藏。
〔4〕缄（jiān）：封。
〔5〕着：即"著"，在被中装进绵。　兴（xìng）：兴致，情致。
〔6〕凌：超越。
〔7〕泻：倾倒。一作"写"。
〔8〕淄渑（zī miǎn）：二水名，均在今山东。相传二水味异，合则难辨，只有齐国易牙能分辨。《列子·说符》："（白公问曰）若以水投水何如？孔子曰：'淄渑之合，易牙尝而知之。'"

【今译】
客人从远方到来，捎来了他送给我的织有天鹅图形的绫。这匹绫放在相思竹箱中，用同心绳牢牢捆紧。我把它剪裁制作贴身穿盖的衣被，中间填满同床共枕的甜蜜心情。分别以后又经过了不少岁月，但没有什么能超越我们彼此欢爱的心。我们永结同心就像把酒倒进井水中，谁还能分辨各有几斗几升？又好像合成了一杯水，谁还能分辨水的来源是淄还是渑？

刘铄杂诗五首

刘铄（431—453），字休玄，彭城绥舆里（今江苏徐州）人，南朝宋文帝第四子，封南平王，历任豫州刺史、散骑常侍、抚军将军等职。后因参与刘劭篡弑活动，被孝武帝刘骏毒死。原有集五卷，已佚。这里所选的《杂诗五首》，《昭明文选》收了前两首，题为《拟古二首》。

代行行重行行[1]

【题解】
诗的主旨是思妇怀人。最后两句是希望丈夫能够回家，重温往日的温馨。但这样的希望，却是十分的渺茫。

眇眇凌羡道[2]，遥遥行远之[3]。回车背京里[4]，挥手于此辞[5]。堂上流尘生[6]，庭中绿草滋[7]。寒螀翔水曲[8]，秋兔依山基。芳年有华月，佳人无还期[9]。日夕凉风起，对酒长相思。悲发江南调[10]，忧委子衿诗[11]。卧看明镫晦[12]，坐见轻纨缁[13]。泪容旷不饬[14]，幽镜难复治。愿垂薄暮景[15]，照妾桑榆时[16]。

【注释】
〔1〕代：一作"拟"，下三首均同。这四首拟作对象均在《昭明文选·古诗十九首》中。
〔2〕眇眇：遥远的样子。　凌：一作"陵"。　羡：一作"长"。
〔3〕遥遥：同"摇摇"，心不安宁的样子。　之：一作"岐"。
〔4〕里：一作"邑"。
〔5〕于：一作"从"。

〔6〕流尘：浮尘，游尘。
〔7〕滋：繁茂地生长。
〔8〕螿（jiāng）：蝉。一说水鸟。
〔9〕佳人：指远行的丈夫。
〔10〕江南调：《乐府诗集·相和歌辞·相和曲》有《江南》诗："江南可采莲，莲叶何田田，鱼戏莲叶间。""莲"与"怜"谐音。吴兢《乐府古题要解》说："江南古词，盖美芳辰丽景，嬉游得时。"
〔11〕委：寄托。　子衿诗：《诗经·郑风·子衿》："青青子衿，悠悠我心。纵我不往，子宁不嗣音。"衿（jīn），同"襟"。青襟，青色的衣服交领，是古代读书人常穿的衣服，代年轻人。这首诗是写对情人的思念，期盼他的音信。
〔12〕看：一作"觉"。　晦：暗。
〔13〕轻纨：轻软洁白的细绢。　缁：黑色。
〔14〕旷不饬（chì）：久不修饰打扮。一作"不可饰"。
〔15〕薄：迫近。　景：日光。
〔16〕桑榆：指日落时余光照射之处，语出《后汉书·冯异传》："失之东隅，收之桑榆。"东隅指日出处，桑榆指日落处。后又用桑榆喻人之晚年，暮年。

【今译】

　　他踏上漫长的旅途，心神不宁地将要远离。他掉转车头背向着京城，向我挥挥手从此告辞。眼看厅堂上积满了浮尘，庭院中绿草蕃滋。寒蝉在水边飞来飞去，秋兔也沿着山脚消失。每个人都有青春年华不能虚度，可是我的丈夫却没有归来的日期。傍晚之时秋风吹起，对着酒更激起了我无尽的相思。悲伤时吟唱江南采莲的曲调，愁闷时吟诵"青青子衿，悠悠我心"的抒情诗。夜夜静卧看着油灯慢慢暗去，日日独坐只见轻软的白绢变墨缁。满面泪痕久不修饰，幽镜愁容难再整治。只希望你那黄昏的阳光，能够照亮我的晚年永不消逝。

代明月何皎皎

【题解】

诗的主旨同前,也是思妇怀人。一位女子在月光下抒发自己的情思。

落宿半遥城⁽¹⁾,浮云蔼层阙⁽²⁾。玉宇来清风,罗帐延秋月⁽³⁾。结思想伊人⁽⁴⁾,沉忧怀明发⁽⁵⁾。谁谓行客游⁽⁶⁾,屡见流芳歇⁽⁷⁾。河广川无梁⁽⁸⁾,山高路难越。

【注释】

〔1〕落宿(xiù):下沉的星宿。
〔2〕蔼:指云气掩映。　层:重。一作"曾"。
〔3〕延:引进。
〔4〕结思:郁积的情思。　伊人:这个人。
〔5〕明发:黎明,天刚亮。语出《诗经·小雅·小宛》:"明发不寐,有怀二人。"这里取思念怀想之意。
〔6〕谓:一作"为"。　行客游:一作"客行久"。
〔7〕流芳:指花的芳香四处散布。
〔8〕梁:桥。

【今译】

下沉的星辰半悬在远城的夜空,浮动的云层掩映着重叠的城阙。澄净的天空吹来阵阵清风,罗帐里照进了秋天的明月。一心只想着我心上的这个人,深沉的忧思怀想直到天明犹未解。谁知道他客游他乡有多久,只是屡屡看见春花凋谢一年复一年。河川宽广无桥梁,山高路险难超越。

代孟冬寒气至

【题解】

　　一位女子在朗月高照的秋夜,收到丈夫托人从千里之外捎来的书信,满怀深情地写下了这首诗。

　　白露秋风始,秋风明月初。明月照高楼,白露皎玄除[1]。迨及凉云起[2],行见寒林疏。客从远方至,赠我千里书。先叙怀旧爱,末陈久离居。一章意不尽,三复情有余[3]。愿遂平生眷[4],无使甘言虚。

【注释】

〔1〕玄除:黑暗的台阶。
〔2〕迨(dài)及:等到。　云:一作"风"。凉风,北风。
〔3〕三复:再三反复。《论语·先进》:"南容三复白圭。"
〔4〕眷(juàn):顾念,爱恋。一作"志"。

【今译】

　　白露节到来开始起秋风,秋风吹散云层看见了皎洁的明月。明月照亮了高高的楼阁,白露映白了黑暗的台阶。等到北风刮起的时候,将会看见林木稀疏遍地落叶。客人从远方到来,把丈夫千里来信交到我的手里边。信的开头说他怀想旧日的恩爱,末尾感伤太久的分居离别。一段文字情意还表达不尽,再三反复申说情深意切。我真希望能成全我们平生的彼此爱恋,不要使信中的绵绵情话变成空言。

代青青河畔草

【题解】

在凉风萧瑟的秋夜,一位女子对灯长叹,抚弦悲歌,抒发自己对久役不归的丈夫的思念。

凄凄含露台⁽¹⁾,肃肃迎风馆。思女御㮿轩⁽²⁾,哀心彻云汉⁽³⁾。端抚悲弦泣,独对明镫叹。良人久徭役⁽⁴⁾,耿介终昏旦⁽⁵⁾。楚楚秋水歌⁽⁶⁾,依依采菱弹⁽⁷⁾。

【注释】

〔1〕含露台:与下句"迎风馆"均为台阁宫馆之名,在关中。
〔2〕御:凭靠。　㮿(líng)轩:有窗格的长廊。
〔3〕彻:通。　云汉:天河,银河。
〔4〕徭:一作"遥"。
〔5〕耿介:正直,忠贞,专一。　昏旦:日夜。
〔6〕楚楚:鲜明的样子。　秋水:与下句"采菱"均为歌曲名。
〔7〕依依:依恋的样子。

【今译】

风雨凄凄中的含露台,寒风萧瑟中的迎风馆。满怀忧思的女子凭靠着走廊的栏杆,她内心的悲哀直通霄汉。她坐下来抚弦悲泣,独自对着孤灯声声长叹。丈夫长久地在外服役,自己守志不渝度过了无数个早早晚晚。歌一曲《秋水》表明自己光明磊落的心志,弹一曲《采菱》抒发对他的依恋牵挂。

咏 牛 女

【题解】
　　这首诗依据神话传说,描述牛郎织女七夕之夜的短暂相会。

　　秋动清氛扇[1],火移炎气歇[2]。广栏含夜阴,高轩通夕月。安步巡芳林[3],倾望极云阙[4]。组幕萦汉陈[5],龙驾凌霄发[6]。谁云长河遥,颇觉促筵越[7]。沉情未申写[8],飞光已飘忽[9]。来对眇难期[10],今欢自兹没。

【注释】
　　[1]氛:一作"风"。
　　[2]火:星名,也叫大火,即心宿二。每年夏历五月出现在正南方的高位,六月以后,便偏西向下行。
　　[3]巡:一作"寻"。
　　[4]云阙:高耸入云的宫阙。
　　[5]组幕:华丽的帷帐。　汉:天汉,天河。
　　[6]龙驾:神仙所乘的车驾。
　　[7]觉:一作"剧"。　促筵:犹促席,指坐席靠近。　越:疾,迅速。一作"悦"。
　　[8]申写:申诉,倾诉。
　　[9]飞光:指月光。
　　[10]来:一作"未"。　眇:同"渺",渺茫。

【今译】
　　秋天到来秋风轻轻吹拂,大火星西沉炎气渐渐消歇。长廊上的栏杆沉浸在暗夜中,高高的楼阁上整晚悬挂着明月。我在芳香的林子里散步,抬头远望云中的宫阙。华丽的帷帐已在天河边一字排开,龙马拉着的车驾也已凌空腾越。谁说天河阻隔相距遥远,只觉得并席欢聚的时光太短又要分别。多少蜜意浓情还来不及倾诉,月亮又已轻快地向西斜。未来的相会渺茫难以预期,今宵的欢乐从此断绝。

陆机拟古二首

拟行行重行行[1]

【题解】

　　古诗《行行重行行》写妻子思念远行的丈夫,这首拟作,则是写远行的丈夫思念家乡的妻子。末尾这两句的宽慰实是出于无奈,看来思乡思念亲人的忧伤会与这位游子终生相伴。

　　悠悠行迈远[2],戚戚忧思深[3]。此思亦何思?思君徽与音[4]。音徽日夜离,缅邈若飞沉[5]。王鲔怀河岫[6],晨风悲北林[7]。游子眇天末[8],还期不可寻。惊飙褰反信[9],归云难寄音。伫立想万里,沉忧萃我心[10]。揽衣有余带,循形不盈襟。去去遗情累,安处抚清琴。

【注释】

　〔1〕拟行行重行行:《昭明文选》也选了这首诗,是《拟古诗十二首》中的第一首。所拟《行行重行行》,《玉台新咏》收在枚乘《杂诗九首》中,见卷一。
　〔2〕悠悠:遥远的样子。　　行迈:走路。
　〔3〕戚戚:忧愁悲伤的样子。
　〔4〕徽与音:即徽音,美音,多指女子悦耳动听的话语。徽,美。

〔5〕缅邈：遥远。　　飞沉：指高飞的鸟和深潜的鱼。
〔6〕王鲔（wěi）：大鲔鱼。传说此鱼怕光，常躲在水下石缝中。河岫（xiù）：水中石穴。
〔7〕晨风：鸟名。　　悲：一作"思"。
〔8〕眇（miǎo）：眯着眼睛看。
〔9〕褰（qiān）：提起或掀起（衣裳）。　　信：伸。
〔10〕萃（cuì）：聚。

【今译】

远远离开你我独自远行，深深的忧思总是与日俱增。这种忧思究竟是思念什么？原来是怀念你美好的笑语欢声。你的笑语欢声离我一天比一天远，遥远得就像鸟儿高飞和鱼儿深深地潜沉。大鲔鱼总想回到水下的石穴，晨风鸟也总是怀念旧日栖息的树林。我这个漂泊他乡的游子望着天边，何时才能回乡总是归期难定。惊风突然吹来掀动了我的衣襟，天上的浮云很难托它捎去我的音信。独立良久遥想万里之外的亲人，深深的忧思郁积在我心。穿衣时方觉衣带渐长，日渐消瘦的身躯在宽大的衣服中更显得瘦骨嶙峋。走吧走吧我要摆脱这情感的牵累，寻找一个安静的处所拨弄琴弦弹出清雅的琴声。

拟明月何皎皎[1]

【题解】

同《古诗十九首·明月何皎皎》一样，这首诗也是久客思归之作。一位男子游宦在外，离家已久，思念家乡，想念妻子。看来这位男子归心似箭，他的魂魄早已飞回到妻子的身边。同《明月何皎皎》一样，也有人认为此诗是思妇词，后面四句，是对游子的揣测。

安寝北堂上[2]，明月入我牖[3]。照之有余辉，揽之不盈手。凉风绕曲房[4]，寒蝉鸣高柳。踟蹰感节物[5]，我行永已久⁽⁶⁾。游宦会无成⁽⁷⁾，离思难独守⁽⁸⁾。

【注释】
〔1〕拟明月何皎皎：《昭明文选》也选了这首诗，是《拟古诗十二首》中的第六首。所拟《明月何皎皎》，《玉台新咏》收在枚乘《杂诗九首》中，见卷一。
〔2〕寝：卧。　北堂：房屋中北边的正室，通常为主妇所居。
〔3〕牖（yǒu）：窗户。
〔4〕凉风：北风。　曲房：内室，密室。
〔5〕节物：各季节的风物景色。
〔6〕我行：指自己离家远行。　永：长久，久远。
〔7〕游宦（huàn）：远游仕宦，离家远出去做官。　会：应当，可能。
〔8〕独：一作"常"。

【今译】
　　我静静地躺卧在北堂，明亮的月光照进了我的窗。月光四处流泻铺满了大地，我想抓起来却抓不满我的手掌。北风在我的内室中盘旋，寒蝉在高高的柳枝上鸣唱。我起身徘徊为节候的变化而感伤，感伤我离家远行时光已经太久长。我的游宦生涯定然一事无成，离别的相思令我很难再独守空房。

卷 四

本卷所录，除卷末施荣泰为梁时人外，均为南朝宋、齐时人。与卷三一样，本卷也属"宫体间见"。

在卷四前半南朝宋诗人中，颜延之与谢灵运一样，都是由晋入宋的诗人。谢灵运以写山水诗著称，而颜延之也有吟咏山川、抒写怀抱之作。两人均喜欢铺排典故，雕琢字句，描绘声色，注重表达，故时人合称"颜谢"。颜延之虽然没有大量写作"艳诗"，但本卷所录两首，尤其是《秋胡行》，描写秋胡妻的心理活动，婉转细腻，在女性形象塑造上是相当成功的。

鲍照在南朝诗人中最为杰出。他的诗作内容丰富，思想深刻，感情激越，现实性强。他不但大力学习和写作乐府诗，而且创作了出色的以七言句为主而杂以其他句式的乐府歌行，在七言诗发展史上是一个重要的里程碑（见卷九导读）。本卷所选《杂诗九首》，则均为五言，而且也不以"艳情"为主。但在抒写"仕子"思归，宫女失宠，女子采桑，思妇怀人之时，也歌颂了男女相思深挚之情。其妹鲍令晖，以一位女诗人的身份，写女子尤其是思妇的所思所感，更显得情真意切，凄怆动人。

本卷丘济源之后，均为南朝齐代诗人。最值得注意的是王融和谢朓。齐武帝（萧赜）永明年间，他们与沈约（见卷五）、周颙等倡导一种新诗体。作诗注重声律、对偶，讲究四声（平、上、去、入）、八病，时人称为"永明体"。这种新体诗是唐代格律诗的滥觞，是从汉魏古诗至唐代格律诗中间过渡的桥梁。本卷所录王融《杂诗五首》，或写思妇、新娘，或咏歌女、神女，不离"艳情"

主题，但词采华丽，对仗工整，已呈现出新的面貌。谢朓诗名更盛，他与谢灵运同族，时人也称他为"小谢"。（近代王闿运《八代诗选》曾选录谢朓集中的新体诗二十八首。）本卷所录谢朓《杂诗十二首》，主要抒写乐人歌舞之美，女子失宠之哀，思妇独宿之苦，表现了诗人或赞美或同情之深情，同样写得清新自然，在辞采和对偶上也体现了新体诗的鲜明特色。其中《杂咏五首》为咏物诗，但咏物实为咏人，多情女子的容貌、体态，以及境遇、心境，均在含蓄婉曲的描绘中一一显现。在齐梁时代，咏物诗与永明体诗、宫体诗是紧密联系在一起的。

丘巨源的《咏七宝扇》、陆厥《中山王孺子妾歌》、施荣泰《杂诗》，词采华丽，讲究用典与对仗，也都显示出永明新诗体的新面貌。

王僧达七夕月下一首

王僧达(423—458),琅玡临沂(今属山东)人。历任宣城太守、尚书右仆射、吴郡太守、左卫将军、中书令,后被诬下狱死。南朝宋文学家,原有集十卷,已佚。

七夕月下[1]

【题解】
这首诗叙牛郎织女七夕相会,对他们短暂相聚又要匆匆离别寄予深切的同情。诗人歌咏七夕,不是突出短暂相欢聚的"喜",而是强调又将长别离的"悲",读来更觉感人。

远山敛雾祲[2],广庭扬月波。气往风集隙,秋还露泫柯[3]。节期既已孱[4],中宵振绮罗[5]。来欢讵终夕,收泪泣分河。

【注释】
〔1〕七夕:农历七月七日之夜。在神话传说中,牛郎织女分处天河(银河)两边,每年七夕,他们才能走过"鹊桥"相会。
〔2〕雾祲(fēn jīn):阴阳二气相侵所形成的不祥的云气。雾,一作"氛"。
〔3〕泫(xuàn):水滴下垂的样子。
〔4〕期:一作"气"。 孱(chán):弱,短小。
〔5〕中:一作"终"。

【今译】
远处的山峰收敛了不祥的云气,广大的天庭翻腾着明月的光波。云气随着秋风都聚集在石缝里,夏去秋来露水从树枝上滴落。

七夕佳期已是如此短暂，终夜不眠掀动被帐绮罗。虽然相聚但怎能欢爱整晚，收住泪水踏上归程又将长隔天河。

颜延之为织女赠牵牛一首　秋胡诗一首

颜延之（384—456），字延年，琅玡临沂（今属山东）人。历任始安太守、中书侍郎、永嘉太守、秘书监等职，官至金紫光禄大夫。南朝宋文学家，其诗与谢灵运齐名，世称"颜谢"。原有集二十五卷，已散佚，明人辑有《颜光禄集》。

为织女赠牵牛

【题解】

这是一首代织女写给牵牛的凄婉哀怨的情诗，诗中所抒发的是"青春易逝"、"红颜难驻"之感。

婺女俪经星[1]，嫦娥栖飞月[2]。惭无二媛灵[3]，托身侍天阙[4]。闾阖殊未晖[5]，咸池岂沐发[6]？汉阴不久张[7]，长河为谁越[8]？虽有促宴期[9]，方须凉风发[10]。虚计双曜周[11]，空迟三星没[12]。非怨杼轴劳[13]，但念芳菲歇[14]。

【注释】

〔1〕婺（wù）女：星宿名，二十八宿之一。　俪：并列。　经星：指二十八星宿。

〔2〕嫦娥：神话传说中为后羿之妻，后羿从西王母处求得不死之药，嫦娥偷服灵药，飞升奔月，长期住在月宫之中。嫦，一作"姮"。

〔3〕二媛：两位美女，指婺女与嫦娥。

〔4〕天阙：天宫。

〔5〕阊阖（hé）：天门。　未：一作"朱"。

〔6〕咸池：天池。　沐发：洗发。

〔7〕汉阴：天汉（天河、银河）之南。汉，一作"隆"。　久：一作"夕"。

〔8〕长河：指天河。

〔9〕促宴期：短促的欢宴的日期，指七月七日。

〔10〕凉风：秋风。

〔11〕双曜：指日月。

〔12〕三星：指参（shēn）宿三星。《诗经·唐风·绸缪》："绸缪束薪，三星在天。今夕何夕，见此良人？"

〔13〕杼（zhù）轴：本为织布机上的两个部件，这里指妇女纺织。

〔14〕芳菲：本指花草的芬芳，喻大好春光，也喻青春年华。

【今译】

　　婺女名列二十八宿，嫦娥栖身天上明月。我没有她们两位如此神灵而自觉惭愧，居然也能侍奉天帝托身于天帝的宫阙。但天门并没有被阳光所照亮，天池又怎能让我将头发洗濯。天河的南端不久就可通达，但面对长长的天河又是为谁而跨越？虽然有短暂欢会的日期，也要等到秋风吹起才能团圆。每年只是徒然地计算日月运行的周而复始，每日也只是空空地等待参宿三星的沉没。不是我埋怨纺织的辛劳，只是担心青春年华犹如花草芬芳永消歇。

秋 胡 诗[1]

【题解】

　　乐府旧题有《秋胡行》，西晋傅玄有《和班氏诗》，历代以秋胡戏妻为题材而创作的诗歌为数不少。这首诗篇幅较长，心理活动的描写尤为婉转细腻，在同类诗歌中有鲜明特色。全诗分九章，叙述了故事的全过程。

椅梧倾高凤[2]，寒谷待鸣律[3]。影响岂不怀[4]，自远每相匹[5]。婉彼幽闲女[6]，作嫔君子室[7]。峻节贯秋霜[8]，明艳侔朝日[9]。嘉运既我从，欣愿自此毕。

燕居未及好[10]，良人顾有违[11]。脱巾千里外[12]，结绶登王畿[13]。戒徒在昧旦[14]，左右来相依。驱车出郊郭，行路正威迟[15]。存为久离别，没为长不归。

嗟余怨行役[16]，三陟穷晨暮[17]。严驾越风寒，解鞍犯霜露。原隰多悲凉[18]，回飙卷高树。离兽起荒蹊，惊鸟纵横去。悲哉游宦子[19]，劳此山川路。

迢遥行人远[20]，婉转年运徂[21]。良时为此别[22]，日月方向除[23]。孰知寒暑积，僶俛见荣枯[24]。岁暮临空房，凉风起座隅。寝兴日已寒，白露生庭芜[25]。

勤役从归顾[26]，反路遵山河。昔辞秋未素[27]，今也岁载华[28]。蚕月观时暇[29]，桑野多经过。佳人从所务[30]，窈窕援高柯。倾城谁不顾？弭节停中阿[31]。

年往诚思劳，事远阔音形[32]。虽为五载别，相与昧平生[33]。舍车遵往路，凫藻驰目成[34]。南金岂不重[35]，聊自意所轻[36]。义心多苦调[37]，密此金玉声[38]。

高节难久淹[39]，朅来空复辞[40]。迟迟前途尽，依依造门基。上堂拜嘉庆[41]，入室问何之[42]。日暮行采归[43]，物色桑榆时[44]。美人望昏至，惭叹前相持[45]。

有怀谁能已？聊用申苦难。离居殊年载[46]，一别阻河关。春来无时豫[47]，秋至应早寒[48]。明发动愁心⁽⁴⁹⁾，闺中起长叹⁽⁵⁰⁾。惨凄岁方宴⁽⁵¹⁾，日落游子颜。高张生绝弦⁽⁵²⁾，声急由调起。自昔枉光尘⁽⁵³⁾，结言固终始⁽⁵⁴⁾。如何久为别，百行愆诸己⁽⁵⁵⁾。君子失明义⁽⁵⁶⁾，谁与偕没齿⁽⁵⁷⁾？愧彼行露诗⁽⁵⁸⁾，甘之长川氾⁽⁵⁹⁾。

【注释】

〔1〕秋胡诗：在《乐府诗集》中，这首诗收入《相和歌辞·清调曲》，题为《秋胡行九首》。《乐府诗集》中同题诗共收三十二首。《昭明文选》收入此诗，题为《秋胡诗》。秋胡戏妻的故事，古书多有记载（可参看卷二傅玄《和班氏诗》）。故事说，鲁人秋胡娶妻数日即外出做官，五年乃归。走近家乡之时遇一美妇人采桑，便上前调戏，但遭拒绝。回到家中，方知这一美妇人正是自己的妻子。其妻深感羞愧悲愤，投水而死。

〔2〕椅梧：即椅桐，桐树的一种。　倾：倾慕，期盼。　高凤：高冈上的凤凰。《诗经·大雅·卷阿》："凤皇鸣矣，于彼高冈；梧桐生矣，于此朝阳。"

〔3〕寒谷：寒冷的山谷。刘向《别录》："邹衍在燕，有谷（山谷）寒不生五谷（稻谷），邹子吹律而温至生黍也。"　律：即笛。古人截竹为管（笛），谓之律；以笛音为准分成十二个音阶，谓之十二律。古人认为，音乐可影响气候。以上两句，以凤凰栖梧桐、寒谷待鸣律比喻男女相匹配结成美满婚姻。

〔4〕影响：如影之随形，响之应声，喻夫妻关系，《鹖冠子》："影则随形，响即应声。"

〔5〕自：虽。

〔6〕婉：美好。　幽闲：文静娴雅。

〔7〕嫔（pín）：嫁。

〔8〕峻节：高尚的节操。

〔9〕侔（móu）：相等。

〔10〕燕居：安居。　好：一作"欢"。

〔11〕良人：古时妇女称丈夫。　顾：念。

〔12〕脱巾：是说脱下平民服装去做官。巾，处士（无官职的人）所服。

〔13〕绶：印绶，系官印的带子，仕者所佩。　王畿（jī）：京城（国都）一带的地方。

〔14〕戒徒：嘱告手下的徒众。徒，一作"途"。　昧旦：黎明，

拂晓。

〔15〕威迟:即"逶迤",指道路曲折而遥远。

〔16〕余:秋胡自指。

〔17〕三陟(zhì):三次(多次)登上高冈。语出《诗经·周南·卷耳》:"陟彼崔嵬","陟彼高冈","陟彼砠矣"。三,一作"尽"。

〔18〕原:平原。　隰(xí):低湿之地。

〔19〕游宦子:远游在外谋求官职之人。游宦,一作"宦游"。

〔20〕迢遥:遥远。迢,一作"超"。

〔21〕徂(cú):往。

〔22〕时:一作"人"。

〔23〕除:四月为除,有除陈生新之意。

〔24〕俛偲(mǐn miǎn):犹"俯仰"。俯仰之间,喻时间过得很快。荣枯:春夏荣,秋冬枯。

〔25〕芜:草。

〔26〕顾:一作"愿"。

〔27〕辞:一作"醉"。　秋未素:指还未到百花尽凋、白霜覆盖的深秋、晚秋。

〔28〕岁载华:指春天百花开放。

〔29〕蚕月:忙于蚕事之月,指农历三月。　观:一作"欢"。

〔30〕所:一作"此"。

〔31〕弭(mǐ)节:停车。也指车驾按节缓行。　阿(ē):丘陵,山坡。

〔32〕事:一作"路"。　阔:疏远。

〔33〕昧:昏暗,指不相识。　平生:平素,往常。

〔34〕凫(fú)藻:野鸭游戏于水藻,喻欢悦。　目成:男女之间以目传情。成,亲。

〔35〕南金:南方出产的铜,这里指铜钱。

〔36〕聊:姑且,略。

〔37〕义心:坚守节义之心。

〔38〕密:亲密。　此:一作"比"。

〔39〕高节:高尚的节操。　淹:停留。

〔40〕朅(qiè):离去。

〔41〕堂:北堂,其母所居之处。　嘉庆:吉祥喜庆。

〔42〕室:妻子所居之处。　何:一作"所"。

〔43〕采:一作"来"。

〔44〕物色:景色,天色。　桑榆:落日的光辉照在桑树和榆树上,

指日暮，黄昏。《太平御览》卷三引《淮南子》："日西垂，景在树端，谓之桑榆。"

〔45〕惭：一作"暂"。

〔46〕载：一作"岁"。

〔47〕豫：欢喜，快乐。

〔48〕应：一作"恒"。

〔49〕明发：黎明。《诗经·小雅·小宛》："明发不寐，有怀二人。"

〔50〕起：一作"夜"。

〔51〕岁方宴：岁末，年终。

〔52〕高张：琴弦。　　绝弦：危弦。

〔53〕光尘：对贵者的美称，意思是受其光沾其尘。

〔54〕结言：口头结盟或订约。

〔55〕愆（qiān）：过失，丧失。

〔56〕明义：指夫妇之义。

〔57〕没齿：终身。

〔58〕行露：《诗经·召南·行露》诗，写一女子坚守大义，不改心志，拒绝与她所厌恶之人成婚。

〔59〕川汜（sì）：河水。

【今译】

　　高高的椅梧期盼着高冈上的凤凰来栖息，寒冷的山谷等待着清亮的笛声而转暖回春。如影之随形响之应声对夫妻和合岂不怀想，虽然相距遥远也常常能结成美满婚姻。那一位美丽而又文静娴雅的女子，就这样嫁到了秋胡家成了他的妻。她高尚的节操全如秋霜，但她的明艳美丽却像早上的红太阳。她认为好运已经降临自己身上，从结婚之日起就已实现了自己美好的愿望。

　　但和乐甜美的新婚蜜月还未结束，丈夫就想到了要分离。他要脱掉平民服装远行千里之外，为穿上官服佩带印绶而前往京畿。他嘱咐徒众黎明动身，左右之人纷纷来送他离开故里。他的车驾走出了城外，踏上征程道路曲折逶迤。他俩都知道如果活着就是长久的离别，一旦死去那就永远不归分葬两地。

　　秋胡怨叹自己在外劳碌奔波，整日整夜地越岭翻山。在风寒中小心地驾车奔走，在霜露里休息解鞍。平原沼泽气氛多么悲凉，回风在高高的树梢上旋转。离群的野兽从荒凉的小路上突然窜出，受惊的鸟儿四面惊散。悲哀啊这位在外谋求官职的士子，在山高水急的旅途中劳顿不堪。

丈夫身在遥远的他乡，时光流逝又是寒来暑往。回想离别之时正是美好的季节，那是阳光明媚的四月。谁知道寒暑交替一年又一年，花开花落只在俯仰之间。年终面对着空荡荡的闺房，只觉得寒风刮起在座席旁。起卧之时都感到天气日渐寒冷，庭院的杂草早布满了白露寒霜。

为了满足自己的心愿秋胡辞去劳累的官职，沿着原来的路线回家。从前离家还未到百花尽凋白霜覆盖的秋天，如今归来山野开满鲜花。蚕桑之月正好观看蚕妇的从容操作，所经过的地方多是蚕桑人家。一位美丽的女子正在采桑，她身材苗条灵巧地把桑枝拉下。这样绝世的美女谁不愿多看两眼，于是秋胡把车停在山坡下尽情观看。

一年复一年他对妻子的确是苦苦思念，但年深月久他对妻子的音容笑貌已记不清。虽然只是分别了五年，彼此之间却像从未相识的陌生人。他下了车走到原来的小路上，向这位女子表达爱意频频以目传情。女子说金钱难道不贵重，但在我心目中却很轻。她坚守节义心中多么悲苦，严守节操句句回答胜似金玉声。

由于女子节操高尚秋胡难于久停留，走去走来反复申说也徒然。重新上路缓缓而行终于走完了归家的路程，满怀依恋地来到自己的家门前。登上北堂首先向父母祝福，然后进入内室询问妻子的去向。得知妻子采桑日暮才归来，那时夕阳将会落在桑榆之上。妻子将近黄昏果然回到家，但发现丈夫竟是刚才调戏自己的人又羞惭又悲叹。

相思的情怀谁能够止息？暂且用它来倾诉心中的苦难。离别分居已有好几年，一别之后中间隔着多少河流关山。春天到来没有一刻的欢乐，秋天刚到就早早地感受到了冬寒。天一亮愁苦就在心中涌动，闺房之中常常发出长叹。岁末之际心中更是凄惨，日落之时脑际常常浮现丈夫的容颜。

拿起琴瑟拨弄危弦，声声急促全是由于调子起得高。自从高贵的你娶了我为妻，曾经盟誓要同我百年偕老。为什么久别之后，在你身上百般美德都丧失掉。丈夫一旦抛弃了夫妻的情义，我还能同谁白头偕老？读着那《行露》诗我无限羞愧，我甘愿自投长河自沉波涛。

鲍照杂诗九首

鲍照（约414—466），字明远，东海（今山东郯城一带）人。出身贫寒。曾任秣陵令、中书舍人，后为临海王刘子顼前军参军，故世称鲍参军。子顼因谋反赐死，他死于乱军之中。南朝宋杰出诗人，有《鲍参军集》传世。

玩月城西门[1]

【题解】

诗人任秣陵县（治所在今江苏南京）县令时，在繁忙的公务之余，饮酒赏月，怀念远方情投意合的友人，写了这首诗。诗中对新月的描写比较细腻，抒发对仕宦生活的厌倦之情也真挚感人。

始见西南楼[2]，纤纤如玉钩[3]。末映东北墀，娟娟似蛾眉[4]。蛾眉蔽珠笼[5]，玉钩隔绮窗[6]。三五二八时[7]，千里与君同。夜移衡汉落[8]，徘徊帷幌中[9]。归华先委露[10]，别叶早辞风[11]。客游厌辛苦[12]，仕子倦飘尘[13]。休浣自公日[14]，晏慰及私晨[15]。蜀琴抽白雪[16]，郢曲绕阳春[17]。肴干酒未缺[18]，金壶启夕轮[19]。回轩驻轻盖[20]，留酌待情人[21]。

【注释】

〔1〕玩月城西门：在《昭明文选》中这首诗题为《玩月城西门廨中》。城西门，指秣陵县城西门，鲍照时为秣陵令。廨（xiè），官署。
〔2〕见：同"现"，指新月初现。
〔3〕纤纤：细小的样子。
〔4〕娟娟：美好的样子。

〔5〕珠栊：即珠栊，珍珠装饰的窗户。一作"朱栊"。

〔6〕绮窗：美丽的窗。绮，一作"琐"，指连琐花纹。

〔7〕三五：农历十五。　二八：农历十六。三五、二八这两天均为满月（月圆）之时。

〔8〕衡：玉衡，北斗七星之一，居中，这里代指北斗。　汉：天汉，天河，即银河。

〔9〕幌：一作"户"。

〔10〕归华：落花。花生于土，又落于土，故曰"归"。　委露：委于露，被露水所打坏、委弃。

〔11〕别叶：落叶，因脱离树枝，故曰"别"。　辞风：辞于风，被风所吹落。

〔12〕辛苦：一作"苦辛"。

〔13〕飘尘：指如尘土般飘浮不定的生活。飘，一作"风"。

〔14〕休浣（huàn）：休息洗沐，指官吏每月定期的休假日。　自公：从公廨或公务中退出。

〔15〕晏慰：安居。晏，一作"宴"。　私晨：个人的休假日。晨，一作"辰"。

〔16〕蜀琴：蜀地的琴，因汉代蜀人司马相如善弹琴，故称名琴为蜀琴。　抽：引，指演绎歌曲之意。一作"搯"。白雪：歌曲名。

〔17〕郢曲：先秦时楚国都城郢地的歌曲。　绕：一作"发"。阳春：歌曲名。宋玉《对楚王问》："客有歌于郢中者……其为《阳春》《白雪》，国中属而和者不过数十人。"《阳春》《白雪》均为高雅歌曲。

〔18〕肴（yáo）：熟菜。　缺：停止。一作"阙"。

〔19〕金壶：即铜壶，又称漏，古代用以滴水计时的工具。壶，一作"台"。　夕轮：一作"夕沦"，指铜漏夜滴，泛起小波，壶漏将尽，夜已深沉。

〔20〕回轩：回车。　轻盖：一种有篷的轻车。

〔21〕情人：情意相投的友人。

【今译】

　　新月初现在西南城楼，弯曲纤细好像白玉钩。后来又映照在东北台阶上，娟美姣好又好像蛾眉一样。这蛾眉般的新月被珠窗遮蔽，这玉钩般的新月被绮窗隔离。等到十五、十六满月的时候，我一定要与千里之外的你同赏这明月娟秀。夜已深北斗银河都已下落，我独自一人在帷帐中徘徊深感索寞。鲜花很早就被露水打坏而坠地，绿叶也很早就被秋风摇动而坠落。客游他乡早就厌倦了这辛苦颠簸，仕宦为官早就厌倦了这风尘漂泊。休假之日从繁忙的公务脱身，尽情安享这属于自己的时辰。取过琴来弹奏楚地高雅的歌曲，这琴上发出的都是《白雪》《阳春》。菜肴已尽酒尚未喝尽，但壶漏将尽夜已深沉。驾起车马正准备归去，忽又停车留下再酌以等待我心中的有情人。

代京洛篇[1]

【题解】

　　这首诗先赞京洛宫室之美，后叙宫女失宠之悲，最后点明"君恩歇薄"，为宫女们的"怨旷沉沦"而悲叹。诗人对色衰爱弛的宫女充满同情，末两句则是对自由美满婚姻的热烈向往。这首诗可能有所寄托。古代臣仆事君也如妻妾事夫，此诗也反映了他们的命运与忧伤。

　　凤楼十二重[2]，四户八绮窗[3]。绣桷金莲华[4]，桂柱玉盘龙[5]。珠帘无隔露，罗幌不胜风。宝帐三千万[6]，为尔一朝容[7]。扬芬紫烟上[8]，垂彩绿云中。春吹回白日，霜歌落塞鸿。但惧秋尘起，盛爱逐衰蓬。坐视青苔满，卧对锦筵空。琴筑纵横散[9]，舞衣不复缝。古来皆歇薄[10]，君意岂独浓[11]？惟见双黄鹄[12]，千里一相从。

【注释】

　　[1]代京洛篇：在《鲍参军集》中，这首诗题为《代陈思王京洛篇》。在《乐府诗集》中，这首诗收入《相和歌辞·瑟调曲》，题为《煌煌京洛行》，同题诗共收五首。

　　[2]凤楼：晋代宫阙名，即洛阳凤凰楼。楼，一作"台"。

　　[3]户：单扇的门。　　绮窗：华丽的窗。

〔4〕绣桷（jué）：雕刻花纹的屋椽。　　莲华：莲花。
〔5〕桂柱：用桂树做成的柱子。
〔6〕万：一作"所"。
〔7〕容：梳妆打扮。
〔8〕扬芬：飘香。
〔9〕筑：古代弦乐器，似琴，有十三根弦。一作"瑟"。
〔10〕皆：一作"共"。　　歇薄：指君恩浇薄衰竭。
〔11〕君：指宠爱过自己的君王。
〔12〕鹄（hú）：天鹅。

【今译】

　　凤凰楼楼深十二重，每座楼都有四门八窗气势恢宏。屋椽上雕刻着金色的莲花，桂柱上缠绕着洁白的玉龙。轻轻的珠帘隔不开露，薄薄的罗帷挡不住风。华丽的宝帐有三千处，帐中美女为了邀宠而梳妆打扮个个月貌花容。紫烟升起到处飘扬着芬芳，彩绸下垂就像浮动在绿云中。春天的吹奏可使白日停驻，秋日的歌唱也可降落塞上的飞鸿。宫女们只害怕秋天的风尘扬起，宠爱会变成衰败的飞蓬。起坐时眼看着青苔铺满庭院，睡卧时面对着锦绣床席都成空。琴筑横七竖八乱摆放，华丽的舞衣也不再缝。自古以来君恩浇薄易衰竭，难道只有你的情意最为浓？抬头只见黄鹄成双对，飞行千里总是相依从。

拟乐府白头吟[1]

【题解】

　　这是一首抒愤诗。诗人遭受谗言，受到排挤打击，屈居下位，深感愤恨和不平。古乐府《白头吟》（皑如山上雪）本来就是抒发女子遭遗弃后的悲哀和怨恨，这首诗除了对申后、班婕妤深表同情外，更把进谗损人、混淆是非、颠倒黑白作为一般社会现象加以抨击，作品的社会意义明显扩大。

直如朱丝绳⁽²⁾，清如玉壶冰。何惭宿昔意⁽³⁾，猜恨坐相仍⁽⁴⁾。人情贱恩旧，世义逐衰兴⁽⁵⁾。毫发一为瑕⁽⁶⁾，丘山不可胜。食苗实硕鼠⁽⁷⁾，点白信苍蝇⁽⁸⁾。凫鹄远成美⁽⁹⁾，薪刍前见凌⁽¹⁰⁾。申黜褒女进⁽¹¹⁾，班去赵姬升⁽¹²⁾。周王日沦惑⁽¹³⁾，汉帝益嗟称⁽¹⁴⁾。心赏犹难恃，貌恭岂易凭？古来共如此，非君独抚膺⁽¹⁵⁾。

【注释】

〔1〕拟乐府白头吟：在《昭明文选》鲍明远《乐府八首》中，这是第六首，题为《白头吟》。在《乐府诗集》中，这首诗收入《相和歌辞·楚调曲》，题亦为《白头吟》，同题诗共收八首。《白头吟》古辞见卷一《古乐府诗·皑如山上雪》。

〔2〕朱丝：朱弦，红色的琴弦。

〔3〕惭：羞愧。　宿昔：从前，一向。

〔4〕猜恨：猜疑忌恨。　坐：因。　仍：因，随之而来。

〔5〕义：一作"议"。　逐：跟随。

〔6〕瑕：本指玉上的斑点，这里指缺点、错误。

〔7〕硕鼠：大老鼠。《诗经·魏风》有《硕鼠》篇。

〔8〕点：一作"玷"。　苍蝇：即青蝇。《诗经·小雅》有《青蝇》篇，以青蝇作比兴，斥责逸人害人祸国。

〔9〕凫鹄：疑为黄鹄。《韩诗外传》载，田饶批评鲁哀公，说他不看重鸡（鸡虽有五种美德，但"以其所从来近也"而不被看重），而看重黄鹄（黄鹄"食君鱼鳖，啄君稻梁"，但"以其所从来远也"而被看重）。

〔10〕薪刍（chú）：柴草。　凌：欺凌，侵犯。一作"陵"。《史记·汲郑列传》载，汲黯对汉武帝说："陛下用群臣如积薪耳，后来者居上。"

〔11〕申黜（chù）褒女进：《史记·周本纪》载，周幽王三年，幽王废申后，以褒姒为后。为了使她发笑，幽王竟点燃报警用的烽火，激起诸侯的愤怒。后犬戎来犯，再点烽火，诸侯不来救援，镐京陷落，幽王被杀。

〔12〕班去赵姬升：《汉书·外戚传》载，汉成帝初即位，先宠幸班婕妤。后来又宠幸赵飞燕，班婕妤便失宠了。

〔13〕周王：指周幽王。　沦惑：指沉沦于男女之情而受迷惑。

〔14〕汉帝：指汉成帝。　　嗟（jiē）称：赞叹。指汉成帝赞叹赵飞燕遍体自香。

〔15〕抚膺：拍胸，捶胸，表示气愤、悔恨或惋惜。

【今译】

像朱弦一样正直，像玉壶中的冰一样洁净。我有哪一点对不住从前的情意，但猜疑忌恨还是不断发生。人间之常情就是轻视旧日的恩义，世俗的议论就是依据那人的衰兴。白璧上如果出现了一个小小的斑点，就认为它像山丘那样重千斤。偷吃幼苗的其实是大老鼠，玷污白璧的其实是苍蝇。鲁哀公因为黄鹄远来而把它看重，堆积柴草总是先放下的受压迫欺凌。周幽王废黜了申后而宠爱褒姒，汉成帝抛弃班婕妤而对赵飞燕百般宠幸。周幽王一天天地受迷惑而沉沦，汉成帝对赵飞燕的遍体自香更是赞叹不尽。但心中的欣爱尚且难以作根据，外表上的恭敬难道容易作依凭？自古以来是非颠倒黑白不分的情况都是如此，不是只有你一人捶胸泄愤。

采 桑 诗[1]

【题解】

在《乐府诗集·相和歌辞·相和曲》中，十四首同题《采桑》诗相接十一首《陌上桑》诗之后，在歌咏对象上两者有密切联系，显然，《采桑》是借《陌上桑》事再加点染而写成。《陌上桑》写使君向罗敷示爱而遭罗敷拒绝，但这首《采桑》诗却是写采桑女朦胧的爱恋和绵绵的情思。如果说《陌上桑》主要写罗敷爱情上的坚贞，这首《采桑》诗则主要写采桑少女对爱情的憧憬。诗中暮春景物的描写以及采桑少女情窦初开的心理刻画，给人留下了深刻的印象。

季春梅始落[2]，女工事蚕作[3]。采桑淇洧间[4]，还戏上宫阁[5]。早蒲时结阴[6]，晚箄初解箨[7]。蔼蔼雾满闱[8]，融融景盈幕[9]。乳燕逐草虫，巢蜂拾花萼[10]。是节最喧妍[11]，佳服又新烁[12]。敛叹对回涂[13]，扬歌弄场藿[14]。抽琴试仴思[15]，荐珮果成托[16]。承君郢中美[17]，服义久心诺[18]。卫风古愉艳[19]，郑俗旧浮薄[20]。虚愿悲渡湘[21]，空赋笑瀍洛[22]。盛明难重来[23]，渊意为谁涸[24]？君其且调弦，桂酒妾行酌。

【注释】

〔1〕采桑诗：在《乐府诗集》中，这首诗收入《相和歌辞·相和曲》，题为《采桑》。

〔2〕季春：春季三个月中最后一个月，即三月。　梅始落：梅子开始坠落。《诗经·召南·摽有梅》写一个待嫁女子见梅子落地而引起青春将逝的感伤。

〔3〕女工：一作"工女"。　蚕作：采桑养蚕等劳作。

〔4〕淇洧（wěi）：淇水和洧水，先秦时代淇水属卫国，洧水属郑国，均在今河南。《诗经·郑风》有《溱洧》篇，写青年男女在水边游观嬉戏。

〔5〕上宫阁：楼阁名。《诗经·鄘风·桑中》有"期我乎桑中，要我乎上宫，送我乎淇之上"之句。

〔6〕蒲：水草。《续述征记》说，岛常沉湖中，有九十台，皆生结蒲。云秦始皇游此台，结蒲系马，自此蒲生则结。

〔7〕篁（huáng）：竹。　箨（tuò）：竹笋上一片一片的皮。

〔8〕蔼蔼：昏暗的样子。

〔9〕融融：和乐的样子。

〔10〕拾（shè）：通"涉"。　花萼（è）：在花瓣下部的一圈绿色小片。萼，一作"药"。

〔11〕是：一作"景"。

〔12〕烁（shuò）：光亮的样子。

〔13〕敛：一作"钦"，一作"绵"。　回：一作"迥"。　涂：同"途"。

〔14〕场：圃，菜园。　藿（huò）：豆叶，也泛指草本的嫩苗。《诗经·小雅·白驹》："皎皎白驹，食我场藿。縶之维之，以永今朝。所谓伊人，于焉逍遥。"

〔15〕抽：一作"擂"。　仴：一作"抒"，一作"纾"。

〔16〕荐珮：进献珮玉。《列仙传》说，江妃（扬子江神女）二女游于

江滨,逢郑交甫,遂解珮与之。交甫受珮而去,数十步,怀中无珮,女亦不见。《诗经·周南·汉广》歌咏其事。　　托:寄托。

〔17〕郢中美:指歌唱弹奏之美。宋玉《对楚王问》载:"客有歌于郢中者,其始曰《下里》《巴人》,国中属而和者数千人。其为《阳阿》《薤露》,国中属而和者数百人。其为《阳春》《白雪》,国中属而和者,不过数十人。引商刻羽,杂以流徵,国中属而和者,不过数人而已。"

〔18〕服义:服膺正义,感服其正义。

〔19〕卫风:卫地的风俗。《诗经》中《邶风》《鄘风》《卫风》都是卫地的民歌,其中多情歌。　　愉艳:欢乐华丽。

〔20〕郑俗:郑地的风俗。《诗经》中《郑风》是郑地的民歌,其中情歌也很多。　　浮薄:轻浮,轻薄。

〔21〕虚:一作"灵"。　　悲渡湘:悲吊湘水之神湘君和湘夫人。《楚辞·九歌》有《湘君》《湘夫人》,写他们相恋但不能相聚的惆怅。

〔22〕空:一作"宓"。　　瀍(chán)洛:瀍水和洛水,由于瀍水流入洛水,这里指洛水,也指洛水之神宓妃。曹植有《洛神赋》,写他与洛水之神宓妃之间(神人之间)的真挚爱情,但最终因无法结合而含恨分离。

〔23〕盛明:指生机盎然、光辉灿烂的美好日子。

〔24〕渊意:盛情。　　涸(hé):水干竭。

【今译】

　　晚春三月梅子开始坠落,妇女们紧张地从事采桑养蚕的劳作。她们在淇水、洧水之间采摘桑叶,归来后又游戏在上宫的楼阁。早上的蒲草已在阴暗的水下生了结,晚上的竹子也已裂开了竹壳。茫茫的雾气弥漫香闺,和乐的景象充满帷帐中每个角落。初生的燕子追逐着草上的小虫,倾巢的蜜蜂紧附着花萼。这样的节气景物最为热闹艳丽,妇女们的服饰鲜艳美丽亮光闪烁。怀着钦慕赞叹踏上归家的路,唱着歌怀想伊人玩弄着园中的葵藿。拿起琴试一试抒发自己的情思,弹奏起《汉广》神女进献珮玉情爱有了寄托。承蒙你示爱时歌唱弹奏的美好,我感服你的情义心中早已许诺。古代卫地的民风欢乐华丽,旧时郑地的民俗浮艳轻薄。我为湘君、湘夫人相恋但不能相聚而生悲,也笑曹植与洛水之神宓妃相爱而不能结合。光辉灿烂的青春岁月很难再重返,澎湃的热情究竟为什么会干涸?希望你暂且调一调琴弦,让我献上一壶桂花酒请你细细斟酌。

梦 还 诗[1]

【题解】

诗人多年客居他乡，苦苦思念在家独居的妻子。为此他魂牵梦绕，孤枕难眠。一天，在梦中他回到了故乡，与妻子欢聚。这首诗所写的就是这样一个凄美的梦境。

衔泪出郭门[2]，抚剑无人逵[3]。沙风暗塞起，离心眷乡畿[4]。夜分就孤枕[5]，梦想暂言归。孀妇当户笑[6]，缫丝复鸣机[7]。慊款论久别[8]，相将还绮帷[9]。靡靡檐下凉[10]，胧胧窗里辉[11]。刈兰争芬芳[12]，采菊竞葳蕤[13]。开衾集香苏[14]，探袖解缨徽[15]。寐中长路近，觉后大江违。惊起空叹息，恍惚神魂飞。白水漫浩浩，高山壮巍巍。波潮异往复[16]，风霜改荣衰[17]。此土非吾土[18]，慷慨当诉谁[19]？

【注释】

〔1〕梦还诗：一作《梦归乡》。
〔2〕衔泪：含泪。 郭门：外城门。
〔3〕逵（kuí）：四通八达的道路。
〔4〕乡畿（jī）：家乡，家门。畿，门槛。
〔5〕夜分：夜半。
〔6〕孀妇：寡妇。一般是指丈夫已死的女子，也可指丈夫在外不归而独居的女子。 笑：一作"叹"。
〔7〕缫（sāo）丝：把蚕茧浸在滚水里抽丝。缫，一作"搔"。
〔8〕慊（qiàn）款：诚恳，真心诚意。
〔9〕绮帷：华丽的幕帐。帷，一作"帏"。
〔10〕靡靡：逐渐，慢慢地。一作"历历"。
〔11〕胧胧：朦胧。
〔12〕刈（yì）：割。 兰：兰草，一种香草。

〔13〕兢（jīng）：同"竞"，争逐。　葳蕤（wēi ruí）：草木茂盛的样子。
〔14〕奁（lián）：女子梳妆用的镜匣。　集：一作"夺"。　香苏：即水苏，一种植物，其叶辛香。
〔15〕缨徽：即香缨。缨，女子系在身上的丝带。也可用来系香囊。
〔16〕潮：一作"澜"。
〔17〕霜：一作"云"。
〔18〕"此土"句：语出王粲《登楼赋》："虽信美而非吾土兮，曾何足以少留？"
〔19〕慷慨：感慨，悲叹。

【今译】

我含着泪走出城外，手握宝剑走在空无一人的大道上。狂风卷起沙尘在这昏暗的边塞刮起，离别多年心中确实思念家乡。夜半靠在孤枕上睡去，梦中果然很快地就回到了家乡的草房。独居的妻子在门边笑迎，她正为抽丝纺织而奔忙。我们坦诚地谈起久别后的相思，共同牵手走进华丽的帷帐。檐下的凉气渐渐透进来，窗下的蜡烛闪烁着朦胧的烛光。割下的兰草芳香四溢，采来的菊花茂盛芬芳。打开香奁满是香苏的浓香，握住香袖解开彩带香囊。梦中漫漫长路忽然变得非常近，醒来之后才知道我们隔着高山大江。梦中惊起徒然长叹息，恍惚之中神魂又在空中飞翔。但闪亮的江水浩渺无际，高高的山岭巍峨苍茫。波涛已不同于往日，风霜已使欣欣向荣的草木变成一片枯黄。这块土地不是我家乡的土地，无限的悲慨应当向谁去倾诉衷肠？

拟　古 (1)

【题解】

这首诗主要写思妇对久戍陇地的征夫的强烈相思。《诗经·卫风·伯兮》写丈夫久役不归，妻子怀念远人，有"自伯之东，首如飞蓬，岂无膏沐，谁适为容"之句。这首《拟古》诗与《伯兮》可谓异曲同工。

河畔草未黄，胡雁已矫翼 (2)。秋蛩扶户吟 (3)，寒妇晨夜织[4]。去岁征人还[5],流传旧相识。闻君上陇时[6],东望久叹息。宿昔衣带改[7],旦暮异容色[8]。念此忧如何,夜长忧向多[9]。明镜尘匣中[10],宝瑟生网罗[11]。

【注释】

〔1〕拟古:鲍照有《拟古诗八首》,这是其中的第七首。
〔2〕矫(jiǎo)翼:振翅高飞。矫,通"挢",举起,昂起。
〔3〕蛩(qióng):蟋蟀。 扶:一作"挟"。
〔4〕寒妇:贫寒人家的女子。 晨:一作"成"。
〔5〕征人:外出服兵役或服劳役的人。
〔6〕陇:古有陇西郡,在陇山之西,即今甘肃省天水、临洮一带。
〔7〕宿昔:早晚,喻时间极短。 衣带改:一作"改衣带"。
〔8〕旦暮:同"宿昔"。 异容色:容貌改变,指由年轻变衰老。
〔9〕忧向:一作"愁更"。
〔10〕匣(xiá):指镜匣,装镜的小盒。
〔11〕罗:一作"丝"。

【今译】

　　河边的青草尚未枯黄,胡地的大雁便已振翅南翔。秋天的蟋蟀在门边吟唱,贫寒人家的女子彻夜纺织到天亮。去年有外出服役的人还乡,到处谈论熟人的情况。听说你最初来到陇上,久久叹息不停向东望。早晚之间消瘦下来衣带变宽松,年轻的容貌也很快呈现苍老的模样。想到这里我是多么的忧愁,在漫漫长夜里心中更是忧伤。明镜尘封在匣中我早已无心梳妆打扮,宝瑟布满蛛网我也早已无心弹唱。

咏 双 燕[1]

【题解】

　　这首诗写一双燕子欲在旧居筑巢而不得。全诗以燕喻人,表达了诗人对无缘情侣的深切同情。

双燕戏云崖⁽²⁾，羽翮始差池⁽³⁾。出入南闺里，经过北堂陲⁽⁴⁾。意欲巢君幕⁽⁵⁾，层楹不可窥⁽⁶⁾。沉吟芳岁晚⁽⁷⁾，徘徊韶景移⁽⁸⁾。悲歌辞旧爱，衔泥觅新知⁽⁹⁾。

【注释】

〔1〕咏双燕：鲍照有《咏双燕诗二首》，这是第一首。题一作《咏燕》。
〔2〕云崖：高峻陡峭的山崖。
〔3〕羽翮（hé）：翅膀。翮，鸟翎的茎。一作"翰"。 差（cī）池：参差，不齐的样子，指燕子似剪的尾翼。《诗经·邶风·燕燕》："燕燕于飞，差池其羽。之子于归，远送于野。瞻望弗及，泣涕如雨。"
〔4〕陲（chuí）：边。
〔5〕幕：窗帷，帐幕。
〔6〕层楹：高柱。
〔7〕沉吟：迟疑不决的样子。
〔8〕韶景：春天的美景。
〔9〕泥：一作"泪"。

【今译】

一双燕子在高崖上嬉戏，尾翼似剪一般的参差。它们在南边的闺房里飞来飞去，又经过北堂边一展英姿。心想在你的帐幕中构筑爱巢，但高高的楹柱令它们不敢窥视。在迟疑中青春年华渐消尽，在徘徊中春日美景已流逝。悲歌一曲辞别昔日的旧爱，在新屋中衔泥筑巢另觅新知。

赠故人二首⁽¹⁾

【题解】

两首诗都是歌咏友情。诗人与老友马子乔友谊甚笃，但两首写法各异。第一首以异性的欢爱为喻，第二首以龙泉、太阿雌雄双剑为喻。

寒灰灭更燃，夕华晨更鲜⁽²⁾。春冰虽暂解，冬冰复还坚[3]。佳人舍我去,赏爱长绝缘。欢至不留时[4],每感辄伤年[5]。

双剑将别离[6],先在匣中鸣。烟雨交将夕,从此遂分形。雌沉吴江水,雄飞入楚城。吴江深无底,楚城有崇扃[7]。一为天地别,岂直阻幽明[8]。神物终不隔,千祀倘还并[9]。

【注释】

〔1〕赠故人二首:一作《赠故人马子乔二首》。故人,指马子乔。鲍照有《赠故人马子乔诗六首》,这两首是其中的第二首和第六首。

〔2〕华:花。

〔3〕复还:一作"还复"。

〔4〕时:一作"日"。

〔5〕每感:一作"感物"。 辄(zhé):总是,常常是。

〔6〕双剑:指龙泉剑和太阿剑。《晋书·张华传》说,张华和雷焕同观天象,见斗牛之间常有紫气,断定是"宝剑之精,上彻于天"。于是,张华让雷焕做丰城令去寻剑。雷焕至丰城,挖地四丈,得龙泉、太阿双剑,一送张华,一自佩。后来张华被杀,剑失踪。雷焕死后,其子雷华持剑行经延平津,剑从腰间跃出堕入水中。雷华令人入水寻剑,不见宝剑,只见两条各长数丈的龙盘绕在一起。这首诗歌咏双剑,是以此为喻,表示好友眼下虽暂别,久后必重逢。 别离:一作"离别"。

〔7〕崇扃(jiōng):高大的门。扃,本指从外面关门的闩,也指门。

〔8〕岂直:岂止。 阻:一作"限"。 幽明:阴间和阳世,喻相距遥远。

〔9〕千祀:千年。 倘(tǎng):可能,或许。 并:合并,聚合。

【今译】

寒冷的灰烬熄灭后会再燃,昨夜的花朵今晨会开得更鲜艳。春天冰雪虽然会暂时融化,冬天到来寒冰依然会像铁一样的坚。但美人抛下我而离去,彼此间的欣赏爱恋却永远断绝。欢乐的日子留不住,每当看到景物变化总会感伤悲叹那似水的流年。

雌雄双剑将要分离,先在剑匣中发出鸣声。在烟雨迷茫的黄昏,双剑从此两离分。雌剑沉入吴江水,雄剑飞腾进楚城。吴江水深不见底,楚城四周有高门。一旦远离远得就像天和地,岂止阴间阳世隔幽明。但天上神物不会永分离,千年之后终将聚合两相并。

王素学阮步兵体一首

王素,字休业,琅玡临沂(今属山东)人。南朝宋代任庐陵王国侍郎,因母丧而去职,乃往东阳隐居不仕,深获时人赞誉。

学阮步兵体[1]

【题解】

诗人有意模仿阮籍《咏怀》诗的写法,因而这首诗诗意比较晦涩。但从全诗用语和用典来看,诗旨大体上还是可以了解。诗人在政治上期盼与志同道合的人交往,而鄙视那些巴结逢迎、受宠得势的小人,认为正直的君子与曲意奉承的小人,清浊自异,泾渭分明。

沉情发遐虑[2],纡郁怀所思[3]。仿佛闻箫管[4],鸣凤接嬴姬[5]。连绵共云翼,嬿婉相携持[6]。寄言芳华士[7],宠利不常期[8]。泾渭分清浊[9],视彼谷风诗[10]。

【注释】

〔1〕阮步兵:三国魏著名诗人阮籍,曾任步兵校尉,世称阮步兵。他的代表作为五言《咏怀》诗八十二首。由于处在政治高压之下,其诗多用比兴,寄托忧思愤慨,诗旨遥深,隐而不显。

〔2〕遐虑:深远的忧思。

〔3〕纡（yū）郁：胸中愁苦蕴结。
〔4〕箫管：《列仙传》载，萧史善吹箫，秦穆公将女儿弄玉嫁给他。萧史教弄玉吹箫引凤。秦穆公筑凤台，他们住在凤台之上几年不下台，一天皆随凤凰飞升成仙而去。
〔5〕嬴姬：姓嬴的女子，指弄玉。春秋时秦国国君姓嬴。
〔6〕嬿（yàn）婉：同"燕婉"，举止娴雅和顺的样子。
〔7〕芳华士：指受宠得势之人，他们如鲜花盛开一般。华，同"花"。
〔8〕宠利：恩宠和利禄。
〔9〕泾渭：泾水和渭水，皆源出甘肃，至陕西高陵合流，泾浊渭清，合流时清浊更为分明。后人常以泾渭分明喻好坏是非一清二楚。
〔10〕谷风：《诗经·邶风·谷风》诗有"泾以渭浊，湜湜其沚"之句。

【今译】
　　沉重的心情引发了深远的忧思，对我所爱慕的人的怀想一直在胸中积滞。仿佛听到萧史在吹箫，引来凤凰与弄玉乘凤飞驰。他们紧紧相依一同升上云端，和睦相处永远相扶持。我要寄语那些受宠得势的小人，恩宠和利禄不能常依恃。泾浊渭清本来就分明，请去看看那首《谷风》诗。

吴迈远拟乐府四首

　　吴迈远（？—474），曾任江州从事，宋元徽二年因桂阳之乱而被杀。南朝宋诗人，原有集八卷，已佚。

飞来双白鹄〔1〕

【题解】
　　这首诗以鹄喻人，写女子失偶的哀伤，读来令人声泪俱下。

可怜双白鹄[2]，双双绝尘氛[3]。连翩弄光景[4]，交颈游青云[5]。逢罗复逢缴[6]，雌雄一旦分。哀声流海曲[7]，孤叫出江濆[8]。岂不慕前侣[9]？为尔不及群。步步一零泪[10]，千里犹待君。乐哉新相知，悲来生别离[11]。恃此百年命[12]，共逐寸阴移[13]。譬如空山草，零落心自知。

【注释】

〔1〕飞来双白鹄：在《乐府诗集》中，这首诗收入《相和歌辞·瑟调曲》，诗题和诗意均承乐府古辞《艳歌何尝行》（又名《飞鹄行》《双白鹄》）而来，见卷一《古乐府诗六首·双白鹄》。

〔2〕白鹄（hú）：白天鹅。

〔3〕绝：隔绝，脱离。　尘氛：尘世的气氛。

〔4〕连翩：连续疾飞。　光景：日月的光辉。

〔5〕交颈：颈与颈相交，表示情笃。

〔6〕罗：罗网。　缴（zhuó）：本指射鸟时系在箭上的生丝绳，这里指箭。

〔7〕海曲：海隅，海边。一说，指岛。

〔8〕出：一作"去"，一作"绝"。　江濆（fén）：江边。

〔9〕前侣：指已被射中失群的从前的伴侣（天鹅）。

〔10〕零：落。

〔11〕来：一作"矣"。　生别离：活生生地分离。《楚辞·九歌·少司命》："悲莫悲兮生别离，乐莫乐兮新相知。"

〔12〕恃：一作"持"。　百年命：指一生。

〔13〕逐：一作"付"。　寸阴：短暂的时光。

【今译】

　　令人爱怜的一双白天鹅，比翼而飞远离尘世的气氛。在日光下连续不断地飞翔，双双交颈畅游于青云。忽然它们遭遇了罗网又中了箭，雌雄不幸一朝两离分。悲哀的鸣声传播于海隅，孤凄的叫唤传遍江滨。怎能不思念从前的伴侣？为了你我总跟不上雁群。每走一步都要掉泪，飞行千里还在等待我亲爱的郎君。最快乐的就是当年我们新相识，最悲哀的则是今日活生生的分离。在我下半生的苦命日子里，只能挨日子细数着光阴一寸寸地推移。就好像空谷中的野草，枯萎凋零只有我自知。

阳 春 曲⁽¹⁾

【题解】

一位女子知道丈夫在京城里另结新欢，陶醉于"阳春白雪"，不再欣赏自己这个"下里巴人"，因而自伤自悼。

百里望咸阳⁽²⁾，知是帝京域⁽³⁾。绿树摇云光，春城起风色。佳人爱景华⁽⁴⁾，流靡园塘侧⁽⁵⁾。妍姿艳月映⁽⁶⁾，罗衣飘蝉翼。宋玉歌阳春⁽⁷⁾，巴人长叹息⁽⁸⁾。雅郑不同赏⁽⁹⁾，那令君怆恻⁽¹⁰⁾。生平重爱惠⁽¹¹⁾，私自怜何极⁽¹²⁾。

【注释】

〔1〕阳春曲：在《乐府诗集》中，这首诗收入《清商曲辞·江南弄》，题为《阳春歌》，同题诗共收六首。

〔2〕咸阳：古都邑名，在今陕西，秦始皇统一六国后，在此建都，国号秦。

〔3〕域：一作"邑"。

〔4〕景华：一作"华景"，美景。

〔5〕流靡：缓步行走，游览。

〔6〕妍（yán）姿：美丽的姿态。

〔7〕宋玉：战国楚著名辞赋家。　阳春：乐曲名。宋玉《对楚王问》："客有歌于郢中者，其始曰《下里》《巴人》，国中属而和者数千人。其为《阳阿》《薤露》，国中属而和者数百人。其为《阳春》《白雪》，国中属而和者，不过数十人。引商刻羽，杂以流徵，国中属而和者，不过数人

而已。是其曲弥高,其和弥寡。"

〔8〕巴:古族名,先秦时生活在四川东部、重庆、湖北西部一带,曾建巴国。《巴人》歌曲应是当地通俗的歌曲。

〔9〕雅郑:雅乐,指高雅的音乐;郑声,郑地的音乐,指民间通俗的音乐。古代也有人认为"郑声淫(淫荡)"。

〔10〕那(nuó):奈,何,奈何。 怆(chuàng)恻:悲痛。

〔11〕生平重爱惠:一作"生重受惠轻"。爱惠,仁爱恩惠。

〔12〕怜:哀痛,悲伤。 何极:何时终结。宋玉《九辩》:"私自怜兮何极,心怦怦兮谅直。"

【今译】

远望百里之外的咸阳,知道那是皇帝的京城。绿树摇动着云霞,和风吹来了满城春。美人最爱华美的风景,在林下池边徘徊沉吟。艳丽的姿容与明月交相辉映,轻风吹动了她薄如蝉翼的衣裙。她就像宋玉所歌唱的高雅的《阳春》,让我这个"下里巴人"叹息不尽。雅乐和郑声本来就不能同被欣赏,怎么会使你为我而悲悯。我生平最重仁爱和恩惠,得不到这些我独自悲伤无尽苦恨。

长 别 离[1]

【题解】

《楚辞·九歌·少司命》:"悲莫悲兮生别离,乐莫乐兮新相知。"《古诗十九首·行行重行行》:"行行重行行,与君生别离。"李陵《与苏武诗》:"良时不再至,离别在须臾。"活生生的永别离是非常痛苦的事,因而后世以"别离"为题的诗歌极多。在《乐府诗集》中,这首《长别离》之后,又有《古别离》《久别离》《新别离》《今别离》《暗别离》《潜别离》《别离曲》诸题,歌咏长盛不衰。这首《长别离》写的是一位女子,思念在外为官的丈夫,盼望他回家团聚。

生离不可闻,况复长相思。如何与君别,当我盛年时[2]。蕙华每摇荡[3]，妾心空自持[4]。荣乏草木欢[5]，瘁极霜露悲[6]。富贵身难老[7]，贫贱年易衰[8]。持此断君肠，君亦宜自疑。淮阴有逸将[9]，折翮谢翻飞[10]。楚亦扛鼎士[11]，出门不得归。正为隆准公[12]，仗剑入紫微[13]。君才定何如？白日下争晖[14]。

【注释】
〔1〕长别离：在《乐府诗集》中，这首诗收入《杂曲歌辞》。
〔2〕盛：一作"少"。
〔3〕蕙华：蕙花，一种香草。
〔4〕空：一作"长"。　　自持：自我握持，指克制自己，保持节操。
〔5〕荣：花。
〔6〕瘁（cuì）：过度劳累。
〔7〕身：一作"貌"。　　老：一作"变"。
〔8〕年：一作"颜"。
〔9〕淮阴：指淮阴侯韩信。韩信为淮阴（今江苏清江西南）人，楚汉战争时，汉王刘邦任他为大将，屡立战功，击灭项羽于垓下。汉朝建立，封楚王，后降为淮阴侯。因有人告发他谋反，为吕后所杀。　　逸将：超群出众的将领。
〔10〕翮（hé）：鸟翎的茎，也指翅膀。一作"羽"。　　谢翻：一作"不曾"。
〔11〕亦：一作"有"。　　扛（gāng）鼎士：指项羽。项羽身长八尺，力能扛鼎（用两手把鼎举起来）。在秦末反秦战争中屡立战功，自立为西楚霸王，后与刘邦争天下，兵败垓下，自刎而死。
〔12〕隆准公：指汉高祖刘邦。他的长相"隆准（高鼻）而龙颜"。
〔13〕紫微：指帝王宫殿。紫微原为星官名紫微垣，在北斗以北，王者宫殿上应天象，故名紫微宫。
〔14〕下：一作"不"。

【今译】
　　活生生的别离已是难忍受，何况还有长年落不尽的相思泪。为什么与你分别之时，恰是我青春年少正娇媚。每当香草香花迎风在摇荡，我心躁动徒然自持究竟在等待谁。鲜花盛开时我没有草木欣欣向荣的欢乐，过度劳累时却感受到了霜露摧残的极度伤悲。富贵之人养尊处优不易变衰老，贫贱之人极易衰老心力交瘁。想到这些我为你肝肠寸断，你也应反省一下从前所为孰是孰非。淮阴有一个超群出众的大将韩信，但功成被杀就像大雁折断翅膀不能再飞。楚地也有一个力能扛鼎的勇士项羽，但最终兵败垓下有家不能归。只有那高鼻梁的刘邦，提着宝剑走进皇宫登上天子位。你的才干究竟怎么样？你怎能同明亮的太阳争光辉。

长 相 思[1]

【题解】

《古诗·孟冬寒气至》说："客从远方来，遗我一书札。上言长相思，下言久离别。"《古诗·客从远方来》说："文彩双鸳鸯，裁为合欢被。著以长相思，缘以结不解。"（均见卷一）汉代所谓的《苏李诗》也有"行人难久留，各言长相思"（《携手上河梁》），"生当复来归，死当长相思"（《结发为夫妻》）之句。离别愈久，相思愈深，这就是《长相思》的题旨。这首诗写一位女子对在外为官的丈夫的深长思念，希望他辞官归来夫妻团聚。

晨有行路客，依依造门端[2]。人马风尘色，知从河塞还[3]。时我有同栖[4]，结宦游邯郸[5]。将不异客子[6]，分饥复共寒。烦君尺帛书[7]，寸心从此殚[8]。遣妾长憔悴[9]，岂复歌笑颜。檐隐千霜树[10]，庭枯十载兰[11]。经春不举袖，秋落宁复看[12]。一见愿道意[13]，君门已九关[14]。虞卿弃相印，担簦为同欢[15]。闺阴欲早霜，何事空盘桓[16]？

【注释】

〔1〕长相思：在《乐府诗集》中，这首诗收入《杂曲歌辞》，同题诗共收三十二首。

〔2〕依依：轻柔的样子，静悄悄的样子。　造：到访，来访。

〔3〕河塞（sài）：黄河北方边境之地。

〔4〕同栖：同居，指丈夫。

〔5〕结宦（huàn）：一同为官。　邯郸（hán dān）：古都邑名，在今河北。

〔6〕客子：客人。

〔7〕尺帛书：信件。写在一尺长丝绸上的信。

〔8〕殚（dān）：借为"瘅"，病。一作"单"。

〔9〕遣：一作"道"。

〔10〕千霜树：历经千霜的老树。古歌有"延年寿千霜"之句。

〔11〕十载兰：十年的兰草。

〔12〕宁：岂，难道。

〔13〕"一见"句：语出宋玉《九辩》："愿一见兮道余意，君之心兮与余异。"

〔14〕九关：九重天门。《楚辞·招魂》："君无上天些，虎豹九关。"

〔15〕"虞卿"二句：虞卿为战国时游说之士。《史记·平原君虞卿列传》说："虞卿者，游说之士也。蹑蹻（担）簦说赵孝成王。……再见，为赵上卿。……虞卿既以魏齐之故，不重万户侯卿相之印，与魏齐间行，卒去赵，困于梁。"簦（dēng），有柄的笠，类似今日之伞。一作"笠"。同欢，指魏齐，原为魏相，与秦应侯有仇，为避祸至赵求虞卿帮助，后又与虞卿一同归梁。

〔16〕盘桓：徘徊，逗留。

【今译】

清晨有一位过路的客人，静悄悄地来到我的门边。人困马乏风尘仆仆，一看就知道他从河北塞外回还。当时与我共同生活的丈夫，与他结伴同在邯郸为官。丈夫与他情投意合，同御饥寒共历患难。烦劳你给他捎去书信一封，我的心从此将痛苦不堪。离别的相思已令我十分憔悴，哪里还能再放歌展笑颜。屋檐下历经千霜的老树隐约可见，庭院里十年的兰草也已枯黄凋残。整个春天我都没有动手清理，秋花已落哪能再赏玩观看。真希望再见到你倾诉我的情意，但你的心却像九天之门紧紧闭关。从前虞卿抛弃了相印，与挚友魏齐披戴蓑笠离开赵国邯郸。在我阴暗的闺房里像是要下起霜雪,你为什么徒然滞留他乡不愿把家还?

鲍令晖杂诗六首

鲍令晖,东海(今山东郯城一带)人,鲍照之妹。南朝宋女诗人,著有《香茗赋集》,已佚。

拟青青河畔草[1]

【题解】

一位女子独处高楼,思念从军在外的丈夫。全诗立意和用语都模拟古诗《青青河畔草》,开头数句连用几个叠音词,极尽形容,形象鲜明。最后两句,写女子在夜月春风之下弹琴画眉。夜月春风,最宜情人欢聚,而女主人公却独处深闺,面对如此良辰美景,真是情何以堪。

袅袅临窗竹,蔼蔼垂门桐[2]。灼灼青轩女[3],泠泠高台中[4]。明志逸秋霜[5],玉颜艳春红[6]。人生谁不别,恨君早从戎[7]。鸣弦惭夜月[8],绀黛羞春风[9]。

【注释】

[1] 拟青青河畔草:所拟《青青河畔草》,在《玉台新咏》中属枚乘《杂诗九首》,见卷一。在《昭明文选》中属《古诗十九首》。

[2] 蔼蔼:茂盛的样子。

[3] 灼灼:明艳、光彩照人的样子。　青轩:青楼,高贵女子

所居。

〔4〕泠泠（líng）：清凉的样子。　　台：一作"堂"。
〔5〕逸：超越。
〔6〕艳：一作"掩"。　　春红：春天的红花。
〔7〕从戎：从军，服兵役。
〔8〕鸣弦：指弹琴。
〔9〕绀（gàn）黛：本为古代女子用来画眉的颜料，这里指女子画眉。绀，微带红的黑色。黛，青黑色的颜料。

【今译】

临窗的翠竹随风轻轻飘动，门前的梧桐一片葱茏。青楼上一位明艳的女子，凄冷地独处在高楼中。她的明净皎洁的心志超过秋霜，她的美丽的容颜像春花一样红。人生在世有谁不离别，但只悔恨让丈夫过早地离家去从戎。在明月下弹琴愧对明月，在春风中画眉羞对春风。

拟客从远方来[1]

【题解】

一位女子，收到丈夫托人捎来的琴，更激起了对丈夫的深长相思。

客从远方来，赠我漆鸣琴。木有相思文[2]，弦有别离音。终身执此调，岁寒不改心。愿作阳春曲，宫商长相寻[3]。

【注释】

〔1〕拟客从远方来：所拟《客从远方来》，在《玉台新咏》中属《古诗八首》，见卷一。在《昭明文选》中属《古诗十九首》。
〔2〕"木有"句：琴木上有相思的花纹。《述异记》说，战国时，魏国一男子离家从军，久不归，其妻因苦苦相思而死去。埋葬之后，坟墓上长

出一棵树,枝叶都向着丈夫所在的方向,人们称这棵树为"相思木"(相思树)。这里说琴是用相思木制成,上面有相思的花纹。

〔3〕宫商:指五音。中国古代音乐将音阶分为宫、商、角、徵、羽五个音级,称"五音",或"五声"。这里代指音乐。

【今译】

客人从远方到来,捎来了丈夫送我的油漆精美声音清脆的琴。琴木上有着相思的花纹,琴弦上弹出了别离苦恋的悲音。我终身都会弹唱这音调,即使岁末之时天寒地冻也不变心。我愿化作一支阳春的曲子,在音乐声中将你永远追寻。

题书后寄行人[1]

【题解】

徐幹《室思》诗有"自君之出矣,明镜暗不治。思君如流水,何有穷已时"之句(见卷一)。自此之后,人们便以"自君之出矣"为题作诗,抒发思妇对游子的相思。在《乐府诗集·杂曲歌辞》中,收了同题之作多达二十首,这首诗便是其中之一。

自君之出矣,临轩不解颜[2]。砧杵夜不发[3],高门昼常关。帐中流熠耀[4],庭前华紫兰[5]。物枯识节异[6],鸿来知客寒。游用暮冬尽[7],除春待君还[8]。

【注释】

〔1〕题书后寄行人:一作《寄行人》。在《乐府诗集》中,这首诗收入《杂曲歌辞》,题为《自君之出矣》,同题诗共收二十首。

〔2〕轩:有窗的长廊或小室,这里指长廊上的栏杆。　解颜:破颜而笑。

〔3〕砧杵(zhēn chǔ):古代洗衣或衣料所用的捣衣石和棒槌。

〔4〕熠(yì)耀:萤火。

〔5〕华：花。　　紫兰：紫罗兰，草本植物，三四月开花，花有紫、红、黄、白诸色。
〔6〕物：一作"杨"。　　识：一作"谢"。
〔7〕游用暮冬尽：一作"游取暮春尽"。
〔8〕除春：一作"余思"。

【今译】
　　自从你离家到远方去，我倚靠栏杆就再也不能展颜尽欢。捣衣的砧杵晚上不再传出捣衣的声音，白天大门也常常闭关。帷帐中萤火在游动，庭院前开满了紫罗兰。草木的枯荣可以了解节气的变迁，鸿雁的到来可以知道客居的苦寒。游宦的生活应当随着暮冬到来而结束，现在春日将尽我正焦急地等待着你把家还。

古意赠今人⁽¹⁾

【题解】
　　一位南方的女子，在初春之时，思念滞留北方的丈夫。

　　寒乡无异服，衣毡代文练⁽²⁾。月月望君归，年年不解綖⁽³⁾。荆扬春早和⁽⁴⁾，幽冀犹霜霰⁽⁵⁾。北寒妾已知，南心君不见。谁为道辛苦，寄情双飞燕。形迫杼煎丝⁽⁶⁾，颜落风催电。容华一朝尽⁽⁷⁾，惟余心不变。

【注释】
　　〔1〕古意赠今人：《乐府诗集·琴曲歌辞》收了这首诗（无后六句），但署作者为吴迈远，题作《秋风》。古意，作为诗题，其意是将古诗原有的意境加以点染发挥。
　　〔2〕衣毡：一作"毡褐"。毡，毛毡。　　文练：有花纹的洁白的熟绢。

〔3〕解綖（yán）：辞官去职。綖，冠冕上的装饰。
〔4〕荆扬：荆州、扬州，均在南方。
〔5〕幽冀：幽州、冀州，均在北方。　霰（xiàn）：从高空中落下的小冰粒。
〔6〕杼（zhù）：织布机上的机梭。
〔7〕容华：指女子的花容月貌。　尽：一作"改"。

【今译】

　　寒冷的地方没有别的衣裳，只有清一色的皮毛取代了五颜六色的绸绢。一月又一月地盼望着你的归来，你却一年复一年地不能脱掉官帽将官职交卸。我身处南方的荆扬早已是春风和畅，你滞留北方的幽冀却仍然是凝霜落霰。你在北方的寒冷我已能感知，而我在南方的心思你却看不见。有谁能够替我传达内心的悲苦，我只有寄情于双双北翔的飞燕。形势的急迫就像日夜不停地穿梭和煮丝，容颜的损毁又像经受狂风暴雨鸣雷闪电。花容月貌总有一天会完全变样，只剩下我对你爱恋的心永远不变。

代葛沙门妻郭小玉诗二首[1]

【题解】

　　一位姓葛的人依照佛教戒律出家修道，其妻郭小玉对他依恋不舍。诗人代郭小玉写了这两首诗，表达她对丈夫的深情。

　　明月何皎皎[2]，垂栌照罗茵[3]。若共相思夜，知同忧怨晨。芳华岂矜貌[4]，霜露不怜人。君非青云逝[5]，飘迹事咸秦[6]。妾持一生泪，经秋复度春。

　　君子将遥役[7]，遗我双题锦[8]。临当欲去时，复留相思枕。题用常著心，枕以忆同寝[9]。行行日已远，转觉心弥甚[10]。

【注释】

〔1〕沙门：佛教名词，指依照佛教戒律出家修道的人。
〔2〕皎皎：明亮的样子。
〔3〕扩（huǎng）：帷幔。一作"幌"。　茵：垫子，褥子，毯子。
〔4〕矜（jīn）：矜持，自负。
〔5〕青云：喻身为大官居于高位建功立业。
〔6〕咸秦：指秦的故都咸阳。
〔7〕遥役：远行。遥，一作"徭"。
〔8〕遗（wèi）：赠送。　双题：额的两边。　锦：有彩色花纹的丝织品，这里指冠巾。
〔9〕用：以。
〔10〕心：一作"思"。

【今译】

　　月光是多么的皎洁明亮，照亮了帷帐照亮了我的被褥枕衾。它好像同我共同度过了这相思不眠之夜，也知道与我共同忧伤愁怨到清晨。我岂能再以花容月貌来自负自傲，风霜雨露的摧残实在是不饶人。你并非谋求高位平步青云而离去，只是赴咸阳修道而远离嚣尘。我的一生都会是泪痕满面，在悲痛中度过一秋又一春。

　　丈夫将要远行，送我精美的冠巾。临到将要启程的时候，又留下了相思枕。冠巾用来时常系住我的心，玉枕用来让我回忆昔日的共被同寝。丈夫走啊走啊一天比一天的远，但我对他的相思爱恋反而越来越深。

丘巨源杂诗二首

　　丘巨源，兰陵（今山东枣庄东南）人。少举孝廉。南朝齐高帝时，历任尚书主客郎、余杭令。后为齐明帝所杀。原有集十卷，已佚。

咏七宝扇

【题解】

　　这首诗咏扇,实际上是咏人,以扇喻人。七宝扇固然珍贵,但秋节一至,便弃置一旁。美人固然得宠一时,但一旦色衰爱弛,便遭冷落,只能在寂寞中度过余生。全诗最后两句是无可奈何的哀叹,更凸显出古代女性不能掌握自己命运的可悲。

　　妙缟贵东夏[1],巧媛出吴闉[2]。裁状白玉璧[3],缝似明月轮。表里镂七宝[4],中衔骇鸡珍[5]。画作景山树[6],图为河洛神[7]。来延挥握玩[8],入与镮钏亲[9]。生风长袖际,晞华红粉津[10]。拂昒迎娇意[11],隐映含歌人。时移务忘故,节改竞存新[12]。卷情随象簟[13],舒心谢锦茵[14]。厌歇何足道[15],敬哉先后晨[16]。

【注释】

　　[1]缟(gǎo):洁白细软的生绢。　东夏:中国的东部。中国古称华夏。
　　[2]媛:美女。　吴闉(yīn):吴地,今江苏南部苏州一带。闉,古代城门外的曲城。闉,一作"阇"。
　　[3]状:一作"如"。
　　[4]镂(lòu):雕刻。　七宝:七种珍宝,泛指多种宝物。
　　[5]骇鸡珍:即通天犀角,又名骇鸡犀。葛洪《抱朴子·登涉》:"通天犀角,有一赤理如綖,自本彻末,以角盛米,置群鸡中,鸡欲啄之,未至数寸,即惊却退,故南人或名通天犀为骇鸡犀。"
　　[6]景山:山名,在今河南偃师市南。《诗经·商颂·殷武》:"陟彼景山,松柏丸丸。"
　　[7]河洛神:指黄河之神河伯和洛水之神宓妃。
　　[8]延:接纳,引入。
　　[9]镮:圆形有孔可贯穿的东西,指手镯、耳环等首饰。

〔10〕晞华：让风把花吹干。华，即花，喻美人。　红粉津：美人洗浴的地方。周达观《成斋杂记》说，吴故宫有香水溪，乃西施浴处，人呼为脂粉塘。

〔11〕眄（miǎn）：斜着眼睛看。

〔12〕节改：季节的改换。

〔13〕象簟（diàn）：象牙制成的凉席，夏季所用。

〔14〕谢：辞，离开。　锦茵：精美的丝褥，秋冬所用。

〔15〕厌歇：厌倦消歇。

〔16〕先后：指轻重进退。　晨：同"辰"，时日。

【今译】

　　精妙的丝绢誉满东夏，正像吴地盛产美女名媛。把它裁成白玉璧的模样，缝制成团扇好似一轮明月。里里外外雕刻着七种珍宝，中间镶嵌着通天犀角。上面画了景山的松柏，还画了河伯宓妃携手同偕。用时拿在手中把玩扇风，不用时与玉环手镯同放在一边。常在美人长袖旁扇起凉风，也常在浴池边吹干美人身上的水液。美人用它来遮住娇羞的眉眼，映衬着哼着歌儿的娇美身影隐隐约约。不意季节推移人们竟忘了故友，节气变换大家争着去追求新的欢悦。收敛情怀且与象牙制成的凉席一同卷起，放松心情且与温暖精美的丝褥相互告别。遭人厌倦终于消歇都不值得去说，这随着时令变化而有轻重进退的规律永远不能超越。

听邻妓[1]

【题解】

　　古代歌女，称娼妓（倡伎），是乐人，艺人。她们卖艺不卖身，与后世卖身之妓女有别。诗人听到邻居传来歌女娇美的歌声，联想起自己凄凉的身世，感慨万端。

　　披衽乏游术[2]，凭轼寡文才[3]。蓬门长自寂[4]，虚席视生埃。贵里临妆馆[5]，东邻鼓吹台。云间娇响彻，风末艳声来。飞华瑶翠幄，扬芬金碧杯。久绝中州美[6]，从念尸乡灰[7]。遗情悲近世，中山安在哉[8]！

【注释】
〔1〕妓：倡伎，艺人。
〔2〕披衽（rèn）：犹"披襟"。宋玉《风赋》写楚襄王与宋玉游于兰台，有"王乃披襟而当之"之句。衽，衣襟。　　游术：指游说诸侯求取官职的本领。
〔3〕凭轼：倚靠着车前横木，指乘车。古代往往是为官从政的人方能乘车。
〔4〕蓬门：蓬草搭盖的门，贫穷人家所居。
〔5〕贵里：富贵人家所居之处。杨衒之《洛阳伽蓝记》说，清阳门内御道北，有永和里，里中太傅录尚书长孙稚等六宅，皆高门华屋，当世名为"贵里"。　　妆：一作"倡"。
〔6〕中州：中国，指中原一带。
〔7〕念：一作"今"。　　尸乡：地名，在今河南偃师西。秦统一中国时，齐田横在此自刎，古人认为他是忠臣的典型。
〔8〕中山：指中山酒。中山为古国名，在今河北定州市一带。据张华《博物志》、干宝《搜神记》等书记载，有中山人善酿千日酒，饮之千日醉。

【今译】
　　我没有游说诸侯求取功名富贵的本领，也没有为官治民的文才。长年在草屋中寂寞地度日，空空的坐席上积满了尘埃。高门华屋紧挨着倡馆，东边的邻居就是歌舞鼓吹台。娇美的歌声响彻云间，微风把香艳的歌声传过来。在琼瑶翡翠的帷帐中鲜花飞舞，四溢的芳香出自金黄碧玉杯。我已很久没有去欣赏中州文物的嘉美，为国为君尽忠之心已成灰。想到当今的世道只留下悲愤，从哪里可以得到中山酒饮它千日醉不归。

王融杂诗五首

王融(467—493),字元长,琅玡临沂(今属山东)人,南朝齐武帝时任中书郎兼主客郎,与竟陵王萧子良友善,被举为宁朔将军,为"竟陵八友"之一。武帝病危,他拥立子良继位,不成,后郁林王继位,下狱赐死。南朝齐诗人,与沈约等共创"永明体"。原有集十卷,已散佚,明人辑有《王宁朔集》。

古意二首[1]

【题解】
古诗多思妇之辞,这两首诗仿古意,写独居家中的女子,思念远在他乡的丈夫。

游禽暮知反[2],行人独不归。坐销芳草气,空度明月辉。嚬容入朝镜[3],思泪点春衣[4]。巫山彩云没[5],淇上绿条稀[6]。待君竟不至,秋雁双双飞。

霜气下孟津[7],秋风度函谷[8]。念君凄已寒,当轩卷罗縠[9]。纤手废裁缝,曲鬓罢膏沐[10]。千里不相闻,寸心郁氛氲[11]。况复飞萤夜,木叶乱纷纷。

【注释】
〔1〕古意:诗题名,与拟古、效古同,多讽咏前代的故事,以寄寓其意,或将古诗原有的意境点染发挥。
〔2〕反:同"返"。
〔3〕嚬(pín):皱眉。
〔4〕点:玷污,这里指沾湿。
〔5〕巫山:山名,在今重庆,长江穿流其中,成为三峡中的巫峡。宋

玉《高唐赋》说，宋玉与楚襄王游高唐，宋玉对襄王说，从前怀王昼寝，"梦见一妇人，曰：'妾，巫山之女也，为高唐之客。闻君游高唐，愿荐枕席。'王因幸之。去而辞曰：'妾在巫山之阳，高丘之阻，且为朝云，暮为行雨，朝朝暮暮，阳台之下。'"这就是有名的巫山云雨、男女欢爱的典故。这句反用其意，说不能与丈夫欢会。　　彩：一作"绣"。　　没：一作"合"。

〔6〕淇上：淇水之滨。《诗经·鄘风·桑中》："期我乎桑中，要我乎上宫，送我乎淇之上矣。"古代卫国的桑中（桑间）、淇上，是男女密约幽会的地方。　　条：一作"柳"。

〔7〕孟津：古黄河津渡名，在今河南孟州市西南，相传周武王伐纣在此盟会诸侯并渡河。

〔8〕函谷：关名，在今河南灵宝市南，春秋战国时为秦之东关，是军事要地。

〔9〕轩：有窗的长廊或小室，这里指窗。　　罗：轻软有稀孔的丝织品。　　縠（hú）：有皱纹的纱。

〔10〕鬓：两额边的头发。

〔11〕氤氲（yūn）：旺盛、浓烈的样子。一作"纷蕴"。

【今译】

　　远游的鸟日暮尚且知道返巢，远行的人竟然长年不归。日日独坐香草的芳香日渐消尽，徒然辜负了这明月的光辉。早上照镜照见了满面愁容，春天的衣衫沾满了相思的眼泪。巫山上的彩云早已消散，淇水边的绿条也已稀疏衰萎。等待着你归来你竟没有归来，只看见秋天的大雁双双往南飞。

　　孟津渡口霜气凝结，函谷关前秋风劲吹。想到你在他乡凄清又寒冷，走到窗前为远眺而卷起罗帷。纤细的手早已不再缝制新衣，无心梳洗任由鬓发乱垂。相隔千里听不到你的消息，心中郁闷愁思累累。何况又逢流萤飞舞的夜晚，树叶纷纷飘落更觉伤悲。

咏 琵 琶

【题解】

诗题为《咏琵琶》,实际上是咏弹琵琶的歌女。

抱月如可明⁽¹⁾,怀风殊复清。丝中传意绪,花里寄春情。掩抑有奇态⁽²⁾,凄怆多好声。芳袖幸时拂,龙门空自生⁽³⁾。

【注释】

〔1〕抱月:指怀抱琵琶,因琵琶形状似一轮明月。
〔2〕掩抑:遮挡,指抱着琵琶部分遮挡住身体和颜面。一说,掩抑形容声音低沉。
〔3〕龙门:龙门山,在今山西陕西交界处,黄河流经其地。枚乘《七发》说:"龙门之桐,高百尺而无枝……其根半死半生。"龙门的桐木,木质坚细而轻,最宜于造琴。

【今译】

怀抱琵琶像是怀抱光辉的明月,怀里发出和风清新又清新。弦中传达出绵绵的情意,像是在花丛中寄托春日的相思情。琵琶半遮颜面现出娇羞的面容,弹奏中多是凄凉悲伤的美妙声音。幸得美人芳袖时时拂拭弹唱,否则龙门之桐也只是空自生。

咏 幔⁽¹⁾

【题解】

这首诗咏幔,实际上是咏被迎娶到青庐(用青布幔搭成)中的新娘。诗中,这位新娘兴奋不已,完全陶醉在幸福之中。

　　幸得与珠缀,幂䍥君之楹[2]。月映不辞卷,风来辄自轻。每聚金炉气,时驻玉琴声。俱愿致尊酒[3],兰釭当夜明[4]。

【注释】

〔1〕幔:帐幕,这里指迎娶新妇的青庐,即用青布幔搭成的棚,行婚礼用。段成式《酉阳杂俎·礼异》:"北朝婚礼,青布幔为屋,在门内外,谓之青庐,于此交拜迎妇。"

〔2〕幂䍥(mì lì):密密地覆盖。　楹:堂屋前部的柱子。

〔3〕俱:一作"但"。　致:一作"置"。　尊:同"樽",古代盛酒的器具。

〔4〕兰釭(gāng):用兰膏点燃的灯。釭,灯。

【今译】

　　帷幔有幸能同珍珠连缀在一起,搭成青庐密密覆盖在你的前庭。月光照临帷幕便会卷起,微风吹来自会飘动不停。帐中常常凝聚着金炉薰起的芳香,时时回旋着玉琴弹出的妙声。但愿能有一杯酒与你欢乐共饮,在灯光映照下直到天明。

巫 山 高[1]

【题解】

　　《乐府解题》说,《巫山高》古辞言江淮水深而无梁可度,临水远望而思归。但这首《巫山高》却是用宋玉《高唐赋》所述楚王梦见巫山神女的故事,表达对"梦中情人"的相思和爱恋。

　　想象巫山高[2],薄暮阳台曲。烟霞乍舒卷[3],蘅芳时断续[4]。彼美如可期,寤言纷在属[5]。怃然坐相思[6],秋风下庭绿。

【注释】
〔1〕巫山高:在《乐府诗集》中,这首诗收入《鼓吹曲辞·汉铙歌》,同题诗共收二十一首。
〔2〕巫山:见前王融《古意二首》注〔5〕。
〔3〕霞:一作"华",一作"云"。 乍(zhà):忽然。
〔4〕蘅芳:杜蘅和芳芷,两种香草。一作"猿鸟"。蘅,一作"行"。时:一作"自"。
〔5〕寤:睡醒。 言:语助词,无义。 属:一作"瞩"。
〔6〕怃然:茫然自失的样子。 思:一作"望"。

【今译】
印象之中巫山是那样的高,黄昏之时通往阳台的道路弯弯曲曲。远处的烟霞时舒时卷,杜蘅和白芷的芳香断断续续。那位美人如果可以盼得到,醒来之后当会历历在目。对她的苦苦相思使我茫然自失,秋风吹来庭院仍是一片青绿。

谢朓杂诗十二首

谢朓(464—499),字玄晖,陈郡阳夏(今河南太康)人。早年曾在南朝齐豫章王幕下任参军,在隋王幕下任功曹、文学,又与竟陵王友善,为"竟陵八友"之一。齐明帝时任中书郎,出为宣城太守,官至尚书吏部郎。后为人构陷,死于狱中。南朝齐著名诗人,是"永明体"代表作家之一,世称谢宣城。与谢灵运同族,人称"小谢"。原有集十二卷,已散佚,明人辑有《谢宣城集》。

赠王主簿二首[1]

【题解】

诗人迷醉在娱乐场中,欣赏乐人歌舞之美,并赠诗王主簿,劝他不要辜负了这大好春光。

日落窗中坐,红妆好颜色[2]。舞衣襞未缝[3],流黄覆不织[4]。蜻蛉草际飞[5],游蜂花上食。一遇长相思,愿寄连翩翼[6]。

清吹要碧玉[7],调弦命绿珠[8]。轻歌急绮带,含笑解罗襦[9]。余曲讵几许?高驾且踟蹰。徘徊韶景暮[10],惟有洛城隅[11]。

【注释】

〔1〕王主簿:名季哲。
〔2〕颜色:脸色,容貌。
〔3〕襞(bì):指给衣裙打褶子,也指衣裙上的折叠部分。
〔4〕流黄:黄色,也指黄色的绢。
〔5〕蜻蛉:即蜻蜓。
〔6〕连翩翼:指并翼双飞的鸟。
〔7〕碧玉:晋(一说宋)汝南王之宠妾。汝南王为她写了《碧玉歌》。但《玉台新咏》认为,《碧玉歌》是孙绰所作,见卷十孙绰《情人碧玉歌二首》。
〔8〕绿珠:晋石崇宠妾。《晋书·石崇传》说她"美而艳,善吹笛"。
〔9〕罗襦(rú):丝绸的短衣。《史记·滑稽列传》记淳于髡之语:"日暮酒阑,合尊促坐,男女同席,履舄交错。杯盘狼藉,堂上烛灭。……罗襦襟解,微闻芗泽。"
〔10〕韶景暮:一作"怜暮景"。韶景,春天的美景。
〔11〕洛城:洛阳。

【今译】

　　她们在日落之时坐在窗前，涂脂抹粉一副好容貌。身上的舞衣褶子还没有缝完，披在身上的黄绢也还没有织好。她们翩翩起舞就像蜻蜓在草上飞，又像游走的蜜蜂花上采蜜春意闹。一旦遇到知己就会长久地相思，真希望结成伴侣像并翼双飞的鸟。

　　想听歌要请碧玉这样的女子来歌唱，想听曲要请绿珠这样的美人来调弦。轻歌曼舞束紧了腰带，谈笑风生又把短衣暗解。余下的曲子难道还会有许多？尊驾暂且停一停别走开。要想在这暮春的美景中徘徊流连，只有到这洛阳城边来。

同王主簿怨情[1]

【题解】

　　这首诗主要抒写女子失宠的哀怨。这首诗可能有所寄托，以女子的失宠来比喻仕途的失意。即使这样，诗人对失宠女子的同情，仍是显然可见的。

　　掖庭聘绝国[2]，长门失欢燕[3]。相逢咏蘼芜[4]，辞宠悲团扇[5]。花丛乱数蝶，风帘入双燕[6]。徒使春带赊[7]，坐惜红颜变[8]。平生一顾重[9]，夙昔千金贱[10]。故人心尚永[11]，故心人不见[12]。

【注释】

　〔1〕王主簿：名季哲。《昭明文选》收了这首诗，题为《和王主簿怨情》。

　〔2〕掖（yè）庭：皇宫中的旁舍，妃嫔所住的地方。　聘：古代国与国之间遣使访问。这里指王昭君作为和亲使者远嫁匈奴。　绝国：绝远之国，指匈奴。汉元帝时，匈奴求和亲。宫女王昭君因不得元帝召幸，自请掖庭令求行，于是远嫁匈奴单于。

　〔3〕长门：长门宫。汉武帝陈皇后曾被武帝"金屋藏娇"，失宠后，独居

冷宫长门宫,司马相如有《长门赋》咏此事。　　欢燕:同"欢宴",欢乐。

〔4〕蘼芜(mí wú):香草名。《古诗·上山采蘼芜》(见卷一)写一位弃妇与前夫的对话。

〔5〕团扇:圆扇。班婕妤《怨诗》(见卷一,又名《怨歌行》),以扇自喻,抒写秋凉之时被抛弃的痛苦。

〔6〕双:一作"飞"。

〔7〕赊(shē):宽缓。人消瘦则衣带宽松。

〔8〕颜:一作"妆"。

〔9〕平生:一作"生平"。　　一顾重:指回头看一眼,价值千金。《列女传》:"楚成郑子瞀者,楚成王之夫人也。初,成王登台,子瞀不顾。王曰:'顾,吾与女千金。'子瞀遂行不顾。"曹植有诗道:"一顾千金重,何必珠玉钱。"

〔10〕夙:一作"宿"。

〔11〕永:一作"尔"。

〔12〕心人:一作"人心"。

【今译】

　　王昭君不得召幸离开掖庭远嫁匈奴,陈皇后废置长门宫也失去了昔日"金屋藏娇"的恩眷。弃妇与前夫相遇写下了《上山采蘼芜》,班婕妤失宠后用团扇自喻倾诉心中的悲怨。春日花丛中飞舞着几只蝴蝶,风吹帘动飞来了一对飞燕。抚今追昔徒使腰带松弛(人更消瘦),恩爱断绝空惜红颜改变。回想从前年轻貌美而被看重,转眼之间色衰爱弛千金之躯也被轻贱。我这故人之心依然怀念昔日的恩爱,只是这样的爱心又有谁看得见。

夜听妓二首[1]

【题解】

　　一个晚上,诗人到歌舞场所去听歌女们弹唱,心中柔情蜜意油然而生,于是写了这两首诗抒发自己的感受。古代读书人,或因仕途的失意,或因封建婚姻的不幸,往往到歌舞场中去寻求精神上的慰藉。他们对歌女的爱恋,也往往是他们寂寞痛苦心境的反映。

琼闺钏响闻[2],瑶席芳尘满。要取洛阳人[3],共命江南管[4]。情多舞态迟[5],意倾歌弄缓[6]。知君密见亲,寸心传玉腕[7]。

上客光四座[8],佳丽直千金[9]。挂钗报缨绝[10],堕珥答琴心[11]。蛾眉已共笑,清香复入衿[12]。欢乐夜方静,翠帐垂沉沉。

【注释】
〔1〕妓:歌女,乐人。
〔2〕钏(chuàn):用珠子或玉石等穿起来做成的镯子。
〔3〕要(yāo):邀,约。
〔4〕命:使用。　管:指箫、笛等管乐器。
〔5〕迟:指柔缓的舞姿。
〔6〕弄:弄管,指吹奏管乐器。　缓:指轻柔舒缓的歌声和乐声。
〔7〕腕:手腕。
〔8〕上客:尊贵的客人。
〔9〕直:同"值"。
〔10〕挂钗:女子把钗挂在男子冠缨上以示好。宋玉《讽赋》:"主人之女,以翡翠之钗挂臣冠缨。"　缨绝:指向美人示爱的绝缨者。汉刘向《说苑·复恩》:"楚庄王赐群臣酒。日暮烛灭,有引美人之衣者,美人援绝其冠缨,告王趣火来视绝缨者。王曰:'赐人酒,使醉失礼,奈何显妇人之节而辱士乎?'乃命皆绝去其冠缨,然后举火。"
〔11〕堕珥(ěr):坠落于地的珠镶耳环,是男女欢爱时出现的情况。语出《史记·滑稽列传》所载淳于髡之语"前有堕珥,后有遗簪"。琴心:指男子以琴声挑逗女子以求爱。《史记·司马相如列传》载,司马相如至临邛,"是时卓王孙有女文君新寡,好音,故相如缪与令相重,而以琴心挑之"。
〔12〕衿(jīn):同"衿",古代衣服的交领。一作"衿"。

【今译】
　　琼玉般的香闺里听到了玉钏的声响,琼玉般的座席上充满浓浓的芳香。热忱地邀来了洛阳的美人,一同来吹弹这江南的箫笛笙簧。由于情深舞者的姿态自然柔缓轻慢，由于意浓歌弹的声音自然舒缓悠长。她们都知道你心中密藏着对她们的爱意，所以她们的爱心也从洁白如玉的手腕传到了箫管上。

尊贵的客人使四座增光，美丽的女子更是价值千金。她们挂钗是为了报答嫛绝者，她们堕珥是为了回报用琴声示爱的人。已经与美人一同欢笑，阵阵清香更进入了衣襟。这夜的欢乐刚刚平静，只看见垂下青绿色的帷帐夜已深沉。

咏邯郸故才人嫁为厮养卒妇[1]

【题解】

一位邯郸籍的宫女，年轻时在宫中侍奉君王，年长后嫁给一个劈柴烧饭地位低贱的仆人。诗人对她的命运充满同情，写下了这首诗：

生平宫閤里[2]，出入侍丹墀[3]。开笥方罗縠[4]，窥镜比蛾眉。初别意未解，去久日生悲。憔悴不自识，娇羞余故姿。梦中忽仿佛，犹言承燕私[5]。

【注释】

〔1〕咏邯郸故才人嫁为厮养卒妇：在《乐府诗集》中，这首诗收入《杂曲歌辞》，题为《邯郸才人嫁为厮养卒妇》，同题诗共收二首。邯郸，地名，在今河北。才人，妃嫔的称号，始设于晋武帝。厮养卒，指为人服役、地位低贱的人。干劈柴养马的活叫厮，干烧火煮饭的活叫养。

〔2〕宫閤：皇宫庭院。

〔3〕丹墀（chí）：漆成红色的台阶，富贵人家所居。

〔4〕笥（sì）：装衣物的方形竹器。　罗：轻软的丝织品。　縠（hú）：有皱纹的纱。

〔5〕承燕私：指后妃在君王休闲之时侍候君王。燕，同"宴"，安闲，休息。

【今译】

平生一直住在宫廷里，出入红色的台阶侍候君王。开箱都是绫罗绸缎，照镜窥见蛾眉红妆。初别的忧愁尚未消解，离开得越久越是悲伤。面容憔悴连自己都认不出来，只有娇羞的神态还有一点旧时的模样。梦中仿佛又回到了从前，好像还在宫中陪侍皇上。

秋 夜

【题解】

秋夜里，一位女子孤独地久久站立在堂上，思念远在他乡的丈夫。

秋夜促织鸣⁽¹⁾，南邻捣衣急⁽²⁾。思君隔九重⁽³⁾，夜夜空伫立。北窗轻幔垂，西户月光入。何知白露下，坐视前阶湿。谁能长分居，秋尽冬复及？

【注释】

〔1〕促织：蟋蟀。蟋蟀的鸣叫和从户外进入户内，表示时令的变化和天气的逐渐寒冷。

〔2〕捣衣：在捣衣石上用木棒捶打衣料或衣裳，往往是为了给远方的亲人准备寒衣。

〔3〕九重：九重天，或天门九重，喻相距遥远，见面困难。

【今译】

秋天的夜里蟋蟀的叫声越来越近，南面的邻居又传来了急促的准备寒衣的捣衣声。想念你啊但我们远隔千山万水，每晚我都长久地站立室中独自伤神。北边的窗子轻柔的帷幔已经放下，西边的窗子月光照着我这孤单的人。我竟不知白色的霜露已经落下，只看见前面的台阶已是湿淋淋。谁能够长久地分居两地，过了一个夏秋又是一个冬春？

杂咏五首

灯[1]

【题解】

　　这首诗咏灯,但灯下有人,因灯及人,表达了一位舞女的辛酸。可以想见,灯下的女子,迫于生计,须以歌舞娱人,不得不紧张地缝制舞衣。她的情人远在他乡,虽然灯花数结,但他们相聚仍是希望渺茫。面对孤灯,她的离别的痛苦,内心的悲伤,就不言而喻了。

　　发翠斜汉里[2],蓄宝宕山峰[3]。抽茎类仙掌[4],衔光似烛龙[5]。飞蛾再三绕,轻花四五重[6]。孤对相思夕,空照舞衣缝。

【注释】

　　[1]灯:古代的灯,有灯台,上可置烛。油灯则有装油的灯盏,用灯芯草作点火之炷。
　　[2]斜汉:天河的别称。汉,一作"溪"。
　　[3]宕(dàng)山:山名。《列仙传》说,宕山盛产丹砂,"砂流出,飞如火"。　抽:一作"擂"。　类:一作"数"。
　　[4]仙掌:仙人掌,喻灯台的形状。
　　[5]烛龙:传说的钟山之神,又名烛阴。《山海经·海外北经》说,烛阴人面蛇身,眼开则昼,闭即夜,又名烛龙。
　　[6]轻花:即灯花,指灯芯余烬结为花形,据说灯花爆会有喜事到。

【今译】

　　它的青光发源于天河里,它的宝火原藏在宕山峰。它的抽茎挺拔像是仙人掌,它蕴含着光焰好似人面蛇身的烛龙。飞蛾围着它不断地飞舞,灯花已经结了四五重。然而这位怀抱相思的女子只能终夜与孤灯相伴,孤灯也只是徒然地照着她把舞衣密密缝。

烛

【题解】

这首诗咏烛,但烛下有人,一位梳着云髻的女子。诗中写出了她在烛光之下的感受。诗中以月光之明反衬烛光之暗,又以烛光之暗衬托女子情绪的低沉和心中的伤痛,抒情含蓄有致。

杏梁宾未散[1],桂宫明欲沉[2]。暧色轻帏里[3],低光照宝琴。徘徊云髻影[4],灼烁绮疏金[5]。恨君秋夜月[6],遗我洞房阴[7]。

【注释】

〔1〕杏梁:以杏木为屋梁,指富贵人家的华居。
〔2〕桂宫:月宫,神话传说月中有玉桂,故名。一说,桂宫为汉武帝所造之宫,中有明光殿,多金玉珠玑,金阶玉陛,昼夜光明。
〔3〕暧(ài)色:光线昏暗。
〔4〕云髻(jì):女子梳在头顶或脑后的高高的发结。
〔5〕灼烁(zhuó shuò):闪烁。　绮疏:刻镂成美丽纹路的窗。金:指烛光映在窗上呈现出金色。
〔6〕恨:遗憾。　夜月:一作"月夜"。
〔7〕洞房:深邃的闺房。

【今译】

华宅中饮宴的宾客还未散去,一轮明月却将西沉。暗淡的烛光映照在轻柔的帏帐里,微弱的光线照着宝琴。烛光之下女子高高的发髻在晃动,雕刻着花纹的窗棂上烛光闪烁呈现出一片金。真遗憾啊你这秋夜的明月,使我烛光暗淡闺房阴沉人儿更伤心。

席 ⁽¹⁾

【题解】

　　这首诗咏席——用席子草编成的坐垫或床席,供人坐卧。席是无情之物,但诗人却把它写得情意绵绵。诗写得相当含蓄,但一个温柔多情的女性形象呼之欲出。

　　本生朝夕池⁽²⁾,落景照参差⁽³⁾。汀洲蔽杜若⁽⁴⁾,幽渚夺江蓠⁽⁵⁾。遇君时采撷⁽⁶⁾,玉座奉金卮⁽⁷⁾。但愿罗衣拂,无使素尘弥⁽⁸⁾。

【注释】

　　〔1〕席:坐垫,床席。古代席子多用蒲草(席子草)编织而成。
　　〔2〕朝夕池:用海水的潮汐造的池塘。朝夕,同"潮汐"。
　　〔3〕落景:落日。
　　〔4〕汀(tīng)洲:水中的小洲。　　杜若:香草。
　　〔5〕渚(zhǔ):水边。　　江蓠:香草。
　　〔6〕采撷(xié):采摘。
　　〔7〕卮(zhī):酒器。
　　〔8〕素尘:灰尘。　　弥:满。

【今译】

　　席子草本来生长在池塘里,夕阳的余晖映照着它参差不齐。在小洲上它遮蔽了杜若,在水边它盖过了江蓠。恰逢君子来采摘,织成座席陪侍君子饮酒休憩。只希望君子的丝衣经常将我拂拭,不要让我满是灰尘堆积。

镜　台

【题解】

这首诗咏镜台，由物及人，也咏对镜梳妆的女子。镜台是精美的，对镜梳妆的女子是绝美的，但女子的命运是否美好？这令人深思。

玲珑类丹槛[1]，苕亭似玄阙[2]。对凤悬清冰[3]，垂龙挂明月[4]。照粉拂红妆，插花埋云发[5]。玉颜徒自见，常畏君情歇[6]。

【注释】

〔1〕玲珑：明澈的样子，指镜台的雕镂线条明快，精巧剔透。　丹槛（jiàn）：涂丹漆的栏杆。

〔2〕苕（tiáo）亭：高耸的样子。一作"孤高"。　玄阙：北方的山。

〔3〕对凤：一对凤凰，指镜台上雕镂之物。　清冰：清澈的冰块，指镜面。

〔4〕垂龙：下垂的龙，也是镜台上雕镂之物。　明月：喻镜面。

〔5〕埋：一作"理"。

〔6〕常畏：一作"畏见"。

【今译】

像红色的栏杆那样雕镂得玲珑剔透，像北方的山峰那样高耸挺拔。清冰般的镜面旁悬挂着凤凰一对，明月般的镜子上有龙伸头下探。镜子里对着粉脸涂上红脂，一朵鲜花插上浓密的秀发。美玉一般的容颜只能自己看见，时常担心君子的恩爱烟消云散。

落 梅

【题解】

这首诗咏梅花。梅花被人采摘,但恩爱却不能持久。诗中梅花与美女完全融合为一,梅花始爱终弃的遭遇,也是许多女子的悲惨命运,令人同情。

新叶初冉冉[1],初蕊新霏霏[2]。逢君后园宴,相随巧笑归[3]。亲劳君玉指[4],摘以赠南威[5]。用持插云鬓[6],翡翠比光辉[7]。日暮长零落,君恩不可追。

【注释】

〔1〕初:一作"何"。　冉冉:柔弱的样子。
〔2〕蕊(ruǐ):花蕊。　霏霏:一作"菲菲",形容花美而香。
〔3〕巧笑:段巧笑,魏文帝宫女,始作紫粉拂面。
〔4〕玉:一作"王"。
〔5〕南威:女子名,春秋时代晋文公所宠爱的绝色美女。《战国策·魏策》:"晋文公得南威,三日不听朝,遂推南威而远之,曰:'后世必有以色亡其国者。'"
〔6〕云鬓:女子浓密的发鬓。
〔7〕翡翠:绿色半透明的玉。

【今译】

树上刚长出柔弱的枝叶,枝上刚绽开新鲜的花蕾。正逢君子在后园游宴,梅花便随着美人一同归。烦劳君子亲自动玉指,采摘鲜花来赠美。美人把它插在浓密的秀发上,可以同翡翠比光辉。但黄昏之时便零落委地,君子的恩爱不能再挽回。

陆厥中山王孺子妾歌一首

陆厥（472—499），字韩卿，吴郡吴（今江苏苏州）人。曾官少傅主簿、后军行参军。南朝齐文学家，原有集十卷，已佚。

中山王孺子妾歌[1]

【题解】

《汉书·艺文志》载："《诏赐中山靖王子哙及孺子妾冰未央才人歌诗》四篇。"可见诗人是用乐府旧题来写作，意在表现帝王宠妾和幸臣宠辱难料的悲惨命运以及他们对命运的忧虑。

如姬寝卧内[2]，班妾坐同车[3]。洪波陪饮帐[4]，林光宴秦余[5]。岁暮寒飙及[6]，秋水落芙蕖[7]。子瑕矫后驾[8]，安陵泣前鱼[9]。贱妾终已矣[10]，君子定焉如[11]。

【注释】

〔1〕中山王孺（rú）子妾歌：在《乐府诗集·杂歌谣辞》中有陆厥《中山王孺子妾歌二首》，这是其中的第二首。《昭明文选》也选了这首诗。中山王，指汉代中山靖王刘胜。孺子，幼儿，小孩，这里是王妾之封号。妾，宫人，宫女。

〔2〕如姬：战国时代魏安釐王的侍妾。《史记·魏公子列传》载信陵君谋士侯嬴之言："嬴闻晋鄙之兵符常在魏王卧内，而如姬出入王卧内，力能窃之。" 寝卧：一作"卧寝"。

〔3〕班妾：汉成帝的妃子班婕妤（卷一有她的《怨诗》一首）。《汉书·外戚传》说，她曾受到汉成帝的宠爱。汉成帝游后庭，常常想与她同辇，后遭谗被贬。妾，一作"婕"。

〔4〕洪波：台名。《韩诗外传》说，春秋时代晋国赵简子曾与诸大夫饮于洪波之台。

〔5〕林光：宫殿名。　　秦余：指秦代遗留下来的宫殿。张衡《西京赋》："觅往昔之遗馆，获林光于秦余。"

〔6〕飙（biāo）：暴风。

〔7〕芙蕖：荷花的别名。

〔8〕子瑕：弥子瑕，春秋时代卫灵公的幸臣。　　矫（jiǎo）：假托。《韩非子·说难》说，弥子瑕受到卫灵公宠爱。有一天闻知母病，他假传君命驾着灵公的车回去看望。灵公知道后不但不怪罪他还赞扬他"孝"。后来弥子瑕"色衰爱弛，得罪于君"，卫灵公却又根据这件事治他的罪。

〔9〕安陵：安陵君，春秋时代楚共王的宠臣。《说苑·权谋》说，他以颜色美壮，又表示以后愿为共王殉死，因而深得共王宠爱。　　前鱼：指先前钓上来的鱼。泣前鱼是龙阳君的故事。龙阳君是战国时代魏王的宠臣。《尚友录》说，一天，他与魏王一同钓鱼，他在钓起十多条鱼之后便哭起来，魏王问其故，他说，我后来钓到了大鱼，便把先前钓上的鱼抛弃了。大王您以后有了新宠，也会把我抛弃，所以伤心落泪。

〔10〕终：一作"恩"。　　矣：一作"毕"。

〔11〕焉如：何如，如何。

【今译】

如姬受宠时常出入魏王的卧室，班婕妤遭贬前也曾与汉成帝在车上同坐。洪波台上近臣们陪赵简子畅饮，秦朝遗馆林光殿里大臣们陪汉武帝饮宴享乐。转眼之间又到年终寒风刮起，秋水池塘荷花纷纷被打落。弥子瑕伪托君命私驾君车后终遭祸，安陵君为那被遗弃的鱼儿伤心哭泣深感君王情薄。我也终有年老色衰的时候，不知君王的心意又会如何。

施荣泰杂诗一首

施荣泰,南朝梁代人,生平事迹不详。

杂 诗

【题解】

这首诗描绘一位女子的艳丽与娇媚。

赵女修丽姿,燕姬正容饰。妆成桃毁红[1],黛起草惭色[2]。罗裙数十重,犹轻一蝉翼。不言縠袖轻[3],专叹风多力。锵珮玉池边,弄笑银台侧[4]。折柳贻目成[5],插蒲赠心识[6]。来时娇未尽[7],还去媚何极。

【注释】

〔1〕桃毁红:指桃花不及女子容貌的红艳。
〔2〕草惭色:指青草不及女子黛眉的青黑。
〔3〕縠(hú):有皱纹的纱。
〔4〕银台:传说中王母所居之处。张衡《思玄赋》:"聘王母于银台兮,羞玉芝以疗饥。"
〔5〕贻:赠送。 目成:男女恋人,以目传情。这里指以目传情的恋人。《楚辞·九歌·少司命》:"满堂兮美人,忽独与余兮目成。"
〔6〕插蒲:当作"拔蒲"。《乐府诗集·清商曲辞》有《拔蒲》二首:"青蒲衔紫茸,长叶复从风。与君同舟去,拔蒲五湖中。""朝发桂兰渚,昼息桑榆下。与君同拔蒲,竟日不成把。"插,一作"采"。 心识:指知心人。
〔7〕未:一作"不"。

【今译】

　　像赵女那样修饰自己的丽姿，像燕姬那样打扮自己的容色。打扮起来桃花不及她的容颜红艳，画好黛眉青草不及她的秀眉青黑。罗裙虽有数十重，还是轻薄如蝉翼。不说自己纱袖轻，只叹今日大风真有力。珮玉铿锵走过玉池边，欢声笑语来到银台侧。折断柳枝送给眉目传情的爱侣，拔株蒲草馈赠知心人。她刚来之时娇气未脱尽，回去之时媚态更销魂。

鲍照乐府二首

朗 月 行[1]

【题解】

　　这首诗以女子的口吻歌咏佳人。诗中的佳人，即歌女，本是出身低微之人，但诗人不但写出了她们的美丽，也写出了她们对真挚爱情的渴求。诗人对歌女的同情，实际上也寄托着自己身世遭遇的感叹。

　　朗月出东山，照我绮窗前。窗中多佳人，被服妖且妍[2]。靓妆坐帷里[3]，当户弄清弦。鬓奋卫女迅[4]，体绝飞燕先[5]。为君歌一曲，当作朗月篇[6]。酒至颜自解[7]，声和心亦宣[8]。千金何足重，所存意气间[9]。

【注释】

　　[1] 朗月行：在《乐府诗集》中，这首诗收入《杂曲歌辞》，同题诗共收二首。在《鲍参军集》中，题为《代朗月行》。

〔2〕被服：穿着。　　妖：妩媚，艳丽。　　妍（yán）：美丽。
〔3〕靓（jìng）妆：脂粉的妆饰。　　里：一作"袖"。
〔4〕鬟：脸旁靠近两耳的头发。　　奋：一作"夺"。　　卫女：汉武帝皇后卫子夫。《太平御览》引《史记》佚文："卫皇后，字子夫，与武帝侍衣得幸。头解，上见其发鬟，悦之，因立为后。"
〔5〕飞燕：赵飞燕，汉成帝皇后，体轻腰细，善歌舞。
〔6〕当作：一作"堂上"。
〔7〕颜自解：即开颜而笑。
〔8〕宣：疏通。
〔9〕意气：志趣性格，情感恩义。古乐府诗《皑如山上雪》："男儿重意气，何用钱刀为！"见卷一。

【今译】
　　明月从东山升起，月光铺在我华美的纱窗前。窗里有许多佳人，个个穿着打扮都十分美丽妖艳。涂脂抹粉端坐在帷帐里，对着门户调弄琴弦。鬟发松解比卫子夫还要快，体轻腰细还超过赵飞燕。为君子歌唱一曲，就算是呈上一首《朗月篇》。饮酒之时自会开颜而笑，声音相和心心相印亲密无间。千金财富哪里值得看重，值得看重的是意气相投彼此相爱恋。

东 门 行[1]

【题解】
　　汉乐府《东门行》写贫士不能忍受饥寒，将拔剑前往东门，妻子苦苦挽留，诗中有"出东门，不顾归"之句。这首诗沿用乐府旧题，写一位外出的游子离别的悲哀和对家中妻子的思念。

　　伤禽恶弦惊[2]，倦客恶离声[3]。离声断客情[4]，宾御皆涕零[5]。涕零心断绝，将去复还诀[6]。一息不相知[7]，何况异乡别。遥遥征驾远，杳杳白日晚[8]。居人掩闱卧,行子夜中饭[9]。野风吹草木,行人心肠断。食梅常苦酸,衣葛常苦寒[10]。丝竹徒满座[11],忧人不解颜[12]。长歌欲自慰,弥起长恨端[13]。

【注释】

〔1〕东门行:在《乐府诗集》中,这首诗收入《相和歌辞·瑟调曲》。同题诗共收五首。《昭明文选》也选了这首诗。

〔2〕伤禽:受伤的鸟。 恶(wù)弦惊:厌恶弓弦之声,因而听声便心惊。《战国策·楚策》载,更羸对魏王说,他能"虚发而下鸟",即用无箭的空弓射下徐飞而悲鸣的鸟。魏王问其故,他说,这只鸟徐飞(飞得慢)是由于受了伤,悲鸣是由于失群。"故创未息而惊心未忘",一旦听到弦声便竭力高飞,导致故创加剧,因而掉了下来。

〔3〕倦客:倦游之人。 离声:离歌之声。

〔4〕断:割截,损伤。

〔5〕宾:客,指送行者。 御:驾车者,也指侍者。 涕零:泪落。

〔6〕诀:辞别。

〔7〕一息:一次喘息,指片刻的时间。

〔8〕杳杳(yǎo):昏暗的样子。 白:一作"落"。

〔9〕夜中:一作"中夜"。

〔10〕衣葛:穿着葛布衣。葛,指用葛茎纤维织成的一种粗布。连上句是说,梅不可疗饥,葛不可御寒,游子在外,衣食均不得其所。

〔11〕丝竹:弦乐和管乐,也泛指音乐。

〔12〕解颜:开颜而笑。

〔13〕弥(mí):更加。

【今译】

　　受伤的禽鸟厌恶听到惊心的弓弦声,疲倦的行客厌恶听到离别的歌声。离别的歌声使行客肝肠寸断,连送行的朋友和车夫也都满面涕零。满面涕零使人心伤肠断裂,将要离去又再回头道别。离开片刻就已不能相互体恤,更何况远走他乡形同永诀。道路漫长啊马车越走越远,昏暗不明啊太阳落山已是傍晚。妻子在家早已关门睡下,游子在外却在夜半用餐。野地上的风吹拂着草木,游子思乡心伤肠断。吃梅子时常苦于梅子酸,穿葛布衣时常苦于穿不暖。满座丝竹之声徒然响起，忧伤的人依然不能开颜尽欢。长歌一曲想自慰自己，但反而更引起了无尽的伤痛和愁绪万端。

王融杂诗三首

芳　树⁽¹⁾

【题解】

汉铙歌有古辞十八首，《芳树》是其中的第十一首。这首诗沿用汉乐府旧题，写春日的情怀。

相思早春日⁽²⁾，烟华杂如雾⁽³⁾。复此佳丽人，含情结芳树⁽⁴⁾。绮罗已自怜⁽⁵⁾，萱风多有趣⁽⁶⁾。去来徘徊者，佳人不可遇。

【注释】

〔1〕芳树：在《乐府诗集》中，这首诗收入《鼓吹曲辞·汉铙歌》，同题诗共收十六首。
〔2〕思：一作"望"。
〔3〕烟华：同"烟花"，指春天迷茫温丽的景物。
〔4〕芳树：花木。
〔5〕绮罗：有文彩的轻柔的丝织品，女子的穿着。
〔6〕萱：萱草。一作"喧"。

【今译】

早春之日萌生了相思的意绪，春天的烟花美景就像奇幻无穷的烟雾。在这里又看到了一位美丽的女子,她饱含的深情向四周的花木倾注。身穿绫罗绸缎已是顾影自怜,微风吹过萱草更有许多情趣。告诉那些来来去去徘徊不定的人,这样的佳丽可说是千载难遇。

回 文 诗[1]

【题解】

　　这首诗写青年男女两地相思。一方客居他乡,一方叹息深闺,长久的离别给双方带来无尽的痛苦。这是一首回文诗,倒过来读(从最后一个字往前读)也通。最早的回文诗当为十六国时前秦窦滔妻苏蕙字若兰的《回文璇玑图诗》,共八百四十字,宛转循环皆可诵读。

　　枝大柳塞北[2],叶暗榆关东[3]。垂条逐絮转[4],落蕊散花丛。池莲照晓月,幔锦披朝风[5]。低吹杂纶羽[6],薄粉艳妆红。离情隔远道,叹结深闺中。

【注释】

　　[1]回文诗:一种可以倒读的诗。题一作《春游回文诗》。
　　[2]大:一作"分"。　　柳塞:泛指边塞军营。汉周亚夫驻军细柳,军纪严明。军营又称"柳营"。
　　[3]榆关:古地名,在今河南中牟县南。
　　[4]絮:指柳絮。
　　[5]披:一作"拂"。
　　[6]纶(guān):青丝带,这里指纶巾,即配有青丝带的头巾。　　羽:羽扇。头戴纶巾手持羽扇充分表现出古代男士飘逸潇洒儒雅风流的风度。

【今译】

　　塞北的柳树已经长大,关东的榆树郁郁葱葱。柳枝垂下柳絮随风飞转,花朵落下花儿散入花丛。池塘的莲花映照着拂晓的残月,精美的帷幔吹拂着早晨的和风。低声吹弹男士头戴纶巾轻摇羽扇,薄施脂粉女士梳妆打扮明艳鲜红。离愁别恨只因相隔千山万水,悲叹郁闷只缘独处深闺之中。

萧谘议西上夜禁[1]

【题解】
　　诗人的朋友萧谘议将要离家到外地去值勤,诗人从萧谘议爱妻一方着笔写了这首诗送给他。

　　徘徊将所爱[2],惜别在河梁[3]。衿袖三春隔[4],江山千里长。寸心无远近,边地有风霜。勉哉勤岁暮,敬矣慎容光[5]。山中殊未怿[6],杜若空自芳[7]。

【注释】
　　[1]谘(zī)议:谘议参军,官名,为诸王及开府将军之幕僚。夜禁:军事管制,禁人夜行。禁,一作"集"。
　　[2]将(jiāng):带,领。
　　[3]河梁:桥梁。古代流传李陵《与苏武诗》有"携手上河梁,游子暮何之"之句,因而河梁即送别之地,河梁诗即离别诗。
　　[4]衿(jīn)袖:即襟袖,指衣服。　　三春:三年,一说指春天三个月。
　　[5]慎:一作"事"。　　容光:风采。
　　[6]怿(yì):快乐。
　　[7]杜若:香草名。《楚辞·九歌·山鬼》:"山中人兮芳杜若,饮石泉兮荫松柏。"

【今译】
　　你带着自己的爱妻缓缓而行,你俩依依惜别在桥上。你的身影她将会三春不见，江山阻隔千里长。无论距离多远她都会牵肠挂肚，担心你在边地会遭遇风霜。努力吧望你终年勤奋，谨慎从事吧一定要风采依旧善保容光。只有她就像那孤寂的山鬼怎样都高兴不起来，即使是遍身香草也只能是孤芳自赏。

谢朓杂诗五首

铜雀台妓[1]

【题解】

按照曹操生前的遗言，一批歌女被闭锁在铜雀台上，每月十五日在曹操虚设的床帐前献上歌舞。这些女子在铜雀台上寂寞地度过余生，这是多么残酷而悲惨的事。诗人以她们为歌咏的对象，对她们寄予深深的同情，同时对曹操荒唐愚蠢的行事，也进行了嘲讽。诗人谢朓还写过另一首《铜雀悲》诗："落日高城上，余光入穗帷。寂寂深松晚，宁知琴瑟悲。"同样表现了铜雀歌女的悲哀和诗人的深切同情。

穗纬飘井幹[2]，樽酒若平生。郁郁西陵树[3]，讵闻鼓吹声[4]。芳襟染泪迹，婵娟空复情[5]。玉座犹寂寞[6]，况乃妾身轻[7]。

【注释】

〔1〕铜雀台妓：在《乐府诗集》中，这首诗收入《相和歌辞·平调曲》，题为《铜雀妓》，同题诗共收十六首。在《昭明文选》中，题为《同谢谘议铜雀台诗》。铜雀台，台名，建安十五年曹操所建。台在邺城，故

址在今河北临漳县西南。台甚高，上有屋一百二十间。楼顶有一铜铸大雀，"舒翼奋尾，势若飞动"，故名铜雀台。曹操曾遗命诸子，死后葬在邺之西岗上，诸妾与伎人则安置在铜雀台，"台上施六尺床，下穗帐"，每月十五日，让伎人在帐前表演歌舞。妓，同"伎"，歌女，乐人。

〔2〕穗（suì）帏：有丝穗的帏帐。　井幹（hán）：本指井上的栏圈，汉代有井幹楼，因形似井幹而得名，这里指楼，也就是铜雀台。

〔3〕郁郁：茂盛的样子。

〔4〕鼓：一作"歌"。

〔5〕婵娟：一作"婵媛"，牵持不舍的样子。

〔6〕玉座：帝王御座，这里指铜雀台上为曹操虚设的床。

〔7〕妾：歌妓自称。

【今译】

有丝穗的灵帐在铜雀台上飘动，致酒于帐前宛如他生前的情形。但他已长眠在浓郁的西陵树下，哪里还能听得到弹唱吹奏声。歌女们的衣襟上沾满了泪痕，她们也只是徒然地一次又一次表达依恋不舍之情。但帝王的宝座尚且如此寂寞，何况我们这些歌女本来就被人看轻。

赠故人[1]

【题解】

从诗中用语看，这位"故人"、"友人"当是诗人旧日的情人，诗人对她表示了深深的爱恋。

芳洲有杜若[2]，可以慰佳期[3]。望望忽超远[4]，何由见所思？我行未千里[5]，山川已间之[6]。离居方岁月，佳人不在兹[7]。清风动帘夜，孤月照窗时。安得同携手，酌酒赋新诗。

【注释】

〔1〕赠故人：题一作《怀故人诗》，一作《赠友人诗》。

〔2〕芳洲：长满香草的小洲。　杜若：芳草名。《楚辞·九歌》有"采芳洲兮杜若，将以遗兮下女"(《湘君》)，"搴汀洲兮杜若，将以遗兮远者"(《湘夫人》)之句，都是折芳寄远（远方情人）之意。

〔3〕慰：一作"赠"。　佳期：与佳人约会。《楚辞·九歌·湘夫人》："登白薠兮骋望，与佳期兮夕张。"

〔4〕望望：远望的样子。

〔5〕我：一作"行"。

〔6〕间（jiàn）：隔开。

〔7〕佳：一作"故"。

【今译】

芬芳的小洲上长满了杜若，可以折芳寄远与情人定下约会的佳期。向远方望去远方一片迷茫，从哪里可以看得见我日夜之所思？走啊走啊我还未走到千里之远，重重山川已将我们间隔两相失。离别分居还没有多少日子，已觉佳人不在身旁空余虚室。晚上清风吹动窗帘，明月映照纱窗正是我深感孤寂之时。怎么能再相会同携手，共同饮酒同赋新诗。

别江水曹[1]

【题解】

诗人与故人江水曹告别，写了这首诗。诗中景物描写鲜明清丽，情感抒发诚挚恳切，表达了诗人与故友之间的深厚情谊。

山中上芳月，故人清樽赏。远山翠百重，回流映千丈。花枝聚如雪，垂藤散似网[2]。别后能相思，何嗟异风壤[3]。

【注释】

〔1〕别江水曹：题一作《与江水曹至于滨戏》。江水曹，江祐，字弘业，曾官尚书水部郎。水曹，即水部。

〔2〕垂藤：一作"芫丝"。　似：一作"犹"。

〔3〕风壤：指疆界。风，一作"封"。

【今译】

山中升起一轮芳洁的明月，故人特设清酒与我一同欣赏。只见远山重峦叠翠，月光下河流萦回千丈。簇簇花丛像是白雪堆积，条条垂藤像是张开的网。离别之后如果能互相思念，何必嗟叹分隔在不同的地方。

离 夜 诗[1]

【题解】

这是一首离别之夜写的诗，咏离别。诗人将要离家远行，在将尽的烛光下，在悲哀的琴声中，与亲人故友话别，难舍难分。

玉绳隐高树[2]，斜汉映层台[3]。离堂华烛尽，别幌清琴哀[4]。翻潮尚知恨，客思眇难裁[5]。山川不可尽，况乃故人杯。

【注释】

〔1〕离夜：离别之夜。

〔2〕玉绳：星名，玉衡（北斗七星中的第五星）北两星为玉绳。

〔3〕汉：银河。　映：一作"耿"。

〔4〕幌：帐幔，帘帷。

〔5〕眇：同"渺"，浩渺，渺茫。　裁：量度。

【今译】

　　玉绳星透过大树的枝叶隐约可见,横斜的银河映照着高高的楼台。告别的厅堂上明亮的烛光将要燃尽,话别的帷帐里清泠的琴声是多么的悲哀。翻涌的江潮尚且懂得离别的遗憾,游子的相思浩渺无际更是难于量度出来。正如千山万水不能都走遍,故人的酒更是难于喝尽使我永牵怀。

咏竹火笼[1]

【题解】

　　正如题目所示,这首诗咏竹火笼。在竹火笼背后,一位不得永久宠爱的侍女形象呼之欲出。咏物诗常有寄托,往往蕴含深意,于此可见一斑。

　　庭雪乱如花,井冰粲成玉[2]。因炎入貂袖[3],怀温奉芳褥[4]。体密用宜通[5],文斜性非曲[6]。暂承君王旨,请谢阳春旭[7]。

【注释】

　　[1]竹火笼:一种冬天的用具,在竹笼内的灰上置炭火,用以薰衣、取暖。
　　[2]粲:鲜明的样子。
　　[3]貂(diāo)袖:貂皮大衣的衣袖。
　　[4]褥(rù):垫褥,被褥。
　　[5]体密:指用竹条编织竹笼编得细密。
　　[6]文斜:指编织的竹条呈斜状。按:这句以下,一本还有"本自江南墟,嫋娟修且绿"两句,写编织竹笼取材于江南绿竹。
　　[7]谢:辞去,告别。　　旭(xù):早上升起的太阳。

【今译】

院子里的白雪纷乱如落花,井栏边的坚冰凝成了晶莹的琼玉。由于内有热气它被放入人们貂衣的大袖里,由于怀藏温暖它又被放置在芬芳的床褥。编织细密但功用却无处不宜,纹理横斜但本性并非邪曲。(竹材出自江南的村舍,那美丽的青竹修长又碧绿。)但它只是暂时讨得君王的欢喜,一旦阳春到来旭日东升它便要离去。

陆厥邯郸行一首

邯 郸 行[1]

【题解】

诗人在邯郸欣赏歌女的吹弹歌舞,触景生情,忆起了远方的情人,想立即去追寻她,但这时已是黄昏,心中充满惆怅。

赵女擫鸣琴[2],邯郸纷蹝步[3]。长袖曳三街[4],兼金轻一顾[5]。有美独临风[6],佳人在遐路[7]。相思欲褰衽[8],丛台日已暮[9]。

【注释】

〔1〕邯郸行:在《乐府诗集》中,这首诗收入《杂曲歌辞》,是一支舞曲。邯郸,地名,在今河北,战国时为赵国国都。

〔2〕擫(yè):用手指按捺。

〔3〕蹝(xǐ)步:轻曼的舞步。

〔4〕曳(yè):拖拉,牵引。　三街:街市,其道可通三方。

〔5〕兼金：价值倍于常金的好金子。　一顾：一看。顾，回头，回视。李延年《歌诗》："北方有佳人，绝世而独立。一顾倾人城，再顾倾人国。"见卷一。

〔6〕临风：迎风。《楚辞·九歌·少司命》："望美人兮未来，临风怳兮浩歌。"

〔7〕遐：远。

〔8〕褰（qiān）衽：撩起衣襟。《诗经·郑风·褰裳》："子惠思我，褰裳涉溱。"指撩起衣裳涉水去与情人相会。

〔9〕丛台：台名，在邯郸，赵武灵王所筑。

【今译】

　　赵地歌伎按着琴弦轻轻弹唱，邯郸舞女踏着节拍翩翩起舞。飘动的长袖拖到了大街上，虽有重金也难买到她们的一顾。忽然想起我的心上人我独自迎风浩歌，此刻她正行走在远方的道路。由于强烈地相思我打算马上撩起衣裳涉水去寻找她，但此时丛台之下已是黄昏日暮。

虞羲自君之出矣一首

　　虞羲，字子阳，一说字士光，会稽余姚（今属浙江）人。齐时始安王引为侍郎，后兼建安征虏府主簿功曹，又兼记室参军事。入梁，任晋安王侍郎，卒于梁武帝天监年间。南朝梁诗人，原有集十一卷，已佚。

自君之出矣[1]

【题解】

　　一位女子思念离家远戍不知归期的丈夫。《诗经·王风·君子于役》:"君子于役,不知其期。曷至哉?鸡栖于埘,日之夕矣,羊牛下来。君子于役,如之何勿思!"自此以后,思妇怀人,成为诗人经常歌咏的主题。由于生活中有太多的生离死别,因而这类诗歌往往使人惊心动魄,掩卷泣下。

  自君之出矣,杨柳正依依[2]。君出无消息[3],惟见黄鹤飞。关山多险阻,士马少光辉。流年无止极[4],君去何时归?

【注释】

  [1]自君之出矣:在《乐府诗集》中,这首诗收入《杂曲歌辞》,同题诗共收二十首。诗题出自汉末徐幹《室思》诗(见卷一)的第三章:"自君之出矣,明镜暗不治。思君如流水,何有穷已时。"后人以"自君之出矣"为题写的诗很多,仅《乐府诗集》就收了二十首。
  [2]依依:柔嫩细长随风飘拂的样子。《诗经·小雅·采薇》:"昔我往矣,杨柳依依。"
  [3]出:一作"去"。
  [4]流年:如流水易逝的光阴或年华。

【今译】

  当你离家远出服役的那一天,折下的柔嫩杨柳枝条正与你相依偎。你这一去便毫无消息,每一年只见黄鹤往南飞。重重关山有许多险阻,风尘仆仆人困马乏少光辉。光阴和年华都随流水无休止地流逝,你这一去啊究竟何时才能把家回?

卷　五

　　本卷所录，全为梁代诗人，其作品多为艳情诗，也多具有永明体的新特点。

　　江淹历仕宋、齐、梁三朝，是梁代著名文学家。其代表作骈体赋《恨赋》《别赋》，将"憾恨"与"离愁"两种人类普遍的情感高度概括，使之典型化，文词工丽，抒情委婉，作品充满慷慨悲凉的情调，读来震撼人心。江淹的诗著名的有《杂体三十首》，是模仿前代不同诗人风格的作品。本卷所录《古体四首》均在其中。虽是模拟，虽是传统题材，但词采华美，时有对偶佳句，风格清丽幽怨，作为"艳情诗"，与当时正在兴起的"宫体诗"，多有相通之处。

　　丘迟二诗虽然也是"艳情诗"，但诗中对女子容貌、装束以至"玉脸"、"皓腕"的描写，与"宫体诗"已是十分接近。

　　沈约也历仕宋、齐、梁三朝，是齐梁文学的领袖。早在齐永明时代，他就是"竟陵八友"的首要人物，他与同属"八友"中的谢朓、王融，以及竟陵王萧子良之密友周颙提倡"永明新诗体"。同时，沈约自己也身体力行，大力写作，而且多以五言的形式、艳情的内容，将这种新诗体呈现于大众面前。本卷所录《沈约二十四首》，主要就是这类作品。从中我们可以看到沈约在诗风转变上的明确方向：用华美的词采、和谐的声律、工整的对偶来写诗，将五言诗的创作继续向前推进，使诗歌更具音乐美；向乐府学习，发扬乐府传统，大力写作乐府诗；通过咏物，因物及人，抒发人之深情，使咏物诗得到进一步发展；继续描写女性之美与男女相思之情，表现出进一步的审美追求。沈约的"艳情诗"，已与"宫体诗"更为接近，甚至可以看成梁代"宫体诗"的先导。

沈约之后，柳恽、江洪、高爽、鲍子卿、何子朗等，都可以看到沈约所开创风气的影响。除"艳情诗"的传统题材（如捣衣、思妇、长门、七夕）之外，"咏物"题材也多了起来。除直接咏人（歌姬、舞女）外，也间接咏人（如咏红笺、蔷薇、明镜、画扇），尤其是对女子的描绘更为细腻深入，与"宫体诗"更是难以区分了。

范靖妇即沈满愿，是沈约的孙女。本卷所录四首都可以看到沈约所倡导的新诗体的走向。只不过是由女性诗人写出，使人更能感受到女性内心的柔情。

何逊的诗今存九十多首，多写羁旅、酬答，只有一小部分涉及艳情。卷中所录《何逊十一首》，虽多与艳情有关，但题材较广，有的也并不专以欣赏女性为主，文辞清雅精炼，在"艳情诗"中别具一格。

卷中所录王枢、庾丹诗，也属传统艳情诗。但诗中更重文辞工丽、对偶整齐。庾丹的《秋闺有望》，甚至被认为是"开唐五言排律之先声"。

江淹古体四首

江淹（444—505），字文通，济阳考城（今河南兰考）人。南朝宋时任南徐州从事，吴兴令。齐时任御史中丞，秘书监，侍中。入梁，官至金紫光禄大夫，封醴陵侯。南朝梁文学家，曾自编集二卷，已佚，今存明翻宋本《江文通集》十卷。早年即以文章名世，但晚年才思衰退，人谓"江郎才尽"。

古 离 别[1]

【题解】

江淹《杂体诗三十首》，有意模拟自汉至刘宋诗作的不同风格，这首诗主要模拟汉代古诗所写的游子思妇的离愁别恨。古人说："悲莫悲兮生别离。"（《楚辞·九歌·少司命》）活生生的长别离甚至永别离是非常痛苦的事（可参看卷四吴迈远《长别离》）。这首诗以女子的口吻来写，写出了游子思妇生离死别的痛苦。

远与君别者，乃至雁门关[2]。黄云蔽千里，游子何时还？送君如昨日，檐前露已团[3]。不惜蕙草晚[4]，所悲道里寒[5]。君子在天涯[6]，妾心久别离[7]。愿一见颜色[8]，不异琼树枝[9]。兔丝及水萍[10]，所寄终不移[11]。

【注释】

〔1〕古离别：《昭明文选》有江文通《杂体诗三十首》，这是其中的第一首。在《乐府诗集》中，这首诗收入《杂曲歌辞》，为《古别离十四首》中的第一首。

〔2〕雁门关：古代在雁门山上设的关塞，在今山西代县西北。

〔3〕团：同"漙"，露多的样子。

〔4〕蕙草：香草。

〔5〕里：一作"路"。
〔6〕"君子"句：一作"君在天一涯"。
〔7〕心久：一作"身常"。
〔8〕颜色：面容。
〔9〕琼树：玉树，传说中的神树，生长在仙山昆仑山上。
〔10〕兔丝：即女萝，蔓生植物，常依附缠绕在乔木上生长。　水萍：即浮萍，需浮在水面生长。
〔11〕寄：寄托。

【今译】

与你分别后你越走越远，你竟然北行远至雁门关。那里是千里黄沙遮天蔽日，你飘荡在外究竟何时才能回还？送你上路的情形历历在目恍如昨日，但春去秋来檐前已是露水溥溥。我并不惋惜蕙草枯萎凋零，我所悲痛的是你在旅途中遭遇到冻天寒。你颠沛流离行走在天涯，我的心为长久别离而悲酸。只希望再见一面仔细看看你的容颜，可是这如同要见到昆仑山上的玉树那样难。但正好像兔丝离不开大树浮萍离不开水，我托身于你，对你的依恋永远不中断。

班婕妤[1]

【题解】

江淹《杂体诗三十首》，有意模拟自汉至刘宋诗作的不同风格，这首诗便是模拟班婕妤的《怨诗》。由于班婕妤的《怨诗》以团扇自喻，因而这首诗既咏团扇，也咏班婕妤以及与班婕妤类似的遭遗弃的女子。

绫扇如团月[2]，出自机中素[3]。画作秦王女[4]，乘鸾向烟雾。彩色世所重，虽新不代故。窃悲凉风至[5]，吹我玉阶树。君子恩未毕，零落在中路[6]。

【注释】

〔1〕班婕妤：《昭明文选》有江文通《杂体诗三十首》，这是其中的第三首，题为《班婕妤咏扇》。在《乐府诗集》中，这首诗收入《相和歌辞·楚调曲》，题为《怨歌行》。班婕妤为汉成帝妃，有《怨诗》一首，以团扇见弃为喻，写妇女遭遗弃的痛苦。可参看卷一班婕妤《怨诗》。

〔2〕绫：一作"纨"。绫是精细的丝织品，纨为细绢。　团：一作"圆"。

〔3〕素：白绢。

〔4〕秦王女：指春秋时秦穆公之女弄玉。《列仙传》说，萧史善吹箫，能作鸾凤之音，弄玉也好吹箫，秦穆公便把弄玉嫁给萧史，并筑凤台让他们居住。数年之后，弄玉乘凤，萧史乘龙，升天而去。

〔5〕悲：一作"恐"。　凉风：秋风。

〔6〕零落：凋谢，衰落。　在：一作"委"。

【今译】

丝绸的扇面像一轮明月，它出自织机里的生绢。扇面上画着秦穆公之女弄玉，乘着鸾凤飞向烟雾缭绕的云天。美丽的彩色为世人所看重，虽然有新物也不把旧物抛撇。但我私下里忧惧秋风来到，吹打我玉阶前大树枝叶。君子的恩宠尚未施尽，我就会在中途衰落凋谢。

张司空离情[1]

【题解】

这首诗模拟张华《情诗》写情人的离愁别恨，而从女子一方着笔。张华《情诗五首》有"清风动帷帘，晨月烛幽房"之句（见卷二），江淹此诗则有"秋月映帘栊，悬光入丹墀"之句，模拟的痕迹清晰可见。但模拟不限于字句，也包括形象、意境、风格。优秀的拟作在模拟的基础上是有所创新的。

秋月映帘栊[2]，悬光入丹墀[3]。佳人抚鸣琴，清夜守空帷。兰径少行迹,玉台生网丝〔4〕。夜树发红彩〔5〕,闺草含碧滋〔6〕。罗绮为君整〔7〕,万里赠所思。愿垂湛露惠〔8〕,信我皎日期〔9〕。

【注释】

〔1〕张司空离情:在《昭明文选》江文通《杂体诗三十首》中,这是第十首。张司空,即张华(232—300),字茂先,范阳方城(今河北固安南)人,历任中书监、司空等要职。西晋文学家,卷二有张华《情诗》五首,可参看。

〔2〕映:一作"照"。　帘栊:挂着帘子的窗户。

〔3〕悬光:指月光。

〔4〕网丝:指蜘蛛网。

〔5〕夜:一作"庭"。　彩:色彩,指多姿多彩。

〔6〕滋:生长,指越长越多。

〔7〕罗绮:美丽的丝绸。此句一作"延伫整罗绮"。

〔8〕湛(zhàn)露:浓重的露水。《诗经·小雅·湛露》:"湛湛露斯,匪阳不晞。"此诗写天子施恩,设宴召诸侯夜饮。

〔9〕皎日:白日,明亮的太阳。《诗经·王风·大车》:"谷则异室,死则同穴。谓予不信,有如皦日。"皦,同"皎"。这是诗人指天誓日决心相爱到永远。

【今译】

　　秋月映照在窗帘上,月光照亮了红色的台阶。佳人抚琴轻轻地弹唱,她独守空房在这清冷的秋夜。长满兰草的小径很少有人行走,铺砌玉石的楼台也是蛛网交结。夜晚树上开了红花多姿多彩,门边的小草蕴含碧绿不断繁衍。"为他缝衣剪裁美丽的丝绸,赠给我所思念的人他在万里之远。希望他能够对我多加惠顾,我对白日发誓与他生虽异室死要同穴。"

休上人怨别[1]

【题解】

　　这首《休上人怨别》是模拟汤惠休《怨诗行》而作，写一位浪迹天涯的游子，怀念旧日的情人，久盼不至，心中无比惆怅。

　　西北秋风至，楚客心悠哉[2]。日暮碧云合，佳人殊未来。露彩方泛艳[3]，月华始徘徊[4]。宝书为君掩，瑶琴讵能开[5]？相思巫山渚[6]，怅望云阳台[7]。金炉绝沉燎[8]，绮席遍浮埃[9]。桂水日千里[10]，因之平生怀[11]。

【注释】

　　[1]休上人怨别：在《昭明文选》江文通《杂体诗三十首》中，这是最后一首。休上人即汤惠休，字茂远，原为僧人，宋孝武帝命他还俗，官至扬州从事。南朝宋齐间诗人，原有集四卷，已佚。可参看卷九汤惠休《杂诗四首》。上人，对僧人的敬称。汤惠休《怨诗行》全诗如下："明月照高楼，含君千里光。巷中情思满，断绝孤妾肠。悲风荡帷帐，瑶翠坐自伤。妾心依天末，思与浮云长。啸歌视秋草，幽叶岂再扬。暮兰不待岁，离华能几芳？愿作张女引，流悲绕君堂。君堂严且秘，绝调徒飞扬。"
　　[2]楚客：流落他乡的游子。战国时楚臣屈原曾被流放江南。悠：长，这里指忧思深长。《诗经·周南·关雎》："求之不得，寤寐思服。悠哉悠哉，辗转反侧。"
　　[3]露彩：露珠。　　泛艳：浮泛光彩。
　　[4]月华：月亮。
　　[5]琴：一作"瑟"。
　　[6]巫山：山名，在今重庆。宋玉《高唐赋》载，楚怀王梦与巫山神女相会，神女临别时说："妾在巫山之阳，高丘之阻，旦为朝云，暮为行雨。朝朝暮暮，阳台之下。"　　渚（zhǔ）：水中小洲，或水边。
　　[7]怅：惆怅。　　云阳台：即阳台，巫山神女所在之处。云阳，一作"阳云"。
　　[8]金炉：指香炉，金属制成。金，一作"膏"。　　沉燎：熄灭了

炉火,只有烟而无焰。
〔9〕绮席:华丽的宴席。　遍:一作"生"。
〔10〕桂水:在今湖南东北,流入湘江。
〔11〕因之:借此。

【今译】

西北方吹来阵阵秋风,我这浪迹天涯的游子心中是多么的悲哀。黄昏之时青云已经聚合,但我的心上人却没有来。叶上的露珠正浮泛出光彩,月亮也开始在云间徘徊。宝书因你爽约无心再读而掩上,玉琴因无人弹奏怎能把琴匣打开?深长的相思萦绕着巫山神女所在的小洲,无限的惆怅想望着神女行云布雨的云阳台。香炉中的火焰已经灭绝,华丽的宴席也已遍布尘埃。桂水一日流经千里,我要借它传送我平生的爱恋和平生的情怀。

丘迟二首

丘迟(464—508),字希范,吴兴乌程(今浙江吴兴)人。齐时任殿中郎。入梁,官中书侍郎,出为永嘉太守。临川王萧宏北伐时,任谘议参军,领记室。还拜中书郎,迁司空从事中郎。南朝梁文学家,原有集十一卷,已散佚,明人辑有《丘司空集》。

敬酬柳仆射征怨[1]

【题解】

柳恽《征怨》诗已不传,但细审题意,当是抒写思妇因征夫远行而引发的愁怨。这首诗题旨亦同。思妇担心丈夫迷醉歌舞而忘归,急切地盼望他早日归来。

清歌自言妍⁽²⁾，雅舞空仙仙⁽³⁾。耳中解明月⁽⁴⁾，头上落金钿⁽⁵⁾。雀飞且近远⁽⁶⁾，暮入绮窗前。鱼戏虽南北⁽⁷⁾，终还荷叶边。惟见君行久，新年非故年。

【注释】

〔1〕酬：指以诗文赠答。　柳仆射：指柳惔，字文通，河东解（今山西运城西南）人，官至尚书右仆射。

〔2〕言：一作"信"。　妍（yán）：美丽。

〔3〕仙仙：同"跹跹"，舞姿轻盈的样子。

〔4〕明月：明月珰，指耳饰。

〔5〕金钿（diàn）：古代一种镶嵌金花的首饰。

〔6〕且：一作"旦"。

〔7〕鱼戏：鱼儿在水中嬉戏。汉乐府《江南》："江南可采莲，莲叶何田田！鱼戏莲叶间。鱼戏莲叶东，鱼戏莲叶西，鱼戏莲叶南，鱼戏莲叶北。""莲"与"怜"谐音。"鱼戏"暗喻男女欢会。

【今译】

歌女清纯的歌声自认为很美丽，舞女高雅的舞姿也只是徒然地轻盈翩跹。她们从耳中取下了明月珰，从头上摘下了金钿。黄雀高飞也知道近和远，黄昏之时仍然飞落在绮窗前。鱼儿在莲叶中虽然南北嬉戏，最后还是回到了荷叶边。只有你离家远行已很久，让我在家空等过了一年又一年。

答徐侍中为人赠妇⁽¹⁾

【题解】

徐勉的为人赠妇诗已佚，但其内容当是用丈夫之口吻，写赠居家的妻子。丘迟这首酬答诗，则是以居家的妻子的口吻，回赠离家在外的丈夫。诗中的女子担心丈夫移情别恋，乐而忘归，心中充满忧惧和悲伤。

丈夫吐然诺[2]，受命本遗家[3]。糟糠且弃置[4]，蓬首乱如麻。侧闻洛阳客，金盖翼高车[5]。谒帝时来下[6]，光景不可奢[7]。幽房一洞启[8]，二八尽芳华[9]。罗裾有长短[10]，翠鬓无低斜。长眉横玉脸，皓腕卷轻纱。俱看依井蝶，共取落檐花[11]。何言征戍苦？抱膝空咨嗟[12]。

【注释】

〔1〕徐侍中：徐勉（466—535），字修仁，东海郯（今山东郯城西南）人，南朝梁时历任尚书左丞、侍中、吏部尚书、尚书仆射、中书令等要职。南朝梁文学家。

〔2〕然诺：承诺。

〔3〕受命：受帝王之命，被委以重任。　遗家：忘家。《史记·司马穰苴列传》说："将受命之日，则忘其家。"

〔4〕糟糠：本指穷人赖以充饥的酒渣糠皮等粗劣食物，这里指糟糠之妻，即曾经共患难的原配之妻。《后汉书·宋弘传》说，光武帝欲让其姊——新寡的湖阳公主嫁弘，"弘曰：'臣闻贫贱之交不可忘，糟糠之妻不下堂。'"

〔5〕金盖：金色的车盖。

〔6〕谒（yè）：拜见。

〔7〕奢（shē）：奢侈，过分。

〔8〕幽房：深邃的居室。　洞启：开启。

〔9〕二八：十六岁，指妙龄女郎。　芳：一作"芬"。

〔10〕裾（jū）：衣服的大襟，也指衣服的前后部分。一作"裙"。

〔11〕落檐花：指妇女的梅花妆。《初学记》载，南朝宋武帝女寿阳公主，人日卧于含章殿檐下，梅花落额上，成五出之花，拂之不去，皇后留之，此后妇女额上便有贴梅花的妆扮。又见《太平御览》卷九七〇引《宋书》。

〔12〕咨嗟（jiē）：叹息。

【今译】

　　丈夫答应承担的事情一定会做到，被帝王委以重任自会忘了家。糟糠之妻便会弃置在一旁，任她蓬头垢面头发乱如麻。听说下榻洛阳的豪客,乘坐金色车盖的大车拉车的是高头大马。拜谒皇帝时把车驾停下,那豪华的气派无以复加。深邃的洞房一打开,里面全是妙龄女娇娃。她们的罗裙有长有短,高高的发髻无低斜。修长的秀眉横在玉脸上,轻柔的纱袖卷起露出雪白的手腕。她们都注视围着井边双双飞舞的蝴蝶,梳妆打扮时都在额头上点上梅花。为什么会说丈夫远出征戍千般苦?我只能抱膝吟哦徒然自悲叹。

沈约二十四首

　　沈约(441—513),字休文,吴兴武康(今浙江德清)人,南朝宋时,官至尚书度支郎,入齐,历官太子家令、著作郎、东阳太守、国子祭酒等,为竟陵王萧子良门下的"竟陵八友"之一。梁时以功封建昌县侯,官至尚书令兼太子少傅,死时谥曰隐。南朝梁著名文学家,齐梁文坛领袖,与谢朓等共创"永明体"。原有集一百卷,已散佚,明人辑有《沈隐侯集》。

登高望春

【题解】

　　这首诗写歌舞场中一位歌女春日的情思。歌女虽供人寻欢买笑,但她们也有自己的情感生活和喜怒哀乐。对此,诗人表示了理解和同情。

　　登高眺京洛[1],街巷纷漠漠[2]。回首望长安,城阙郁盘桓[3]。日出照钿黛[4],风过动罗纨[5]。齐僮蹑朱履⁽⁶⁾，赵女扬翠翰⁽⁷⁾。春风摇杂树，葳蕤绿且丹⁽⁸⁾。宝瑟玫瑰柱⁽⁹⁾，金羁珻瑁鞍⁽¹⁰⁾。淹留宿下蔡⁽¹¹⁾，置酒过上兰⁽¹²⁾。解眉还复敛⁽¹³⁾，方知巧笑难⁽¹⁴⁾。佳期空靡靡⁽¹⁵⁾，含睇未成欢⁽¹⁶⁾。嘉客不可见，因君寄长叹。

【注释】
〔1〕京洛：洛阳。因东周、东汉曾建都于洛阳，故称京洛。
〔2〕纷漠漠：一作"何纷纷"。漠漠，密布的样子。
〔3〕郁：繁盛。　盘桓：广大的样子。
〔4〕黛：女子用来画眉的青黑色颜料。
〔5〕罗纨（wán）：轻软的丝绢，指女子的着装。
〔6〕蹑（niè）：踩，这里指穿鞋。
〔7〕翠翰：翠绿的羽毛，指女子首饰。
〔8〕葳蕤（wēi ruí）：草木茂盛的样子。　绿且丹：指叶绿花红。
〔9〕玫瑰：美玉，也指珍贵的珍珠。　柱：弦柱。
〔10〕羁：马络头。
〔11〕下蔡：地名，在今安徽凤台。宋玉《登徒子好色赋》："嫣然一笑，惑阳城，迷下蔡。"
〔12〕上兰：馆名，天子上林苑有上兰馆。
〔13〕解眉：眉头舒展，指笑。　敛（liǎn）：收拢，聚集。
〔14〕巧笑：指女子娇美而动人的笑。《诗经·卫风·硕人》："巧笑倩兮，美目盼兮。"
〔15〕靡靡（mǐ）：无，没有。
〔16〕含睇（dì）：指眼睛含情而视。《楚辞·九歌·山鬼》："若有人兮山之阿，被薜荔兮带女萝。既含睇兮又宜笑，子慕予兮善窈窕。"睇，斜着眼看。

【今译】
　　登上高楼远望洛阳，街巷密布一片繁华。回过头来远望长安，城墙绵长宫阙壮观。太阳升起照亮了金钿和黛眉，春风吹过吹动了罗裙和轻衫。齐地的歌僮脚上踏着红鞋，赵地的歌女头上飘着翠翰。春风摇动着杂树，树上长满了绿叶和红花。珍贵的琴瑟弦柱上装饰着玫瑰珠，公子的宝马配置着黄金的络头和珻瑁的鞍。公子停鞍下马投宿于下蔡，置酒饮宴来到名馆上兰。歌女开颜不久又把双眉锁上，这才知道让她欢笑是多么困难。她盼望与心上人相会但一次次落了空，虽然含情而视但始终未能尽欢。她心中的贵人已经不能再相见，只好借助于你寄去深长的悲叹。

昭君辞[1]

【题解】

　　这首诗主要写王昭君为和亲远嫁匈奴的悲哀。诗中对王昭君之悲情作了尽情地渲染，除了对婚姻不幸的女子深表同情外，也寄托着士人不被用受冷落遭遗弃的哀怨，此外，也表达了强烈的故乡之情与故国之思。

　　朝发披香殿[2]，夕济汾阴河[3]。于兹怀九逝[4]，自此敛双蛾[5]。沾妆疑湛露[6]，绕臆状流波[7]。日见奔沙起，稍觉转蓬多。胡风犯肌骨[8]，非直伤绮罗[9]。衔涕试南望，关山郁嵯峨[10]。始作阳春曲，终成苦寒歌[11]。惟有三五夜[12]，明月暂经过。

【注释】

　　[1]昭君辞：在《乐府诗集》中，这首诗收入《相和歌辞·吟叹曲》，题为《明君词》。昭君，即王嫱（字昭君），汉元帝宫女。汉王朝为与匈奴和亲，让她嫁给匈奴呼韩邪单于。可参看卷二石崇《王昭君辞》注[5]。
　　[2]披香殿：汉后宫中的一座宫殿。
　　[3]汾阴：县名，属河东郡，在今山西万荣。
　　[4]九逝：指一夜之中梦魂多次返回故乡。《楚辞·九章·抽思》：“惟郢路之辽远兮，魂一夕而九逝。”
　　[5]敛双蛾：紧锁双眉。蛾，蛾眉。
　　[6]妆：一作"庄"。　疑：一作"如"。

〔7〕绕臆：绵绵不断的思绪。臆，一作"睑"。
〔8〕胡风：胡地之风。古称北方少数民族为胡。　犯：侵。
〔9〕非直：不仅仅是。　绮罗：指身上穿的丝绸衣裳。
〔10〕嵯峨（cuó é）：山势高峻的样子。
〔11〕苦寒歌：在《乐府诗集·相和歌辞·清调曲》中，收了曹操的《苦寒行》(又名《北上行》)，"备言冰雪溪谷之苦。"
〔12〕三五夜：十五的夜晚。

【今译】
　　早上动身离开了披香殿，傍晚渡过了汾阴河。在这里思乡心切梦魂多次返回故里，从此紧锁双眉失去了欢乐。泪水沾湿红妆像是浓重的露珠，绵绵不断的思绪如流水奔腾不可阻遏。每天只见黄沙随着狂风飞起，渐渐觉得飞转的蓬草越来越多。北风迎面吹来直入肌骨，不仅仅是伤及穿在身上的丝绸绫罗。含着眼泪试向南方望去，只见关塞山岭重叠嵯峨。开始时想写一首欢乐的《阳春曲》，但最后却写成了悲苦的《苦寒歌》。只有在每月十五日之夜晚，明月经过中天心境才暂时平和。

少年新婚为之咏

【题解】
　　这是一首为一对年轻的新婚夫妇写的诗。全诗袭用古乐府诗《日出东南隅行》(即《陌上桑》)的意旨，盛赞新娘的美丽和坚贞。诗中虽然没有出现"使君"，但却有一个"第三者"向女子示爱，同样也遭到拒绝。全诗可分为三部分。前十二句描写新娘的美丽。中间十句插入一个"第三者"对这位女子的示爱。最后十二句又回到女子这一方，写她的美丽和夸夫，并拒绝了这个"第三者"。

　　山阴柳家女[1]，莫言出田墅[2]。丰容好姿颜[3]，便辟工言语[4]。腰肢既软弱，衣服亦华楚[5]。红轮映早寒[6]，画扇迎初暑。锦履并花纹,绣带同心苣[7]。罗襦金薄厕[8],云鬟花钗举。我情已郁纡[9],何用表崎岖[10]?托意眉间黛[11],申心口上朱[12]。莫争三春价[13],坐丧千金躯。盈尺青铜镜[14],径寸合浦珠[15]。无因达往意,欲寄双飞凫[16]。裾开见玉趾[17],衫薄映凝肤[18]。羞言赵飞燕[19],笑杀秦罗敷[20]。自顾虽悴薄[21],冠盖曜城隅[22]。高门列驷驾[23],广路从骊驹[24]。何惭鹿卢剑[25],讵减府中趋[26]?还家问乡里[27],讵堪持作夫[28]。

【注释】

〔1〕山阴:县名,古属会稽郡,在今浙江绍兴。　柳家女:据施宿《会稽志》,山阴有柳姑庙。

〔2〕莫:一作"薄"。　田墅(shù):农家。墅,指农村简陋之房舍。

〔3〕丰容:丰满圆润的面容。

〔4〕便(pián)辟:原指善于逢迎谄媚,这里指善于言语,讨人欢喜。　工:一作"巧"。

〔5〕华楚:华丽鲜明。

〔6〕红轮:红轮帔(pèi),一种披在肩背上无袖的服饰。

〔7〕同心苣(jù):相连锁的火炬状图案花纹。苣,用苇秆扎成的火炬。

〔8〕襦(rú):短衣,短袄。　金薄:金箔(bó),金属薄片。

〔9〕郁纡(yū):郁结萦回。

〔10〕崎岖:地面高低不平的样子,这里指心中起伏不平静的思绪。

〔11〕黛:女子画眉用的青黑色颜料。

〔12〕口上朱:口红。

〔13〕三春:春天。春季三个月,故称三春。

〔14〕盈尺:满一尺。

〔15〕径寸:直径一寸。　合浦珠:合浦产的珍珠。合浦,地名,在今广西。

〔16〕双飞凫(fú):一对远飞的水鸟。《后汉书·王乔传》说,王乔为叶县令,有神术,每次从叶县到京城,都来得极快,而不见车骑。皇帝

令人察看,"言其临至,辄有双凫从东南飞来"。一天,等到双凫飞来时,用网捕捉,原来是一双鞋。凫,水鸟,野鸭。

〔17〕裾(jū):衣服的大襟,也指衣服的前后部分。

〔18〕凝肤:像凝脂一般洁白柔嫩的肌肤。《诗经·卫风·硕人》:"手如柔荑,肤如凝脂。"

〔19〕赵飞燕:汉成帝宫人,后来立为皇后,以身轻如燕著称。

〔20〕秦罗敷:古乐府诗《日出东南隅行》(又名《陌上桑》)所描写的女子。她非常美丽,在采桑时遭到使君调戏。她拒绝了使君"共载"的要求,并盛夸自己的夫婿。可参看卷一《古乐府诗六首》中的《日出东南隅行》。以下各句中的一些词语,都出自这首诗。

〔21〕悴薄:憔悴衰萎。

〔22〕冠盖:达官贵人的冠带和车乘。盖,车盖。

〔23〕驺(zōu)驾:车驾。

〔24〕骊(lí)驹:黑马。

〔25〕鹿卢剑:剑柄用玉制成辘轳形的宝剑。鹿卢,同"辘轳"。

〔26〕府中趋:指在公府中沉着地迈着官步。

〔27〕乡里:犹言家里人,指妻子。

〔28〕持:一作"特"。

【今译】

这位山阴柳家的女子,不要说她出生在农家。她可是面容丰满圆润姿色好,能说会道最讨人喜欢。腰身苗条又柔弱,衣服亮丽又光华。早寒之时肩上披着红轮帔,初夏到来摇着画图美丽的扇。脚上的丝履绣着并蒂花,身上绣带的连锁花纹像火把。丝绸的短袄上镶着金边,高高的发髻上把花钗插。

我的心情郁结萦回,用什么来表达我不平静的心?我只求能在眉目间传达彼此的情意,从口中吐露出心中的愁闷。不要自负年轻要抬高身价,以致坐失良机耽误了青春。送上一尺大的青铜镜,还有直径一寸的合浦宝珠稀世珍。没有什么途径送达我的心意,只打算让一对飞鸟寄去我的一片情。

裙裾掀开现出玉趾,衣衫单薄映照着雪白的肌肤。身材苗条不要再说那赵飞燕,容貌美丽要笑死那秦罗敷。看看自己虽然显得憔悴衰萎,但城边夫家达官显贵常进出。高大的门前排列着整齐的车马,宽阔的大路上走着黑马驹。我的夫婿哪里有愧于《陌上桑》中的鹿卢剑,哪里比不上《陌上桑》中的府中趋?你回家去问问你的妻子,像你这样的人怎能做我的丈夫!

杂曲三首

携 手 曲 [1]

【题解】

　　这首诗以汉武帝皇后卫子夫的故事为发端,表达"所畏红颜促,君恩不可长"之意,对薄命红颜寄予深深的同情。这首诗题为"携手",指夫妻本应携手同行,百年偕老。但在古代上层社会,男子妻妾成群,女子往往因色衰爱弛而失宠,产生许多悲剧。诗人不但对这些弱势女子深表同情,也揭示了"君恩不可长"的残酷。

　　舍辔下雕辂[2],更衣奉玉床[3]。斜簪映秋水,开镜比春妆。所畏红颜促,君恩不可长。鵔冠且容裔[4],岂吝桂枝亡[5]。

【注释】

〔1〕携手曲:在《乐府诗集》中,这首诗收入《杂曲歌辞》,曲调为沈约自制。

〔2〕辔(pèi):驾驭牲口的嚼子和缰绳。　雕辂(lù):雕花的大车。

〔3〕更衣:更换衣服。古时也作大小便的婉辞。　奉:侍奉。《汉书·外戚传》载,卫子夫原为汉武帝之姐平阳公主之歌女,一天,在平阳公主家,汉武帝欣赏歌舞。在歌女中,"帝独说(悦)子夫。帝起更衣,子夫侍尚衣轩中,得幸。"平阳公主将子夫送入宫中。几年之后,子夫生三女一男,"遂立为皇后"。

〔4〕鵔(jùn)冠:即鵔鸃冠,以鵔鸃毛羽为饰之冠。鵔鸃,即锦鸡。

容裔：闲暇自得、逍遥自在的样子。
〔5〕吝（lìn）：吝惜，舍不得。　　桂枝亡：指心爱的女人死去。《汉书·外戚传》载，汉武帝李夫人死，武帝作赋哀悼，赋中有"秋气憯以凄泪兮，桂枝落而销亡"之句。

【今译】
　　汉武帝放下缰绳下了宝车来到平阳公主厅堂上，更衣之时子夫得幸从此便侍奉君王。头上斜插着发簪倒映在秋水里，打开明镜照见了比春日丽景更为艳丽的靓妆。所可畏惧的是年轻美貌的日子太短促，君王的恩宠不能久长。他们戴着锦鸡毛羽为饰的官帽仍是那样的闲暇自得，他们哪里会舍不得心爱的女人的死亡。

有 所 思 ⁽¹⁾

【题解】
　　这是一首用乐府旧题写的诗，写一个征夫流落塞外，思念家乡和亲人。诗中将关中塞外的景物对比来写，将思念家乡和亲人的感情衬托得更加强烈。

　　西征登陇首⁽²⁾，东望不见家。关树抽紫叶⁽³⁾，塞草发青芽⁽⁴⁾。昆明当欲满⁽⁵⁾，葡萄应作花⁽⁶⁾。流泪对汉使⁽⁷⁾，因书寄狭斜⁽⁸⁾。

【注释】
　　〔1〕有所思：在《乐府诗集》中，这首诗收入《鼓吹曲辞·汉铙歌》中。《汉铙歌》古辞十八首，《有所思》是第十二首。古辞说："有所思，乃在大海南。何用问遗君？双珠玳瑁簪，用玉绍缭之。……"《乐府诗集》中收后人以《有所思》为题的作品多达二十六首，这便是其中之一首。
　　〔2〕西征：西行。　　陇首：即大陇山，在今陕西陇县和甘肃平凉一带。
　　〔3〕关树：关中一带的树。关中指函谷关以西秦都咸阳汉都长安一带的地方。　　抽：一作"擂"。

〔4〕塞：边塞。塞外古代即为匈奴和西域各国之地。

〔5〕昆明：指昆明池，在长安，为汉武帝时所修。　当：一作"池"。

〔6〕葡萄：植物名，原产西域，汉武帝时张骞通西域，才将葡萄引入关中。

〔7〕流：一作"垂"。

〔8〕狭斜：汉乐府古辞有《相逢行》(又名《相逢狭路间》，可参看卷一《古乐府诗六首》)《长安有狭斜行》，写一个富贵人家有三个美丽能干的儿媳妇，因而后来又流衍出《三妇艳》《中妇织流黄》等乐府诗题。狭斜指的就是这个坐落在狭窄巷道中的富贵人家。斜，一作"邪"。

【今译】

我离家西行登上了陇首山，回头东望看不见我的家。这时关中的树叶又绿又紫，但边塞的草木刚发青芽。长安昆明池的水春来当溢满，从西域引进的葡萄也应开了花。面对着汉使我泪流满面，于是托他带去我思念家乡思念亲人的信札。

夜　夜　曲 (1)

【题解】

《乐府解题》说："《夜夜曲》，伤独处也。"这首诗写的是一位女子因丈夫远出而在家独居的悲伤。

河汉纵且横 (2)，北斗横复直。星汉空如此，宁知心有忆 (3)。孤灯暧不明，寒机晓犹织 (4)。零泪向谁道 (5)？鸡鸣徒叹息 (6)。

【注释】

〔1〕夜夜曲：在《乐府诗集》中，这首诗收入《杂曲歌辞》。曲调为沈约自制。

〔2〕河汉：天河，银河。　且：一作"复"。

〔3〕宁知：岂知，怎知。　　有：一作"所"。
〔4〕晓犹：一作"犹更"。
〔5〕零泪：落泪。
〔6〕徒：一作"长"。

【今译】
　　银河渐渐横斜，北斗星也渐渐与它垂直。星星和银河空有如此的变化，我心中的忆念它们哪会知。相伴我的孤灯昏暗不明，在寒冷的织机上我通宵不停地纺织。泪珠滚滚而下能向谁去诉说我的悲苦，听到鸡鸣也只是徒然地叹息。

杂咏五首

春　咏 [1]

【题解】
　　春草碧绿，柳絮如烟。一位客居他乡的游子，萌发了春日的情思。

　　杨柳乱如丝，绮罗不自持 [2]。春草青复绿 [3]，客心伤此时。翠苔已结洧 [4]，碧水复盈淇 [5]。日华照赵瑟 [6]，风色动燕姬 [7]。衿中万行泪 [8]，故是一相思。

【注释】
〔1〕春咏：一作"春思"。
〔2〕绮罗：指质地轻柔的丝绸衣服。
〔3〕青：一作"黄"。
〔4〕翠苔：青苔。　　洧（wěi）：水名，在今河南。《诗经·郑风》有《溱洧》篇，写春日青年男女在溱水、洧水边欢会。
〔5〕淇：水名，在今河南。《诗经·鄘风》有《桑中》篇，写青年男

女在淇水边密约幽会。

〔6〕日华：太阳的光辉。　　赵瑟：赵地女子的琴瑟。陆厥《邯郸行》有"赵女鸣琴，邯郸纷步"之句，见卷四。

〔7〕色：一作"心"。　　燕姬：燕地之女子，以善歌舞著称。

〔8〕中：一作"前"。

【今译】

　　杨柳枝条随风飘动像乱丝，身着丝绸的女子令人心动不能自持。春草青青又转绿，客居他乡心伤肠断就在此时。洧水边青苔已经连成一片，淇水碧绿好大的水势。阳光普照赵女弹琴鼓瑟传佳音，春风吹拂燕姬翩翩起舞展芳姿。我的衣襟已被万行泪水沾湿，这是因为我对心上人永不动摇的深长相思。

咏　桃

【题解】

　　《诗经·周南·桃夭》写新娘出嫁，男女新婚，诗中以桃花作比兴。这首《咏桃》诗虽直咏桃花，但诗人想到《桃夭》诗中婚姻的美满幸福，反观自己爱情的失意，感伤倍增。

　　风来吹叶动，风去畏花伤。红英已照灼[1]，况复含日光。歌童暗理曲[2]，游女夜缝裳[3]。讵减当春泪，能断思人肠。

【注释】

〔1〕红英：红花，指桃花。英，一作"映"。　　照灼：鲜艳夺目。《诗经·周南·桃夭》："桃之夭夭，灼灼其华。之子于归，宜其室家。"

〔2〕歌童：指巴渝之童，以善歌舞著称。沈约《秋夜》有"巴童暗理瑟，汉女夜缝裙"之句，见本卷末。　　理曲：演习歌曲。

〔3〕游女：指江汉出游的女子，也指汉水之女神。《诗经·周南·汉广》："汉有游女，不可求思。"写诗人热恋汉水游女但求之不得终于失望。

这里指舞女。

【今译】
　　春风吹来桃树的枝叶随风摆动，春风已去真担心桃花受到损伤。这时的桃花已是鲜艳夺目光彩照人，何况呵护她的还有春日温暖的阳光。歌童已在暗中演习歌曲，游女也在夜里赶制衣裳。面对如此的阳春美景又怎能减少我的泪水，春光春色只能让我这样相思苦恋的人伤心断肠。

咏　月 (1)

【题解】
　　这首诗咏月，并因月及楼，因楼及人，写出了思妇弃妇月夜的孤寂和悲哀。

　　　月华临静夜(2)，夜静灭氛埃(3)。方晖竟户入(4)，圆影隙中来(5)。高楼切思妇(6)，西园游上才(7)。网轩映珠缀(8)，应门照绿苔(9)。洞房殊未晓，清光信悠哉。

【注释】
　　(1)咏月：在《昭明文选》中，这首诗题为《应王中丞思远咏月》。王思远时任御史中丞，这首诗是为应和王思远咏月诗而作。
　　(2)月华：月光。
　　(3)氛埃：尘埃。
　　(4)方晖：月光从方形的门户照进来，故称"方晖"。
　　(5)圆影：月光从圆孔（如窗上的圆孔）照入，故称"圆影"。隙：缝隙，洞孔。
　　(6)切：深切，指愁思深切。曹植《七哀》："明月照高楼，流光正徘徊。上有愁思妇，悲叹有余哀。"
　　(7)西园：汉代上林苑别称西园，但在曹魏邺都（今河北临漳）也有西园，曹操所筑，魏文帝曹丕每于月夜集文人才士于此共游。曹植《公宴》："公子敬爱客，终宴不知疲。清夜游西园，飞盖相追随。" 上才：杰出的人才。

〔8〕网轩：有网饰的窗。 珠：一作"朱"。

〔9〕应门：王宫的正门。班婕妤《自伤赋》："潜玄宫兮幽以清，应门闭兮禁闼扃。华殿尘兮玉阶苔，中庭萋兮绿草生。"

【今译】

月光照亮了寂静的夜，深夜寂静空气中没有一点尘埃。月光竟从门户进入投下了方形的光辉，又从窗上的圆孔透进来。高楼上相思深切的是独居的女子，西园里饮宴的是才华横溢的英才。网窗上月光映照着珍珠网缀，应门前月光照亮了绿苔。深邃的卧室中老是等不到天亮，只有清冷的月光久久停留不离开。

咏　柳 [1]

【题解】

古人送别，常折下柳枝赠给远行之人。"柳"与"留"谐音，赠柳隐含挽留之意。柳枝柔嫩细长，也可寄托依恋不舍之情。《诗经·小雅·采薇》"昔我往矣，杨柳依依"，正有此意。这首诗咏柳，抒发的是亲情、爱情、友情。尤其是居家独处的思妇，因见柳而更想念远在他乡的游子，而客居在外的游子，也因见柳而思归。唐代诗人贺知章也有一首《咏柳》诗："碧玉妆成一树高，万条垂下绿丝绦。不知细叶谁裁出，二月春风似剪刀。"这也是一首"咏柳"的好诗，意旨更为含蓄深沉。

轻阴拂建章 [2]，夹道连未央 [3]。因风结复解，沾露柔且长。楚妃思欲绝 [4]，班女泪成行 [5]。游人未应去 [6]，为此归故乡。

【注释】

〔1〕咏柳：题一作《玩庭柳诗》。

〔2〕建章：建章宫，汉武帝时所建，故址在今陕西西安市长安区西。

〔3〕未央：未央宫，汉高祖时所建，故址在今陕西西安市西北。

〔4〕楚妃：指春秋末年楚庄王夫人樊姬。乐府《楚妃叹》古辞已佚。《乐府诗集·相和歌辞·吟叹曲》收石崇等四人《楚妃叹》各一首，又收《楚妃吟》《楚妃曲》《楚妃怨》各一首。

〔5〕班女：指汉成帝妃班婕妤。她的《自伤赋》有"仰视兮云屋，双涕兮横流"之句。

〔6〕游：一作"流"。

【今译】

建章宫里成荫的杨柳轻拂，未央宫前夹道的柳树绵长。微风吹过柳枝结而复解，露水沾湿柳条柔嫩细长。楚妃樊姬见柳悲思欲绝，班婕妤见柳泪水成行。游子见柳不应匆匆离去，行人见柳也会早早回故乡。

咏 篪 〔1〕

【题解】

这首诗咏篪，因篪而及吹篪的歌女，因歌女而及她的歌曲，因她的歌曲而及她的情，最后点明她的歌曲蕴含深意。

江南箫管地，妙响发孙枝〔2〕。殷勤寄玉指，含情举复垂。雕梁再三绕〔3〕，轻尘四五移〔4〕。曲中有深意，丹诚君讵知〔5〕。

【注释】

〔1〕篪（chí）：竹管横吹乐器，似笛。

〔2〕孙枝：即孙竹，从竹根末端长出来的竹子。

〔3〕梁：屋梁。《列子·汤问》说，韩娥到齐国去，靠卖唱为生，其歌声"余音绕梁，三日不绝"。

〔4〕尘：尘埃，灰尘。《七略》说，汉代鲁人虞公善歌，歌声洪亮，

可以振动屋梁，使梁上尘土飞扬。

〔5〕诚：一作"心"。

【今译】

　　江南是盛产箫管的宝地，美妙的乐曲就出自这小小的竹枝。缠绵的情意从歌女玉指的按压中传出，她脉脉含情举起又放下默默沉思。乐曲之声绕着画梁三日不绝，梁上的尘埃也振动不止。乐曲中蕴含着她深深的情意，她的一片赤诚之心你怎能知。

六忆诗四首〔1〕

【题解】

　　诗人满怀深情，回忆妻子刚嫁过来时的情景。从"离别""相思"等词语来看，他们当是"青梅竹马"，两小无猜。从诗中所描写的娇羞的情态来看，刚做新娘的妻子，大约只是一个十余岁的娇弱羞涩的小女子。

　　忆来时，的的上阶墀〔2〕。勤勤聚离别〔3〕，慊慊道相思〔4〕。相看常不足，相见乃忘饥。

　　忆坐时，点点罗帐前〔5〕。或歌四五曲，或弄两三弦。笑时应无比，嗔时更可怜〔6〕。

　　忆食时，临盘动容色。欲坐复羞坐，欲食复羞食。含哺如不饥〔7〕，擎瓯似无力〔8〕。

　　忆眠时，人眠强未眠。解罗不待劝〔9〕，就枕更须牵。复恐傍人见〔10〕，娇羞在烛前。

【注释】

　　〔1〕六忆诗：这首组诗当有六首，今仅存四首。

〔2〕的的（dì）：鲜明的样子。一作"灼灼"。
〔3〕勤勤：恳切至诚的样子。一说不间断的样子。　聚：一作"叙"。
〔4〕慊慊（qiàn）：心中不满足的样子。
〔5〕点点：指娇小的样子。
〔6〕嗔（chēn）：生气。　可怜：可爱。
〔7〕哺（bǔ）：嘴里嚼着的食物。一作"唯"。
〔8〕擎（qíng）：向上托起，举起。　瓯（ōu）：小盆。
〔9〕罗：罗衣，轻软的绸衣。
〔10〕傍：同"旁"。

【今译】

　　回想起她刚嫁过来的时候，走上台阶现出光彩照人的芳姿。我们恳切地说着离别后的再相聚，不停地诉说着别后彼此的相思。相看常常看不够，一见面就忘了腹中饥。

　　回想起她坐着的时候，娇小的身影映照在罗帐前。有时唱四五支歌曲，有时拨弄两三下琴弦。笑起来应是无比的可爱，生起气来更加令人爱怜。

　　回想起她吃饭的时候，面对盘餐脸上浮现出快意。但她想坐又不好意思坐下，想吃又不好意思吃。含着食物不咽下好像腹中并不饥，拿起小盆好像没有力气把它托起。

　　回想起她睡眠的时候，人极想睡但勉强支撑不去睡。她不等我动手便自己解开了罗衣，但落枕后要我动手相牵才肯相依偎。夫妻间的亲昵又怕旁人看见，在灯烛前更是百般的娇羞妩媚。

十咏二首〔1〕

领边绣〔2〕

【题解】

　　这首诗犹如一幅写生画，描绘一位美丽的女子，云鬟低垂，埋头静静地在新衣衣领上绣花。

纤手制新奇,刺作可怜仪[3]。萦丝飞凤子[4],结缕坐花儿[5]。不声如动吹,无风自移枝[6]。丽色倘未歇,聊承云鬓垂。

【注释】

〔1〕十咏:当是有十首的组诗,分咏十物,今仅存二首。
〔2〕领边绣:在衣领上绣花。
〔3〕刺:刺绣。　可怜:可爱。　仪:法式,指图案。
〔4〕凤子:指蝴蝶。崔豹《古今注》说,蛱蝶有大似蝙蝠者,或黑色,或青斑,名曰凤子。一名凤车,一名鬼子,生江南橘树间。
〔5〕缕:一作"伴"。　坐:自,自然。
〔6〕移:一作"裛"。

【今译】

纤细的手在缝制新奇的衣装,她在衣领上刺绣令人喜爱的图画。绕来绕去的细丝绣出了双飞的蝴蝶,盘来盘去的丝缕绣出的自是一朵花。不出声但蝴蝶像是在飞动,没有风但花儿像是开在摆动着的枝丫。衣领上美丽的花纹倘若还没有绣完,就会看见绣花女秀丽的头发在它上面低低地垂下。

脚下履[1]

【题解】

这首诗咏鞋,一双女子的鞋。最后两句将鞋拟人,在赞叹中融入了诗人的感情。

丹墀上飒沓[2],玉殿下趋锵[3]。逆转珠佩响[4],先表绣袿香[5]。裾开临舞席[6],袖拂绕歌堂[7]。所叹忘怀妾⁽⁸⁾，见委入罗床⁽⁹⁾。

【注释】

〔1〕履（lǚ）：鞋。乐府古辞《河中之水歌》（见卷九《歌辞二首》其二，《乐府诗集》收入《杂歌谣辞》，认为是梁武帝萧衍所作）有"足下丝履五文章"之句，诗题之义本此。

〔2〕飒沓（sà tà）：行走迅速的样子。

〔3〕趋锵（qiāng）：同"趋跄"，步履娴熟有节奏的样子。锵，一作"踰"。

〔4〕逆转：转身行走。

〔5〕表：显。 袿（guī）：妇女上衣。

〔6〕裾（jū）：衣服的大襟，也指衣服的前后部分。

〔7〕袖拂：一作"拂袖"。

〔8〕妾：一作"切"。

〔9〕见委：被委弃。

【今译】

在红色台阶上快步行走，在玉殿下进退有方。转身之时会听到珠珮响，还未行走就先嗅到了绣衣上的香。衣襟展开来到了舞席上，衣袖轻拂旋转在歌堂。我所悲叹的是我将被忘怀，被她遗弃床前她却上了罗床。

拟青青河边草⁽¹⁾

【题解】

《饮马长城窟行》是一首思妇词，写一位女子思念远方的丈夫。沈约这首拟作，也当是思妇词，写一位女子刻骨铭心的相思。在写法上这首诗用了辘轳体（修辞学上的顶真格），使表达的感情更显得缠绵悠长。

漠漠床上尘[2]，中心忆故人[3]。故人不可忆，中夜长叹息。叹息想容仪[4]，不欲长别离[5]。别离稍已久[6]，空床寄杯酒。

【注释】

〔1〕拟青青河边草：在《乐府诗集》中，这首诗收入《相和歌辞·瑟调曲》，题为《青青河畔草》，同题诗共收五首。这首诗是对古辞《饮马长城窟行》(《玉台新咏》题为蔡邕诗，见卷一)的拟作。
〔2〕漠漠：弥漫、布满的样子。
〔3〕中心：一作"心中"。
〔4〕容仪：容貌，仪表。
〔5〕欲：一作"言"。
〔6〕稍：颇，很。

【今译】

床上布满了灰尘，心中想念着旧日的情人。旧日情人盼不来，半夜之时长叹息。叹息之时浮现出他的容貌，不愿就这样长久地分离。长久地分离已经很久很久，独守空床只能把满腔悲苦寄托于杯中酒。

拟 三 妇[1]

【题解】

在乐府诗《相和歌辞·清调曲》的古辞中，有《相逢行》(又名《相逢狭路间》，见卷一)，又有《长安有狭斜行》。两篇古辞都有"三妇"的描写。这是一个富贵人家，富丽堂皇，和睦安详，令人羡慕，因而后人写了不少以《三妇艳》为题的诗，仅《乐府诗集》就收了二十一首，沈约的这首便是其中之一。

大妇扫玉墀[2]，中妇结罗帷[3]。小妇独无事，对镜画蛾眉[4]。良人且安卧[5]，夜长方自私[6]。

【注释】

〔1〕拟三妇：在《乐府诗集》中，这首诗收入《相和歌辞·清调曲》，题为《三妇艳》。

〔2〕扫玉墀：一作"拂玉匣"。

〔3〕罗：一作"珠"。　帷：一作"帏"。

〔4〕画：一作"理"。

〔5〕良人：古代妇女称丈夫为"良人"。

〔6〕方：方始，方才。　自私：归个人私有，由个人支配。

【今译】

大媳妇在打扫白玉石铺成的台阶，二媳妇在编结丝绸的屏帷。只有三媳妇无事做，她正对着镜子画蛾眉。丈夫啊你暂且安静地躺着吧，那漫漫长夜的美好时光才能由你来支配。

古　意[1]

【题解】

初冬的黄昏，一位男子来到丛台之下，久久徘徊不去。他看着红日西沉，明月东升，心中非常悲伤。他在想念远在家乡的妻子。

挟瑟丛台下[2]，徙倚爱容光[3]。伫立日已暮，戚戚苦人肠[4]。露葵已堪摘[5]，淇水未沾裳[6]。锦衾无独暖，罗衣空自香。明月虽外照，宁知心内伤？

【注释】

〔1〕古意：作为诗题，其意是将古诗原有的意境加以点染发挥。

〔2〕挟（xié）瑟：把瑟夹在胳膊底下，也就是抱瑟。《诗经·小

雅·常棣》:"妻子好合,如鼓瑟琴。"　　丛台:台名。战国时有两座丛台,一在河北邯郸,赵王所筑,一在河南商水(今称周口市),楚灵王所筑。
　　〔3〕徙倚:徘徊流连。　　容光:指阳光照射下所出现的各色美景。《孟子·尽心上》:"日月有明,容光必照焉。"赵岐注:"容光,小郤也。"
　　〔4〕戚戚:悲哀凄凉的样子。
　　〔5〕露葵:葵的别名,又叫冬葵。《本草纲目》说:"古人采葵,必待露解,故曰露葵。"
　　〔6〕淇水:水名,在今河南北部。周代青年男女常在淇水边密约幽会,见《诗经·鄘风·桑中》。

【今译】
　　抱着琴瑟来到丛台下,流连徘徊喜爱这傍晚的霞光。久久站立红日已经西沉,苦苦思恋使人伤心断肠。露水虽干冬葵已可采摘,淇水未涨还不能沾湿衣裳。妻子在家独宿锦被总是睡不暖,丝绸衣服穿在身上也只是徒然散发出芳香。明月虽然能把我憔悴的外表照亮,它哪里能照见我心内的悲伤?

梦见美人

【题解】
　　一位男子疯狂地爱恋着一位美丽的女子,朝思暮想,以致在睡眠中同她发生了梦交。但梦醒之后,却更感悲伤。

　　夜闻长叹息,知君心有忆。果自阊阖开[1],魂交睹容色[2]。既荐巫山枕[3],又奉齐眉食[4]。立望复横陈[5],忽觉非在侧[6]。那知神伤者,潺湲泪沾臆[7]。

【注释】
　　〔1〕阊阖(hé):神话传说中的天门。《离骚》:"吾令帝阍开关兮,倚阊阖而望予。"

〔2〕魂交：指梦中相会，梦交。　　容：一作"颜"。

〔3〕既荐巫山枕：宋玉《高唐赋》载，楚怀王在梦中与巫山神女相会，神女表示"愿荐枕席"，指进行男女交合。荐，进献，送上。

〔4〕齐眉食：指妻子向丈夫进食，举案（盛食物的托盘）齐眉。《后汉书·梁鸿传》说，梁鸿外出归来，其妻孟光向他进食，每次都"举案齐眉"，夫妻相敬如宾。

〔5〕立望：《汉书·外戚传》说，汉武帝李夫人死，武帝思念不已，便令齐人方士少翁"致其神"。于是"夜张灯烛，设帷帐，陈酒肉"，果见李夫人之貌，但不能走近。武帝益悲，作诗道："是邪非邪？立而望之，偏何姗姗而来迟。"　　横陈：横卧。

〔6〕觉（jué）：醒。

〔7〕潺湲（chán yuán）：原指水缓缓流动，这里是泪流的样子。膺：胸。

【今译】

晚上听到你深长的叹息，知道你对情人在苦苦怀想。果然在梦中你梦见天门打开，你见到了情人并同她拥抱在床。她自荐枕席同你行云播雨，做了你举案齐眉的孟光。你站着看她她仍躺卧在床上，忽然梦醒这才发现她不在你身旁。哪里知道你是那样的悲伤，泪水缓缓流下沾湿了你的胸膛。

效 古

【题解】

一位单身男子怀念旧日的情人，表示爱情不渝，永不变心。全诗以桂花作比兴。

可怜桂树枝，单雄忆故雌〔1〕。岁暮异栖宿，春至犹别离。山河隔长路，路远绝容仪〔2〕。岂云无我匹〔3〕，寸心终不移。

【注释】

〔1〕单雄：孤单的雄花，喻单身男子。　故雌：昔日的雌花，喻旧日女友、情人。

〔2〕容仪：容貌仪表。

〔3〕匹：匹配，指新的配偶与之相匹配。

【今译】

这株桂树真叫人怜悯，那孤单的雄花怀念昔日的雌花深感孤凄。岁暮年终分居两地，春天到来仍然两分离。千山万水隔着漫漫长路，道路遥远根本看不到彼此的容仪。难道说没有适合我的好配偶，但在我心中对你的爱恋始终不转移。

初　春

【题解】

初春之时，阳光明媚，梅花尚在枝头，杨柳已吐新芽，诗人与佳人携手同游，无比欢畅。

扶道觅阳春[1]，佳人共携手[2]。草色犹自菲[3]，林中都未有。无事逐梅花，空中信杨柳[4]。且复归去来[5]，含情寄杯酒。

【注释】

〔1〕扶：一作"夹"。　阳春：阳光明媚的春天。

〔2〕佳人：一作"相将"。

〔3〕犹：一作"独"。　菲：花草茂盛。一作"非"。

〔4〕中：一作"教"。　信（shēn）：同"伸"。

〔5〕归去：一作"共归"。

【今译】

　　沿着小路去寻找阳光明媚的春天,在同游的路上与佳人共携手。遍地的青草仍然长得很茂盛,但在树林中什么都没有。我们漫不经心地去追寻尚在枝头的梅花,只看见向空中伸出新枝的杨柳。暂且转身回去吧,为寄托对春天的深情同喝一杯酒。

悼　往[1]

【题解】

　　这是一首悼亡诗,悼念死去的妻子。

　　去秋三五月[2],今秋还照房。今春兰蕙草[3],来春复吐芳[4]。悲哉人道异[5],一谢永销亡[6]。屏筵空有设[7],帷席更施张。游尘掩虚座,孤帐覆空床。万事无不尽,徒令存者伤[8]。

【注释】

　〔1〕悼往：一作《悼亡》。
　〔2〕三五月：十五日的圆月。
　〔3〕兰蕙：香草名。
　〔4〕来春：一作"春来"。
　〔5〕人道异：人生的规律与明月香草不同,指人死不能复生。
　〔6〕谢：凋谢,辞世,指死亡。
　〔7〕屏筵：屏席,即屏蔽遮隐之席,这里指供奉亡灵的陈设。此句一作"帘屏既毁撤"。
　〔8〕徒：只,但。　　存者：活着的人。这是相对死者而言,为诗人自指。

【今译】

　　去年秋天十五日的圆月,今年秋天依然照进了闺房。今年春天遍地生长的兰蕙草，明年春天依然会吐露芬芳。悲哀啊人生的规律与明月香草不一样，一旦死去就永远从世上消亡。屏席徒然陈设在灵堂，又挂起了新的帷帐。但尘埃已经铺满了虚设的座席，孤凄的罗帐空覆着绣床。虽说世事万物最终没有不消尽，但你的辞世只教我这个苟活的人无限哀伤。

柳恽九首

柳恽（465—517），字文畅，河东解（今山西运城西南）人。南朝齐时为鄱阳相、相国右司马。梁时历官吴兴太守、左民尚书、广州刺史、秘书监领左军将军。南朝梁诗人，原有集二十卷，已佚。

捣 衣 诗 [1]

【题解】

柳恽之前，曹毗写过《夜听捣衣》，谢惠连写过《捣衣》，均见卷三。但柳恽这首捣衣诗，写得更为细腻，不但具体描绘了思妇捣衣时的情景，而且将思妇刻骨的相思发挥得淋漓尽致。全诗分五章。

　　孤衾引思绪，独枕怆忧端。深庭秋草绿，高门白露寒。思君起清夜，促柱奏幽兰 [2]。不怨飞蓬苦，徒伤蕙草残。
　　行役滞风波 [3]，游人淹不归。亭皋木叶下 [4]，陇首秋云飞 [5]。寒园夕鸟集，思阃草虫悲 [6]。嗟兮当春服 [7]，安见御冬衣。

鹤鸣劳永叹[8],采绿伤时暮[9]。念君方远徭[10],望妾理纨素[11]。秋风吹绿潭,明月悬高树。佳人饰净容,招携从所务[12]。

步榐杳不极[13],离家肃已扃[14]。轩高夕杵散[15],气爽夜砧鸣。瑶华随步响[16],幽兰逐袂生[17]。峙崛理金翠,容与纳宵清[18]。

泛艳回烟彩[19],渊旋龟鹤文[20]。凄凄合欢袖[21],冉冉兰麝芬[22]。不怨杼轴苦[23],所悲千里分。垂泣送行李[24],倾首迟归云[25]。

【注释】

〔1〕捣(dǎo)衣:古代洗衣的方法,将衣或衣料浸湿后放在砧(石)上,用杵(棍棒)捶打。古有琴曲《捣衣曲》,抒写妇女为远戍边地的亲人捣洗寒衣时的怀念之情。

〔2〕促柱:急弦。　幽兰:曲名。宋玉《讽赋》:"中有鸣琴焉,臣援而鼓之,为《幽兰》《白雪》之曲。"

〔3〕行役:在外奔走服役。　风波:风浪。

〔4〕亭皋(gāo):水边的平地。亭,平。

〔5〕陇首:陇山之顶。

〔6〕囿(yòu):园。一作"牖"。　草虫:即草螽,一种昆虫。

〔7〕当春服:还在穿着春天的衣服。当,在。

〔8〕鹤鸣:白鹤鸣叫。《周易·中孚·九二》:"鸣鹤在阴,其子和之。我有好爵,吾与尔靡之。"　劳:忧愁。

〔9〕采绿:《诗经·小雅·采绿》,写一位女子思念外出的丈夫。

〔10〕远徭(yáo):到远方去服劳役。徭,一作"游"。

〔11〕望:一作"贱"。　纨(wán)素:洁白的细绢。

〔12〕招携:互相招呼携手同行。

〔13〕步榐(yán):同"步檐",即走廊。榐,檐下的走廊。榐,一作"楹"。　杳(yǎo):幽暗。

〔14〕家:一作"堂"。　肃:认真。　扃(jiōng):关闭。

〔15〕轩:有窗槛的长廊。　杵(chǔ):捣衣棒。

〔16〕瑶华：美玉，指配在身上的饰物。
〔17〕幽兰：香草。　袂（mèi）：衣袖。
〔18〕容与：从容闲暇的样子。
〔19〕泛艳：指水面的浮光。
〔20〕龟鹤文：呈现出龟鹤的图形。龟与鹤均是长寿之物。
〔21〕合欢袖：衣袖上绣有鸳鸯，表示夫妻和合。
〔22〕冉冉：一作"苒苒"，慢慢地。　兰麝：兰与麝香，均为香料。
〔23〕杼（zhù）轴：织布机上的梭子和滚筒，指织布机。
〔24〕垂泣：垂泪。　行李：同"行理"，使者，指派去送寒衣的人。
〔25〕倾首：侧首而听。　迟（zhì）：等待。　归云：行云，喻丈夫。

【今译】

　　孤身一人睡在被中引发了百般思绪，孤枕独眠心头涌起悲愁万端。深深庭院秋草碧绿，高门之内白露为霜已渐寒。思念丈夫在幽静的深夜下了床，拿起琴来用急促的节奏弹起了怀人的《幽兰》。我不埋怨离居的日子像无根的飞蓬那样痛苦，只是感伤青春易逝像蕙草那样早早凋残。
　　丈夫在外奔走服役为风浪所阻，游子滞留他乡久不归。水边的平地上树叶纷纷落下，高高的陇山顶秋云孤飞。凄冷的园子里晚上群鸟栖息，相思的苑囿中草虫叫得悲。可叹啊丈夫还在穿着春天的衣服，他哪里见得到抵御冬寒的衣被。
　　吟诵"鹤鸣"不断忧伤地长叹，歌唱《采绿》感叹又将年终岁暮。想到丈夫正在远方服役，盼望着我在家为他准备缝制衣被的绢素。秋风吹绿了清澈的潭水，明月高悬于参天的大树。一群美丽的女子梳妆打扮之后，呼朋引伴同携手去从事捣衣的劳务。
　　走廊上已经幽暗什么也看不清，离开家时都已认真地锁上了门。走廊的高处捣衣的声音四处飘散，秋高气爽在寂静的夜里很远都能听到捣衣声。身上的珮玉随着女子的行走而发出声响，体内的幽兰也随着衣袖的摆动而流芳扬芬。有时徘徊一阵整理头上的金钗翠翘，清静的夜里弥漫着从容闲暇的气氛。
　　水面浮起烟雾般的美丽光彩，池水盘旋形成龟鹤形状的花纹。女子凄冷的合欢袖里，慢慢地散发出兰麝的清芬。我不埋怨在织机上纺织的辛苦，我所悲伤的是千里两离分。流着泪送走了代送寒衣的人，天天侧耳而听盼望丈夫早日踏上归程。

鼓吹曲二首⁽¹⁾

独 不 见⁽²⁾

【题解】

《乐府解题》说："《独不见》，伤思而不得见也。"指女子遭遗弃不能与丈夫相见，心中无限悲伤。这首诗写的是班婕妤的失宠。班婕妤是因失宠而自我伤悼的典型，许多失宠遭遗弃的女子甚至臣属都可以从她的遭遇中看到自己的不幸而引起共鸣。

别岛望风台⁽³⁾，天渊临水殿。芳草生未积，春花落如霰⁽⁴⁾。出从张公子⁽⁵⁾，还过赵飞燕⁽⁶⁾。奉帚长信宫⁽⁷⁾，谁知独不见。

【注释】

〔1〕鼓吹：又叫"短箫铙歌"。汉代有"黄门鼓吹"，"天子所以宴乐群臣也"。

〔2〕独不见：在《乐府诗集》中，这首诗收入《杂曲歌辞》。同题诗共七首，柳恽诗是第一首。

〔3〕别岛：他岛，另一处小岛。与下句"天渊"（池名）均在汉代皇家园林中，诗里是指遭贬斥而远离君王的后妃宫女所居之地。　风台：与下句"水殿"均为汉代皇宫中的楼台宫殿，诗里指皇帝的居处。风，一作"云"。

〔4〕霰（xiàn）：小冰粒，下雪之前往往先下霰。

〔5〕张公子：指富平侯张放。《汉书·五行志》说："成帝时童谣曰：'燕燕尾涎涎，张公子，时相见。……'其后帝为微行出游，常与富平侯张放俱称富平侯家人，过阳阿主作乐，见舞者赵飞燕而幸之。"可参看本书卷九《汉成帝时童谣歌二首并序》。

〔6〕过:访,探望。 赵飞燕:初为汉成帝宫人,后立为皇后,与其妹专宠十余年,见《汉书·外戚传》。

〔7〕奉帚(zhǒu):捧持扫帚从事杂役。 长信宫:汉代太后所居的宫殿。《汉书·外戚传》说,汉成帝班婕妤失宠,要求到长信宫去奉养太后。班婕妤曾作《怨歌行》(见卷一班婕妤《怨诗》)和《自伤赋》自我伤悼,乐府《相和歌辞·楚调曲》也有《长信怨》《班婕妤》《婕妤怨》歌咏其事。

【今译】

　　我居住的别岛可以望见君王的风台,我身处天渊靠近君王的水殿。春来芳草还没有长满,春花就已飘落如雪霰。只见君王出游总是带着张公子,归来时便去看望得宠的赵飞燕。只有我失宠后到长信宫去侍奉太后,谁知道唯独是我始终不能与君王再相见。

度　关　山 (1)

【题解】

　　以乐府旧题《度关山》写的诗,多叙"征人行役之思",但这首《度关山》却是写一位倡家女对她所钟情的征人的思念。

　　少长倡家女(2),出入燕南陲(3)。惟持德自美(4),本以容见知(5)。旧闻关山远(6),何事总金羁(7)。妾心日已乱,秋风鸣细枝。

【注释】

〔1〕度关山:在《乐府诗集》中,这首诗收入《相和歌辞·相和曲》。

〔2〕少长:一作"长安"。 倡:古代从事歌舞的乐人。

〔3〕燕(yān):先秦时为诸侯国,汉时为郡国,在今河北北部和辽宁西部。 陲(chuí):边疆。

〔4〕惟:一作"与"。

〔5〕容:容貌。 见知:受知遇宠爱。

〔6〕远:一作"道"。

〔7〕金羁（jī）：金饰的马笼头。这里是受羁绊不能返家的意思。

【今译】
　　从小就在倡家长大的女子，经常出入燕之南。只想保持美德而自美，但原来却是以容貌美丽而被知遇顾盼。从前就听说关山阻隔路途遥远，但为什么他总是为俗务所羁绊。我的心已日渐纷乱，只听得秋风吹响细枝天气已渐寒。

杂　诗

【题解】
　　春天的早晨，山村、园林和水泽都沐浴在阳光之下，一位女子踏着青草从外面走回来。由于丈夫在外做官已长久不归，她睹物生情，不禁悲从中来。

　　云轻色转暖⑴，草绿晨芳归。山墟罢寒晦⑵，园泽润朝晖。春心多感动，睹物情复悲。自君之出矣，兰堂罢鸣机⑶。徒知游宦是，不念别离非。

【注释】
　〔1〕色转暖：一作"暮色转"。
　〔2〕山墟：山村。　　罢：一作"薄"。
　〔3〕兰堂：芳香的堂屋。

【今译】
　　浮云轻轻飘动天气已变暖，清晨我回来穿过青草地带着满身芳香。山村已没有了寒冬时的阴暗，园林水泽都沐浴着早上的阳光。春天少女的心思常被外物所感动，目睹春景我心中更感悲伤。自从你离家而去，在芬芳的堂屋就再也听不到织机的声响。你只知道在外做官是好事，全不想别离是多么不好因为它让我伤心断肠。

长门怨[1]

【题解】

这首诗抒写陈皇后阿娇失宠后幽居长门宫的哀怨,全诗景物描写和心理刻画细腻动人。阿娇的幽居失宠固然值得同情,但人们更多的是从她身上看到了自己的影子,这就是能够引起共鸣的原因。

  玉壶夜愔愔[2],应门重且深[3]。秋风动桂树,流月摇轻阴。绮檐清露滴[4],网户思虫吟[5]。叹息下兰阁[6],含愁奏雅琴。何由鸣晓佩[7],复得抱宵衾[8]。无复金屋念[9],岂照长门心[10]。

【注释】

  [1]长门怨:在《乐府诗集》中,这首诗收入《相和歌辞·楚调曲》,同题诗共收二十七首。《长门怨》,为汉武帝陈皇后而作。《汉书》《汉武故事》说,陈皇后名阿娇,是长公主嫖之女。武帝年幼时,在长公主面前曾说:"若得阿娇作妇,当作金屋贮之。"长大后,武帝娶阿娇为皇后,但后来她因骄纵无子而失宠。《乐府解题》说,陈皇后失宠后退居长门宫,愁闷悲思,于是奉黄金百斤请司马相如为解愁之辞,司马相如便写了《长门赋》。"帝见而伤之,复得亲幸。后人因其赋而为《长门怨》也。"
  [2]壶:漏壶,古代计时的器具。一作"户"。   愔愔(yīn):寂静无声的样子。
  [3]应门:古代宫廷的正门。
  [4]滴:一作"溽"。
  [5]网户:镂刻有网状花纹的窗。 思虫:指蟋蟀。因蟋蟀的鸣叫易使人感时伤怀。
  [6]兰阁:芳香的闺房。
  [7]鸣晓佩:早上身上响起了佩玉的声音。《列女传》说,后妃进退,必鸣玉佩环。这里指受到君王召幸。
  [8]抱宵衾(qīn):晚上抱着被子。《诗经·召南·小星》:"肃肃宵

征，抱衾与裯，实命不犹。"郑玄注："诸妾夜行，抱衾与床帐，待进御之次序。"也是等待君王召幸的意思。

〔9〕金屋念：即汉武帝金屋藏娇的想法。见注〔1〕。

〔10〕长门：长门宫，陈皇后阿娇幽居的地方。见注〔1〕。

【今译】

　　深夜寂静只听得玉壶的滴漏声，宫廷的正门重重关锁深又深。秋风吹拂轻轻地摇动着桂树，月亮下沉缓缓移动着树荫。绮丽的屋檐下清露沾湿了草木，雕花的窗户外传来了蟋蟀的悲吟。她叹息着来到了芳香的深闺，满含愁怨弹起了高雅的琴。她在想用什么方法使得珮玉早上再鸣响，晚上抱着被子又得到君王的召幸。可叹的是君王不再有金屋藏娇的情意，君王的光辉不再照进长门宫照亮我这颗孤寂的心。

江 南 曲 (1)

【题解】

　　《江南》古辞主要描写"鱼戏"，暗喻青年男女在芳辰丽景中欢乐采莲，尽情嬉游。这首《江南曲》发挥其意，写一位"故人"滞留他乡，与"新知"尽情缠绵，以致乐而忘返。诗的背后，人们可以想见，这位"故人"的家中尚有一位对他朝思暮想的妻子，急切地盼望着他早日回家。

　　汀洲采白蘋(2)，日落江南春(3)。洞庭有归客(4)，潇湘逢故人(5)。故人何不返(6)？春华复应晚(7)。不道新知乐(8)，且言行路远(9)。

【注释】

　　〔1〕江南曲：在《乐府诗集》中，这首诗收入《相和歌辞·相和曲》，同题诗共收二十七首。诗题出自《江南》古辞："江南可采莲，莲叶何田

田。鱼戏莲叶间。鱼戏莲叶东，鱼戏莲叶西，鱼戏莲叶南，鱼戏莲叶北。"《乐府解题》说："江南古辞，盖美芳辰丽景，嬉游得时。"

〔2〕汀（tīng）洲：水边平地或水中小洲。　白蘋（pín）：多年生水生蕨类植物，茎横卧在浅水的泥中。

〔3〕落：一作"暖"。

〔4〕洞庭：洞庭湖，在今湖南北部，湖水北通长江。

〔5〕潇湘：即湘水（湘江）。潇水在湖南南部，北流至今湖南永州入湘水，因二水合流而称潇湘。

〔6〕何：一作"久"。

〔7〕应：一作"将"。

〔8〕新知：新结识的朋友。《楚辞·九歌·少司命》："悲莫悲兮生别离，乐莫乐兮新相知。"

〔9〕且：一作"只"，一作"空"。

【今译】

他在水边采摘白蘋，春天的江南太阳正落山。有一游客从洞庭归来，遇见了故人在潇湘之畔。试问故人为何不回家？要知道春光易逝春花很快会落下。故人不说他结识新朋友是怎样的快乐，只是说路途遥远归去难。

起　夜　来[1]

【题解】

与《独不见》《长门怨》相似，这首《起夜来》也是写"宫怨"。一位女子（或后妃，或宫女）失宠后幽居深宫，在秋天明月之夜，久久不能入睡，她盼望君王突然到来，让她重新获得宠爱。

　　城南断车骑，阁道覆清埃[2]。露华光翠网[3]，月影入兰台[4]。洞房且暮掩[5]，应门或复开[6]。飒飒秋桂响[7]，悲君起夜来[8]。

【注释】

〔1〕起夜来：在《乐府诗集》中，这首诗收入《杂曲歌辞》。《乐府解题》说："《起夜来》，其辞意犹念畴昔思君之来也。"
〔2〕阁道：复道，宫中楼阁互相连通的道路，由于上下有道，所以叫复道。　清：一作"青"。
〔3〕露华：露珠反射出的光亮。　翠网：指镂刻有网状花纹的绿窗。
〔4〕兰台：台名。
〔5〕洞房：深邃的闺房。
〔6〕应门：古代宫廷的正门。
〔7〕飒飒（sà）：风声。
〔8〕悲：一作"非"。

【今译】

城南已不再有车骑来往，宫中复道久无行人已覆满尘埃。绿窗上露珠在闪光，月光照进了寂静的兰台。深邃的闺房日暮之后暂且还虚掩着，帝宫的正门或许会再次打开。秋风吹动桂树飒飒响，想起君王不再半夜降临而悲从中来。

七夕穿针[1]

【题解】

七夕本是妇女乞巧之夜，但诗中的女子却在此时思念起自己久成不归的丈夫。她要借着朦胧的月光，穿针引线，为丈夫赶制寒衣。

代马秋不归[2]，缁纨无复绪[3]。迎寒理夜缝[4]，映月抽纤缕。的皪愁睇光[5]，连娟思眉聚[6]。清露下罗衣，秋风吹玉柱[7]。流阴稍已多[8]，余光欲难取[9]。

【注释】

〔1〕七夕：节日名，指农历七月七日的晚上。神话传说，牛郎织女分居天河两岸，一年中只有这一天，由乌鹊在天河上搭桥，他们才能渡河相会。这一天，民间又有"乞巧"的风俗：妇女向织女星乞求智巧。《荆楚岁时记》说："是夕，人家妇女结彩缕，穿七孔针……陈瓜果于庭中以乞巧。"

〔2〕代：泛指漠北一带。春秋时有代国，在今河北。汉时有代郡，在今河北、山西一带。晋时鲜卑族拓跋氏建立代国，在今内蒙古、山西一带。

〔3〕缁纨（zī wán）：黑色的细绢。　绪：丝头，丝絮。

〔4〕夜：一作"衣"。

〔5〕的砾（dì lì）：明亮的样子。　睇（dì）：斜着眼看。

〔6〕连娟：女子眉毛弯曲而纤细的样子。

〔7〕玉柱：手掌上的中指。

〔8〕流阴：流逝的光阴。　稍：逐渐。

〔9〕欲：一作"亦"。　难取：一作"谁与"。

【今译】

代地的战马秋天也不归来，丈夫身上的黑衣大概已脱尽了丝絮。迎着寒风连夜为他缝衣，借着朦胧的月色抽引纤细的丝缕。满含忧愁的眼睛闪出亮光，弯曲纤细的双眉因愁思而紧聚。清冷的露珠沾湿了罗衣，寒冷的秋风从手指上吹过去。消逝的时光已越来越多，余下的时光会更难获取。

咏　席[1]

【题解】

座席和床席，供人坐卧，这首诗咏席，凸显出席给人带来的舒适，实际上反映了人们家庭生活的恬静、甜蜜和温馨。

照日汀洲际[2]，摇风绿潭侧。虽无独茧轻[3]，幸有青袍色[4]。罗袖少轻尘，象床多丽饰[5]。愿君兰夜饮[6]，佳人时宴息[7]。

【注释】

〔1〕席：座席，床席，用蒲草编织而成。蒲草又称香蒲，多年水生草本植物，生于水边或池沼内。

〔2〕汀（tīng）洲：河中小洲，或水边平地。

〔3〕独茧：只用一个蚕茧的丝织成的丝衣，其轻无比。语出司马相如《上林赋》"曳独茧之褕"。又据《神异经》载，东方有桑树，其上有蚕作茧，"缲一茧，得丝一斤"。

〔4〕青袍：青色之袍，仕宦者之衣。

〔5〕象床：象牙床。

〔6〕兰夜：芬芳之夜。一作"阑夜"，一作"夜阑"，都是深夜的意思。

〔7〕宴息：安息。

【今译】

香蒲生长在阳光明媚的水边，在碧绿的深潭旁迎风摇曳。编成的蒲席虽然没有独茧衣那样轻，所幸它的颜色如同青袍衣。铺在坐床上罗袖轻拂很少有尘埃，铺在象牙床上还可以配上许多美丽的装饰。希望你坐在席上欢畅饮酒到深夜，更希望佳人在席上能够时时得安息。

江洪四首

江洪，济阳（今河南兰考）人。曾任建阳令，后因事被杀。南朝梁诗人，原有集二卷，已佚。

咏 歌 姬[1]

【题解】

这首诗描写歌女美丽的妆扮、芳洁的气质、高超的技艺和动人的神态,犹如一幅写生画。

宝镊间珠花⁽²⁾,分明靓妆点⁽³⁾。薄鬓约微黄⁽⁴⁾,轻红澹铅脸⁽⁵⁾。发言芳已驰,复加兰蕙染。浮声易伤叹⁽⁶⁾,沉唱安而险。孤转忽徘徊,双蛾乍舒敛⁽⁷⁾。不持全示人,半用轻纱掩。

【注释】

〔1〕歌姬:歌女。
〔2〕镊(niè):簪钗末端的垂饰。
〔3〕靓(jìng):妆饰,打扮,也指打扮艳丽。
〔4〕约:涂饰。古代妇女在额上涂黄以为妆饰。　微黄:淡黄色。
〔5〕澹:同"淡"。　铅脸:搽了铅粉的脸。铅,铅粉,铅华,古代化妆品。
〔6〕浮声:与下句"沉唱"是歌女的不同唱法。
〔7〕双蛾:一双蛾眉。　乍(zhà):忽然。　舒敛:放开和收拢。

【今译】

　　头上戴着金钗玉簪间杂着珠花,梳妆打扮得娇美明艳。蓬松的云鬓旁涂上少许淡黄色,浅红的胭脂扑上了淡淡的粉脸。开口说话吐气如兰芳香就已散出,再加上周身兰蕙芳香流泻。清脆的歌声容易使人感伤长叹,低沉地唱虽然安稳但却又像在走险。忽然转过身去犹豫徘徊,一双蛾眉一会儿打开一会儿收敛。她不把自己面目全部展示,有一半面目用轻纱来遮掩。

咏 舞 女

【题解】

　　这首诗主要描写舞女苗条的身材、华丽的衣装、轻盈的舞姿和动人的神态。

腰纤蔑楚媛[1]，体轻非赵姬[2]。映衿阗宝粟[3]，缘肘挂珠丝。发袖已成态，动足复含姿。斜精若不眄[4]，当转忽迟疑[5]。何惭云鹤起，讵减凤鸾时[6]？

【注释】
〔1〕蔑（miè）：无。　楚媛（yuàn）：楚国的美女。楚国女子以腰细著称。《韩非子·二柄》说："楚灵王好细腰，而宫中多饿人。"
〔2〕赵姬：指汉成帝皇后赵飞燕，她以身轻如燕著称。
〔3〕衿（jīn）：同"衿"，衣襟。一作"襟"。　阗（tián）：充满。宝粟：宝粟钿。钿是将金属、宝石等镶嵌在衣服上以作装饰。龙辅《女红余志》："李听姬紫云，有金虫宝粟之钿，其制盖自六朝始也。"
〔4〕精：一作"睛"。
〔5〕当：一作"娇"。
〔6〕鸾：一作"惊"。

【今译】
纤纤细腰比楚国美女还纤细，身轻如燕却不同于赵飞燕的芳姿。衣襟上满是宝粟钿的闪亮，顺着肘臂挂着一串串珍珠的缘饰。刚刚挥动衣袖就已出现娇美的姿态，起动舞步更饱含着千种风情韵致。斜眼而视但又不是在看你，娇媚地转过身来忽然又迟疑。她的舞姿怎么会有愧于云鹤的飞起，又岂会比不上鸾凤惊起时的体式？

咏红笺[1]

【题解】
这首诗咏红笺，并由笺及人，不但写出了红笺的精美，也写出了人寄托在红笺中深深的情意。

杂彩何足奇[2]，惟红偏作可。灼烁类蕖开[3]，轻明似霞破。镂质卷芳脂[4]，裁花承百和[5]。且传别离心，复是相思裹[6]。不值情幸人[7],岂识风流座[8]?

【注释】

〔1〕咏红笺(jiān):题一作《为傅建康咏红笺》。笺,小幅而精美的纸,多用来写信、题诗。

〔2〕杂彩:指古人所制作的笺,有缥绿青赤诸色。

〔3〕灼烁(zhuó shuò):光彩的样子。 蕖(qú):芙蕖,即荷花。

〔4〕镂(lòu):雕刻。 芳脂:香脂。

〔5〕百和:香料名。

〔6〕裹(guǒ):包、缠。

〔7〕值:遇。 幸:一作"牵"。

〔8〕风流:指风韵美好动人,且对异性有吸引力。

【今译】

各色香笺何足为奇,只有红笺偏偏最可爱。色彩鲜明像是荷花开放,清淡明丽又像云霞散开。笺内像是镂刻着香脂,笺上的花朵又像被百和香料濯溉。暂且用红笺来传达别离的心意,再将相思的情怀把它重重裹起来。没有遇到情投意合的心上人,又怎能结交风流之士瞻仰他的风采?

咏 蔷 薇[1]

【题解】

这首诗咏蔷薇,实际上是咏种了许多株芬芳蔷薇的女子。她面对满目春色,心中极不平静。看见双燕衔泥归来,感触更深。但她只能借酒消愁,万般无奈。

当户种蔷薇,枝叶太葳蕤[2]。不摇香已乱,无风花自飞。春闺不能静,开匣对明妃[3]。曲池浮采采[4],斜岸列依依[5]。或闻好音度[6],时见衔泥归[7]。且对清觞湛⁽⁸⁾，其余任是非。

【注释】
〔1〕咏蔷薇：一说为柳恽诗。蔷薇，落叶灌木，茎有刺，花可观赏。
〔2〕葳蕤（wēi ruí）：枝叶茂盛的样子。
〔3〕匣（xiá）：装东西的用具，有盖可以开合。这里指镜匣。对：一作"理"。　明妃：即王昭君，可参看卷二石崇《王昭君辞》。王昭君为汉元帝宫女，以美艳著称，后嫁匈奴单于。这里指按照王昭君的样子梳妆打扮。
〔4〕采采：茂盛明艳的样子。《诗经·秦风·蒹葭》："蒹葭采采，白露未已。"《蒹葭》是一首爱恋"伊人"的诗。
〔5〕依依：枝条轻柔细嫩而又生长茂盛的样子。《诗经·小雅·采薇》："昔我往矣，杨柳依依。"
〔6〕好音度：指清脆悦耳的鸟鸣声。
〔7〕衔泥：指飞燕衔泥筑巢。
〔8〕清觞：薄酒。　湛（zhàn）：清澈。

【今译】
　　对着门户种了许多蔷薇，枝叶繁茂一片青翠。不摇动芳香已四溢，没有风花朵也自飞。在春日的深闺里心情不能够平静，打开镜匣梳妆打扮要像昭君那样美。弯弯的池塘里浮现出茂盛的芦苇，弯曲的岸边一行行杨柳枝条轻弱柔媚。有时会听到清脆悦耳的鸟鸣声，有时又会见到双燕衔泥筑巢而来归。暂且用清澈的薄酒来消愁，其余的事情管它是"是"还是"非"。

高爽一首

　　高爽，广陵（今江苏扬州）人，南朝齐武帝永明年间举孝廉，梁武帝天监年间任临川王参军，出为晋陵令。

咏 镜

【题解】
　　这首诗咏镜,因镜及人,也咏照镜的女子。她在婚后希望与丈夫长相厮守,但不幸的是,不久之后,这面镜子又照见了丈夫的新欢。

　　初上凤皇墀⁽¹⁾,此镜照蛾眉⁽²⁾。言照常相守⁽³⁾,不照常相思⁽⁴⁾。虚心会不采⁽⁵⁾,贞明空自欺⁽⁶⁾。无言故此物⁽⁷⁾,更复对新期⁽⁸⁾。

【注释】
　　〔1〕凤皇:即凤凰,鸟名,雄为凤,雌为凰。《诗经·大雅·卷阿》:"凤凰于飞,翙翙其羽。"
　　〔2〕蛾眉:蚕蛾的触须弯曲细长,用以形容女子细长的美眉。
　　〔3〕常相守:指两不分离的人。常,一作"长",下句同。
　　〔4〕常相思:指因离别而相思的人。
　　〔5〕虚心:无心。晋傅咸《镜赋》:"不有心于好丑,而众形其必详。"
　　〔6〕贞明:常明。　　欺:一说疑当作"持"。
　　〔7〕故此:一作"此故"。
　　〔8〕对:一作"照"。

【今译】
　　刚刚登上婚姻的殿堂成为夫妻,这面镜子就照见了我的蛾眉。当时还说镜子常照我俩的长相厮守,不照我俩的离别相思。明镜无心岂会有所不照,但它的常明也只是欺人又自欺。这面默默无语的旧镜子,如今又迎来了丈夫另结新欢的佳期。

鲍子卿二首

鲍子卿,生平事迹不详。

咏 画 扇[1]

【题解】

这首诗咏画扇,让它见证人世的离合悲欢,并寄托着失宠女子的哀怨。

细丝本自轻[2],弱彩何足昞。直为发红颜[3],谬成握中扇[4]。乍奉长门泣[5],时承柏梁宴[6]。思妆开已掩,歌容隐而见。但画双黄鹤[7],莫作孤飞燕[8]。

【注释】

〔1〕咏画扇:一作高爽诗。
〔2〕细:一作"新"。
〔3〕直为:只为。
〔4〕谬:误。
〔5〕乍(zhà):忽。 长门泣:指汉武帝陈皇后(阿娇)失宠后幽居长门宫哭泣伤怀。
〔6〕柏梁宴:指汉武帝在柏梁台上举行宴会。《北堂书钞》说:汉武帝元封三年作柏梁台,诏群臣能为七言诗者,乃得上坐。《汉武故事》说,柏梁台,高二十丈,全用柏建造,香闻数十里。
〔7〕鹤:一作"鹄"。
〔8〕作:一作"画"。

【今译】

用细丝制成的素扇本来就不贵重,淡淡的色彩哪里值得一看。只是因为在扇上作画涂抹红颜色,竟错误地成了人们手中的宝扇。

它忽而陪着陈皇后在长门宫里哭泣，忽而陪着汉武帝在柏梁台上饮宴狂欢。想要妆饰打扮把扇打开遮住面，画扇之后歌舞姿容隐约可见令人赞叹。希望扇面上只画一双黄鹤，不要画孤飞的燕子形只影单。

咏 玉 阶

【题解】

这首诗咏玉阶。诗人赞美玉阶，是因为心爱的女子能够通过玉阶来与自己相会，不似昆山青鸟那样虚无缥缈。

　　玉阶已夸丽[1]，复得临紫微[2]。北户接翠幄，南路低金扉[3]。重叠通日影，参差藏月辉。轻苔染朱履，微淀拂罗衣[4]。独笑昆山曲[5]，空见青鸟飞[6]。

【注释】

　　[1] 夸：同"姱"，美好。
　　[2] 紫微：帝王宫禁。
　　[3] 低：一作"抵"。　扉（fēi）：门。
　　[4] 微淀：轻尘。淀，一作"激"。
　　[5] 昆山：昆仑山，传说中西方的仙山，西王母所居。　曲：曲折隐蔽。
　　[6] 青鸟（fú）：青鸟，传说中为西王母取食的三足神鸟。《汉武故事》说，七月七日忽有青鸟飞集殿前，东方朔向汉武帝说："西王母欲来。"不一会，王母至，三青鸟夹侍王母旁。后人因此又借称使者为青鸟。

【今译】

　　玉石砌成的台阶已是十分美丽，再加上它又能面临帝宫紫微。北边连接着悬挂青翠帷帐的门户，南边直达饰金的门扉。重重叠叠都在日光照射之下，高高低低深藏着月亮的光辉。薄薄的苔藓沾上了红色的丝履,丝衣轻拂也扬起了少许尘灰。唯笑昆仑仙山是那样的曲折隐蔽,只见传递音信的青鸟徒然地飞。

何子朗三首

何子朗,字世明,东海郯(今山东郯城西南)人。南朝梁时曾为国山令。

学谢体[1]

【题解】
这首诗写一对夫妻相互猜疑,产生矛盾,丈夫因此而离去,独居的妻子非常思念自己的丈夫。

桂台清露拂,铜陛落花沾[2]。美人红妆罢,攀钩卷细帘。思君击促柱[3],玉指何纤纤。未应为此别,无故坐相嫌[4]。

【注释】
〔1〕谢体:南朝齐著名诗人谢朓的诗体,即"永明体"。谢朓诗平仄协调,音调铿锵,词采华美,风格流丽清新。
〔2〕陛(bì):台阶。
〔3〕击促柱:指在琴瑟上弹奏急促的声调。击,一作"暂"。
〔4〕坐:因。 嫌:猜疑。

【今译】

　　桂木建造的楼台布满晶莹的露珠，铜铸的台阶上落花遍地。一位美丽的女子梳妆打扮之后，拿起帘钩把轻柔的窗帘卷起。她思念丈夫便在琴瑟上弹奏出急促的声调，她的洁白如玉的手指是多么纤细。她与丈夫不应该就此离别，那全是因为彼此间无缘无故地猜疑。

和虞记室骞古意⁽¹⁾

【题解】

　　春日阳光灿烂，一位女子盼望丈夫早日归来。诗中写到燕子衔泥，会使她想到当与丈夫共筑爱巢，写到风吹细柳，也会使她想到"昔我往矣，杨柳依依"，从而更增加对丈夫的思念。

　　美人弄白日，灼灼当春牖⁽²⁾。清镜对蛾眉，新花映玉手⁽³⁾。燕下拾池泥，风来吹细柳。君子何时归，与我酌尊酒？

【注释】

　　〔1〕虞记室骞：即虞骞，会稽（今浙江绍兴）人。记室为官名，是王府、将军府、太守府等官府中的属官。《古意》，虞骞所作诗名，虞诗已佚。这首诗是和诗。
　　〔2〕灼灼：鲜明的样子。　　牖（yǒu）：窗户。
　　〔3〕映：一作"弄"。

【今译】

　　美丽的佳人在明媚的阳光下玩耍，明艳的她正对着春日的窗牖。清明的镜中照见了她弯弯的蛾眉，新开的花朵映衬着她纤纤的玉手。燕子飞下衔走池中的泥土，微风吹来吹动了轻柔的杨柳。丈夫什么时候能够归来啊，什么时候才能与我共饮一杯酒？

和缪郎视月[1]

【题解】

一位男子在淡淡的月色下,想念着远在千里之外的"佳人",一直到月牙西沉。

清夜未云疲,细帘聊可发[2]。泠泠玉潭水[3],映见蛾眉月[4]。靡靡露方垂[5],辉辉光稍没。佳人复千里,余影徒挥忽[6]。

【注释】

〔1〕和缪郎视月:一作虞骞诗。
〔2〕细:一作"珠"。聊:姑且,略。
〔3〕泠泠(líng):清凉。
〔4〕蛾眉月:弯弯的月牙,形如女子的蛾眉。
〔5〕靡靡:形容露水慢慢往下滴。
〔6〕挥忽:尽,指月亮缓缓移动并最终消失。

【今译】

幽静的夜晚还未觉得疲倦,姑且把纱窗的窗帘掀开。那平静清凉的玉潭水,照见了弯弯月牙在空中徘徊。露水正慢慢地往下滴,月光也渐渐暗淡下来。我的心上人啊却在千里之远,我徒然地看着月牙余下的光影消失在天外。

范靖妇四首

范靖妇,即梁征西记室范靖(一作"静")的妻子沈满愿,吴兴武康(今浙江德清)人。她是沈约的孙女,南朝梁诗人,原有集三卷,已佚。

咏步摇花[1]

【题解】
这首诗咏下垂着珠花的步摇。

珠华萦翡翠[2],宝叶间金琼[3]。剪荷不似制,为花如自生。低枝拂绣领,微步动瑶瑛[4]。但令云髻插,蛾眉本易成[5]。

【注释】
〔1〕步摇:古代妇女的一种首饰,上有垂珠,行步时会摇动。
〔2〕华:花。 翡翠:绿色的玉,半透明,有光泽。
〔3〕金琼:黄金和美玉。
〔4〕瑶瑛:即瑶英,玉花,玉的精华。
〔5〕"但令"二句:一作"谅非桃李节,弥令蜂蝶惊"。一说"谅非"二句为佚文,紧接"但令"二句之后。云髻(jì),指妇女的发髻像云一样浓密卷曲。蛾眉,本指女子弯细的美眉,这里代指美貌。

【今译】
步摇上萦绕着翡翠珠花,配上金枝玉叶耀眼明。剪出的荷花不像人工造,制作的花朵像天生。低垂的枝叶轻拂着绣花的衣领,缓步行走头上玉花动摇不停。只要将步摇花插在浓密卷曲的秀发上,女子的美貌本来就容易妆扮成。

戏萧娘[1]

【题解】

戏萧娘就是同萧娘开个玩笑,逗逗趣。萧娘,大约是一位从事刺绣的姑娘,一位妙龄女子。她正在热恋之中,但诗人告诉她,要谨慎行事,不可草率地私订终身。

明珠翠羽帐,金薄绿绡帷[2]。因风时暂举,想像见芳姿。清晨插步摇[3],向晚解罗衣。托意风流子[4],佳情讵肯私[5]。

【注释】

〔1〕戏萧娘("娘"原作"孃"):一作《戏绣娘》。戏,调笑,逗趣。
〔2〕金薄:即金箔(bó),用金捶成的薄片,常用来贴在器物上。绡(xiāo):生丝。
〔3〕步摇:古代妇女的一种首饰,上有垂珠,行步时会摇动。
〔4〕风流:指风韵美好动人,且对异性有吸引力。
〔5〕肯:一作"可"。

【今译】

连缀着亮丽明珠和翠鸟毛羽的帷帐,金箔贴面绿绡为里一片金碧。阵风吹来帷帐暂时被掀起,脑海中忽然浮现出萧娘芳姿是那样的美丽。清晨起身她插上步摇缓缓行走,到了晚上她要安寝脱下了罗衣。她虽然寄情于一位英俊潇洒的美男子,但岂能在私下里就草率地以身相许。

咏五彩竹火笼[1]

【题解】

这首诗赞美竹火笼的精美,但对昔日青竹的傲霜凌云更为赞叹,因为那是高尚人格的象征。

可怜润霜质[2],纤剖复毫分[3]。织作回风苣[4],制为縈绮文。含芳出珠被,曜彩接缃裙[5]。徒嗟今丽饰,岂念昔凌云[6]。

【注释】

〔1〕竹火笼:用竹片编织而成的火笼,用以薰衣和取暖。
〔2〕润霜:指竹子在山林中被霜露沾湿。
〔3〕"纤剖"句:指竹子被剖开,剖成一条条又细又薄的竹片。
〔4〕回风苣(jù):与下句"縈绮文"同为竹火笼上编织出来的精致的花纹。
〔5〕缃裙:浅黄色的裙子。
〔6〕凌云:高出云端,指昔日竹的高耸。

【今译】

曾经沾润霜露的青竹令人爱怜,它被砍下后又被条条剖分。织成上有回风纹的火笼,有的织成縈绮纹。有时它蕴含芳香从珠被中取出,有时焕发异彩因为上面覆盖着浅黄色的裙。徒然叹息它如今装饰的华丽,它怎么还会怀念从前青竹的高耸入云。

咏 灯

【题解】

　　这首诗咏灯,写出了灯的深情,也就是"人"的深情。苍蝇,即青蝇,古代常用来比喻进谗言的小人(见《诗经·小雅·青蝇》)。三国魏曹植《赠白马王彪》有"苍蝇间白黑,谗言令亲疏"之句。这首《咏灯》诗写"灯"对"苍蝇"的恐惧,实际上是表达"人"(一位弱女子)担心因小人进谗而遭疏远遗弃的忧惧。

　　绮筵日已暮[1],罗帏月未归[2]。开花散鹄彩[3],含光出九微[4]。风轩动丹焰[5],冰宇澹清晖[6]。不吝轻蛾绕[7],惟恐晓蝇飞。

【注释】

　〔1〕绮筵:华美的宴席。
　〔2〕帏:一作"帷",一作"帐"。
　〔3〕花:指灯花。　鹄(hú)彩:白色的光彩。鹄,鸟名,即天鹅,羽毛白色而有光泽。鹄,一作"鹤"。
　〔4〕九微:灯名。《汉武内传》说,七月七日,乃扫除宫掖之内,张云锦之帷,燃九微之灯。
　〔5〕轩:有窗的长廊或小室。
　〔6〕宇:屋檐。
　〔7〕吝(lìn):惜。一作"畏"。

【今译】

　　在华美的宴席上欢饮到日暮,月光还没有照进罗帏。点上华灯灯花绽放出白色的光彩,它蕴含着的光辉出自九微。微风吹进室中吹动了红色的火焰,冰凉的屋檐下它发出淡淡的清辉。它不惜被小小的飞蛾所缠绕,只害怕天亮灯灭苍蝇围着它飞。

何逊十一首

何逊（？—约518），字仲言，东海郯（今山东郯城西南）人。梁时历任奉朝请、建安王水曹行参军兼记室、安成王参军事兼尚书水部郎、庐陵王记室。南朝梁著名诗人，世称"何水部"。王僧孺曾集其文为八卷，已散佚。今存明人辑本《何记室集》（又名《何水部集》）。

日夕望江赠鱼司马[1]

【题解】

仲秋八月，诗人在湓城（今九江），一天傍晚，他在长江边看着江水滚滚东去，生发出许多感慨，便写了这首诗赠鱼弘。

湓城带湓水[2]，湓水萦如带。日夕望高城，耿耿青云外[3]。城中多宴赏，丝竹常繁会[4]。管声已流悦[5]，弦声复凄切。歌黛惨如愁[6]，舞腰疑欲绝[7]。仲秋黄叶下[8]，长风正骚屑[9]。早雁出云归，故燕辞檐别。昼悲在异县，夜梦还洛汭[10]。洛汭何悠悠，起望登西楼[11]。的的帆向浦[12]，团团日隐州[13]。谁能一羽化[14]，轻举逐飞浮[15]。

【注释】

〔1〕鱼司马：鱼弘，襄阳人，南朝梁时累从征讨，曾任竟陵、新兴、永宁等郡太守，又曾为平西湘东王司马。

〔2〕湓（pén）城：即湓口城，南朝时为江州治所，故址在今江西九江市，以地当湓水入长江口之处而得名。　　湓水：又名湓浦或湓江，今名龙开河。源出瑞昌清湓山，经湓城北入长江。

〔3〕耿耿：一作"眇眇"。
〔4〕丝竹：弦乐和管乐。　　繁会：频繁地交会，指音乐歌舞繁盛。
〔5〕流悦：流露出喜悦。
〔6〕歌黛：歌女的黛眉。黛，女子画眉的黑颜料。
〔7〕绝：断。
〔8〕仲秋：秋季的第二个月，即农历八月。
〔9〕骚屑：风声。
〔10〕洛汭（ruì）：洛水入黄河处（在今河南巩义市），也用来指洛阳，南朝时人们也用来代指建业。汭，河流会合之处。
〔11〕登西：一作"西南"。
〔12〕的的（dí）：明显，清楚。　　浦：水滨。
〔13〕州：同"洲"，水中陆地。
〔14〕羽化：指道教所说的飞升成仙。
〔15〕飞浮：飘动的浮云。

【今译】
　　溢城周遭是溢水，溢水环绕溢城如衣带。傍晚时分远望这座高城，它傲然矗立在青云外。城中多有欢宴和庆赏，歌舞管弦繁盛空前。箫笛之声已流露出欢悦，而琴瑟之声却又何等凄切。歌女的秀眉紧锁似愁无限，舞女的细腰似将断绝。仲秋八月枯黄树叶纷纷落下，飒飒秋风正越吹越烈。早上大雁飞出云端往南归去，昔日燕子辞别燕巢离开了屋檐。白天悲伤啊悲在异乡作客，夜晚做梦啊梦中已回到洛汭居留。洛汭是多么的遥远，起身远望登上了西楼。分明看见江上片片帆影正驶向江滨，圆圆的夕阳落在江中的小洲。谁能够一旦羽化而登仙，便可轻身高举追随浮云四海漫游。

轻薄篇[1]

【题解】
　　这首诗描写一个富贵人家美少年的生活。

城东美少年[2]，重身轻万亿。柘弹随珠丸[3]，白马黄金勒⁽⁴⁾。长安九逵上⁽⁵⁾，青槐荫道植。毂击晨已喧⁽⁶⁾，肩排暗不息⁽⁷⁾。走狗通西望⁽⁸⁾，牵牛亘南直⁽⁹⁾。相期百戏傍⁽¹⁰⁾，去来三市侧⁽¹¹⁾。象床沓绣被⁽¹²⁾，玉盘传绮食⁽¹³⁾。娼女掩扇歌⁽¹⁴⁾，小妇开帘织⁽¹⁵⁾。相看独隐笑，见人还敛色⁽¹⁶⁾。黄鹤悲故群⁽¹⁷⁾，山枝咏初识⁽¹⁸⁾。鸟飞过客尽，雀聚行龙匿⁽¹⁹⁾。酌羽前厌厌⁽²⁰⁾，此时欢未极⁽²¹⁾。

【注释】

〔1〕轻薄篇：题一作《拟轻薄篇》。在《乐府诗集》中，这首诗收入《杂曲歌辞》。同题诗共收六首。《乐府解题》说："《轻薄篇》，言乘肥马，衣轻裘，驰逐经过为乐，与《少年行》同意。"

〔2〕城东：一作"长安"。

〔3〕柘（zhè）弹：柘木制成的弹弓。　　随珠：即随（又作"隋"）侯之珠，珍贵的明月宝珠。《淮南子·览冥训》高诱注："隋侯见大蛇伤断，以药傅之。后蛇于江中衔大珠以报之，因曰隋侯之珠，盖明月珠也。"

〔4〕黄金勒：黄金制成的马笼头。勒，一作"饰"。

〔5〕九逵（kuí）：四通八达的大道。

〔6〕毂（gǔ）击：车毂（车轴头）相碰撞，形容车多。《战国策·齐策》说："临淄之途，车毂击，人肩摩，连衽成帷，举袂成幕，挥汗成雨。"

〔7〕肩排：肩碰肩。　　暗：一作"瞑"。

〔8〕走狗：台名，在长安桂宫内。　　通：一作"东"。

〔9〕牵牛：桥名。　　亘（gèn）：横贯。一作"向"。

〔10〕百戏：古代乐舞杂技表演的总称。

〔11〕三市：指市场。《周礼·地官》所说的"三市"指大市、朝市、夕市。《疏》："此三市，皆于一院内为之。"

〔12〕象床：象牙床。　　沓（tà）：重叠。

〔13〕绮食：美食。

〔14〕娼女：歌女。一作"大妇"，一作"大姊"。

〔15〕小妇：一作"小妹"。

〔16〕敛色：收起笑容，做出严肃的样子。

〔17〕黄鹤悲故群：黄鹤为丧失伴侣而悲鸣。《列女传》说，鲁人陶明之女陶婴，少寡，养孤幼，纺织为生。有人求娶，她作歌道："悲夫黄鹄之早寡兮，七年不双。宛颈独宿兮，不与众同。夜半悲鸣兮，想其故雄。天

命早寡兮,独宿何伤。寡妇念此兮,泣下数行。呜呼哀哉兮,死者不可忘。……"

〔18〕山枝咏初识:歌咏结识了新朋友。《说苑·善说》载《越人歌》:"山有木兮木有枝,心说(悦)君兮君不知。"初,一作"新"。

〔19〕雀聚:指黄昏之时,雀鸟归巢。　行龙匿(nì):指黄昏之时,太阳落山。神话传说,日神驾六龙,日行天空。匿,隐藏。

〔20〕羽:羽觞,古代饮酒用的耳杯,又名爵,作爵(雀)形,有头、尾、羽翼。　前:一作"方"。　厌厌:安闲欢畅的样子。《诗经·小雅·湛露》:"厌厌夜饮,不醉无归。"

〔21〕未:一作"无"。

【今译】

　　城东有一美少年,家财万亿看得轻。柘弓弹出随侯珠,白马笼头用黄金。他走在长安广阔的大道上,道旁青槐连成荫。早晨车毂相击就已很喧闹,至晚人肩相摩仍不能安静。走狗台上可以东西望,牵牛桥笔直横亘在南面。众人相约去观赏百戏,来来去去都在三市边。象牙床上叠着一张张绣被,白玉盘中美食传到了几案前。歌女以扇遮面在歌唱,小女子为纺织打开了窗帘。相看一眼便独自暗中笑,见到他人又收起笑容故作庄严。黄鹤由于失去伴侣而悲鸣,人们由于结识新知而欢歌饮宴。群鸟飞散过客也走尽,鸟雀归巢西沉的太阳也已看不见。举起酒杯仍然开怀畅饮,此时正是欢乐无限。

咏照镜

【题解】

　　一位女子早上对镜梳妆,她在欣赏自己的美丽。忽然想起丈夫在外游荡,长久不归。她担心丈夫另结新欢,不禁黯然伤神,无心梳妆,泪水不觉滴落胸前。

　　珠帘旦初卷,绮罗朝未织[1]。玉匣开鉴形[2],宝台临净饰[3]。对影独含笑,看花空转侧。聊为出茧眉[4],试染夭桃色[5]。羽钗如可间[6],金钿长相逼[7]。荡子行未归[8],啼妆坐沾臆[9]。

【注释】

〔1〕罗:一作"机"。
〔2〕玉匣(xiá):指玉饰的镜盒。　鉴:镜。
〔3〕宝台:指以珍宝为饰的华贵的梳妆台。　净饰:打扮素净。
〔4〕茧眉:蛾眉。
〔5〕夭桃色:桃花一样的红色。《诗经·周南·桃夭》:"桃之夭夭,灼灼其华。"夭夭,茂盛艳丽容光焕发的样子。
〔6〕羽钗:鸟雀形或翠羽形的金钗。　间(jiàn):离间。
〔7〕金钿(diàn):镶嵌金花的首饰。　长:一作"畏"。
〔8〕荡子:游子,指远游在外的丈夫。
〔9〕啼妆:东汉时流行的一种妇女妆扮,即以粉薄拭目下,如啼痕一般,所以叫"啼妆"。《后汉书·梁统传》记东汉大将军梁冀妻孙寿:"寿色美而善为妖态,作愁眉、啼妆、堕马髻、折要步、龋齿笑,以为媚惑。"《后汉书·五行志》:"所谓愁眉者,细而曲折。啼妆者,薄拭目下,若啼处。堕马髻者,作一边。折要步者,足不在体下。龋齿笑者,若齿痛,乐不欣欣。始自大将军梁冀家所为,京都歙然,诸夏皆放效。"　坐:因。　沾臆:泪水滴落在胸前。

【今译】

早上刚把珠帘卷起,还没有打开织机来纺织。先将镜盒打开拿出铜镜,在华贵的梳妆台上照见了自己素净的妆饰。对着镜中的身影独自含笑,看着簪花空自转身注视。暂且画出一双蛾眉,试将桃红在脸上薄施。发插羽钗的美丽如果能够被离间,头戴金钿的娇艳便会长遭逼迫被遗弃。丈夫游荡在外长久不归家,梳妆成"啼妆"只因为泪水已沾衣。

闺　怨[1]

【题解】
　　春天的早晨,一位女子独处深闺,思念逾期不归的丈夫,心中充满哀怨。

　　晓河没高栋[2],斜月半空庭。窗中度落叶,帘外隔飞萤。含情下翠帐[3],掩涕闭金屏[4]。昔期今未反[5],春草寒复青。思君无转易[6],何异北辰星[7]。

【注释】
　　〔1〕闺怨:题一作《和萧谘议岑离闺怨诗》。
　　〔2〕晓河:早晨的银河。
　　〔3〕情:一作"悲"。
　　〔4〕涕:一作"泣"。
　　〔5〕反:同"返"。
　　〔6〕转易:改变。
　　〔7〕北辰星:北极星。《论语·为政》:"为政以德,譬如北辰居其所而众星共(拱)之。"这句是说,像众星拱卫北极星一样,自己的心永远向着丈夫。

【今译】
　　早上银河已沉没在那边高楼下,西沉的月儿只照亮了半边空庭。窗里飘进了几片落叶,帘外飞舞着几只流萤。饱含悲情放下了翠帐,掩面垂泪闭上了金屏。从前约定的归期已过至今仍然未返家,春草经过了寒冬又是满目青。我对你的思念一点也没有改变,就像众星永远拱卫着北极星。

咏七夕⁽¹⁾

【题解】

这首诗写七夕织女越过天河去与牛郎相会。诗人对饱尝离别相思之苦的青年男女，充满同情。

仙车驻七襄⁽²⁾，凤驾出天潢⁽³⁾。月映九微火⁽⁴⁾，风吹百和香⁽⁵⁾。来欢暂巧笑，还泪已啼妆⁽⁶⁾。依稀犹洛汭⁽⁷⁾，倏忽似高唐⁽⁸⁾。别离不得语⁽⁹⁾，河汉渐汤汤⁽¹⁰⁾。

【注释】

〔1〕七夕：农历七月初七的晚上。神话传说，天帝责令牛郎（牵牛星）和织女（织女星）分居天河（银河）两岸，每年七月七日，他们才能走过鹊桥相会。

〔2〕七襄：指织女星从早到晚更动七次位置。《诗经·小雅·大东》："跂彼织女，终日七襄。"襄，更动，移动。襄，一作"骧"。

〔3〕天潢：天河，即银河。

〔4〕映：一作"照"。 九微：灯名。《汉武内传》说，汉武帝时，七月七日，设座殿上，"燔百和之香"，"燃九微之灯"，以待王母。

〔5〕百和：香名，指多种香的调和。

〔6〕啼妆：见前《咏照镜》注〔9〕。啼，一作"沾"。

〔7〕洛汭（ruì）：洛水入黄河处。曹植在《洛神赋》中说，他在这里遇见洛水女神宓妃。

〔8〕倏（shū）忽：极快的样子。 高唐：台名。宋玉在《高唐赋》中说，楚怀王游高唐，梦中与巫山神女相会。

〔9〕语：一作"见"。

〔10〕河汉：银河。 汤汤（shāng）：水流大而急的样子。

【今译】

织女的仙车已不像往日那样在天空移动，她驾着车越过天河来会牛郎。这时月光与九微灯光相互辉映，微风吹来四处飘散百和香。来时短暂的欢聚笑得多么美,去时泪水滚滚而下沾湿了衣裳。像曹植会见洛神宓妃那样依稀似梦,又像怀王会见巫山神女那样短暂匆忙。别离之时含情相视脉脉不得语,天河之水又逐渐变得浩浩荡荡。

咏 舞 妓[1]

【题解】

这首诗描写美丽而多情的舞女。舞女以歌舞娱人,并以此维生,但她们也有自己的情感生活,值得人们关注和同情。

管清罗荐合[2],弦惊雪袖迟[3]。逐唱回纤手[4],听曲动蛾眉[5]。凝情盻堕珥[6],微睇托含辞[7]。日暮留嘉客,相看爱此时。

【注释】

〔1〕咏舞妓:题一作《咏舞诗》,一作《咏妓诗》。妓,乐人。
〔2〕管:指管乐器,箫笛之类。　罗荐:锦缎制成的坐垫。
〔3〕雪袖:洁白如雪的长袖。雪,一作"云"。　迟:缓慢。
〔4〕逐唱:追随着舞曲的节奏。　回:旋转。
〔5〕动:一作"转"。
〔6〕情:一作"睛"。　盻:一作"盼"。　堕珥:因男女欢会而坠落的耳饰。《史记·滑稽列传》载淳于髡之语"男女杂坐,行酒稽留","前有堕珥,后有遗簪"。
〔7〕睇(dì):流盼。　含辞:欲言又止的样子。曹植《洛神赋》:"含辞未吐,气若幽兰。"

【今译】

箫管发出清越之声与锦缎制成的坐垫并合在一起,琴弦忽然惊响舞女便将洁白如雪的长袖轻举。她随着舞曲的节奏旋转着她那纤细的手,一面听曲一面轻扬蛾眉默默无语。她定睛斜视似乎在看她那坠落的耳坠,眼珠流盼欲言又止情思含蓄。天黑日暮留住了嘉客,互相注视彼此都珍惜这短暂的相聚。

看 新 妇[1]

【题解】

这首诗描写一对新婚夫妇。

雾夕莲出水,霞朝日照梁[2]。何如花烛夜[3],轻扇掩红妆。良人复灼灼[4],席上自生光。所悲高驾动[5],掩袖出长廊[6]。

【注释】

[1] 看新妇:题一作《看新婚》,一作《看伏郎新婚》。

[2] "雾夕"二句:形容女子的美丽。曹植《洛神赋》写到洛神宓妃之美时说:"远而望之,皎若太阳升朝霞;迫而察之,灼若芙蕖出渌波。"

[3] 花烛夜:即新婚夫妇在洞房花烛夜成亲。

[4] 良人:古代女子称丈夫为良人,这里指新郎。　灼灼:光彩照人的样子。

[5] 高驾:指新郎迎娶新娘的车马。

[6] 掩袖:指新娘离开娘家以袖掩面而哭泣。一作"环珮"。

【今译】

洛神宓妃就像夕雾中出水的荷花,又像朝霞映照着屋梁。但宓妃怎比得上洞房花烛夜中的新娘,只见新娘用精巧的罗扇遮住她的红妆。新郎更是光彩照人,在宴席上自生辉光。所悲的是当迎亲的车驾启动之时,新娘以袖掩面而泣走出了娘家的长廊。

咏 倡 家[1]

【题解】

　　这首诗咏歌伎乐人，即"倡家女"，在题旨和意境上，显然深受古诗《青青河畔草》的影响。诗人对倡家女充满同情，希望她们在爱情和婚姻上能找到自己的归宿。

　　皎皎高楼暮[2]，华烛帐前明。罗帷雀钗影[3]，宝瑟凤雏声[4]。夜花枝上发[5]，新月雾中生。谁念当窗牖[6]，相望独盈盈[7]。

【注释】

　　[1] 咏倡家：题一作《咏倡妇》。倡家，指歌伎舞女等艺人。
　　[2] 皎皎：明亮的样子。一作"暧暧"。
　　[3] 雀钗：雀鸟形的金钗首饰。
　　[4] 凤雏（chú）：即古曲《凤将雏》。《古今乐录》说，吴声十曲，三曰凤将雏，古有歌，自汉至梁不改，今不传。
　　[5] 夜：一作"庭"。
　　[6] 当窗牖（yǒu）：临窗而立。
　　[7] 盈盈：体态轻盈，仪态美好的样子。《古诗十九首·青青河畔草》："青青河畔草，郁郁园中柳。盈盈楼上女，皎皎当窗牖。娥娥红粉妆，纤纤出素手。昔为倡家女，今为荡子妇。荡子行不归，空床难独守。"

【今译】

　　日暮之后高楼里依然明亮，帷帐前华烛高照内外通明。罗帷中晃动着头插金钗的舞女身影，宝瑟上传出了《凤将雏》的美妙乐声。到了晚上鲜花在枝头绽放，新月在雾中冉冉东升。谁会想到她正临窗而立，人们散尽之后她独自与花月相望徒有这体态轻盈。

咏白鸥嘲别者[1]

【题解】

　　这首诗借海鸥的"孤飞""独宿"来同"别者"开一个玩笑。诗人似要离别相思之人自作宽解，但正如"抽刀断水水更流"一样，这种相见无由的绝望更衬托出永别的悲哀。

　　可怜双白鸥，朝夕水上游[2]。何言异栖息，雌往雄不留[3]。孤飞出屿浦[4]，独宿下沧洲[5]。东西从此去，影响绝无由[6]。

【注释】

　　[1] 咏白鸥嘲别者：题一作《咏白鸥》，一作《咏别鸥兼嘲别者》。鸥，生活在湖海上的一种水鸟，羽毛多为白色。嘲，嘲弄，戏弄。
　　[2] 游：一作"浮"。
　　[3] 往：一作"住"。
　　[4] 屿浦：小岛的水边。屿，一作"潊"，一作"岫"。
　　[5] 沧洲：滨水的地方。
　　[6] 影响：影子和声响，引申为踪迹、音信、消息。　无由：无以得知。

【今译】

　　可怜一双白海鸥，早晚都在水上游。为什么要说在不同的地方栖息，雌鸥一旦飞走雄鸥也不会在此滞留。但它们中一只从小岛边单独地飞走，另一只却飞到滨水的地方独宿而无偶。一只在东一只在西从此永分手，彼此间的消息绝对无法再访求。

学青青河边草[1]

【题解】

一位多情的男子从春到秋都在思念他所钟情的一位歌女。

春园日应好[2],折花望远道[3]。秋夜苦复长,抱枕向空床[4]。吹楼下促节[5],不言于此别。歌筵掩团扇,何时一相见。弦绝犹依轸[6],叶落裁下枝[7]。即此虽云别,方我未成离。

【注释】

〔1〕学青青河边草:在《乐府诗集》中,这首诗收入《相和歌辞·瑟调曲》,题为《青青河畔草》,同题诗共收五首。这首诗是对古辞《饮马长城窟行》(《玉台新咏》题为蔡邕诗,见卷一)的拟作。

〔2〕园日:一作"兰已"。

〔3〕折花:指折芳赠远。《古诗十九首》中的《涉江采芙蓉》说:"涉江采芙蓉,兰泽多芳草。采之欲遗谁?所思在远道。"《庭中有奇树》说:"庭中有奇树,绿叶发华滋。攀条折其荣,将以遗所思。"

〔4〕枕向:一作"衾而"。

〔5〕吹楼:鼓吹楼,歌舞之地。楼,一作"台"。　促节:曲调的节奏急促迫切。

〔6〕绝:一作"断"。　轸(zhěn):弦乐器上转动弦的木柱。

〔7〕裁:一作"才"。

【今译】

春天花园里的景致应是一天天的美好,我折下花枝向着远方的道路眺望。秋天的夜里又苦于它是那么漫长,我抱着空枕面向空床。回想当年鼓吹楼下急管繁弦,她就是不说从此便将分别。在歌舞的晚宴上她犹自抱着团扇半遮面,不知什么时候能够再相见。琴弦虽已断绝但弦还留在弦柱上,树叶虽已枯黄但要落下才能离开树枝。现在我们虽说是各在一方，但在我心中我们从来没有分离。

嘲刘谘议孝绰[1]

【题解】

诗人同刘孝绰开了一个玩笑，笑他迷恋女人，陶醉温柔乡，早上仍然躺卧床上，竟然忘了上朝。

房栊灭夜火[2]，窗户映朝光。妖女搴帷出[3]，蹀躞初下床[4]。雀钗横晓鬓，蛾眉艳宿妆[5]。稍闻玉钏远[6]，犹怜翠被香。宁知早朝客，差池已雁行[7]。

【注释】

〔1〕嘲刘谘议孝绰：题一作《嘲刘孝绰》，一作《嘲刘郎》。刘孝绰（481—539）：本名冉，字孝绰，彭城（今江苏徐州）人。曾任安西湘东王谘议参军，迁尚书吏部郎。官至秘书监。南朝梁文学家。可参看本书卷八。

〔2〕房栊（lóng）：房舍，房屋。

〔3〕妖女：妖媚艳丽的女子。　搴（qiān）：同"褰"，撩起，揭起。

〔4〕蹀躞（dié xiè）：小步走的样子。

〔5〕宿妆：晚妆。

〔6〕玉钏（chuàn）：用玉石穿起来做成的镯子。

〔7〕差（cī）池：参差不齐。

【今译】

房中已经灭掉了晚上的灯火，窗户已经映照着早晨的霞光。娇媚艳丽的女子撩起帷帐走出来，她小步小步地刚离开了床。雀形的金钗还横插在她早上的云发上，美丽的容颜还留着昨晚的艳妆。此时只听见她玉镯的声音渐渐远去，你还在留恋她在翠被上留下的芳香。你怎知那些早上上朝的官员，先后来到大殿早已整齐地排列成行。

王枢三首

王枢，南朝梁时人，生平事迹不详。

古意应萧信武教[1]

【题解】

萧昌之"教"已不可见。这首诗以"古意"为题，写人所熟知的思妇怀人、游子思归。全诗从游子一方着笔，但写的则是他对妻子的想象和怀念。

朝取饥蚕食[2]，夜缝千里衣。复闻南陌上[3]，日暮采莲归。青苔覆寒井，红药间青薇[4]。人生乐自极，良时徒见违[5]。何由及新燕，双双还共飞。

【注释】

〔1〕古意：作为诗题，其意是将古诗原有的意境加以点染发挥。萧信武：萧昌，字子建，梁武帝天监九年任信武将军、衡州刺史。教：王侯和大臣告众之词。
〔2〕食（sì）：拿东西给人吃，这里指喂蚕。
〔3〕陌（mò）：田间的小路。
〔4〕红药：红芍药。　青薇：即薇草，草本植物，无地上茎，叶自地下茎丛生。薇，一作"微"。
〔5〕良时：指夫妻团聚的美好时光。汉代李陵《与苏武诗》有"良时不再至，离别在须臾"之句。

【今译】

她在早上给饥饿的蚕喂食，晚上为远在千里之外的我缝制衣被。又听说她走在南边田间小路上，为采莲直到日暮才回归。这时寒凉的井边覆盖着青苔，红芍药中夹杂着青薇。人生本来就欢乐无限，如今却徒然相离别不能团聚相会。有什么办法能够跟得上共筑爱巢的新燕子，让我俩仍能双宿双飞。

至乌林村见采桑者聊以赠之[1]

【题解】
　　诗人到乌林村去，邂逅一位采桑的女子。这时，他就像《陌上桑》中的使君和"秋胡戏妻"中的秋胡那样动了心。但他想到了家中的妻子，他与采桑女之间虽有爱意也是徒然。

　　遥见提筐下，翩妍实端妙[2]。将去复回身，欲语先为笑。闺中初别离，不许觅新知。空结茱萸带[3]，敢报木兰枝[4]。

【注释】
　　[1] 聊以赠之：一作"因有赠"。
　　[2] 翩妍（yán）：轻盈美丽。　端：真正。
　　[3] 茱萸带：用茱萸编制而成或上绘茱萸之形的衣带（同心带）。
　　[4] 木兰：香木名，树皮辛香可食。《楚辞·离骚》："朝搴阰之木兰兮，夕揽洲之宿莽。""朝饮木兰之坠露兮，夕餐秋菊之落英。"

【今译】
　　远远地看见你提着小筐从桑树下来，体态轻盈容貌美丽实在是美妙无比。你将要离去又转过身来，打算说话还未开口就笑嘻嘻。但我刚离开了我的妻子，不能够再去寻觅新知己。我只是徒然地将珠玉系在你的茱萸带上，怎敢用它来回报你木兰香枝的赠与。

徐尚书座赋得可怜[1]

【题解】
　　诗人在徐尚书的酒宴上，见到了美丽的歌女可怜，惊若天人，便写下了这首诗，描写她的美丽。

　　红莲披早露，玉貌映朝霞。飞燕啼妆罢[2]，顾插步摇花[3]。溘匝金钿满[4]，参差绣领斜。暮还垂瑶帐，香灯照九华[5]。

【注释】
　　[1]可怜：人名，可能是一位歌女。可，一作"阿"。
　　[2]飞燕：赵飞燕，汉成帝皇后，以貌美身轻如燕著称。　啼妆：古代一种妆式，女子在目下施薄粉，有如啼痕，故称啼妆。可参看本卷何逊《咏照镜》注[9]。
　　[3]顾插步摇花：一作"顾步插余花"。顾，乃。　步摇：妇女一种首饰，上有垂珠，步则摇动。
　　[4]溘匝（kè zā）：满布。匝，一作"匼"。
　　[5]九华：九支华烛。沈约《伤美人赋》："陈九枝之华烛。"

【今译】
　　像红色的荷花沾满了早露，她那温润洁白的容貌映照着朝霞。刚妆成赵飞燕那样的啼妆，又在秀发之上插上步摇花。头上全被金钿所布满，绣花的领子从高到低斜向下。日暮归来垂下玉饰的帷帐，点燃香灯九支蜡烛尽显光华。

庾丹二首

庾丹,南朝梁时人,曾任桂州刺史萧朗记室。朗暴虐,丹以直谏被害。

秋闺有望[1]

【题解】

秋天的夜晚,一位独处深闺的女子,思念自己的心上人,但心上人久盼不至,她不禁凄然泣下。

耿耿横天汉[2],飘飘出岫云[3]。月斜树倒影,风至水回文。已泣机中妇[4],复悲堂上君[5]。罗襦晓长襞[6],翠被夜徒薰[7]。空汲银床井[8],谁缝金缕裙[9]。所思竟不至,空持清夜分[10]。

【注释】

〔1〕有望:有所希望,有所怀想。《礼记·中庸》:"远之则有望,近之则不厌。"

〔2〕耿耿:微明的样子。一作"眇眇"。 天汉:银河。

〔3〕岫(xiù):山,山穴。

〔4〕机:织布机。

〔5〕堂上君:指身处高堂的父母。

〔6〕襦(rú):短衣,短袄。 襞(bì):折叠衣服。

〔7〕翠被:有翡翠羽饰之被。

〔8〕银床井:有银色井台的水井。汲井,典出《周易》。《周易·井卦》九三爻辞说:"井渫不食,为我心恻。" 渫(xiè),是清除污垢的意思。其意是说,井水已疏通洁净但仍不被食用,使我心悲。诗用此典是说这位女子持身高洁但仍不为人所了解和赞赏,内心非常失望。

〔9〕金缕（lǚ）：金丝，金线。
〔10〕持：守。　夜分：夜半。

【今译】

　　横亘在天空的银河现出微明，飘出山谷的是飘浮不定的浮云。月儿西斜绿树倒影在水里，微风吹来水面上泛起波纹。凄清的夜景已令机上的女子悲泣，也让身处高堂的父母伤心。丝绸的短袄白天一直折叠不穿，有翡翠羽饰的锦被晚上也只是徒然用香薰。徒然地到银色井床边去汲水，谁会为她缝制金丝裙。她所思念的人始终没有到来，她徒守空房在这幽静的夜半时分。

夜梦还家

【题解】

　　诗人想念远在家乡独居的妻子，朝思暮想，梦中他回到了家。这首诗写的就是他的梦境。

　　归飞梦所忆，共子汲寒浆〔1〕。铜瓶素丝绠〔2〕，绮井白银床〔3〕。雀出丰茸树〔4〕，虫飞玳瑁梁。离人不相见，难忍对春光〔5〕。

【注释】

〔1〕子：你，指诗人的妻子。
〔2〕绠（gěng）：汲水用的绳子。
〔3〕白银床：银白色的井台。
〔4〕丰茸（róng）：丰盛茂密。
〔5〕难：一作"争"。

【今译】

　　梦中我飞回到朝思暮想的家,与你一同到井边去汲清冷的井水。铜瓶上系着白丝绳,华美的井台闪耀着银白色的光辉。雀鸟从丰茂的树丛中飞出,虫儿在玳瑁梁上飞。醒来后才知道我们这对分离的情人不能相见,怎能忍受面对这美好春光我们却不能相依偎。

范云四首

　　范云(451—503),字彦龙,南乡舞阴(今河南泌阳)人。齐时为竟陵王府主簿,"竟陵八友"之一,曾任零陵内史、广州刺史等职。入梁,任侍中、吏部尚书,官至尚书右仆射,封霄城县侯。南朝梁诗人,有集三十卷,已佚。

巫 山 高[1]

【题解】

　　《乐府解题》说,汉铙歌《巫山高》古辞是说"江淮水深,无梁可度,临水远望,思归而已"。后来齐王融作"想像巫山高",梁范云作"巫山高不极","杂以阳台神女之事,无复远望思归之意也"。这首诗便是以巫山神女的事,表达对旧日情侣的爱恋和思念。

　　巫山高不极[2],白日隐光辉。霭霭朝云去[3],冥冥暮雨归[4]。岩悬兽无迹,林暗鸟疑飞[5]。枕席竟谁荐[6]?相望徒依依[7]。

【注释】

〔1〕巫山高：在《乐府诗集》中，这首诗收入《鼓吹曲辞·汉铙歌》，同题诗共收二十一首。巫山，在今重庆，长江穿流其中，成为巫峡（三峡之一）。

〔2〕高不极：高得看不见顶峰。

〔3〕霭霭：云浓密的样子。　朝云：早上的云。宋玉《高唐赋》说："昔者先王（指楚怀王）尝游高唐，怠而昼寝，梦见一妇人曰：'妾巫山之女也，为高唐之客，闻君游高唐，愿荐枕席。'王因幸之。去而辞曰：'妾在巫山之阳，高丘之阻，旦为朝云，暮为行雨，朝朝暮暮，阳台之下。'旦朝视之，如言，故为立庙，号曰'朝云'。"

〔4〕冥冥：昏暗的样子。一作"溟溟"。

〔5〕疑：一作"惊"。

〔6〕荐（jiàn）枕席：亲进于枕席，是女子侍寝的委婉说法。荐，进。

〔7〕徒：一作"空"。　依依：依恋不舍的样子。

【今译】

巫山是那样的高大崔嵬，太阳也被它遮住了光辉。清晨浓密的白云飘然而去，傍晚迷蒙的暮雨来归。山崖陡峭野兽没有踪迹，林中昏暗百鸟惊起而飞。巫山神女枕席之上究竟同谁相亲近？与巫山徒然相望空自依恋却不能相依偎。

望织女(1)

【题解】

诗人仰望星空，望见了织女星，想起了神话传说中牛郎织女的故事，对他们的分离充满哀怜同情，写下了这首诗。

盈盈一水边(2)，夜夜空自怜。不辞精卫苦(3)，河流未可填。寸情百重结，一心万处悬(4)。愿作双青鸟，共舒明镜前(5)。

【注释】

〔1〕织女：织女星。在神话传说中，织女与牛郎分居天河两岸，每年七月七日才能走过鹊桥相会。

〔2〕盈盈：水清浅的样子。《古诗十九首·迢迢牵牛星》有"盈盈一水间，脉脉不得语"之句。

〔3〕精卫：衔木石填东海的鸟。《山海经·北山经》说，炎帝的少女女娃，"游于东海，溺而不返，故为'精卫'。常衔西山之木石，以堙于东海"。

〔4〕万：一作"两"。

〔5〕舒：舒展，舒畅。　明镜：指鸾镜。范泰《鸾鸟诗序》说："昔罽宾王结罝峻祁之山，获一鸾鸟……三年不鸣。夫人曰：'闻鸟见其类而后鸣，何不悬镜以映之！'王从言。鸾睹形感契，慨焉悲鸣，哀响中霄，一奋而绝。"

【今译】

织女独居在清浅的天河边，每晚徒然地自哀怜。她不辞精卫填海那样的劳苦，但河水长流不能填。一寸情打了一百个结，一颗心在一万个地方高悬。真希望能化作一对青鸟，比翼双飞在明镜前。

思　归(1)

【题解】

春天，一位女子独处深闺，思念情郎，恨不得马上飞到情郎的身边。

春草醉春烟，春闺人独眠(2)。积恨颜将老(3)，相思心欲然(4)。几回明月夜，飞梦到郎边。

【注释】

〔1〕思归：题一作《闺思》。

〔2〕春：一作"深"。

〔3〕恨：怨，悔。
〔4〕然：同"燃"。

【今译】
　　春天的烟霭陶醉了春天的青草，春天的深闺一位女子孤身独眠心烦恼。重重的怨悔使得容颜快衰老，相思的情意如烈火在心中熊熊燃烧。有几回在月光皎洁的静夜，梦中飞去回到了情郎的怀抱。

送　别

【题解】
　　一位女子送丈夫乘船远行，心中无限悲伤。她担心青春易逝，而丈夫久滞不归。她只希望丈夫牢记"白头偕老"的誓约，早日归来。

　　东风柳线长[1]，送郎上河梁[2]。未尽樽前酒，妾泪已千行。不愁书难寄[3]，但恐鬓将霜[4]。空怀白首约[5]，江上早归航。

【注释】
　　〔1〕柳线：柳树的枝条。古人送别，往往折柳相赠，"柳"与"留"谐音，赠柳表挽留之意。《诗经·小雅·采薇》："昔我往矣，杨柳依依。"赠柳也表依恋之情。
　　〔2〕河梁：河上的桥。汉代李陵《与苏武诗》："携手上河梁，游子暮何之。"
　　〔3〕书：信。
　　〔4〕鬓（bìn）：脸的两边靠近耳朵长头发的部位，也指这个部位的头发。
　　〔5〕空：一作"望"。　　白首约：指夫妻白头偕老的誓约。白首，指年老发白。

【今译】

　　春风吹拂柳枝细又长，我送夫君来到大河的桥上。还未喝尽杯中酒，我的眼泪已千行。不愁书信难寄达，只怕黑发很快变白霜。希望夫君牢记"白头偕老"的誓约，行走江河早早返航。

江淹四首

征　怨[1]

【题解】

　　这首诗写一位女子由于丈夫从军戍边而产生的哀怨。

　　荡子从征久[2]，凤楼箫管闲[3]。独枕凋云鬟[4]，孤灯损玉颜。何日边尘静[5]，庭前征马还。

【注释】

　　[1]征：远行，也指征战，这里指从军戍边。
　　[2]荡子：浪游不归的男子，指诗中女主人公的丈夫。
　　[3]凤楼：女子的居处。　　闲：闲置，不用。
　　[4]凋：衰落。　　云鬟：指女子浓密的头发。
　　[5]边尘：边境的风尘，指战事。

【今译】

　　浪游不归的丈夫从军远行已很久，我独居凤楼箫笛搁置已不再吹奏。孤枕独眠秀发不断地脱落，孤灯独伴玉颜也日渐消瘦。什么时候边境的战事会停息，能看到丈夫骑着战马回到家门口。

咏美人春游

【题解】

诗人在春游时,看见一位美丽无比的女子,惊为天人,于是写下了这首诗。

江南二月春,东风转绿蘋[1]。不知谁家子,看花桃李津[2]。白雪凝琼貌[3],问珠点绛唇[4]。行人咸息驾[5],争拟洛川神[6]。

【注释】

〔1〕蘋(pín):多年生水生蕨类植物,根茎细长,横生在浅水的泥中,叶柄长,顶端有四片小叶。

〔2〕津:渡口。

〔3〕白雪:《庄子·逍遥游》:"藐姑射之山,有神人居焉,肌肤若冰雪,绰约若处子。"雪,一作"云"。

〔4〕问珠:一作"明珠"。 绛(jiàng):赤,大红。

〔5〕行人:过路的人。古乐府诗《日出东南隅行》:"行者见罗敷,下担捋髭须。少年见罗敷,脱巾著帩头。"见卷一。曹植《美女篇》:"行徒用息驾,休者以忘餐。"见卷二。咸:全,都。息驾:停车。

〔6〕拟:比。 洛川神:洛水之神宓妃。曹植在《洛神赋》里描写了她的美貌:"远而望之,皎若太阳升朝霞;迫而察之,灼若芙蕖出渌波。秾纤得衷,修短合度。肩若削成,腰如束素。延颈秀项,皓质呈露。"

【今译】

江南二月春风吹,春风吹动了水中的绿蘋。不知是谁家的女子,为赏花在桃李渡口轻步行。她肌肤雪白颜如玉,红唇似珠分外明。行人全都停车来观看,争着把她比作洛水的女神。

西洲曲⁽¹⁾

【题解】

　　一位女子倾诉她对情人的相思。他们曾在西洲度过一段美好的时光，而情人现在却在江北。从初春到深秋，从早上到晚上，情人的身影都在她脑海中萦绕。《西洲曲》是南朝乐府民歌的代表作，诗中用了民歌中常用的谐音相关的修辞手法，新鲜活泼，充满情趣。结构上用了辘轳体，又叫顶针（或顶真）格，语语相承，重沓反复，使缠绵的情意抒发得淋漓尽致。清人沈德潜评此诗道："续续相生，连跗接萼，摇曳无穷，情味愈出。似绝句数首，攒簇而成，乐府中又生一体。初唐张若虚、刘希夷七古，发源于此。"（《古诗源》卷十二）

　　忆梅下西洲⁽²⁾，折梅寄江北。单衫杏子红，双鬓鸦雏色⁽³⁾。

　　西洲在何处？两桨桥头渡。日暮伯劳飞⁽⁴⁾，风吹乌桕树⁽⁵⁾。

　　树下即门前，门中露翠钿⁽⁶⁾。开门郎不至，出门采红莲。

　　采莲南塘秋，莲花过人头。低头弄莲子⁽⁷⁾，莲子清如水。

　　置莲怀袖中，莲心彻底红。忆郎郎不至，仰首望飞鸿⁽⁸⁾。

　　鸿飞满西洲，望郎上青楼⁽⁹⁾。楼高望不见，尽日栏杆头。

　　栏杆十二曲，垂手明如玉。卷帘天自高，海水摇空绿⁽¹⁰⁾。

海水梦悠悠,君愁我亦愁。南风知我意,吹梦到西洲。

【注释】

〔1〕西洲曲:在《乐府诗集》中,这首诗收入《杂曲歌辞》,署名"古辞",属南朝乐府民歌,并非江淹所作,但可能经过文人加工。西洲,地名,大约在今武昌附近。

〔2〕下:落。

〔3〕鸦雏(chú)色:像小乌鸦一样的颜色,有光泽,黑得发亮。

〔4〕伯劳:鸟名,又名鵙或䴗,善鸣,伯劳五月而鸣,俗以为贼害之鸟。

〔5〕乌桕(jiù)树:落叶乔木,夏日开黄花。

〔6〕中:一作"前"。 翠钿(diàn):用翡翠镶嵌成的首饰。

〔7〕莲子:与"怜子"谐音,语意双关。"怜子"即"爱你"。

〔8〕鸿:雁。古代有鸿雁传书之说,飞鸿代指书信。

〔9〕青楼:涂饰青漆的楼,女子所居,与后世称妓院为青楼不同。

〔10〕海水:指江水。

【今译】

  回想起昔日梅落之时我们在西洲的美好时光,我折下一枝梅花寄给现在江北的情郎。你可记得当年我穿着杏红色的单衣,两鬓的云发乌黑发亮。

  西洲究竟在何处?就在只有两桨之地的桥头渡。黄昏之时只见伯劳鸟在孤单地飞,一阵风吹来吹动了乌桕树。

  乌桕树下就是我家的门前,我坐在门中头上露出翡翠为饰的金钿。打开大门情郎却没有来,我走出门去采红莲。

  南塘采莲已是深秋,莲花高得超过人头。低头寻莲子心中充满怜爱,莲子清如水像是我的情爱悠悠。

  把莲子放在我的怀袖中,莲心从里到外都是红。怀想情郎情郎却不来,抬头远望看看是否有传递书信的飞鸿。

  鸿雁高飞满西洲,为远望情郎我登上青楼。青楼虽高却望不见情郎,我整天徘徊在栏杆头。

  十二曲的栏杆弯弯曲曲,手扶栏杆纤手洁白如玉。卷上帷帘才知道天原是这样的高,江水激荡空有一片绿。

梦中的江水绿悠悠,情郎忧愁我也愁。南风如果了解我的心意,在梦中把我送到和情郎欢聚的西洲。

潘黄门述哀[1]

【题解】

江淹《杂体诗三十首》,模拟自汉至刘宋三十家诗作,再现了这些诗作的内容和风格。这首诗模拟潘岳的《悼亡诗》,虽是模拟,但仍写得情真意切,十分感人。

青春速天机[2],素秋驰白日[3]。美人归重泉[4],凄怆无终毕。殡宫已肃清[5],松柏转萧瑟。俯仰未能弭[6],寻念非但一[7]。拊衿悼寂寞[8],恍然若有失[9]。明月入绮窗,仿佛想蕙质[10]。销忧非萱草[11],永怀寄梦寐[12]。梦寐复冥冥[13],何由觌尔形[14]。我惭北海术[15],尔无帝女灵[16]。驾言出远山[17],徘徊泣松铭[18]。雨绝无还云,花落岂留英。日月方代序[19],寝兴何时平[20]?

【注释】

〔1〕潘黄门述哀:《昭明文选》也选了这首诗,是江文通《杂体诗三十首》中的一首,题为《潘黄门悼亡岳》。潘黄门即潘岳,西晋著名文学家,曾任给事黄门侍郎,故称"潘黄门"。潘岳有《悼亡诗二首》,见卷二。江淹的这首诗,是对潘岳《悼亡诗》的模拟。

〔2〕青春:指春季,因春季草木皆青,故称青春。 天机:星名,即南斗六星,又称斗宿,二十八宿之一。一说天机当是天玑,北斗七星之一。《鹖冠子·环流》说:"斗柄东指,天下皆春。"

〔3〕素秋:秋季。在五行中秋季属金,金色白,故称素秋。

〔4〕美人:指潘岳的妻子。 重泉:九泉,指极深的地下。

〔5〕殡(bìn)宫：临时停放灵柩的地方。　　肃清：寂寞。

〔6〕俯仰：俯仰之间，瞬息之间，指时间短暂。　　弭(mǐ)：停止，停息。

〔7〕寻念：连续不断的思念。　　非但：不仅。

〔8〕拊(fǔ)：抚摩。

〔9〕恍然：神情恍惚，失意的样子。

〔10〕仿佛：隐约可见，看不真切的样子。　　蕙质：芳洁的品质。蕙，香草。

〔11〕萱草：多年生草本植物，古人认为见之可以忘忧。

〔12〕永怀：深长的思念。

〔13〕冥冥：晦暗，指梦境不明晰。

〔14〕觌(dí)：见。

〔15〕北海术：指北海道人能使人与死人相见的法术。《列异传》说，北海营陵有道人，能使人与死人相见。

〔16〕帝女：指赤帝女姚（瑶）姬，在楚怀王游高唐时，曾进入怀王梦中与怀王欢会。《襄阳耆旧传》说："赤帝女曰姚姬，未行而卒，葬于巫山之阳，故曰巫山之女。楚怀王游于高唐，昼寝，梦见与神遇，自称是巫山之女，王因幸之。遂为置观于巫山之南，号为朝云。"

〔17〕驾：一作"愿"。　　言：语助词，无义。

〔18〕铭：刻在碑上的铭文，这里指墓碑。

〔19〕代序：代谢，更替。

〔20〕寝兴：卧起。

【今译】

春天天机星转动迅速，秋天太阳飞驰而去。妻子死后已回到了九泉之下，但我的凄凉悲怆始终没有停息。临时停放灵柩的地方已是一片寂静，墓前的松柏在风中萧瑟作响。俯仰之间哪能就把往事遗忘，连续不断的思念不仅仅是一桩。抚摸衣襟哀悼她身处寂寞之境，神情恍惚恍然若有失。明月从美丽的纱窗照进来，似乎又看到了你芳洁的美质。销忧并不能依靠忘忧的萱草，深长的思念只好寄托在梦中。但梦境又是那样的晦暗不明，无法看清你的芳容。我愧于没有北海道人能让人见到逝者的法术，你也没有巫山神女能进入人们梦中的神灵。我离开家门来到远山坡，徘徊哭泣读着松树下面的墓志铭。大雨过后乌云不会再回来，鲜花凋零怎么还能在枝上留存。岁月正不停地更替，无论卧起我心头的创伤什么时候才能抚平？

沈约三首

塘 上 行[1]

【题解】

《塘上行》古辞是魏文帝甄皇后自诉自己遭谗失宠后的哀怨。这首诗发挥其意,以泽兰为喻,叙述女子从得宠到失宠的过程,道出了陈皇后一类的失宠女子心中的悲哀和怨愁。

泽兰被荒径[2],孤芳岂自通。幸逢瑶池旷[3],得与金芝丛[4]。朝承紫台露[5],夕润渌池风[6]。既美修姱女[7],复悦繁华童[8]。夙昔玉霜满[9],旦暮翠条空[10]。叶飘储胥右[11],芳歇露寒东。纪化尚盈昃[12],俗志信颓隆[13]。财殚交易绝[14],华落爱难终[15]。所惜改欢盻[16],岂恨逐征蓬[17]。愿回朝阳景[18],持照长门宫[19]。

【注释】

〔1〕塘上行:在《乐府诗集》中,这首诗收入《相和歌辞·清调曲》,题为《江蓠生幽渚》。《塘上行》古辞为魏文帝曹丕甄皇后所作(见卷二,《乐府诗集》误题作者为"魏武帝"),晋代陆机有《塘上行》一首(见卷三),开头两句是:"江蓠生幽渚,微芳不足宣。"《乐府诗集》所收沈约这首诗以陆机《塘上行》首句为题,实际上也是一首《塘上行》。
〔2〕泽兰:香草名,多年生草本菊科植物,多生在山坡草丛中,秋季开花,茎叶可做香料。　被:覆盖。
〔3〕瑶池:传说中仙山昆仑山上的池名,西王母居住的地方。
〔4〕金芝:仙草名。
〔5〕紫台:神仙或帝王居住的地方。
〔6〕渌(lù)池:澄清的池。
〔7〕修姱(hù)女:苗条美丽的女子。

〔8〕繁华童：容光焕发的少年。
〔9〕夙昔：昨夜。
〔10〕旦暮：朝夕，早晚，指短暂的时间。
〔11〕储（chǔ）胥：与下句"露寒"均为汉宫名。
〔12〕纪化：天道的变化。　盈昃（zè）：盈亏，指月亮的圆缺。
〔13〕俗志：世俗的观念。　颓（tuí）隆：败坏和兴隆。
〔14〕殚（dān）：尽。
〔15〕华：花。
〔16〕欢眄（miǎn）：欢顾。
〔17〕征蓬：飞蓬。
〔18〕朝阳：早上的太阳，也指汉代的宫殿朝阳殿。朝，一作"照"。　景：阳光。
〔19〕持：一作"时"。　长门宫：汉宫名，汉武帝陈皇后（阿娇）失宠后曾退居长门宫。

【今译】
　　泽兰覆盖着荒凉的小道，她怎知自己独特的芬芳会被看中。所幸她遇到的瑶池是这样的广阔，能够置身在金芝香草丛。早上承接着紫台上的露水，晚上沐浴着清池边上的风。既得到苗条美丽的女子赞美，也受到容光焕发的少年称颂。可是夜晚落满了白霜，旦暮之间花叶凋落青翠的枝条已成空。她的叶飘落在储胥宫旁，她的花凋谢在露寒宫之东。天道的变化崇尚盈亏圆缺，世俗的观念相信败坏兴隆。财产耗尽交易也就会断绝，鲜花凋零恩爱也就难有终。令人痛惜的是她不再得到欢爱和顾盼，难道是遗憾身逐飞蓬。她只希望朝阳的光辉，能够时时照亮孤身独栖的长门宫。

秋　夜

【题解】
　　秋天的夜里，一位男子沉溺在歌舞欢乐之中。诗人提醒他：你结识了新知，难道忘了旧友？

月落宵向分⁽¹⁾，紫烟郁氤氲⁽²⁾。暗暗萤入雾⁽³⁾，离离雁度云⁽⁴⁾。巴童暗理瑟⁽⁵⁾，汉女夜缝裙⁽⁶⁾。新知乐如是⁽⁷⁾，久要讵相闻⁽⁸⁾？

【注释】
〔1〕宵：夜。　分：夜半。
〔2〕紫烟：紫色的烟云，祥瑞的烟云。　氤氲（yūn）：浓盛的样子。
〔3〕暗暗（yì）：阴沉晦暗的样子。
〔4〕离离：清楚分明的样子。　度：一作"出"。
〔5〕巴童：巴渝之童，以善歌舞著称。相传汉高祖刘邦初为汉王时，得巴渝人，皆刚勇好舞，平定三秦及灭楚后，刘邦令乐府习其舞，名巴渝舞。
〔6〕汉女：指江汉出游的女子，也指汉水的女神，这里指舞女。见前《咏桃》注〔3〕。
〔7〕新知：新结识的朋友。《楚辞·九歌·少司命》："悲莫悲兮生别离，乐莫乐兮新相知。"
〔8〕久要：旧约，指旧日的相好。

【今译】
　　月儿西沉已是夜半时分，紫色的烟云又浓又盛。飞萤在夜雾中萤光不显，鸿雁飞出云层却看得分明。歌童在暗暗地调理琴瑟，舞女在连夜地赶制舞裙。结交新朋友竟是这样的快乐，昔日的朋友难道不再去存问？

咏　鹤⁽¹⁾

【题解】
　　这首诗咏鹤，以鹤拟人，实际上是咏一位幽居深宫的女子。她希望飞出深宫，与昔日情侣比翼高飞。

闲园有孤鹤,摧藏信可怜[2]。宁望春皋下[3],刷羽玩花钿[4]。何时秋海上,照影弄长川。晓鸣动遥怨,夕唳感孀眠[5]。哀咽芳林右[6],悯默华池边[7]。犹冀凌霄志[8],万里共翩翩[9]。

【注释】

〔1〕咏鹤:一作江洪诗,题一作《和新浦侯咏鹤》。
〔2〕摧藏(cáng):极度伤心。　信:诚,的确。
〔3〕宁(nìng):宁可,宁愿。　皋(gāo):水边的高地。
〔4〕刷羽:清理羽毛。
〔5〕唳(lì):鸟鸣。　孀(shuāng):寡妇。
〔6〕芳林:芳林园,东汉时建,在今河南洛阳。　右:旁。
〔7〕悯默:因忧伤而沉默。　华池:神话传说中的仙池,在仙山昆仑山上。
〔8〕冀(jì):希望。
〔9〕翩翩(piān):轻快地飞舞的样子。

【今译】

　　幽静的园林中有一只孤单的白鹤,她极度伤心的确可怜。她多么想飞到春日水边的高地里,清理她的羽毛赏玩美丽的花钿。她又想什么时候能飞到秋日的大海上,从浩渺的水里照见自己美丽的容颜。她在早上的哀鸣引发了人们深长的哀怨,她在晚上的悲啼使寡妇动心不能入眠。她悲哀哽咽在芳林园旁,她忧伤沉默在华池边。但她心中还是希望有朝一日能够直上云霄,在万里长空与情侣飞舞翩翩。

卷　六

　　本卷所录全为梁代诗人，他们大多与沈约同时而年纪稍轻。沈约由齐入梁，在梁代只生活了11年，而他们在梁代则生活了更长时间。沈约所倡导的新诗体，对他们都有影响，但每人的诗作又各具特色。

　　与何逊齐名的吴均，从总体上看，不能算艳情诗或宫体诗诗人。他的五言诗虽然也重声律、对偶，但在格调上却是"清拔有古气"，时人称为"吴均体"。本卷所录《吴均二十首》，虽然题材仍以"艳情"为主，但和萧子显的古意六首，与柳恽赠答六首，拟古四首等，更重再现汉魏古风。

　　王僧儒好藏书，学识渊博，与沈约、任昉同为当时三大藏书家。本卷所录《王僧儒十七首》，用典不少，显露其学问之厚博，但文词仍自然流畅。他的艳情诗，不少是取材于现实生活中的人和事，更加贴近生活，也是一大特色。

　　张率喜好诗赋，善为文章，但所作多佚。本卷所录《张率拟乐府三首》，均是对汉魏乐府的拟作，表现了思妇的哀怨，也写出了女性对家庭幸福的追求。

　　本卷还收录了一对夫妻的诗作。徐悱二首，均为"赠内"，写出了为官在外，时刻想念妻子的九转愁肠。其妻刘令娴的《答外诗二首》，便是对丈夫徐悱诗的回赠。为了抒发深切的思念和爱恋，诗人着意描写了周围的景色与环境。诗人触景生情，以景寄情，情景相生，意境清新。徐悱诗读来句句连续，流畅自然；刘令娴诗则多偶句，对偶工丽，诗意含蓄，耐人寻味。

费昶以善作乐府诗著名，本卷所录《费昶十首》，一部分为乐府诗，另一部分为酬答诗与抒情短诗，也多乐府古意。在这方面，与本卷所录姚翻、孔翁归诗，诗风十分接近。

　　何思澄与何逊、何子朗同族，均有文名，世称"东海三何"。惜存诗太少，今仅存本卷所录这三首，也多汉魏古诗、乐府之意。

吴均二十首

吴均(469—520),字叔庠,吴兴故鄣(今浙江安吉)人。梁初,任吴兴太守柳恽主簿,后历任建安王记室、国侍郎、奉朝请等职。南朝梁文学家,原有集二十卷,已散佚,明人辑有《吴朝请集》。

和萧洗马子显古意六首[1]

【题解】

六首诗都是恋情诗,女子自诉其恋情。

贱妾思不堪,采桑渭城南[2]。带减连枝绣[3],发乱凤凰篸[4]。花舞衣裳薄[5],蛾飞爱绿潭[6]。无由报君此[7],流涕向春蚕[8]。

妾本倡家女[9],出入魏王宫。既得承雕辇[10],亦在更衣中[11]。莲花衔青雀,宝粟钿金虫[12]。犹言不得意,流涕忆辽东[13]。

春草拢可结[14],妾心正断绝。绿鬓愁中改,红颜啼里灭。非独泪成珠[15],亦见珠成血[16]。愿为飞鹊镜[17],翩翩照离别。

何处报君书[18],陇右五岐路。泪研兔枝墨[19],笔染鹅毛素[20]。碧浮孟渚水[21],香下洞庭路[22]。应归遂不归,芳草空掷度[23]。

妾家横塘北[24],发艳小长干[25]。花钗玉腕转,珠绳金络丸[26]。羃𠌯悬青凤[27],逶迤摇白团[28]。谁堪久见此[29],含恨不相看[30]。

匈奴数欲尽[31],仆在玉门关[32]。莲花穿剑锷[33],秋月掩刀环。春机鸣窈窕[34],夏鸟思绵蛮[35]。中人坐相望[36],狂夫终未还[37]。

【注释】

〔1〕萧子显,南朝梁文学家,字景阳,齐高帝孙,七岁封宁都县侯。梁时历任太子中舍人、国子祭酒、侍中、吏部尚书等职。位终吴兴太守。参见卷八。　洗马:官名,原作先马,本为太子属官,晋以后改掌图籍。　古意:诗题名,与拟古、效古同,多讽咏前代的故事,以寄寓其意,或将古诗原有的意境点染发挥。

〔2〕渭城:地名,秦时称咸阳,汉武帝元鼎三年改名渭城,故址在今陕西西安市长安区西。

〔3〕"带减"句:指与丈夫分别时,割连枝绣带相赠。龙辅《女红余志》说,荀奉倩将别其妻,曹洪女割连枝带以相赠。

〔4〕发:头发。　簪(zān):同"簪"。

〔5〕衣裳:一作"依长"。

〔6〕蛾:一作"鹅"。

〔7〕此:一作"信",一作"德"。

〔8〕涕:泪。以上为第一首。在《乐府诗集》中,这首诗收入《相和歌辞·相和曲》,题为《采桑》。

〔9〕倡家女:歌伎,舞女,乐人。

〔10〕雕辇(niǎn):雕饰花纹的车。

〔11〕更衣:换衣服。《汉书·外戚传》说,卫子夫原为平阳公主家的歌女,汉武帝在公主家更衣时,悦而幸之。后入宫,生子,被立为皇后。

〔12〕金虫:似蜂,绿色,闪金光,妇女常用作钗饰。

〔13〕辽东:辽东郡,在今辽宁,诗中女子的情人服役之地。

〔14〕拢可:一作"可揽"。

〔15〕成珠:一作"如丝"。

〔16〕珠成血:泪珠变成血,喻极度悲伤。《拾遗记》说,薛灵芝将被献给汉文帝,告别父母时,以玉唾壶承接泪水,壶变成红色,到了京师,壶中泪水变成了血。

〔17〕飞鹊镜：鹊形之镜。《神异记》说：昔有夫妇将别，破镜，人执其半，以为信。其妻忽与人通，镜化鹊，飞至夫前，其夫乃知之。后人因铸镜为鹊安背上也。飞鹊，一作"双鹊"。一说，飞鹊镜，即鸾镜，可参看卷五范云《望织女》注〔5〕。

〔18〕报：回信。

〔19〕研：细磨。　兔枝：当作"兔皮"，制墨的用料。

〔20〕鹅毛素：一种洁白的布，用像鹅毛一样的吉贝树花纺线织成，可用来写字。

〔21〕孟渚：一作"孟诸"，水泽名，在今河南。

〔22〕洞庭：洞庭湖，在今湖南。

〔23〕草：一作"芬"。

〔24〕横塘：与下句"小长干"都是建业（今南京）地名。

〔25〕发艳：指少女成长光彩焕发。　干：一作"安"。

〔26〕金络丸：妇女颈上的饰物。丸，一作"纳"。

〔27〕幂䍥（mì lì）：稠密地覆盖。　青凤：青凤钗。秦始皇时，以金银作凤头，以玳瑁为脚，号曰凤钗。青，一作"丹"。

〔28〕逶迤（wēi yí）：斜行。　白团：指白团扇。

〔29〕堪久：一作"能分"。

〔30〕相看：一作"能言"。

〔31〕数：天数，运数。

〔32〕仆：仆从，仆御。　玉门关：关名，在今甘肃。

〔33〕锷（è）：刀剑的刃。

〔34〕春机：春日的织机。　鸣：一作"思"。　窈窕（yǎo tiǎo）：幽闲深宫，深闺，淑女所居。

〔35〕绵蛮：鸟鸣之声。语出《诗经·小雅·緜蛮》，朱熹说："此微贱劳苦，而思有所托者，为鸟言以自比也。"按：此句一作"夏木鸣绵蛮"。

〔36〕中人：室中之人，内人，指思妇。

〔37〕狂夫：狂愚之人，妇女自称其夫的谦词。　未：一作"不"。

【今译】

微贱的我相思情重难承担，为采桑来到渭城南。将连枝绣带割开分给你，头发蓬乱掉落了凤凰簪。我穿着花衣轻轻起舞，像飞蛾飞舞在心爱的碧绿潭。无法报答你深厚的情意，只有痛哭流涕面对着春蚕。

我本出身歌伎乐人的家中，如今出入魏王宫。既能在雕花的车中侍奉君王，也能在君主更衣之时得宠。莲花簪上镶嵌着青雀，宝粟钿上装饰着金虫。但我仍然不能称心如意，我忆起情郎痛哭流涕此时他远在辽东。

春草收拢来可以打个结，我的心正哀痛欲绝。黑发在忧愁中变白，红颜在悲泣中泯灭。不仅是眼泪变成了成串的珍珠，还看见这些泪珠化成了鲜血。真希望能有一面飞鹊镜，生动地照见我俩的离别。

给你的回信送交何处，要送到陇右的五岐路。我用泪水细磨兔皮墨，泪墨沾满了鹅毛素。孟诸水上涨一片碧绿，芳香直飘到洞庭湖。你应当归来但就是不归来，致使日月空掷青春虚度。

我家本在横塘之北，在小长干长成美艳如花。花钗在洁白如玉的手上转，颈上挂着珍珠金络丸。头上满插着青凤钗，一面慢行一面摇着白团扇。谁能够长久见到我这模样，不另眼相看而终身抱憾。

匈奴的运数将要完，但君王的仆从车驾仍滞留在玉门关。剑刃上雕刻着莲花，刀环就如同秋月一般。春天织机鸣响在幽静的深宫中，夏天百鸟争鸣女子思念军旅劳苦心情惨怛。我们这些思妇啊只是徒然地在期盼，我的心上人啊始终没有回还。

与柳恽相赠答六首[1]

【题解】

六首诗都是思妇词，均作思妇口吻，写她对征戍在外的游子的思念。最后一首后两句以香草蘼芜象征自己的芳洁，希望对方不要遗弃旧好而另结新欢。

黄鹂飞上苑[2]，绿芷出汀洲[3]。日映昆明水[4]，春生鸤鹊楼[5]。飘扬白花舞，澜漫紫萍流[6]。书织回文锦[7]，无因寄陇头[8]。思君甚琼树[9]，不见方离忧[10]。

鸣鞭适大阿[11]，联翩渡漳河[12]。燕姬及赵女，挟瑟夜经过。纤腰曳广袖[13]，半额画长蛾[14]。客本倦游者,箕帚在江沱[15]。故人不可弃[16],新知空复何[17]?

离君苦无乐[18],向暮心凄凄。要途访赵使[19],闻君仕执圭[20]。杜蘅色已发[21],菖蒲叶未齐[22]。羃䍐蚕饵茧[23],差池燕吐泥[24]。愿逐春风去[25],飘荡至辽西[26]。

白日隐城楼,劲风扫寒木。离析隔东西[27],执手异凉燠[28]。相思咽不言[29],洞房清且肃。岁去甚流烟,年来如转轴[30]。别鹤千里飞,孤雌夜未宿。

闺房宿已静[31],落泪有余辉[32]。寒虫隐壁思,秋蛾绕烛飞。绝云断更合,离禽去复归[33]。佳人今何在[34]?迢递江之沂[35]。一为别鹤弄[36],千里泪沾衣。

秋云静晚天,寒夜方绵绵[37]。闻君吹急管,相思杂采莲[38]。别离未几日,高月三成弦[39]。蹀叠黄河浪[40],嘶喝陇头蝉[41]。寄君蘼芜叶[42],插著丛台边[43]。

【注释】

〔1〕柳恽:南朝梁诗人,见卷五。梁初,柳恽为吴兴太守,曾召吴均为主簿。

〔2〕黄鹂(lí):鸟名,也叫黄莺。　上苑:上林,天子的园林。

〔3〕芷:白芷。一作"蕊"。　汀:一作"河"。

〔4〕昆明:昆明池,在长安。

〔5〕鸡(zhī)鹊楼:楼观名,汉武帝所筑,在云阳甘泉宫外。鸡,一作"乾"。

〔6〕澜漫(lán màn):水波荡漾的样子。　紫萍:水萍的一种,面青背紫赤若血。

〔7〕回文:回文诗,即可以倒读的诗。《晋书·列女传》说,苻坚时,窦滔为秦州刺史,被徙流沙,其妻苏蕙思之,织锦为回文旋图诗以赠滔,宛转循环以读之,词甚凄婉,凡八百四十字。

〔8〕陇头:陇山之边。

〔9〕琼树:玉树,喻人格高洁,英姿焕发。

〔10〕离:同"罹",遭受。

〔11〕适：往。　　大阿：传说中的大山。
〔12〕联翩：马奔走的样子。　　漳河：水名，在今河北、河南交界处。
〔13〕曳（yè）：拖拉，牵引。
〔14〕半额：额中。　　长蛾：修长的蛾眉。
〔15〕箕帚（zhǒu）：簸箕和扫帚，均为扫除之器，这里是箕帚之使或箕帚妾的意思，是对人谦称自己的妻子。　　江沱（tuó）：长江和沱江，沱江是长江支流，在今四川。
〔16〕故人：指妻子。
〔17〕新知：指燕姬赵女。
〔18〕君：一作"居"。
〔19〕要途：显要的途径。
〔20〕执圭（guī）：楚国的爵名，对功臣赐以圭，称执圭。这里指做官。
〔21〕杜蘅：香草名。
〔22〕菖蒲：水草名，根茎可作香料。
〔23〕幂历（mì lì）：稠密地覆盖包裹。　　蚕饵茧：指蚕作茧自缚。
〔24〕差（cī）池：不齐的样子。《诗经·邶风·燕燕》："燕燕于飞，差池其羽。"
〔25〕春：一作"东"。
〔26〕辽西：辽西郡。
〔27〕离析：离别。　　东西：一作"西东"。
〔28〕燠（yù）：暖，热。
〔29〕咽（yè）：哽咽，呜咽，悲伤得说不出话来。
〔30〕年：一作"时"。
〔31〕闺：一作"闲"。　　静：一作"清"。
〔32〕泪：一作"月"，今译据"月"字译出。
〔33〕禽：一作"鸿"。
〔34〕佳人：指诗中女子的丈夫。
〔35〕迢递（tiáo dì）：遥远。　　江之沂：沂水，在今山东。
〔36〕别鹤弄：即《别鹤操》，《乐府诗集》收入《琴曲歌辞》，全诗如下："将乖比翼兮隔天端，山川悠远兮路漫漫，揽衣不寐兮食忘餐。"崔豹《古今注》说："《别鹤操》，商陵牧子所作也。娶妻五年而无子，父兄将为之改娶。妻闻之，中夜起，倚户而悲啸。牧子闻之，怆然而悲，乃援琴而歌。后人因为乐章焉。"弄，小曲。
〔37〕绵绵：连绵漫长的样子。
〔38〕采莲：采莲曲，梁武帝所作《江南弄》七首中的第三首："游戏五湖采莲归，发花田叶芳袭衣。为君侬歌世所希。世所希，有如玉。江南

弄，采莲曲。"见《乐府诗集·清商曲辞》。

〔39〕三成弦：指弦月。满月为十成，三成仅满小半，为上弦弯月。

〔40〕踥蹀：即"踥蹀"，小步行走的样子。

〔41〕喝：一作"唱"。

〔42〕蘼芜（mí wú）：香草名，又叫江蓠，其叶风干后可做香料。古诗有《上山采蘼芜》，是一首弃妇诗，写一位遭遗弃的女子上山采蘼芜，下山时与前夫不期而遇。见卷一。

〔43〕丛台：台名。古丛台有二，一为战国时赵筑，在今河北邯郸。一为战国时楚筑，在今河南商水。此指楚丛台，当年为楚襄王游观弋钓之地，这里暗喻神女之会襄王。

【今译】

黄莺飞舞在上林苑，绿芷长满了汀洲。阳光映照着昆明湖的水，春意萌生在鸧鹒楼。飘扬的白花满天飞舞，紫色的水萍在荡漾的水波中浮游。我把回文诗作为书信织在锦里，但却无法寄到陇头。想到你比玉树琼花更有风采，不能相见我正经受着万般的忧愁。

你挥动鞭儿前往大阿山，马儿飞奔渡过了漳河。燕地的美姬和赵地的歌女，提着琴瑟晚上在你的身旁经过。她们纤细的腰身拖着宽大的衣袖，额的两边画着修长美眉如蚕蛾。而你这位游客本来就厌倦了在外的游荡，你的结发妻子则远在江沱。你表示结发妻子不能够抛弃，新结识的燕姬和赵女又将如何？

离开了你十分痛苦没有一分快乐，一到黄昏心中更是悲凄。在要道上见到了前往赵地的使者，知道你已做官为朝廷效力。杜蘅已长出青青的嫩叶，菖蒲的叶儿尚未长齐。蚕儿已经密密地包裹在茧里，燕子参差飞来正在为筑巢而衔泥。真希望我能随着春风飞去，飘飘荡荡一直飞到你所在的辽西。

耀眼的太阳已经隐藏在城楼的后面，强劲的寒风横扫林木。我们分隔在东西两边，如果握着手会感到彼此冷暖悬殊。想念你使我哽咽得说不出话，幽深的闺房中清凉又静肃。一年过去比流烟还要快，新年到来快得像转轴。离家的白鹤远飞千里之外，留下雌鹤孤飞独宿晚上不能闭目。

闺房已是一片寂静，落月还在散发着剩余的光辉。寒虫躲藏在墙壁上沉思，秋蛾绕着烛火飞。飞散的云朵又重新聚合，分离的禽鸟又再回归。丈夫啊如今究竟在何处？在那山川阻隔道路漫长的沂水。一旦弹起《别鹤操》，想到我们相隔千里衣襟上便沾满热泪。

秋夜云朵在天空中静静地飘浮，寒冷的夜晚漫长连绵。听说你吹笛吹出急促的声调，相思之情寄托在《采莲》。别离还没有几日，天空高悬的又已是上弦月。你小步行走在浊浪翻滚的黄河岸上，高声嘶叫像陇头蝉喧。给你寄去几片蘼芜叶，希望你把它插在丛台边。

拟古四首

陌 上 桑[1]

【题解】

一位采桑女在采桑时思念情郎，心中十分悲伤。

袅袅陌上桑[2]，荫荫复垂塘。长条映白日，细叶隐鹂黄[3]。蚕饥妾复思[4]，拭泪且提筐。故人宁知此[5]，离恨煎人肠。

【注释】

〔1〕陌（mò）上桑：在《乐府诗集》中，这首诗收入《相和歌辞·相和曲》，是对古辞《陌上桑》的拟作。古辞《陌上桑》又名《日出东南隅行》，见卷一。陌，田间小路。
〔2〕袅袅（niǎo）：细长柔软的枝条随风摆动的样子。
〔3〕鹂黄：即黄鹂。　隐：一作"影"。
〔4〕饥：一作"饱"。
〔5〕故人：指昔日的情人。此句一作"故人去如此"。

【今译】

小路旁柔软细长的桑树枝随风摆动，枝叶覆盖着小路又下垂到池塘。长长的枝条映照着白日,细细的叶儿有黄鹂藏在其中歌唱。蚕儿饥饿要吃桑叶我也在想念情郎,暂且擦干眼泪提筐去采桑。昔日的情郎怎么知道我如今的模样,离愁别恨真叫人伤心断肠。

秦王卷衣[1]

【题解】

这首诗写皇宫中的女子得到君王的宠爱。

咸阳春草芳[2],秦帝卷衣裳[3]。玉检茱萸匣[4],金泥苏合香[5]。初芳薰复帐[6],余辉曜玉床[7]。当须晏朝罢[8],持此赠华阳[9]。

【注释】

[1]秦王卷衣:在《乐府诗集》中,这首诗收入《杂曲歌辞》。《乐府解题》说:"《秦王卷衣》,言咸阳春景及宫阙之美,秦王卷衣,以赠所欢也。"

[2]咸阳:地名,秦王朝首都,在今陕西咸阳市东北。

[3]帝:一作"女"。

[4]玉检:帝王放置文书的封箧。 茱萸匣(xiá):有茱萸文饰的小箱。匣,一作"带"。

[5]金泥:用金粉制成的胶泥,用来封印玉牒、玉检、诏书等。苏合香:一种香膏。

[6]复帐:双重帷帐。

[7]玉:一作"宝"。

[8]当须:一作"须臾"。 晏朝:晚朝。晏,一作"早"。此句一作"须臾朝晏罢"。

[9]华阳:秦宫夫人的名号。华,一作"龙"。

【今译】

咸阳的春草一片芬芳,秦女卷起君王欲赠宠姬的衣裳。按照君王的意旨放进茱萸文饰的小箱,金泥封印散发出苏合香。芳香刚薰好双重帷帐,落日的余晖照着玉床。要等到晚朝结束百官散尽,君王就要拿着它赠送给华阳。

采 莲[1]

【题解】

一位女子采莲时萌发相思之情,希望丈夫早日返家。

锦带杂花钿,罗衣垂绿川。问子今何去?出采江南莲。辽西三千里[2],欲寄无因缘[3]。愿君早旋反[4],及此荷花鲜[5]。

【注释】

〔1〕采莲:在《乐府诗集》中,这首诗收入《清商曲辞·江南弄》。为吴均《采莲曲二首》中的第二首。
〔2〕辽西:辽西郡,在今河北迁西一带。
〔3〕因缘:机缘。
〔4〕旋反:返回。
〔5〕花:一作"叶"。

【今译】

身上飘着锦带头上插着花钗,轻软的罗衣垂下碧绿的水面。请问你现在要到何处去?我要到江南水边去采莲。丈夫远在辽西相距三千里,欲寄书信却没有机缘。只希望丈夫早日返回,能赶上这满湖的荷花正新鲜。

携 手[1]

【题解】

沈约的《携手行》,主要是表达当携手行乐,"恐芳时不留,君恩将歇"。而吴均这首《携手曲》,则是写君恩已歇,深感哀怨,因为她看到君王又有了新宠。

艳裔阳之春⁽²⁾，携手清洛滨。鸡鸣上林苑⁽³⁾，薄暮小平津⁽⁴⁾。长裾藻白日⁽⁵⁾，广袖带芳尘。故交一如此，新知讵忆人？

【注释】

〔1〕携手：在《乐府诗集》中，这首诗收入《杂曲歌曲》，题为《携手曲》。《携手曲》为沈约所创制，见卷五。《乐府解题》说："《携手曲》，言携手行乐，恐芳时不留，君恩将歇也。"

〔2〕艳裔：美丽的衣裙。

〔3〕上林苑：本秦时旧苑，汉武帝大加扩建，为皇家著名园林，在今陕西长安西。

〔4〕薄暮：太阳将落之时。　小平津：渡口名，在今河南孟津。

〔5〕裾（jū）：衣服的前襟。　藻：指像水藻一样的花纹。

【今译】

春日的阳光下飘动着华美的衣裙，她和君王携手同游洛水之滨。早上鸡鸣之时还在上林苑，将晚已抵达小平津。在阳光照射下她的前襟花纹艳丽，她的宽大衣袖还带着芳尘。君王对我这样的故交很快就遗弃，新宠上了你难道还会记起我这故人？

赠杜容成⁽¹⁾

【题解】

这首诗咏久别重逢的双燕。诗表面咏燕，实则咏离人，诗末以景传情，表现了有情之人再见面时心中的惊喜。

一燕海上来，一燕高堂息⁽²⁾。一朝所逢遇⁽³⁾，依然旧所识。问我来何迟,关山几迂直[4]。答言海路长,风多飞无力。昔别缝罗衣,春风初入帷。今来夏欲晚,桑蛾薄树飞[5]。

【注释】
〔1〕赠杜容成:题一作《咏燕》,一作《咏双燕》。杜容成,人名,生平不详。
〔2〕堂:一作"台"。
〔3〕所:一作"相",下句同。
〔4〕关山:一作"山川"。 迂直:曲折挺直,指水的曲折与山的挺拔高峻。
〔5〕桑蛾:指桑虫,即螟蛉蛾,一种鳞翅类昆虫,常于农历七月出现。桑,一作柔。 薄:近。

【今译】
　　一只燕子从海上飞来,一只燕子正在高堂上歇息。两只燕子一旦相见,发现对方仍然是从前的相识。堂上燕问我为什么来得迟,尽管水路曲折关山峻直。海上燕则说海上的归路是那样漫长,再加上风大飞行更觉无力。从前分别时人们正赶制锦绣罗衣,春风刚吹进帷帐里。现在归来夏天将尽,只见桑虫绕着绿树飞来飞去。

春　咏[1]

【题解】
　　春天到了,诗人更加思念千里之外的情人。

　　春从何处来?拂衣复惊梅[2]。云障青琐闼[3],风吹承露台[4]。美人隔千里,罗帏闭不开。无由得共语,空对相思杯。

【注释】

〔1〕春咏：题一作《春怨》，一作《春日》。
〔2〕衣：一作"水"。
〔3〕障（zhàng）：阻隔，遮蔽。　青琐闼（tà）：涂成青色上有连环纹的宫门。
〔4〕承露台：上置承露盘之台。汉武帝曾以铜作承露盘，高二十丈，大七围，上有仙人掌，承接天露。

【今译】

　　春天从什么地方到来？它吹拂着春水又惊开了寒梅。但层云依然遮蔽着青琐门，寒风依然吹向承露台。我的心上人远在千里之外，她的罗帷紧闭还没有打开。无法同她在一起交谈，空对着酒杯苦苦相思痛心伤怀。

去妾赠前夫[1]

【题解】

　　这是一首代言诗，代一位被抛弃的妾写诗赠前夫。诗中的女子为何被遗弃，不得而知。但在古代，妇女地位低下，妾妇实为奴仆，更处于最下的底层。诗人这首代言诗，描绘了她们的痛苦，也寄予深深的同情。

　　弃妾在河桥，相思复相辽[2]。凤凰簪落鬓[3]，莲华带缓腰。肠从别处断[4]，貌在泪中销。愿君忆畴昔[5]，片言时见饶[6]。

【注释】

〔1〕去妾：被抛弃的妾。
〔2〕辽：远。
〔3〕鬓：一作"发"。

〔4〕别处：离别的地方，离别的时候。
〔5〕畴（chóu）昔：过去，以前，指被遗弃之前。
〔6〕片言：指平日言谈时的片言只语。　饶（ráo）：宽恕。

【今译】

我这个被遗弃的小女子独居在河桥，越是思念你越觉得相距遥远路程迢迢。我无心梳理凤凰簪常从鬓发上脱落，由于消瘦莲花带显得宽大已束不紧我的腰。愁肠从离别的时候就已寸断，容貌在泪水中也变得容毁形销。只希望你能记起往昔我们相处的日子，在言谈中不多指责能对我宽饶。

咏少年〔1〕

【题解】

古代常有男子迷恋"娈童"，即今天所谓的"同性恋"。这首诗从一位女子的角度对此表示了不满：你们这些君子，为什么要迷恋男色，而对我们这些窈窕淑女却不屑一顾呢？

董生惟巧笑〔2〕，子都信美目〔3〕。百万市一言〔4〕，千金买相逐〔5〕。不道参差菜〔6〕，谁论窈窕淑？愿君奉绣被〔7〕，来就越人宿〔8〕。

【注释】

〔1〕咏少年：在《乐府诗集》中，这首诗收入《杂曲歌辞》，题为《少年子》。《乐府诗集》收录《结客少年场行》《少年子》《少年乐》《少年行》等类诗多达六十余首。

〔2〕董生：即董贤。《汉书·佞幸传》说，他容貌美丽，性柔善媚，深得汉哀帝宠爱，"常与上卧起"，行卧不离，受封高安侯，年二十二，为大司马、卫将军。　惟：一作"能"。

〔3〕子都：古代的美男子。《诗经·郑风·山有扶苏》："不见子都，乃

见狂且。"《毛传》:"子都,世之美好者也。"

〔4〕百万:百万之金。崔骃《七依》:"酒酣乐中,美人进以承宴。调欢欣以解容,回顾百万,一笑千金。"

〔5〕相逐:指驰马逐射为赌。《史记·孙子吴起列传》:"孙子谓田忌曰:'君弟重射,臣能令君胜。'田忌信然之,与王及诸公子逐射千金。"

〔6〕参差(cēn cī)菜:指长短不齐的荇菜。《诗经·周南·关雎》:"参差荇菜,左右流之。窈窕淑女,寤寐求之。"毛诗序说这首诗是"乐得淑女以配君子"。

〔7〕奉:一作"捧"。

〔8〕越人:越国的女子。《说苑·善说》说,亲楚王母弟鄂君子皙泛舟河中,驾舟的越女唱越歌向他示爱:"今夕何夕兮,搴洲中流。今日何日兮,得与王子同舟。蒙羞被好兮不訾诟耻,心几烦而不绝兮得知王子。山有木兮木有枝,心说(悦)君兮君不知。"鄂君子皙令人译成楚语,听懂歌辞之意后,"乃擒修袂,行而拥之,举绣被而覆之"。

【今译】

董贤只懂得巧笑献媚,子都也以美目自诩。君子一掷百万只是为了买来他们的片言只语,驰马逐射下注千金求欢愉。完全不念诵参差荇菜左右流,谁还会谈及宜配君子的窈窕淑女?希望你能捧着锦绣的丝被,来到喜爱你的女子身边共宿同居。

王僧孺十七首

王僧孺(465—522),东海郯(今山东郯城西南)人,齐时任太学博士,入梁,历官南海太守、尚书左丞、御史中丞、少府卿、尚书吏部郎。南朝梁文学家,原有集三十卷,已散佚,明人辑有《王左丞集》。

春　怨[1]

【题解】

　　这首诗写一位女子春天的愁怨。她的丈夫远在万里之外的榆关，一去十年，音信全无。她身居函谷，伶仃孤苦。

　　四时如湍水[2]，飞奔竞回复。夜鸟响嘤嘤[3]，朝光照煜煜[4]。厌见花成子，多看笋为竹[5]。万里断音书，十载异栖宿。积愁落芳鬓[6]，长啼坏美目。君去在榆关[7]，妾留住函谷[8]。惟对昔邪房[9]，如见蜘蛛屋[10]。独与响相酬[11]，还将影自逐[12]。象床易毡簟[13]，罗衣变单复。几过度风霜[14]，犹能保荣独[15]。

【注释】

　　[1] 春怨：一作吴均诗。
　　[2] 四时：四季。　湍（tuān）水：湍急的流水。
　　[3] 嘤嘤（yīng）：鸟鸣声。
　　[4] 光：一作"花"。　煜煜（yù）：光辉的样子。
　　[5] 为：一作"成"。
　　[6] 愁：一作"怨"。
　　[7] 在：一作"住"。　榆关：即山海关，在今河北秦皇岛市。
　　[8] 函谷：关名。古函谷关（秦关）在今河南灵宝市南，新函谷关（汉关）在今河南新安县。
　　[9] 昔邪：即乌韭，一种常生长在屋瓦上的苔类植物。
　　[10] 见：一作"愧"。
　　[11] 与：一作"唤"。　酬：劝酒，引申为酬答。指声音和回响相应答。
　　[12] 逐：追逐，指形与影相追逐。这两句极写女子的孤单。
　　[13] 象床：象牙床。　异：一作"易"。　毡：冬天的床垫。簟（diàn）：夏天的竹席。

〔14〕过度：一作"度过"。
〔15〕茕（qióng）独：孤独。

【今译】
　　四季交替就好像湍急的流水，飞奔而去又争着在来年回复。晚上鸟儿嘤嘤鸣叫，早晨阳光和煦万物昭苏。见多了一年一次的鲜花凋谢结成子，看够了一年一次的幼笋成长为竹。丈夫远在万里之外音书断绝，分别十年夫妻不能同栖共宿。忧愁累积我的头发已经掉尽，经常啼哭已经伤害了我的美目。丈夫离去一直住在山海关，我则留住在函谷。每天只看见屋瓦上长满了青苔，就好像看见蜘蛛结网布满全屋。我独自一人声音与回响互相应答，还要让形和影互相追逐。象牙床已交替换上了冬毡或夏簟，罗衣几次也由复变单又由单变复。不知度过了几度风霜，但我还能保有自己的矜持和孤独。

月夜咏陈南康新有所纳[1]

【题解】
　　陈南康娶了一位女子，诗人赞美她的美丽和贤惠。

　　二八人如花[2]，三五月如镜[3]。开帘一种色，当户两相映。重价出秦韩[4]，高名入燕郑[5]。十城屡请易，千金几争聘。君意自能专，妾心本无竞[6]。

【注释】
　　〔1〕陈南康：人名，生平不详。　新有所纳：指最近娶了一个女子。纳，娶妇或纳妾。
　　〔2〕二八：十六岁。
　　〔3〕三五：十五日，正是满月之时。
　　〔4〕秦韩：即辰韩，古国名，在今韩国，由于秦之亡人避苦役而至韩

国,作秦语,故又称秦韩。龙辅《女红余志》:"秦韩出异姝,娇妍委靡,消魂夺目。邻国购之千金,不许。"一说,秦韩,指战国时秦国和韩国。《战国策·韩策》载:"秦,大国也。韩,小国也。韩甚疏秦。然而见亲秦,计之,非金无以也,故卖美人。美人之价贵,诸侯不能买,故秦买之三千金。韩因以其金事秦,秦反得其金与韩之美人。"

〔5〕燕郑:战国时,燕郑女子以善舞著称。

〔6〕无竞:不争强好胜。

【今译】

十六岁的女子像一朵鲜花,十五日的月儿像一面明镜。掀开窗帘只见女子美丽的容颜,走到窗前女子与月儿交相辉映。像秦韩之美女须用重价方能购得,像燕姬郑女她的歌舞早有显著名声。人们多次愿用十城来把她交换,又多次愿用千金争着来下聘。她会说:"丈夫啊你自能对我专心一意,我也不会好胜而同人相争。"

见贵者初迎盛姬聊为之咏

【题解】

一位贵人新近娶了一位盛姓的女子,诗人写了这首诗赞美女子的美丽及双方的情笃。

久想专房丽〔1〕,未见倾城者〔2〕。千金访繁华,一朝遇容冶〔3〕。家本蓟门外〔4〕,来戏丛台下〔5〕。长卿幸未匹〔6〕,文君复新寡。

【注释】

〔1〕专房丽:专宠的美女。

〔2〕倾城者:绝世的美女。李延年《歌诗》:"北方有佳人,绝世而独立。一顾倾人城,再顾倾人国。"见卷一。

〔3〕容冶（yě）：容貌艳丽。
〔4〕蓟（jì）门：燕国地名。古来传说燕地多美女。
〔5〕丛台：台名，战国时赵筑，在河北邯郸城内。
〔6〕长卿：司马相如，字长卿。《史记·司马相如列传》载，四川临邛富商卓王孙，有女文君新寡。司马相如到卓家作客，"以琴心挑之"，"文君夜亡奔相如，相如乃与驰归成都"。

【今译】
　　很久以来就想娶一个能够专宠的女子，但一直没有见到倾城倾国貌的绝世美人。带着千金到繁华都市去寻访，一旦遇到了她容貌艳丽超群。她的家本来就在蓟门外，来到丛台之下游玩散心。幸好碰上男方尚未婚配，女方又恰似新寡的文君受琴心挑动而与长卿夜奔。

与司马治书同闻邻妇夜织

【题解】
　　诗人听到邻家女子夜织，有所感，以女子口吻写了这首诗。

　　洞房风已激[1]，长廊月复清。蔼蔼夜庭广[2]，飘飘晓帐轻。杂闻百虫思[3]，偏伤一息声[4]。鸟声长不息[5]，妾心复何极？犹恐君无衣[6]，夜夜当窗织。

【注释】
〔1〕洞房：深邃的闺房。
〔2〕蔼蔼：暗淡的样子。
〔3〕思：哀怜。
〔4〕息：一作"鸟"。
〔5〕息：止。
〔6〕君：指女子的丈夫。

【今译】

　　深邃的闺房已是寒风急疾，长长的回廊月光又是那样的凄清。夜里宽大的庭院暗淡不明，清晨帷帐飘动如云轻。耳里多听到百虫的哀鸣，偏偏为一只鸟儿的鸣声而伤心。鸟儿的鸣声长久不停息，我的心又到什么时候才安宁？只担心你没有寒衣御寒冬，我每晚都临窗纺织从不停。

夜　愁[1]

【题解】

　　夜幕降临，诗人愁绪万端。他愁什么？从"千里""孤帐"来看，他远离家乡，孤帐独处，他在思念家里的妻子。

　　檐露滴为珠，池冰合成璧[2]。万行朝泪泻，千里夜愁极[3]。孤帐闭不开，寒膏尽复益[4]。谁知心眼乱，看朱复成碧。

【注释】

〔1〕夜愁：题一作《夜愁示诸宾》。
〔2〕冰：一作"水"。
〔3〕极：一作"积"。
〔4〕膏：点灯的油脂。　益：增加。

【今译】

　　屋檐上的露水滴下来成了一颗颗珍珠，池塘里的水结成了冰像一块玉璧。早上万行泪倾泻而下，晚上因离家千里忧愁无极。孤帐紧闭没有心思去打开，寒膏燃尽又添上让灯重新燃起。谁知心神不宁目光昏乱，红色的烛光却看成了青碧。

春闺有怨[1]

【题解】

春天到来，一位女子却愁眉不展。心上人远在他乡，她却不能书信传情。

愁来不理鬓[2]，春至更攒眉[3]。悲看蛱蝶粉[4]，泣望蜘蛛丝。月映寒蛩褥[5]，风吹翡翠帷。飞鳞难托意[6]，驶翼不衔辞[7]。

【注释】

〔1〕春闺有怨：题一作《春闺怨》。
〔2〕理鬓：梳理鬓发。
〔3〕攒（cuán）眉：皱眉。攒，聚。
〔4〕蛱（jiá）蝶：蝴蝶。
〔5〕寒蛩（qióng）褥（rù）：上面绣着寒冬蟋蟀的床褥。龙辅《女红余志》："翔风因季伦见弃，听寒蛩心悲，因织寒蛩之褥以献之。"蛩，蟋蟀，寒冷之时叫得特别凄厉。
〔6〕飞鳞：即文鳐鱼，又名飞鱼，能在离水面数尺的空中飞掠。《山海经·西山经》说，泰器之山"多文鳐鱼，状如鲤鱼，鱼身而鸟翼"，"常行西海，游于东海，以夜飞。"
〔7〕驶翼：飞鸟，飞得很快的鸟。　衔辞：一作"缀思"。

【今译】

忧愁袭来鬓发也无心梳理，春天降临更是紧锁双眉。悲伤地看着蝴蝶花上采花粉，流着泪看着蜘蛛吐丝结网在深闺。月光映照着绣着寒冬蟋蟀的床褥，微风吹动了翡翠为饰的帘帷。就算有飞鱼也难以托付我的心意，就算有飞鸟也不能给他带去我的伤悲。

捣 衣[1]

【题解】

一位女子连夜为远在他乡的丈夫捣衣,悲怆的乐曲不断地在她耳畔回响,这时,她多么希望得到丈夫的音信啊。

足伤金管处[2],多怆缇光促[3]。露团池上紫[4],风飘庭里绿。下机骛西眺[5],鸣砧遽东旭[6]。芳汗似兰汤[7],雕金辟龙烛[8]。散度广陵音[9],掺写渔阳曲[10]。别鹤悲不已[11],离鸾断更续[12]。尺素在鱼肠[13],寸心凭雁足[14]。

【注释】

〔1〕捣衣:古代洗衣的方法,将衣或衣料浸湿后放在砧(石)上,用杵(棍棒)捶打。可参看卷三曹毗《夜听捣衣》和谢惠连《捣衣》。

〔2〕金管:亦作"金琯",指金属制的吹奏乐器。　处:一作"遽"。

〔3〕缇(tí)光:照在橘红色帷幕上的月光。

〔4〕露团:下露时弥漫在空中的雾气。

〔5〕骛(wù):乱跑,这里是慌忙的意思。

〔6〕砧:捣衣石。　遽(jù):急促。　东旭:东方放亮,太阳升起。

〔7〕兰汤:用兰草煮的热水,有芳香之气。

〔8〕雕金:刻镂的金饰。　辟(pì):效法。　龙烛:钟山神烛龙所衔之烛,上有龙饰。

〔9〕散(sǎn):琴曲名。《梦溪笔谈·乐律一》:"散自是曲名,如操、弄、掺、淡、序、引之类。"　广陵:广陵散,著名琴曲。魏嵇康善弹此曲,秘不授人。后遭谗遇害,临刑索琴弹之,说:"《广陵散》于今绝矣。"见《晋书·嵇康传》。

〔10〕掺(càn):鼓曲名。一作"操"。　渔阳曲:即渔阳掺、《渔

阳》参挝，著名鼓曲，为汉末祢衡所作，见《后汉书·祢衡传》和《世说新语·言语》。

〔11〕别鹤：《别鹤操》。崔豹《古今注》说："《别鹤操》，商陵牧子所作也。娶妻五年而无子，父兄将为之改娶。妻闻之，中夜起，倚户而悲啸。牧子闻之，怆然而悲，乃援琴而歌。"《乐府诗集·琴曲歌辞》载其歌辞："将乖比翼兮隔天端，山川悠远兮路漫漫，揽衣不寐兮食忘餐。"

〔12〕离鸾：琴曲名，即《双凤离鸾曲》。《西京杂记》说，庆安世，年十五，为成帝侍郎，善鼓琴，能为双凤离鸾之曲。离鸾，即孤鸾，喻失偶之人。语出南朝宋范泰《鸾鸟诗序》，可参看卷七《咏人弃妾》注〔6〕。更：一作"还"。

〔13〕尺素：指书信，写在一尺宽的白绢上的书信。蔡邕《饮马长城窟行》："客从远方来，遗我双鲤鱼。呼儿烹鲤鱼，中有尺素书。"见卷一。

〔14〕雁足：指将帛书系在大雁足上传递信息。《汉书·苏武传》说，苏武陷身匈奴十九年，汉昭帝派使者至匈奴要求放还。使者对单于说："天子射上林中，得雁，足有系帛书，言武等在某泽中。"

【今译】

　　金管吹奏的乐曲已足够令人伤心，映照在橘红色帷幕上的月光急促移动更令人悲怆。水池上布满了紫色的露珠，微风吹来庭院里仍是一片碧绿青苍。走下织机急忙地向西眺望，整夜捣衣不觉东方已经放亮。浑身汗水散发出兰草一样的芳香，镂金的首饰像烛龙所衔的烛闪闪发光。空中飘来琴曲《广陵散》，《渔阳》鼓曲也在耳畔不断回响。《别鹤操》令人悲伤不已，《双凤离鸾曲》断断续续断人肠。只盼望丈夫在鱼肠中捎来书信，彼此的心意也全凭雁足传书才能传递给对方。

为人述梦

【题解】

　　诗的主旨正如题目所示，替别人讲述梦境和感受。

工知想成梦[1]，未信梦如此。皎皎无片非[2]，的的一皆是[3]。以亲芙蓉褥[4]，方开合欢被[5]。雅步极嫣妍[6]，含辞恣委靡[7]。如言非倏忽[8]，不意成俄尔[9]。及寤尽空无[10]，方知悉虚诡[11]。

【注释】
　　[1]工知：善于冥思求索。一说，为人名。
　　[2]皎皎：明明白白的样子。
　　[3]的的（dí）：真确实在的样子。　一：全。
　　[4]芙蓉褥：上绣莲花的垫褥。
　　[5]合欢被：上绣鸳鸯的锦被。
　　[6]嫣妍（yān yán）：美丽动人。
　　[7]恣：任意，放纵，无拘束。　委靡：柔顺。委，一作"柔"。
　　[8]倏（shū）忽：极快，极短暂。
　　[9]俄尔：俄顷，一会儿，短时间。
　　[10]寤：醒。
　　[11]虚诡：虚幻不实。

【今译】
　　一位善于冥思求索的人日思夜想做了一个梦，他不相信梦境竟是这样的优美。明明白白没有一点可疑的地方，实实在在与现实生活全都不相悖。只见她走近绣着莲花的垫褥，正打开鸳鸯合欢被。她高雅的举止非常美丽动人，她轻轻的言谈又是多么的柔顺妩媚。好像在说欢聚的时光不会很快就过去，但想不到真成了一次短暂的幽会。等到醒来眼前全是空和无，才知道梦境全都是虚幻和奇诡。

为人伤近而不见

【题解】
　　一位男子热恋着同乡的一位女子，距离虽然很近，但却不能够见面交谈。诗人代这位男子抒发他心中的感伤。

　　嬴女凤凰楼⁽¹⁾，汉姬柏梁殿⁽²⁾。讵胜仙将死⁽³⁾，音容犹可见。我有一心人⁽⁴⁾，同乡不异县。异县不成隔，同乡更脉脉⁽⁵⁾。脉脉如牛女，无妨年一语⁽⁶⁾。

【注释】

　　〔1〕嬴女：指秦穆公女儿弄玉。传说她喜爱吹箫，萧史善吹箫，能为鸾凤之音，秦穆公便将弄玉嫁给萧史，并筑凤凰台让他们居住。秦为嬴姓之国，故称弄玉为嬴女。

　　〔2〕柏（bó）梁殿：即柏梁台，汉武帝所建，在长安城中。

　　〔3〕胜：一作"过"。　　仙将死：连下句是说神仙死后尚可见到音容，而这位女子活着却不得相见。

　　〔4〕我有：一作"独我"。　　一心：同心，心心相印。

　　〔5〕脉脉（mò）：含情凝视的样子。《古诗十九首·迢迢牵牛星》："河汉清且浅，相去复几许？盈盈一水间，脉脉不得语。"

　　〔6〕无妨年：一作"何由得"。妨，一作"由"。

【今译】

　　她像秦穆公女儿弄玉居住在凤凰楼，又像汉代的美姬高居于柏梁殿。但怎比得上神仙美眷，神仙即使死去音容尚可见。我有一个心心相印的意中人，我们同乡又同县。即使不同县也不应形成阻隔，同乡更应含情相视常见面。哪怕像脉脉含情的牛郎和织女，一年见一次也可情话绵绵。

为何库部旧姬拟蘼芜之句⁽¹⁾

【题解】

　　这是一首为何炯遭遗弃的前妻写的诗，全诗模仿古诗《上山采蘼芜》，代这位弃妇写出了心中的怨恨和不平。

出户望兰薰⁽²⁾，褰帘正逢君⁽³⁾。敛容才一访⁽⁴⁾，新知讵可闻⁽⁵⁾？新人含笑近，故人含泪隐⁽⁶⁾。妾意在寒松⁽⁷⁾，君心逐朝槿⁽⁸⁾。

【注释】

〔1〕何库部：何炯，字主光，曾任尚书兵库部工曹郎。　旧姬：从前的女人，指被遗弃的妻子。　蘼芜（mí wú）：香草名，又叫江蓠，其叶风干后可做香料。古诗《上山采蘼芜》是一首弃妇诗，见卷一，这首诗是对《上山采蘼芜》的模仿。

〔2〕兰薰：香草名。

〔3〕褰（qiān）帘：掀开帘子。

〔4〕敛（liǎn）容：收起笑容，是严肃的样子。　访：问。

〔5〕新知：即新人，何炯后娶的妻子。知，一作"人"。

〔6〕故人：即旧姬。

〔7〕寒松：比喻自己的爱情如同寒冬的松树虽经严寒也不凋零。

〔8〕槿（jǐn）：木槿，落叶灌木，其花朝开夕谢，比喻人心易变。

【今译】

　　我出门去看看兰薰草，掀开帘子正好碰见你亲临。我收敛笑容才向你问一问，你新娶的女人如何可否说来听一听？那天是新人含笑向你走近，而我这个旧人含着眼泪将身隐。我的情意像寒冬的松树永不凋零，你却像早上的木槿花很快就变了心。

在王晋安酒席数韵⁽¹⁾

【题解】

　　在王份的酒宴上，诗人见到一位歌女，美丽而多情，心有所感，写下了这首诗。

窈窕宋容华⁽²⁾，但歌有清曲⁽³⁾。转盼非无以⁽⁴⁾，斜

扇还相瞩[5]。讵减许飞琼[6]，多胜刘碧玉[7]。何因送款款[8]？伴饮杯中醁[9]。

【注释】

〔1〕在王晋安酒席数韵：题一作《咏姬人》。王晋安，王份，字季文，琅玡人，曾任晋安内史。韵，韵句，押韵之句。

〔2〕宋容华：曹魏时的著名歌伎。

〔3〕但歌：汉魏时无伴奏歌曲名。《晋书·乐志下》："但歌，四曲，出自汉世。无弦节，作伎最先唱，一人唱，三人和。魏武帝尤好之。时有宋容华者，清徹好声，善唱此曲，当时之特妙。自晋以来不复传，遂绝。"

〔4〕转盼：目光顾盼。 无以：无因。

〔5〕扇还：一作"眉幸"。

〔6〕讵：一作"不"。 许飞琼：传说中的仙女名，西王母的侍女，善于弹奏笙簧，见《汉武帝内传》。

〔7〕多：一作"绝"。 刘碧玉：南朝宋（当为"晋"）汝南王妾，汝南王非常宠爱她，为她写了《碧玉歌》，见《乐府诗集·清商曲辞·吴声歌曲》。可参看卷十《情人碧玉歌》。

〔8〕款款：诚恳忠实的样子。

〔9〕伴：一作"半"。 醁（lù）：醽醁酒，一种美酒。

【今译】

她像宋容华那样地苗条娇美，嗓音清脆轻轻地唱着但歌。目光顾盼并不是没有缘由，看我一眼便用扇将脸半遮。怎能说她比不上许飞琼，她比刘碧玉实在胜出许多。用什么向我传递款款深情？她陪伴我拿着杯中美酒尽情喝。

为人有赠[1]

【题解】

这是一首代人所写的诗，也是一封情书，投赠的对象是一位色艺均佳的歌女。

碧玉与绿珠[2]，张卢复双女[3]。曼声古难匹[4]，长袂世无侣[5]。似出凤凰楼[6]，言发潇湘渚[7]。幸有褰裳便[8]，含情寄一语。

【注释】

〔1〕为人有赠：替人写这首赠诗，赠给情人。

〔2〕碧玉：南朝宋（当为"晋"）汝南王宠妾，见上首诗注〔7〕。绿珠：晋石崇歌伎。

〔3〕张卢：张女和卢女。张女，女子名，也是古曲名。江总《杂曲》："曲中惟闻张女调，定有同姓可怜人。"卢女，女子名。《旧唐书·乐志》说，魏武帝宫人卢女，七岁入汉宫学鼓琴，善为新声。《乐府诗集·杂曲歌辞》有《卢女曲》。

〔4〕曼声：悠长轻柔的歌声。

〔5〕袂（mèi）：袖。

〔6〕凤凰楼：楼名，萧史和秦穆公之女弄玉所居，两人均善吹箫，后乘凤飞去。

〔7〕言：句首助词，无义。 潇湘渚（zhǔ）：潇湘水边。《楚辞·九歌》有《湘君》《湘夫人》，写湘水的配偶神相互爱恋。

〔8〕褰（qiān）裳：指撩起衣裳涉水而过与情人相会。《诗经·郑风·褰裳》："子惠思我，褰裳涉溱。"

【今译】

你像碧玉和绿珠一般的美丽，技艺也超过张女和卢女。你悠长轻柔的歌声古来难有人匹敌，你挥动长袖翩翩起舞世上还无人能同你并驾齐驱。你像飞出凤凰楼的弄玉，又像湘夫人从湘水边凌空而起。幸而得到你"褰裳涉溱"的召唤，我饱含深情写了这首诗送去我的款款情意。

何生姬人有怨⁽¹⁾

【题解】
一位女子虽然尚未被丈夫遗弃，但受到冷落，诗人写了这首诗，代她抒发心中的哀怨。

寒树栖羁雌⁽²⁾，月映风复吹。逐臣与弃妾⁽³⁾，零落心可知。宝琴徒七弦⁽⁴⁾，兰灯空百枝⁽⁵⁾。颦容不足效⁽⁶⁾，啼妆拭复垂⁽⁷⁾。同衾成楚越⁽⁸⁾，异国非此离⁽⁹⁾。

【注释】
〔1〕何生：何姓之男子，名不详。题一无"人"字。
〔2〕羁（jī）雌：独居无伴的雌鸟。羁，同"羇"，作客在外。雌，一作"此"。
〔3〕逐臣：遭放逐之臣。　　弃妾：被丈夫遗弃的女子。
〔4〕七弦：传说神农氏作五弦琴，曰宫、商、角、徵、羽，后来文王增二弦，曰少宫、少商。一说文王、武王各加一弦，为文弦、武弦。
〔5〕兰灯：美好的灯笼。
〔6〕颦（pín）容：皱眉头的面容。传说春秋时越国美女西施因心脏有病，经常捧心而皱眉，人以为美，纷纷仿效。
〔7〕啼妆：东汉时，妇女以粉薄拭目下，有似啼痕，故名"啼妆"（见《后汉书·梁统传》，可参看卷五何逊《咏照镜》注〔9〕），也借指美人的泪痕。
〔8〕楚越：春秋时两个诸侯国，常用来比喻相距遥远。《庄子·德充符》说："自其异者视之，肝胆楚越也；自其同者视之，万物皆一也。"
〔9〕此离：当作"仳（pí）离"，离别，也指妇女被遗弃。《诗经·王风·中谷有蓷》："有女仳离，慨其叹矣。"

【今译】
一只无伴的雌鸟在寒树上栖息，冷月映照下寒风又吹动枯枝。遭放逐之臣和被遗弃的女子，他们凄凉凋零的心情可想而知。宝琴徒然有七弦弹不出欢乐的曲调,华灯空有蜡烛百枝哀怨也不能消释。西施捧心皱眉的愁容不值得效法,满面泪痕越拭越泪流不止。同被不同心形同楚越,虽然没有分离但也像是分居异国不能走到一起。

鼓瑟曲　有所思[1]

【题解】

一位艺人嫁人之后,丈夫在外游荡,长年不归。她感到光阴易逝,青春不再,心中充满忧伤。

夜风吹熠耀[2],朝光照昔邪[3]。几销蘼芜叶[4],空落蒲萄花[5]。不堪长织素[6],谁能独浣纱[7]。光阴复何极,望促反成赊[8]。知君自荡子[9],奈妾亦倡家[10]。

【注释】

〔1〕有所思:在《乐府诗集》中,这首诗收入《鼓吹曲辞·汉铙歌》。《有所思》古辞为《汉铙歌》十八首古辞之一,后人以此为题的诗作很多,仅《乐府诗集》所收同题诗多达二十六首。

〔2〕熠(yì)耀:萤火。

〔3〕昔邪(yé):亦作"昔耶",即乌韭,生长在屋瓦和墙垣上的苔类。

〔4〕蘼芜(mí wú):香草名,又叫江蓠,其叶风干后可做香料。

〔5〕蒲萄:即葡萄,落叶藤本植物,开黄绿色小花。

〔6〕素:白绢。古诗《上山采蘼芜》:"新人工织缣,故人工织素。"

〔7〕浣(huàn):洗。相传春秋时越国美女西施年轻时曾在若耶溪浣纱。

〔8〕赊(shē):长远,久远。

〔9〕荡子:流荡在外的人,指诗中女子的丈夫。《古诗十九首·青青河畔草》:"昔为倡家女,今为荡子妇。荡子行不归,空床难独守。"

〔10〕倡家:艺人,乐人。

【今译】

晚风吹来萤火在空中轻轻地浮动，朝阳映照青苔在墙垣上慢慢攀爬。几度脱尽了蘼芜叶，徒然落光了葡萄花。不能忍受长年寂寞地织素，谁能孤身一人在溪边无尽地浣纱。独处的时光何处才是尽头，希望它快快结束反而竟是漫长无涯。我知道你本来就是一个游荡不归的男子，无奈我难耐寂寞也是出身乐籍的人家。

为人宠姬有怨[1]

【题解】

古代存在多妻制，富贵人家的男子往往妻妾成群，而这些小妾又往往靠强暴手段娶来。这首诗写出了她们心中的怨恨。

可怜独立树，枝轻根易摇[2]。已为露所浥[3]，复为风所飘。锦衾襞不卧[4]，端坐夜及朝。是妾愁成瘦，非君重细腰[5]。

【注释】

〔1〕姬：一作"姬"。
〔2〕易：一作"亦"。
〔3〕浥（yì）：湿。《诗经·召南·行露》写一女子不为强暴所迫，自述其志，有"厌浥行露，岂不夙夜，谓行多露"之句。
〔4〕襞（bì）：折叠。　卧：一作"开"。
〔5〕细腰：纤细的腰身。《后汉书·马廖传》："楚王好细腰，宫中多饿死。"

【今译】

她像一株孤独生长十分可怜的小树，树枝很轻树根也容易动摇。已经被露水所沾湿，又被狂风吹动随风飘。锦被折叠不睡下，端坐整夜一直到明朝。这个小妾全因愁怨而消瘦,并不是由于丈夫喜爱纤细的腰。

为姬人自伤[1]

【题解】
  诗人为一位女子写了这首诗,抒发她内心的伤痛。由于色衰爱弛,丈夫变了心。她非常伤心失望,觉得这段婚恋已无法挽救。

  自知心里恨,还向影中羞。回持昔慊慊[2],变作今悠悠[3]。还君与妾珥[4],归妾奉君裘[5]。弦断犹可续,心去最难留。

【注释】
  〔1〕为姬人自伤:一作"为人自伤"。
  〔2〕回持:回顾,回想。 慊慊(qiàn):诚恳恭敬的样子。
  〔3〕悠悠:懒散不尽心的样子。
  〔4〕珥(ěr):珠玉做的耳饰,也叫瑱、珰。一作"扇"。
  〔5〕裘:皮衣。

【今译】
  自知心中有许多怨恨,但在镜中看到自己憔悴的身影仍然感到自羞。回想从前你对我是那样的诚恳敬重,如今变得懒散疏远已无昔日的温柔。现将你送我的宝珥还给你,也请你还给我从前送给你的衣裘。琴弦断了还可再接上,爱心一旦失去就很难挽救。

秋 闺 怨

【题解】

秋天到了,一位女子在深闺中自诉心中的愁怨。从"风来秋扇屏,月出夜灯吹"等句来看,丈夫似乎是冷落旧妻,另结新欢。

斜光隐西壁(1),暮雀上南枝(2)。风来秋扇屏(3),月出夜灯吹。深心起百际,遥泪非一垂。徒劳妾辛苦,终言君不知(4)。

【注释】

〔1〕西壁:西边的峭壁。
〔2〕南枝:向南的树枝。《古诗十九首·行行重行行》:"胡马依北风,越鸟巢南枝。"
〔3〕屏(bǐng):弃,除去不用。
〔4〕终:尽。

【今译】

太阳西斜渐渐落到了西边峭壁的后面,晚上雀儿归巢栖息在向南的树枝。秋风吹来纨扇已是弃置不用,明月东升夜灯也会被吹熄。心灵深处的百种愁绪一齐涌起,遥远相思的泪珠不止一次往下滴。我的千辛万苦都是徒劳,再怎样说你也不能知。

张率拟乐府三首

张率(475—527),字士简,吴郡吴(今江苏苏州)人。齐时任著作佐郎、尚书殿中郎。入梁,历任中书侍郎、黄门侍郎等职,官终新安太守。南朝梁文学家,原有文集三十卷,已佚。

相 逢 行[1]

【题解】

这首诗的题旨与古乐府诗《相逢狭路间》相同,即描写一个富贵人家的富丽堂皇和安详和睦,反映了人们尤其是广大妇女希望过美好家庭生活的良好愿望。

相逢夕阴街[2],独趋尚冠里[3]。高门既如一,甲第复相似[4]。凭轼日欲昏,何处访公子?公子之所在,所在良易知。青楼出上路[5],渐台临曲池[6]。堂上抚流徽[7],雷樽朝夕施[8]。橘柚芬华食[9],朱火燎金枝[10]。兄弟两三人,裾珮纷陆离[11]。朝从禁中出[12],车骑并驱驰。金鞍玛瑙勒[13],聚观路傍儿。入门一顾望,凫鹄有雄雌[14]。雄雌各数千,相鸣戏羽仪[15]。并在东西立,群次何离离[16]。大妇刺方领[17],中妇抱婴儿。小妇尚娇稚,端坐吹参差[18]。丈人无遽起[19],神凤且来仪[20]。

【注释】

〔1〕相逢行:在《乐府诗集》中,这首诗收入《相和歌辞·清调曲》,

同题诗共收七首,又收《相逢狭路间》六首。古辞《相逢行》,又作《相逢狭路间》,见卷一《古乐府诗六首》。
〔2〕夕阴街:汉代长安街名。街,一作"阶"。
〔3〕尚冠里:汉代长安里名。
〔4〕甲第:豪门显贵的住宅。
〔5〕青楼:青漆涂饰的豪华精致的楼房。
〔6〕渐(jiān)台:台名,在长安,汉武帝作建章宫,太液池中有渐台。渐是浸泡的意思。《汉书·郊祀志》颜师古注:"渐,浸也,台在池中,为水所浸,故曰渐台。"
〔7〕抚流徽:抚琴,弹琴。流徽,琴的别称。徽,系弦之绳,后以为琴面识点之称。
〔8〕雷樽:盛酒器,上有云雷之形,故称雷樽。雷,一作"罍"。
〔9〕芬华食:一作"分宝叶"。食,一作"实"。
〔10〕朱火:红色的火苗。 金枝:饰金的灯。
〔11〕裾:衣服的大襟。裾,一作"冠"。 陆离:光彩绚丽的样子。
〔12〕禁中:皇宫中。中,一作"门"。
〔13〕玛瑙(nǎo):矿物名,玉髓的一种,可制作器皿和装饰品。勒:马络头。
〔14〕凫(fú):水鸟。 鹄(hú):天鹅。
〔15〕羽仪:羽翼,翅膀。《易·渐》:"鸿渐于陆,其羽可用为仪。"
〔16〕离离:井然有序的样子。
〔17〕刺:刺绣。 方领:方形的衣领,古代学者之服。
〔18〕参差(cēn cī):洞箫,即无底的排箫,亦名笙。相传为舜所造,像凤翼参差不齐。
〔19〕丈人:对长辈的通称。 遽(jù):急忙,马上。
〔20〕来仪:指凤凰来舞,仪表非凡,是一种吉祥的征兆。《尚书·益稷》:"《箫韶》九成,凤凰来仪。"

【今译】

相逢在夕阴街,独自赶往尚冠里。高门大户既如一,显贵人家都相似。靠在车上太阳快落山,到何处去寻访公子?公子所居住的地方,所居住的地方很容易得知。就是那座路旁高耸的青楼,还有渐台濒临环曲的美池。堂上飘扬着悠扬的琴声,早晚都陈设着酒食。橘柚散发出芳香,金灯上的火苗燃着香脂。兄弟两三人,衣襟珮玉多么光彩绚丽。早上从皇宫中出来,车马一同在大道上驱驰。金饰的马鞍玛瑙为饰的马络头,围观的人群将道路堵塞。进得门来向四处观望,只见水鸟天鹅有雄有雌。雄鸟雌鸟各有数千,争相鸣叫戏弄着它们的羽翼。并排分立在东西两旁,一群一群排列得井然有序。大媳妇正在刺绣方领,二媳妇抱着婴儿嬉戏。只有小媳妇还娇嫩幼稚,端坐堂上吹着洞箫表达心志。大爷啊你不要马上起身离去,马上就会有神灵的凤凰起舞展现它的绝世丰姿。

对　酒[1]

【题解】

《乐府解题》说,曹操所作《对酒》歌,"其旨言王者德泽广被,政理人和,万物咸遂",梁代范云所作《对酒》歌,"则言但当为乐,勿徇名自欺也"。而张率这首《对酒歌》,则是寄语心中思念的美人,对酒当歌,当惜良辰。

对酒诚可乐,此酒复能醇[2]。如华良可贵[3],如乳更非珍[4]。何以留上客[5]?为寄掌中人[6]。金尊清复满[7],玉碗亟来亲[8]。谁能共迟暮[9]?对酒及芳辰[10]。君歌当来罢[11],却坐避梁尘[12]。

【注释】

〔1〕对酒:在《乐府诗集》中,这首诗收入《相和歌辞·相和曲》。
〔2〕能:一作"芳"。
〔3〕华:花。《北堂书钞乐夜歌》:"春酒甘如乳,秋醴清如华。"良:很,甚。
〔4〕如:一作"非",一作"似"。　非:一作"甘"。
〔5〕以:一作"当"。
〔6〕掌中人:指汉成帝皇后赵飞燕,她体态轻盈善歌舞,《飞燕外传》

说她"能作掌上舞"。诗里借指心中的美人。

〔7〕尊:同"樽",古代盛酒器具。

〔8〕亟(qì):屡次。

〔9〕迟暮:暮年,晚年。

〔10〕及:一作"惜"。　辰:一作"晨"。

〔11〕当来:一作"尚未"。

〔12〕梁尘:指歌声振动屋梁上的尘土。《七略》说汉代鲁人虞公善歌,歌声洪亮,可以振动屋梁,使梁上尘土飞扬。

【今译】

面对美酒的确十分快乐,这种美酒又是那样的甘醇。它像花一样清纯非常可贵,又像乳一样甘美更是稀世珍。为什么要留住贵客,为的是请他寄语我心中的美人。杯中酒多么清醇又已斟满,玉碗屡次来同我相亲近。有谁能同我共度晚年?面对美酒就应及时行乐在这吉日良辰。你引吭高歌声音洪亮一曲尚未歌罢,我只好离开座位躲避梁上振落的浮尘。

远　期[1]

【题解】

丈夫远行逾期不归,妻子独守空闺,这首诗写出了她的哀怨。

远期终不归,节物坐将变[2]。白露怆单栖[3],秋风息团扇。谁能久离别[4]?他乡且异县。浮云蔽重山,相望何时见[5]?寄言远行者[6],空闺泪如霰[7]。

【注释】

〔1〕远期:在《乐府诗集》中,这首诗收入《鼓吹曲辞·汉铙歌》。《汉铙歌》古辞十八首,《远如期》是其中第十七首。《远如期》又名《远期》,张率这首《远期》,是按乐府古题写的一首诗。

〔2〕节物：各个季节的风物景色。　　坐：无故，自然。　　将：一作"迁"。

〔3〕怆单栖：一作"湿单衣"。栖，一作"衫"。

〔4〕离别：一作"别离"。

〔5〕何时：一作"不可"。

〔6〕行：一作"期"。

〔7〕霰（xiàn）：小冰粒，雪珠，下雪前往往先下霰。

【今译】

　　归期早已超过始终不见他归来，节令物候自然又变迁。白露沾湿了我的单衣裳，秋风刮起团扇被弃捐。谁能忍受长久的离别？两人分居在他乡异县。浮云遮住了重重高山，互相想望何时才能相见？寄语离家远行的游子，独守空闺的思妇泪下如雪霰。

徐悱二首

　　徐悱（约495—524），字敬业，东海郯（今山东郯城西南）人，梁时历任著作佐郎、太子舍人、洗马中舍人，迁晋安内史。与妻刘令娴感情深笃。南朝梁诗人，今仅存诗数首。

赠　内[1]

【题解】

　　徐悱曾任太子府属官，常出入宫禁中，历经歌舞繁华。但他与妻子刘令娴感情笃厚，虽游宦于外，却时常想念妻子。这首诗就是他写来赠送给妻子的情诗。

日暮想青阳[2]，蹑履出椒房[3]。网虫生锦荐[4]，游尘掩玉床[5]。不见可怜影[6]，空余黼帐香[7]。彼美情多乐，挟瑟坐高堂。岂忘离忧者[8]？向隅心独伤[9]。聊因一书札，以代九回肠[10]。

【注释】

〔1〕内：古代泛称妻妾，后专称妻子。
〔2〕青阳：同"清扬"，形容女子眉目清秀，这里指妻子。《诗经·郑风·野有蔓草》："有美一人，清扬婉兮。"
〔3〕蹑（niè）履：趿拉着鞋。　椒（jiāo）房：后妃居住的宫室，因用花椒子拌和的泥涂壁，故称椒房。
〔4〕网虫：蜘蛛网。　荐：床垫。
〔5〕游尘：浮尘，灰尘。
〔6〕怜：爱。
〔7〕余：一作"闻"。　黼（fǔ）帐：有花纹的帷帐。
〔8〕离忧：因离别而忧愁。
〔9〕向隅（yú）：面对着屋子的一个角落。《说苑·贵德》："今有满堂饮酒者，有一人独索然向隅而泣，则一堂之人皆不乐矣。"后以"向隅"喻孤独失意或不得机遇而失望。隅，角落。
〔10〕九回肠：愁肠反复翻转，形容极度忧伤。

【今译】

黄昏之时我更加想念眉目清秀的你，趿拉着鞋我走出了椒房。蜘蛛网已经布满了锦褥，浮尘也掩盖着玉床。看不到你可爱的身影，空留下锦帐内的芳香。那些美女既多情又快乐，她们拿着琴瑟弹唱在高堂。我怎能忘记我们都是因离别而忧愁？独自一人向隅而泣内心十分悲伤。暂且凭着这一封书信，用它来传递我的九曲愁肠。

对房前桃树咏佳期赠内

【题解】
　　诗人在外为官，非常想念家中的妻子。一天登上北楼，忽见窗外桃花盛开，有红有白，更增添了相思之情。但道路阻隔，他不能归去，无奈之下，只好折下一枝桃花，赠给妻子，以慰离别的相思。

　　相思上北阁，徙倚望东家[1]。忽有当轩树[2]，兼含映日花。方鲜类红粉，比素若铅华[3]。更使增心意[4]，弥令想狭邪[5]。无如一路阻，脉脉似云霞[6]。严城不可越[7]，言折代疏麻[8]。

【注释】
　〔1〕徙倚：徘徊，流连不去。　东家：东邻。宋玉《登徒子好色赋》说，"东家之子""登墙窥臣三年"，这里指深深爱恋自己的妻子。
　〔2〕轩：一作"窗"。
　〔3〕铅华：妇女搽脸的粉。
　〔4〕使：一作"始"。　增心：一作"心增"。
　〔5〕弥：更加。　狭邪：小街曲巷，指妻子家居之地。
　〔6〕脉脉：连绵不断的样子。
　〔7〕严城：戒备森严的城池。
　〔8〕疏麻：传说中的神麻，古人常折以赠别。《楚辞·九歌·大司命》："折疏麻兮瑶华，将以遗兮离居。"

【今译】
　　想念你啊我登上北楼，徘徊流连啊眺望东邻心乱如麻。忽见窗前有一株高大的桃树，映照着阳光盛开着鲜艳的桃花。红花鲜红红得就像红粉，白花洁白白得就像搽脸的铅华。面对桃花更增添了我相思的情意，更令我想念你居住在小街曲巷的娴雅。无奈回家的道路有许多险阻,山川连绵就像远连天边的云霞。戒备森严的城池也不能逾越,我只好折下一枝桃花寄去我的牵挂。

费昶十首

费昶,江夏(今湖北武汉市)人,曾任新田令。南朝梁诗人,原有集三卷,已佚。

华观省中夜闻城外捣衣[1]

【题解】

晚上,诗人在京城华观殿官禁中值勤,忽然听到城外传来捣衣声,他想起了远在家乡没有跟他来到任所的妻子,心中充满惆怅。

阊阖下重关[2],丹墀吐明月。秋气城中冷[3],秋砧城外发。浮声绕雀台[4],飘响度龙阙[5]。婉转何藏摧[6],当从上路来[7]。

藏摧意未已[8],定自乘轩里[9]。乘轩尽世家,佳丽似朝霞。圆珰耳上照[10],方绣领间斜[11]。衣薰百和屑[12],鬓摇九枝花[13]。

昨暮庭槐落,今朝罗绮薄。拂席卷鸳鸯[14],开缦舒龟鹤[15]。金波正容与[16],玉步依砧杵。红袖往还萦,素腕参差举。徒闻不得见,独夜空愁伫。

独夜何穷极，怀之在心侧⁽¹⁷⁾。阶垂玉衡露⁽¹⁸⁾，庭舞相风翼⁽¹⁹⁾。沥滴流星辉⁽²⁰⁾，灿烂长河色⁽²¹⁾。三冬诚足用⁽²²⁾，五日无粮食⁽²³⁾。杨云已寂寥⁽²⁴⁾，今君复弦直⁽²⁵⁾。

【注释】

〔1〕华观：一作"华光"，洛阳宫殿名。　省中：古时王宫禁地之称。　捣衣：古代洗衣的方法，将衣或衣料浸湿后放在砧（石）上，用杵（棍棒）捶打。

〔2〕阊阖（hé）：洛阳城西门。

〔3〕气：一作"夜"。

〔4〕雀台：即铜雀台，曹操所建，故址在今河北临漳县西南古邺城的西北隅。

〔5〕龙阙：帝王的宫阙。

〔6〕藏（zàng）摧：凄怆，悲伤。

〔7〕上路：大路，通衢。

〔8〕意：一作"方"。

〔9〕乘轩里：官宦人家居住的地方。乘轩，乘坐大夫的车子，后专指做官。《左传·闵公二年》："卫懿公好鹤，鹤有乘轩者。"

〔10〕珰（dāng）：妇女戴在耳垂上的装饰品。

〔11〕方绣：衣服方领上的绣花。

〔12〕百和：百和香，合诸香而成。　屑（xiè）：粉末。

〔13〕摇：一作"插"。

〔14〕卷鸳鸯：卷起有鸳鸯图案的凉席。

〔15〕幔：一作"幔"，帐幔。　舒龟鹤：打开有龟鹤图案的帐幔。

〔16〕金波：形容月光浮动，也指月光。　容与：从容自得的样子。

〔17〕侧：一作"恻"。

〔18〕玉衡：北斗七星中的第五星，也泛指北斗。斗柄指向的不同，标志着季节的变化。

〔19〕相风翼：相风铜乌的翅膀。《述异记》说，长安宫南有灵台，上有相风铜乌，此乌遇千里风乃动。相，一作"松"。

〔20〕沥滴：水下滴，这里指流星下坠。

〔21〕长河：银河。

〔22〕三冬：指冬季三个月。

〔23〕五日无粮食：三国吴人谢承所著《汉书》说，沈景为河间太守，拜之二千石，妻子不历官舍，五日一炊。

〔24〕杨云：即扬雄，字子云，西汉辞赋家，著有《太玄赋》《逐贫赋》《解嘲》《解难》等，表现自己的不同流俗和卓尔不群。

〔25〕君：诗人自指。　　弦直：如弦一样的耿直。《后汉书·五行志》载京都童谣："直如弦，死道边；曲如钩，反封侯。"

【今译】

　　阊阖门下了重重的关锁，明月照亮了红色的台阶。秋天的夜里城中渐渐变冷，城外传来的捣衣声连绵不绝。轻飘的捣衣声绕过了铜雀台，四处飘散的声响飞越了龙阙。杵声是多么婉转多么令人悲怆，它定是沿着通衢大道传过来飞度了几条街。

　　悲怆之意并没有止息，它定然来自官宦人家。官宦人家的富贵都是世代相传，美丽的女子美得像朝霞。耳垂上的圆珠闪闪发光，绣花的方领往下斜。衣上熏了百和的香粉，鬓发上摇动着九枝花。

　　昨晚院子里的槐花往下落，今早天气寒冷感到纱衣薄。拂拭并卷起上有鸳鸯图案的凉席，打开帐幔上面绣有龟与鹤。月光正缓缓地移动，女子的雅步也随着砧杵挪挪。红色的衣袖来回晃动，洁白的手腕时举时落。这一切我只能听到捣衣声却不能看见，整夜独自伫立深感孤寂索寞。

　　孤独的夜晚多么漫长没有尽头，想念她啊她的身影一直盘踞在我心中。北斗在转移台阶上落下了露水，庭院里相风铜乌的翅膀在舞动。流星的光辉像滴水一般往下落，灿烂的银河映照着夜空。虽说整个冬季食用已足够，但妻子不在任所"五日一炊"心伤痛。扬雄《逐贫》《解嘲》已是何等的寂寥，谁叫我如今仍是直如弦丝毫不懂得世事融通。

和萧记室春旦有所思[1]

【题解】

　　元旦之日，萧记室写了一首《有所思》，接着，诗人便写了这首和诗,表达对情人的思念。

芳树发春晖,蔡子望青衣⁽²⁾。水逐桃花去,春随杨柳归。杨柳何时归?袅袅复依依⁽³⁾。已映章台陌⁽⁴⁾,复扫长门扉⁽⁵⁾。独知离心者,坐惜春光违。洛阳远如日⁽⁶⁾,何由见宓妃⁽⁷⁾?

【注释】
〔1〕萧记室:梁代萧子范、萧子晖、萧特均曾任记室,这里未详何人。　春旦:元旦。　有所思:为乐府古题,《汉铙歌》古辞十八首中的第十二首即《有所思》。可参看卷五沈约《有所思》注〔1〕。
〔2〕蔡子:指汉末蔡邕。他的《青衣赋》写对一位美丽的女子的爱慕和思恋,中有"停停沟侧,嗷嗷青衣。我思远逝,尔思来追"等句。
〔3〕袅袅(niǎo):细长柔软的东西随风摆动的样子。　依依:细长柔软的样子,一说茂盛的样子。《诗经·小雅·采薇》:"昔我往矣,杨柳依依。"
〔4〕章台:汉代首都长安街名。《汉书·张敞传》说"敞无威仪",曾"走马章台街",又"为妇画眉",夫妻间感情十分融洽。　陌(mò):道路。
〔5〕长门:长门宫。汉武帝陈皇后失宠后幽居长门宫。　扉:门。
〔6〕洛阳远如日:洛阳像太阳一样遥远。《世说新语·夙惠》载,晋明帝几岁时,其父元帝问他,长安近还是太阳近,他说"日近"。元帝失色。他解释道:"举目见日,不见长安。"
〔7〕宓(fú)妃:传说为伏羲氏之女,溺死在洛水里,遂为洛水女神。曹植有《洛神赋》,描写她的美丽和多情。

【今译】
　　芬芳的草木散发出春日的光辉,像蔡邕赋《青衣》那样我也盼望着同情人相会。桃花虽已随流水而去,春天却又伴随着杨柳来归。杨柳什么时候来归?你只要看那柳枝依依低垂。它已经映照着"为妇画眉"的张敞常走的章台道,又轻拂着陈皇后幽居的长门宫的门扉。只有我才知道因离别而伤心的人,万般无奈徒然痛惜与这大好春光相暌违。洛阳竟像太阳那样的遥远,我怎么样才能见得到那美丽而多情的"宓妃"?

春郊望美人[1]

【题解】
诗人春日郊游,见到一位美丽的女子,仿佛是《陌上桑》中的秦罗敷,于是写了这首诗。头四句描写这位女子的美丽,后四句为这位女子代言。

芳郊拾翠人[2],回袖掩芳春[3]。金辉起步摇,红彩发吹纶[4]。汤汤盖顶日[5],飘飘马足尘。薄暮高楼下,当知妾姓秦[6]。

【注释】
[1] 望:一作"见"。
[2] 拾翠人:指美人。曹植《洛神赋》:"尔乃众灵杂遝,命俦啸侣。或戏清流,或翔神渚,或采明珠,或拾翠羽。"翠羽,翠鸟的羽毛。
[3] 掩:一作"卷",一作"探"。
[4] 吹纶:纱名,即吹纶絮,一种轻薄而柔软的丝织品。纶,一作"轮"。
[5] 汤汤:一作"阳阳",色彩鲜明的样子。　盖:车盖。　顶:一作"项"。
[6] 秦:指秦罗敷,古乐府诗《日出东南隅行》(又名《陌上桑》)所描写的美女,见卷一。

【今译】
她是在芳香的郊野拾取翠鸟羽毛的美人,她的衣袖来回飘动笼罩着芳香的阳春。行走时头上的步摇闪烁着金色的光辉,身上穿着的轻纱散发出红晕。车盖在阳光照射下色彩鲜明,骏马飞奔马足下扬起烟尘。黄昏时来到高楼之下,你就会知道小女子罗敷本姓秦。

咏照镜

【题解】

这首诗描写一位女子早上在明镜前梳妆打扮。

晨晖照杏梁⁽¹⁾,飞燕起朝妆⁽²⁾。留心散广黛⁽³⁾,轻手约花黄⁽⁴⁾。正钗时念影⁽⁵⁾,拂絮且怜香⁽⁶⁾。方嫌翠色故⁽⁷⁾,乍道玉无光⁽⁸⁾。城中皆半额⁽⁹⁾,非妾画眉长。

【注释】

〔1〕杏梁:文杏木所制的屋梁,这样的房屋是富贵人家所居。司马相如《长门赋》:"刻木兰以为榱兮,饰文杏以为梁。"
〔2〕飞燕:即赵飞燕,汉成帝宠爱的女子,后来立为皇后。
〔3〕广黛:宽阔的黛眉。黛是画眉用的黑色颜料。
〔4〕约:涂饰。 花黄:妇女的面饰,以金黄色纸剪成星月花鸟等形贴于额上,或于额上涂点黄色。
〔5〕钗:妇女发髻上的首饰。
〔6〕絮(xù):絮衣,内铺棉絮之衣。
〔7〕故:陈旧。
〔8〕乍(zhà):忽然。
〔9〕半额:指所画的宽眉宽达额之一半。《后汉书·马廖传》:"长安语曰:'城中好高髻,四方高一尺;城中好广眉,四方且半额。'"可参看卷一《汉时童谣歌·城中好高髻》。

【今译】

旭日的光辉照亮了杏梁,这位像赵飞燕一般美丽的女子早上起来梳妆。她仔细地用黛笔画着广眉,又轻轻地在额角上涂饰着花黄。

扶正金钗时常常顾念自己美丽的身影，拂拭绵衣时又怜惜自己遍体的芳香。她正埋怨翠衣的颜色已陈旧，忽然又说身上的珮玉已无亮光。"城中女子画眉都画得很宽，不是我有意把眉毛画得这样长。"

和萧洗马画屏风二首[1]

阳春发和气

【题解】
这是应和萧子显画屏风诗的一首和诗。屏风上大约画了四季风光，这一首咏春景。春天阳光明媚，大地上万物一团和气，一派生机。

日净班姬门[2]，风轻董贤馆[3]。卷耳缘阶出[4]，反舌登墙唤[5]。蚕女桂枝钩[6]，游童苏合弹[7]。拂袖当留客[8]，相逢莫相难[9]。

【注释】
〔1〕萧洗（xiǎn）马：即萧子显，字景阳，南朝梁史学家、文学家，历任太子中舍人、国子祭酒、侍中、吏部尚书等职，详见卷八。洗马，官名，为东宫属官，太子出则为前导。洗马的意思就是在马前作前驱。洗，通"先"。
〔2〕净：一作"静"。　班姬：汉成帝妃子班婕妤，参看卷一班婕妤《怨诗》。
〔3〕董贤：汉哀帝的男宠。《后汉书·佞幸传》说他与汉哀帝共寝，压住了哀帝的衣袖，哀帝想起身又不忍心惊醒他，于是"断袖而起"。后世便以"断袖"（截断衣袖）来指男性之间的同性恋。
〔4〕卷耳：即苍耳，菊科植物。《诗经·周南·卷耳》："采采卷耳，不盈倾筐。嗟我怀人，置彼周行。"　阶：一作"家"。
〔5〕反舌：鸟名，即百舌鸟。《礼记·月令》孔颖达疏："反舌鸟，春

始鸣,至五月稍止,其声数转,故名反舌。"

〔6〕蚕女:指采桑女秦罗敷。古乐府诗《日出东南隅行》(即《陌上桑》):"罗敷善蚕桑,采桑城南隅。青丝为笼绳,桂枝为笼钩。"

〔7〕游童:游乐、游荡的儿童。　苏合弹:用苏合香制成的弹丸。苏合,植物名,其树脂可制香料。古乐府诗《乌生》(又名《乌生八九子》):"乌生八九子,端坐秦氏桂树间。唶!我秦氏家有游遨荡子,工用睢阳强、苏合弹,左手持强弹,两丸出入乌东西。唶!我一丸即发中乌身,乌死魂魄飞扬上天。"

〔8〕拂袖:指鲜花掠过衣袖。南朝梁元帝《玄圃牛渚矶碑》:"画船向浦,锦缆牵矶。花飞拂袖,荷香入衣。山林朝市,并觉忘归。"

〔9〕相逢:一作"相迟"。　难(nàn):非难,责难。

【今译】

　　明丽的阳光照耀着班婕妤的门庭,春日的和风轻轻吹过董贤的公馆。苍耳子沿着台阶长出来,反舌鸟登上墙头反复叫唤。采桑的罗敷用桂枝为笼钩,游荡的儿童弹鸟用的是苏合弹丸。在这花香掠过衣袖的美好时光应当留住客人,相逢之时不要再相互责难。

秋夜凉风起

【题解】

　　大约是屏风上"秋夜凉风起"的秋景,引发了诗人的秋思。征夫远戍于外,佳人独守空闺,离别相思是何等的痛苦。

　　佳人在河内[1],征夫镇马邑[2]。零露一朝团[3],中夜两垂泣[4]。气爽床帐冷[5],天寒针缕涩[6]。红颜本暂时[7],君还讵相及[8]!

【注释】

〔1〕佳人:美丽的女子,诗中女主人公。　河内:汉置河内郡,相

当于今天河南省黄河以北地区。

〔2〕征夫：指征戍在外的丈夫。　马邑：汉置马邑县，在今山西朔州市。

〔3〕零：落。　团：凝聚，凝结。

〔4〕中夜：半夜。

〔5〕爽：明亮，清朗。

〔6〕针缕（lǚ）：针线。　涩：不通畅。

〔7〕红颜：指女子年轻貌美。

〔8〕还：归来。一作"随"。

【今译】

美丽的佳人孤栖在河内，丈夫远戍镇守在马邑。雾气下沉一朝凝成露珠，双泪直流半夜不断悲泣。秋气爽朗床帐更显寒冷，天气寒凉针线滞涩不易缝衣。"女子年轻貌美为时本就短暂，等你归来怎么还能赶上青春佳期！"

采　菱[1]

【题解】

一位女子在湖面上采菱，这首诗以她的口吻描写她的美丽和情思。

妾家五湖口[2]，采菱五湖侧。玉面不关妆，双眉本翠色[3]。日斜天欲暮，风生浪未息。宛在水中央[4]，空作两相忆。

【注释】

〔1〕采菱：在《乐府诗集》中，这首诗收入《清商曲辞·江南弄》。菱，一年生水生草本植物，叶略呈三角形，夏天开白花，果实有硬壳，一般有角，俗称菱角，可食。

〔2〕五湖：太湖。除此之外，关于"五湖"古人还有不少说法，这里不罗列。
〔3〕翠色：青绿色。翠，一作"青"。
〔4〕宛：好像。　　水中央：《诗经·秦风·蒹葭》："蒹葭苍苍，白露为霜。所谓伊人，在水一方。溯洄从之，道阻且长。溯游从之，宛在水中央。"这是一首怀人诗，写意中人"宛在水中央"，隐约可见但又不能走近，可望而不可即。

【今译】
　　我家住在五湖口，为采菱来到湖边上。白皙如玉的颜面不是因为妆扮，双眉本来就青黑细长。太阳西斜夜幕将要降临，秋风吹来湖面依然腾涌着波浪。我的意中人啊仿佛就在水中央，彼此不能相会只是徒然地朝思暮想。

长门后怨[1]

【题解】
　　《昭明文选》所载司马相如《长门赋》之序说，陈皇后失宠后幽居长门宫，"愁闷悲思"，于是，奉黄金百斤，请司马相如写了这篇《长门赋》"以悟主上，陈皇后复得亲幸"。这首诗所写的，便是陈皇后幽居长门宫的哀怨。

　　向夕千愁起，自悔何嗟及。愁思且归床，罗襦方掩泣[2]。绛树摇风软[3]，黄鸟弄声急[4]。金屋贮娇时[5]，不言君不入。

【注释】
　　〔1〕长门后怨：在《乐府诗集》中，这首诗收入《相和歌辞·楚调曲》，题为《长门怨》。长门，长门宫，汉武帝陈皇后失宠后所居。后，皇后。
　　〔2〕襦（rú）：短衣，短袄。

〔3〕绛（jiàng）树：神话传说中的仙树。绛，深红色。

〔4〕黄鸟：黄雀。曹植《三良》："黄鸟为悲鸣，哀哉伤肺肝。"

〔5〕金屋贮娇：指筑美屋以藏美人。《汉武故事》说，汉武帝年幼时，其姑母长公主指着她的女儿阿娇问武帝，娶阿娇作妇好不好。武帝说："好！若得阿娇作妇，当作金屋贮之也！"

【今译】

傍晚千般愁绪从心头涌起，独自悔恨嗟叹怎样也来不及。怀着深重愁思暂且回到床上去，扯起锦绣衣襟掩面哭泣。深红色的仙树上柔软的枝条随风摆动，黄鸟变换着叫声又悲哀又迫急。你从前曾表示要"金屋贮娇"，此事不说你不会来就再也见不到你。

鼓吹曲二首〔1〕

巫 山 高〔2〕

【题解】

诗人用乐府《巫山高》古题，描写巫山神女的美丽和多情。诗中有关巫山、阳台、朝云、暮雨的景物描写，起到了极好的衬托作用。

巫山光欲晚〔3〕，阳台色依依〔4〕。彼美岩之曲〔5〕，宁知心是非。朝云触石起，暮雨润罗衣。愿解千金珮〔6〕，请逐大王归〔7〕。

【注释】

〔1〕鼓吹曲：乐府歌曲名，又名短箫铙歌。古乐中的鼓吹乐用鼓、钲、箫、笳等乐器合奏，多有歌辞配合。

〔2〕巫山高：在《乐府诗集》中，这首诗收入《鼓吹曲辞·汉铙歌》中。《汉铙歌》古辞十八首，《巫山高》是第七首。后人以《巫山高》乐府

古题写作的诗篇很多,《乐府诗集》收同题诗二十一首。《巫山高》古辞言江淮水深而无梁可渡,临水远望而思归。后人所作《巫山高》,则多用宋玉《高唐赋》所述楚王梦见巫山神女的故事,表达男女的欢爱和相思。

〔3〕巫山:山名,在今重庆,长江穿流其中,成为三峡中的巫峡。宋玉《高唐赋》说,宋玉与楚襄王游高唐,宋玉对襄王说,从前怀王昼寝,"梦见一妇人,曰:'妾,巫山之女也,为高唐之客。闻君游高唐,愿荐枕席。'王因幸之。去而辞曰:'妾在巫山之阳,高丘之阻,旦为朝云,暮为行雨,朝朝暮暮,阳台之下。'"这就是有名的巫山云雨、男女欢爱的典故。 晚:一作"晓"。

〔4〕依依:思恋的样子。

〔5〕岩之曲:山边水畔弯曲的地方。曹植《洛神赋》:"睹一丽人,于岩之畔。"

〔6〕珮:玉珮,身上佩带的饰物。曹植《洛神赋》:"愿诚素之先达兮,解玉珮以要之。"

〔7〕逐:追随,跟随。

【今译】

　　黄昏之时巫山山光渐渐暗下来,但阳台上仍有余晖夕阳依恋不舍不愿西坠。那美丽的神女还徘徊在山边水畔,顿时心生爱意哪里还顾得上是与非。她就像早上的云从岩石间缓缓升起,又像黄昏的雨沾湿了人们轻软的纱衣。她表示愿解下价值千金的珮玉赠送情人,希望跟随君王一同归去。

有　所　思 〔1〕

【题解】

　　一位女子独守空闺,盼望丈夫早日归来。她担心丈夫已有外遇,迷恋别的女子,心中充满惶恐和悲伤。

　　上林乌欲栖〔2〕,长安日行暮〔3〕。所思郁不见〔4〕,空想丹墀步。帘动忆君来〔5〕,雷声似车度〔6〕。北方佳丽子〔7〕,窈窕能回顾。夫君自迷惑,非为妾妒媚〔8〕。

【注释】

〔1〕有所思：在《乐府诗集》中，这首诗收入《鼓吹曲辞·汉铙歌》中。《汉铙歌》古辞十八首，《有所思》是第十二首。后人以《有所思》乐府古题写作的诗篇很多，《乐府诗集》收同题诗二十六首。

〔2〕上林：上林苑，秦汉时的皇家园林。　乌欲栖：一作"鸟欲飞"。

〔3〕安：一作"门"。　行：一作"将"。

〔4〕郁：郁结。　见：一作"已"。

〔5〕忆：一作"意"。

〔6〕雷声句：司马相如《长门赋》："雷殷殷而响起兮，声象君之车音。"

〔7〕北方句：李延年《歌诗》："北方有佳人，绝世而独立。一顾倾人城，再顾倾人国。"见卷一。

〔8〕妒媢（dù mào）：嫉妒。一作"心妒"。

【今译】

上林苑的乌鹊将要归巢栖息，长安城的日色黄昏天将暮。我的思恋郁结心头不见你的到来，只是徒然想象你在红色台阶上走动的脚步。门帘晃动以为是你到来，雷声响起以为是你的车走过门前的道路。北方多有美丽的女子，她们身段妖冶又善于回眸表示多情眷顾。丈夫啊你是自己受了她们的迷惑，我这样说并不是因为我嫉妒。

姚翻同郭侍郎采桑一首

姚翻，南朝梁时人，生平不详。

同郭侍郎采桑[1]

【题解】

春天到了，一位女子在洛水之滨采桑，日里来，风里去，十分劳累,她想念自己的情人,真希望他到来为自己分忧。

雁还高柳北[2],春归洛水南。日照茱萸领[3],风摇翡翠篸[4]。桑间视欲暮,闺里遽饥蚕[5]。相思君助取[6],相望妾那堪。

【注释】

〔1〕同郭侍郎采桑:在《乐府诗集》中,这首诗收入《相和歌辞·相和曲》,题为《采桑》。同,和,指依照别人的诗的题旨、题材、体裁或韵作诗。郭侍郎,不详,侍郎是官名。
〔2〕高柳:县名,汉置,故城在今山西阳高县。
〔3〕茱萸:指茱萸锦,一种上有茱萸彩色花纹的丝织品。　领:衣领。
〔4〕翡翠:绿色的硬玉,半透明,有光泽。　篸(zān):同"簪"。
〔5〕闺里遽饥蚕:一作"盆里浴新蚕"。
〔6〕助取:一作"耿耿"。

【今译】

大雁飞回高柳北,春天又回到了洛水南。阳光照耀着她那绣着茱萸花纹的衣领,春风吹拂着她头上的翡翠簪。她在桑林里眼看天色近黄昏,闺房里是迫切等待着桑叶的饥蚕。"我思念你啊真希望你能来帮助我,我望眼欲穿不见你来我怎能挑得起这千斤重担。"

孔翁归奉和湘东王教班婕妤一首

孔翁归,会稽(今浙江绍兴)人,曾为南平王司马府记室,南朝梁诗人。

奉和湘东王教班婕妤[1]

【题解】

汉武帝陈皇后，汉成帝班婕妤，是古代失宠女子的代表。诗人歌咏她们，实际上是为普天之下因人老珠黄、色衰爱弛而遭遗弃的妇女鸣不平。

长门与长信[2]，日暮九重空[3]。雷声听隐隐[4]，车响绝珑珑[5]。恩光随妙舞，团扇逐秋风[6]。铅华谁不慕[7]？人意自难终[8]。

【注释】

[1] 奉和湘东王教班婕妤：一本无"教"字。在《乐府诗集》中，这首诗收入《相和歌辞·楚调曲》，题为《班婕妤》。湘东王，即梁元帝萧绎，梁武帝之子，初封湘东王，平定侯景之乱后即帝位。参见卷七。教，应诸王公之命作诗叫"应教"。

[2] 长门：长门宫，汉武帝陈皇后失宠后幽居的地方。　长信：长信宫。汉成帝班婕妤失宠后，自求供养太后于长信宫。见卷一班婕妤《怨诗》。

[3] 九重：指宫门九层，九道。

[4] 隐隐：同"殷殷"，象声词，雷声。司马相如《长门赋》："雷殷殷而响起兮，声象君之车音。"

[5] 珑珑：象声词，车声。

[6] 团扇：圆扇。班婕妤《怨诗》以团扇自喻，秋凉之时便被弃捐。

[7] 铅华：女子搽脸的粉。

[8] 难：一作"艰"。

【今译】

长门宫和长信宫，日暮之时宫门九重无人踪。只听到天上雷鸣声隐隐，绝无君车声隆隆。皇上的恩宠追随赵飞燕的妙舞而去，班婕妤就像团扇一样秋天凉风一到就被弃捐在箧笥中。遍体脂粉的美女谁不爱慕？人们的爱意本来就难于善始善终。

徐悱妻刘令娴答外诗二首

刘令娴，彭城（今江苏徐州）人，刘孝绰三妹，徐悱妻。南朝梁女文学家，有才学，文章清秀典雅。徐悱在外为官，二人常寄诗赠答。悱死，她作《祭夫文》，凄怆感人。

答外诗二首[1]

【题解】

刘令娴与丈夫徐悱，夫妻感情甚笃。徐悱在外为官，时常想念妻子。本卷有徐悱《赠内》诗二首，表达了对妻子的思念和爱恋。刘令娴这两首《答外》诗，便是对徐悱《赠内》诗的回答。

花庭丽景斜[2]，兰牖轻风度[3]。落日更新妆，开帘对春树。鸣鹂叶中响[4]，戏蝶花间鹜[5]。调瑟本要欢[6]，心愁不成趣。良会诚非远，佳期今不遇。欲知幽怨多，春闺深且暮。

东家挺奇丽[7]，南国擅容辉[8]。夜月方神女[9]，朝霞喻洛妃[10]。还看镜中色，比艳自知非[11]。摛辞徒妙好[12]，连类顿乖违[13]。智夫虽已丽[14]，倾城未敢希[15]。

【注释】

〔1〕外：妻子称丈夫为外或外子。这里指刘令娴的丈夫徐悱。本卷有徐悱《赠内》和《对房前桃树咏佳期赠内》诗，可参看。　　二首：第一首一作《春闺怨》，第二首一作《咏佳人》。

〔2〕丽景：美丽的阳光。

〔3〕兰牖（yǒu）：华美的窗户。

〔4〕鹂：黄鹂。　　响：一作"舞"。

〔5〕蝶花间：一作"蜨枝边"。　　骛（wù）：通"鹜"，疾驰。

〔6〕瑟：一作"琴"。　　要：求。

〔7〕东家：东邻。宋玉《登徒子好色赋》："东家之子，增之一分则太长，减之一分则太短，著粉则太白，施朱则太赤。眉如翠羽，肌如白雪，腰如束素，齿如含贝。嫣然一笑，惑阳城，迷下蔡。"

〔8〕南国：南方。曹植《杂诗》之五："南国有佳人，容华若桃李。"　　容辉：仪容风采，指容颜艳丽，容光焕发。

〔9〕方：比拟，比喻。　　神女：指巫山神女。宋玉《神女赋》："其少进也，皎若明月舒其光。"

〔10〕洛妃：洛水女神宓妃。曹植《洛神赋》："远而望之，皎若太阳升朝霞；迫而察之，灼若芙渠出渌波。"

〔11〕自：一作"似"。

〔12〕摛（chī）辞：铺陈文辞，指遣词作文。　　妙好：指绝妙好辞。《世说新语·捷悟》说，《曹娥碑》上有"黄绢幼妇，外孙齑臼"八字，曹操不解，杨修道："黄绢，色丝也，于字为绝。幼妇，少女也，于字为妙。外孙，女子也，于字为好。齑臼，受辛也，于字为辞。所谓绝妙好辞也。"

〔13〕连类：连缀同类事物，指与同类事物相比。　　乖（guāi）违：背离。

〔14〕智夫：指智琼。《搜神记》卷一说，魏济北郡从事掾弦超，"梦有神女来从之，自称天上玉女，东郡人，姓成公，字智琼，早失父母，天帝哀其孤苦，遣令下嫁从夫。"一旦，显然来游，遂为夫妇。

〔15〕倾城：形容女子极其美丽。李延年《歌诗》："北方有佳人，绝世而独立。一顾倾人城，再顾倾人国。"见卷一。　　希：望。

【今译】

　　鲜花盛开的庭院阳光已经西斜，微风轻轻吹过华美的窗户。落日时分再重新梳妆打扮，掀开窗帘面对着春天的花树。黄鹂在树叶中鸣叫，蝴蝶在花丛中游戏飞舞。调理琴瑟本来是为了求得欢乐，但内心忧愁毫无欢趣只有悲苦。夫妻团聚的良辰的确并非遥远，但这样的好日子今天却难以预卜。要想知道女子的幽怨有多少，请看春闺多么幽深而且临近黄昏日暮。

东邻的女子十分美丽，南方的佳人容光焕发最为光辉。好比明月般的巫山神女，又像朝霞般的洛神宓妃。回头看看自己在镜中的容颜，自知美艳不如心有愧。作文徒有绝妙好辞，但与同类文章相比马上觉得不相配。智琼虽已十分艳丽，仍未敢以倾城之貌而自美。

何思澄三首

何思澄（约479—约532），字元静，东海郯（今山东郯城西南）人。初任南康王侍郎，转安成王参军兼记室，后入朝为治书侍御史，官终武陵王中录事参军。南朝梁诗人，有文集十五卷，已佚。

奉和湘东王教班婕妤[1]

【题解】

这首诗咏班婕妤，也为天下遭遗弃的女子诉苦衷，鸣不平。

寂寂长信晚[2]，雀声哦洞房[3]。蜘蛛网高阁，䮰薛被长廊[4]。虚殿帘帷静，闲阶花蕊香。悠悠视日暮[5]，还复拂空床[6]。

【注释】

〔1〕奉和湘东王教班婕妤：注见前孔翁归同题诗注〔1〕。

〔2〕长信：长信宫。汉成帝班婕妤失宠后，自求供养太后于长信宫。

〔3〕哦（é）：吟哦，低声地唱。一作"喧"，一作"愁"。　洞房：幽深的内室。

〔4〕驳藓（xiǎn）：杂乱的苔藓。　被：覆盖。

〔5〕悠悠：忧思的样子。《诗经·邶风·终风》："终风且霾，惠然肯来。莫往莫来，悠悠我思。"悠悠，一作"愁愁"。

〔6〕拂：一作"蔽"，一作"守"。

【今译】

　　寂静的长信宫天色已晚，在幽深的内室里只听到雀儿低声鸣唱。高高的楼阁结满了蜘蛛网，杂乱的苔藓盖满了长廊。空空的殿堂静静地垂挂着帘帐，只有在闲静的台阶前才能闻到花蕊香。忧思不断眼看着太阳缓缓落下，回到房中仍然是独守空床。

拟　古⁽¹⁾

【题解】

　　一位女子被情人抛弃了，情人另结新欢，她心中充满悲哀。

　　故交不可忘，犹如兰桂芳。新知虽可悦，不异茱萸香〔2〕。妾有凤雏曲〔3〕，非为陌上桑〔4〕。荐君君不御〔5〕，抱瑟自悲凉〔6〕。

【注释】

〔1〕拟古：指仿效古人的风格形式来作诗。参看陆机《拟古七首》注〔1〕（见卷三）。

〔2〕茱萸：植物名，香气辛烈。

〔3〕凤雏（chú）曲：即《凤皇歌》："凤皇生一雏，天下莫不喜。本言

是马驹,今定成龙子。"见《乐府诗集·杂歌谣辞》。雏,幼小的鸟。

〔4〕为:一作"无"。　　陌上桑:即古乐府诗《日出东南隅行》,见卷一。

〔5〕荐:进献,指自荐枕席,即侍寝。　　御:御女,指男子与妇女交合。

〔6〕悲:一作"凄"。

【今译】

　　原来的朋友不能忘,她就像兰花桂花那样的芬芳。新交的朋友虽然讨人欢喜,但她只不过像茱萸一般香。我有一首《凤皇歌》要对你唱,我唱的不是拒人之爱的《陌上桑》。我要把身子献给你你却不接受,我独抱琴瑟而无知音欣赏心中多悲凉。

南苑逢美人〔1〕

【题解】

　　诗人在游览南苑时,见到了一位美丽的女子,他马上想到了《陌上桑》中的秦罗敷,于是写下了这首诗。

　　洛浦疑回雪〔2〕,巫山似旦云〔3〕。倾城今始见〔4〕,倾国昔曾闻。媚眼随娇合〔5〕,丹唇逐笑分。风卷葡萄带〔6〕,日照石榴裙〔7〕。自有狂夫在〔8〕,空持劳使君〔9〕。

【注释】

〔1〕南苑(yuàn):京都建康(今江苏南京)皇宫中南面的苑囿,从南朝宋以后,成为人们游览之地,见《南史·宋明帝纪》。

〔2〕洛浦:洛水之滨。　　回雪:旋转起来的白雪。曹植《洛神赋》描写他在洛水边见到的洛水女神宓妃道:"仿佛兮若轻云之蔽月,飘飘兮若流风之回雪。"

〔3〕巫山:在今重庆,长江穿行其中,成为巫峡。　　旦云:朝云。

宋玉《高唐赋》写楚怀王梦中与巫山神女交合，神女临去时说："妾在巫山之阳，高丘之阻。且为朝云，暮为行雨。朝朝暮暮，阳台之下。"

〔4〕倾城：与下句"倾国"均指绝世美人，见卷一李延年《歌诗》。

〔5〕眼：一作"服"。　娇：一作"羞"。

〔6〕葡萄带：用葡萄文锦制成的衣带。

〔7〕石榴裙：大红裙，因石榴花为红色，故称石榴裙。

〔8〕狂夫：放荡不羁的人，这里是妇女自称其夫的谦词。

〔9〕持：守。　使君：东汉时对太守、刺史的称呼。古乐府诗《日出东南隅行》(即《陌上桑》)写秦罗敷拒绝了使君"共载"的要求，并说："使君一何愚！使君自有妇，罗敷自有夫。"见卷一。

【今译】

洛神宓妃就像风中旋转的白雪，巫山神女好似早上天边的红云。倾城倾国之貌今天才见到，美艳绝伦的佳人从前也只是听闻。她的媚眼随着娇态而闭合，她的红唇随着欢笑而相分。微风轻轻吹动她那葡萄文锦制成的衣带，红日照亮了她的大红色的石榴裙。可是她已婚配自有丈夫在，"使君"要她"共载"只是空费心。

徐悱妻刘氏答唐娘七夕所穿针一首

答唐娘七夕所穿针[1]

【题解】

这首诗的作者为徐悱妻刘令娴。七夕之夜，曾为歌女现已孀居的唐娘，用七夕之夜的刺绣送给她，她有感便写了这首诗作回答，对身世充满不幸的唐娘，表示深切的同情。

倡人助汉女[2],靓妆临月华[3]。连针学并蒂[4],萦缕作开花。孀闺绝绮罗[5],揽赠自伤嗟。虽言未相识,闻道出良家。曾停霍君骑[6],经过柳惠车[7]。无由一共语,暂看日升霞。

【注释】

〔1〕唐娘("娘"字原作"孃"):不详何人。　七夕:农历七月七日夜,民俗以为乞巧节,这天夜里,妇女在庭院中向织女星乞求智巧。南朝梁宗懔《荆楚岁时记》说:"七月七日为牵牛织女聚会之夜。是夕,人家妇女结缕,穿七孔针……陈瓜果于庭中以乞巧……"

〔2〕倡人:乐人,歌女。　助:一作"劾"。　汉女:天汉之神女,指织女。

〔3〕靓(jìng)妆:浓妆艳抹。靓,一作"净"。

〔4〕并蒂(dì):并蒂花。

〔5〕孀闺:寡妇的居处。

〔6〕霍君:指霍光,汉昭帝时任大司马大将军。《汉书·霍光传》说他"每出入下殿门,止进有常处……不失尺寸,其资性端正如此。"　骑(jì):车骑。

〔7〕柳惠:即柳下惠。春秋鲁大夫展获,字禽,曾为士师官,食邑柳下,谥惠,故称柳下惠。相传他与一女子共坐一夜,不曾淫乱,后用以借指有操行的男子。

【今译】

曾为歌女的唐娘也来为天汉织女助兴,盛妆来到庭院欣赏月华。穿针学绣并蒂莲,引线绣出绽放的花。她孀居闺中不穿美丽的丝绸,拿着刺绣送给我自己却忧伤悲叹。虽说我们从前并不相识,但听说她出身于良家。门前曾经停着霍光一般资性端正的人的车骑,也曾走过柳下惠一类操守良好的人的车马。我同她没有什么缘由能够同在一起说上一句话,度过漫漫长夜后且看东方日出满天的红霞。

吴均四首

梅 花 落[1]

【题解】

南朝宋诗人鲍照在《梅花落》中写道:"中庭杂树多,偏为梅咨嗟。问君何独然,念其霜中能作花,露中能作实。摇荡春风媚春日,念尔零落逐风飙,徒有霜华无霜质。"古人多将花拟人,赞美梅花之傲霜雪,但鲍照此诗却认为春日梅花逐风飙,"徒有霜华无霜质",已是别出新意。而吴均这首《梅花落》,则设想梅花如同一位身世飘零的女子,在飘落之后,仍然盼望春夏之时能与心中的情人在荷花池畔交相辉映,对梅花寄予深深的同情。

隆冬十二月[2],寒风西北吹。独有梅花落,飘荡不依枝。流连逐霜彩[3],散漫下冰澌[4]。何当与君日[5],共映芙蓉池。

【注释】

〔1〕梅花落:在《乐府诗集》中,这首诗收入《横吹曲辞·汉横吹曲》,同题诗共收十三首。汉横吹曲本笛中曲,共二十八曲,为汉代李延年所造。《梅花落》为二十八曲之一。

〔2〕隆冬:严寒的冬天。隆,一作"终"。

〔3〕霜彩:霜花。彩,一作"影"。

〔4〕澌(sī):随水流动的冰。

〔5〕何当:何日,何时。　君:一作"春"。

【今译】

严冬十二月,寒冷的西北风吹至。只有梅花被吹落,东飘西荡吹离了树枝。她随着霜花流离转徙,又随着水上的浮冰散落飘逝。

但她仍然梦想着何时能与如意郎君相伴，共同映照在荷花池。

闺 怨

【题解】

　　丈夫远戍于外，妻子独守空闺，她的心中充满忧伤哀怨。最后两句，也就是《诗经·卫风·伯兮》所说的"自伯之东，首如飞蓬，岂无膏沐，谁适为容"的意思。

　　胡笳屡凄断[1]，征蓬未肯还[2]。妾坐江之介[3]，君戍小长安[4]。相去三千里，参商书信难。四时无人见，谁复重罗纨[5]？

【注释】

　　[1] 胡笳：古代北方民族的管乐器，相传汉时由张骞从西域传入。
　　[2] 征蓬：吹到远方的蓬草，比喻漂泊的旅人，这里指丈夫。征，远行。
　　[3] 江之介：长江边。介，边际。
　　[4] 小长安：地名，在今河南南阳市南。
　　[5] 罗纨（wán）：轻软的丝绢。

【今译】

　　凄怆的胡笳声时起时断，丈夫去如飞蓬不肯回还。我这个小女子独坐江边，丈夫远戍此刻驻守在小长安。两地相距三千里，就如参商不相见互通书信也很难。一年四季都无人见，谁又会穿着丝绢刻意来打扮？

妾安所居[1]

【题解】
一位宫女失宠后，万般无奈，只好表示安于目前所处的境地，但她的内心，却充满悲愤与不平。

贱妾先有宠，蛾眉进不迟[2]。一从西北丽[3]，无复城南期[4]。何因暂艳逸[5]？岂为乏妍姿[6]？徒有黄昏望[7]，宁遇青楼时[8]。惟惜应门掩[9]，方余永巷悲[10]。匡床终不共[11]，何由横自私[12]？

【注释】
〔1〕妾安所居：在《乐府诗集》中，这首诗收入《杂曲歌辞》。
〔2〕蛾眉：蚕蛾触须细长而弯曲，因而用来比喻女子美丽的眉毛，这里代指美女。　迟：等待。
〔3〕西北丽：西北高楼中的丽人，可参看卷一枚乘《杂诗》中的《西北有高楼》。
〔4〕城南：指居住在城南的美女。曹植《美女篇》："借问女安居，乃在城南端。"见卷二。
〔5〕因：一作"用"。　暂：短时间。　艳逸：艳丽超群。
〔6〕妍姿：美好的姿容。
〔7〕黄昏望：指盼望结婚。古代迎亲，多在黄昏之时。《楚辞·九章·抽思》："昔君与我诚言兮，曰黄昏以为期。"
〔8〕宁：宁可，宁愿。　青楼：青漆涂饰的楼房，富贵人家所居。曹植《美女篇》："借问女安居？乃在城南端。青楼临大路，高门结重关。"
〔9〕应门：皇宫的正门。
〔10〕永巷：宫中之长巷，也是宫中官署名，掌管后宫人事，有监狱监禁宫人，汉武帝时改为掖庭。
〔11〕匡床：方正而安适的床。
〔12〕横：横陈横卧。　自私：私自爱怜。私，一作"思"。

【今译】

我这个微贱的女子先得到君王的宠爱,但不久又有美女接踵而至。君王自从得到了西北高楼上的佳丽,与我这城南女子不再有相见之期。什么原因令我只是短暂的艳丽超群?难道是我缺少美容芳姿?徒然盼望君王黄昏来相聚,我宁愿回到从前与君王相遇青楼时。只是痛惜如今皇官的正门已经关闭,我谪居永巷正怀着无限悲思。我与君王最终仍不能同卧在方正而安适的床上,有什么理由自怜自爱自己横陈的芳姿?

三 妇 艳[1]

【题解】

这首诗描写一个富贵人家的三个媳妇。

大妇弦初切[2],中妇管方吹。少妇多姿态[3],含笑逼清卮[4]。佳人勿余及[5],殷勤妾自知[6]。

【注释】

[1]三妇艳:在《乐府诗集》中,这首诗收入《相和歌辞·清调曲》,同题诗共收二十一首。可参看卷五沈约《拟三妇》。
[2]切:接触,指弹奏。
[3]少:一作"小"。 姿态:容貌体态,神情举止。
[4]逼清卮(zhī):劝酒。卮,古代盛酒的器皿。
[5]余:久。
[6]殷勤:衷情,心意。

【今译】

大媳妇刚拿起琴来弹奏,二媳妇正吹着玉笛。只有小媳妇表现出热情好客的姿态,含笑劝酒不饶不依。"佳人啊你不要老是劝我喝酒,我早已知道你好客的美意。"

王僧孺咏歌姬一首

咏 歌 姬[1]

【题解】

从内容上看,诗题当作《咏宠姬》。诗人以宠姬的口吻,表达她的微妙的内心。她不仅希望得到丈夫的宠爱,更希望丈夫能讨得她的欢心。

及君高堂还[2],值妾妍妆罢[3]。曲房褰锦帐[4],回廊步珠屣[5]。玉钗时可挂,罗襦讵难解[6]?再顾倾城易[7],一笑千金买[8]。

【注释】

〔1〕歌:一作"宠"。
〔2〕高堂:高大的厅堂,借指朝廷。语出《汉书·贾谊传》。
〔3〕妍(yán):美。
〔4〕曲房:深曲的内室。   褰(qiān):提起,撩起。
〔5〕屣(xǐ):鞋。
〔6〕罗襦:丝袄。
〔7〕再顾倾城:指美貌绝世,语出李延年《歌诗》,见卷一。
〔8〕一笑千金:一笑价值千金,极言美人一笑之难得。语出崔骃《七依》:"回顾百万,一笑千金。"又据贾氏《说林》载,武帝与丽娟看花,而蔷薇始开,态若含笑。帝曰:"此花绝胜佳人笑也。"丽娟戏曰:"笑可买乎?"帝曰:"可。"丽娟遂命侍者取黄金百斤,作买笑钱,奉帝为一日之欢。

【今译】

等到你从朝廷上回到家,正碰上我梳妆打扮出美丽动人的姿态。在深曲的内室中我掀起锦帐,在曲廊上我踏着珠履走出来。玉钗随时都可挂起,丝袄难道难以解开?只是要得到佳人的美貌很容易,但要得到佳人的欢心却要用千金买。

徐悱妻刘氏听百舌一首

听 百 舌⁽¹⁾

【题解】

徐悱妻刘令娴自述她听百舌鸟鸣叫的感受。

庭树旦新晴,临镜出雕楹⁽²⁾。风吹桃李气,过传春鸟声⁽³⁾。静写山阳笛⁽⁴⁾,全作洛滨笙⁽⁵⁾。注意欢留听,误令妆不成。

【注释】

〔1〕百舌:鸟名,善鸣,能易其舌效百鸟之声,因而其声多变化。
〔2〕雕楹:雕花的柱子。
〔3〕过传:一作"传过"。
〔4〕静:一作"净"。　　山阳笛:指怀念故友的笛声。山阳,县名,在今河南修武县。晋代向秀在经过亡友嵇康山阳故居时,忽听到邻人吹笛,想起了亡友嵇康及从前"游宴之好",便写了《思旧赋》。
〔5〕洛滨笙:也作"洛宾声",指仙人吹笙之声,语出刘向《列仙传·王子乔》:"王子乔者,周灵王太子晋也。好吹笙作凤凰鸣,游伊洛之间,随浮丘公登嵩山而去。"

【今译】

　　早上天已放晴庭院中的绿树一派清新，前面的镜子映照着雕花的柱楹。微风吹来桃李的芬芳，又传来了春天百鸟的嘤鸣。鸣声像是山阳笛静静抒写对亡友的思念，又像是洛水边仙人王子乔吹笙吹出凤凰声。我专心留意地高兴地听，以致梳妆打扮不能顺利地完成。

费昶芳树一首

芳　树⁽¹⁾

【题解】

　　《乐府解题》说，后人以乐府古题《芳树》写的诗，"但言时暮、众芳歇绝而已"。这首《芳树》所抒发的也是美人迟暮之感。

　　幸被夕风吹，屡得朝光照。枝低疑欲舞⁽²⁾，花开似含笑。长夜踏悠悠⁽³⁾，所思不可召⁽⁴⁾。行人早旋返，贱妾犹年少⁽⁵⁾。

【注释】

　　〔1〕芳树：在《乐府诗集》中，这首诗收入《鼓吹曲辞·汉铙歌》中，同题诗共收十六首。在《汉铙歌》古辞十八首中，《芳树》是第十一首。
　　〔2〕低：一作"偃"。
　　〔3〕踏：拖。

〔4〕所思：所思念的人。
〔5〕犹年：一作"年犹"。

【今译】
　　有幸被晚风吹拂，又常得旭日照耀。枝叶低垂好像在翩翩起舞，鲜花绽放又好像多情含笑。漫漫长夜拖延得这么久，我所思念的人啊又召唤不到。远行的人早已纷纷返家，你快回来吧趁我现在正青春年少。

徐勉采菱曲一首

　　徐勉（466—535），字修仁，东海郯（今山东郯城西南）人。齐时为太学博士、尚书殿中郎、领军长史。入梁，历任中书侍郎、侍中、吏部尚书、中书令等要职。南朝梁文学家，原有集五十一卷，均佚。

采 菱 曲⁽¹⁾

【题解】
　　一位女子与友伴相邀去采菱，她们一面采菱一面唱歌。她热切地期盼能遇上意中人，自己以心相许。

　　相携及嘉月⁽²⁾，采菱渡北渚⁽³⁾。微风吹棹歌⁽⁴⁾，日暮相容与⁽⁵⁾。采采不能归，望望方延伫⁽⁶⁾。倘逢遗佩人⁽⁷⁾，预以心相许。

【注释】

〔1〕采菱曲：在《乐府诗集》中，这首诗收入《清商曲辞·江南弄》。可参看本卷费昶《采菱》注〔1〕。

〔2〕嘉月：美好的月份。

〔3〕渚（zhǔ）：小洲，或水边。

〔4〕棹（zhào）歌：船歌，鼓棹而歌。棹，船桨。

〔5〕容与：随水波起伏动荡的样子。

〔6〕延伫（zhù）：久留。

〔7〕遗佩人：指情人、恋人、意中人。《楚辞·九歌·湘君》："捐余玦兮江中，遗余佩兮澧浦。"

【今译】

在美好的日子里与友伴相携手，一同采菱渡水来到北边的小洲。船歌在微风中飘散，黄昏之时小船还在水上起伏漂流。采啊采啊不能马上就归去，盼啊盼啊此时还在水上久停留。倘若遇到有情有义解佩相赠的意中人，她早就以心相许但愿终身厮守。

杨皦咏舞一首

杨皦（jiǎo）（？—548）南朝梁时天水（今属甘肃）人，曾任散骑常侍、中军司马。太清二年死于侯景之乱。

咏　舞

【题解】

这首诗歌咏一位容貌美丽、舞技超群的舞女。

红颜自燕赵⁽¹⁾，妙伎迈阳阿⁽²⁾。就行齐逐唱，赴节暗相和。折腰送余曲，敛袖待新歌。颦容生翠羽⁽³⁾，曼睇出横波⁽⁴⁾。虽称赵飞燕⁽⁵⁾，比此讵成多？

【注释】
〔1〕燕赵：今河北、山西一带。古诗《东城高且长》："燕赵多佳人，美者颜如玉。"见卷一枚乘《杂诗》。
〔2〕伎：伎艺。　迈：超越。　阳阿（ē）：古代善舞之名倡，也是舞名和乐曲名。
〔3〕颦（pín）容：女子美丽的容态。古代美女西施因病心而常捧心皱眉。颦，皱眉。　翠羽：指美女的美眉如翠鸟的毛羽。
〔4〕曼睇（dì）：妩媚地斜视。　横波：比喻女子眼神流动，如水横流。
〔5〕赵飞燕：汉成帝宠妃，后来封后，以身轻善舞著称。

【今译】
她美丽的容颜出自燕赵，她高超的技艺超过阳阿。走到歌女行列里齐声歌唱，按着节拍起舞舞步与歌声暗相和。弯下腰来送走了最后的曲子，收起舞袖等待下一曲新歌。她微微皱眉容颜何等娇媚，双目顾盼好像渌水横波。人们虽然都称道身轻善舞的赵飞燕，但比起她来岂会超过许多？